DESPERTAR DE UM IMPÉRIO

SUMA de letras

SAM BARONE

DESPERTAR DE UM IMPÉRIO

Tradução
Domingos Demasi

SUMA de letras

EDITORA OBJETIVA LTDA.
Rua Cosme Velho, 103
Rio de Janeiro – RJ – CEP: 22241-090
Tel.: (21) 2199-7824 – Fax: (21) 2199-7825
www.objetiva.com.br

Título original
Dawn of Empire

Capa
Marcelo Pereira/Tecnopop

Imagens de capa
© Gianni Dagli Orti/CORBIS/Corbis (DC)/Latinstock
© Nico Tondini/Getty Images

Revisão da tradução
Elisabeth Xavier de Araújo

Revisão
Raquel Corrêa
Ana Julia Cury
Lara Alves

Editoração eletrônica
Abreu's System Ltda.

CIP-BRASIL. CATALOGAÇÃO-NA-FONTE
SINDICATO NACIONAL DOS EDITORES DE LIVROS, RJ

B244d

Barone, Sam
Despertar de um império / Sam Barone ; tradução de Domingos Demasi. - Rio de Janeiro : Objetiva, 2010.
mapa

Tradução de: *Dawn of empire*

518p. ISBN 978-85-60280-51-3

1. Idade do bronze - Iraque - História. 2. Iraque - Civilização - Até 634- Ficção. 3. ficção histórica americana. I. Demasi, Domingos. II. Título.

10-0464 CDD: 813
CDU: 821.111(73)-3

... quando voava a tempestade de flechas, aceleradas pelas cordas,
Disparadas acima da muralha de escudos, velozes com asas emplumadas.
Cada seta cumpriu seu dever e enfiou sua ponta no alvo.

— BEOWULF

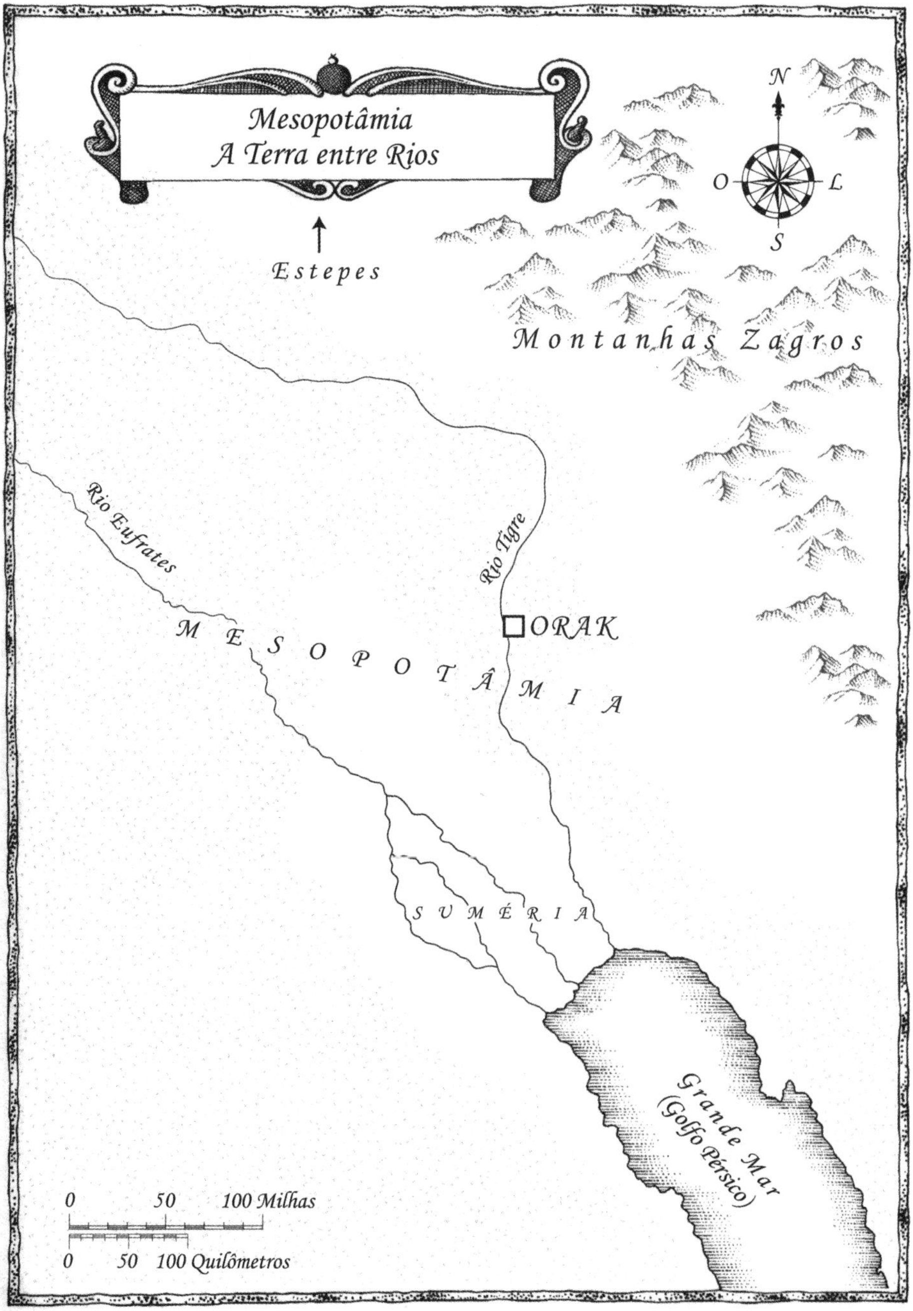
Mesopotâmia
A Terra entre Rios
Estepes
N
O
L
S
Montanhas Zagros
Rio Eufrates
Rio Tigre
ORAK
MESOPOTÂMIA
SUMÉRIA
Grande Mar (Golfo Pérsico)
0 50 100 Milhas
0 50 100 Quilômetros

Orak após a construção da muralha
N
O
L
S
0
.5
1 Milha
0
.5
1 Quilômetro
C1
C2
C3
CE
GI
BH
BM
FR
PR
E
M
N
Q
C
PP
Estrada Norte
Estrada Sul
Rio Tigre
M = Mercado
Q = Quartel
E = Casa de Eskkar
N = Casa de Nicar
C = Casa de Corio
PP = Portão Principal
PR = Portão do Rio
BM = Banho das Mulheres
BH = Banho dos Homens
FR = Fazenda de Rebba
C1 = Manada de Cavalos nº 1
C2 = Manada de Cavalos nº 2
C3 = Manada de Cavalos nº 3
GI = Grande Incêndio
CE = Colina de Eskkar

Prólogo

Margem oriental do rio Tigre, 3158 a.C.

A aldeia se estendia diante dele como uma ovelha encurralada por uma alcateia.

Thutmose-sin deteve seu cavalo molhado de suor na crista da colina, enquanto seus homens formavam a cada um de seus lados. Inspecionou a planície abaixo, observando as semeaduras nas plantações e os canais de irrigação que as regavam. Seus olhos logo se fixaram na aldeia a menos de 3 quilômetros de distância. Ali, o Tigre serpeava acentuadamente em volta do agrupamento de cabanas de barro e barracas que se aninhavam junto a ele. Hoje, o próprio rio que sustentava toda a vida dos comedores de terra seria o obstáculo que impediria sua fuga.

A fuga dos que ainda não tinham escapado, corrigiu-se Thutmose-sin. Ele planejara pegar a aldeia de surpresa, mas a notícia precedera seu bando, como costumava acontecer. Os guerreiros cavalgaram arduamente por cinco dias quase sem dormir. Apesar desse esforço, os comedores de terra tinham recebido um alerta com algumas horas de antecedência. A notícia de sua aproximação devia ter viajado pelo rio, muito mais depressa do que um homem a cavalo. Mesmo agora, Thutmose-sin ainda podia ver algumas canoas sendo freneticamente remadas em direção ao lado mais distante do Tigre. Aqueles que tinham sorte usariam o rio para escapar do destino que ele lhes planejara.

Seus homens tomaram seus lugares. Perto de trezentos guerreiros formaram uma fila única através do topo da colina, com Thutmose-sin no centro dela. Cada homem esticou o arco, desprendeu a lança e soltou a espada da bainha. Já tinham feito isso tantas vezes que agora mal necessitavam falar e poucas ordens bastavam, ao se prepararem não para lutar, mas para conquistar. Somente após prepararem as armas, eles cuidaram de si mesmos. Cada cavaleiro bebeu demoradamente de sua pele de água, depois esvaziou o restante sobre a cabeça e o pescoço de seu cavalo. Haveria água suficiente para homens e animais na aldeia.

Seu segundo em comando, Rethnar, parou logo atrás dele.

— Os homens estão prontos, Thutmose-sin.

O líder virou-se, notou a avidez no rosto de Rethnar e sorriu de ansiedade. Thutmose-sin olhou à esquerda e à direita ao longo da fila e viu que cada décimo homem erguera arco ou lança para o ar. Os guerreiros estavam mais do que prontos. Sua recompensa pelos dias de árdua cavalgada os aguardava.

— Então vamos começar.

Com um toque do calcanhar nas costelas do cavalo, Thutmose-sin iniciou a descida, os homens seguindo sua liderança. Não se apressaram em ir ladeira abaixo. Com cavalos descansados, teriam descido correndo o declive e percorrido os três últimos quilômetros com uma exuberante arremetida. Contudo, após cinco dias de cavalgada, ninguém queria arriscar um valioso, mas exausto cavalo — não com o final da jornada tão próximo.

Ao chegarem à planície, a fila de cavaleiros tornou-se mais desigual à medida que o terreno ficava nivelado. Pequenos bandos de cavaleiros se destacaram das laterais e começaram a se espalhar pelo interior. Iriam à procura de plantações mais afastadas e casas de fazenda dispersas, para forçar seus habitantes em direção à aldeia.

O corpo principal de cavaleiros cavalgou a meio-galope pelas douradas plantações de trigo e cevada. Thutmose-sin à frente. Em pouco tempo chegaram ao largo e bem pisoteado caminho que levava à aldeia. Dois minutos de um leve galope e ultrapassaram as habitações mais afastadas.

Agora os guerreiros mais jovens em cavalos mais novos assumiram a liderança, seus gritos de guerra ressoando acima do som dos cascos dos cavalos. Passaram por alguns esparsos comedores de terra, ignorando mulheres aos gritos, homens amedrontados e crianças chorando. Uma tosca cerca de madeira da altura de um homem talvez os tivesse retardado por um instante, mas o tosco portão estava aberto e desprotegido. Os guerreiros fluíram por ele sem resistência.

Thutmose-sin viu o primeiro comedor de terra morrer. Um velho, cambaleante de medo, tentava alcançar a segurança de uma cabana. Um guerreiro o acertou com sua espada, em seguida ergueu bem alto no ar a lâmina agora suja de sangue e deu o seu grito de guerra. Flechas dispararam de arcos, atingindo homens e mulheres apanhados a céu aberto. Os cavaleiros espalharam-se, alguns desmontando para vasculhar os casebres, lança ou espada na mão à procura de vítimas. Quem resistisse morreria, é claro, mas muitos seriam mortos apenas por divertimento ou para satisfazer a sede de sangue. O resto seria poupado. Os Alur Meriki precisavam de escravos, e não de cadáveres.

Thutmose-sin ignorava os gritos ao cavalgar lentamente pela aldeia, os dez membros de sua guarda pessoal agora cercando-o na viela estreita. Viu que algumas habitações tinham dois andares, uma demonstração da riqueza e do prestígio de seus proprietários, ao passo que outras tinham pequenos jardins que as separavam da viela.

Chegou ao local de reuniões, no coração da aldeia, um vasto espaço a céu aberto com um grande poço de pedra no centro. Mais de uma dúzia de carroças, seus sujos toldos agitados pela leve brisa, atulhava a praça do mercado. Algumas ainda continham suas mercadorias, embora todas tivessem sido abandonadas. Uma aldeia rica, como tinham prometido seus batedores.

Após uma pausa para permitir que os cavalos bebessem um pouco de água do poço, Thutmose-sin pegou uma viela mais larga que levava em direção à parte dos fundos da aldeia. Seguiram por ela até atingirem o rio. Ali ele parou, deslizou tranquilamente para o chão, entregando o cabresto a um de seus homens. Um embarcadouro de madeira adentrava uma dúzia de passos no Tigre. Ao caminhar até o fim do cais, apertou a larga faixa de pano azul bordado com fios vermelhos que impedia que seu cabelo caísse sobre os olhos. Então parou e olhou para a margem oposta.

Mesmo na parte mais rasa, no meio do verão, o Tigre alcançava quase a altura máxima de suas largas margens e, em alguns lugares, sua profundidade era maior do que a altura de um homem. Uma barca fazia as travessias, mas a embarcação abandonada estava na margem oposta, juntamente com três barcos menores, todos vazios. Ele notou que a barca de lados achatados estava pousada num ângulo estranho. Alguns comedores de terra deviam ter furado o fundo.

Na margem oposta, a terra elevava-se de maneira íngreme formando uma encosta de colina pontilhada por palmeiras e álamos. Thutmose-sin podia enxergar centenas de pessoas movimentando-se nervosamente pela ladeira, algumas condu-zindo animais, outras carregando seus escassos pertences, homens ajudando mulheres e filhos. A maioria seguia por uma estrada sinuosa que subia em direção a uma fenda entre as colinas mais próximas. Quase todos lançavam olhares para trás em direção ao rio, temerosos de que os horríveis cavaleiros os perseguissem. Os covardes comedores de terra correriam para o mais longe possível, pelo maior tempo possível, então se esconderiam em pedras e cavernas, tremendo de medo e rezando para que seus deuses insignificantes os livrassem dos Alur Meriki.

Estavam fora de seu alcance, e essa constatação enfureceu Thutmose-sin, embora mantivesse o rosto impassível. Os cavalos cansados não teriam força para superar a correnteza, quanto mais para perseguir os aldeões fugitivos, nem eles teriam meios de trazer qualquer prisioneiro ou mercadorias para aquele lado do rio.

Ele odiava o Tigre, odiava todos os rios quase tanto quanto odiava os comedores de terra que habitavam ao longo dele. Os rios com seus barcos capazes de viajar mais longe e mais depressa do que um cavalo a galope, ao mesmo tempo que carregavam homens e suas cargas. Mais importante ainda, as águas correntes davam vida a aldeias — uma abominação — como aquela e permitiam que crescessem e prosperassem.

Thutmose-sin inspirou fundo, então retornou pelo cais. Nada demonstrava sua decepção. Saltou novamente para cima do cavalo e conduziu seus guarda-costas de volta à aldeia, onde o pranto dos prisioneiros crescia numa saudação. Ao chegar ao poço, Rethnar estava à espera.

— Salve, Thutmose-sin. Uma bela aldeia, não?

— Salve, Rethnar — respondeu, de modo formal, Thutmose-sin, para afirmar sua autoridade. Os dois tinham praticamente a mesma idade, poucos meses menos que 25 anos, mas Thutmose-sin comandava a maioria dos homens, e o sarrum do clã, ou rei, lhe dera a responsabilidade daquele ataque. O fato de o sarrum, por acaso, ser o pai de Thutmose-sin não fazia diferença em sua autoridade.

— Sim, mas fugiram muitos pelo rio.

Rethnar deu de ombros.

— Um dos escravos disse que souberam de nossa vinda algumas horas atrás. A notícia veio pelo rio.

— O tempo suficiente para que a maioria escapasse. — Thutmose-sin conduzira os homens durante os últimos três dias, sem descanso, na tentativa

o. — O escravo disse quantos havia na aldeia?

nose-sin, mas eu descobrirei.

você com essa tarefa, Rethnar. Os aldeões remanescentes

dos embaixo da cama ou em buracos cavados ao lado de

arei algumas horas para encontrar todos eles.

Thutmose-sin desmontou e caminhou até o poço. Um de seus homens trouxe um balde com água fresca, que ele tomou bastante e depois lavou a poeira do rosto e das mãos. Dispensou a maioria dos guardas, para que pudessem participar da pilhagem. Eles não seriam necessários ali.

Com apenas três homens, ele começou a exploração. Entrou em muitas das casas maiores, curioso para ver o que continham e de que modo as pessoas viviam. Fez o mesmo em meia dúzia de lojas. Por toda parte havia sinais da partida apressada de seus donos, desde refeições pela metade a mercadorias ainda expostas para a venda, em carroças, ou jogadas para o lado de dentro, antes que os proprietários fugissem. Sem pressa, examinou os cintos de couro, tecidos, sandálias e louças espalhados pelo chão. Até mesmo abaixou-se para entrar numa cervejaria, mas o cheiro azedo fez com que fosse adiante.

Seguindo por outra viela, Thutmose-sin ficou imaginando como os comedores de terra conseguiam viver atrás de muros de barro que tapavam o vento e o céu, ao mesmo tempo que se cercavam do fedor e da sujeira de centenas de outros tão sujos quanto eles. Um guerreiro de verdade vivia livre e orgulhoso, sem ficar preso a um lugar em particular, e tomava o que precisava ou queria com sua espada.

Uma casa maior, meio escondida atrás de um muro, chamou sua atenção. Abriu o portão de madeira. Em vez do costumeiro jardim, encontrou a oficina de ferreiro, com duas forjas, um fole e três tinas de esfriamento de tamanhos diferentes. Ferramentas agrícolas semirremendadas espalhadas no chão ou sobre bancos vazios, mas cerca da metade do local de trabalho continha instrumentos para a feitura de armas. Moldes de argila para espadas e adagas estavam apoiados sobre a parede do jardim. Pedras para afiar e fazer acabamentos enchiam uma prateleira, e um grande bloco de madeira, com marcas de entalhes e golpes, mostrava onde o espadachim testava suas novas lâminas. O artesão tinha levado suas ferramentas consigo, é claro, ou as escondera em algum lugar. Armas e ferramentas podiam ser tão valiosas quanto cavalos. O ferreiro devia ser um artífice magistral para possuir uma casa tão grande. O pensamento não lhe causou prazer. As melhores armas de bronze que os Alur Meriki carregavam vieram de aldeias grandes como aquela. Detestava o fato de que ferreiros de aldeias fossem capazes de criar armas tão boas com aparente facilidade. Espadas, adagas, lanças e pontas de flechas, tudo podia ser feito ali, e melhor do que seu próprio povo era capaz de fazer.

Não que os membros de seu clã não conhecessem os mistérios do bronze e do cobre. Contudo, suas forjas menores e transportáveis não podiam rivalizar com a qualidade e os recursos de uma grande aldeia. Forjar uma resistente espada de bronze exigia cuidado e tempo, dois luxos que seu povo não tinha, visto que vivia em permanente migração.

Poucos guerreiros entre seu povo ligavam para os modos dos comedores de terra, mas Thutmose-sin tivera um pai sábio, que lhe ensinara os mistérios da vida. Dos muitos filhos de Maskim-Xul, apenas Thutmose-sin nascera durante a lua cheia, a ocasião do nascimento daqueles a quem os deuses dão extraordinárias percepção e astúcia. Quando Thutmose-sin se tornou adulto, seu pai acrescentou o raro *sin* a seu nome, para significar sua sabedoria e seu discernimento.

Thutmose-sin sabia da importância de conhecer seus inimigos. Os comedores de terra representavam uma ameaça até mesmo para os Alur Meriki, algo que seu pai entendia bem. Todos os outros do clã teriam ridicularizado a ideia de moles aldeões competirem com eles. Para os guerreiros, um inimigo era outra tribo rival das estepes que poderiam encontrar em suas andanças. Os patéticos comedores de terra tinham poucos lutadores e menos ainda cavaleiros habilidosos. Qualquer um de seus guerreiros, mais forte, mais alto e mais treinado desde pequeno em lutar e cavalgar, poderia matar sem dificuldade três ou mais comedores de terra numa batalha.

Não, os comedores de terra não conhecem as artes da guerra, nem jamais poderão se tornar fortes combatentes. Eles, porém, possuem outra arma mais mortal do que qualquer arco ou lança: a comida que arrancam da terra. A comida que lhes permite se multiplicar como formigas, sem terem de caçar ou se esforçar pelo seu alimento. Quanto mais comida tiram da terra, mais se multiplicam. E, algum dia, talvez haja tantos deles que nem mesmo os Alur Meriki conseguirão matar todos.

Esse dia jamais chegará, jurou Thutmose-sin. Seu pai envelheceu e logo terá de lhe passar a autoridade que tem exercido há tanto tempo. Nesse dia, Thutmose-sin, já o favorito do conselho de anciãos do clã, chefiará os Alur Meriki. Será de sua responsabilidade cuidar para que o clã cresça e prospere, como sempre o fez, através da conquista e da pilhagem. Ele não faltaria com seu dever.

Horas se passaram antes de ele retornar à praça do mercado. Guerreiros e seus prisioneiros enchiam a área. A maior parte da gritaria já cessara. Os novos escravos, ajoelhados na terra, se aglomeravam, ombro a ombro. O fedor de seu medo superava até mesmo o velho cheiro de cinco dias que desprendiam os cavalos dos guerreiros. Encontrou Rethnar sentado no chão, as costas apoiadas no poço, à espera da volta de seu líder.

— Salve, Rethnar. Há quantos deles?

— Duzentos e oitenta e seis capturados com vida, após arrancarmos os últimos deles de suas tocas. Outros setenta ou oitenta mortos. Mais do que o suficiente para as nossas necessidades. Todas as cabanas e campos foram vasculhados. Nenhum tentou resistir.

— Quantos viviam aqui?

— Perto de mil comedores de terra viviam nesta sujeira — respondeu Rethnar, com uma expressão de nojo. — Algumas horas mais cedo e poderíamos ter capturado mais quatrocentos ou quinhentos.

— Para isso, teríamos de ter cavalos com asas. — Eles cavalgaram o mais arduamente possível. — Conseguiu algum cavalo?

— Não, nenhum. Não duvido que alguém com um cavalo tenha cavalgado para o sul. Há alguns bois nos campos.

Bois não tinham qualquer valor, não ali tão distante do acampamento dos Alur Meriki. Thutmose-sin tivera a esperança de conseguir pelo menos alguns cavalos. Mais animais poderiam carregar mais saques. Afastou esse pensamento. — Você está pronto para começar?

— Estou, Thutmose-sin. Após selecionarmos os escravos, deixaremos o resto viver? — Rethnar tocou com os dedos a espada.

Thutmose-sin riu da expectativa do homem. Seu segundo em comando adorava matar. — Não, não desta vez. Muitos nos escaparam. Comece.

Rethnar levantou-se para dar as ordens. Os guerreiros andaram por entre os prisioneiros, escolhendo os incapacitados para trabalhar. À ponta de espada, separaram os velhos, os jovens, os doentes e os fracos, afastando-os do grupo original. Arrancaram bebês dos colos de suas mães, e derrubaram com socos as mulheres que tentavam resistir. Dois homens reagiram aos guerreiros e rapidamente foram esfaqueados. Os homens de Rethnar queriam apenas os que fossem fortes para resistirem ao que os aguardava. Os outros, sem utilidade, morreriam. Thutmose-sin assim ordenara.

A seleção foi feita rapidamente. Thutmose-sin observou os guerreiros dividirem os comedores de terra em dois grupos, seus lábios se movendo enquanto ele fazia sua própria contagem. Um pouco mais de 140 viveriam.

Quando seus homens completaram a divisão, Rethnar gritou a ordem e deu início à matança. Guerreiros avançavam metodicamente através dos selecionados para morrer. Espadas subiam e desciam. O cheiro de sangue rapidamente saturou o ar. Gritos e prantos ecoaram novamente nos muros, enquanto entes queridos clamavam uns pelos outros. A matança, eficiente e veloz, demorou pouco tempo. Guerreiros não viam qualquer glória em tal chacina. Poucos resistiam. Três crianças tentaram fugir, impelidas por suas mães indefesas, mas a fileira de guerreiros continha as vítimas. Alguns apelaram para seus deuses, implorando pela ajuda de Marduk ou Ishtar, mas os falsos deuses dos comedores de terra não tinham poder sobre os Alur Meriki.

Quando terminou a carnificina, Thutmose-sin montou no seu cavalo e foi para diante dos que tiveram a vida poupada, seus guardas parados diante dele, armas nas mãos, tanto para intimidar quanto para proteger. Lágrimas recentes riscavam igualmente os rostos aterrorizados de homens e mulheres. O silêncio logo baixou sobre os sobreviventes, ao erguerem a vista para aquele novo guerreiro.

— Eu sou Thutmose-sin dos Alur Meriki. Meu pai, Maskim-Xul, governa todos os clãs dos Alur Meriki. — Falou na própria língua, embora soubesse falar muito bem o dialeto dos aldeões. Se a aldeia tivesse resistido, se alguns aldeões tivessem combatido com coragem, provavelmente ele se dirigiria a eles diretamente. Contudo, fazer isso agora o desonraria. Um de seus homens serviu de intérprete, falando em voz alta, para que todos pudessem ouvir seu destino.

— Em nome de Maskim-Xul, vocês serão escravos do clã Alur Meriki pelo resto de suas vidas. Trabalharão arduamente e obedecerão a todas as ordens. Vocês agora aprenderão o que espera aqueles que desobedecerem ou tentarem fugir.

Virou-se para Rethnar.

— Mostre-lhes.

Rethnar chamou seus homens e estes começaram a fase seguinte do treinamento dos escravos. Um de seus subcomandantes escolheu rapidamente dois homens e duas mulheres. Os guerreiros despiram os homens e, em seguida, prenderam-nos ao chão com estacas, as pernas bem afastadas. As cordas esticaram seus membros o máximo possível para evitar o menor movimento. Ao mesmo tempo, outros guerreiros agruparam ainda mais os escravos restantes, que continuavam ajoelhados, para que pudessem assistir à tortura. Todos deviam assistir e nenhum podia virar o rosto ou fechar os olhos.

Guerreiros se ajoelharam ao lado de cada vítima amarrada. Rethnar fez um gesto com a cabeça e os homens começaram, usando suas facas para retalhar seus prisioneiros, ou pedras do tamanho de punhos para romper ou esmagar a carne deles. Os indefesos homens berraram aterrorizados antes mesmo do primeiro corte ou pancada. Quando começou a tortura propriamente dita, gritos agudos de dor ressoaram nos muros de barro. A tortura devia ser prolongada, para as vítimas sofrerem o máximo possível durante todo o tempo que conseguissem aguentar. Seu destino serviria de exemplo aos que eram forçados a olhar. Alguns espectadores tremeram incontrolavelmente de medo, outros choraram de aflição, mas a maioria apenas olhou fixo, em estado de choque. Quem virasse a cabeça ou fechasse os olhos levava uma pancada com a prancha da espada.

Ao mesmo tempo, outros guerreiros cuidavam das mulheres. Uma carroça, usada pelos aldeões para expor frutas ou legumes, servia agora a outro propósito. Após terem as roupas simples arrancadas de seus corpos, elas se viram lado a lado, curvadas para trás atravessadas sobre a carroça e contidas por guerreiros às gargalhadas, enquanto o primeiro grupo de sorridentes Alur Meriki fazia fila para satisfazer seu prazer. Ambas as mulheres seriam violentadas até as raias da insensibilidade, então cortadas em pedaços, uma prática que sempre provocava a quantidade adequada de terror em mulheres recém-capturadas.

O procedimento não demoraria muito. Posteriormente, não haveria resistência. Os novos escravos aprenderiam a lição que seus novos amos pretendiam: obedecer imediatamente a toda ordem, suportar qualquer abuso, ou enfrentar um castigo ainda pior. Os Alur Meriki tinham poucos problemas com escravos, fossem homens ou mulheres. A morte, por lenta tortura, diante da menor transgressão, real ou imaginada, servia de eficaz meio de intimidação, que mantinha escravos dóceis, enquanto seus amos faziam com que trabalhassem até a morte.

Thutmose-sin virou-se para Rethnar e viu seu subcomandante puxar para o lado sua roupa de baixo. Ele seria o primeiro a fazer uso de uma, ou de ambas as mulheres.

— Não deixe que morram cedo demais, Rethnar.

Os gritos crescentes das vítimas abafaram a resposta de Rethnar.

Thutmose-sin girou seu cavalo e saiu cavalgando da aldeia, três guardas ainda o acompanhando. Dessa vez, inspecionou as fazendas das vizinhanças, examinando as casas de fazenda, plantações e até mesmo os intermináveis canais de irrigação que levavam água para as semeaduras. Nenhum guerreiro jamais se sujeitaria à agricultura, mas Thutmose-sin queria saber como aquela aldeia crescera tanto, como tantos podiam ser alimentados por aqueles campos. A resposta, porém, lhe escapava e, quando voltou, a lição de Rethnar tinha terminado. Os quatro corpos, agora cobertos de moscas, jaziam estatelados onde morreram. O silêncio dominava a praça do mercado. Em obediência aos novos amos, os escravos se mantinham calados. Tinham aprendido a primeira lição.

Ele desmontou e passou pelos corpos indo até onde os aldeões estavam ajoelhados, os olhares fixos nas vítimas, como lhes ordenara. Alguns olharam de relance quando o líder dos Alur Meriki se aproximou, mas uma breve olhada para seu rosto sério e voltavam a fitar o horrendo quadro vivo diante deles.

Ignorando os homens e as crianças, ele examinou os rostos das mulheres. Três ou quatro lhe pareceram suficientemente graciosas.

— Tirem elas daí para mim — ordenou aos seus guarda-costas. Eles agarraram as que ele indicara, puxando-as para colocá-las de pé e retirá-las da multidão de corpos ajoelhados. Levaram apenas um momento para arrancar suas roupas e forçá-las a se ajoelharem na terra.

Essas pareciam ser as mais bonitas do lote, embora Thutmose-sin soubesse que lágrimas e terror podiam mudar o rosto de uma mulher. Duas delas, os corpos tremendo, choravam baixinho, um choro amargurado que logo iria passar. Afinal de contas, os olhos só conseguiam conter uma certa quantidade de água. As outras duas apenas olhavam para ele, medo e choque já se transformando em desesperança.

Thutmose-sin examinou uma por vez, agarrando seus cabelos e puxando seus rostos para cima. As duas que escolheu pareciam mais velhas, mais ou menos 16 ou 17 estações. Gostava delas naquela idade, quando já tinham aprendido o suficiente sobre como satisfazer um homem. Sabia que elas o satisfariam. Depois do que tinham visto naquele dia, elas fariam um esforço louco para lhe dar prazer.

Rethnar aproximou-se.

— A lição terminou, Thutmose-sin. Devemos começar a dividir a pilhagem? Os homens estão ansiosos para pegar o resto das mulheres.

Thutmose-sin deu uma olhadela para o sol, ainda alto no céu da terra.

— Não, só quando escurecer. Ponha os escravos para trabalhar. O que não quisermos será destruído. Se puder ser queimado, quero que seja trazido para cá e tocado fogo. Tudo, inclusive a cerca, as carroças, ferramentas, roupas, tudo. Quebrem o que não puder ser queimado. Então, amanhã, mande os escravos demolirem todas as casas. Quando os comedores de terra voltarem, não devem encontrar nada de valor. E, antes de começarem a marcha de volta ao acampamento, queimem também as plantações. Tudo, todo animal deve ser destruído.

Thutmose-sin olhou em volta as casas que o cercavam.

— Esta aldeia cresceu e prosperou demais. Os comedores de terra devem aprender uma lição para não construírem novamente lugares como este. E, quando iniciarem a viagem para casa, acumulem os escravos com o máximo de carga que puderem carregar. Que apenas os mais fortes sobrevivam até chegar ao nosso acampamento.

Rethnar sorriu.

— Eu lhes ensinarei. Então você vai voltar ao conselho?

— Vou. Amanhã, pegarei cinquenta homens e retornarei a meu pai. Levarei para ele os mais finos vinhos e as mais seletas mulheres. Se você quiser, envie dez de seus homens com presentes para seu avô. — O avô de Rethnar também tinha assento no conselho.

— Meu avô ficará contente.

— Você se saiu muito bem, Rethnar. Falarei sobre você ao meu pai e ao conselho.

Rethnar levaria quase três semanas para se juntar ao clã, sobrecarregado com tantos escravos e mercadorias. E o número de escravos aumentou, depois que os homens de Rethnar visitaram as casas de fazenda pelas quais passaram em sua investida à aldeia.

Thutmose-sin montou em seu cavalo, então se dirigiu a seus guardas.

— Levem minhas mulheres para o rio. — Conduziu o animal pela viela, até chegar à beira da água. Primeiro, cuidaria de seu cavalo, depois se lavaria no Tigre. As duas mulheres também se banhariam, para que, naquela noite, não levassem o fedor da aldeia para a cama dele.

Ao mergulhar na água fria e purificadora, pensou no que tinha realizado. Levariam muitos saques e escravos, e uma grande aldeia seria destruída como lição aos comedores de terra. A saúde e o poder dos Alur Meriki aumentariam enormemente. A captura de mais algumas centenas de escravos teria tornado o ataque mais bem-sucedido, mas nada podia ser feito para remediar isso. Afinal de contas, tudo saíra bem. Seu pai e o conselho ficariam contentes.

Onze anos depois, próximo às cabeceiras do Tigre...

Thutmose-sin cavalgou lentamente pelo meio de cabanas esparsas até alcançar a beira da escarpa. Daquela altura, observou as águas geladas do Tigre, cintilando à luz do sol e recém-saído de seu berço nas montanhas, estendendo-se todo o caminho até o distante horizonte ao norte. Diretamente abaixo do cume, uma caravana de homens e animais começara a difícil travessia para a margem oriental.

Essa caravana se mostraria muito mais poderosa do que o obstáculo de água que a natureza colocara em seu caminho. O povo das estepes, os Alur Meriki, viajava para onde queria e nada se colocaria em seu caminho. Eles dominavam todos os povos do mundo, do mesmo modo como Thutmose-sin os dominava. Era o rei deles e governava o mundo.

Em sua 35ª estação, o líder dos Alur Meriki continuava tão forte e poderoso quanto na juventude, sem qualquer vestígio de gordura na sua estrutura alta e musculosa. Do pescoço, pendia uma corrente de elos de cobre com um medalhão de ouro de 8 centímetros que identificava o líder dos Alur Meriki. Diferente de seus seguidores, ele não usava quaisquer outras joias ou anéis para mostrar sua importância ou suas conquistas. O medalhão proclamava seu poder — somente o mais forte e mais capaz merecia o direito de usá-lo.

Thutmose-sin observava com satisfação a cena abaixo. O clã se estendia numa larga e sinuosa fila por quase 7 quilômetros, uma procissão serpentiforme que enviava para o ar parado uma comprida coluna de poeira avermelhada. Quatrocentos guerreiros a guiavam, ajudando as carroças a passarem pelos lugares onde a terra se transformava em areia fofa, mantendo em movimento os rebanhos de ovelhas, cabras e gado e, ocasionalmente, desmontando para juntar seus próprios músculos aos dos exaustos animais que se esforçavam através do terreno acidentado. A caravana viajava lentamente, mas nunca parava.

A coluna consistia em cavalos, bois, carroças, pequenos animais, mulheres, crianças, velhos e escravos, mais ou menos nessa ordem de importância. A verdadeira força de seu povo, sua grande força de guerreiros, percorria a região com muitos dias de cavalgada à frente e de cada lado da fila em marcha. Alguns procuravam a melhor e mais fácil rota para a caravana viajar. A maioria, porém, pilhava o interior, tomando tudo de valor que encontrava, para se enriquecer e manter o clã vivo e se desenvolvendo.

Os Alur Meriki tinham se tornado o maior ajuntamento daqueles que, muitas gerações atrás, tinham vindo das estepes setentrionais. Chegavam agora a 5 mil pessoas, sem contar os escravos. Isso significava que Thutmose-sin tinha a seu dispor perto de 2 mil combatentes. Nenhum outro clã das estepes produzira tantos guerreiros. Mais importante: os guerreiros Alur Meriki nunca perderam uma batalha. Já tinham se passado mais de vinte anos, desde o tempo em que Maskim-Xul liderava os Alur Meriki, que outro clã tivera o atrevimento de desafiá-los.

Satisfeito com o progresso de seu povo, Thutmose-sin afastou seu cavalo da beira do penhasco. Ao fazer isso, um pequeno bando de cavaleiros se aproximou, um líder de clã à sua frente.

— Salve, Sarrum. — Urgo, o líder do clã e parente de Thutmose-sin, usava o título formal ao se referir ao seu senhor. O primeiro a jurar aliança a Thutmose-sin após a morte de Maskim-Xul seis anos atrás, Urgo era um palmo mais baixo, porém mais largo do que seu primo. Apesar de ser seis estações mais velho, Urgo parecia tão saudável quanto este. Oito ou dez horas sobre o lombo de um cavalo esperto mantinham qualquer homem em boa forma para lutar.

— Salve, Urgo.

— Trago notícias, Thutmose-sin.

Dos vinte líderes de clãs governados pelos Alur Meriki, o de Urgo tinha se tornado um dos mais poderosos, com duzentos guerreiros de seu padrão.

Não que Urgo ou qualquer líder de clã facilitasse a vida para Thutmose-sin, embora a metade tivesse algum grau de parentesco com ele. Às vezes, era mais fácil lidar com o bando inteiro dos Alur Meriki, com suas intermináveis disputas por mulheres, cavalos ou honra de algum guerreiro, do que com as furiosas disputas dos vinte membros do conselho.

Thutmose-sin conduziu Urgo de volta à crista da colina. Deixaram seus guarda-costas para trás, fora do alcance de audição, e se sentaram perto da beira do penhasco onde podiam observar a procissão lá embaixo. Levaria três ou quatro dias até o clã vadear o Tigre. Acamparam ali pelo menos uma semana, onde descansaram e consertaram as carroças e deixaram as ovelhas e as cabras pastarem no farto capim, para engordarem antes de seguirem em frente.

— Um mercador do rio me contou uma coisa interessante — começou Urgo sem cerimônia. — Disse que há uma grande aldeia no distante sul. Chama-se Orak. O mercador afirma que há 2 mil comedores de terra vivendo lá.

— Dois mil? — A voz de Thutmose-sin elevou-se, descrente. Era facilmente duas vezes maior do que qualquer coisa que os Alur Meriki já tinham encontrado. Uma aldeia desse tamanho, capaz de se alimentar, teria grandes recursos para fornecer muitos saques.

— Será possível tantos comedores de terra viverem num só lugar? Tem certeza de que seu mercador fala a verdade?

— Sim, Sarrum, eu acredito nele — respondeu Urgo. — Outros já me falaram desse lugar. Deixe-me mostrar. — Começou a desenhar um mapa na areia. Com alguns leves traços de sua faca e a ajuda de algumas pedras para representarem as montanhas e outros pontos de referência, Urgo fez surgirem rios e se erguerem os montes do leste. Como sempre, impressionou o sarrum com sua memória e também com sua habilidade cartográfica. Urgo era capaz de recriar mapas de todos os lugares pelos quais o clã atravessara com tanta precisão como se os tivesse visto no dia anterior, e não há cinco ou mesmo dez anos antes.

— Quando atravessarmos o Tigre — explicou Urgo —, continuaremos para leste. Em poucas semanas teremos de escolher uma rota para o sul. Se virarmos aqui, ou aqui — indicou lugares no mapa —, como está planejado, passaremos muito a nordeste dessa Orak. Ficará longe demais para uma incursão. Portanto, se quisermos capturar esse lugar, teremos de virar antes. Poderemos seguir mais em direção a essa aldeia, talvez até mesmo seguir o curso do Tigre. As terras ao longo do rio são férteis. Haverá muitos grãos e mercadorias para tomarmos. Não é a rota da marcha que planejamos, mas essa grande aldeia pode conter muitos bens.

Urgo inspirou fundo.

— Qualquer que seja a rota que a gente escolha, quando estivermos alguns meses mais perto, poderemos enviar na frente grupos de invasão para capturar essa Orak. Dois mil comedores de terra devem ter muitos valores e nenhum meio de esconder todos eles.

Thutmose-sin olhou abaixo para as linhas na areia. — Esse lugar me parece familiar.

— Claro — disse Urgo com uma risada. — Você o atacou alguns anos antes de se tornar sarrum. Já naquela ocasião, Orak era uma aldeia bem abastecida, e você trouxe muitos escravos.

Thutmose-sin tocou o punho de sua espada, tentando se lembrar de uma incursão entre tantas. O nome não lhe dizia nada, mas reconhecia a curva do Tigre.

— Sim, eu me lembro. Uma boa incursão. Mas, na época, a aldeia não era tão grande, e matamos todos e a destruímos. Ela teria ressurgido e crescido novamente tão depressa?

Urgo deu de ombros.

— Deve ter.

Parecia uma decisão simples, fácil de tomar, em nada diferente de muitas outras opções que o clã enfrentava todo dia. Mesmo assim, Thutmose-sin hesitou.

— Uma aldeia tão grande assim é um desafio ao nosso modo de vida, Urgo — disse ele —, e só por esse motivo deveria ser destruída. Mas não tínhamos planejado ir tão distante assim ao sul. Se fizermos isso, aumentaremos em muitos mais quilômetros a nossa viagem. Teremos de nos apressar para alcançar nosso acampamento de inverno. O que encontraremos, quando chegarmos a essa Orak, talvez não valha as semanas a mais de viagem.

— Sim, talvez não — respondeu Urgo. — É o problema de sempre.

Thutmose-sin compreendia a prudência do homem. Urgo não tomava tais decisões. Somente Thutmose-sin ou o conselho todo podia mudar a rota. Urgo, porém, tinha a responsabilidade de colher informações sobre a terra pela qual passariam e sugerir possíveis ataques ou rotas a seguir. No caso de os Alur Meriki seguirem, afinal, em direção ao sul, a rota escolhida e a velocidade da viagem seriam críticas para a prosperidade e a saúde dos clãs. O sarrum entendia muito bem o problema ao qual Urgo se referia. Se enviassem grupos de incursão, isso significaria atrasos e dificuldades para levar o saque de volta ao acampamento principal. Um guerreiro montado, transportando armas, água e o que fosse necessário para seu cavalo, conseguiria carregar muito pouco a mais. Escravos sobrecarregados viajavam lentamente e requeriam grandes quantidades de comida e água, que também precisavam ser carregadas. Se, em vez disso, levassem o clã todo para perto de Orak, ficariam cerca de 30 quilômetros a oeste de onde queriam ficar. Como sempre, nem todas as necessidades conseguiriam ser satisfeitas. Não importava que decisão fosse tomada, alguém ficaria insatisfeito.

— Se seguirmos em direção a esse lugar — disse Thutmose-sin batendo na pedra que representava Orak —, eles saberão de nossa ida. Essas grandes aldeias se esvaziam muito antes de nossos guerreiros chegarem. Até mesmo os lavradores ao longo do caminho fugirão, após esconderem bem fundo na terra seus utensílios e sementes para plantar. Não importa que rota escolhermos, a notícia de nossa incursão logo se espalhará.

Teoricamente, eles capturariam essa Orak com seu povo e mercadorias dentro dela, mas tal evento quase nunca acontecia, mesmo com grupos de incursão que podiam viajar mais longe e mais depressa. Utensílios, grãos e objetos de valor desapareceriam, enquanto cavalos e rebanhos de animais seriam dispersados ou escondidos. O clã teria sorte se capturasse um terço do que a aldeia possuía.

Thutmose-sin desviou a vista do mapa e olhou a terra abaixo. Seus pensamentos, porém, permaneciam nessa Orak. Tal aberração não deveria ter permissão de existir. Aldeões fuçando a terra como porcos para conseguir sua comida, em vez de caçar ou lutar por ela como verdadeiros homens. Os comedores de terra viviam e procriavam como formigas. Você podia pisotear seu formigueiro, mas, em poucos anos, ele crescia de volta, com mais formigas do que antes. Exatamente como essa Orak. Ele a arrasara anos atrás e ela já se erguera de novo, com mais comedores de terra do que antes.

Agora Thutmose-sin queria eliminá-la e destruir todos em seu interior. Os Alur Meriki podiam tolerar pequenas aldeias. Estas eram saqueadas, mas não destruídas, para que pudessem ser atacadas novamente, no futuro. Mas uma aldeia com 2 mil pessoas era mais do que um insulto. Imaginou o que poderia acontecer, se retornassem dali a mais dez anos, e encontrassem a aldeia com o dobro do tamanho mais uma vez. Não, essa Orak precisava ser destruída para se ter certeza de que tal coisa jamais aconteceria.

Não seria fácil. Thutmose-sin precisava encontrar um meio de manter todos os aldeões dentro dela, com suas mercadorias, até ser tarde demais para fugir.

— Essa aldeia — disse Thutmose-sin —, a passagem rasa do rio para lá é boa?

Urgo fez que sim.

— De acordo com o mercador, é a única travessia fácil por 60 ou 80 quilômetros em ambas as direções. Talvez seja isso que ajude o lugar a crescer tanto.

— Então a maioria dos aldeões importantes fugirá atravessando o Tigre ou então descendo o rio. — Thutmose-sin tirou a adaga do cinto e aproximou-se do mapa de Urgo. — Talvez haja um meio de tomá-la antes que muitos escapem.

Sua faca traçou novas linhas na areia, enquanto ele falava. O plano que traçou era simples, mas diferente de tudo o que eles já tinham feito. A disposição da terra ajudaria, como também o Tigre. Quando Thutmose-sin terminou, suas cabeças quase se tocavam, enquanto se curvavam sobre o mapa.

— É um plano astuto, Thutmose-sin. Conseguiremos muitos escravos.

— As táticas são bastante simples, e temos o dobro de guerreiros de que necessitamos. E os comedores de terra farão o que sempre fazem, ajudando assim na própria destruição.

Finalmente Urgo concordou com a cabeça.

— Sim, Sarrum, não penso em nada que possa dar errado. Capturaremos muitas coisas de valor para o clã. Iniciarei os preparativos. Há meses suficientes para se cuidar dos detalhes, e sempre poderemos mudar nossas táticas, se acontecer algo inesperado.

— Então está decidido. — Thutmose-sin pôs-se de pé, seu subcomandante fez o mesmo. — Discutiremos isso esta noite com o conselho. — Este aprovaria, é claro, principalmente se tivesse o apoio de Urgo.

Ele voltou a montar no cavalo, seus guarda-costas formando novamente à sua volta, então cavalgou mais uma vez até a borda da escarpa para uma última olhada na caravana. Seu povo prosseguia sua marcha inexorável. O ritmo da viagem era lento, mas os governantes do mundo não tinham necessidade de se apressar.

Thutmose-sin sorriu com essa expectativa, ao girar o cavalo e colocá-lo a galope. Ele expusera a rota e os objetivos dos Alur Meriki pelos próximos seis meses. Esses planos significavam que algumas aldeias seriam poupadas, seus tolos habitantes agradecendo aos deuses pela sua libertação, sem jamais se darem conta de que existiam apenas por sua tolerância.

Essa grande vila de Orak seria tomada tão facilmente quanto a menor casa de fazenda no caminho deles. Os habitantes de Orak morreriam ou se tornariam escravos. Ele, Thutmose-sin, tinha decidido e assim seria. Nenhum clã, nenhuma aldeia, nenhum poder da natureza seria capaz de deter a plenitude da força de seu povo. E desta vez, quando acabasse com ela, Orak mergulharia de volta na lama da qual saíra. Desta vez, o formigueiro não se recuperaria.

PARTE I

O Povoado

1

A margem oriental do rio Tigre, cerca de 300 quilômetros a norte do grande mar...

— Acorde, Eskkar, acorde logo! Nicar mandou buscá-lo. Tem de ir imediatamente! — Eskkar deu-se conta de que as palavras tinham sido pronunciadas várias vezes, acompanhadas de vigorosas sacudidas. Agora deixaram de ser meros sons e encontraram seu caminho através da névoa que ainda cravava sua mente e seu corpo causada pela bebedeira da noite anterior.

— Basta — resmungou Eskkar, girando desajeitadamente o braço para o mensageiro. Mas o ágil jovem desvencilhou-se facilmente. Eskkar forçou-se a uma posição sentada sobre seu duro catre, enquanto o aposento girava à sua volta e o sangue latejava em sua cabeça por causa do repentino movimento. Sua garganta estava seca, como o granuloso chão de terra debaixo de seus pés descalços, e seu crânio parecia, a qualquer momento, prestes a romper ao meio, o preço que ele pagava pelo vinho avinagrado da noite anterior.

— Água — rosnou. Após alguns momentos, o mensageiro colocou um copo de madeira nas mãos trêmulas de Eskkar. Ele deu algumas goladas, mas a maior parte do líquido escorreu queixo abaixo para o peito nu. Seus olhos se recusavam a entrar em foco, e a reluzente luz solar que se derramava pela porta aberta para o interior do escuro alojamento de soldados aumentava sua desgraça.

Assim que Eskkar abaixou o copo, o garoto recomeçou.

— Depressa, Eskkar. Nicar está à sua espera! Precisa ir imediatamente.

O que, em nome dos deuses, Nicar poderia querer dele? Mas o nome de Nicar e seu cargo de governante da aldeia de Orak fizeram com que ele começasse a se mexer, primeiramente cambaleando para o malcheiroso penico no interior do aposento dos soldados rasos, depois retornando ao seu catre para vestir a túnica.

Deixando o quartel, os olhos semifechados contra o sol, Eskkar conseguiu encontrar o caminho até o poço. Curvou-se um momento sobre as pedras ásperas, então pousou o balde para salpicar água no rosto antes de bebê-la.

Mais ou menos refrescado, ergueu a vista, surpreso em ver o sol tão alto. Demônios do inferno, ele devia ter bebido uma pele cheia daquele vinho amargo de tâmaras. Amaldiçoou a si mesmo por ser um idiota.

Ao se virar, Eskkar viu um punhado de guardas, homens que deviam estar ocupados com suas tarefas diárias, parados constrangidamente perto dele.

— Cadê Ariamus? — perguntou a nenhum deles em particular, a voz soando rouca em seus ouvidos. Ariamus, capitão da guarda, mantenedor das poucas leis de Orak e defensor da aldeia contra bandidos e saqueadores.

— Ariamus sumiu — respondeu um veterano de barba grisalha, cuspindo no chão para demonstrar seu desgosto. — Ele fugiu, levou uma dúzia de homens, além de cavalos e armas suplementares. As conversas no mercado dão conta de que os bárbaros seguem para o sul, vindo em direção a Orak.

Eskkar deixou as palavras penetrarem enquanto examinava seus rostos. Viu medo e incerteza misturados com o choque da perda de seu superior. Não admirava que o tivessem procurado. Se Ariamus havia fugido, então Eskkar estaria no comando, pelo menos até um novo capitão ser escolhido. Isso explicava a convocação de Nicar.

O sorridente mensageiro deu um puxão na túnica de Eskkar. Ele se recusava a se apressar, demorando-se para tirar outro balde do poço. Lavou as mãos e o rosto antes de retornar ao quartel para amarrar suas sandálias gastas e remendadas. Só então seguiu o garoto pelas ruas sinuosas até a imponente casa de pedra e tijolos de barro de Nicar, o principal comerciante de Orak e o mais notável entre as Cinco Famílias governantes que ditavam as atividades diárias da aldeia.

O jovem puxou Eskkar para dentro da casa, ao passarem pelo porteiro, então o guiou pelos estreitos degraus até os aposentos superiores. A casa parecia silenciosa, sem qualquer dos habituais visitantes à espera de sua vez para falar com o ocupado comerciante.

Nicar estava de pé na minúscula sacada que dava vista para a aldeia. Bem mais baixo do que Eskkar, o grisalho comerciante carregava um peso extra em volta da cintura que o distinguia como um homem rico.

Eskkar resmungou algo que esperava ter soado como uma saudação e ficou parado, enquanto o homem mais rico e mais importante da aldeia o olhava de cima a baixo. Eskkar se deu conta de que Nicar o examinava com o mesmo cuidado com que selecionava os melhores escravos de um péssimo lote.

Havia quase três anos, Eskkar entrara coxeando em Orak, sem nada além de uma espada às costas e um ferimento infeccionado na perna. Desde então, vira Nicar muitas vezes, contudo a pessoa mais importante de Orak nunca dera particular atenção ao subcomandante alto, cabelos negros, que raramente falava e nunca sorria.

Quando Nicar terminou seu exame minucioso, virou-se e olhou em direção à aldeia. Subitamente Eskkar sentiu-se desconfortável em sua túnica surrada e sandálias gastas.

— Bem, Nicar, o que deseja? — As palavras saíram mais ásperas do que o pretendido.

— Não estou certo do que desejo, Eskkar — retrucou o comerciante. — Sabe que Ariamus desapareceu?

Eskkar fez que sim.

— Talvez não saiba, mas, recentemente, os bárbaros atravessaram o Tigre no extremo norte. A matança e os incêndios já começaram por lá.

Demorou um momento para que as palavras de Nicar batalhassem através da bruma que nublava a mente de Eskkar. Por fim, entendeu seu significado. Então os boatos eram verdadeiros, para variar. Apoiou-se pesadamente na parede da varanda, consciente da cabeça dolorida. A barriga se contraiu de dor e, por um momento, pensou que ia vomitar. Eskkar esforçou-se para manter o controle dos pensamentos e do estômago.

Nicar prosseguiu.

— Do extremo norte, através dos contrafortes, depois descendo para a planície em direção ao rio. — Hesitou, dando a Eskkar tempo para entender suas palavras. — Eles estão avançando continuamente para o sul. É provável que desviem para esta direção, embora demorem meses até chegar aqui.

Nicar falava calmamente, mas Eskkar percebia uma leve insinuação de medo e resignação em sua voz.

Eskkar passou a mão pelo cabelo rebelde, em seguida afagou a rala barba que delineava seu queixo.

— Você sabe qual é o clã? — Mesmo após todos esses anos, a palavra *bárbaro* rangia em seus ouvidos.

— Acho que se chama Alur Meriki. Deve ser o mesmo clã que nos atacou da última vez.

Eskkar fez uma careta. O mesmo clã onde ele nascera. Não era mais seu povo, não era havia muitos anos, não depois que o baniram.

— Os Alur Meriki são um clã violento com muitos homens e cavalos.

— De que clã você veio, Eskkar? Ou essa é uma pergunta que não deveria ser feita?

— Pergunte o que quiser. Mas eu nunca ataquei este lugar, se é isso que deseja saber. Eu mal começara a cavalgar com os guerreiros, quando eles mataram a minha família.

— Foi isso o que aconteceu? Foi por isso que saiu?

Eskkar mordeu o lábio, amaldiçoando a si mesmo por ter mencionado seu passado. Até os aldeões ignorantes sabiam que guerreiros nunca deixavam seus clãs por espontânea vontade, apenas por uma desgraça.

Nicar deixou o silêncio aumentar, até Eskkar se sentir obrigado a responder.

— Eu não saí, Nicar. Fugi para salvar a vida. Tive sorte em escapar.

— Entendo. Você tem razão, não faz diferença.

Os pensamentos de Eskkar voltaram aos Alur Meriki. Então o clã de sua família marchava em direção a Orak. Não, *marchava* não transmitia adequadamente o lento e constante movimento do povo das estepes. Migração era a descrição mais próxima do constante movimento que poderia levar meses para avançar poucos quilômetros.

— Há quanto tempo sabe da aproximação deles, Nicar?

Nicar alisou a barba salpicada de grisalho.

— A notícia me chegou há três dias. Contei apenas para Ariamus. Ele me aconselhou a não dizer nada a ninguém, durante alguns dias, enquanto imaginava um meio de defender a aldeia.

Eskkar sacudiu a cabeça em menosprezo, o movimento repentino enviando uma onda de dor aguda através da cabeça que o fez se arrepender do gesto. Ariamus, como chefe da pequena guarnição da aldeia, planejara bem. Seu plano, porém, não fora para a defesa da aldeia, nem tinham incluído Eskkar, seu leal terceiro em comando. O segundo em comando, um dos amigos bajuladores de Ariamus, morrera uma semana antes de catapora. Eskkar sabia que não seria mesmo promovido. Ele nunca se preocupara em adular Ariamus.

Em vez disso, dois dias atrás, Ariamus ordenara que Eskkar saísse em uma irrelevante perseguição a um escravo fugitivo, uma tarefa que talvez levasse uma semana, se não fosse o feliz acidente de o escravo idiota ter quebrado a perna numas pedras. Eskkar lembrou-se do breve ar de surpresa no rosto de Ariamus quando ele retornara na tarde do dia anterior.

Então, à noite, um amigável Ariamus convidara os soldados a irem a uma taberna para vinhos e música, a forte bebida por sua conta e que continuou escorrendo noite adentro. Eskkar devia ter desconfiado, após o primeiro trago, pois o "mão-fechada" Ariamus nunca pagava mais do que uma caneca de cerveja de cevada para um de seus homens. Mas cansado, com sede, e satisfeito consigo mesmo por ter recuperado o escravo tão depressa, Eskkar não percebera. Mais uma vez se amaldiçoou por ter-se deixado enganar tão facilmente.

A cabeça de Eskkar começou de novo a latejar, e sua garganta parecia seca.

— Bem, Nicar, o que espera que eu faça? Que vá atrás de Ariamus e dos outros? Tenho certeza de que ele levou os homens mais jovens e mais bravos. Provavelmente roubou também os melhores cavalos. Quando estivermos prontos para persegui-lo, ele já terá sumido há muito tempo e, com uma dúzia de homens bons de combate, poderá competir com qualquer força que mandarmos atrás dele.

A rouquidão voltou à voz de Eskkar, e ele mal conseguiu colocar para fora as últimas palavras.

Nicar reconheceu a aspereza na garganta do visitante e chamou um criado. O mesmo garoto que escoltara Eskkar, sem dúvida à espera na escada lá fora, apareceu de imediato. Nicar dirigiu-se ao seu visitante.

— Água ou vinho?

Eskkar queria vinho, queria demais, e queria já, mas ele já demonstrara suficiente estupidez por algum tempo.

— Água, para começar. Talvez um vinho depois, hein, Nicar? — Eskkar não tentou esconder seu sarcasmo. Já havia quase três anos que vivia em Orak, mas só uma vez antes entrara na excelente casa de Nicar e, na ocasião, somente para entregar uma mensagem. Agora Nicar lhe oferecia vinho, quase com as próprias mãos. Ficou imaginando o que viria a seguir.

Enquanto o garoto despejava água num copo, Eskkar pensou no capitão da guarda, que facilmente podia ter saqueado a aldeia antes de sumir. Eskkar imaginou por um instante por que sua garganta não fora cortada. Os deuses sabiam que ele tinha discutido inúmeras vezes com Ariamus. A ideia de si mesmo deitado na cama, indefeso, como um porco bêbado prestes a ser abatido, enviou um arrepio pelo seu corpo. Evidentemente, Ariamus achou que ele não era digno de ser morto.

Eskkar bebeu um pouco de água, então se dirigiu à varanda. Apesar da terrível notícia, a bebida fresca fez com que se sentisse melhor. Lembrou-se de seus bons modos.

— Obrigado, Nicar. Mas volto a perguntar. Quer que eu vá atrás de Ariamus?

— Não, não o quero de volta. Fui bastante tolo para lhe confiar a defesa de Orak. Agora eu o mataria, se pudesse. O que eu quero é preparar a defesa da aldeia. Precisamos estar prontos para combater os bárbaros.

A ideia do mole comerciante lutando contra o duro Ariamus quase fez Eskkar sorrir. Começou a falar, então hesitou, tentando pensar enquanto esfregava a mão na áspera superfície da parede da sacada. Nicar não chamara Eskkar à sua casa para conversar amenidades. Não, ele queria saber o que podia ser feito por Orak. Mais diretamente, o que Eskkar podia fazer por Orak.

Os trinta e tantos combatentes que tinham permanecido provavelmente seguiriam Eskkar, pelo menos por algum tempo, por lealdade ou por necessidade. A maioria tinha mulher e filhos na aldeia ou ficara velha demais para sair saqueando pelo interior.

Eskkar pensou em suas 31 estações. Lutava desde que completara 14, quando matou seu primeiro homem com um golpe de faca nas costas. Seu pai, líder de vinte, de alguma forma ofendera Maskim-Xul, o chefe dos Alur Meriki, e o castigo tinha sido a morte para toda a família. Eskkar viu sua mãe e o irmão mais novo morrerem, além de sua irmã ser levada. Mas o homem que matou seu irmão nunca mais mataria novamente. Ele nunca soube o que levara guardas furiosos de Maskim-Xul à tenda de seu pai. Eskkar conseguiu fugir na escuridão e nunca mais voltou a se reunir com seus parentes em volta das fogueiras dos acampamentos.

Ele teria de deixar Orak. Não podia correr o risco de ser capturado. Seus ex-companheiros de tribo o matariam simplesmente por ter deixado o clã. E, se lembrassem da família de Eskkar, seu destino seria ainda pior.

Eskkar trouxe seus pensamentos de volta ao presente e percebeu que Nicar continuava a examiná-lo.

— Teremos de nos apressar, Nicar. Mesmo com Ariamus e seus homens ainda aqui, a aldeia seria tomada. Trinta, ou até cem soldados não fariam diferença. Se os clãs estão de fato em migração, haverá centenas de guerreiros, talvez até mil.

Sacudiu a cabeça diante da ideia. Mil bárbaros, um número inacreditável de combatentes, montados e bem armados, podiam varrer do caminho de uma vez qualquer força de meros aldeões.

Nicar nada disse, tamborilando os dedos nas mesmas pedras em que Eskkar ainda se apoiava.

— Não. Precisamos ficar. Ficar e lutar. Orak precisa ser mantida. Se fugirmos, não haverá mais nada quando voltarmos, e teremos de reconstruir tudo novamente.

Eskkar percebeu determinação nas palavras de Nicar. Os dois se viraram um em direção ao outro, no mesmo instante, ficando cara a cara.

— Esta aldeia é minha, Eskkar. Quando cheguei aqui, Orak não passava de um ajuntamento de casebres de barro. Eu a construí, juntamente com as outras famílias. Estou há 27 anos aqui, e todos nós temos prosperado a cada dia. Tudo que tenho está aqui. Nunca antes tanta gente viveu num só lugar, em segurança, com comida e bebida e utensílios para compartilhar. Olhe à sua volta, Eskkar. Quer voltar aos modos dos seus pais, vivendo em tendas, lutando todos os dias por comida, matando os outros para tomar o que é deles? Ou quer extrair sua comida da terra, à mercê de qualquer bando de assassinos?

Eskkar, como qualquer um, sabia o que Nicar tinha conquistado. Também sabia que a aldeia existia ali por incontáveis anos antes de Nicar chegar. Não que este tivesse feito tudo sozinho. Outros poderosos mercadores e fazendeiros trabalharam estreitamente com ele para administrar Orak e, juntos, suas fortunas e poder aumentaram, até merecerem o título de "nobre" para eles e para seus filhos. Durante anos, as Cinco Famílias tinham resolvido disputas e conciliado costumes, à medida que cresciam suas Casas e sua influência.

— Nicar, eu sei o que Orak significa para você. Mas, mesmo que a gente consiga repelir um pequeno bando, ele voltará com mais guerreiros. Se a força principal dos Alur Meriki vier contra nós...

— Não, Eskkar. Não ouvirei isso. — Sua mão bateu com força nas pedras da sacada. — Dez anos se passaram desde que eles vieram pela última vez. Naquela época, não houve alerta. Lembro-me de como os homens esforçaram-se para pegar as canoas e atravessar o rio. Muitos ficaram presos na aldeia. Tornaram-se escravos ou morreram. Nós, que conseguimos alcançar a outra margem, corremos até quase o coração estourar. Quando voltamos, não restava nada. As cabanas tinham sido todas destruídas, as plantações queimadas, os animais massacrados e jogados nos poços. Na época, levamos dois anos na reconstrução. Dois anos desperdiçados. Você sabe quanto tempo levaríamos agora para reconstruir?

Eskkar sacudiu a cabeça. Dois anos pareciam tempo de sobra para refazer cabanas de barro e plantar mais algumas safras.

— Orak tem mais do dobro do tamanho que tinha naquela época. Agora, penso que levaríamos cinco anos na sua reconstrução, admitindo-se que o nosso comércio vá para outra aldeia ao longo do rio. Orak talvez nunca mais volte a ser tão grande. Eu não quero desperdiçar cinco anos, Eskkar. E não desperdiçarei.

Eskkar vivera tempo bastante entre os aldeões para entender seus temores, mas se lamentar de invasores era mera perda de tempo.

— Nicar, bandidos de norte a leste têm atacado esta terra há gerações. Nada pode ser feito a respeito. Pelo menos, desta vez, haverá tempo suficiente para preparar sua... partida.

Nicar olhou de novo para a aldeia.

— Você é igual a todos os outros. Todos dizem que nada pode ser feito. Você me surpreende, Eskkar. Supostamente, é um guerreiro, mas tem medo de guerrear.

— Cuidado com suas palavras, Nicar. Eu já combati antes os Alur Meriki. Mas não sou idiota. Por mais que eu gostasse de matar mais alguns deles, não combaterei onde não há possibilidade de vitória. Se houvesse algum meio de contê-los, se algo pudesse ser feito... mas eles são fortes demais. O melhor é você pegar o seu ouro e ir embora.

— Não. Não fugirei e não entregarei meu suado ouro aos bárbaros! É melhor usá-lo para tentar defender Orak. Estou velho demais para recomeçar. Esta aldeia é minha, e ficarei. Isto é, se você conseguir defender Orak.

— Nada é capaz de deter os Alur Meriki.

— Talvez tenha razão. Talvez nada possa ser feito. Antes, porém, de fugirmos de novo, quero saber por que não podemos nos defender contra eles. Quero entender por que Orak, com tanta gente, é tão indefesa. Responda-me isso, Eskkar.

Nicar tinha razão sobre a aldeia. Em todas as suas viagens, Eskkar nunca vira uma aldeia tão grande. Raramente se passava um dia sem que alguém se mudasse para Orak. Alguns até mesmo usavam uma palavra nova para descrevê-la, chamavam-na de cidade, a Cidade, o maior ajuntamento de pessoas já formado. Um lugar com uma verdadeira estacada feita de toras de madeira e dois maciços portões para barrar a entrada. Mas Eskkar sabia que paliçadas e portões serviam apenas para deter ladrões insignificantes ou pequenos bandos de saqueadores, e não uma migração das estepes.

De todos os invasores que infestavam a terra, os bárbaros das estepes eram os que causavam mais terror. Guerreiros impiedosos e magníficos cavaleiros, nenhuma força era capaz de se opor a eles. Nenhuma força jamais se opusera, pelo menos não na lembrança de Eskkar, ou mesmo nas lendas dos outros.

— Nicar, onde estão os bárbaros? Qual é a distância em que eles se encontram?

— Muitos quilômetros além das estepes, no extremo norte — respondeu Nicar. — Deverão chegar a este lugar no meio do verão. A grande curva do Tigre os forçará para longe, a leste, antes de poderem seguir para o sul. Neste momento, porém, seu caminho parece apontar na nossa direção. Pode ser que, no próximo verão, venha mais do que um grupo de invasores a Orak. A notícia de nossa prosperidade já chegou até eles, segundo nos dizem os mercadores.

— Então temos perto de seis meses para nos preparar. É claro que grupos de incursão podem chegar mais cedo, Nicar, muito mais cedo.

O povo das estepes sempre tinha dois ou três grupos de ataques operando em torno do centro da tribo, à procura de oportunidades para roubar cavalos, utensílios, armas, ou mulheres, e não necessariamente nessa ordem, embora ninguém fosse dispensar um bom cavalo para perder tempo com uma mulher. Uma aldeia daquele tamanho os atrairia como atraía qualquer um. Deveria haver quase tanta gente ali quanto na tribo migratória. Estranho ele não ter pensado nisso antes.

Eskkar esvaziou o copo com água. A dor aguda atrás dos olhos diminuíra, substituída por um insensível latejar. As palavras anteriores de Nicar lhe retornaram e agora pareciam conter um desafio.

— Você quer entender por que devemos fugir, Nicar, é isso? É porque não temos guerreiros. Temos agricultores, negociantes e uma dúzia de homens treinados para combate. Os Alur Meriki podem enviar centenas de guerreiros contra nós. Nem mesmo soldados superariam essa desvantagem.

— Se lutarmos contra eles atrás de nossa paliçada...

— A paliçada não resistirá. Algumas cordas até o topo e eles a derrubarão.

— Então precisaremos de uma barreira mais forte — disse Nicar, um pouco mais vigorosamente. — Poderia tal barreira ser construída a tempo?

Eskkar olhou mais além da sacada. A cerca que protegia Orak ficava quase diretamente abaixo dele, distante apenas uma dúzia de passos, e ele examinou-a como se a visse pela primeira vez. Não era bastante alta, nem bastante forte, ele sabia. Orak precisava de um muro maciço. Um muro de barro, se pudesse ser construído suficientemente alto e forte, para talvez deter os bárbaros. Entretanto, mesmo um muro não conseguiria conter guerreiros. Bem, uma coisa de cada vez. Eles precisavam apenas de algo com bastante resistência para fazer com que os invasores procurassem alvos mais fáceis.

— Preciso pensar nisso, Nicar. O que você pede pode não ser possível. Dê-me algum tempo. Voltarei aqui ao pôr do sol e lhe direi o que penso.

Nicar concordou, quase como se contasse com essa espera.

— Então venha jantar, após o pôr do sol. Voltaremos a conversar.

Eskkar fez uma reverência e deixou a casa. Atravessou as vielas tortuosas de volta ao conjunto dos soldados, pensando nas palavras de Nicar. No quartel, ignorou os soldados ociosos que estavam parados por ali e, em vez disso, foi para os estábulos. Pediu um cavalo e, enquanto os cavalariços o preparavam, ele atravessou de volta até a viela. Foi até o vendedor de rua mais próximo e gastou sua última moeda de cobre para comprar um pouco de pão e queijo.

Enfiou a comida na bolsa, encheu um saco com água, então montou e cavalgou lentamente pela cidade. Atravessou o portão principal e cumprimentou com a cabeça o guarda que o olhava nervoso, sem dúvida imaginando se ele voltaria. Deviam correr boatos, estimulados pela repentina partida de Ariamus.

O ar fresco eliminou de sua mente os últimos efeitos do vinho, e Eskkar voltou sua total atenção ao animado cavalo, que parecia igualmente contente em escapar do confinamento da aldeia. Pôs o animal para seguir num tranquilo meio-galope até atingir o topo de uma pequena colina cerca de 3 quilômetros a leste da aldeia. Daquela posição vantajosa, tinha uma excelente vista tanto de Orak quanto do rio Tigre que fazia a volta por trás da aldeia.

Refreou o cavalo e passou a comer o bom pão e o péssimo queijo que comprara, deixando que muitos pensamentos diferentes vagueassem pela cabeça. Para sua surpresa, teve várias ideias do que poderia e do que não poderia ser feito. Lambendo dos dedos o resto do queijo, examinou a aldeia, quase como se a visse pela primeira vez.

Orak assentava-se sobre uma larga placa de terra batida e pedra que forçava o rio a contorná-la, de modo que as velozes correntezas protegiam quase que metade da aldeia de uma aproximação direta. O leito de pedra que sustentava a aldeia fora outrora cercado por área pantanosa. À medida que o assentamento crescia, lavradores drenaram o pântano, semearam e construíram choças na terra recuperada. Dúzias de canais, grandes e pequenos, ziguezagueavam a zona rural em volta da cidade, levando água do rio para as fazendas.

Talvez a terra pudesse ser inundada novamente, deixando-se apenas uma passagem principal para os portões da aldeia. Em sua mente, Eskkar concebeu uma fila de arqueiros em cima de um muro, ombro a ombro, disparando revoadas de flechas contra o enxame de invasores montados abaixo deles. Decidiu-se pelo arco. Somente essa arma poderia igualar os moloides comedores de terra aos guerreiros Alur Meriki, porém somente se os arqueiros tivessem um muro para lhes proteger.

Diante do muro resistente, a maioria das vantagens dos guerreiros montados desapareceria. Nenhuma tempestade de flechas para devastar os defensores, que poderiam então ser dominados e feitos em pedaços pelos cavaleiros agressores. Contra tal muro, a maior força física e a superior habilidade com a espada e a lança dos Alur Meriki seriam diminuídas. Sim, podia funcionar. Se Orak conseguisse construir o muro, talvez a aldeia tivesse uma chance. Restava saber se Orak conseguiria se transformar.

Orak parecia com qualquer outra aldeia que Eskkar já vira. Pequenas cabanas construídas com barro do rio e palha usados na maior parte das habitações, embora as casas dos comerciantes ricos e nobres tendessem a ser muito maiores ou com dois andares. Uma cerca rodeava a aldeia, mas numerosas cabanas e tendas haviam saltado fora da paliçada, inclusive algumas que, contra as ordens de Nicar, ficavam coladas à estrutura.

Quanto aos aldeões, eles, também, eram iguais às pessoas de qualquer outro lugar. Muitos tinham poucas posses: uma túnica de algodão, uma tigela de madeira para comida e talvez alguns toscos utensílios. Mas as fazendas em volta de Orak forneciam muita quantidade de grão, que os padeiros transformavam num pão substancioso, o único cheiro bom que constantemente perfumava o ar da aldeia.

Os lavradores produziam o bastante não apenas para alimentar a si mesmos, mas um suplemento para trocar ou vender na aldeia. Esse excedente enchia Orak de pessoas que não precisavam lavrar a terra para sobreviver, como comerciantes, varejistas, carpinteiros, lojistas, estalajadeiros, ferreiros e dezenas de outros negociantes. Esses hábeis trabalhadores proporcionavam qualquer ofício necessário à manutenção da aldeia, o comércio do rio, e as fazendas em volta, aceitando pagamento em grãos como também em moedas forjadas por ricos comerciantes e nobres.

Apenas seu tamanho tornava Orak diferente de qualquer outro lugar que Eskkar visitara. A aldeia já era grande, quando ele chegou, e desde então praticamente dobrou de tamanho. Em suas viagens, Eskkar aprendera que, quanto maior a aldeia, mais facilmente ele seria aceito. Uma aldeia grande sempre precisava de homens para defendê-la; portanto, um habilidoso combatente que conhecesse cavalos podia facilmente conseguir emprego e um lugar seguro para dormir à noite, mesmo se os aldeões rissem pelas suas costas por causa de sua herança bárbara. Eles raramente riam pela frente; as cicatrizes de batalhas em seu corpo intimidavam a maioria dos aldeões. Pelo menos não o expulsavam, motivados pelo medo, algo que ocorrera em mais de uma ocasião em suas andanças.

Tais andanças tinham-no levado tão distante quanto o grande mar ao sul. Três anos antes, Eskkar decidiu retornar à terra de sua juventude. Juntou-se a uma caravana de mercadores com destino a Orak, como um da meia dúzia de guardas contratados para proteger a carga. Quando vinte bandidos atacaram a caravana à noite, os guardas inferiorizados em número, apanhados de surpresa, foram subjugados. Feridos, Eskkar e poucos criados escaparam, chegando a Orak uma semana depois. Os criados, que ele havia salvado, não só se responsabilizaram por ele como o assistiram até sua recuperação. Resolvendo ficar por alguns meses, Eskkar entrou como soldado raso para a força que protegia a aldeia e nunca decidiu partir. Desde então conseguira ascender até chegar a terceiro em comando, liderando a maioria das patrulhas montadas e indo atrás de escravos fugitivos e pequenos ladrões.

Pondo de lado as recordações do passado, ele decidiu olhar Orak como os Alur Meriki olhariam. Tomando um gole do saco de água, desceu a colina e seguiu em direção ao rio.

A brisa o refrescou, o ar fresco e revigorante. Havia muito Eskkar ansiava pela sensação do vento em seu rosto. A sensação de montar num cavalo a céu aberto sempre o atraía, às vezes fazendo cada dia gasto nos limites da aldeia parecer um dia de suplício. Você sempre será um bárbaro, apesar de seu próprio povo tê-lo banido. Durante anos, ele vagou sem rumo através das terras, desprezado pelos aldeões e lavradores que encontrava, chegando até mesmo a ser agredido e maltratado.

Havia três anos que vivia em Orak, mais tempo do que já passara em qualquer lugar, e ultimamente pensara em se mudar, frustrado por causa de Ariamus e suas ordens insignificantes. Talvez estivesse na hora de esquecer Orak, mudar-se para leste e visitar terras ainda novas para ele.

Não importava o que Nicar queria, tentar combater os Alur Meriki seria um fracasso, e ele simplesmente seria morto nesse esforço. Eskkar nada devia aos aldeões. Para eles, não passava de mais outro bárbaro, também capaz de matá-los enquanto dormiam. Já vira tantas vezes desconfiança e medo demais em seus rostos.

A ideia de partir o tentou, mas apenas por um instante. Um novo lugar não seria melhor do que Orak, provavelmente seria muito pior. Teria de começar outra vez de baixo, um mero soldado, tratado só um pouquinho melhor do que um recruta inexperiente. Não, ele achava o mesmo que Nicar. Eskkar não fugiria para recomeçar toda uma vida. Não se conseguisse encontrar outra opção, principalmente uma que não acabasse com ele morto.

Os Alur Meriki mataram sua família, expulsaram-no do clã, perseguiram-no através das planícies e, mais de uma vez, quase o mataram. Eskkar odiava a ideia de ter de voltar a fugir deles. Admitindo que algo podia ser feito que não o deixasse com a garganta cortada, ele queria, para variar, uma chance de desferir um vingativo golpe contra eles, para fazê-los pagar pela morte de seu pai.

Se conseguisse realizar isso, Orak e Nicar lhe deveriam muito. Como capitão da guarda, teria ouro mais do que suficiente para viver tranquilo o resto de seus dias. Talvez entrasse para a categoria dos nobres e se tornasse um dos governantes de Orak. Isso seria quase tão gratificante quanto massacrar parte dos Alur Meriki.

Eskkar pôs de lado os pensamentos extravagantes. Inspecionou a paisagem, cavalgando lentamente para sudoeste, parando de vez em quando para examinar as aproximações para Orak, imaginando o que o povo das estepes veria quando olhasse naquela direção.

Cavalgou por quase três horas, até completar um círculo em torno de Orak e se encontrar de volta ao cume da colina de onde iniciara suas observações. Desmontou e sentou-se com as costas apoiadas numa pedra. Deixou a mente repassar as ideias que tivera naquele dia.

Ninguém jamais o considerara rápido de raciocínio, mas Eskkar sabia desenvolver um plano simples tanto quanto qualquer outra pessoa. Essa habilidade, juntamente com seu tamanho, sua força e rapidez com espada e faca, lhe valeu sua promoção até permanecer ao lado de Ariamus. Agora estava sozinho e Nicar lhe pedira que fizesse algo que nenhum homem jamais fizera — impedir que o povo das estepes pilhasse e destruísse a aldeia.

A simples dimensão do que precisava ser feito ameaçava subjugá-lo. Forçou-se a se lembrar que um plano tinha muitas partes e que cada parte podia ser considerada em separado.

Cuidadosamente, repassou as muitas tarefas necessárias à defesa da aldeia, repetindo-as várias vezes em voz alta para se certificar de que se lembraria de todas elas. Ao terminar, percebeu que o sol se distanciara para o céu ocidental. Resmungando um pouco, levantou e se espreguiçou, então montou no cavalo e refez o caminho de volta à aldeia e ao seu compromisso com Nicar. Pelo menos sabia o que diria naquela noite, embora duvidasse que o principal comerciante de Orak fosse gostar de suas palavras.

2

Cavalgando de volta a Orak, Eskkar encontrou dois guardas protegendo o portão em vez da habitual sentinela. Ambos o cumprimentaram, um ar de alívio no rosto. Nicar devia ter ordenado uma proteção extra para tranquilizar os aldeões. Àquela altura, todos já deviam saber sobre os bárbaros avistados no norte.

À medida que seu cavalo seguia o caminho pelas estreitas vielas, as pessoas paravam suas atividades e olhavam para ele. Alguns tentaram detê-lo, para lhe perguntar o que sabia sobre os bárbaros. Eskkar não lhes deu atenção. Todos pareciam saber que Nicar o convocara, portanto, agora o olhavam como um sinal de esperança e proteção. Esse pensamento fez sua testa enrugar. Eskkar não fazia ideia do que dizer a eles.

No quartel, os soldados esperavam do lado de fora, acocorados no chão ou encostados na parede, as tarefas normais ignoradas, a aflição nos rostos. Eles sabiam sobre o encontro daquela noite com Nicar. Perto de trinta homens, e algumas de suas mulheres, o esperavam, ansiosos para saber alguma novidade. Desmontou e entregou o cavalo a um cavalariço.

Eskkar pensou em ignorá-los, mas então achou melhor não fazê-lo.

— Vocês sabem que os bárbaros estão vindo? — Cabeças confirmaram. — Eles não chegarão antes de cinco meses, portanto, podem dormir tranquilos esta noite. — Hesitou, sem saber o que lhes dizer. — Vou me encontrar com Nicar, conversar sobre a defesa da aldeia. Quando voltar, eu lhes contarei o que sei.

Passou rápido por eles para o interior do quartel e largou seu equipamento sobre a cama rústica. Pensou em se mudar para o quarto particular de Ariamus, mas decidiu que isso poderia esperar até depois da refeição daquela noite. Lembrando-se do encontro, despiu-se até das roupas de baixo e se envolveu com seu áspero cobertor. Ao deixar o quartel, desceu a rua tortuosa e atravessou o portão dos fundos da aldeia, seguindo direto para o rio. Ignorou quem tentou falar com ele e empurrou para o lado, para passar, os poucos com coragem para bloquear seu caminho.

Na margem do rio, jogou o cobertor em cima de um arbusto baixo, despiu-se e mergulhou. Primeiro, ficou na tranquilidade da poça formada contra a corrente que afagava a margem leste do rio, depois se afastou da praia e deu fortes braçadas acima dos ombros contra a corrente. Isso exigia muito esforço e, após algumas braçadas, teve de usar toda a sua força para sair do rio, recuperar seu cobertor e usá-lo para se enxugar antes de voltar ao quartel.

Pelo menos naquela noite não se encontraria com Nicar usando vestes esfarrapadas cheirando a cavalo e vinho. Ao vestir a única túnica limpa, pensou em usar a espada curta, mas decidiu que não precisaria dela. Os homens que talvez o quisessem morto deviam ter ido embora com Ariamus, e duvidava que ainda tivesse restado um inimigo na aldeia.

Retornou à casa de Nicar. Poucos passos antes de chegar ao portão, cinco homens saíram do pátio de Nicar e foram em sua direção.

Nobre Drigo e seu filho, com três guarda-costas, lotaram a estreita viela, e Eskkar teve de ficar de lado para deixá-los passar. Ao passar, Nobre Drigo olhou-o de relance e sorriu, um sorriso consciente de um homem que já tinha todas as respostas.

Quando Eskkar passou pelo portão de Nicar, descobriu que o garoto que o fora buscar naquela manhã estava de novo à sua espera. Uma vez lá dentro, o garoto fechou e trancou a porta, então se ajoelhou com um pano úmido para limpar os pés e as sandálias de Eskkar, removendo o sujo das ruas.

A esposa de Nicar, Creta, tinha quase tantos anos quanto seu marido e seu longo cabelo havia muito tempo se tornara prateado. Todo mundo sabia que Nicar preferia jovens escravas como companheiras de cama, mas tratava honradamente a esposa e ela cuidava eficientemente do lar.

Creta cumprimentou Eskkar com bastante cordialidade, após uma rápida inspeção para ver se ele estava razoavelmente limpo e apresentável. Mais de uma vez, ela tinha passado por ele pelas ruas, sem sequer notá-lo. Conduziu-o ao compartimento de jantar, nos fundos da casa, onde ele encontrou uma grande mesa posta apenas para duas pessoas. Creta fez-lhe a mais rápida das reverências e o deixou sozinho. Uma criada matronal trouxe vinho, mas Eskkar pediu água. Em poucos momentos ela voltou, trazendo-lhe um copo de água esfriada, ao mesmo tempo que Nicar entrava no aposento.

— Por favor, sente-se, Eskkar. — Nicar usava uma túnica diferente naquela noite, com um cerzido vermelho e azul em volta do colarinho. — Você fez hoje uma longa cavalgada, e devemos comer primeiro para que, depois, tenhamos tempo de conversar. Você tomará uma bebida, penso eu?

Os criados começaram a trazer comida, um prato de cada vez, e Eskkar achou aquilo esquisito. Quando os soldados comiam, tudo era despejado de uma vez sobre a mesa de madeira, para ser devorado o mais rápido possível, antes que desaparecesse.

Eskkar imitou o ritmo de seu anfitrião e comeu lentamente, dando pequenas mordidas nos legumes após mergulhá-los em azeite condimentado, importado de alguma terra distante a oeste. Enquanto comiam, Nicar falou quase o tempo todo, perguntando a Eskkar sobre sua antiga vida e os muitos lugares que visitara em suas viagens. Perguntou até mesmo pelos clãs das estepes, que tipo de pessoas eles eram, por que viviam daquele modo. Falou de tudo, menos da vinda do povo das estepes.

Eskkar deu-se conta de que Nicar continuava a examiná-lo, querendo saber que tipo de homem ele era. Mais importante: Nicar queria saber se Eskkar tivera a capacidade de ser bem-sucedido em algum plano.

A comida era de longe a melhor que Eskkar já tinha comido. Mas o vinho, assim como as porções, eram servidas em pequenas quantidades. Imaginou que Nicar queria que ele mantivesse a cabeça lúcida. Quando os criados, finalmente, tiraram a mesa e reencheram os cálices de vinho, Nicar os dispensou e fechou a porta.

Eskkar viu de relance Creta do outro lado da porta, costurando à luz de um lampião, para se certificar de que nenhum criado bisbilhotasse a conversa do patrão. Não que isso adiantasse. Escravos domésticos sempre sabiam tudo o que se passava.

— Bem, Eskkar, conte-me sobre sua cavalgada. O que viu? — Nicar retornou à mesa, os olhos grudados em seu convidado.

— Você quer saber se Orak pode ser defendida contra os bárbaros? É possível, mas o custo será alto e talvez você não queira pagá-lo. — Olhou duramente para Nicar, mas seu anfitrião nada disse.

— Não somos capazes de derrotá-los em batalha. Mas poderemos dificultar a captura da aldeia. Se conseguirmos detê-los durante um ou dois meses, eles terão de ir embora, forçados pela falta de comida. Portanto, é isso que precisamos fazer... tornar caro demais, para eles, tomar a aldeia, custoso demais em termos de guerreiros e cavalos mortos, em perda de tempo num lugar carente de comida e de cavalos. Isso significa que teremos de matar muitos guerreiros, matar tantos que seus líderes se preocupem.

Eskkar percebeu o ar interrogativo no rosto de Nicar.

— Os bárbaros sempre têm muitos guerreiros, mas nunca possuem cavalos, mulheres ou comida suficientes. É por isso que vivem lutando, mesmo entre si. O clã até mesmo veria com agrado uma chance de diminuir suas fileiras, com a morte dos loucos, jovens ou fracos. Se perdem cinquenta ou sessenta guerreiros em troca da posse de uma aldeia rica, ficam felizes com a permuta.

Nicar concordou pensativamente.

— Entendo. Então eles ficarão contentes com a batalha, pelo menos no início. E o que devemos fazer para tornar isso doloroso demais para eles?

— Primeiro, construir um muro em volta da cidade. Um muro de verdade, de pedra, algo que não possa ser derrubado ou incendiado, com pelo menos quatro vezes a altura de um homem. E terá de conter uma área muito maior do que a paliçada abrange atualmente.

— Os nobres já haviam falado antes em construir tal muro, Eskkar, mas nada foi feito. Não havia necessidade e o custo e o esforço seriam demasiados. Agora os bárbaros vêm aí. Agora há necessidade.

— Lembre-se, Nicar, teremos de consultar pedreiros, para ver se tal muro pode ser construído.

— Sim, claro. O que mais é preciso?

— Segundo, todas as cabanas e casas de fazenda do lado de fora desse muro devem ser destruídas, removidas completamente, e o chão batido e deixado totalmente árido, e as fazendas e plantações inundadas novamente. A lama do pântano retardará os cavalos e sua força para se aproximarem da aldeia, por terra, em direção ao portão principal.

"Terceiro, cada homem deve ser treinado para lutar. Isso significa treinar e armar o máximo de arqueiros possível. Somente o arco conseguirá expulsar os Alur Meriki. Precisaremos de milhares de flechas e de centenas de arcos, e os homens terão de treinar todos os dias até conseguirem, de pé em cima do muro, acertar seus alvos com segurança. Também deverão ser treinados com machados, lanças e espadas, e, finalmente, com pedras para jogar nos invasores e com varas com forquilha para empurrar suas escadas montadas sobre o muro. Até mesmo as mulheres e as crianças deverão trabalhar e lutar. Teremos de treinar todos os dias, construir todos os dias e ficar preparados para um possível ataque. Todos precisam trabalhar como nunca trabalharam antes, para que, quando os bárbaros chegarem, tudo esteja pronto."

Eskkar inspirou fundo e deu um gole em seu cálice de vinho, agradecido por ter feito as palavras saírem sem praticamente qualquer tropeço.

— Orak precisa estocar comida e água suficientes para todos durante dois ou três meses. O restante das manadas deve ser enviado para longe, do outro lado do rio, onde ficará em segurança. Isso levará homens para longe da aldeia, assim como soldados, para protegê-los de bandidos. Os animais serão um alvo tentador. Quando os bárbaros chegarem, precisam saber que não temos cavalos para saquearem, nem gado, cabras ou ovelhas.

Nicar olhou-o atentamente, sentindo que viria algo mais.

— E o que mais precisamos fazer?

Eskkar estava pronto.

— Os escravos. Precisaremos que os escravos trabalhem como nunca, e não teremos tempo nem homens para vigiá-los. Precisam trabalhar por livre e espontânea vontade, e usar suas habilidades. Você terá de prometer libertar os escravos, Nicar, ou pelo menos alguns deles, para que tenham um incentivo para trabalhar e lutar.

O cálice de Nicar parou a meio caminho dos lábios.

— Libertar os escravos? Não fala sério. Depois do que pagamos por eles? E, se libertarmos os escravos, como manteremos a aldeia funcionando?

— Não todos os escravos. Apenas os necessários para trabalhar na defesa, provavelmente nada mais do que a metade. Você dirigia a aldeia antes de ter tantos escravos, não dirigia? Além disso, se os bárbaros vierem, vocês perderão seus escravos, juntamente com suas vidas, ou também se tornarão escravos. De qualquer modo, ficarão sem seus escravos.

"Se formos bem-sucedidos, em vez de escravos vocês terão criados a quem pagarão até conseguirem novos escravos para substituí-los. Sem a promessa de liberdade, Nicar, eles não trabalharão com afinco ou fugirão durante a noite, acreditando que até mesmo os bárbaros os tratariam melhor. Não esqueça, muitos morrerão, tanto aldeões quanto escravos, e, de qualquer maneira, terá de substituí-los.

"E uma última coisa, Nicar. Você precisa falar por toda a aldeia e pelas Cinco Famílias. Eu posso organizar a defesa e determinar quais necessidades precisam ser satisfeitas, mas não deve haver disputas ou controvérsia entre os nobres ou de parte de qualquer um dos principais comerciantes. Devemos ser uma voz nos dirigindo a todo mundo, para que todos possam ver que estamos determinados a resistir e vencer. E o que quer que eu peça para a defesa da aldeia, você terá de me fornecer. Não discutirei com você ou com qualquer outro. Minhas ordens devem ser obedecidas por todos, e sem questionamento. Até mesmo por você, Nicar. Por isso eu lhe pergunto: Você fala pelas Cinco Famílias?"

Por um momento, Nicar pareceu um pouco perplexo com as exigências de Eskkar.

— Você pede muito. Mas há verdade em suas palavras. As muitas disputas entre as Cinco Famílias são um mexerico público. As Cinco Famílias devem deixá-las de lado para defender Orak.

— E você falará por todas as Famílias?

— Sim, acredito que elas poderão ser convencidas, exceto a Casa Drigo. Ele provavelmente escolherá seu próprio meio.

Eskkar achava que Nobre Drigo não poderia ser tratado de um modo tão leviano. Pois, nos últimos meses, nas questões do dia a dia de Orak, os homens de Drigo frequentemente agiam como se seu amo sozinho mandasse na aldeia. Até mesmo Eskkar, que raramente se interessava por mexericos, sabia que Drigo competia com Nicar por autoridade, que Drigo constantemente tentava atrair as outras famílias para seu lado. Até então, a maioria preferira Nicar, que com certeza era mais justo e um administrador imparcial.

— E se você não conseguir controlar Nobre Drigo? — perguntou Eskkar. — Ele é poderoso e muitos seguirão o caminho que ele escolher.

Nicar encarou-o outra vez, avaliando-o abertamente.

— Parece que você não é um soldado assim tão simplório como me disseram. — Bebeu de seu cálice. — Se você conseguir desenvolver um bom plano para defender Orak, talvez não precisemos de Drigo e seu ouro. Deixe que eu me ocupe de Drigo. — Nicar abanou a mão como se aceitando. — Mas depois, se formos bem-sucedidos em conter os bárbaros, o que nós vamos lhe dever, Eskkar?

— Não muito, Nicar — gargalhou. — Não tenho grandes ambições. As Cinco Famílias se tornarão seis, e eu serei seu igual na condução da aldeia. Cada um de vocês me dará dois lingotes de ouro, o suficiente para eu estabelecer minha própria casa. Por esse motivo, permanecerei em Orak e poderemos começar o planejamento para a visita seguinte dos bárbaros, pois eles voltarão dentro de cinco ou dez anos. Se tivermos sorte suficiente para expulsar os Alur Meriki, eles jamais esquecerão o insulto. Eles têm boa memória. Voltarão algum dia e teremos de combatê-los novamente. Portanto, acredito que precisarão mais uma vez de mim, e quanto mais cedo começarmos os preparativos melhor.

Nicar sacudiu a cabeça.

— Tanto desperdício e tanta destruição. Seria melhor para todos nós se eles nos deixassem em paz.

— Nunca poderão fazer isso, Nicar. Eles vivem de tomar dos outros aquilo de que precisam. É a única maneira que conhecem. Por isso, voltarão. Essa batalha talvez só termine realmente quando um de nós for destruído.

Nicar, obviamente, não havia pensado que os bárbaros poderiam retornar. Nada disse por um momento, girando o cálice de vinho nas mãos.

— Mais uma coisa, Eskkar. Alguns podem perguntar por que você lutaria contra sua própria gente. O que eu devo lhes dizer?

— Diga-lhes a verdade, que aquela não é mais a minha gente. Depois que você deixa os clãs, sua vida, sua memória... tudo se desfaz. — Pela primeira vez, a voz de Eskkar adotou um tom áspero, uma intensidade de crua emoção. — Eu quero... nem mesmo o ouro de vocês é o bastante para me fazer combatê-los. Eu quero uma chance de vingar o assassinato de minha família, matar para satisfazer os espíritos dos meus. Essa é a única chance que eu terei.

Nicar concordou compreensivamente.

— Chega de falar sobre o passado e o futuro. Acha que podemos derrotar os bárbaros, se fizermos o que pede?

Eskkar encarou-o.

— Nunca nenhuma aldeia se cercou com um muro como esse que vamos precisar. Nem mesmo sei se tal muro conseguirá ser construído antes da chegada deles. Mas, se conseguir, talvez tenhamos uma chance. Se é uma boa chance ou não, descobriremos nos próximos meses. Se dedicarmos nossos corações e nossos corpos à preparação, talvez tenhamos uma chance razoável, talvez uma chance em pé de igualdade. Se não nos prepararmos bem, já sabemos o que acontecerá.

"Essa é a melhor esperança que posso lhe oferecer, Nicar. Como disse, o preço a ser pago pela defesa da aldeia talvez seja muito mais alto do que vocês possam pagar. E, ainda assim, poderemos fracassar. Vocês estarão arriscando mais do que apenas seu ouro. Todos os que tentaram resistir aos Alur Meriki foram arrasados."

Nicar esvaziou o cálice de vinho e pousou-o.

— Então teremos de construir um muro em volta de Orak, se quisermos resistir. — Ficou sentado ali por algum tempo, tamborilando os dedos na mesa, antes de erguer a vista. — Posso perceber, Eskkar, que é honesto. Não promete sucesso. Se tivesse prometido, eu não teria acreditado em você. — Olhou seu convidado por mais alguns momentos, como se se decidisse. — Você não tem mulher, não é?

A estranha pergunta surpreendeu Eskkar, embora soubesse que Nicar já sabia a resposta. Mulheres, em todo caso, eram igualmente escassas e dispendiosas em Orak, e pais não aprovavam casamentos de filhas com possibilidades promissoras com soldados sem futuro, quanto mais com aqueles que não tinham sequer duas moedas para esfregar uma na outra.

— Não, ainda não tive condições de me permitir uma — retrucou Eskkar, incapaz de conter um traço de constrangimento em sua voz. Mais ou menos uma vez por semana, ele gastava uma moeda de cobre com uma das moças da cervejaria, ou visitava as prostitutas que se vendiam à noite ao longo da margem do rio. Já se passara quase um mês desde sua última visita.

— Semanas atrás, recebi uns novos escravos — continuou Nicar. — Um deles é uma moça, ainda virgem, tenho certeza. Creio que tem uns 14, não é bonita, mas é bastante atraente. Eu iria para a cama com ela, se tivesse tempo... e desejo — acrescentou, com um sorriso.

— Ao contrário da maioria das mulheres, ela sabe contar, como também ler e escrever os símbolos, e parece suficientemente sensata. Eu a darei para você, e acredito que a achará útil para muitas coisas nos meses vindouros. Será muito mais do que uma simples companheira de cama. Você precisará de alguém para ajudá-lo com o planejamento e, à noite, mantê-lo longe da cervejaria.

Mesmo apanhado de surpresa, Eskkar sabia que se tratava de um presente excepcional e caro, oferecido graciosamente e com sutil recomendação.

— Eu lhe agradeço, Nicar. — Subitamente, deu-se conta do que significava aquilo — que Nicar concordara com suas exigências.

— Todos nós precisaremos de seus conselhos e orientação, Nicar. Se formos fazer isso, precisaremos de muitos homens trabalhando juntos. Portanto, mais uma vez, obrigado.

— Você talvez não tenha a capacidade de Ariamus, mas sabe pensar e eu sei que sabe lutar — retrucou Nicar. — O resto você pode aprender, e eu e os outros o ajudaremos. Não há muitos homens que podem saber e fazer tudo. A maioria de nós precisa aprender a aceitar toda a ajuda que possamos obter. Não deixe que seu orgulho se meta no caminho daquilo que pode conseguir com a ajuda dos outros.

Nicar ficou em silêncio por um momento.

— Saiba de uma outra coisa, Eskkar. Se tivermos sucesso, eu lhe deverei muito, mais do que eu e minha família poderemos retribuir. E, se fracassarmos, então que fracassemos juntos.

"Eu me reunirei com os nobres depois de amanhã, quando Nobre Nestor retorna do sul. Até lá, você é o capitão da guarda. Quando nos reunirmos, confirmaremos nossa decisão de resistir aos bárbaros. Apanhe a moça esta noite e se mude para os alojamentos de Ariamus. Amanhã, eu lhe mandarei um pouco de ouro para que possa comprar o que mais precisar. Nas próximas semanas, tenho certeza de que haverá uma casa disponível para você. As outras Famílias também lhe fornecerão criados, para ajudá-lo a ficar livre de qualquer coisa que não seja a defesa da aldeia."

Eskkar entendeu o que ele quis dizer sobre a casa. Apesar do que Nicar dissera, muitos fugiriam de Orak nos próximos meses. De repente, Eskkar percebeu que um vínculo se formara entre eles. Compartilhavam pelo menos uma característica — nenhum dos dois desistia facilmente. Viveriam ou morreriam juntos na empreitada.

Não importava como aquilo terminaria, ele sabia que sua vida mudara — que nunca mais seria o simples guerreiro que vivera tantos anos graças à espada. Agora teria de aprender a pensar, planejar, preparar defesas e treinar pessoas. Não era a primeira vez, naquele dia, que ele se perguntava se daria conta da missão.

Contudo, ele dera o primeiro passo — convencer Nicar de que poderia salvar Orak. Para conseguir isso, teria de mudar mais ainda, tornar-se alguém diferente, alguém melhor do que o bêbado idiota que desmaiara na taberna na noite anterior.

Nicar levantou-se, indicando o fim do jantar.

— Então está decidido. Faremos o que nunca foi feito! Nós salvaremos a aldeia.

Eskkar sorriu, já pensando na garota que o acompanharia ao quartel.

— Não, Nicar, se tivermos sucesso, teremos de usar a palavra nova e chamá-la de Cidade de Orak.

— Vamos rezar por esse dia — disse Nicar. Estendeu a mão e agarrou o braço de Eskkar, selando o acordo. E o comerciante foi até a porta, chamou a esposa, falou-lhe baixinho antes que ela desaparecesse no meio dos aposentos que ocupavam.

Após alguns momentos, Eskkar ouviu vozes de mulheres aumentarem numa calorosa discussão, seguidas por um grito angustiado, interrompido pelo som de um forte tapa. Em seguida a esposa de Nicar reapareceu, arrastando a moça pelo ombro. Creta empurrou-a para diante de Eskkar.

— Eis a escrava, Eskkar. Seu nome é Trella. — Agora a voz de Creta era áspera como uma lima. — É claro que pode mudar para qualquer coisa de seu agrado. Sugiro que lhe dê uma boa surra para que entenda qual é o seu lugar. Ela é arrogante e voluntariosa.

A garota lançou um olhar de ódio para sua ex-patroa, e Eskkar pressentiu que Nicar tinha mais de um motivo para se livrar dela. A vida nos lares ricos das Cinco Famílias podia ser mais complicada do que ele imaginava.

Todos começaram a falar assim que o avistaram. Uma investida de homens o cercou, mãos agarrando sua túnica, perguntas ansiosas lançadas contra ele como pedras. Eskkar sabia que precisava falar, para silenciar a multidão, mas sua mente permanecia tão vazia quanto a taça de vinho da noite anterior, quando alcançou o quartel, parando só porque os soldados que ali esperavam bloqueavam a porta. Ele teve de encarar a multidão.

Eskkar sentiu a mão ser apertada com força e deu-se conta de que a turbulenta multidão assustara Trella. Olhou para ela e viu a pergunta em seus olhos.

— O que eles querem? — indagou ela, a voz indecisa.

Ele apertou os lábios antes de responder.

— Nada, garota. Eles estão apenas com medo do que vem aí. Acham que os bárbaros já estão acampados do lado de fora do portão. — De algum modo sua preocupação lhe deu força e ele enfrentou a multidão. — Fique aqui — ordenou a Trella, largou sua mão e deu alguns passos adiante em direção a uma das pedras de apoio para se montar em cavalos e subiu nela para ficar um pouco acima da multidão.

— Silêncio — falou bem alto. Repetiu a ordem, dessa vez usando sua voz de comando. — Vocês vão acordar a aldeia inteira com sua tagarelice, e ninguém conseguirá dormir esta noite. — Fez um movimento com a cabeça para os soldados e estes começaram a se movimentar diante dos homens, ordenando à multidão agitada que fizesse silêncio. Quando, finalmente, as vozes começaram a esmorecer, Eskkar começou a falar.

— Sim, é verdade. Os bárbaros vêm aí. — Deixou as palavras percorrerem a multidão, permitiu por um momento o falatório que se seguiu, observando os rostos dos homens quando confirmou o pior temor deles. — Mas levarão meses para chegar, portanto, voltem para suas camas... antes que suas esposas cortem suas gargantas por ficarem até tarde fora de casa.

Isso provocou gargalhadas nervosas em alguns, mas outros lhe gritaram perguntas sobre de que direção viriam os bárbaros, se deviam deixar a aldeia, ou se Orak tentaria combatê-los. Eskkar ergueu a mão e eles acabaram por fazer silêncio.

— Dentro de dois dias, Nicar e as outras Famílias vão se reunir. Então poderemos começar a nos preparar para resistir aos bárbaros. Vamos fortificar Orak para que possa devolver cada ataque.

Gritos de descrença ergueram-se, assim como perguntas, e o alarido cresceu ainda mais. Eskkar olhou abaixo para os soldados.

— Calem-nos — ordenou. Seus homens atravessaram a multidão, silenciando os mais ruidosos, repelindo os mais agressivos.

Estranho, agora os soldados observam cada gesto meu e obedecem a minhas mínimas ordens. No dia anterior, apenas seus punhos, apoiados se necessário pela sua espada, tinham conseguido proporcionar uma diminuta partícula de autoridade. O verdadeiro poder devia ser aquilo, deu-se conta Eskkar, mais do que maravilhado com a sensação. As pessoas estão com medo. Até mesmo os soldados estão preocupados. Querem que lhes seja dito que ficarão seguros, dito por alguém encarregado, alguém em quem possam confiar, ainda que apenas por pouco tempo.

— Eu sei que vocês têm muitas perguntas — prosseguiu quando os murmúrios enfraqueceram —, no entanto, terão de esperar até Nicar falar. Mas escutem, meus amigos. Temos os meios e as pessoas para tornar Orak bastante forte para deter os bárbaros, se nos mantivermos juntos. Eu os guiarei nisso e lhes digo que pode ser feito, e será feito. Agora, voltem para suas casas e suas camas. Esperem que Nicar fale daqui a dois dias. Aí saberão o que precisam fazer.

Gritaram para ele, mas Eskkar ignorou-os ao pular para baixo e segurar Gatus, um veterano grisalho aproximando-se das 50 estações. Subcomandante quando Eskkar entrou para a guarda de Orak, Gatus foi rebaixado de grau por Ariamus por ter questionado suas ordens. Eskkar não tinha amigos de verdade entre os soldados, mas respeitava o velho combatente, que conhecia seu ofício melhor que a maioria.

— Gatus, você agora é o segundo em comando. — Eskkar elevou a voz para que o maior número possível de soldados pudesse ouvi-lo. — Disperse essa multidão. Providencie para que o portão fique trancado esta noite e que guardas sejam postados lá. Também mande alguns homens patrulharem as ruas até o amanhecer. Eles não terão de fazer nada, mas os arme bem para que impressionem. Depois venha falar comigo.

O homem concordou, aceitando sem questionar sua nova autoridade, assim como a de Eskkar.

— E, Gatus, estou me mudando para os alojamentos de Ariamus. Coloque um guarda na minha porta. Caso contrário, alguns desses idiotas baterão nela até amanhecer.

Eskkar virou-se para Trella e encontrou-a olhando para ele, já sem medo, os grandes olhos agora presos firmemente aos seus quando ele voltou para seu lado. Segurou a mão dela, conduziu-a para longe da multidão, em direção aos fundos do quartel onde estavam localizados seus novos alojamentos.

Levando-a para dentro, Eskkar notou surpreso que alguém limpara e batera o chão de terra, jogara fora a maior parte dos trastes, como também mudara para lá seus poucos pertences. Alguns dos soldados tinham antecipado sua promoção.

— Você ainda está acordado — cochichou ela, quase como se fosse uma acusação. — A parede está fria — acrescentou a explicação para justificar o fato de ter chegado mais para perto dele. — No que está pensando?

Fosse o que fosse que ele estivesse pensando, isso desapareceu ao primeiro contato de sua pele.

— Em você. Estava pensando em você. — Os pensamentos sobre Orak, juntamente com sua exaustão, desapareceram, e ele percebeu que estava ficando excitado.

— Não minta. Estava pensando em Nicar e no seu ouro.

Ele riu um pouco. Ela certamente tinha uma rápida compreensão e bastante coragem para desafiar seu novo amo.

— Bem, eu pensava em Nicar, mas não em seu ouro. Mas agora não consigo me fixar nos meus pensamentos, só no toque do seu corpo. Você é muito bonita, Trella.

Ela não respondeu por um longo momento. Então seu braço deslizou para cima do ombro dele e, de algum modo, isso pareceu ao mesmo tempo frio para sua pele e quente para seu toque. Eskkar pegou sua mão e segurou-a com firmeza, do modo como o fizera mais cedo na rua, naquela noite. Ela se aproximou mais, e agora ele quase podia sentir toda a extensão de seu corpo contra o seu, quente e macio.

— E no que pensa agora?

Sentiu a respiração dela em sua orelha.

— Penso em envolvê-la nos meus braços, apertar você e beijar seus lábios. — Agora sua masculinidade avivou-se, quase dolorosamente, com uma intensidade que havia muito tempo não sentia, mas não queria se mexer nem fazer nada para quebrar o encanto causado pelas palavras e pelo toque dela.

— Eu sou sua escrava, Eskkar — disse ela, a voz suave em seu ouvido, empurrando ainda mais o corpo contra as costas dele.

Suas palavras o surpreenderam, mas ele se virou para encará-la e envolveu-a em seus braços, sentindo os músculos das suas costas quando a puxou para si. Eskkar podia sentir todo o corpo dela contra o seu. Talvez os acontecimentos do dia o tivessem excitado, ou o fato de ela lhe pertencer. De repente, ele a quis mais do que a qualquer mulher de que foi capaz de se lembrar. Mais que tudo, ele a queria disposta, queria que ela também o desejasse.

— Uma escrava é possuída. Se você fosse apenas isso, eu a possuiria, quisesse você ou não. Mas você é mais do que uma escrava. Até mesmo Nicar sabia disso, e eu sou apenas um simples bárbaro, e não alguém com facilidade com as palavras. — Contudo, ele não pôde evitar que suas mãos a alcançassem, e ouviu Trella ofegar, quando espalmou a maciez de seus seios.

— Notei o medo em seus olhos, assim que viu a multidão lá fora. Mas disse as palavras certas e agora penso que você acredita nelas.

Eskkar nada disse, surpreso com suas palavras e um pouco envergonhado por ter deixado transparecer seu nervosismo, pelo menos para a garota. Achava, porém, que se saíra muito bem e talvez ninguém mais tivesse notado.

Sua boca roçou a bochecha dele, espantando mais uma vez todos aqueles outros pensamentos.

— Eu também sinto medo, Eskkar. Medo dos bárbaros, medo do futuro. Mas já passou da época de eu me tornar uma mulher, e acredito que você não vai me machucar muito. — Deixou o corpo relaxar com o toque dele, enterrando a cabeça em seu ombro. Após alguns momentos, sua mão deslizou abaixo entre as pernas dele, e ela suspirou fundo.

Ele beijou-lhe o rosto, depois sua boca, delicado a princípio, depois com mais intensidade e mais profundamente, enquanto ela o abraçava. Acariciando seu corpo, tocando-a, afagando sua barriga, ele se conteve o máximo que pôde, até pensar que ia explodir de desejo; esperou até ela gemer, chamando-o, e pôde sentir a umidade entre suas pernas antes de montá-la, movimentando-se o mais lento possível, sabendo que poderia machucá-la, mas tentando ser o mais delicado possível. Então ela deu um grito, uma brusca exclamação de dor ofegante, enquanto suas unhas penetravam em suas costas, em seguida a serenidade e um suspiro de prazer quando ele a penetrou.

Eskkar ficou imóvel por um momento até ela relaxar e seus braços novamente o envolverem num aperto. Ele começou a mover o corpo contra o dela, e agora os leves sons de dor e prazer de Trella se misturavam à medida que seu desejo crescia. Quando tudo acabou, muito depressa, ele a manteve abraçada, acariciando seu cabelo, desfrutando sua presença, até adormecer em seus braços, dormindo um sono profundo, exausto emocional e fisicamente, descobrindo em seu aperto uma sensação de conforto que não conhecia desde a infância.

Trella esperou até ter certeza de que não o acordaria. Então, delicadamente, soltou o braço que envolvia o pescoço de Eskkar, embora continuasse junto a ele e pudesse sentir sua respiração contra seu peito. Ele permaneceu em seu lado, respirando pesadamente, com o braço jogado sobre a barriga dela. Ela encarou a escuridão acima, pensando na cópula dos dois conforme o silêncio os envolvia, enquanto a aldeia dormia. Agora, seus preocupados pensamentos a mantinham acordada.

Copular tinha sido algo que ela desejara, mas não pelos mesmos motivos do homem que estava a seu lado. Sua virgindade se tornara um problema. Nicar, seu filho, os outros criados da casa dele, até mesmo os mercadores de escravos que a levaram a Orak, todos a tinham desejado, e sua virgindade oferecia um atrativo a mais. Esse Eskkar também a havia desejado, e, se não tivesse sido pelos acontecimentos do dia, ele a teria possuído naquela noite, quisesse ela ou não.

No dia seguinte, porém, teria sido diferente, pois, como capitão da guarda, ele perderia o respeito dos seus soldados se não a tivesse possuído. Se ela tivesse resistido, ele a teria surrado, e ela não queria um início assim com ele. Não, o melhor era acabar logo com aquilo, enquanto ela tinha a dádiva para lhe oferecer. Muitas coisas aconteceriam nos meses vindouros e ela precisava de toda a sua sagacidade para se manter viva, principalmente se os bárbaros viessem.

Contudo, ele a desejara, e a ideia lhe agradara. Na casa de Nicar, ela vira isso em seus olhos, apesar das roupas gastas que usava e das lágrimas turvando sua vista. Trella lembrou-se do desespero que a dominara quando vira pela primeira vez o bárbaro alto de rosto severo que agora era seu dono.

Era assim que pensava, embora às vezes a lembrança de seus próprios desejos questionassem sua lógica. Era estranho, admitiu para si mesma, que, quando ele optou por não possuí-la, quando saiu do quarto, foi aí que ela decidiu que, apesar de sua apreensão, queria ser dele. E, ao se oferecer, em vez de simplesmente se deixar possuir, ela manteve alguma dignidade. Um homem deve ser mais do que um animal, e esse Eskkar, bárbaro ou não, provou que tinha algo mais do que sua aparência demonstrava. Ela podia ser uma escrava, mas mesmo uma escrava podia compartilhar a vida de seu amo. A vida dele agora era dela, e Trella pretendia que ambos progredissem no futuro.

Ela não escutou nada do que Eskkar e Nicar falaram durante o jantar, mas ouvira bastante das conversas anteriores que este tivera com sua esposa, Creta, e depois com Nobre Drigo, inclusive como as suas preocupações sobre a vinda dos bárbaros o forçaram a chamar Eskkar. De algum modo aquele bárbaro convencera Nicar de que ele poderia cuidar da defesa da aldeia, e essa proeza surpreendera o próprio Nicar, que tinha ele mesmo aguçada sagacidade — tão afiada quanto a do pai dela.

A lembrança de seu pai enviou uma dor aguda através de seu corpo, mas forçou a mente a se afastar da imagem de seu corpo caído no chão, sangue escorrendo de seus ferimentos, olhos fitando o teto sem enxergar. Ele a ensinara bem, bem demais, costumava dizer sua mãe, e reconhecia na filha uma mente tão inteligente quanto a dele. Algum dia ela esperava vingar sua morte. Mas, por enquanto, não tinha mais lágrimas para derramar pelos pais ou pelo seu próprio infortúnio.

Esse bárbaro, ela precisava aprender tudo sobre ele, o mais depressa possível. Ele podia ser um forte combatente com experiência em batalhas, mas ela precisava saber se ele tinha a inteligência para sobreviver o tempo suficiente para poder enfrentar os bárbaros, quanto mais para derrotá-los. Aquilo era o que mais a preocupava. No dia seguinte, aprenderia muito mais sobre seu novo amo. Tudo agora em seu futuro dependia dele.

Começando naquela noite, ela pertenceu a um soldado, por sinal, um bárbaro, portanto seu prestígio era um pouco mais do que uma servidora de quartel ou prostituta. De qualquer modo, se Eskkar tivesse sucesso como capitão da guarda e assumisse a liderança da defesa de Orak, então o prestígio dele, e o dela, seria ilimitado. Embora ela soubesse que até mesmo esse feito poderia não ser suficiente para superar a vergonhosa marca de ele ser estrangeiro e bárbaro.

Contudo, se Nicar vira naquele homem alguma coisa que valia a pena, então ela também devia procurar essa coisa. E qualquer lugar ou qualquer dono seria melhor do que ficar na casa de Nicar, com seu repulsivo filho aproveitando qualquer oportunidade para lhe passar a mão. Uma criada durante o dia, ela logo seria passada de pai para filho e deste para os criados. Até a vida como escrava daquele bárbaro seria preferível a tal existência.

O ato sexual a surpreendera. Sua mãe a alertara para a dor da primeira noite, mas ela durara apenas um breve momento, seu medo transformando-se em surpresa e prazer. Ele a tratara com delicadeza, com muito mais do que ela tinha esperado, e suas próprias reações a ele fizeram com que se encolhesse de vergonha. Trella sabia que fora desavergonhada e ainda podia sentir a umidade entre suas pernas, que trouxeram de volta, mais depressa do que as conseguia controlar, as sensações que tinham percorrido seu corpo.

Finalmente suas reflexões ficaram vagarosas e ela sentiu uma sonolência, pensando no homem em seus braços e sabedora de que, no dia seguinte, começaria uma nova vida como escrava daquele repentino capitão da guarda. Não seria a vida que tinha previsto, sobre a qual ela e o pai conversaram tantas vezes enquanto ele a treinava. Em vez de orientar e ajudar algum comerciante rico e poderoso, ela agora teria de ajudar aquele rude soldado a evitar uma invasão de bárbaros, uma tarefa que a atemorizava quanto mais pensava nela.

Ela era jovem demais para isso, na metade do caminho de sua 14ª estação, mas tinha de tentar e esperava que os ensinamentos do pai fossem suficientes para superar sua inexperiência.

Ainda assim, mesmo com Eskkar admitindo que ninguém nunca antes expulsara os bárbaros, talvez seu novo amo acolhesse seus conselhos. Trella decidiu que precisava usar tudo que tinha aprendido, como também seu corpo, para mantê-lo junto a ela. Ele precisaria dela, precisaria mais do que podia saber, exatamente como dissera Nicar.

E se Eskkar fosse bem-sucedido, então só os deuses sabiam o que o futuro lhes traria. Haveria muito trabalho nos dias que viriam. Seu pensamento final, antes de entregar-se ao sono, foi que na noite do dia seguinte ela estaria novamente em sua cama e em seus braços, e dessa vez não haveria medo, apenas prazer.

3

As batidas na porta acordaram Eskkar com um sobressalto. Sua mão alcançou a espada assim que aprumou o corpo às pressas, confuso momentaneamente por causa da cama e do ambiente estranhos, até se lembrar dos acontecimentos da noite anterior. As batidas aumentaram até a porta sacudir nas suas dobradiças já frouxas.

— Pelos deuses, pare com esse barulho! — gritou ele. — Quem é?

— Gatus, Capitão. Levante. O mensageiro de Nicar está aqui.

— Malditos sejam você e todos os deuses — resmungou, então elevou a voz. — Já vai. — Eskkar olhou de relance a minúscula janela coberta com seu pedaço de couro que fazia as vezes de quebra-luz. Uma brilhante luz solar em forma de cunha caía obliquamente sobre o chão de terra. Quase uma hora após o amanhecer. Ele já deveria estar de pé havia muito tempo. A boa comida e o sexo ainda melhor da noite anterior fizeram com que dormisse a sono solto, e sentia-se maravilhosamente revigorado. Aliás, não se lembrava da última vez que dormira assim tão profundamente.

Eskkar pôs-se de pé e olhou a cama vazia. Trella não estava, seu capote sumido do gancho. "Fugiu, sem dúvida, após me fazer passar por tolo." Mas a lembrança da intimidade da noite anterior levou um sorriso ao seu rosto, e uma olhada mais de perto na cama revelou a pequena mancha de sangue de sua virgindade. Bem, ele não tinha tempo agora para a garota.

Vestindo-se rapidamente, abriu a porta e afivelou sua espada curta enquanto saía, mantendo os olhos meio fechados contra a luz do sol. Gatus tinha ido embora, mas dois homens estavam parados à espera. Eskkar reconheceu o mais velho como um dos criados mais confiáveis do comerciante. O outro, muito mais novo, usava uma espada curta e devia ser um guarda a serviço de Nicar. O rosto do homem mais velho mostrava claramente sua impaciência.

— O que é? — rosnou Eskkar. Teria Nicar resolvido cancelar tudo? Ou talvez exigir que sua escrava fosse devolvida?

O criado adiantou-se, fazendo a mais curta reverência possível.

— Nicar envia suas saudações e pergunta se você pode ir à sua casa, amanhã, na metade da manhã.

O homem esperou um momento, então continuou quando Eskkar nada disse.

— Eu devo lhe dar isto. — Entregou-lhe uma pequena bolsa de couro que retiniu agradavelmente quando ele a segurou.

— Diga ao seu amo que comparecerei nessa hora. — Decidindo que também deveria ser cortês, acrescentou: — E sinto muito por tê-lo feito esperar. Fui dormir tarde, pensando nos bárbaros.

Abrandado, o mensageiro de Nicar também fez uma reverência, dessa vez mais respeitosamente. Desejou bom-dia a Eskkar e seguiu de volta para a residência de seu amo, o acompanhante arrastando-se atrás dele.

Eskkar dirigiu-se ao guarda, que se apoiava em sua lança.

— Tire esse sorriso do rosto, ou arranco suas entranhas. — Antes de desaparecer, o sorriso do homem foi ainda mais largo.

— E cadê a garota? Você deixou que ela fugisse à noite, enquanto dormia no posto?

O sorriso do homem reapareceu.

— Não, Capitão, ela saiu não faz muito tempo para pegar comida. Ela me disse para deixá-lo dormir. Não vai demorar a voltar.

Sim, se ela já não tivesse cruzado a metade dos campos. Trella, provavelmente, cativara o guarda do mesmo modo como o havia iludido. Malditos sejam os deuses, ele devia ter dito ao homem para vigiá-la. Ia se tornar o alvo de cada piada em Orak, o grande capitão da guarda que não conseguiu manter sua escrava nem mesmo por um dia. Manteve os pensamentos sombrios para si mesmo, ao ir primeiro à latrina e depois ao poço, para se lavar.

Ao caminhar de volta para seu quarto, viu fumaça saindo da minúscula abertura que servia de chaminé. Lá dentro, encontrou Trella aquecendo água na fogueira que parecia mais fumegar do que queimar. Um oval de pão fresco estava sobre a mesa, perfumando o ar, com uma solitária linguiça escura no único prato, rachado, que havia no aposento.

Ao vê-la, ficou boquiaberto como um idiota e não pôde evitar de sorrir quando ela se virou em sua direção. Ela o observou sentar-se à mesa, antes de voltar a atenção para a enegrecida e amassada tigela de cobre que se encontrava no meio das chamas. Segurando-a com um pedaço de trapo, Trella levou-a para a mesa e despejou água quente em um caneco de madeira diante dele.

— Bom dia, amo — disse ela sem modulação na voz, ao pousar a vasilha na mesa.

— Pensei que tinha fugido. Quando acordei e não vi você, achei que tinha escapulido durante a noite.

— E o que você faria se eu tivesse fugido? — perguntou, a voz ainda desprovida de emoção.

— Teria ido atrás de você, Trella. — Esticou-se sobre a mesa e tocou o braço dela, apreciando a sensação de sua pele, enquanto o pensamento retornava à noite anterior.

— Você vai falar amanhã com Nicar, como todo mundo sabe. Como poderia ir atrás de mim, se teria de se encontrar com ele?

— Há coisas mais importantes para mim do que Nicar e Orak. Se algum dia fugir de mim, eu irei atrás de você.

Um sorriso surgiu brevemente no rosto dela, transformando-a instantaneamente em menina de novo. Ela tocou sua mão.

— Eu não vou fugir, pelo menos hoje não — afirmou, sua voz agora mais agradável. — Coma seu desjejum, amo. Tem muito a fazer no dia de hoje, deve se preparar para o encontro de amanhã.

— Então me acompanhe. — Partiu o pão em dois, depois rasgou a linguiça em duas partes iguais. Ela levou a vasilha de volta ao fogo e retornou à mesa. Apanhou a linguiça, deu uma mordida, mas devolveu ao prato a maior parte de sua porção.

— Você terá um dia atarefado e precisará de sua força — disse Trella, indicando a carne. — Além do mais, não é conveniente um escravo comer mais do que o amo.

Eskkar molhou o pão com um gole de água morna, então empurrou a carne de volta para ela.

— Coma, mulher. Vai precisar de sua força esta noite.

Ela ficou vermelha de vergonha e desviou o olhar.

Mulheres eram um grande mistério, concluiu Eskkar. À noite, arranham a pele de suas costas, mas se recusam a encará-lo pela manhã. Ele mudou de assunto.

— Quanto pagou por isso? Creta lhe deu algumas moedas antes de você partir?

— Aquela vaca velha? Ela não me deu nada, só tirou as poucas coisas que eu tinha. Não, eu apenas perguntei ao guarda onde podia encontrar comida, então procurei um vendedor de rua que tivesse as mercadorias com a melhor aparência. Disse-lhe que era mulher de Eskkar e que precisava de comida para o seu desjejum. Ele me deu o pão e a carne. Eu lhe disse que você pagaria depois.

— E ele lhe deu a comida? — perguntou Eskkar, o espanto na voz. Ninguém na aldeia nunca lhe dera crédito antes.

— Ele ficou ansioso em ajudar. — Mastigou um pedaço de pão por um momento. — Amo, posso falar?

Ele bateu fortemente o caneco de água na mesa.

— Fale o que quiser, Trella. Ontem à noite, eu lhe disse que você era mais do que uma criada e que eu precisava de sua ajuda. Portanto, fale o que pensa.

— Os homens dizem coisas à noite que eles esquecem pela manhã. — Ela brincou com as migalhas de pão à sua frente.

— E as mulheres dizem coisas para conseguir o que desejam. O que você quer, garota? Quer ir embora? Ou voltar para Nicar? Eu não a impedirei, se é isso que deseja. Portanto, fale o que passa pela sua cabeça e acabe logo com isso.

Ela tocou novamente sua mão, então o olhou nos olhos pela primeira vez.

— Eskkar, eu sou apenas uma garota. Não, nem mesmo isso, uma escrava. Mas ontem à noite, depois que você dormiu, pensei bastante no que quero.

Ela recolheu a mão.

— Meu pai está morto, meus familiares desaparecidos, ou mortos ou vendidos, e nunca mais verei nenhum deles. Portanto, ontem à noite decidi que queria ficar e ajudar você. Ajudá-lo a ter sucesso contra os bárbaros. Porque, se você conseguir isso, terá riqueza e poder para estabelecer sua própria Casa. É isso que eu quero agora, ser parte de sua família. E, portanto, eu o ajudarei em tudo o que puder.

Por alguns momentos, ele apenas olhou para ela.

— Ontem à noite, na escuridão, comecei a duvidar se eu seria realmente capaz de defender a aldeia dos bárbaros. Esta manhã isso parece ainda mais impossível.

— Eu posso ajudá-lo, Eskkar. — Inclinou-se sobre a mesa. — Tenho certeza de que posso ajudar. Foi por isso que Nicar me deu para você. Mas precisa me dizer tudo, tudo o que pensa, todos os seus planos, tudo.

Ele fitou seu prato, enquanto considerava o pedido dela. Nunca havia feito amigos em Orak, certamente não havia um só homem em quem confiasse o suficiente para confidenciar suas incertezas. Quanto a Gatus e o resto, tinham pouco a oferecer. Eskkar não tinha dúvidas de que sabia mais do que eles o que precisava ser feito.

Podia falar com Nicar, mas não queria abordar tão cedo assim o governante de Orak com suas próprias apreensões. Não, Eskkar não tinha ninguém em quem pudesse confiar. Nicar disse que ela seria útil, portanto, seria melhor lhe falar como falaria com qualquer um outro, embora duvidasse do quanto ela pudesse ajudar. Por outro lado, tinha pouco a perder ao falar com ela.

Contudo, ele hesitou. Ela tinha vindo da casa de Nicar. Talvez o que Eskkar lhe dissesse encontrasse seu caminho de volta até seu ex-amo. Mesmo se Nicar confiasse em seu novo capitão da guarda, o nobre talvez ainda quisesse conhecer os pensamentos mais íntimos de Eskkar. Mas ela lhe fora dada, e não emprestada, e o ódio entre Creta e a garota parecia bastante verdadeiro.

— Amo, o que me disser, não repetirei para ninguém.

Suas palavras fizeram com que ele imaginasse se ela podia ler seus pensamentos. Ele quase acreditava que ela lhe lançara um feitiço na noite anterior. No final, a expressão de seus olhos o convenceram, um olhar tão determinado que parecia perfurar seus pensamentos, enquanto ela permanecia debruçada sobre a mesa à espera de que ele se decidisse.

— Vou lhe contar o que sei, Trella — começou —, embora eu não veja de que modo você pode ajudar.

— É possível que eu possa fazer mais do que imagina. Desde criança, fui treinada em muitas coisas. Meu pai era um nobre e me ensinou a entender o modo deles. Eu sentava a seus pés, enquanto trabalhava, e o ouvia orientar o líder de nossa aldeia. E aprendi muitas coisas na casa de Nicar. Porque sei ler os símbolos e contar, trabalhava quase todos os dias com Nicar e seus administradores. Eu os ouvi falar sobre Orak, sobre Nobre Drigo e os outros nobres.

Ele queria acreditar nela. Mais do que isso, queria confiar nela. Ainda que ela repetisse para Nicar o que ele dissesse, o que isso importava? Eskkar tinha o ouro e a escrava e, se decidisse ir embora, muitos dos soldados o seguiriam. Ninguém tentaria detê-lo. O que ele tinha a perder?

— Muito bem. Por onde devo começar?

Conversaram por quase duas horas. Eskkar descreveu a construção de um muro, explicou como usar o arco para manter os atacantes a distância, falou sobre inundar as terras em volta da aldeia. Contou-lhe como treinaria os homens, de que armas precisaria, que forças esperava reunir, e o que os meses vindouros trariam.

Ela perguntou pelos bárbaros e ele os descreveu, o motivo por que lutavam e suas táticas. Destacou o melhor que pôde cada detalhe da batalha futura, respondendo às suas perguntas e aos intermináveis pedidos de detalhes.

Quando Eskkar terminou, Trella curvou-se sobre a mesa e segurou a mão dele com as suas.

— Obrigada, amo. Mas você só falou em lutar, em homens e no muro. Não me disse o que teme, o que o preocupa, o que mais o inquieta. Por favor, amo, me fale dessas coisas.

Eskkar alisou suas mãos. Pareciam tão quentes e excitantes quanto na noite anterior. A garota realmente o enfeitiçara, porém isso não interessava mais.

— Está bem, Trella. Eu me preocupo com os nobres. Não sei como lidar com eles. São mais vivos em inteligência e têm facilidade com as palavras. Nicar é um homem bom, mas não confio totalmente nele. Só recorreu a mim porque não tinha mais ninguém. O resto dos nobres é pior. E Drigo... ontem à noite, na rua, Drigo olhou para mim e vi um riso em seus olhos. Zombou de mim sem dizer uma palavra, e eu não pude fazer nada.

A lembrança atiçou sua raiva e, apenas por um momento, ele apertou um pouco mais a mão dela.

— Não tenho medo de Drigo, mas ele tem poder e homens que obedecem às suas vontades. Eu conseguiria matar facilmente qualquer um deles, mas até mesmo uma alcateia é capaz de derrubar um homem. — Inspirou fundo. — Mais do que tudo, porém, tenho medo de parecer idiota aos olhos deles e diante de outros.

Nunca em sua vida Eskkar admitira para alguém que sentia medo, muito menos para uma jovem escrava. Agora que pronunciara essas palavras, ele não podia voltar atrás. Decidiu continuar.

— E é o mesmo com os comerciantes. Não sei como pedir arcos, ou espadas, ou qualquer uma das outras coisas de que vou precisar, muito menos quantos homens ou de quando precisarei deles. Mesmo com a ajuda de Nicar, me pergunto se serei capaz de conseguir o que preciso.

Ele expressou suas dúvidas e seus temores. Mas, em vez de vergonha por admitir sua fraqueza, Eskkar teve uma sensação de alívio.

A mão de Trella apertou a dele com surpreendente força.

— Amo, você se preocupa com essas coisas porque não conhece esses homens. Por toda a minha vida tenho vivido com esse tipo de pessoas. Você não tem nada por que temê-las. Do mesmo modo como você passou sua vida lutando, elas passaram a deles falando e contando e pechinchando. Mas, com os bárbaros chegando, o momento de falar já passou. Agora, essas pessoas vão temer e também precisar de você, pois sabem que apenas guerreiros poderão salvá-los e a seu ouro. Posso lhe dizer o que acho que acontecerá?

A princípio, pareceu estranho que os nobres talvez o temessem.

— Prossiga, Trella.

Ela lhe contou como achava que as Cinco Famílias reagiriam, o que provavelmente diriam os homens poderosos, e como sua arrogante necessidade de dominar a todos e tudo talvez superasse até mesmo o medo que tinham dos bárbaros. Falou-lhe das dúvidas e aflições de Nicar, principalmente suas preocupações em relação às outras famílias nobres, em particular Nobre Drigo.

— Lembre-se, não importa o que aconteça com os bárbaros, os nobres nunca confiarão totalmente em você ou o aceitarão. Você não é da espécie deles.

O pensamento de Eskkar voltou à noite anterior, quando ele supôs que eventualmente Nicar e os outros nobres o aceitariam em seu meio. Como isso devia ter soado infantil a Nicar.

— Eu achava que se sentiriam agradecidos por ter salvado a aldeia deles. Mas você tem razão. Sempre me verão como um bárbaro.

— Eles são o que são, amo. E nenhum deles gosta de dividir poder, principalmente com um estranho, nem mesmo Nicar. Ele pode ser bom para você agora, que precisa de você, mas, depois, tomará de volta sua autoridade.

— E você, Trella? Não se importa em pertencer a um bárbaro?

— Você não é um bárbaro, amo. Trata com respeito até mesmo uma escrava. Percebi isso e muito mais, ontem à noite. E também sou uma estranha aqui. Talvez os deuses tenham nos enviado um para o outro. — Suas últimas palavras vieram com um breve sorriso que desapareceu rapidamente. — Agora poderemos falar sobre seu encontro amanhã com os nobres? Precisa se preparar para conhecer as Famílias.

Com crescente confiança, ela falou sobre as questões que deveriam surgir na reunião com Nicar e de que modo ele deveria responder. Suas ideias o surpreenderam, se bem que, assim que ela as esclarecia, ele percebia de que modo provavelmente surgiram. Eskkar se deu conta de que sua oferta para defender Orak era ainda mais complicada do que ele pensava.

— Ontem à noite, você disse que tinha vindo de...?

— Carnax. É uma aldeia grande, perto do Grande Mar, na Suméria.

— Você disse que seu pai era conselheiro do governante da aldeia. Na ocasião, duvidei de você, mas agora percebo que fala a verdade. Você pensa como um nobre. Você entende o poder e como ele pode ser usado.

— Sim, amo. Meu pai me treinou de uma maneira diferente da de outras meninas. Ensinou-me os modos dos nobres, instruiu-me sobre os mistérios do ouro, do cultivo e de muitos outros assuntos.

— Precisa me ensinar todos esses segredos. — Ele sorriu. — Se não é tarde demais para eu aprendê-los.

— No devido tempo, você aprenderá todos eles. Agora precisamos repassar sua preparação mais uma vez.

Conduziu-o através de várias situações que poderiam surgir, o que ele devia dizer, e como lidar com cada uma. Quanto mais conversavam, mais aumentava a confiança dele. E, de todas as coisas que discutiram, falaram mais demoradamente sobre Nobre Drigo.

O que Trella pensava sobre Drigo chocou Eskkar. Ela achava que ele representava o maior problema e era o perigo mais importante. Na casa de Nicar, aprendera bastante sobre Drigo e seus planos, e as palavras dela lhe causaram um arrepio na espinha. Ele não se dera conta do perigo imediato que Drigo representava.

Lentamente, sua determinação se fortaleceu. Nada, decidiu, nada nem ninguém voltaria a não fazer caso dele, nem na rua, nem na casa de Nicar. Ele era o capitão da guarda e até mesmo Drigo teria de reconhecê-lo.

Quando terminaram de falar, suas mãos se juntaram novamente sobre a mesa. Ele agora a olhava de um modo diferente, enxergando alguém com fogo no coração e uma determinação de bronze no pensamento. Eskkar sabia que encontrara uma mulher que valia mais do que um punhado de moedas de ouro. Com ela ao seu lado na cama, sentia-se capaz de realizar qualquer coisa, desafiar as Cinco Famílias e até mesmo derrotar a horda de bárbaros.

— Você me dá força, Trella — disse ele simplesmente. — Fique a meu lado.

O aperto da mão dela aumentou na dele, e mais uma vez sua força o surpreendeu.

— Você agora tem o poder, Eskkar, mas precisa aprender a usá-lo, e depressa, ou ele escapulirá. Você precisa agir como se sempre o tivesse tido. Quando falar, fale com autoridade e segurança. Se não tiver certeza do que dizer, não diga nada, apenas aparente confiança. A multidão o seguirá se você a liderar. Eu notei isso ontem à noite, e novamente nas ruas esta manhã. Até mesmo os soldados confiam na sua orientação.

— E, de agora em diante, Eskkar, não tema nenhum homem, nem mesmo algum das Cinco Famílias. Eles são apenas comerciantes e estão todos apavorados. Só você não parece ter medo, e esse é o seu poder. Não hesite em exibir esse poder. A partir de hoje, todos olharão para você à procura de fraquezas ou dúvidas. Se tiver alguma, esconda-a. Se alguém se opuser a você, empurre-o para o lado... mate-o, se preciso. Ninguém irá questioná-lo. Em períodos de dificuldades, as pessoas procuram por líderes fortes, e não comerciantes e mercadores, não importa quanta riqueza eles tenham. Amanhã você deverá assumir o poder, ou nada.

As palavras duras não mais o surpreendiam, nem mesmo sua referência casual a matar. Os nobres pensavam daquele modo, indiferentes às vidas de outros que não fossem as suas. Ele deixara de pensar nela como uma jovem inexperiente, uma escrava, ou mesmo uma mulher cujas ideias não importavam. Ela se tornara uma janela para a vida dos nobres, observando suas intrigas e tramas, e oferecendo a si mesma como companheira de seus próprios empreendimentos.

Contudo, a força de vontade de Trella o surpreendera. Algumas mulheres podiam ser mais fortes do que seus homens, embora a ideia o deixasse um pouco incomodado. Tais mulheres geralmente ofuscavam um homem na leitura dos pensamentos e dos rostos das pessoas. Trella tinha essas qualidades, a resistência de um homem no corpo de uma jovem mulher.

Um pensamento lhe veio à mente. Enfiou a mão na túnica e tirou a bolsa de couro de Nicar. Ainda não havia olhado dentro dela, mas agora a abriu e despejou o conteúdo sobre a mesa. Contando lentamente, encontrou vinte moedas de ouro. Sabia que Ariamus recebera apenas dez a cada mês. Por um momento, Eskkar brincou com os pequenos quadrados dourados, tocou-os, usufruindo a sensação do frio metal e o poder que este representava. Muitos homens veneravam o ouro, ele sabia, conspiravam e tramavam para obtê-lo, então o acariciavam à noite, atrás de portas trancadas, antes de enterrá-lo bem fundo no chão.

Ao erguer a vista, encontrou Trella olhando para ele, não para o ouro. Abruptamente, Eskkar empurrou duas moedas para o outro lado da mesa.

— Leve isso e troque por cobre, depois pague a comida do vendedor ambulante. Não vou dever o meu pão a homem algum. Cuide para não ser enganada na troca. Use o resto para comprar um vestido decente para você e qualquer outra coisa de que necessite. E compre sandálias novas para mim, as mais resistentes que encontrar, do tipo com o qual um homem possa lutar.

Eskkar empurrou o resto das moedas em sua direção, tentando não pensar que confiava a ela algo que até aquele dia ele teria considerado uma pequena fortuna.

— Guarde para mim o resto do ouro em segurança. Nas próximas semanas, haverá mais coisas para comprar.

Colocou o dedo sobre uma moeda, a mais radiante e reluzente do monte, então a apanhou e ergueu para a luz.

— Esta é um presente para você. Uma moeda de ouro é suficiente para se comprar uma boa escrava. Se algum dia quiser me deixar, me dê esta moeda, e poderá ter a sua liberdade.

Uma expressão de confusão cobriu o rosto dela, e Eskkar recostou-se e gargalhou.

— Isso me poupará tempo e trabalho de caçar você. Por outro lado, de agora em diante e entre nós não haverá mais essa conversa de amo e escrava. — Pôs a moeda na palma da mão de Trella e fechou levemente seus dedos.

Ela abriu a mão e olhou o ouro luzir brilhantemente em sua palma.

— Posso usar a sua espada? — pediu baixinho.

Surpreso, ele hesitou, então desembainhou a espada, inverteu-a e entregou-a.

Ela levantou-se, pôs a moeda perto da beirada da mesa e colocou sobre ela a parte do meio da lâmina, onde o gume era mais afiado. Usando ambas as mãos, pressionou com toda a sua força, os músculos retesados em seus braços bronzeados.

Ao levantar a lâmina, a moeda estava marcada no meio por um fino sulco. Devolveu-lhe a espada, em seguida juntou o resto das moedas e colocou-as de volta na bolsa.

— Agora ela está marcada, e eu a guardarei em segurança. — Pendurou a bolsa no pescoço e a pôs para dentro do vestido. — Você devia se preparar para sua reunião com os soldados. Estamos quase na metade do dia.

Eskkar levantou-se, olhou para a janela e viu que o sol se movera ainda mais para o alto.

— Tenho tempo para isso, Trella. — Puxou-a para si, beijou-a avidamente e sentiu uma incomum vibração de prazer quando ela ficou na ponta dos pés e lhe envolveu o pescoço, o corpo pressionado contra o seu. Ele a teria jogado na cama e a possuído ali mesmo, e Orak e Nicar que se danassem, se ela não tivesse se desvencilhado, desviado o rosto e saído.

Eskkar apanhou o último pedaço de pão e seguiu-a porta afora. O guarda continuava em seu posto, observando Trella enquanto esta se afastava.

— Vigie seus olhos, cão — berrou Eskkar —, se sabe o que é bom para você.

Agarrou a lança do homem assustado e puxou-a de sua mão. — Siga-a e se mantenha ao lado dela. Ao lado dela, ouviu bem? Cuide para que ninguém lhe faça mal e todos saibam que é mulher de Eskkar. Se alguém a incomodar, corte sua garganta. Agora, vá!

Empurrou o homem para a direção que devia seguir, fazendo-o tropeçar enquanto se apressava para alcançá-la. Eskkar com facilidade girou nas mãos algumas vezes a pesada lança, e depois jogou-a com toda a força para a lateral da casa. Fragmentos saltaram do barro quando a pesada lança se enfiou na estrutura. Eskkar grunhiu satisfeito, antes de seguir na outra direção, à procura de Gatus. Estava na hora de se preparar para o encontro do dia seguinte com Nicar.

Dessa vez Trella prestou mais atenção ao que a cercava. Os soldados em volta do quartel interromperam suas atividades e se voltaram para vê-la passar. Alguns a chamaram pelo nome, ao passo que outros fizeram rudes comentários sobre sua primeira noite com Eskkar. A princípio, as palavras e os olhares descarados a deixaram incomodada, mas então ela se deu conta de que todos sabiam quem ela era, que suas palavras eram ditas como gracejos grosseiros e que não havia a menor possibilidade de eles a machucarem.

Quando entrou na rua, notou que um dos soldados a seguia, caminhando poucos passos atrás. Ao se virar, reconheceu a sentinela que vigiava o quarto de Eskkar naquela manhã.

— O capitão Eskkar me mandou escoltá-la pela aldeia, Trella, para protegê-la, no caso de alguém não saber quem é você.

Ela não sabia o que dizer e, brevemente, imaginou se Eskkar dera-lhe essa ordem para se certificar de que ela não fugiria. Entretanto, a expressão simplória do homem não ocultava qualquer manobra. E ela lembrou-se do toque da mão de Eskkar apenas alguns momentos atrás. — Obrigada, soldado. Qual é o seu nome?

— Eu me chamo Adad, Trella.

— Bem, Adad, pode me dizer onde acho um mercador que venda boas roupas? Preciso comprar algumas coisas para o meu amo.

Ele lhe indicou o caminho enquanto andavam, enfiando-se pelo fluxo de pessoas que seguiam pelas estreitas vielas sujas de Orak, uma ruidosa mistura de homens, mulheres, crianças e animais. Ela percebeu que a maioria das casas de tijolos de barro tinha apenas um andar. Mas as casas e as lojas dos comerciantes mais abastados normalmente tinham uma barraca ou mesa na frente para exibir algumas mercadorias. Imagens pintadas na parede identificavam o tipo de estabelecimento ou que produtos teria.

Embora vivesse em Orak havia quase dois anos, ela raramente tivera permissão de deixar o pátio da casa de Nicar, e mesmo assim somente acompanhada por Creta ou um dos criados mais antigos. Agora observava com atenção as pessoas e as barracas que enchiam as ruas. Em cada barraca, o comerciante, sua mulher ou um filho mais velho tomava conta da mercadoria, tanto para deter pequenos ladrões quanto para incentivar os que olhavam a comprar. Orak parecia muito com sua antiga aldeia, só que maior e com mais casas bonitas.

Ela gostaria de se demorar e explorar tudo, mas queria voltar para Eskkar. Portanto, apressou-se até chegar à loja que Adad tinha sugerido.

Passando pelo baixo vão de porta do comerciante Rimush, encontrou duas outras mulheres na frente dela. A mais velha se vestia como a esposa de um próspero negociante. Sua jovem acompanhante parecia ser criada ou escrava, com roupas mais humildes. A ampla sala, iluminada apenas pela luz do sol que entrava pela porta e por um pequeno buraco aberto no teto, continha várias mesas e prateleiras desbastadas grosseiramente, todas cobertas por roupas ou pedaços de panos de lã e de linho. O forte cheiro do linho recente formigou seu nariz. Havia também mercadorias empilhadas no chão, cobrindo quase todo o espaço disponível, e Trella teve de ter cuidado onde pisava. Um cobertor colorido escondia como cortina outro aposento nos fundos.

As mulheres e o dono da loja deram-lhe um rápido olhar e então ignoraram a escrava pobremente vestida. Ignoraram-na até Adad segui-la para o interior, olhar em volta e depois se recostar no vão da porta. A visão do soldado armado acompanhando Trella parou toda a conversa, e agora Rimush dirigiu-se a ela, tendo levado apenas um instante para deduzir quem ela era.

— Você é a nova escrava do soldado Eskkar? — Rimush falou rapidamente, com curiosidade evidente. Eskkar e sua nova posição eram, por toda a parte, desde o nascer do sol, o assunto principal das conversas em Orak.

Embora não fosse particularmente alta, Trella sabia como se portar adequadamente e como lidar com comerciantes, portanto se empertigou antes de responder.

— Meu amo é Eskkar, capitão da guarda. Ele quer que eu lhe compre sandálias e uma túnica. Você tem esses artigos ou devo procurar em outro lugar? — Manteve a cabeça erguida, a voz baixa mas firme. O comerciante reconheceu o tom de alguém acostumado a lidar com lojistas e criados.

A mulher mais velha pareceu incomodada com a interrupção.

— Quando eu terminar, escrava, você poderá comprar tudo com que pode arcar.

— Então procurarei em outro lugar — disse Trella calmamente e virou-se para ir embora.

— Não, espere, moça — chamou Rimush apressadamente atrás dela. — Tenho aqui o que você precisa. — Dirigiu-se à outra freguesa. — Eu voltarei quando terminar com... como é mesmo o seu nome, moça?

— Trella. — Ela observou o divertido Rimush ignorar a esposa do comerciante, ir até o canto mais escuro da loja e retornar num instante com um par de sandálias. Enquanto foi buscar algumas túnicas, Trella examinou as sandálias e então gritou para ele: — Estas sandálias não são resistentes o bastante, Rimush. Quero o melhor e mais resistente par que você tiver, forte o bastante para se lutar com ela.

Resmungando baixinho, ele voltou num instante e entregou-lhe outro par de sandálias que apanhou sem se deter, e voltou para a sala dos fundos. Sua outra freguesa, irritada com o tratamento de Rimush, jogou de lado o tecido que examinava e deixou a loja. Sua acompanhante deu um largo sorriso para Trella, ao passar, seguindo sua patroa.

Trella examinou as sandálias, então bateu fortemente uma delas no balcão. Em seguida, torceu-a com ambas as mãos, para se certificar de que nada se deslocava.

— Estas são de qualidade satisfatória — comentou, quando Rimush retornou, carregando meia dúzia de túnicas. — Vou levá-las, é claro, para a aprovação de meu amo.

— Não há melhores sandálias em Orak. Seu amo ficará satisfeito. — Com o cotovelo, afastou do caminho uma peça de tecido e pousou as túnicas sobre uma mesa estreita, desdobrando-as. — Seu amo é alto e tem ombros largos. Não há muitos que usam túnicas assim.

— Então conhece meu amo?

— Não, ele nunca veio aqui. Mas sei quem é.

Trella ignorou as quatro primeiras roupas, túnicas macias, enfeitadas, para comerciantes ricos ou nobres. A que escolheu parecia mais adequada a um capitão da guarda, benfeita, mas sem enfeites, exceto por uma faixa vermelha contornando a gola simples quadrada. Ela umedeceu o dedo e esfregou na faixa para se certificar de que o tingido permaneceria inalterado, então virou a roupa do avesso para checar os pontos de costura e as bainhas, dando um puxão na meia manga para se certificar de que se mantinha presa.

— Esta vai servir — anunciou. — Também preciso de um vestido para mim, algo simples. Você tem algo para mim?

Isso requeria a ajuda da mulher de Rimush, que viera dos fundos da casa para ver a nova escrava do capitão da guarda. Ela ajudou Trella a fazer sua escolha, então a conduziu aos fundos da casa, onde poderia experimentar o vestido.

— Fica muito bonita nele, Trella, como uma senhora distinta — acrescentou, admirando o modo como o vestido se ajustava nela. — Tem certeza de que não quer um outro, ou algo de melhor qualidade?

Trella sorriu diante do elogio.

— Este já está bom. Agora preciso ir. — Tirou o vestido novo e vestiu novamente o velho.

Pechinchar os preços foi mais rápido do que Trella esperara. Cinco moedas de prata pelas dispendiosas sandálias, quatro pela túnica e duas pelo vestido. O preço parecia razoável, mas ela contrapôs com uma oferta de oito moedas por tudo. Rimush queixou-se de estar sendo roubado, mas acabou por aceitar um preço de dez moedas de prata, quando Trella largou tudo no balcão e preparou-se para ir embora.

Rimush pareceu surpreso quando ela lhe estendeu uma moeda de ouro. O ouro era raro e não se costumava confiar tais moedas a escravos. Ele apanhou a moeda, arranhou-a fortemente com a unha para se certificar de que era verdadeira e reparou nela a marca de Nicar, antes de lhe dar dez moedas de prata de troco.

Trella sorriu ao observá-lo. Rimush espalharia a notícia de que Eskkar tinha acesso ao ouro de Nicar. Juntando suas mercadorias, agradeceu a ele e à esposa.

— Não, Trella, nós é que agradecemos a seu amo. Que os deuses o protejam e que ele consiga nos salvar dos bárbaros. E também de Nobre Drigo. Estou velho demais para recomeçar em outro lugar.

— Nobre Drigo?

— Sim, Nobre Drigo. — Rimush cuspiu as palavras. — Seus capangas pegam o que querem e pagam o mínimo que podem, quando pagam. Dizem que, em breve, Drigo tomará conta de Orak.

— Nicar não permitirá isso — rebateu Trella. — Nem meu amo. Ele protegerá você, Rimush — disse com confiança. — Ele protegerá todos nós.

Lá fora, na rua, Adad esperou pacientemente pela sua protegida. Caminharam de volta ao quartel, o soldado dois passos atrás dela, parando uma vez para Trella comprar um pente de boa qualidade para o cabelo, pois o que ela possuía tinha mais dentes quebrados do que inteiros, e uma outra vez para adquirir uma pequena lamparina a óleo.

Enquanto caminhava e fazia compras, porém, Trella notou que todos a olhavam. Ninguém até então vira antes um soldado designado para proteger uma escrava. Só por causa disso, ela teria atraído bastante atenção. Mas todos sabiam qual era a posição dela como escrava de Eskkar, o homem que afirmou que poderia defender Orak dos bárbaros. Isso a tornava alguém importante.

Algumas pessoas lhe perguntaram o que sabia sobre os bárbaros ou sobre os planos de Eskkar. Ela sorriu para todos que lhe falaram, mas nada disse. O medo dos bárbaros exibia-se em seus rostos e a preocupação era tanta, que até buscavam ver em Trella algum sinal de esperança.

A caminhada pelas ruas de Orak lhe deu muito o que pensar. Ela vira a apreensão dos aldeões, a aflição sobre a qual alertara Eskkar, e isso significava que qualquer coisa poderia acontecer nos próximos dias, para o bem ou para o mal. Trella afastou o pensamento da cabeça. Tinha já bastante com o que se preocupar nas próximas horas.

4

Eskkar encontrou Gatus sentado, apoiado na parede do quartel, cochilando sob o sol do início da tarde, enquanto esperava pelo seu capitão. Pondo-se de pé, Gatus bocejou ruidosamente, então seguiu à frente a caminho do estábulo. Restava menos de uma dúzia de cavalos. Ariamus levara os melhores, deixando para trás animais longe de seu esplendor. Não que Eskkar confiasse neles numa luta difícil, incluindo os que foram levados por Ariamus. Era preciso ouro para comprar, manter e treinar bons cavalos, e os nobres avarentos gastavam o mínimo possível de suas moedas nas montarias dos soldados.

Escolheram dois cavalos que precisavam de atividade e Eskkar seguiu o caminho até o monte da colina onde, no dia anterior, idealizara seu plano. Sentaram-se frente a frente, e Eskkar repetiu tudo o que dissera a Nicar, dessa vez com muito mais detalhes. Gatus fez sugestões sobre a comida e os suprimentos que seriam necessários, a qualidade e a quantidade de armas, e de como os homens seriam pagos. Conversaram sobre os soldados, comentando as suas habilidades individuais e de que forma estas poderiam ser mais bem utilizadas. Gatus concordou com os três que Eskkar tinha em mente para subcomandantes.

Procuraram imaginar tudo o que seria necessário para recrutar, treinar e sustentar um grande número de combatentes. Então tentaram colocar as tarefas em ordem, o que devia ser feito primeiro, o que poderia esperar mais algumas semanas. Por último, debateram sobre os bárbaros, supondo o que poderiam fazer quando vissem o muro, como usariam suas armas e seus cavalos, e os mais prováveis pontos de ataque.

Eskkar nunca tivera antes esse tipo de conversa. Durante toda a sua vida, lutar era algo que simplesmente se fazia, e não algo que se planejasse. Talvez se tentasse emboscar o inimigo, ou pegá-lo dormindo, mas para os cavaleiros havia muito pouco no âmbito das táticas. Na melhor das tradições das estepes, Eskkar acreditava que o plano mais adequado era ter mais homens e melhores cavalos do que o inimigo. Superados em número, a tendência dos bárbaros seria evitar a luta, preferindo lutar em outra ocasião. Nem Eskkar nem os Alur Meriki consideravam alguma perda da honra evitar tais conflitos desfavoráveis. Agora Eskkar tinha de imaginar meios de resistir não apenas a um inimigo superior em número, mas a um inimigo cujos guerreiros, individualmente, eram mais fortes e mais capazes. De igual importância, ele tinha de convencer os aldeões de que suas táticas seriam eficazes.

Para alguém formado na aldeia, Gatus tinha muito a contribuir. Sobrevivera a anos de combates e tinha ideias próprias e nenhuma hesitação em apresentá-las, principalmente as que diziam respeito a armas e treinamento. Ele continuava desafiando Eskkar, à procura de fraquezas ou falhas que destruíssem a defesa de Orak. Quando Gatus descobria uma fraqueza, estudavam um meio de solucioná-la.

Quase três horas depois, Eskkar balançou a cabeça satisfeito. Tinham chegado a um acordo em cada item. Gatus o ajudara a detalhar seus planos. Pela primeira vez, Eskkar sentiu-se confiante de que seria capaz de responder a qualquer pergunta durante a reunião com Nicar, e que ninguém conseguiria pôr de lado suas ideias ou seus fatos. Poderiam não compartilhar suas opiniões, mas isso era um assunto para debate.

Os dois homens cavalgaram colina abaixo para repetir a inspeção que Eskkar fizera da área. Dessa vez, prestaram particular atenção às fazendas ao norte e ao sul da aldeia. Inundando-as, o acesso habitual ao portão principal de Orak mudaria. Quando, finalmente, terminaram o circuito, Gatus admitiu que, com sorte, Orak talvez tivesse uma chance de sobreviver à invasão.

Eskkar queria mais do que a aprovação de Gatus. Queria que o velho soldado esperasse do lado de fora da casa de Nicar, para o caso de os nobres desejarem uma segunda opinião. Gatus vivia em Orak havia mais de cinco anos e a maioria deles respeitaria suas palavras.

— Mas precisaremos treinar arqueiros, trezentos ou quatrocentos, no mínimo — disse Gatus. — E, supondo-se que você consiga fornecer armas para todos eles, levaria pelo menos dois meses para se treinar um bom arqueiro.

Eskkar não entendia por que levava tanto tempo para se ensinar alguém a usar uma arma tão simples, mas ele precisava se submeter à experiência de Gatus com os aldeões.

— Então é melhor começarmos imediatamente, Gatus. Você sabe treinar homens melhor do que ninguém. Eles farão o que você mandar.

E eles fariam isso mais depressa para Gatus do que para um bárbaro. Eskkar podia ser o capitão da guarda, mas ainda não provara seu valor aos soldados. Eles o seguiriam agora, mas, numa batalha de verdade, em que os homens têm de confiar completamente em seus comandantes e estão dispostos a arriscar suas vidas... isso precisava de um líder com um tipo diferente de autoridade.

— E tudo o mais que precisa ser feito? Você tem certeza de que sabe o que será preciso obter de Nicar e dos nobres?

— Tenho. Já repassei isso com Trella. Ela me lembrou uma porção de coisas que tinham me escapado. E sabe como pedir aquilo de que precisaremos. Só teremos de lhe dizer. Então ela poderá se ocupar dos artesãos. Trella conhece os símbolos, sabe contar e se lembra de tudo que ouve. Ela vem de uma família nobre. Seu pai lhe ensinou os modos de governar.

— Ah, ela é uma dessas?

— Dessas quem? — Olhou em direção a Gatus.

— Uma das especiais. Você já passou algum tempo em outras aldeias, não?

— Já. Agora pare de falar por enigmas. O que tem ela?

Gatus não teve pressa em responder.

— Quantas mulheres em Orak conhecem os símbolos ou sabem contar além de dez?

— Não sei — deu de ombros. — Nenhuma, imagino. Todos os escrivães e escribas são homens.

— Você não conhece os símbolos, eu não os conheço. Mas a esposa de Nicar os conhece. — Gatus notou a surpresa no rosto de Eskkar. — Há poucas outras, esposas dos grandes negociantes e comerciantes. Quem você acha que cuida dos negócios deles quando estão fora ou doentes? Há algumas mulheres, seu bárbaro ignorante, que são treinadas para algo mais do que apenas se deitar com homens. Se ela é uma dessas... conte-me o que Trella disse.

Eskkar fez uma careta diante da repreensão, mas lhe disse tudo o que havia aprendido.

— Então ela foi criada para ser esposa de alguém como Nicar ou Drigo — refletiu Gatus —, um nobre governante.

— O que isso...

— Escute. Você foi criado para lutar, treinado desde a infância, ensinado a usar armas, como ser forte.

— Sim, essa é a maneira dos bárbaros. Passamos a vida toda aprendendo a lutar, como...

— Trella foi criada para ajudar a governar. Provavelmente, ela deve ter passado a vida toda aos pés do pai, observando os governantes de sua aldeia, aprendendo a ler os rostos dos homens, ouvindo o que diziam, decidindo quando eles mentiam. Trella tem o quê, 14 estações? Ela pode ter passado todos os dias dos últimos cinco anos observando os nobres de sua aldeia, aprendendo os mistérios do ouro e do bronze, os símbolos secretos, estudando os modos dos lavradores e dos aldeões. Se a inteligência dela é tão aguçada quanto você diz...

— É, sim — confirmou Eskkar, tentando compreender esse novo conceito. Nunca lhe ocorrera que os nobres de Orak pudessem ter sido treinados em sua maneira de governar. Enquanto ele fora treinado para lutar, Trella aprendeu a usar sua inteligência para estudar os homens e seus modos. A conversa que tiveram naquela manhã... ele se deu conta de que Trella o orientara em relação aos preparativos para o encontro do dia seguinte, com algo mais do que apenas o conhecimento obtido na casa de Nicar. Se ela conhecia os modos secretos dos nobres, conseguia ler os pensamentos dos homens, então talvez valesse muito mais do que ele pensara.

— Você não está acostumado a lidar com mulheres que possuem inteligência, está?

Eskkar apertou os lábios e fez uma expressão carrancuda para Gatus.

— Não. Nem sabia que tais mulheres existiam.

— Pois bem, pense no que isso significa, Eskkar, antes de mandá-la apanhar água no poço e lavar seus pés. Nicar pode ter lhe dado um prêmio maior do que você imagina.

— A princípio, pensei que ela servisse apenas para lembrar de coisas... dar uma ajuda. Após ontem à noite, na cama, e a conversa que tivemos esta manhã...

— Ela já o enfeitiçou. Eu vi o jeito com que olha para ela. — Gatus riu diante da lembrança. — Mas será que os nobres ouvirão uma escrava?

— Quando chegar a ocasião, providenciarei para que eles ouçam, Gatus. E ela falará em meu nome. Se os nobres se recusarem ou nos causarem problemas, iremos embora de Orak. Não vou discutir com Drigo nem com qualquer um deles. Foi isso o que eu disse ontem a Nicar, e é o que direi na reunião de amanhã. É por isso que você estará lá, para o caso de eles quererem ouvir a sua opinião.

— A minha opinião é que você vai matar nós dois, Eskkar.

Eskkar deu uma risada.

— Talvez. Mas não diga isso a eles. Além do mais, teremos tempo de dar o fora, se as coisas começarem a ir mal. E homens suficientes para nos acompanhar, se chegarmos a esse ponto. Portanto, vamos apenas ver o que vai acontecer.

— O tempo dirá, então — disse Gatus, pressionando os calcanhares no cavalo.

Foram a meio-galope pelo portão, antes de reduzirem para a velocidade de passo curto. Gatus tinha razão. Os próximos dias decidiriam tudo. Eskkar, porém, convencera o velho soldado de uma tarefa bastante difícil, e agora Gatus permaneceria o máximo de tempo que pensasse que eles conseguiriam resistir. Ganhar a ajuda de Gatus ajudaria também a convencer os soldados. Um bom dia de trabalho, concluiu Eskkar. Só precisaria fazer o mesmo, no dia seguinte, na reunião com Nicar.

Carregando suas compras, Trella voltou ao quarto de Eskkar. Sentou-se à mesa, aproveitando o raro momento de privacidade. Os acontecimentos da noite anterior e daquela manhã ameaçavam desequilibrá-la.

A luz do sol penetrava pela porta aberta, iluminando seu novo lar. Apenas alguns meses atrás, o despojado ambiente que a cercava teria parecido triste e indigente, ainda pior do que o minúsculo, abafado recinto que ela dividia com outras duas garotas na casa de Nicar. Agora, tudo no interior daquelas paredes eram de sua responsabilidade. Tornara-se patroa do lar de Eskkar, se era possível se chamar de lar um quarto anexo à caserna dos soldados.

Seus novos deveres podiam ser limitados, mas pelo menos ela não tinha Creta ou criados mais velhos dando-lhe ordens. E evitou o repugnante destino de servir em primeiro lugar ao prazer de Nicar, depois ao de seu filho e então ao dos outros criados. Ela poderia ter aceitado ser a ocasional companheira de cama de Nicar. Afinal de contas, ele era o tipo de homem que seu pai planejara para sua filha, embora ela tivesse esperanças de alguém mais perto de sua idade. Não, Nicar não teria sido um problema. Ela sabia que era capaz de agradá-lo a ponto de merecer responsabilidades adicionais. Os transtornos na casa de Nicar eram causados por Creta e por Caldor, seu filho mais novo.

As criadas tinham descrito suas experiências degradantes com Caldor, e mesmo agora Trella não conseguia reprimir um arrepio. Ela o vira se aproveitar de uma das outras escravas, uma garota anda mais nova do que Trella e ainda mal iniciada nos segredos femininos. Ele a tomou por trás, colocando-a de joelhos e a cabeça e os ombros no chão. A pobre garota não conseguia parar de chorar e seus soluços ecoaram pela casa. As lágrimas de um escravo, porém, nada significavam, nem mesmo para os outros criados. Caldor prolongou o ato, sem dúvida satisfazendo-se tanto com a humilhação da garota quanto com seu corpo, enquanto ignorava a todos que entravam em seu quarto.

Trella ficou imaginando o que teria feito quando Caldor finalmente mandasse buscá-la, mandasse que tirasse o vestido e se mostrasse. Ela sacudiu a cabeça, com raiva. Assim como a outra garota, teria obedecido, e depois chorado até dormir, consolada pelas mulheres mais velhas. Escravas não se opunham a seus amos, não importava o que ordenassem, e esperava-se que satisfizessem sexualmente o amo, uma tarefa de rotina como lavar suas roupas ou servir sua comida.

Afastou os pensamentos sombrios. Em vez disso, recordou o sexo da noite anterior, e a lembrança enviou uma onda de prazer pelo seu corpo, uma agradável antecipação da intimidade daquela noite. Não, fosse o que fosse que essa nova vida traria, seria uma decisiva melhora, e ela não perderia tempo reclamando do ambiente que a cercava. Não com tanto a fazer.

O dever de uma escrava era agradar ao amo, lembrou a si mesma. Realizara mais do que isso na noite anterior e naquela manhã. Eskkar desabafara com ela, confiara nela. Também, sem perceber, lhe fizera um elogio. Ele a tratara diferente, quase como uma semelhante, algo que ela não desfrutava desde que fora escravizada. Mais do que isso, Eskkar respeitara suas ideias. Ele podia ser inculto, mas reconhecia a verdade quando a ouvia, não importava quem a dissesse. Portanto, dali em diante, esse seria o seu papel. Conselheira durante o dia, amante à noite.

Na noite de ontem, ela fora uma virgem amedrontada e insegura de si mesma. Esta noite seria diferente, e começaria a aprender a satisfazer os desejos de Eskkar, como mantê-lo excitado e faminto pelo seu corpo. A mãe dela a alertara contra os homens e suas necessidades, sobre de que modo eles poderiam perder o interesse numa mulher após algumas arremetidas na cama. Felizmente, sua mãe a instruíra nos mistérios do ato do amor. Com o que aprendera e com o que em breve descobriria, Trella manteria Eskkar perto de si.

Ela sentiu suas partes mais íntimas ficarem mais aquecidas ao pensar em tê-lo dentro de si naquela noite. Podia ser uma escrava, mas se tornara uma mulher. Decidiu fazer com que ele a desejasse, tornar-se a coisa mais importante em sua vida.

Naquele momento, porém, Trella precisava dar atenção às suas outras tarefas. Levantou-se e olhou em volta do quarto, imaginando por onde começar. Eskkar não lhe dera qualquer ordem. Era provável que ele não se importasse se ficasse sentada o dia todo penteando o cabelo e esperando sua volta. O aposento era sujo e desleixado, embora duvidasse de que Eskkar ou o ocupante anterior notasse tais coisas. Isso significava trabalho a ser feito. Trella não planejava viver no meio da sujeira.

Foi até a porta. Adad ergueu a vista, então sorriu. Por um momento, ele lhe lembrou seu irmão.

— Adad, queria que me conseguisse umas coisas. — Descobriu-se falando com o que seu pai chamava de sua "voz séria", o tom que ela usava quando queria algo.

— Do que você precisa?

— Uma vassoura, um balde e alguns trapos. Depois quero que saia para comprar umas esteiras, das simples, três, não, quatro, pelo menos desse tamanho. — Abriu bem os braços. — Diga ao vendedor para quem são e que eu lhe pagarei depois. Pode fazer isso para mim?

— Não devo deixá-la sozinha. Eskkar me disse...

— Eu sei o que ele lhe disse. Prometo ficar aqui dentro até você voltar.

Ele hesitou, então cedeu, ciente de que Eskkar não voltaria tão cedo.

— Eu volto já. Não vá a lugar algum. — Encostou a lança no vão da porta e se afastou.

Trella sorriu. O soldado obedeceu-lhe quase tão depressa quanto se fosse Eskkar que lhe tivesse dado a ordem. Voltou para dentro, olhou para a cama e decidiu que era melhor começar por ali.

Arrastou a pesada armação para longe da parede, revelando debaixo dela um misto de lixo e entulho. Uma gorda aranha marrom correu pelo meio da pilha, desacostumada à luz. Trella fez uma careta ao vê-la. Era grande o bastante para dar uma horrível picada. Talvez outrora uma camada de areia limpa cobrisse o chão de terra, mas com o passar do tempo a camada superior havia sumido. O que restara mais parecia com o solo de plantação.

Adad retornou, trazendo uma vassoura numa das mãos e um balde vazio na outra.

— Vou pegar as esteiras. — Afastou-se apressado, aflito por ter de deixá-la sozinha.

Trella pegou a vassoura e começou a varrer o entulho na direção da porta. Assim que acabou de varrer e alisar o chão debaixo da cama, empurrou de volta o pesado catre para o canto, grunhindo com o esforço. Então começou com o resto do chão.

Trabalhou sem parar, a maior parte do tempo de joelhos, usando as mãos para recolher e deslocar quaisquer objetos que encontrasse, jogando no balde todos os seixos e os trastes. Usou os dedos para comprimir a mistura de areia e terra e amassou os ocasionais insetos com a parte posterior da mão.

Quando Adad voltou, ela já limpara o quarto. Juntos, moveram a mesa, depois instalaram as esteiras, uma perto da cama, outra logo na entrada, e as outras duas debaixo da mesa e de seus instáveis bancos. Alisando a terra, ela cuidou para que as esteiras ficassem niveladas, sem protuberâncias embaixo.

Ao terminar, Trella examinou o quarto. Parecia tão limpo quanto ela seria capaz de conseguir em tão pouco tempo, e, pelo menos naquela noite, não haveria restos de comida ou pedaços de ossos para atrair insetos ou camundongos. Em sua próxima ida ao mercado, uma moeda de cobre compraria uma carrada de areia limpa, o bastante para recobrir a terra.

Se aquele iria ser o seu lar, ela revestiria novamente as paredes com barro fresco, depois o alisaria e daria uma demão de cal. Serviria para eliminar os odores internos que demoram a se extinguir. Isso a fez se lembrar do colchão. Só os deuses sabiam quando tinha sido virado pela última vez. Também teria de reenchê-lo com palha fresca.

Olhou abaixo para si mesma e riu. Coberta com pó e imundícies, achou que agora a metade da sujeira do chão de terra cobria seu corpo. Precisava de um banho. Apanhou o capote, dobrou-o sobre o braço, juntou as roupas que comprara mais cedo e o trapo engordurado que usara na lareira. Entrouxou tudo e partiu para o rio. Adad foi atrás dela e teve de esticar as pernas para acompanhar suas rápidas passadas.

Trella usufruía de sua liberdade recém-adquirida. O guarda, de fato, tornava as coisas mais fáceis, pois agora ela podia ir aonde quisesse e se sentia perfeitamente em segurança.

Ela conhecia o caminho para o rio, e não demoraram muito para alcançar o portão dos fundos de Orak. Atravessaram-no e viraram à esquerda, seguindo rapidamente pelo meio da multidão. Trella mantinha um passo adiante de Adad, e dessa vez ninguém a notou. Passaram pelos molhes, onde homens preparavam os barcos, e logo chegaram ao início da área das mulheres, ladeada por alguns salgueiros que contornavam a ribanceira.

— Espere aqui, Adad. Preciso lavar as roupas de Eskkar e me banhar. Por favor, segure o meu capote.

Adad pareceu pouco à vontade, mas obedeceu. Por costume, homens não se aventuravam a chegar muito perto do local de banho das mulheres, embora frequentemente garotos ou mesmo adultos passassem por ali bem devagar, rindo e olhando para as mulheres.

Trella foi até a ribanceira, então desceu para a margem pedregosa. Naquela hora tarde do dia, apenas três pessoas trabalhavam ali, lavando roupas. Uma matrona mais velha e sua neta pareciam passar mais tempo chapinhando água do que lavando. A outra mulher parecia apenas poucos anos mais velha do que Trella.

Uma olhadela para trás em direção a Adad mostrou-o parado no local onde o deixara, cerca de cinquenta passos distante. Ela deu alguns passos rio adentro e mergulhou na água fria, deixando que esta deslizasse pelo seu corpo inteiro. Quando emergiu para respirar, virou as costas para a margem e puxou o vestido por cima da cabeça, enfiou-o na água e o esfregou vigorosamente.

Lavou-se, esfregando a água fria por todo o corpo. Arrematou mergulhando o cabelo várias vezes, então apanhou de volta o vestido, colocou a veste molhada sobre a cabeça e contorceu-se para enfiá-lo pelo corpo.

Apanhou as outras roupas e também as lavou. Ao terminar, a outra garota foi até ela, seguindo lentamente pela água, seu vestido embolado em volta da cintura.

— Você é Trella, a nova escrava de Eskkar?

Trella examinou a jovem. Um grande hematoma cobria seu olho esquerdo e o lábio inferior estava rachado e inchado.

— Sim, sou Trella. E você é...

— Shubure. Sou escrava da residência de Nobre Drigo. Preciso lavar as roupas de meu amo e voltar para casa. Seu filho pode me chamar novamente antes do jantar para lhe dar prazer. — Levou a mão ao rosto.

Trella tinha ouvido histórias sobre o filho de Drigo e sentiu pena da situação de Shubure. Ela agradeceu aos deuses por Nicar, e não Drigo, tê-la comprado. Pelo menos na casa de Nicar o amo e seus filhos não batiam nas suas mulheres, nem mesmo nos seus escravos.

— Por que seu amo bateu em você, Shubure?

Ela ignorou a pergunta, ao chegar mais perto.

— Fale para o seu amo ficar alerta. Nobre Drigo não está contente com a escolha de Nicar para capitão da guarda.

Um arrepio percorreu o corpo de Trella, não inteiramente causado pela água fria em redemoinho em volta de suas coxas.

— O que você ouviu?

Shubure voltou para as pedras, apanhou uma roupa no seu cesto e a mergulhou na água. A garota olhou em volta, para ver se alguém observava. A matrona ainda tagarelava com a menininha e apenas o guarda de Trella olhava na direção delas.

— Não muita coisa. Apenas Nobre Drigo falando para o filho. Ele disse que esse Eskkar se atreveu demais e precisa aprender uma lição. Uma lição que ele e os outros soldados não esquecerão. Foi só isso. — Ela encolheu os ombros e virou-se ligeiramente, concentrando-se na lavagem da roupa já limpa que estava em suas mãos.

Trella agitou as próprias mãos na água.

— Por que ele lhe bateu, Shubure?

A garota voltou o rosto para ela, e um tremor percorreu o seu corpo.

— Minha mãe está doente demais para trabalhar. Não tem cobre para comprar comida para meus irmãos e minhas irmãs. Estão todos passando fome. Em breve, minha mãe também terá de vendê-los como escravos, como eu fui, apenas para mantê-los alimentados. Então, ontem à noite, após Drigo deitar comigo, perguntei se ele podia me dar uma ou duas moedas de cobre para a minha família, para ela não morrer de fome. Prometi trabalhar ainda mais arduamente para agradá-lo, para fazer qualquer coisa que ele pedisse. — Seus olhos se fecharam, como se revivesse a lembrança. — Ele me bateu uma vez, para eu me calar, e, mais outra vez, por eu aborrecê-lo com tais coisas.

Um escravo podia ser bem ou maltratado. Um amo mau, Drigo matara um dos seus escravos poucas semanas atrás. Os cochichos diziam que o filho era ainda pior do que o pai.

Trella nunca apanhara na casa de Nicar, nem mesmo levara uma palmada até a noite em que Eskkar a levou. Entretanto, o jovem Drigo usou seu punho em Shubure simplesmente por ela tentar alimentar a família.

Além das desgraças de Shubure, Trella precisava saber mais sobre os planos de Drigo.

— Espere um pouco, Shubure. — Trella virou de costas, afastou-se da praia e abriu a bolsinha que ainda pendia de seu pescoço. Moedas de prata e de cobre ainda se misturavam com o ouro de Eskkar. Tirou duas moedas de cobre da bolsa e voltou a fechá-la muito bem antes de virar de volta. Mantendo a mão dentro da água, vadeou para junto de Shubure.

— Leve estas para a sua mãe. Se alguém descobrir, diga que as achou na rua. — A mão de Shubure encontrou-se com a dela debaixo da água. — Se você ouvir mais alguma coisa sobre o meu amo, volte aqui amanhã. Terei mais moedas para você. A que horas pode vir?

— Uma hora após o nascer do sol, Trella... Patroa Trella. Agradecerei aos deuses pela sua dádiva.

Patroa Trella. Pela primeira vez em sua vida alguém reconhecera Trella como dona de um lar.

— É muito pouco, Shubure. É melhor você ir, antes que fiquem imaginando por que você se demorou tanto e lhe deem outra surra.

Shubure concordou e afastou-se, enfiando as moedas para dentro da roupa.

Trella esperou, espirrando água à sua volta como se ainda trabalhasse, até Shubure desaparecer atrás dos molhes. Então juntou suas roupas e subiu para a ribanceira.

Ao caminhar de volta em direção a Adad, ela viu os olhos dele fitarem seu corpo, o vestido molhado delineando seus seios e quadris. O que seria uma desgraça na casa de seu pai agora nada significava. Ninguém ligava para as roupas ou a falta delas numa escrava. Finalmente, Adad lembrou-se de seus modos e desviou a vista, quando lhe passou o capote. Com ele, ela esfregou com vigor os cabelos por alguns momentos, depois o envolveu prazenteiramente no corpo. Carregando nos braços as roupas molhadas, dirigiu-se de volta à casa e pensou bastante no que acabara de ouvir.

Nicar sabia que Drigo ambicionava tornar-se o principal homem de Orak, para liderar os nobres e decidir o futuro da aldeia. Cada vez mais, nos últimos meses, Drigo pressionara nesse sentido. Com a vinda dos bárbaros, porém, o líder da aldeia acreditava que Drigo partiria, levando a si mesmo e suas ambições, e solucionando pelo menos um problema para Nicar.

Ele queria que o conselho dos nobres votasse pela permanência e pela resistência. Se Drigo, porém, convencesse os outros nobres a deixar Orak, a autoridade de Nicar ficaria enfraquecida. Quando voltassem, para juntar os pedaços e reconstruir a aldeia, seria Drigo quem exerceria o poder e a influência. Assumiria o lugar de Nicar como o principal homem de Orak.

Entretanto, Nicar exercia grande influência. Se Eskkar provasse que tinha um plano possível, e se Nicar optasse por ficar e resistir, a probabilidade era de que os nobres tomassem seu partido.

Trella parou de repente, tão subitamente que Adad se chocou com ela. Eles tinham atravessado de volta o portão. Ela se afastou do meio da viela e se apoiou na parede mais próxima, apertou a trouxa úmida contra o peito e ignorou os olhares daqueles que passavam.

Até então, Trella não se preocupara realmente com as consequências da reunião do dia seguinte. Se eles ficassem e lutassem, Eskkar alcançaria grande honra e poderia estabelecer sua própria Casa em Orak. Isso faria valer o risco, embora Eskkar tivesse repetido que não ficaria, se não achasse que poderiam levar a melhor.

Se Drigo deixasse Orak e sobrevivesse, o nobre perderia o prestígio e a honra, mas teria salvado todo o seu ouro e, em pouco tempo, conseguiria restabelecer suas rotas de comércio. Então por que Drigo iria querer desacreditar o plano de Eskkar? Certamente o arrogante nobre se beneficiaria se a aldeia resistisse, mesmo sem sua presença.

O que Trella acabara de deduzir, Nicar também devia ter concluído. Foi por isso que disse a Eskkar que não se preocupasse com Drigo. Até mesmo o bárbaro, não muito astuto politicamente, sabia que a opção de Drigo tinha importância, que isso influenciaria muitos em Orak.

Talvez Drigo tivesse um plano diferente, algo que Nicar não tinha pensado. Trella refletiu sobre as alternativas de Drigo. Estas pareciam bastante simples: ir ou ficar. Partir, levando consigo tudo de valor, ou permanecer, e arriscar sua vida e sua fortuna sob as ordens de Nicar. A escolha parecia direta, clara. A não ser que Drigo tivesse descoberto um terceiro modo de ação.

Ela se lembrou de tudo o que ouvira sobre Drigo. Ambicioso, arrogante e cruel com seus criados, avaro com suas mercadorias e seu ouro, sempre procurando mais e mais ouro. Mas ouro, lembrou a si mesma, podia ser obtido de mais maneiras do que apenas em compra e venda. Para Drigo, a invasão bárbara podia ser uma bênção dos deuses, e não o desastre previsto por Nicar.

Então Trella soube a resposta. Soube que adivinhara o plano de Drigo, algo que até mesmo Nicar não conseguira prever. Olhou para Adad, mas seus olhos focalizaram a espada presa à sua cintura. Ela precisava saber algo mais, só por via das dúvidas.

— Venha, Adad, vamos voltar. Preciso falar com Eskkar.

Eskkar entregou seu cavalo, então foi até o poço lavar a poeira e o cheiro de cavalo de seu corpo. Ansiava pela hora na cama com Trella. Depois, iriam a uma das melhores tavernas de Orak, onde poderiam conseguir vinho e comidas decentes, um luxo anteriormente impensável, antes de voltarem para a cama.

Ao entrar no seu quarto, ele olhou em volta, surpreso. Mesmo em meio às sombras da tarde, o quarto parecia mais radiante. Viu as novas esteiras de linho que cobriam metade do chão, então notou que o restante da terra estava limpa e nivelada com vassoura. O lugar parecia quase tão limpo quanto um dos aposentos da casa de Nicar, embora os feios móveis e as paredes enegrecidas deixassem muito a desejar. O fato de Trella ter feito tudo aquilo em poucas horas aguçou seu desejo. Suas mulheres anteriores tinham ligado muito pouco para a limpeza.

Acabara de pendurar a espada, quando Trella chegou, uma trouxa de roupas úmidas nos braços. Seu ar de satisfação desapareceu, assim que viu o rosto dela.

— Amo, precisamos conversar. — Ela olhou para a porta aberta. Adad tinha ido embora, cumprira sua missão do dia. Outro guarda já estava de sentinela lá fora. Ela baixou a voz. — Podia mandar o guarda se afastar mais um pouco, para que possamos falar em particular?

O que restava dos sentimentos ardentes de Eskkar desapareceu. Foi lá fora e mandou o guarda vigiar a porta de trás da árvore, fora do alcance da voz. Voltou e fechou a porta atrás de si.

Trella tinha acabado de estender as roupas lavadas para secar. Foi para o meio de seus braços, pousou o rosto em seu peito e apertou-o com força, surpreendendo-o com aquela exibição de emoção. Sentiu o corpo dela contornado pelo vestido úmido e inalou de seu cabelo o limpo cheiro do rio.

Antes que ele pudesse reagir, ela deu um passo para trás, segurou sua mão e conduziu-o até a mesa. Sentaram-se um de frente para o outro, mas ela continuou segurando sua mão.

— Amo, encontrei esta tarde uma garota no rio, uma escrava da casa de Nobre Drigo. Ela tinha hematomas no rosto. O filho de Drigo lhe deu uma surra. Ela contou que Drigo quer "colocar você no seu lugar" antes da reunião de amanhã. Receio que Nicar tenha subestimado as intenções de Drigo.

Uma onda de fúria percorreu o corpo de Eskkar diante da ideia de que Drigo pudesse interferir em suas recém-descobertas felicidade e prosperidade.

— O que Drigo pode fazer, Trella? Ele pode se recusar a lutar e ir embora. Ou pode ficar e pedir que outro seja nomeado capitão da guarda. Isso não me importa. Eu falei para Nicar que só trato com ele. Se os nobres não querem lutar, ou se querem outro para capitão da guarda, então você e eu pegaremos Gatus e alguns homens e partiremos.

— Quem mais Drigo poderia apresentar para ser capitão da guarda?

Eskkar pensou nisso. Entre os soldados, apenas Gatus tinha experiência suficiente, e ele não queria o posto. Gatus odiava Drigo e seu bando e não queria nada com eles. Estivera prestes a ir embora, antes de Eskkar ter falado com ele, na noite anterior.

Drigo tinha muitos homens, e todos eles carregavam espadas quando se exibiam pela aldeia. Seu líder, Naxos, o guarda-costas particular de Drigo, era vil e bruto. Nem Nicar nem qualquer um dos outros confiaria suas vidas e fortunas a Naxos, mesmo se Drigo sugerisse isso.

— Não conheço ninguém mais em Orak. A não ser que haja alguém aqui sobre quem eu não saiba nada, alguém capaz de lutar contra os bárbaros e liderar os homens numa batalha.

— Quantos soldados tem Nobre Drigo, amo?

— Não são soldados — corrigiu-a, irritado com a confusão habitual que os aldeões faziam entre guardas contratados e homens treinados para combate. — Eles são grandes e carregam espadas, mas a maioria intimida lavradores e negociantes, homens mais fracos do que eles e desarmados. São corajosos quando há muitos deles, mas nenhum seria capaz de matar o mais jovem guerreiro Alur Meriki.

Trella ficou calada e demorou um instante para ele perceber que não tinha respondido à pergunta dela.

— Drigo tem muitos guardas, mais do que os outros nobres. Talvez nove ou dez.

A expressão de determinação no rosto dela fez com que ele meditasse sobre as próprias palavras. Cada nobre contratava seus próprios guardas. Recebiam mais do que os soldados e costumavam beber juntos e se reunir. Olhavam os soldados de cima para baixo, e estes sempre lhes davam passagem.

— Creio que, nas últimas semanas, Drigo deve ter contratado mais alguns.

— E os outros nobres, quantos têm?

Eskkar já começara a seguir essa trilha. Cada nobre tinha pelo menos sete ou oito homens armados. Mesmo sem contar com os guardas de Nicar, isso significava que os outros excediam em número os trinta soldados que haviam restado. O que sobrava de sua sensação de contentamento se desvaneceu.

— E esses outros guardas seguiriam o homem de Drigo, esse tal de Naxos?

Eskkar inspirou fundo.

— Não sei, Trella. Eles fazem o que seus patrões mandam, mas sem ordens... talvez obedeçam ao homem de Drigo.

— Amanhã de manhã voltarei ao rio. A escrava de Drigo disse que poderia voltar lá uma hora após o nascer do sol. Você só se encontrará com Nicar na metade da manhã, e talvez ela possa nos dizer mais alguma coisa.

— Se não tiver a garganta cortada por contar coisas sobre seu amo — observou Eskkar. Ele ouvira as mesmas histórias sobre o lar de Drigo.

— Eu lhe dei duas moedas de cobre pelo que me disse e prometi mais para amanhã, amo. Se você aprova.

O educado pedido fez com que ele sorrisse.

— Dê-lhe uma mão cheia, se ela tiver descoberto algo útil. — Eskkar certamente mudara, da noite para o dia, suas ideias sobre ouro. — Nos próximos dias, vou pensar no que Drigo e Naxos podem fazer.

Trella sacudiu a cabeça.

— Amanhã, amo. Você não tem dois ou três dias. Seja lá o que Drigo planeja, acontecerá amanhã. — Ela apertou sua mão do outro lado da mesa. — O que acha que ele pode tentar?

Olhou-a, imaginando por que ela o deixara tão preocupado por causa de algumas palavras fortuitas. Se ele tivesse ouvido pessoalmente as mesmas palavras, teria rido delas ou as ignorado. A percepção de Trella lhes dera relevância.

— Fiquei surpreso quando Nicar mandou me chamar. Não devia haver mais ninguém a quem ele pudesse recorrer. Se, ontem à noite, eu tivesse dito que Orak não podia ser defendida, ele teria desistido da ideia de resistir. — Tudo isso parecia suficientemente verdadeiro, decidiu ele. — Então, se eu for embora...

— Ou se estiver morto — cortou Trella.

— Drigo poderia se encarregar dos soldados, livrar-se dos que não conseguisse controlar, e Orak seria dele.

— O que Drigo ganharia com isso? Os bárbaros viriam de qualquer maneira, e ele ainda teria de combatê-los.

— Os bárbaros só chegarão daqui a meses. Se Drigo controlasse os cerca de sessenta soldados e guardas, e mais alguns que ele contratasse, quem então poderia evitar que ele fizesse o que quisesse? Tomasse o que quisesse? Ele poderia saquear a aldeia inteira, levar o saque para o outro lado do rio, e depois voltar quando os bárbaros tivessem ido embora. Com homens e ouro suficientes, ele poderia reconstruir sua própria Orak. Não precisaria de Nicar ou de qualquer outro nobre. Governaria Orak sozinho.

Ela esperou um momento, mas ele nada disse.

— Drigo não contava com você, não esperava que você convencesse Nicar. Agora, até mesmo os aldeões veem você como o único homem que não teme os bárbaros. Não creio que Nobre Drigo goste disso.

A raiva de Eskkar aumentou. Ele queria que Trella estivesse errada. Amaldiçoou os nobres e suas tramas. Agora eles o ameaçavam. Bateu com o punho na mesa, viu os olhos de Trella se arregalarem. Levantou-se e foi até a porta. Abriu-a e chamou o guarda.

— Consiga alguém para ir chamar Gatus imediatamente. Depois volte para o seu posto.

A mão de Trella tocou seu braço. Ela o seguira até a porta.

— Mande buscar Adad também. Deve mantê-lo por perto esta noite. Ele estava hoje comigo e me viu conversar com a garota. Pode contar para alguém que falei com uma das mulheres de Drigo.

Sua sugestão o irritou. Eskkar sabia que Trella fora ao rio e que um guarda a acompanhara. Mas nunca lhe passaria pela cabeça o que esse guarda poderia fazer ou dizer em seu período de folga. Aumentou a voz e falou para o guarda que já se afastava.

— Traga Adad com você! Quero que ele vigie meus alojamentos esta noite.

Fechou a porta com tanta força que ela estremeceu, então foi até o gancho de onde pendia sua espada. Prendeu-a em volta da cintura. O gesto talvez parecesse bobagem, mas se sentiu melhor com a espada junto à coxa. O quarto parecia se fechar em volta dele, o ar abafado e rançoso. Precisava sair.

— Já está quase escurecendo, Trella. Permaneça aqui dentro o resto da noite.

— Aonde você vai?

— A lugar nenhum. Preciso ficar sozinho por um momento, para pensar. — Na verdade, ele se sentia sob a influência dela, fazendo o que ela queria, em vez de tomar suas próprias decisões. Abriu a porta com um puxão e saiu.

Caminhou até a árvore e se apoiou nela. O cheiro de galinhas assadas vinha flutuando da rua, pairava no ar.

Eskkar perdera o apetite. Queria andar com Trella pela aldeia naquela noite e exibi-la para todo mundo, depois parar numa taverna para um vinho e jantar. Sua mão apertou o cabo da espada, de frustração.

Agora permaneceria ali, temeroso de deixar seu quarto, preocupado em levar uma facada nas costas. Não temia qualquer dos valentões contratados de Drigo. Não sozinho. Mas três ou quatro juntos poderiam derrubar qualquer homem. A necessidade de deixar Orak o dominou. Pegar Trella e ir embora. Havia sobrado bastante ouro de Nicar. Em instantes, poderia estar em cima de um cavalo. Os guardas no portão o abririam para ele, de um modo ou de outro.

Eskkar lançou uma enfiada de pragas contra Nicar, os nobres, Ariamus e, em especial, os aldeões que, durante anos, não confiaram nele e o odiaram pelas costas, e que agora queriam que ele salvasse suas covardes vidas e suas miseráveis propriedades. Ele os odiava tanto quanto eles o temiam. Para eles, era apenas um proscrito, um bárbaro amansado, mas alguém que ainda poderia se voltar contra eles, se houvesse uma chance.

Devia ir embora, deixar Orak. Não haveria nada de bom em ficar, tentar combater os Alur Meriki, apostar sua vida na vontade desses comedores de terra. Ele levaria Trella e... ela não queria ir. Não respondera, quando ele falara em ir embora. Não haveria nada para ela, uma garota nascida em casa nobre acompanhando um soldado com a espada à venda. Ele nem sequer sabia se ela era capaz de montar. Poucas mulheres sabiam como lidar com um cavalo. Amaldiçoou novamente. E ele não poderia deixá-la, não depois da noite anterior.

O guarda retornou, acompanhado de um aborrecido Adad, que tivera interrompido seu jantar. Os dois homens diminuíram o passo quando avistaram seu capitão debaixo da árvore. Ele foi na direção dos dois, a mão no cabo da espada.

— Fiquem juntos e alertas. Não deixem seu posto por nenhum motivo. Gritem, se virem algo suspeito. Pode haver problemas esta noite. Mandarei mais homens se juntarem a vocês mais tarde.

Afastou-se rapidamente, ignorando os olhares intrigados dos dois, e entrou. No quarto às escuras, conseguiu apenas distinguir Trella sentada à mesa. Sem comida, ela nada tinha a fazer.

Eskkar fechou a porta, foi até a lareira e começou a montar uma fogueira. A tarefa deu-lhe algo para ocupar as mãos, enquanto pensava. Finalmente, acendeu o fogo e acrescentou mais madeira do que o necessário. Levou um graveto aceso até a mesa e acendeu a lamparina nova que ela havia comprado.

Trella não dissera nada. Quando a lamparina juntou sua luz à da fogueira, ele se virou na direção dela.

— Você sabe montar um cavalo?

— Não, amo. Mas tenho certeza de que posso aprender.

Ela manteve a voz inalterada, mas ele percebeu a decepção. Ela sabia o que aquela pergunta implicava. Eskkar também se sentiu decepcionado, mas por um motivo diferente. Ele havia ensinado os comedores de terra a cavalgar. Mesmo um aluno com aptidão e mãos fortes levaria pelo menos uma semana para endurecer adequadamente os músculos dos quadris e das pernas, talvez até mais tempo. Isso se Trella não caísse e quebrasse alguma coisa. Entretanto, ela sempre poderia caminhar enquanto aprendia.

Uma batida soou na porta e Gatus abriu-a com um empurrão e entrou.

— O que está acontecendo? Por que... ? — viu a espada na cintura de Eskkar.

— Feche a porta — pediu Eskkar. — Precisamos conversar.

Gatus sentou, os olhos indo de Eskkar para Trella. Viu que havia uma sentinela a mais montando guarda do lado de fora.

— O que aconteceu?

— Nada, ainda. Trella ouviu uma coisa no rio. Os homens de Drigo podem tentar algo, talvez me agredir ou me matar. Parece que Nobre Drigo está descontente com a escolha de Nicar para capitão da guarda e não quer esperar a reunião de amanhã. — Eskkar dirigiu-se a Trella. — Conte-lhe tudo.

Ela relatou o que descobrira no rio e ainda suas ideias sobre o que Drigo pretendia fazer.

Gatus permaneceu sentado, mordendo os lábios, esperando enquanto pensava. Virou-se na direção de Eskkar.

— O que você vai fazer? Eu não pretendo receber ordens daquele idiota do Naxos nem mesmo de Drigo, não que eles me queiram por perto. Talvez esteja na hora de esquecer toda essa conversa idiota e ir embora de Orak.

Momentos atrás, isso era tudo o que Eskkar gostaria de ouvir. Mas havia observado Trella, enquanto ela relatava a história. Teve a certeza de que ela queria ficar, queria que ele ficasse, embora não tivesse dito. Então, ele não quis decepcioná-la, não quis admitir que não conseguiria enfrentar o desafio de Drigo.

— Não, Gatus. Eu vou ficar e lutar. — As palavras saíram quase sem ele pensar.

— Não vou deixar que os valentões de Drigo me persigam, não enquanto Nicar me quiser como capitão da guarda. Isto é, se você ficar comigo.

Eskkar detestava ter de pedir ajuda a quem quer que fosse, mas não tivera escolha. — Não tenho certeza em que homens podemos confiar. Você já vive aqui há anos e os conhece melhor do que ninguém, certamente melhor do que eu.

— A maioria deles odeia os tais guardas — garantiu Gatus, coçando a barba —, mas pode ser que haja alguns idiotas ávidos em ganhar a prata de Drigo. — Inspirou fundo. — Mas não devem passar de três ou quatro. Se eles tentarem alguma coisa, quando seria?

— Tem de ser esta noite, Gatus, ou amanhã, na casa de Nicar. De qualquer modo, antes da reunião, ou depois dela, acho. — Virou-se para Trella. — O que você acha? — Essas palavras também o surpreenderam. Ele a tratava como um coparticipante no planejamento.

— Amo, se alguém o atacar após Nicar tê-lo confirmado como capitão da guarda, isso será encarado como um desafio a ele. Os outros nobres não gostarão disso. Mas se Drigo conseguir humilhá-lo antes da reunião, então os nobres não ficarão tão ansiosos em confiar em você, não importa de quem foi a culpa, não com suas vidas e propriedades em perigo.

— Bem, parece bastante simples — concluiu Gatus. — Basta levarmos todos os homens à casa de Nicar, e se alguém se meter em nosso caminho...

— Os nobres poderão encarar isso como um desafio, Gatus, ir à casa de Nicar com trinta homens armados.

Trella deu essa opinião sem que ninguém pedisse, mas agora nem Eskkar nem Gatus se importavam que uma escrava lhes desse conselhos. Ela prosseguiu, antes que eles pudessem dizer alguma coisa.

— E não deve haver derramamento de sangue, nada que leve os nobres a pensar que, estando nas mãos de vocês, eles estarão arriscando a vida.

Eskkar apertou novamente o punho sobre a mesa, mas reprimiu o impulso de voltar a socá-la. Em batalha, ele já enfrentara várias vezes a morte, mas Drigo tinha ouro mais do que o suficiente para contratar uma dúzia de homens dispostos a fazer uma tentativa. A ideia de que uma matilha de vira-latas avançaria sobre sua garganta enviou uma onda de fúria através de seu corpo, embora mantivesse a voz tranquila.

— Vai correr sangue, Trella. A não ser que a gente vá embora.

— Sangue nas ruas não fará com que os nobres confiem em você, amo. Não consegue imaginar uma outra maneira?

— Malditos sejam os deuses. — Dessa vez foi Gatus que bateu na mesa com o punho. — Minha mulher ficou feliz em saber que ficaríamos, mesmo se isso significasse combater os bárbaros. Se eu partir agora... se partirmos com você, Eskkar, haverá mulheres, crianças, carroças, animais, uma caravana de bom tamanho. Eu gostaria que pudéssemos ficar.

Portanto, ele tinha três opções, pensou Eskkar. Partir sozinho com Trella, liderar um grupo de soldados com suas mulheres e filhos, ou ficar e lutar contra os nobres e os bárbaros. Bem, a ocasião da prudência tinha passado. Ele não se permitiria parecer preocupado diante de Trella e Gatus, e não voltaria atrás em sua palavra.

— Nós vamos ficar, Gatus, se você quiser.

Gatus resmungou.

— Colocou isso nos meus ombros, não? Estou velho demais para ir perambular pelo interior e não farei isso enquanto houver uma possibilidade de ficar aqui.

— Então lutaremos — afirmou Eskkar. — Só precisamos que Nicar me confirme como capitão da guarda. Depois disso, podemos cuidar de Drigo.

Eskkar sentiu-se melhor, agora que decidiu.

— Gatus, cuide para que ninguém deixe o quartel esta noite, e mantenha uma dúzia de homens acordados e de prontidão.

— Sim, Capitão. — Gatus levantou e sorriu para Trella. — Você já fez valer o seu sustento, garota. Você pode ter salvo a minha cabeça, como também a do seu amo, de serem quebradas. Tente mantê-lo longe de encrencas o resto da noite. — Virou-se para Eskkar. — Ainda vai se reunir com os homens amanhã?

— Sim, logo após o encontro com Nicar, como planejamos.

— E o que você vai fazer amanhã?

— Até lá, pensarei em algo — disse Eskkar.

Acompanhou Gatus até o lado de fora e observou o velho soldado desaparecer na escuridão. Eskkar encostou-se na casa, pensando no que acontecera nas últimas horas. Durante os últimos 15 anos vivera por si mesmo, tomando as próprias decisões e aguentando as consequências. Sobrevivera graças às suas habilidades de combate, mas não havia muito mais coisas que pudesse acrescentar a essa proeza.

Agora dava ouvidos a uma garota, alguém treinado a ver além do óbvio, enxergar o que a maioria provavelmente deixaria passar. Mais do que ouvir, ele e Gatus começavam a contar com ela. Eskkar nunca antes dera ouvidos a conselhos de mulher alguma, e agora ia atrás dela. Parte dele queria ignorar as palavras dela, tomar as próprias decisões, mesmo erradas, se fosse o caso.

Seria insensatez, sabia. Mais do que isso, poderia levá-lo à morte. Ele não sobrevivera tanto por ignorar a verdade. Na verdade, se Trella não tivesse juntado as peças, ele sem perceber provavelmente teria caído no que quer que Drigo e seus homens planejassem para o dia seguinte.

Portanto, talvez ele devesse a vida a ela. Eskkar não gostava de admitir esse tipo de dívida, mas nenhum guerreiro podia ignorar uma obrigação como aquela. Com ela e Nicar, sua vida tinha mudado. A convocação de Nicar lhe presenteara com um futuro. Agora os conselhos de Trella podiam ter-lhe presenteado com mais ainda. No mínimo, ele lhe devia a chance de ajuda. Ainda a queria, ele a queria ainda mais a cada hora, e se ficar com ela significasse ter de engolir o orgulho e aceitar seu conselho, então ele o faria. Ela salvara sua vida uma vez. Talvez pudesse fazer isso novamente. Afinal de contas, as coisas não poderiam ficar muito piores. Talvez fosse a ocasião de tentar algo diferente.

Eskkar deu uma última olhada nos guardas, então voltou para dentro, fechou e trancou a porta atrás de si. Ela ainda estava sentada ali, delineada pelo que restava do fogo, à espera. À espera de que ele decidisse não apenas o próprio destino, mas o dela.

Nada importava, ele se deu conta. Precisava estar com ela, guardá-la para si. Tudo o mais nada significava, inclusive seu tolo orgulho.

— Nós vamos pensar em algo, não vamos?

Trella acordou antes do amanhecer, deslizou para fora da cama e se vestiu. A noite passara sem novidades. Eskkar mandara buscar galinha assada, pão e vinho, e jantaram com a porta fechada. A galinha nova fora bem cozida, embora nenhum deles percebesse. Trella encheu a taça dele com vinho, mas ela não quis tomar nem um pouco. Após Eskkar beber metade da taça, ela viu que ele a completou com água, deixando intocado o resto do vinho. Ela não disse nada, mas se sentiu agradecida por seu amo ter se controlado para não beber muito naquela noite.

Gatus voltou duas vezes, uma para avisar que estava tudo em ordem e os homens em seus postos, e a segunda vez para apanhar um pedaço de galinha e aconselhar Eskkar a dormir um pouco. Antes de se recolher, Eskkar bloqueou a entrada com a mesa e os bancos e colocou a espada e a faca ao lado da cama.

Na escuridão, ele a envolveu em seus braços, mas nada disse, e ela entendeu que ele pensava no dia seguinte. Para sua surpresa, Eskkar não demorou a surgir com um plano para lidar com os guardas. Era perigoso, claro, mas talvez fosse um modo de evitar derramamento de sangue.

Quando nada mais restava para discutir, Trella montou em cima dele, sentindo-se excitada com sua audácia. Beijou-o e beijou-o, então se inclinou e se esfregou nele, movimentou lentamente os seios sobre seu peito e sua barriga, indo até seus lábios e voltando. De repente, sentiu-o dentro de si, ouviu-se gemer com a onda de prazer. Manteve os movimentos lentos, desfrutando as novas sensações que a percorriam, retendo-o até ele gritar, ambos esquecendo-se do mundo lá fora.

Quando terminaram, ele caiu no sono quase que de imediato, um sono profundo que não permitia que qualquer preocupação o interrompesse. Ela teve um sono leve, despertando várias vezes, esperando o amanhecer. Naquela manhã, precisava ir cedo ao rio.

Ao primeiro sinal de luz do dia, ela acordou Eskkar e eles abriram a porta. Nada os saudou a não ser dois guardas exaustos que se mantinham em seus postos. Momentos depois, chegou Gatus, bocejando e carregando um comprido recipiente de madeira repleto de pão e queijo, desjejum para todos eles, inclusive os homens que vigiaram a noite toda a porta de Eskkar. Depois, Trella foi com Gatus até o quartel e se ofereceu para lavar as roupas de alguns soldados.

Encheram um cesto com o máximo que ela conseguia carregar. Trella esperava que Adad a acompanhasse novamente até o rio, mas ele já tinha ido dormir, exausto que estava após a noite toda de vigília. Gatus escolheu outro homem para acompanhá-la.

Bem cedinho, apenas poucas mulheres tinham ido lavar as roupas de suas casas, porém dentro em breve chegariam muitas mais. As mulheres a reconheceram de imediato. Juntaram-se à sua volta, enquanto ela trabalhava, apresentando-se, ansiosas para ouvir o mais recente mexerico contado por alguém que realmente devia saber das coisas.

Trella tranquilizou-as, mas se manteve ocupada com sua lavagem de roupa. Elas entenderam afinal a insinuação e se afastaram. Trella se viu lavando as mesmas túnicas várias vezes até avistar Shubure se aproximar.

Agora sem ser notada, Trella afastou-se ainda mais rio abaixo, vadeando para águas mais profundas que chegavam quase até sua cintura. Mesmo assim, Shubure só foi para perto dela depois de começar sua lavagem. Dessa vez, os olhos de Trella examinaram a margem e as outras mulheres, mas nenhuma prestava atenção às duas, apenas o entediado guarda cujo olhar perambulava rio abaixo e rio acima.

Quando Shubure chegou perto, Trella deixou a túnica escorregar de suas mãos. A corrente levou-a direto para Shubure, que a apanhou e a devolveu para Trella. Quando suas mãos se tocaram, Trella deixou que três moedas de cobre deslizassem para a da garota. Os olhos de Shubure fitaram abaixo por um momento. Então ela se afastou ligeiramente, observando quem estava na ribanceira.

— Seu amo vai se encontrar com Nicar no meio da manhã. Drigo ordenou que Naxos impedisse a chegada de Eskkar à casa de Nicar. Querem constranger a ele e a Nicar também, diante dos outros nobres. Se ele resistir, Naxos vai matá-lo. Naxos será o novo capitão da guarda.

Então aconteceria naquela manhã. Trella virou-se, para que ninguém pudesse vê-las conversar.

— Você descobriu algo mais?

— Não, nada. Exceto que Drigo disse que vai governar Orak dentro de poucos dias. Ele e o filho já fazem planos. Esperam juntar bastante ouro antes de os bárbaros chegarem.

— Eu lhe agradeço pelas informações, Shubure.

— Minha mãe e eu lhe agradecemos pelas suas moedas, patroa Trella. Ela conseguirá alimentar por alguns dias a nossa família.

— Se eu puder confiar que sua mãe não solte a língua, lhe mandarei mais moedas. Se você descobrir mais coisas, diga a ela e ela poderá me dizer. — Com certeza era mais fácil e mais seguro para Shubure que Trella se encontrasse com a mãe dela.

Shubure concordou. Afastou-se, enquanto recém-chegadas espirravam água mais perto dela, ansiosas para falarem com Trella. Esta, porém, juntou as roupas molhadas e vadeou cuidadosamente até a margem. Ergueu a pesada trouxa e segurou-a nos braços, o vestido molhado grudado às pernas, enquanto caminhava de volta em direção ao portão. O guarda a seguia, sem dúvida observando seu corpo.

Encontrou Eskkar à sua espera do lado de fora do quartel. Seguiu-a até o interior e fechou a porta.

— Ela foi?

— Foi. — Repetiu o que Shubure dissera. Surpreendentemente, a notícia pareceu acalmá-lo. Ele foi até a mesa e sentou-se, a testa franzida. Ela estendeu as roupas úmidas sobre a cama, então sentou-se defronte dele. — Vai manter o seu plano, amo?

Ele ergueu a vista, o rosto sombrio.

— Ah, sim. Eu cuidarei de Naxos.

Ela sabia o que ele queria dizer.

— Se você matar um serviçal de Drigo, ele contratará outro para matá-lo. Não vai tolerar o insulto. E os nobres...

— Se a morte de Naxos for sanguinária demais para eles, Trella, então iremos embora. Não vou gastar meus dias imaginando quando o assassino de Drigo me encontrará.

Trella examinou-o cuidadosamente. Nenhum sinal de preocupação no homem. Parecia descontraído e confiante, sem qualquer vestígio das dúvidas da noite anterior. Ela deu-se conta do quanto ele era diferente dos comerciantes e negociantes com quem fora criada. Guerreiro, ele precisava apenas saber o que fazer. Imaginaria o como e, uma vez dada a partida, ele seria como uma flecha disparada por um arco — sem hesitação e sem volta.

— Há algo que eu possa fazer para ajudar?

Ele sorriu para ela, um sorriso de verdade, repleto de ternura e afeto.

— Talvez. Estive pensando na reunião. Ainda preciso conversar com os homens. Mas acho que precisarei de sua ajuda.

Ela devolveu o sorriso e alcançou sua mão do outro lado da mesa.

— Diga-me o que fazer.

5

— Dentro de duas horas, me encontrarei com Nicar e as Cinco Famílias — começou Eskkar, dirigindo-se a Gatus e aos três homens que ele escolhera como subcomandantes. Estavam sentados lado a lado à pequena mesa do alojamento de Eskkar. Gatus sentava-se a seu lado. Bantor, Jalen e Sisuthros encaravam seu novo capitão do outro lado da mesa. Uma jarra de água e copos repousavam entre eles.

Bantor, um homem de confiança capaz de seguir ordens, era um pouco mais velho do que Eskkar. Jalen, cerca de cinco anos mais novo, viera do oeste para Orak. Um excelente combatente e um dos poucos bons cavaleiros da aldeia, Jalen tinha brigado ainda mais do que Eskkar com Ariamus e seus bajuladores. Sisuthros acabara de chegar à sua vigésima estação, mas sua astúcia se equiparava à habilidade que tinha com a espada.

Com exceção de Gatus, nenhum deles comandara antes um número significativo de soldados. Ariamus os havia mantido na tropa, promovendo seus favoritos, que cumpriam suas ordens sem pensar. Eskkar prestara atenção nesses três como homens de coragem e habilidade em quem podia confiar. O mais importante era que tinham ousado discordar de Ariamus.

— Haverá muita discussão na reunião na casa de Nicar, mas a maioria dos nobres decidirá ficar e lutar. Depois disso, Nicar irá à praça do mercado e falará com o povo, e eu também falarei. Vocês e os homens estarão presentes para manter a ordem. Sigam minhas indicações e ajudem a fazer os aldeões mudarem de opinião. Se alguém na multidão se descontrolar, não receiem em quebrar algumas cabeças. Haverá muito sangue derramado antes de isso acabar, portanto, é melhor começarmos hoje.

Eskkar examinou-os. Pareciam bem seguros.

— Bantor, você vai tomar conta dos portões. Designe três homens para cada. Ninguém deixa Orak sem permissão de Nicar ou minha. Ninguém... e isso inclui qualquer um das Cinco Famílias.

Seus rostos mostraram descrença, suas dúvidas eram claramente visíveis. Esmagar algumas cabeças — isso eles conseguiam entender. Mas enfrentar as Cinco Famílias e seus guardas armados obviamente envolvia mais perigo.

Eskkar percebeu a dúvida no rosto do soldado.

— Não podemos deixar que homens deixem a aldeia e levem consigo qualquer coisa ou qualquer escravo necessários para defendê-la — explicou. — Portanto, se um homem quiser ir embora e levar junto, digamos, um artesão ou um escravo construtor, não devemos permitir isso. Nossas vidas podem depender desses homens.

— E os que saem para ir às plantações? — Bantor aprumou a cabeça.

Eskkar sabia que era melhor que perguntassem isso que nada.

— Não me refiro àqueles que saem todos os dias para trabalhar, Bantor, apenas àqueles que planejam deixar a aldeia para sempre e levar junto seus pertences. Se alguém quiser ir embora, sem nada, ótimo. Mas nenhum homem de propriedades, que leve escravos ou implementos ou bagagem, sai sem a nossa aprovação.

— Os homens de Nobre Drigo estão nas ruas e no mercado, falando com todos — avisou Bantor. — Agem como se já mandassem na aldeia. Alguns dizem que Drigo assumirá o comando de Orak e dos soldados.

— Bem, eu tenho uma surpresa para Nobre Drigo — informou Eskkar, agradecendo aos deuses pelo alerta de Trella —, mas falaremos sobre isso depois.

— Os homens não vão querer ceder seus escravos — observou Gatus. — Vão criar problema, se tentar detê-los.

Eskkar concordou com a cabeça.

— Se eles tiverem algo que queremos, nós pagaremos por isso, seja escravos ou utensílios ou armas. Isto é, Nicar e as Famílias pagarão.

Os homens se entreolharam, mas nada disseram. Ele ignorou os olhares. Precisava que acreditassem nele, pelo menos até depois daquele dia, quando veriam por si mesmos como os acontecimentos se desenrolariam.

— A partir de amanhã, começaremos a recrutar e treinar. Nos próximos meses, centenas de pessoas estarão afluindo à aldeia, fugindo dos bárbaros. Precisamos estar prontos para armá-los e treiná-los.

— Não é possível treinar homens para combater bárbaros, não em apenas poucos meses — objetou Jalen, a voz erguendo-se em protesto.

— Não sairemos para lutar homem a homem. Em vez disso, vamos combatê-los do muro que construiremos em volta da aldeia. Vamos combatê-los com arqueiros. Qualquer homem é capaz de manejar um arco. Gatus e eu já discutimos isso e é possível ser feito. — Eskkar virou-se na direção de Gatus, que fazia sinais de concordância.

— Eu sempre quis treinar um grande grupo de soldados para que lutem como um só — comentou Gatus. — Agora terei essa chance.

O velho soldado tinha muitas ideias estranhas de como treinar soldados, e nada lhe dava mais prazer do que fazer recrutas suarem para que entrassem em forma.

— Eles nos cercarão e atacarão a aldeia por todos os lados — insistiu Jalen. — Nem mesmo arqueiros são capazes de deter esse tipo de ataque.

— Mais devagar, Jalen. — Eskkar deu uma breve gargalhada. — Nós cuidaremos para que venham concentrados contra nós e em apenas uma direção, contra nosso ponto mais forte. Esperaremos atrás do muro, esperaremos até eles ficarem sem comida, esperaremos até eles avançarem. Não precisaremos derrotá-los ou expulsá-los. Temos apenas de fazer com que se cansem de nos atacar. Sei que podemos fazer isso.

Eskkar bateu seu copo na mesa.

— E, todas as vezes que atacarem o nosso muro, nós os massacraremos. Vamos forçá-los a atacar sem cavalos e os mataremos com flechas. — Ele viu o ceticismo em seus rostos. Em uma ou outra ocasião, eles tinham visto ações contra os bárbaros. Sabiam o quanto eles eram brutais.

— Vocês sabem que, quando um homem desmonta do cavalo — prosseguiu Eskkar —, é mais facilmente morto, e bárbaros são mais fáceis ainda. Desde a infância, eles lutam de suas montarias. Suas espadas e lanças são feitas para atingirem a partir do cavalo, seus arcos são feitos para disparar enquanto correm em direção ao inimigo. No chão, são péssimos combatentes e alvos fáceis para arqueiros postados atrás de um muro.

— Os bárbaros também são arqueiros, Eskkar. — Sisuthros enfrentara bárbaros antes e ainda carregava a cicatriz. — Eles poderão, com a mesma facilidade, acertar nossos homens atrás do muro.

— Talvez não com tanta facilidade quanto você imagina, Sisuthros, mas me alegro por todos vocês se lembrarem dessas coisas. Os bárbaros usam arcos curtos, curvados. Usaremos arcos de caça, mais longos e mais potentes, com flechas mais pesadas. Começaremos a matá-los antes que consigam entrar no raio de ação para nos acertar, e o muro protegerá nossos homens de suas flechas.

— Acha mesmo que pode detê-los, Capitão? — perguntou Sisuthros.

— Acho. Eles nunca enfrentaram algo assim antes, uma muralha repleta de homens bem armados e bem treinados.

Gatus puxou a barba.

— Um muro alto o bastante e forte o bastante pode ser construído a tempo? Isto é, que altura deverá ter?

Eskkar encolheu os ombros.

— Agora você passou na minha frente. Essa é uma das coisas que preciso descobrir, e isso custará vários dias de trabalho com artesãos e construtores. É por isso que nenhum deles pode ter permissão para sair.

Olhou para cada um deles.

— A parte mais difícil dessa batalha contra os bárbaros acontecerá durante as próximas horas — disse, olhando para a janela. Ele não tinha muito tempo.

— Se as Cinco Famílias aceitarem nosso plano, a aldeia precisa ser mantida sob controle. Por isso que é muito importante que todos vocês estejam no mercado e sigam minhas orientações. Nicar e eu influenciaremos as Cinco Famílias. Vocês precisam nos ajudar a convencer a multidão.

— Pede que arrisquemos as nossas vidas, Eskkar, como também as das nossas famílias — disse Sisuthros. — Se ficarmos e lutarmos... se fracassarmos...

— Nicar e eu também arriscaremos tanto quanto. Ou preferem levar suas famílias e começar a perambular pelo interior à procura de um lugar seguro para viver? Depois que expulsarmos os bárbaros, suas casas aqui estarão seguras. Além disso, dobrarei o pagamento de vocês. Isso servirá para endurecer suas costas. Quando os bárbaros forem enxotados, cada um de vocês receberá vinte moedas de ouro, mais uma parte dupla de qualquer presa tomada dos bárbaros.

A menção de ouro causou o efeito desejado.

— Mas isso não basta para manter os homens lutando. Já lutei contra eles várias vezes e, mesmo quando os matei, acabei cedendo. Estou farto de recuar diante deles, e estou farto de me dizerem como eles são ótimos combatentes. Está na hora de fazer com que eles tenham medo de nós.

As palavras de Eskkar pairaram no ar por um longo momento antes de Jalen falar.

— Nunca contei isso a ninguém, mas sete anos atrás bárbaros devastaram minha aldeia, assassinaram meu pai e levaram minha mãe e minha irmã como escravas. Desde então, já matei muitos deles, e tudo o que quero é uma oportunidade de matar mais. Seguirei suas ordens, Eskkar, se decidir ficar e combatê-los. Não tenho medo deles, mesmo montados a cavalo.

Eskkar fez que sim com a cabeça, entendendo a dor do homem. A aldeia tinha muitos como ele. E agora sabia por que Jalen sempre o olhava com raiva nos olhos, enxergando apenas um membro de um clã bárbaro, e não o soldado que Eskkar se tornara.

— Somos todos combatentes, e nossa luta contra os bárbaros começa hoje. O primeiro passo será evitar que Drigo assuma o controle de Orak. Apesar do apoio de Nicar, penso que veremos algum sangue derramado antes do anoitecer. O que peço não é fácil. Provavelmente, será o maior perigo que já enfrentaram. Mas, se vencermos, a recompensa será enorme. Portanto, eu lhes pergunto: seguirão comigo nesse caminho, para ganhar ouro para nós mesmos e salvar Orak? Ou devo procurar outros homens para se juntarem a mim?

Um por um, eles se entreolharam e lentamente concordaram com a cabeça.

Eskkar sorriu satisfeito. Ele os conduzira bem longe. Agora descobriria o quanto estavam dispostos a arriscar. Olhou de relance para o sol.

— Ótimo. Agora tem mais uma coisa que precisamos planejar e um maldito pouco tempo para tanto.

Multidões se aglomeravam nas estreitas vielas. Eskkar nunca vira tanta gente na praça do mercado. Cada homem queria parar e interrogá-lo, enquanto ele abria passagem em direção à casa de Nicar. Gatus, Sisuthros, Adad e dois outros o acompanhavam. Vestido com sua nova túnica e novas sandálias, ele avançava confiante, dando longos passos propositais que dividiam a multidão à sua frente. A espada curta pendia de seu cinto, recém-oleada para ficar solta dentro da bainha.

Atrás dele caminhava Trella, a cabeça adequadamente baixa, usando seu vestido novo. A roupa não fora elaborada com o luxuoso pano usado pelos ricos comerciantes ou fazendeiros abastados, mas estava de acordo com sua nova posição e parecia muito melhor do que a roupa velha que vestia como escrava de Nicar. Eskkar nem pensara em lhe dizer o que comprar ou quanto gastar, mas não o surpreendeu o fato de ela ser suficientemente sensata para comprar algo prático.

Virando na viela onde morava Nicar, Eskkar encontrou o que lhe tinham dito que esperasse. Quase vinte homens andavam à toa por ali, os guarda-costas contratados das Famílias. Usando a autoridade de seus patrões, tiranizavam tanto os aldeões quanto os soldados pelo menos durante toda a época que

Eskkar vivera em Orak. Quando o viram se aproximar, a maioria se aprumou e uma tosca linha foi formada de um lado a outro da viela, a uma dúzia de passos do portão de Nicar. A maior parte dos que bloqueavam o caminho usava o emblema de Drigo em suas túnicas.

Naxos, o chefe dos guarda-costas de Nobre Drigo, tinha ombros largos e uma ordinária barba ruiva insuficiente para cobrir um rosto bexiguento e um dente que lhe faltava. Estava no centro da linha, diretamente no caminho de Eskkar.

— A reunião das Cinco Famílias é proibida para soldados — anunciou Naxos em voz alta, quando o grupo de Eskkar se aproximou, cuidando para que todos ouvissem sua autoridade. Naxos enganchou os dois polegares no grosso cinto de couro de sua espada.

— Eu fui convocado por Nicar — retrucou Eskkar ponderadamente, ao parar cerca de cinco passos da linha. — Também estou proibido de entrar?

Naxos, um dos poucos homens na aldeia tão alto quanto Eskkar, olhou-o nos olhos e não se apressou em responder.

— Você pode entrar — disse ele, ainda falando no tom enérgico que era ouvido por toda a viela, como se ele mesmo decidisse o assunto —, mas o resto de seus homens deve retornar à latrina que é o quartel deles. Não há necessidade de brincarem de soldados aqui.

Quer dizer que eles o queriam sozinho. Sem dúvida, Drigo também não queria muito sangue derramado. Então o atacariam, assim que atravessasse a linha. Mentalmente, Eskkar agradeceu ao homem suas palavras ofensivas. Nada seria capaz de provocar seus homens ou fortalecer ainda mais sua determinação. Todos tinham sido intimidados e ridicularizados por Naxos e os outros guardas. Eskkar olhou para os homens parados atrevidamente ao lado de Naxos, mãos nas espadas, sorrisos nos rostos, confiantes em sua autoridade. Eskkar podia ouvir a multidão atrás dele começando a se desfazer.

— Meus homens vão aonde eu lhes digo para ir — disse Eskkar com firmeza. — Afaste-se e deixe-nos passar.

A gargalhada de Naxos retumbou pela estreita passagem.

— Você é um porco de um bárbaro, Eskkar, e há muito tempo eu já deveria ter-lhe dado uma lição. Terei sua cabeça numa bandeja, se seus homens não forem embora.

O homem ao lado de Naxos, corpulento e jovem, sacou sua espada, os olhos arregalados de entusiasmo.

— Deixe-me matá-lo para você, Naxos — pediu ansioso.

Eskkar não contestou. Em vez disso, ergueu lentamente a mão esquerda acima do ombro, a palma para fora, como se para atender o homem. Mas, em vez de dizer alguma coisa, Eskkar apenas apontou o dedo para o encrenqueiro. Houve um silvo no ar, e o homem olhou para baixo, vendo uma comprida flecha enterrada no meio do seu peito.

Ninguém se mexeu, enquanto o moribundo primeiro arfou longamente, depois olhou para cima, a espada escorregando de sua mão e caindo no chão. Então caiu de joelhos, atirando-se de cara na poeira. Ninguém se mexeu. Todos os homens de Naxos olharam, boquiabertos, para os telhados ao longo da viela, onde dez arqueiros se levantaram, cinco de cada lado da rua. Jalen os comandava e permaneceram prontos, arcos tensionados ao máximo, alvos escolhidos, à espera do sinal seguinte de Eskkar.

O resto dos guarda-costas não fez qualquer movimento, os olhos fixos nos arqueiros, enquanto Gatus gritava uma ordem. Bantor e meia dúzia de homens correram para se postar em ambos os lados de Eskkar e Gatus. Carregavam escudos e espadas desembainhadas e rapidamente formaram uma linha diante de Naxos e seus homens.

Num instante, a fanfarronice dos guarda-costas transformara-se em medo, e agora estavam paralisados pela indecisão. Ninguém tentou sacar uma arma e a maioria afastou a mão do cabo da espada. Alguns, principalmente os que serviam a outros nobres, recuaram um pouco, como se para se distanciarem de Naxos e dos homens de Drigo.

Calmamente, Eskkar desembainhou sua espada, mas manteve a ponta voltada para o chão, ao percorrer os cinco passos que o separavam de Naxos. Os olhos do homem estavam voltados para o alto, para o telhado, olhando os três homens que apontavam flechas para seu peito. Ele nem mesmo reagiu quando Eskkar ergueu a lâmina e a colocou contra sua barriga. Em vez disso, olhou para a espada como se nunca tivesse visto antes tal arma.

— Todos vocês — gritou Eskkar —, não se mexam. Joguem fora suas armas. Quem sacar a espada cairá morto aqui mesmo no chão. — Nada aconteceu. Os guardas pareciam enraizados no solo. A maioria ainda encarava os arqueiros acima.

— Já! — Eskkar berrou selvagemente a ordem. Sua voz quebrou o encanto e, num instante, ouviu-se o som surdo de armas caindo no chão de terra.

Eskkar olhou nos olhos de Naxos e viu o medo substituir o choque de ver a fila de arqueiros. Eskkar não lhe deu mais tempo, nem de falar nem de agir, e enfiou bem fundo a espada na barriga do homem. Um grunhido de dor e espanto escapou dos lábios de Naxos, quando tentou agarrar a lâmina que o perfurava. De modo cruel, Eskkar girou a lâmina, arrancando outro gemido da boca aberta de Naxos, então deu um puxão para tirá-la do corpo dele.

O sangue esguichou para todos os lados, escapando através das mãos do homem, enquanto ele tentava cobrir o ferimento fatal, ao cair de joelhos quando suas pernas cederam, em seguida desabando pesadamente de costas, uma perna debaixo do corpo, a outra se contorcendo na poeira. Naxos tentou falar, mas não conseguiu emitir uma palavra. Mesmo antes de ele morrer, os homens de Eskkar já tinham se movimentado, colocando-se a bem pouca distância dos guardas.

Inclinando-se, Eskkar limpou a espada na túnica do moribundo, ignorando seus gemidos e convulsões de agonia. Até mesmo trocou a espada de lado e limpou a mão e o braço esquerdos, ambos salpicados com o sangue que esguichara da barriga do homem. Nenhum dos homens de Naxos se mexeu ou disse uma palavra.

Eskkar devolveu sua espada à bainha. Dando as costas para os guardas curvados de medo, encarou os amedrontados aldeões que se encontravam atrás dele à espera de ver algo emocionante. Estes, também, estavam enraizados no lugar e num silêncio atordoado.

— Eu não gosto de ser chamado de bárbaro — disse Eskkar, a voz percorrendo a viela. — Nem meus homens gostam que se dirijam desse modo ao seu comandante.

Virou-se para Gatus.

— Junte as armas deles e os mantenha calados. — Trella tinha parado alguns passos atrás de Gatus e seus homens. Eskkar chamou seu nome e ela o seguiu, enquanto ele passava pelos ainda chocados guarda-costas. Atravessaram o portão aberto e entraram no espaçoso jardim que separava a casa de Nicar da rua.

A porta encontrava-se ligeiramente entreaberta e não estava vigiada, e eles entraram sem bater. Uma vez lá dentro, Eskkar deu-se conta de que ninguém estava ciente do que havia acontecido na viela lá fora. Os criados da casa, ocupados à espera dos convidados de Nicar, não tiveram tempo para ver o que acontecia na viela sempre barulhenta.

Trella segurou o braço dele por um momento, tirou do bolso um pedaço de pano, umedeceu-o na boca e limpou uma gota de sangue de sua face e outra do braço. Examinou-o atentamente à procura de outros vestígios de sangue. O rosto dela parecia pálido e suas mãos tremiam um pouco, mas os olhos não mostravam pânico. Ele supôs que ela nunca tivesse visto homens morrerem daquele modo.

— Matar gente nunca é bonito — ele manteve a voz baixa, para que somente ela escutasse. — Se eu não o tivesse matado, ele desafiaria todos os dias a minha autoridade. — Tocou o braço dela por um instante. — Ainda consegue enfrentar o que pode acontecer aqui dentro?

Ela fez que sim.

Viraram ao som de passadas e viram Creta vindo na direção deles.

— Bom dia, Eskkar — ela olhou de relance para Trella, então a fitou mais atentamente, notando o vestido novo. — Venha por aqui, eles estão à sua espera. Já está atrasado.

— Bom dia, Creta — respondeu Eskkar, concordando. — Nós vamos segui-la.

Creta parou de repente e Eskkar falou antes que ela pudesse protestar. — Nicar disse que eu poderia usar Trella para me auxiliar, e preciso dela a meu lado. — Manteve a voz firme e grave.

Sem uma palavra, Creta virou-se e os conduziu ao mesmo aposento onde ele jantara com Nicar. Bateu uma vez e abriu a porta. Eskkar e Trella entraram, e ela fechou a porta atrás deles.

Dessa vez, o aposento parecia diferente, arrumado para negócios em vez de um jantar. Tinham sumido as cadeiras macias e as almofadas usadas para jantar. Outra mesa fora trazida de algum lugar e colocada junto à que Nicar e Eskkar ocuparam para jantar na outra noite, formando uma grande extensão de madeira que quase enchia todo o aposento. O cheiro de vinho pairava no ar, superando até mesmo o do grosso ramo de jasmins no canto mais distante da sala, colocado ali para mascarar o cheiro de tantos homens em tal espaço fechado.

Havia dez homens sentados à volta da mesa: os líderes das Cinco Famílias, cada qual acompanhado por um filho mais velho ou um conselheiro confiável. Nicar sentava-se à cabeceira da mesa, com Nobres Rebba e Decca à sua direita. Os dois primos possuíam várias lojas e a maior parte dos barcos que navegavam pelo rio. Drigo e Nestor estavam do outro lado. Nestor possuía a maioria das grandes fazendas que cercavam a aldeia.

Restava um banco vazio na extremidade da mesa; Eskkar atravessou em sua direção e curvou-se diante da assembleia. Suas dúvidas tinham desaparecido. As mortes na viela o comprometeram totalmente e ele não podia voltar atrás. Tinha de deixar aquele aposento como capitão da guarda. Caso contrário, teria sorte em deixar Orak com a pele intacta. Drigo certamente colocaria um preço pela sua cabeça pela morte de Naxos. Eskkar se deu conta de que, embora temporária, tinha uma vantagem — ninguém naquela sala sabia o que acontecera lá fora, que seus guardas tinham sido desarmados e agora estavam sentados no chão sob o controle dos soldados.

— Nobre Nicar, vim conforme seu pedido. — Olhou para os outros homens e notou um leve ar de surpresa no rosto de Drigo. — Saudações a todos.

Trella insistira para que ele fosse educado o tempo todo e contivesse seu gênio, não importava quais provocações ou desacordos pudessem surgir.

— Sua escrava não faz parte deste lugar — disse Drigo, embora a reunião fosse supostamente dirigida por Nicar. — Esta é a reunião das Cinco Famílias e seguimos nossos costumes. Mulheres e escravos não são permitidos.

Drigo tinha se recuperado depressa de sua surpresa. Estranho, pensou Eskkar, ontem ele teria se intimidado pela autoridade do nobre. Agora esse era apenas um obstáculo a ser superado.

— Nobres, eu sou um simples soldado. Não tenho treinamento ou memória para falar com vocês. Minha escrava está presente para me lembrar o que discutimos, para que eu não esqueça nada importante.

— Meu pai lhe disse para mandar a escrava embora. — Essas palavras foram ditas por Drigo, o Mais Moço. Alguns anos atrás, como um jovem valentão, ele aterrorizara as crianças mais fracas com seus punhos. Agora, atingira a idade adulta e se considerava um líder de homens. Mais alto e mais largo que seu pai, ele tinha 19 estações. Três homens que o ofenderam morreram misteriosamente, assassinados à noite. Pelo menos dois outros foram mortos pelas próprias mãos do jovem Drigo.

Suas palavras provocaram olhares ríspidos de outros líderes, e Eskkar supôs que somente os anciãos podiam falar livremente.

— Ela fica comigo — retrucou com determinação Eskkar. — Ou poderei ir embora, se desejarem.

O primeiro teste de intenções, como Trella previra. Um dos líderes olhou para Drigo, os outros dois, para Nicar. Eskkar continuava tranquilo, as mãos relaxadas ao lado do corpo. Trella permanecia dois passos atrás dele, os olhos baixos.

— E aonde iria, Eskkar? — contrapôs Drigo, ignorando os comentários do filho. — Voltaria para os bárbaros de onde veio? Talvez devêssemos mandá-lo para eles.

— Hoje o vento sopra em muitas direções, Nobre Drigo — respondeu Eskkar. — Mas pensei que as famílias queriam defender Orak. Se isso não é verdade, digam simplesmente, e eu deixarei que cuidem de seus assuntos. Combatentes sempre conseguem trabalho nestes tempos agitados.

— Você é um cão imprudente — berrou Drigo, o Mais Moço. — Estou pensando em mandar jogá-lo na rua.

Dessa vez, a reação veio de Nicar.

— Drigo, seu filho fala num momento inoportuno. Se ele não é capaz de refrear a língua, talvez fosse melhor que deixasse o recinto. — Nicar olhou em volta da mesa, e os outros concordavam com um gesto de cabeça.

— Meu filho se manterá em silêncio — reagiu Drigo —, mas eu não. Não precisamos desse "soldado". De modo algum podemos resistir aos bárbaros.

Vários membros das Famílias passaram a falar, mas a voz de Eskkar soou claramente acima das deles.

— Nobres, se não desejam lutar, sua aldeia será destruída. Os bárbaros colocarão suas casas abaixo e queimarão tudo o que não jogarem no rio. Ou então podem resistir a eles, expulsá-los, e salvar sua aldeia. São vocês que farão a escolha e deverão fazê-la hoje.

Suas palavras os silenciaram momentaneamente. Eskkar olhou em volta da mesa e viu dúvida em seus olhos, misturada com confusão diante da coragem de um homem que viam apenas como um soldado comum. Ele prosseguiu, antes que pudessem dizer alguma coisa.

— Seja qual for sua escolha, o povo espera ouvir suas palavras. Eu disse às pessoas que me dirigiria hoje a elas. Portanto, vocês terão de decidir agora. Se lhes disserem que os nobres não vão resistir, muitos começarão a ir embora. Depois que se forem, não voltarão. E todos terão de partir, levando o que conseguirem carregar, atravessar o rio e torcer para evitar os bárbaros.

— Você não tem o direito de falar para o povo — disse Nobre Rebba, falando pela primeira vez. — Apenas as Famílias podem falar por Orak. — Nobre Decca fez que sim concordando.

— Os aldeões sabem que os bárbaros estão vindo — rebateu Eskkar, mantendo a calma e a voz sob controle. — Eles sabem que, antes de fugir, Ariamus levou homens e cavalos, e tudo o mais que pôde carregar. Sabem que estou reunido com vocês agora. Se vocês não anunciarem qualquer coisa hoje, muitos mais irão embora, inclusive eu mesmo e o resto dos soldados. Não ficará ninguém aqui protegendo suas riquezas até ser tarde demais para vocês fugirem. Portanto, dentro de algumas semanas, Orak estará arruinada, meses antes de os bárbaros chegarem. Quando vocês saírem daqui, acredito que verão muitas coisas diferentes.

Olhou um momento para Nicar.

— Como eu disse, se não me quiserem para defender a aldeia, digam, e irei embora. Não preciso arriscar minha vida para defender Orak.

— Nada pode deter os bárbaros, Eskkar — contrapôs Nestor, o membro mais velho das Famílias. Nestor vivia perto de Orak e na própria aldeia havia mais tempo do que Nicar. Residia numa das grandes fazendas que cercavam a aldeia. — Você deveria saber disso, mais do que qualquer um de nós.

— Nobre Nestor, eu acredito que eles possam ser detidos e sei como detê-los. Já conversei a esse respeito com Nicar, e isso pode ser feito. Mas só será possível se começarmos agora, e somente se todos se envolverem e derem duro para isso. Os aldeões precisam acreditar que Orak pode resistir, ou irão embora.

— Não precisamos dos aldeões — rebateu Drigo calmamente. — Nós mandamos em Orak e somos nós que decidimos o que fazer com a aldeia.

— Podem mandar, mas são as pessoas da aldeia que lhes dão o poder — objetou Eskkar. — Sem o artesão, o padeiro, o vinicultor, o taberneiro, mesmo os fazendeiros nos campos, o que vocês fariam? Fabricariam seu próprio pão, plantariam vocês mesmos a safra, governariam suas próprias famílias?

— Existem outras aldeias — interpôs Drigo, seguro de si mesmo, ainda falando para Eskkar de cima para baixo.

— Sim, e elas têm seus próprios donos — respondeu Eskkar, lembrando--se das palavras de Trella. — Vocês terão de pagar para eles. Talvez vocês não se achem nobres nessa sua nova aldeia.

— Nós podemos fundar nossa própria aldeia — afirmou Drigo, o Mais Moço, ignorando a advertência para se manter calado. — Não precisaremos dos aldeões daqui para isso.

Eskkar deu uma risada.

— Sim, soberanos de um monte de esterco com cinquenta ou cem pessoas. Aqui temos o rio, solo fértil, comércio com outras aldeias, centenas de negociantes e muitos tipos de ofícios. Onde mais podem encontrar tudo isso?

— Cale-se, meu filho — disse o Drigo mais velho, olhando de relance para seu herdeiro. — Mas as palavras de meu filho contêm verdades. Poderemos voltar para cá, depois que os bárbaros se forem.

— É verdade, podem recomeçar — concordou Eskkar, agradecendo mentalmente a Trella pela previsão. Até agora, não tinham dito nada que ela não antecipara.

— Claro, os bárbaros voltarão daqui a outros cinco ou dez anos. Ou, provavelmente, poderão vir outros estranhos, que talvez se interessem em ser os governantes de uma nova Orak. — Eskkar olhou para Nicar e o viu recostar-se em sua cadeira, tranquilo, claramente apreciando o debate, enquanto avaliava os rostos dos outros líderes.

— Não quero, porém, desperdiçar seu tempo, Nobres — prosseguiu Eskkar. — E creio que não é da minha alçada lhes explicar o valor de uma aldeia do tamanho de Orak. — Tropeçou um pouco nas palavras, tentando transmitir algum sentido daquilo que Trella lhe transmitira. Contudo, eles não pareceram perceber seus lapsos.

— Talvez devamos pedir a Eskkar que nos diga como planeja deter os bárbaros — disse Nicar calmamente. Esperou um momento, mas ninguém falou. — Por favor, Eskkar, sente-se. Deseja um pouco de vinho?

Eskkar sentou-se, atento à espada em sua cintura que ninguém pareceu ter notado.

— Água, Nobre Nicar. Minha escrava irá apanhá-la. — Gesticulou com a cabeça para Trella. Esta foi até a jarra de água que estava em uma mesa lateral, encheu um copo e colocou-o diante dele.

— Vinho para mim, escrava — zombou Drigo, o Mais Moço, deslizando ruidosamente sua taça pela mesa na direção de Trella. Esta a segurou em desafio, antes que pudesse cair pela beirada.

Ela olhou para Eskkar, o rosto inexpressivo, e ele concordou.

— Vinho para Amo Drigo — repetiu Eskkar, embora decidisse que mataria o jovem idiota pelo insulto. Alguma indicação de seus pensamentos deve ter rastejado para sua voz, pois todos os olhos se voltaram para ele, inclusive os do Drigo mais velho, como se tivessem sentido algo por trás de sua voz.

— Não, chega de vinho para meu filho — disse Drigo, seu tom um pouco mais cauteloso. — Nós já encerramos aqui. O resto de vocês pode perder tempo conversando sobre deter os bárbaros, mas, no final, todos vão acabar deixando a aldeia. — Levantou-se e seu filho se juntou a ele. — Tenho coisas mais importantes para cuidar.

Eskkar sorriu com tolerância para o filho de Drigo, apesar de ter visto a adaga sob a túnica do jovem, quando este se levantou.

Ninguém mais deixou seu assento. Pai e filho seguiram para a porta, porém o mais jovem não conseguiu resistir ao impulso de falar mais uma vez. Parou a poucos passos de Eskkar.

— E, bárbaro, é melhor cuidar de sua língua, ou ela acabará sumindo de sua boca.

A gargalhada musical de Trella surpreendeu a todos, inclusive Eskkar, e toda a conversa cessou. Todos os olhares viraram em direção a ela. Todos, menos o de Eskkar, que mantinha os olhos nas mãos do jovem Drigo.

— Minhas desculpas, Nobres, minha língua me traiu — disse Trella, contrita, mas a gargalhada permaneceu em sua voz e em seus olhos.

— O que há de tão engraçado, escrava? — Uma ruga surgiu na testa do Drigo mais velho, como se ele tivesse deixado de notar algo importante.

— Nada, Nobre Drigo — respondeu suficientemente submissa —, mas o último homem que chamou meu amo de bárbaro está morto.

— Não nos interessa se ele cortou a garganta de algum criador de porcos — disse Drigo, seu temperamento combinando com o rubor que tomava seu rosto.

A risada da garota fizera o rapaz perder o juízo. Drigo, o Mais Moço, não estava acostumado que alguém risse dele em público, muito menos uma escrava.

— Não, jovem Amo Drigo, não foi nenhum camponês — rebateu Trella, a voz firme e com a justa medida mínima de insolência necessária para abafar posteriormente a chama da ira. — Foi Naxos, e um de seus homens, que estão mortos, estirados na rua lá fora. — O sorriso permaneceu no rosto dela enquanto fitava o rapaz.

Todos os olhos se voltaram para Eskkar, que mordeu uma unha, ainda encarando o jovem Drigo. A mão do rapaz foi em direção à túnica, a centímetros da adaga.

— É verdade? — indagou Nicar, incapaz de conter a indignação e a raiva em sua voz.

— Sim, é verdade — respondeu Eskkar, apoiando-se na mesa com o braço esquerdo enquanto se virava de lado no banco para encarar Nicar. — O homem de Drigo tentou evitar que eu chegasse à sua casa. Naxos também disse que minha escrava não tinha permissão para entrar. Chamou-me de bárbaro, então ele e um outro tentaram me atacar.

Não era exatamente a verdade, mas bem próximo dela. Eskkar esperou um momento antes de prosseguir, deslocando ainda mais o corpo para que a espada ficasse presa contra a mesa, ao se virar para encarar o Drigo mais velho, seu lado direito agora na direção do homem mais jovem.

— Mas não se preocupe, Nobre Drigo. Eu poupei o resto de seus guardas. Você os encontrará lá fora e, no futuro, eles serão muito mais educados com meus homens. — De sua nova posição, Eskkar olhou novamente de relance para Drigo, o Mais Moço, notou que seu rosto ficara ainda mais vermelho, e sorriu para ele, do modo como um homem sorri para uma criança.

Com um grito enfurecido, o jovem sacou a adaga de sua túnica e deu um bote na direção de Eskkar, certo de que poderia atingi-lo antes que ele pudesse se pôr de pé ou soltar sua espada. Entretanto, em vez de tentar se levantar e enfrentar o golpe, Eskkar transferiu grande parte de seu peso para a pesada mesa e golpeou com a perna. Sua sandália pegou direto no peito do rapaz, a ponta da faca parando a centímetros do corpo de Eskkar antes de o chute mandar o outro vacilante em direção à parede, cambaleando por um momento, mas tempo suficiente para Eskkar saltar do banco, a espada saindo reluzente da bainha e atravessando por cima de seu corpo antes de ser enfiada na garganta do rapaz.

O movimento de Eskkar tinha sido tão rápido, tão inesperado, que os governantes de Orak permaneceram enraizados nas suas cadeiras, atordoados pelo golpe mortal, a reação costumeira de homens que dão ordens, e não golpes com espada.

Apenas Drigo, o Mais Velho, encontrou a voz.

— Não, pare — gritou, tarde demais, ao observar o filho receber a incisão mortal. Lançou-se contra Eskkar.

Ele não tinha arma, e um braço esticado contra seu peito o teria feito recuar cambaleando. Mas não naquele dia, pensou Eskkar, ao virar o corpo para receber a investida do homem, dar um passo para trás, esticar o braço da espada e deixar que o próprio Drigo se precipitasse contra a lâmina, seu peso e seu impulso levando-o adiante até o cabo quase tocar em seu peito. Sua mão direita estremeceu diante do rosto de Eskkar, e os olhos de Drigo se esbugalharam de espanto por um momento, antes de se revirarem nas órbitas. A morte o levara antes mesmo de seu filho, que gorgolejou e estrebuchou por alguns momentos, até que a perda de sangue o matasse.

Estavam todos de pé, mas ninguém disse nada. Ficaram parados ali, em estado de choque, os olhos arregalados ao observarem os Drigos morrerem. Eskkar tentou dar um puxão na espada para soltá-la do corpo do pai, quando este desabou no chão, mas a carne se prendera firmemente em volta da lâmina. Teve de colocar o pé sobre o corpo e puxá-la com força.

Ninguém ainda disse nada. O sangue continuava escorrendo dos dois corpos. Eskkar entregou a espada a Trella.

— Leve isto e limpe.

Curvando-se, recolheu a adaga que o insensato rapaz havia deixado e sentou-se novamente à mesa, largando a faca no colo. Apanhou seu copo com água e o esvaziou, embora grande parte do conteúdo tivesse derramado, quando ele se apoiara na mesa.

— Acho que todos deveriam se sentar — disse ele, a voz tranquila.

— Ainda temos muitas coisas a discutir.

Notou que uma forte batida na porta ficava cada vez mais alta.

— Atenda a porta, Trella, depois procure Gatus.

A porta abriu-se antes de Trella alcançá-la, e Creta surgiu no vão, dois dos guardas de Nicar atrás dela. Ia começar a falar, quando avistou horrorizada a cena sangrenta a seus pés, a mão voando para tapar a boca. Os guardas atrás dela pareciam tão amedrontados quanto sua ama.

— Nobre Nicar — começou Eskkar —, talvez seja melhor você dizer aos seus homens que não há perigo.

Para alívio de Eskkar, Nicar recobrou-se rapidamente.

— Sim, claro. Creta! Vinho para todos. E mande escravos removerem imediatamente esses corpos. — Olhou para a multidão de criados que se reunia na antecâmara e ergueu a voz para que todos pudessem ouvi-lo. — Ocorreu um infeliz acidente. Drigo e seu filho tentaram matar Eskkar, o novo capitão da guarda — fez uma pausa —, e eles é que foram mortos.

Durante os dez minutos que se seguiram, estabeleceu-se o caos, enquanto criados amedrontados arrastavam os corpos para fora, limpavam o chão e endireitavam a mobília. Trella retornou com Gatus a reboque. Entregou a espada de Eskkar, já limpa do sangue, pousou a mão no braço dele por um brevíssimo instante. Os ainda nervosos nobres engoliram seu vinho, mesmo após serem servidos de mais, antes de uma ainda trêmula Creta fechar a porta da sala.

Durante esse tempo, Eskkar estudou os homens em volta da mesa. As Cinco Famílias — não, agora eram as Quatro Famílias — tinham levado um susto, e agora, sem dúvida, pensavam que poderia ter sido qualquer um deles. Precisavam ser tranquilizados, e depressa.

— Nobres líderes — começou Eskkar humildemente —, ofereço arrependimento pelo que aconteceu aqui. Mas não provoquei ninguém, nem lá fora na rua, nem nesta sala.

Em grande parte aquilo era verdade, pensou, mas ele com certeza estava preparado para matar qualquer um que tentasse detê-lo. Olhou em volta da mesa e viu o efeito de suas palavras. Agora esses homens voltariam a pensar, tentariam descobrir o que mudara na estrutura de poder de Orak e quem se beneficiaria com isso. De novo Eskkar inspirou fundo.

— Nobre Drigo, porém, não estava interessado em defender Orak, apenas assumir o controle. Planejava tomar a aldeia e suas propriedades.

Observando-os, ele concluiu que Trella estava certa. É melhor entornar um balde de azeite do que apenas um copo cheio.

— Vocês são os líderes de Orak. Meus homens e eu permaneceremos e lutaremos para defender a aldeia, *se vocês quiserem.*

Olhou um homem de cada vez.

— Nicar disse que queria lutar. Falei para ele que Orak podia ser defendida e que eu comandaria a batalha, se as Famílias concordassem com as minhas condições. Agora é o momento de decidir. Defendemos este lugar até a morte, ou todos nos mudaremos. O que vocês preferem?

6

Pelas duas horas seguintes, os nobres debateram entre si e com Eskkar. Nicar mandou buscar mais vinhos e vozes se ergueram, quando Eskkar explicou o que acontecera lá fora e o que Drigo e seus homens planejavam para Orak. Finalmente satisfeitos com a morte de Drigo, a conversa retornou ao muro e à iminente invasão. Eskkar explicou várias e várias vezes seus planos, repetindo como os bárbaros poderiam ser derrotados por trás de um muro. A maré mudou quando Rebba apresentou uma pergunta-chave.

— Suponha, Eskkar, que, durante o tempo de que dispomos, não possa ser construído um muro alto e forte como precisamos. Afinal de contas, demora meses até mesmo para se construir uma casa. O que faremos então?

— Nobre Rebba, essa é a pergunta mais importante, e a única que não sei responder. Precisamos nos reunir com os construtores e carpinteiros para saber se é possível construir esse muro. Se não for, então ficaremos livres para ficar ou partir.

Rebba ainda não terminara.

— Suponha que eles digam que é possível e comecemos a trabalhar, mas os bárbaros cheguem antes de o muro ficar pronto. Ficaríamos presos aqui, indefesos.

Eskkar e Trella já haviam conversado sobre essa possibilidade.

— Tudo o que podemos fazer é tentar, Rebba. Mas, no primeiro momento em que acharmos que não podemos terminar a tempo, então poderemos partir. Não quero enfrentá-los em campo aberto.

Eskkar lembrou-se de outras ideias de Trella.

— Se fugirmos agora, porém, abandonaremos tudo que construímos aqui e Orak nunca voltará a ser grande. O comércio rio abaixo e rio acima deixará de fluir. Lembrem-se, também, de que enfrentaremos perigos ao deixar um lugar para recomeçar mais uma vez. Cada homem se torna um saqueador e cada clã se torna uma tribo assaltante. Mas, se os expulsarmos, romperemos o ciclo de morte e destruição. Orak se tornará a maior aldeia do mundo. E vocês serão os donos.

Rebba baixou a vista para sua taça de vinho. Eskkar ficou imaginando se todos não teriam bebido demais para poderem pensar com clareza. Ele mesmo queria um pouco de vinho, mas um olhar para Trella atrás dele fez com que continuasse na água. Agora Rebba transferiu seu olhar na direção de Nicar e concordou com a cabeça.

— Eskkar — começou Nicar —, deixe-nos por um momento. Precisamos discutir algumas coisas em particular.

— Eu entendo. — Levantou, e foi uma boa sensação poder esticar as pernas. — Venha, Trella, vamos esperar no jardim. Tome isso — disse ele, entregando-lhe a lâmina de Drigo. Pequena e benfeita, era um presente apropriado. Nos dias vindouros, talvez ela precisasse daquilo.

Quando Eskkar abriu a porta, encontrou Creta atrás dela e, dessa vez, teve a certeza de que ela ouvira cada palavra. Sua atitude havia mudado e ela curvou-se nervosamente na direção dele, agora com respeito verdadeiro. Na entrada da frente, um criado, boquiaberto, apressou-se em abrir a porta para eles.

Eskkar encontrou Gatus e seus homens agrupados no interior do jardim da frente. Haviam transferido os guardas dos nobres para o pátio. Estes estavam sentados no chão, desarmados, as costas para a parede que ocultava da rua o refúgio de Nicar. Através do portão aberto, Eskkar viu aldeões enchendo a viela, apinhados o máximo possível naquelas áreas estreitas. Soldados usando lanças os mantinham afastados da entrada.

Um grito elevou-se da multidão quando viram Eskkar emergir. O alarido que se erguia era um misto de pessoas dando vivas e chamando seu nome. Gatus aproximou-se, um largo sorriso no rosto.

— Saudações, Capitão — disse ele formalmente, curvando-se de modo adequado para que todos pudessem ver a autoridade de Eskkar. — Quando trouxeram para fora o corpo de Drigo, a notícia se espalhou como um incêndio nas estepes. Tivemos que trazer os guardas para dentro. Ainda bem que Drigo e seu filhote eram por demais impopulares.

Chegou mais perto para que Eskkar pudesse ouvi-lo.

— Mandei chamar o resto dos homens, quando vi a multidão aumentar. Talvez seja bom você dizer algo para eles.

Eskkar mal podia ouvi-lo por causa do barulho que vinha da rua. Pelo menos quinhentas pessoas se aglomeravam na viela, mais aldeões do que ele já vira reunidos antes. Virou-se para Trella.

— O que devo dizer? — Assim como se acostumara a falar livremente com as Famílias, ele agora tinha de fazer o mesmo com uma multidão e não fazia ideia do que dizer.

Ela baixou seu braço para poder lhe falar no ouvido.

— Não importa. Você agora é um herói para eles. Diga-lhes que tudo ficará bem, e que, em breve, Nicar e os outros falarão com eles.

— Mas os nobres ainda não acabaram de conversar. Suponha que eles decidam fugir.

— Nunca! Eles decidiram ficar e lutar, uma hora atrás. Precisavam apenas combinar as coisas entre eles.

Eskkar forçou um sorriso e caminhou em direção à entrada. Pondo o pé na travessa do portão, deu um impulso para se erguer e ficar acima da multidão e levantou a mão para pedir silêncio. Levou algum tempo para o barulho cessar, incentivado pelas ríspidas palavras dos soldados que estavam na frente, o que lhe deu tempo para pensar.

— Povo de Orak — começou, erguendo a voz. — As Quatro Famílias falarão em breve. Vocês saberão através delas o que planejamos fazer.

Veio em resposta um irado clamor, alguns berrando que as Famílias iam fugir, outros pedindo que ele os salvasse, outros simplesmente gritando seu nome sem parar. Começaram a pressionar seus homens. Dentro em pouco acabariam por invadir o jardim.

— Silêncio — gritou, com sua voz de batalha, alto o bastante para ser ouvido em toda a extensão da rua. — Silêncio, ou deixarei vocês nas mãos dos bárbaros! — Isso fez parar tanto a gritaria quanto o empurra-empurra da multidão na direção da casa. Ele inspirou fundo novamente. — Vão para a praça do mercado e esperem Nicar e as outras Famílias. Vão agora!

Balançou-se para pular do portão, mas sua sandália prendeu-se na travessa e ele perdeu o equilíbrio. Somente o braço forte de Gatus o manteve de pé. Pelos deuses, se ele caísse de bunda, os aldeões teriam gargalhado insensivelmente. Ele e Trella voltaram para a casa, a porta já toda aberta pelo criado que os esperava. Quando ela se fechou em segurança atrás dos dois, ele soltou um suspiro de alívio, então ergueu a vista para ver que Nicar caminhava em sua direção.

— Bem, Eskkar, que outras surpresas tem para nós? Talvez deva nos dizer o que decidiu fazer. Começo a me preocupar com o que eu desencadeei.

Apesar da ironia nas palavras de Nicar, Eskkar também notou respeito nelas.

— Nada com o que precise se preocupar, Nicar. Quero apenas ouvir a sua decisão. Vamos ficar e lutar ou vamos fugir?

— As Famílias decidiram ficar e liderar a defesa de Orak — respondeu Nicar, erguendo a voz, sabendo que suas palavras seriam ouvidas e repetidas. — Você ficará no comando de Orak até os bárbaros serem expulsos. — Baixou a voz para que apenas Eskkar e Trella pudessem ouvir. — Embora eu me pergunte o que acontecerá até lá. — Nicar deu de ombros com resignação. — Não importa. O que devemos fazer agora?

— Levar os nobres à praça do mercado. Deixar que cada um veja que todos estão unidos nisso. Você sabe melhor do que eu o que dizer. Após todos vocês falarem, eu direi às pessoas quanto será difícil.

Nicar concordou com a cabeça, afagando a barba.

— Mais alguma coisa?

— Não, nada. Tenho certeza de que... — Trella segurou seu braço e cochichou em seu ouvido. — Ah, sim... Acho que deveria mandar alguns homens tomarem posse da casa e dos bens de Drigo. Podemos começar a pagar a defesa de Orak com o ouro dele.

— Sim, uma excelente sugestão, Eskkar. — Nicar deu uma olhadela para Trella. — Isso talvez amenize um pouco o golpe que as Famílias vão sofrer. — Nicar hesitou por um momento. — E o que quer dos bens de Drigo para você?

— Não tenho nada para fazer com o ouro dele. — Assassinar gente por causa de seu ouro poderia provocar a ira dos deuses, ou era o que diziam os sacerdotes, e, desde a época em que deixara de saquear, ele tentava o máximo possível evitar sua ira. — Mas a casa dele é grande e dará um excelente quartel-general para meus homens, como também um lugar para começarmos a armazenar nossas armas. Depois que a esvaziar, talvez você aprove que nós a utilizemos.

— E, depois que isso tudo acabar, você ficará com ela, eu suponho — retrucou Nicar. — Bem, por que não? Eu lhe prometi uma casa, se bem que não esperava que fosse maior do que a minha.

— Nicar, se eu viver o bastante para ficar com a casa dele, pagarei a você e às outras Famílias um preço justo por ela. Pode dizer aos nobres, se algum deles perguntar.

Nicar examinou-o por um momento.

— Você continua me surpreendendo, Eskkar. Tome posse da casa ao pôr do sol de amanhã. Isso nos dará tempo de revistá-la e descobrir os esconderijos de Drigo.

Nicar olhou mais uma vez para Trella.

— Imagino se cometi um erro ao abrir mão de você. Sua risada deu início à matança tão certamente quanto um soco. Por um momento, achei que ambos tinham planejado isso antecipadamente. — Sacudiu a cabeça. — Não, não pode ser verdade. O jovem Drigo, o insensato, causou isso a si mesmo.

Nicar virou-se para Eskkar. — Mas você não precisava ter matado o pai dele. Poderia ter...

— Se não matasse, ele teria me matado. Se não hoje, então muito em breve. — Eskkar agira instintivamente, mas sabia que fizera a coisa certa. Pai e filho, ambos tinham de morrer.

— Sim, imagino que sim — concordou Nicar com relutância. — De qualquer modo, é tarde demais para pensar nisso. Vamos à praça do mercado tranquilizar as pessoas. Temos muito a lhes dizer, se queremos convencê-las a ficar e lutar.

Passavam cinco horas do pôr do sol, quando Eskkar soprou a chama da lamparina. Desde a manhã, eles não tinham tido um momento a sós, durante o longo dia que mudara a sorte de Eskkar mais do que qualquer um outro, desde o seu nascimento. Deslizou para baixo do cobertor, onde esperavam os braços dela, que o envolveram. Por um longo tempo, ficaram abraçados, os acontecimentos do dia ainda redemoinhando em suas mentes.

— Fizemos o dia valer, graças a você, Trella.

Era bem verdade. Ela, é muito provável, salvara sua vida, alertando-o contra Naxos. E, ao provocar Drigo no momento certo, ela conduzira o resultado, tão certamente como os próprios atos dele.

No mercado, Nicar falara ao povo. Prometeu grãos, moedas de prata e casas novas e melhores para quem ficasse e lutasse. Garantiu proteção ao ofício dos artesãos. Comida e grãos seriam estocados na aldeia, o suficiente para alimentar todos até após o perigo ter passado. E, finalmente, escravos e criados cativos que trabalhassem no muro receberiam em troca sua liberdade e seus donos receberiam uma compensação.

Gritos de raiva de alguns e de vivas dos escravos saudaram esse anúncio, mas Nicar manteve-se firme. Orak tinha de sobreviver e a defesa da aldeia necessitava de homens habilidosos. Repetiu o aviso de que aqueles que tentassem ir embora levando utensílios cruciais ou escravos seriam detidos.

Os outros nobres e até mesmo dois sacerdotes de Orak falaram para a multidão. Todos responderam a perguntas e destacaram a necessidade de ficar e defender seus lares e suas famílias.

Somente o anúncio de Nicar de que Eskkar ficaria encarregado da defesa da aldeia acalmou a multidão.

— Suas palavras agradaram os aldeões, Eskkar. Pude ver que eles confiam em você.

No mercado, Trella sentara a seus pés, as costas para a multidão, para ter certeza de que Eskkar não esqueceria nada importante. Ele alertou o povo sobre os perigos de deixar Orak, o risco de viajar pelas estradas e os bandidos que viriam depois dos bárbaros. Por várias e várias vezes, voltou a garantir que os bárbaros poderiam ser expulsos e que o muro protegeria a aldeia. Prometeu que defenderia a todos.

E isso dera certo. No final, a multidão clamou, aprovando tanto Nicar quanto Eskkar como homens que salvariam suas famílias e suas vidas. Ignoraram a origem de Eskkar; agora era um deles, seu protetor. Os gritos e o falatório continuaram por muito tempo após Eskkar e os nobres terem deixado a praça do mercado.

— Espero que tenhamos convencido um número suficiente deles a ficar. Serão necessários muitos para trabalhar no muro.

Trella ficou em silêncio por um momento, então o abraçou bem apertado antes de falar novamente.

— Nunca tinha visto homens serem mortos assim... isto é... tão repentinamente. Em Carnax, presenciei uma execução, mas nunca vi homens... mortos como aqueles... foi mais sangrento do que eu esperava. — Foi para mais junto dele, movimentando as pernas sobre as suas, esfregando-se nele. — E você poderia ter sido morto. Quando Drigo foi em sua direção com a adaga, pensei que você ia morrer. Eu o provoquei, queria que o atacasse, ri dele até que perdeu o controle.

— Homens morrem o tempo todo. E homens como Drigo e seu filho insensato, estes morrem mais facilmente porque nada sabem de uma luta de verdade. Já lutei muitas batalhas e aprendi algo em todas elas.

— E Naxos? Ele não era um moleque mimado, e estava perto demais de você.

A preocupação dela era verdadeira. Ficara realmente apavorada por sua causa.

— Naxos era diferente, mas já estava derrotado quando os arqueiros se levantaram atrás de mim. Se seus homens fossem combatentes treinados, teriam avançado contra nós assim que a primeira flecha disparou, e os arqueiros não teriam tido alvos. Em vez disso, ficaram parados, e sua vontade de lutar desapareceu. Matá-lo só tornou mais fácil provocar Drigo e controlar seus homens.

— E o que você faria, se eles o tivessem atacado?

Ele riu baixinho em seu ouvido e sua mão encontrou o seio dela. O contato o excitou.

— Naxos e seus guardas eram valentões, acostumados a se exibir pelas ruas e quebrar as cabeças dos aldeões. Não se espera que guardas lutem contra arqueiros. Foi por isso que se amedrontaram tão facilmente.

Aquela flecha, porém, tinha passado mais perto do que ele gostaria de admitir, voando logo acima de sua cabeça. O arqueiro e Jalen haviam dividido, como recompensa, uma das novas moedas de ouro, um ato de generosidade do qual ele já se arrependera. Algumas moedas de prata teriam sido suficientes. E isso fora em acréscimo às três de prata que ele prometera a cada arqueiro.

Ela tremeu com o toque dele, e sua mão deixou o pescoço dele para começar a alisar-lhe o peito.

— Agora as pessoas o seguirão. Até mesmo as Famílias farão o que você disser, agora que Drigo está morto. — Baixou a mão para o quadril dele e deixou que seus dedos explorassem.

— Drigo teria feito a si mesmo governante de Orak. Foi melhor ele morrer logo do que se meter em nosso caminho.

O toque dela deixou-o ainda mais ansioso, e suas preocupações desapareciam à medida que seu desejo aumentava. A figura de Drigo correndo para sua espada lampejou em sua mente, essa imagem o deixou ainda mais excitado. Matar geralmente causava isso, ele sabia, fazia um homem desejar uma mulher, qualquer mulher, simplesmente para provar que continuava vivo após a luta, que tinha sobrevivido e que quem morrera fora um outro qualquer.

E que mulher estava em sua cama naquela noite, pensou, enquanto suas mãos começavam a vagar pelo corpo dela — um corpo mais precioso do que qualquer outro na aldeia. Talvez a matança também a tivesse deixado assim. Mulheres costumavam ficar excitadas após ver uma morte. Afinal de contas, ela tinha ajudado a torná-las possíveis.

O calor na cama aumentou, e não era por causa do grosso cobertor. A boca de Trella encontrou a dele para um demorado beijo que deixou ambos sem fôlego.

— E o que o meu amo planeja para mim pela manhã? — sussurrou ela sedutoramente, quando sua mão desceu para segurar sua virilidade.

— O amanhã cuidará de si mesmo. — Rolou para cima da barriga dela, incapaz de se conter por mais tempo e sentiu as pernas dela se abrirem facilmente abaixo dele. — Esta noite você tem um trabalho muito mais importante.

Na manhã seguinte, Eskkar manteve seus hábitos normais e levantou antes do nascer do sol. Vestiu-se silenciosamente e deixou Trella adormecida na cama quente. No poço, lavou as mãos e o rosto com a água fria, quando os primeiros raios do sol passaram por cima das colinas orientais e cobriram Orak com sua luz suave. Um longo gole de um segundo balde satisfez sua sede. Então caminhou em direção ao dormitório do quartel para acordar os soldados. Mas a porta estava aberta, e Gatus, vestido e usando uma espada curta, surgiu quando Eskkar se aproximou.

— Acabei de acordá-los, Capitão. Os broncos preguiçosos ficarão o dia todo de mau humor. Não foram muitos os que se deitaram cedo ontem à noite.

— Obrigado, Gatus.

Seu segundo em comando devia ter levantado antes mesmo dele. Foram informadas as ordens do dia, enquanto soldados ainda semiadormecidos cambaleavam para fora, para o sol. Nicar enfatizara aos habitantes de Orak que estes deviam se manter sob controle e prosseguir com suas tarefas diárias, e, aos soldados, a necessidade de manterem a ordem. Na noite anterior, Eskkar e Gatus tinham discutido brevemente esses planos, mas Eskkar queria ter certeza de que os homens se mantivessem ocupados o resto do dia.

Quando Eskkar retornou ao seu quarto, o sol já havia deixado o horizonte. Encontrou a porta aberta ao ar fresco. Trella tinha servido seu desjejum. Naquele dia, o pão veio de um padeiro que se especializara em um tipo diferente de grão, mais caro. Uma garrafa de vidro, um pouco mais alta do que seu polegar e com uma rolha de madeira, continha um punhado de sal marrom. Água do poço estava agora contida num gracioso cântaro, ao lado de outro com cerveja fraca. Um novo prato de argila também fora somado ao crescente estoque de bens terrenos de Eskkar. Duas morcelas marrom-escuras, ambas maiores do que a do dia anterior, misturavam seu aroma com o do pão ainda quente.

— Bom dia, Trella. — Ele segurou-a pelos ombros e beijou-a, desfrutando o sabor de seus lábios. Após um momento, ela colocou os braços em volta de seu pescoço e devolveu o beijo. A visão da cama a apenas um passo de distância começou a tentá-lo. Ela devia ter sentido o que ele pensava, pois se afastou.

— Bom dia, amo. Você precisa comer. Corio chegará em breve.

Sentaram-se à mesa e começaram a comer. Trella explicou seu novo acordo com um dos vendedores de rua. Todas as manhãs, um menino entregaria seu desjejum. Eskkar sabia que, dali em diante, podia contar com mais refeições decentes.

Quando terminaram, Eskkar e Trella repassaram as ideias sobre o muro. Eles haviam discutido isso na noite anterior, mas Eskkar queria ter certeza de que não esquecera nada.

A habilidade de Trella em antecipar problemas continuava a impressioná-lo. Ela o ensinava a pensar como um nobre governante, algo que nunca conseguira fazer durante seus anos em Orak e outras aldeias.

Não que sua inteligência ou ideias lhe importassem mais. Se ela fosse surda e muda, ele a manteria para si pelo seu jeito de fazer amor. Já ansiava pela próxima noite.

Uma sombra alta apareceu na porta, escurecendo o quarto, e uma voz exclamou.

— Saudações, Eskkar. Nicar mandou-me falar com você.

— Entre, Honrado Corio. — Eskkar parou de pensar em Trella em sua cama, levantou-se da mesa e estendeu a mão para o mestre artesão. — Junte-se a nós na mesa. Quer um pouco de vinho?

— No momento não, obrigado — falou Corio numa voz grave e profunda. Sentou-se à mesa. Os olhos do construtor examinaram detidamente seu anfitrião, sem dúvida avaliando o novo Eskkar, que, no dia anterior, fora magicamente transformado de um soldado comum num líder de homens.

— Trella, este é Mestre Corio, o mais importante construtor de Orak. — Eskkar olhou para Corio. — Trella participará de nossa conversa. Acho-a da maior utilidade para não nos perdermos no caminho.

Se Corio achou isso estranho, nada disse. Eskkar notou que ele lançou um olhar minucioso para Trella.

— Bem, Eskkar, que história é essa de muro? Eu não estava ontem na praça do mercado, mas soube que você e Nicar prometeram construir um muro em volta da aldeia, um muro grande o suficiente para deter os bárbaros. — Apertou os lábios. — Não quis desrespeitá-lo com a palavra.

Eskkar deu uma risada. Imaginou os pensamentos na cabeça de Corio. Ontem, ele teria se curvado respeitosamente ao encontrá-lo na rua. Hoje, Corio se preocupava em não ser morto tão facilmente quanto o jovem Drigo — e sem ter tanta importância. Eskkar sorriu, para tranquilizar o homem.

— Eu sou bastante civilizado, Corio, portanto use a palavra como desejar. Como você disse, ontem eu prometi um muro aos aldeões, e agora peço-lhe que me ajude a manter a promessa. Preciso de um muro em volta de Orak, tão alto e resistente que deixe os bárbaros em apuros, um muro em que possa colocar arqueiros para enfiar flechas em suas fileiras. Você é capaz de construir tal muro?

— Qualquer muro pode ser construído, Capitão. Qual seria a altura necessária nesse caso?

— Pelo menos uns 7 metros. Essa altura daria aos meus arqueiros um campo de visão amplo e claro para disparo, ainda que a distância deles aumentasse. Claro que o muro teria de ser suficientemente resistente para não ser derrubado com facilidade.

Como Corio nada disse, Eskkar prosseguiu.

— O muro não precisa cercar Orak toda. Teremos de derrubar todas as casas mais afastadas e inundar os campos de ambos os lados. Dois dias atrás cavalguei em volta da aldeia. O muro terá de ser maior do que a paliçada que existe hoje, mas não muito maior.

Corio mudou ligeiramente de posição no banco, como se o achasse desconfortável.

— Um muro como você descreve levaria pelo menos um ano, talvez até dois, para ser construído. Você espera que os bárbaros cheguem em cinco meses?

— Com seu perdão, Mestre Corio. — A voz de Trella foi apropriadamente subserviente. — Meu amo não quer lhe dizer o que construir. Você é o mestre construtor. Ele apenas pergunta o que pode ser construído para deter os bárbaros. Não é isso, amo?

Eskkar manteve o rosto impassível.

— Sim, é claro, é essa a minha intenção. Eu não digo ao ferreiro como fundir a minha espada. Só posso pedir o que quero. — Eskkar recostou-se em sua cadeira. Solicitou a Corio, educada e respeitosamente, seus serviços. A honra exigia que o artesão lhe desse uma resposta honesta.

Corio tamborilou os dedos na mesa.

— Supondo-se que eu fique em Orak para executar tal projeto, quantos homens eu teria disponíveis para trabalhar nesse muro? E também materiais que seriam necessários trazer pelo rio, de outros lugares. E, igualmente, talvez precisássemos de artesãos de outras aldeias. Quanto Nicar está disposto a pagar?

— Você terá todos os homens da aldeia, Corio. Todos, inclusive eu e meus soldados, se necessário, além das centenas de novos homens que chegarão, impelidos para o sul pela aproximação dos bárbaros. Sete dias por semana e durante toda a noite. Nenhum homem será poupado. Até mesmo Nicar prometeu trabalhar no muro. E todo o ouro das Famílias estará à disposição para se comprar o que for necessário.

Enquanto o mestre artesão analisava essa informação, Eskkar fez sua própria avaliação. Com mais ou menos a mesma idade, Corio era poucos centímetros mais baixo, com cabelos ralos já ficando grisalhos. Seu rosto não tinha quase nenhum sinal de barba, e os olhos brilhavam com inteligência. Eskkar sabia que ele era um artífice habilidoso, acostumado a dar seu próprio preço, trabalhar no seu próprio ritmo e seguir suas próprias regras. Nada seria capaz de obrigá-lo a construir um muro. Eles precisavam de algo para envolvê-lo, algo que o fizesse querer ficar. Eskkar lembrou-se do que Trella havia sugerido.

— Escute, Corio — Eskkar inclinou-se sobre a mesa —, se conseguirmos conter os bárbaros, Orak será a maior e mais importante aldeia por 150, não, 300 quilômetros em todas as direções. O homem que construir o muro que salvará Orak será o mais famoso e habilidoso artesão da região. Será o muro que derrotará os bárbaros, e não os soldados, não os aldeões. Sua fama se espalhará rio acima e rio abaixo, e será lembrado para sempre. Além de ser bem pago pelo seu trabalho.

E, se você não puder, pensou Eskkar consigo mesmo, ao se recostar novamente, então todos nós começaremos a planejar nossa partida.

— Mestre, lembro-me de que Nobre Nicar falou em estabelecer uma nova Casa para substituir a de Drigo — acrescentou Trella. — Se Corio concordasse em construir tal muro, certamente Nicar e as Famílias o aceitariam como um semelhante.

Nicar não dissera tal coisa, mas Eskkar gostou da ideia em todo caso. Até mesmo ele conhecia a reputação de Corio como um homem honesto que tratava todos com cortesia. Nicar e as Famílias podiam fazer algo pior.

— É uma chance de entrar para a nobreza, Corio. Pense na honra. Você se tornará um dos governantes de Orak.

O artesão permanecia sentado ali, olhando de um para o outro.

— E Nicar concordou com isso? — destacou bem ele.

— Se ele esqueceu, meu amo vai lhe lembrar.

Eskkar concordou com a cabeça.

— Sim, tenho certeza de que nada será negado ao homem que erguer o muro que salvará Orak. "Nós já o temos", concluiu Eskkar; nem mesmo Corio conseguia resistir à ideia de estabelecer sua própria casa nobre.

Eskkar não sabia mais o que dizer, portanto, esperou em silêncio, observando enquanto Corio pensava mais um pouco, os dedos de novo batucando no tampo da mesa.

O batuque parou abruptamente quando Corio se levantou.

— Com licença um momento, Capitão. — Foi até a porta e chamou alguém. Imediatamente, um jovem carregando uma bolsa de pano correu até seu amo. Apanhando a bolsa, Corio voltou à mesa, tirou um cilindro de couro de cerca do tamanho de um coldre de flechas e removeu sua tampa. Com cuidado, puxou um rolo de papiro e abriu-o sobre a mesa, mantendo as pontas seguras com quatro pequenos pesos que também vieram da bolsa.

O papiro revelou-se um mapa, que reproduzia a curva do rio e a aldeia. Eskkar já tinha ouvido falar disso, mas nunca vira um. O próprio pedaço de papiro era raro, não se tratava de algo encontrado nas terras próximas, mas um objeto dispendioso comercializado no rio.

Quanto ao mapa, era como se Eskkar fosse um pássaro voando alto no céu, olhando de cima para baixo o Tigre e a aldeia. O rio era uma linha azul-clara, porém tudo o mais estava traçado em preto ou marrom. A aldeia aparecia claramente, com uma linha em volta dela indicando a paliçada. Eskkar notou a empolgação nos olhos de Trella e concluiu que ela também nunca vira tal tesouro.

— Isso é um mapa preparado várias semanas atrás por meu escravo. Após os... acontecimentos de ontem, mandei-o contornar novamente a aldeia e a paliçada e, durante quase toda a noite, acrescentamos outros detalhes. Portanto... o que é mostrado aqui é o correto na maioria dos aspectos.

Os olhos de Eskkar permaneceram no mapa, mas pensava nas palavras de Corio. Trabalhar durante a noite significava queimar lampiões ou velas, itens caros até mesmo para Corio. O mais interessante ainda era que Corio ouvira toda a conversa sobre os bárbaros e o muro, e havia se preparado para aquela reunião. Isso significava que ele tivera a perspicácia de saber o que lhe seria pedido antes de receber a convocação. Isso também significava que Corio tinha suas respostas prontas — e que era melhor que Eskkar fizesse as perguntas certas.

Trella continuava dizendo para antecipar tudo. Por baixo da mesa e fora da vista de Corio, suas mãos se tornaram punhos cerrados.

— Sabe ver um mapa, Eskkar? Muitos homens têm dificuldade de entender as linhas e os desenhos.

A pergunta fora repetida e Eskkar focalizou os pensamentos novamente no mapa, olhando cuidadosamente para ver a localização da aldeia, rio, embarcadouros, paliçada, fazendas, e as duas estradas que se encontravam a um quilômetro e meio da aldeia até se unirem para conduzir o tráfego de chegada e de saída de Orak.

— Sim, é perfeitamente claro.

Ele desenhara muitos mapas na terra durante suas campanhas, e o papiro tornava tudo fácil de se acompanhar. Estendendo o dedo, passou a seguir o curso do rio.

— Por favor, Capitão, não toque a folha com suas mãos. As tintas podem manchar com a umidade de seus dedos, e o papiro é delicado. Use este ponteiro. — Entregou a Eskkar um pequeno pedaço de madeira maleável com a ponta rombuda arredondada.

Pegando o ponteiro, Eskkar identificou em voz alta os pontos-chave no mapa, notando inclusive as direções para norte e sul, indicadas pela ponta de uma flecha em um canto. Corio explicou os poucos detalhes que ele não entendeu. Um olhar para Trella mostrou que ela, também, compreendeu o que o mapa representava.

— Você se saiu bem, Eskkar — comentou Corio. — Alguns homens têm problemas com a escala do desenho. Agora, me mostre onde você colocará o seu muro e o que excluirá.

Eskkar não sabia o que Corio queria dizer por *escala*, mas resolveu não perguntar, principalmente porque, supostamente, ele tinha entendido o mapa. Repetiu a palavra para si mesmo, para se lembrar de perguntar a Trella depois.

— O muro deve ir por aqui, Corio, aqui, e então voltar à margem do rio. — Eskkar tocou o mapa levemente com o ponteiro. — E estes lugares serão inundados, transformados em um pântano. Quero forçar os bárbaros a enviarem sua força principal para diante de Orak, onde meus homens poderão matá-los de cima do muro.

"Além disso, o muro do lado do rio deve se estender até o máximo possível da margem, para que os bárbaros não possam juntar homens suficientes para atacar o muro por trás ou pelas laterais. Na frente da aldeia, poderei matá-los despejando flechas neles."

Corio ficou em silêncio por um longo momento antes de erguer a vista.

— Os bárbaros já viram cercas de madeira antes e aprenderam a usar escadas e cordas contra elas. Usarão a mesma tática contra um muro. Se os seus homens estiverem ocupados, usando os arcos, como deterão os homens nas escadas?

— Eu mesmo já usei tais escadas contra paliçadas como a nossa. Um pedaço de madeira com uma forquilha na ponta pode ser usada para derrubar a escada. Duas mulheres, empurrando juntas, conseguem derrubar uma escada, mesmo com um guerreiro nela.

Eskkar não quis acrescentar, a princípio, que tinha experiência com essa prática, pois ele mesmo já fora derrubado e, na manobra, quase acabou espetado pela própria espada.

— É por isso que precisamos de uma verdadeira muralha, uma estrutura forte que não possa ser derrubada ou incendiada e que nos forneça espaço suficiente para posicionar duas ou três fileiras de arqueiros para defendê-la.

Corio entrou em outro de seus longos transes, parecendo encarar o mapa. Eskkar aproveitou a ocasião para olhar para Trella. Ela parecia confiante e lhe deu um rápido sorriso de incentivo.

O empreiteiro inspirou fundo e ergueu a vista.

— Esta manhã, quando vim para cá, esperava lhe dizer sinceramente que era impossível construir um muro em volta de Orak no tempo de que dispomos. Não é possível construir um muro desse tamanho e com sete metros de altura, não no tempo disponível. Tal altura exigiria muito trabalho de reforço e apoio. Além disso, a base necessitaria de preparo e de sedimento. Que tal uma altura de 5 metros?

Eskkar teve de parar e pensar, tentando visualizar a altura em sua mente. Sabia que 5 metros eram mais ou menos a altura de três homens da aldeia. Bárbaros tendiam a ser mais altos, embora a maioria tivesse menos de 1,80 metro. Um bom cavaleiro, porém, podia ficar de pé sobre seu cavalo e pular alto o bastante para ultrapassar um muro de 5 metros. Até mesmo cavalos e homens mortos podiam ser usados como degraus, e escadas com essa altura podiam ser facilmente construídas e carregadas.

— Não, isso não é alto o bastante — retrucou Eskkar, explicando seus motivos, sentindo que, enquanto o fazia, Corio já tinha uma resposta.

— Sugiro, Eskkar, que façamos o muro com 4 ou 5 metros de altura, mas que, na parte da frente, seja cavado um fosso com pelo menos 3 metros de profundidade e, no mínimo, 9 metros de largura. Isso, na prática, faria o muro ter os 7 metros de altura que você quer.

Como Eskkar não respondeu, apressou-se em acrescentar:

— É muito mais fácil cavar um fosso do que construir um muro. E qualquer aldeão pode cavar. A terra do fosso pode ser usada para fazer os tijolos que formarão o muro, e a areia e as pedras podem ser usadas como enchimento.

Corio havia pensado em tudo. A ideia do fosso era nova, algo que Eskkar nunca vira nem ouvira falar. Imaginou-se de pé no fundo desse fosso, olhando para cima. O muro pareceria ter realmente 7 metros de altura.

— O fosso não enfraqueceria o muro na base? — Eskkar sabia que era necessário terra compacta para sustentar uma estrutura murada.

Um sorriso atravessou o rosto de Corio.

— Você é mais inteligente do que a maioria dos homens, Eskkar, por pensar nisso. Mas não, o fosso não chegaria até a base do muro. Ela pararia a um longo passo antes, e poderíamos tornar íngreme o declive para dificultar a quem quisesse ficar de pé. O fundo do muro seria reforçado com pedras para dificultar que alguém cavasse através dele. Desse modo, a base do muro manteria seu apoio e os invasores não conseguiriam escavar facilmente seu alicerce.

As próprias palavras de Corio pareceram lhe causar algum desconforto.

— Você entende, Capitão, que, se os bárbaros escavarem a base do muro, ele acabará enfraquecendo e começará a se desintegrar.

— Se lhes dermos tempo para que escavem a base do muro, então estaremos perdidos. Pedras, flechas, lanças, tudo será usado para detê-los. Não, não terão tempo para cavar.

— Mestre Corio — perguntou Trella educadamente —, o fosso poderia ser inundado com água do rio?

Corio começou a dizer algo, mas parou, talvez lembrando novamente do que acontecera com o jovem Drigo.

— Não, se inundarmos o fosso, então a própria água poderá enfraquecer a terra na base do muro. Se tivéssemos mais tempo, poderíamos revestir o fosso com pedras e troncos para reforçá-lo. — Corio encerrou com um sorriso condescendente.

Trella não havia terminado.

— Entretanto, Mestre Corio, se inundássemos o fosso apenas um pouco, por um ou dois dias, não poderíamos transformá-lo em um rio de lama que deixaria sem apoio os pés dos invasores?

— Sim, mas a lama secaria após alguns dias, e o fosso ficaria como antes — explicou, um pouco menos paciente, novamente tamborilando os dedos na mesa.

Eskkar concluiu que Corio não estava acostumado a ouvir sugestões de escravos, nem de jovens fêmeas.

— Mestre Corio, e se inundássemos o fosso em intervalos regulares, ou quando ele começasse a secar?

— Presos dentro do muro, Trella, não teríamos acesso ao rio para abrir as represas à nossa vontade. — Os dedos tamborilaram ainda mais depressa no tampo da mesa, e a resposta de Corio pareceu definitiva.

Trella continuou, ignorando os pequenos sinais de impaciência.

— Poderíamos usar água dos poços que se encontram no interior da aldeia. Os poços de Orak são constantemente alimentados pelo rio. Não poderia ser construída uma roda-d'água para elevar a água acima do muro?

Os dedos pararam o seu tamborilar e o sorriso confiante desapareceu do rosto de Corio. O que, em nome dos deuses, era uma roda-d'água? Mas Eskkar notou que o empreiteiro entendera as palavras. O homem mergulhou em outro longo momento pensativo. Abruptamente, Corio levantou-se da mesa, caminhou até a porta e saiu para a luz do sol.

Eskkar também se levantou, curioso sobre o que havia lá fora, piscou para Trella e foi até a porta. Para sua surpresa, encontrou cinco dos aprendizes e ajudantes de Corio acocorados no chão, cada qual carregando um pacote diferente. Um garoto tinha apenas uma grande lousa de desenhos pendurada no pescoço. Corio falou baixinho com seu aprendiz mais antigo, um homem com cerca de sua própria idade. Conversaram por algum tempo. Eskkar sentiu o braço de Trella nas suas costas, escorregando por baixo de sua túnica e esfregando os duros músculos de seus ombros.

— O que é uma roda-d'água? — perguntou distraidamente, observando Corio. Outro aprendiz fora chamado para a conversa. Este entregou sua bolsa para outro e disparou pela viela. Corio retomou sua discussão com seu assistente, ambos ficando cada vez mais animados.

— É um instrumento que usamos em nossa aldeia para puxar água do rio. Com ele, poucos escravos podem facilmente tirar muitos barris de água do rio.

Corio virou de costas para o assistente e caminhou de volta na direção deles.

Quando todos estavam sentados novamente, Corio dirigiu-se a Trella.

— Minhas desculpas, Trella, vejo que tanto você quanto seu amo são mais sábios do que parecem. Às vezes, é melhor uma pessoa manter oculta sua inteligência e, desse modo, esconder suas habilidades.

"Sua ideia é muito boa", prosseguiu Corio, "assim como uma que eu tive. Mandei um garoto procurar o construtor de poços. Precisamos conhecer a força da água no interior dos poços e quanto tempo é necessário para se cavar uns novos e onde podem ser localizados. A roda-d'água será um excelente modo de retirar e movimentar a água. Mas acho que não é necessário levar a água por cima do muro. Podem ser construídos buracos nele, logo acima do solo, para escoar a água para o fosso. Sim, acho que isso vai funcionar.

Corio parou um momento.

— Poderemos usar canos de argila dentro dos buracos e construir alguns trechos de gamelas de madeira para levar a água dos poços para os canos. A terra no fosso continuaria sendo uma poça de lama, forçando os invasores a se movimentarem lentamente, mas não tão molhada que ameaçasse a base do muro ou tirasse sua força.

Eskkar pensou no comentário de Corio sobre pessoas ocultarem sua inteligência e se deu conta de que o empreiteiro incluía a si mesmo nesse grupo. Eskkar sempre achara que gente como o jovem Drigo, que o tempo todo falava de modo grosseiro e arrogante, era mais inteligente do que ele, mais do que a maioria dos outros. Talvez isso não fosse verdade. Talvez houvesse muitos como Corio e Trella que mantinham para si mesmos sua inteligência e sua boca, e, desse modo, evitavam as dificuldades de parecer que sabiam demais. Depois ele conversaria sobre isso com Trella.

— Capitão, pela primeira vez, começo a acreditar que sua proposta é quase possível. Se ela pode ser construída a tempo, não tenho certeza, mas estudarei o assunto e lhe darei uma resposta amanhã. Será muito corrido, isso eu lhe garanto, mas talvez consigamos fazer o que você pede.

— Mestre Corio — disse Trella —, e os portões da aldeia? Eles podem se tornar suficientemente resistentes se os bárbaros atacarem lá?

— Os portões podem ser fortificados para se tornarem mais resistentes do que o muro, e lá as valas podem ser duas vezes mais largas e ainda mais profundas. Para isso, precisaremos de grandes toras do norte. Desde que as mantenhamos bastante úmidas, elas não queimarão. Os bárbaros tentarão usar um aríete contra elas, mas isso demandará tempo e os seus soldados terão de matá-los.

Olhou para Eskkar.

— Espero que você tenha pensado nos bárbaros disparando flechas em qualquer coisa que se projetar acima do muro.

— Sim, Corio, já pensei. — Ele não explicou mais nada, pois ainda não sabia se os arcos poderiam ser feitos a tempo ou se os homens conseguiriam ser treinados.

Eskkar apertou os lábios e permaneceu calado, até Corio se dar conta de que dali não sairia mais nada. Corio não era do tipo de voltar a perguntar.

Nesse instante, o aprendiz voltou, acompanhado do cavador de poços da aldeia. Solus fora designado pelas Famílias e era o único em Orak com permissão para cavar poços. Um dos homens mais velhos da aldeia, baixo e curvado, ele alegava ter quase 60 estações. O homem vivera toda a sua vida perto do rio.

— Pois não, Mestre Corio, vim a seu chamado. O que deseja saber? — Solus tinha problema para falar, em grande parte porque lhe restavam muito poucos dentes na boca em sua cabeça calva.

— Qual é a dificuldade de se construir novos poços dentro de Orak, Solus? — indagou Corio, indo direto ao assunto.

— Já temos quatro grandes poços para uso público, como outros tantos particulares, que fornecem mais água do que conseguimos usar. Por que precisaríamos de mais poços?

Outro homem orgulhoso de sua posição e de seu ofício, pensou Eskkar, divertido. O velho o ignorara por completo. Obviamente, Corio já tinha trabalhado com Solus, porque respondeu de imediato.

— Estamos planejando a defesa de Orak e precisamos de suprimentos de água próximos à paliçada. Preciso saber qual a necessidade de pressão em cada poço, no caso de eu precisar puxar grandes quantidades de água todos os dias. Portanto, me diga, Mestre Escavador, quanto tempo levaria isso?

Solus coçou a careca e demorou a responder, claramente desacostumado a ficar às ordens de alguém como Corio, muito menos de um capitão da guarda surgido do nada.

— Para fazer isso de maneira apropriada, cortar a rocha e murar as laterais, cerca de dois meses. — Solus olhou em volta da mesa, como se esperasse que alguém fizesse objeção à sua estimativa.

Corio nada disse, apenas tamborilou os dedos na mesa.

Solus prosseguiu.

— Quanto à pressão da água, a força do rio é muito grande e os poços de Orak não conseguem ser esvaziados. A água é recolocada com a mesma velocidade com que é retirada.

— Mesmo com uma roda-d'água? — perguntou Corio.

— Por que você precisaria de uma roda-d'água? — Quando viu Corio fechar a cara, Solus apressou-se em seguir com sua resposta. — Sim, mesmo com uma roda-d'água. Mais para o interior, o solo é seco e até mesmo um bom poço pode ser esvaziado em três ou quatro dias de uso excessivo.

Corio levantou-se e curvou-se diante do cavador de poços.

— Obrigado pelo seu tempo e pela sua sabedoria, Solus. Foi de grande ajuda. Já o mantive por muito tempo longe de seu trabalho.

Quando o homem saiu, Corio virou-se para Eskkar.

— Ele é um velho ingênuo, mas excelente pedreiro. Quanto aos poços, tenho certeza de que um poço de serviço pode ser cavado em uma ou duas semanas. Mas penso que ele está certo sobre a pressão da água. — Corio olhou pela porta para o sol, então enrolou cuidadosamente seu mapa, recolocando-o no estojo, o qual vedou firmemente.

— Vou refazer as minhas estimativas. Por volta do meio-dia de amanhã, voltarei e lhe direi o que precisa saber.

— Meus agradecimentos a você, Mestre Corio — respondeu Eskkar. Levantou-se e segurou-lhe o braço. — Aprendi muito esta manhã.

— Eu também. — Dessa vez, o sorriso de Corio foi mais descontraído. Seguiu em direção à porta, mas parou e voltou. — Ilustre Capitão — começou formalmente —, não desejo ofender, mas devo perguntar algo. — Olhou para Trella e prosseguiu. — Se algum dia desejar vender sua criada, estou disposto a lhe pagar praticamente qualquer preço. No meu ofício, preciso sempre buscar pessoas com certas habilidades e talentos. Sua criada parece ter muitas dessas habilidades. — Seus olhos foram de Eskkar para Trella e de volta para o capitão.

— Mestre Empreiteiro, agradeço sua generosa oferta, mas Trella não está à venda. — Eskkar sorriu para mostrar que não se ofendera. — E estamos ansiosos pelo nosso encontro de amanhã. — Curvou-se para Corio, e Trella fez o mesmo.

Corio hesitou, como se quisesse acrescentar algo, mas, em vez disso, simplesmente sorriu. Fez uma reverência e deixou o aposento, ao mesmo tempo que chamava seus aprendizes. Eskkar foi até a porta e o observou partir com seu séquito. O mestre artesão lhe dera muito assunto para pensar, mas agora os pensamentos de Eskkar estavam em outra parte.

Saiu para a luz do sol e gritou para o guarda, parado pacientemente em seu posto.

— Não quero ser incomodado por ninguém durante a próxima hora. Se aparecer alguém, diga que estou ocupado, planejando a defesa de Orak.

O guarda olhou para ele e balançou a cabeça para mostrar que entendera, mantendo um rosto inexpressivo. Voltando para dentro, Eskkar fechou a porta com a tranca de madeira. Trella retirava os copos da mesa, mas ergueu a vista ao ouvir o som, pousou os copos e correu para seus braços.

— Você devia estar em reunião com Nicar e os comerciantes — disse ela, ao abraçá-lo e colocar a cabeça sobre seu peito. — Mestre Corio parece ser a pessoa mais importante de Orak no momento, e devíamos...

— Fique calada, garota — sua voz já era rouca de paixão —, ou vou vendê-la para Corio. Tenho certeza de que ele conseguiria mantê-la ocupada construindo coisas. — Sua mão deslizou por baixo do vestido dela. Sentindo sua maciez, ele novamente se admirou do quanto ela o excitava.

— Talvez eu gostasse mais dele. Talvez não me fizesse ficar acordada a noite toda. — Suas mãos estavam agora sob a túnica dele, deixando-o ainda mais excitado.

Ele levantou-lhe o vestido e jogou-o na mesa, então a levantou, carregou-a até a cama e depositou-a delicadamente sobre os cobertores. Ficou de pé, olhando seu corpo nu, enquanto despia a túnica. Ela mexeu-se sinuosamente sobre a cama, olhando-o e arqueando um pouco as costas num prazer antecipado. Lembrando-se de sua promessa da noite anterior, ele prometeu manter um controle melhor sobre seu desejo.

— Trella, minha mulher, você me pertence e ficará comigo. — Sentou-se na cama e passou a beijar seus seios, e não teve mais pensamentos para ninguém.

7

Uma hora depois, Eskkar destrancou a porta e saiu para o pátio. A sentinela ainda montava guarda. Gatus se juntara a ele, ambos sentados debaixo da árvore. Pelo ar sombrio do rosto de Gatus, Eskkar adivinhou que sua própria satisfação estava para desaparecer.

— Sim, Gatus, o que houve?

— Podemos falar em particular, Capitão? — Olhou em direção à casa. Trella estava de pé e vestida, mas o aposento ainda cheirava a sexo.

— Sim. Vamos à taberna para comer algo e tomar uma cerveja. — Eskkar desenvolvera um grande apetite, e o que no passado fora um luxo sem precedentes agora não era nada. Começou a caminhar e Gatus o seguiu. Ao passar pela cervejaria mais barata perto do quartel, Eskkar seguiu mais duas ruas adiante até uma taberna menor, que não era comumente usada por soldados. O vinho e a cerveja clara daquela taberna não reviravam o estômago, e se você quisesse algo além de pão, eles mandavam buscar nos vendedores ambulantes.

O taberneiro tentou instalar seus clientes perto da entrada para que quem passasse pudesse vê-los. Eskkar, porém, escolheu um canto escuro e disse ao proprietário que queriam privacidade junto com um pouco de pão e cerveja. Eskkar agora podia ter ouro, mas não planejava gastá-lo em bebida.

— Bem, Gatus — começou, após tomar um bom gole da cerveja. — Qual é o problema agora?

— Os homens. Enquanto você aproveitava seu momento de prazer, eles estavam aturdidos, preocupados com os bárbaros e essa história de terem de combatê-los. — Gatus fez uma pausa para dar um trago na sua cerveja. — Sabem que não são em número suficiente para resistir aos bárbaros, mesmo com um muro. Você precisa falar com eles. Alguns se preparam para fugir, como Ariamus. Vejo isso em seus olhos. Desviam a vista quando olho para eles. Diga algo eles, e logo, ou então irão embora.

A mão de Eskkar apertou o copo de cerveja quando Gatus mencionou o tempo passado com Trella, mas relaxou em seguida. Não podia se zangar com Gatus por causa disso. Quando Ariamus ficava bêbado durante horas ou mesmo o dia todo, sua vadiagem irritava todos que precisavam dele, inclusive Eskkar. Além do mais, Gatus se mantinha junto aos homens. Se ele dizia que havia um problema, então havia um problema. Caso contrário, Gatus teria cuidado disso pessoalmente.

Uma semana antes, Eskkar teria saído enfurecido da taberna, voltado ao quartel e cortado algumas cabeças. Essa reação não daria certo, não com a iminente ameaça dos bárbaros. Agora precisava dos soldados, mais do que os soldados precisavam dele.

Sem eles, qualquer muralha seria inútil. Pior, a muralha jamais seria construída sem o uso da força por parte dos guardas de Orak. Eskkar ficou sentado ali, pensando, ouvindo em sua mente o que poderia dizer e fazer. Algumas ideias lhe ocorreram e ele as examinou, lentamente e de maneira mais detalhada do que estava acostumado. Talvez Trella estivesse com a razão. Ele precisava pensar muito bem antes de falar ou agir.

Ficaram ali em silêncio.

— O que Corio disse? — perguntou afinal Gatus, ao terminar sua cerveja. — A muralha pode ser construída a tempo?

Eskkar contou-lhe o que Corio dissera.

— Agora que você sabe tanto quanto eu, vamos voltar para os soldados. Eis o que eu quero que você faça.

Marcando com os dedos, ele listou os itens que queria que Gatus reunisse. Quando terminou, Gatus sorriu quando ele se recostou contra a áspera parede de pedra e pediu mais cerveja.

Duas horas de preparativos depois, incluindo algum tempo dizendo a Trella o que ele faria e diria, Eskkar deu a volta no quartel e foi até a área de treinamento. Gatus reunira todos os soldados, deixando um homem apenas em cada portão. Eskkar vestia apenas uma saia curta de linho, deixando o peito à mostra. Trazia na mão seu sabre.

Gatus, Jalen, Bantor e Sisuthros esperaram juntos a céu aberto diante dos homens. Dois cobertores a seus pés escondiam o que havia embaixo. Uma carroça alta com quatro rodas grandes e maciças esperava atrás deles.

— Sentem-se, em duas fileiras — rosnou Eskkar para o soldados. Contou 27 diante dele. Pelo menos nenhum fugira ainda, embora o dia e a semana estivessem longe de terminar. Olhou para cada um deles, enquanto caminhava de um lado ao outro das filas.

— Vocês, que são a ralé, vão me ajudar a derrotar os bárbaros. Farão isso através do treinamento das centenas de novos soldados que correrão para Orak nos próximos meses. Antes disso, entretanto, vocês mesmos terão de ser treinados adequadamente, e é o que nós — gesticulou com a espada na direção de Gatus e dos outros — faremos a partir de hoje.

Observou seus olhares se desviarem e alguns se contorceram em suas posições. Mas nada disseram, mostrando que tinham aprendido duas lições básicas da vagabundagem: jamais se oferecer como voluntário e nunca ser o primeiro a fazer uma pergunta.

— Vejo que vocês têm dúvidas — disse Eskkar com um sorriso. — Pois muito bem. Talvez tenhamos de fazer algumas apostas. Todos vocês gostam de apostar, não? Vamos fingir que eu sou um feroz guerreiro bárbaro. Gatus, venha cá.

Gatus avançou, ao obedecer a ordem, sacando ao mesmo tempo sua espada curta, e encarou Eskkar um metro adiante.

— Agora, homens, façamos uma pequena aposta. O bárbaro contra Gatus. — Eskkar zuniu sua comprida espada pelo ar. Esta tinha quase duas vezes o tamanho das espadas curtas usadas pelos soldados. — Quem venceria?

Ninguém disse nada, e ele gritou para os soldados.

— Respondam-me, cães! Quem venceria?

Alguns "você" ou "o bárbaro", de má vontade, lhe responderam dessa vez.

Ele esperou um momento.

— Então ninguém acredita que o soldado possa vencer. E por que não? — Incitou-os até ouvir a resposta que queria. — Por causa da espada comprida, eu posso abatê-lo antes que ele me alcance. — Olhou para eles. — Será? Jalen!

Gatus recuou. Jalen enfiou a mão debaixo do cobertor, vestiu um grosso colete de couro e retirou um robusto escudo de madeira reforçado com duas alças espessas de cobre revestidas de couro. Enfiando os braços pelas alças, sacou sua espada e caminhou de modo agressivo na direção de Eskkar, erguendo o escudo até os olhos, ao fazê-lo. A espada curta que, um momento antes, parecia tão insignificante, tinha agora uma aparência muito mais ameaçadora.

Instintivamente, Eskkar deu um passo para trás, ao erguer sua espada antes de Jalen parar o mesmo metro adiante.

— Bem, homens, vamos voltar à nossa aposta. O bárbaro ou Jalen? Quem vence agora?

Após um momento, a maioria começou a murmurar o nome de Jalen.

— O que aconteceu para mudarem de ideia? O escudo fez a diferença, não é mesmo? Agora, a espada comprida do bárbaro não vale muita coisa. Por outro lado, a espada curta e protegida se torna mortal. Jalen pode se aproximar do bárbaro, aparar o golpe de sua espada com o escudo e matá-lo facilmente.

Um dos soldados gritou.

— Os bárbaros não lutam a pé. Usam cavalos e escudos.

— Ah, vejo que temos aqui um líder de homens — comentou Eskkar e novamente gesticulou com a cabeça para Gatus.

Levando os dedos aos lábios, Eskkar deu um assobio agudo e, num instante, um cavalariço surgiu às pressas conduzindo um cavalo. Eskkar saltou sobre o animal e ergueu a espada bem alto. O cavalo empinou, mostrando seu temperamento e forçando Eskkar a apertá-lo firmemente com os joelhos e puxar com força o cabresto.

Gatus, enquanto isso, montara um poste de treinamento, uma estaca com um metro e meio de altura que ele colocara em um bloco de madeira enterrado no chão. O bloco mantinha o poste em pé, e, em seu topo, ele instalou um melão comprado na feira.

Eskkar girou o cavalo e afastou-se uma curta distância, depois virou e correu de volta com a montaria em direção ao poste, emitindo um grito de guerra bárbaro que agiu como um chicote para o excitado animal. Ao passar como um raio pelo poste, Eskkar curvou-se para fora e atacou determinado com a espada, explodindo o melão, do mesmo modo como um homem poderia esmagar uma uva, e dividindo a estaca ao meio, enquanto passava ruidosamente em meio a esvoaçantes salpicos de terra e de fruta esparramada.

Cavalgou lentamente o percurso de volta, falando brandamente com o cavalo e sorrindo consigo mesmo porque quase errou o melão. Eskkar parou diante dos homens.

— Quem quer enfrentar o bárbaro e seu cavalo?

Ninguém respondeu.

— Ora, vamos, homens, até mesmo lhes darei um cavalo próprio, embora eu lhes garanta que terão uma chance melhor no chão. Como é, ninguém aceita?

Olhou-os e gargalhou. Virando-se para Gatus, balançou de novo a cabeça. Dessa vez, Gatus e Bantor pularam para a carroça e pegaram arcos e flechas, as quais encaixaram mas não dispararam. Os dois ficaram de pé, lado a lado, na lateral da carroça.

— Agora, em quem apostarão, no bárbaro em seu cavalo ou nos homens com arcos armados em cima de seu muro? Porque é isso que os bárbaros verão quando alcançarem Orak. Só a muralha terá 5 metros de altura. Mostre para eles, Jalen.

Jalen e Sisuthros correram até os fundos do quartel e voltaram com duas árvores novas amarradas ponta a ponta com corda para fazer uma tosca junta. Jalen pousou sua extremidade no chão e segurou-a com o pé, enquanto Sisuthros, na outra extremidade, ergueu a sua com um grunhido e caminhou com ela na vertical, palmo a palmo, até ficar junto a Jalen. Os dois agora mantinham a viga na vertical.

— Essa estaca tem 8 metros de altura. Quando os bárbaros estiverem embaixo dela, suas espadas e seus cavalos serão inúteis. — Levou o cavalo para perto do poste para que pudessem ver a diferença de altura, cacarejando para o animal para que este controlasse seu nervosismo diante do estranho objeto que aparecia sobre sua cabeça.

— Imaginem-se no alto de um muro, despejando flechas abaixo contra bárbaros e seus cavalos. Agora, em quem apostariam?

Olhou para seus rostos boquiabertos, torcendo para que sua mensagem tivesse sido entendida. Um dos homens gritou para ele.

— Capitão, os bárbaros também têm arcos. Podem disparar de volta contra os homens na muralha.

Era Alexar, o mesmo homem que fizera a primeira pergunta.

— Ah, vejo que o nosso líder de homens é inteligente — retrucou Eskkar, apeando de seu cavalo. Caminhando até a carroça, ergueu a mão e Bantor entregou-lhe seu arco e flecha. Caminhando de volta até os soldados, ele levantou o arco com uma das mãos e a flecha com a outra.

— Este é o arco usado pelos bárbaros — explicou, falando como se eles nunca tivessem visto um antes. — É curto porque precisa ser disparado de cima de um cavalo em louca disparada. É curvo porque precisa ser assim para fornecer potência suficiente. Este arco é feito de três tipos diferentes de madeira, colados uns nos outros, e com ponteiras de chifre para resistência. Um artesão leva cerca de seis meses para fazer um arco como este.

Eskkar sabia que a maioria dos homens não fazia ideia do esforço necessário para se fazer um arco, ou quantos eram descartados ou quebrados durante o processo.

Estendeu a flecha.

— A flecha é curta porque precisa se ajustar ao arco e ser carregada no cavalo. A ponta pode ser de osso endurecido ou de bronze. Não pesa quase nada. — Eskkar jogou a flecha no ar algumas vezes, para que pudessem ver o quanto era leve, e então a encaixou no arco. Virou-se na direção da carroça, esticou o arco e disparou a seta. A flecha tremeu ao penetrar na grossa roda.

— Com um arco desses, até mesmo o bárbaro mais lento sobre seu cavalo é capaz de lançar dez flechas por minuto.

Se os homens sabiam disso ou não, era um número assustador de projéteis para qualquer grupo de homens, tendo em vista que meros cinquenta cavaleiros podiam disparar pelo menos quinhentas flechas por minuto, e cada um deles talvez carregasse trinta ou quarenta flechas em seu coldre.

Guerreiros podiam esvaziar seu estoque de flechas e romper totalmente um agrupamento de homens cinco vezes seu tamanho. Causariam enormes baixas em seus infelizes oponentes, despedaçando suas fileiras e tornando-os presas fáceis para o ataque final com lança e espada.

— Mas o alcance mortal dessa flecha é menos de cem precisos passos. Poucas setas conseguem matar a 150 passos. — Eskkar deixou que isso fosse absorvido. — De perto, a flecha é mortal. Após cem passos, não penetra armadura ou escudo. A duzentos passos ou mais, a flecha é praticamente desperdiçada e não penetra nem mesmo numa túnica de couro.

"A maioria de vocês sabe usar um arco. Até mesmo Forno", apontou com o arco para o perito atirador que matara o capanga de Naxos, "pelo menos quando está sóbrio, é capaz de enfiar uma seta num homem a cinquenta passos. Nossos arcos serão mais compridos e mais pesados e aguentarão uma flecha mais pesada, uma que matará um homem a duzentos passos, a não ser que esteja vestindo bronze. E, como não precisam ser pequenos e compactos, podemos fazer nossos arcos em menos de três meses."

Eskkar sorriu de modo assustador. — Portanto, homens, vocês terão de treinar outros, muitos outros, em combate com arco, lança e espada curta. O Mestre Empreiteiro Corio construirá nossa muralha, e ele cercará a maior parte de Orak. Destruiremos o resto da aldeia e inundaremos a terra em volta. Forçaremos os bárbaros a virem contra nós na direção do portão principal, e os mataremos com flechas disparadas de cima da muralha. A partir de amanhã, todos nós dedicaremos três horas por dia ao treino com arco e flecha. Gatus e Forno comandarão o treinamento.

Olhou para Gatus, que concordou com a cabeça.

— Em três meses, quero que cada um de vocês seja capaz de acertar os olhos de um homem a duzentos passos. Quando o muro estiver pronto, marcaremos as distâncias no chão para que vocês saibam o alcance.

Ele agora tinha a atenção de todos e, pela aparência dos rostos, quase podia ler seus pensamentos. Pensavam que talvez, apenas talvez, pudesse dar certo. Deu-lhes algo em que acreditar, algo para mantê-los ali mais alguns meses. Contanto que achassem que tinham uma chance, eles ficariam.

— Quando conseguirem disparar dez flechas por minuto, parados atrás da muralha, usando armadura de couro e escolhendo os alvos, vocês farão aos bárbaros o que eles costumam fazer aos outros. Destruirão suas fileiras e matarão centenas deles. Lembrem-se, um cavalo é um grande alvo. Se matarem ou ferirem um cavalo, o cavaleiro cai. Ao cair, ele pode perder seu arco e seu coldre, sua espada, ou mesmo sua impetuosidade, isso se não quebrar o pescoço.

"Em cinco meses, espero que tenhamos entre trezentos e quatrocentos homens, bem treinados no uso do arco, para defender a muralha, com o restante de homens e mulheres de Orak nos ajudando. Teremos comida e água, ao passo que os bárbaros nada encontrarão para comer do lado de fora da aldeia. Quando estiverem com bastante fome, irão embora.

"Também teremos outros truques para os bárbaros, mas não quero sobrecarregar a cabeça de vocês com muitas coisas ao mesmo tempo. Mas lembrem-se disso... quando as flechas começarem a voar, eu estarei ao lado de vocês, na muralha.

"Portanto, amanhã começaremos o treinamento. E eu treinarei com vocês. À medida que forem chegando mais homens, vocês passarão a treiná-los, do mesmo modo que foram treinados por Gatus e Forno."

Ele viu mais expressões de dúvida em seus rostos.

— Ah, não se preocupem, virão mais homens... expulsos de seus lares pelos bárbaros, homens cujas famílias foram mortas por eles, homens que estão cansados de terem de fugir deles de tempos em tempos. Neste exato momento, dezenas de homens na aldeia procuram uma chance de cobrar velhas dívidas. Quando souberem que pretendemos lutar, muitos se juntarão a nós.

Eskkar parou, como se meditasse sobre suas palavras, olhando para cada um dos homens.

— Nós podemos derrotar os bárbaros se os combatermos a nosso modo e de acordo com os nossos termos. Eu sei como eles lutam e sei que podem ser derrotados. Vocês serão os homens que farão isso. A não ser que prefiram fugir a lutar. — Deixou que esse pensamento fosse assimilado por um momento.

— A partir de hoje, o pagamento de vocês a cada mês será dobrado e receberão uma comida melhor. O primeiro pagamento será feito amanhã. E, quando os bárbaros forem derrotados, terão um pagamento extra. — Nicar, sem dúvida, poderia dispor facilmente dessa pequena quantia, principalmente com o ouro de Drigo.

Isso causou a esperada aclamação, e ele aguardou até que ela parasse.

— A partir de amanhã, vocês trabalharão, treinarão e protegerão a aldeia. Se treinarem bem, muitos de vocês se tornarão líderes de dez, e, para esses, haverá um pagamento maior.

Endureceu a voz, para se assegurar de que eles tinham entendido o que queria dizer.

— Mas, se relaxarem, nem mesmo matarei vocês. — Eles ficaram novamente em silêncio. — Eu simplesmente os expulsarei de Orak e deixarei que se arranjem sozinhos.

Olhou para o sol minguante.

— Gatus, leve esses pobres arremedos de soldados à cervejaria e alimente-os com um pouco de cerveja. Mas não muita. Eles começam a treinar ao amanhecer.

Eskkar afastou-se, pensando que teria de estar lá pessoalmente, pelo menos nos próximos dias. Precisava mesmo de um pouco de prática com a espada e o arco. Ficar parado no quartel enfraquecera seus músculos e ainda não se sentia pronto para enfrentar os bárbaros num corpo a corpo. Matar idiotas como Naxos e Drigo foi fácil demais, porém calejados guerreiros Alur Meriki seria outra história.

Virando a esquina, encontrou Trella à sua espera. Atrás dela, havia mais de uma dúzia de mulheres, além de uma porção de crianças e cachorros.

— Eu as mantive afastadas, amo, como ordenou — disse ela, erguendo a voz para que todos pudessem ouvir. — Com certeza, elas distrairiam a todos.

Os olhos dele se arregalaram de surpresa. As mulheres do quartel raramente obedeciam a seus homens, muito menos à escrava de outro homem. De algum modo, ela conseguira isso, impondo sua vontade a outras com duas vezes seu tamanho ou sua idade. Algumas das mulheres começaram a fazer comentários rudes sobre partes do corpo de Eskkar, e ele se sentiu grato por Trella tê-las mantido a distância, embora não tivesse lhe pedido tal coisa.

— Ótimo, Trella. Venha comigo. — Gesticulou educadamente com a cabeça para as mulheres, que já passavam por ele, ansiosas por saberem que novo destino se abatera sobre seus homens.

— Precisamos nos preparar para a refeição da noite, e você precisa se lavar e se vestir — disse-lhe Trella, e então torceu o nariz. — Você cheira a cavalo.

Nicar convidara Eskkar à sua casa para jantar. Se o convite incluía ou não Trella, isso não importava, pois ele decidira levá-la assim mesmo.

— Sim, tenho certeza que cheiro. Mas, antes do jantar, quero falar com o arqueiro e o flecheiro da aldeia. Fiz umas promessas sobre arcos e flechas e quero ter certeza de poder mantê-las.

De volta aos seus aposentos, mandou que o guarda trouxesse dentro de uma hora os fabricantes de arcos e flechas. Então Eskkar e Trella foram até o rio para se banharem, separando-se nas duas áreas comumente reservadas para homens e mulheres. Após uma rápida lavada e uma nadada ainda mais rápida, ele se secou e esperou alguns momentos até Trella aparecer, os cabelos molhados e pegajosos, mas reluzindo ao sol que enfraquecia. Seus olhos se demoraram sobre o vestido dela, que se grudava firmemente sobre seu corpo ainda molhado, e ele se arrependeu de ter mandado chamar os artesãos. Segurou-a pela mão, ignorando os sorrisos dos aldeões diante de seu gesto, e caminharam de volta ao quartel.

Quando Eskkar acabava de prender a espada, houve uma batida na porta aberta. Dois homens estavam parados ali, homens tão diferentes em aspecto quanto dois homens podiam ser. O arqueiro, Rufus, era um velho curvado com um cabelo longo, seboso e grisalho e dentes amarelados. Vestia uma túnica imunda marcada por manchas multicoloridas e trazia consigo os cheiros das colas e das resinas de sua profissão.

O flecheiro era muito mais alto e sua túnica limpa o distinguia como um artesão bem-sucedido. Carregava uma boa quantidade de peso em seu corpo, o que provava que a fabricação de flechas era uma ocupação mais lucrativa do que a de soldado, embora isso pudesse ser dito de qualquer ofício, até mesmo da lavoura. Basicamente um carpinteiro que se especializara em fazer utensílios e pequenos instrumentos, Tevana criara muitos itens diferentes para os comerciantes locais. Como uma lucrativa ocupação secundária, havia anos Tevana vinha fazendo flechas para os soldados. Eskkar o conhecia de vista, mas nunca tinha falado com ele.

O flecheiro falou primeiro, com uma voz grave e agradável, fez uma reverência para Eskkar e deu um olhar de relance para Trella.

— Boa tarde, Capitão.

Rufus, o arqueiro, não se curvou.

— Seu chamado interrompeu meu trabalho e perco tempo enquanto falamos. O que há de tão importante que não poderia esperar até amanhã? — Seu tom de voz era irritado.

Eskkar se encontrara duas vezes com Rufus, uma para receber a entrega de alguns arcos e outra para reclamar, quando uma das armas se quebrou após alguns dias. Na primeira ocasião ignoraram Eskkar e na segunda caçoaram dele, pois Rufus não dava garantia. "Afinal de contas, como vou saber de que modo algum idiota vai usá-lo, depois que o arco deixar minha oficina... pregar um prego nele ou fazer um buraco? O arco funcionou bem aqui, você pagou por ele, e acabou-se." Eskkar teve de avisar a Ariamus que não conseguira a troca.

— Por favor, sentem-se, Rufus, Tevana. Traga vinho para os nossos convidados, Trella. — Eskkar manteve a voz calma e resistiu à vontade de sacar a espada e separar a cabeça de Rufus dos ombros. O velho era quem fazia os melhores arcos, não apenas em Orak, mas nas regiões vizinhas. Agora seus filhos e aprendizes faziam a maior parte do trabalho, mas a fama deles se comparava à de seu mestre.

Os três homens sentaram-se e Trella serviu vinho, depois foi para seu lugar no banquinho atrás do banco de Eskkar. Rufus praticamente arrancou o copo de sua mão e despejou quase metade goela abaixo, depois deu um olhar para Eskkar que parecia dizer que não achou o sabor lá essas coisas. Mais uma vez, a mão de usar a espada de Eskkar se contraiu diante do insulto.

— Obrigado, Capitão — disse Tevana após dar um pequeno gole. — Em que podemos ajudá-lo?

— Não quero mantê-lo por muito tempo afastado de seu trabalho, Rufus — começou Eskkar. — Vou me encontrar com Nicar esta noite. Mas queria que minhas necessidades fossem do conhecimento de vocês o mais cedo possível. Os bárbaros estão vindo em nossa direção, e vou precisar de arcos e flechas para resistir a eles.

— Penso que precisará de mais do que isso para deter os bárbaros — comentou Rufus com um seco estalido que tentou novamente a mão da espada de Eskkar. — Mas, se puder pagar, posso lhe vender todos os arcos que quiser.

— Ótimo, Rufus, alegro-me em ouvir isso. — Se o velho idiota quisesse adotar aquela atitude, que assim fosse. — Trella, diga a Rufus e Tevana do que precisamos.

Trella arrastou seu banquinho para mais perto da mesa.

— Meu amo deseja quatrocentos arcos, todos com 1,50 metro de comprimento, com capacidade de atravessar uma armadura de couro a duzentos passos. Quanto a flechas, precisaremos de 100 mil setas de guerra, mais pelo menos 10 mil setas de alvo, todas adequadamente emplumadas e com ponta de bronze.

Pontas de flechas podiam ser de quase qualquer coisa, embora a preferência fosse por osso endurecido e bronze. Se a ponta de osso podia penetrar mais fundo, a de bronze causava um ferimento mais cruel e era mais difícil de se retirar.

— E, é claro, meu amo precisará de todos os outros materiais... cordas de arco, anéis de polegar e protetores de pulso.

O copo de vinho de Tevana parou a centímetros de sua boca, enquanto Rufus ria às gargalhadas, batendo a mão na mesa, seu cacarejar aumentando de volume, o que levou até mesmo Tevana a virar-se irritado para ele.

O flecheiro foi o primeiro a recuperar o fôlego.

— Capitão, isso é impossível. Ninguém jamais encomendou tal quantidade de flechas... e com pontas de bronze! Ora, só isso significa pelo menos três, talvez quatro toneladas de bronze. E também há a madeira, as plumas, as colas. Eu não conseguiria fazer toda essa...

Rufus inclinou-se à frente, interrompendo e enfiando o rosto na direção do de Eskkar.

— Se me pedisse cinquenta arcos, talvez eu conseguisse fazê-los para você. Mas quatrocentos? Nem mesmo tentarei. — Apanhou seu copo e secou-o, então o estendeu para mais, na direção de Trella, encarando-a, seu assunto com Eskkar aparentemente encerrado.

Eskkar ergueu a mão, quando ela se levantou para apanhar a jarra de vinho. — Chega de vinho para Mestre Rufus. Ainda temos muitos assuntos a discutir.

— Comigo não tem não — rebateu Rufus, ao se levantar e seguir para a porta aberta. — Vou voltar para a minha oficina, antes que acabe o resto de luz.

Eskkar ergueu a voz. — Guarda! — Lá fora, o guarda se endireitou e pôs a lança em posição de prontidão ao caminhar velozmente para a porta. — Guarda, se Mestre Rufus tentar sair, mate-o.

Eles puderam ouvir a lança quando esta zuniu pelo ar, girando para a posição de apontar. A delgada ponta de bronze pairou a 30 centímetros do peito macilento de Rufus, quando este parou no vão da porta. Olhou para a arma. Então voltou para o aposento.

— Você não pode me ameaçar, Eskkar.

— Não tento ameaçá-lo, Rufus, só estou lhe dizendo o que vai acontecer. Se atravessar a porta, morre na ponta da lança. Agora volte para cá e sente-se. Temos coisas a discutir e pouco tempo.

Rufus voltou à mesa e sentou-se.

— Você não me mete medo, Eskkar. Apelarei para Nicar e as Cinco Famílias.

Eskkar sacudiu a cabeça. O homem devia estar senil, para não ter entendido os acontecimentos do dia anterior.

— Rufus, caso não tenha ouvido falar, as coisas mudaram em Orak. Acha mesmo que pode dizer às Famílias que está ocupado demais para fazer os arcos de imediato? Que você é importante demais para trabalhar para salvar Orak?

— De qualquer modo, Eskkar, eu pretendo deixar a aldeia. Não arriscarei a vida na tentativa de deter os bárbaros. Nada é capaz de detê-los. Procure outro para fazer seus arcos.

— Se quiser ir embora, Rufus, pode ir. Eu o escoltarei pessoalmente até o portão, agora mesmo, se quiser. Mas sua família ficará em Orak e viverá ou morrerá com o resto de nós. Talvez não tenha ouvido as palavras de ontem de Nicar. Ele disse que ninguém sai sem sua permissão. Mas farei uma exceção para você. Tenho certeza de que todos os seus filhos e aprendizes ficarão contentes em ver você ir embora. É óbvio que você está velho demais para continuar sendo o mestre arqueiro. — Olhou para o empalidecido rosto de Rufus, quando as duras palavras atingiram o alvo.

— Não pode me manter aqui. Sou um homem livre e um mestre artesão. Tenho direito de partir, se quiser. Além do mais, não há como se fazer essa quantidade de arcos em cinco meses.

— Eu não disse que você mesmo teria de fazê-los, Rufus. Consiga outros para fazê-los. Foi por isso que chamei você e Tevana. Os dois precisam imaginar um meio de conseguir o que eu preciso. Madeira, cobre, bronze, cordame, plumas, cola, amarrações, artesãos habilidosos, tudo de que precisarem. Se não conseguir fazer o trabalho sozinho, encontre outros para dividir a tarefa. Mande um aviso às outras aldeias ao longo do rio.

Eskkar virou-se para Tevana.

— O mesmo vale para você, Tevana. Se não consegue fazer tantas flechas assim, sozinho, então contrate outros, ou compre-as. Nicar cuidará do pagamento. Portanto, sugiro que cada um de vocês volte para casa e comece a planejar como conseguir o que eu quero. — Os dois se entreolharam, mas nada disseram.

A voz de Trella irrompeu.

— Amo, pediu-me para lembrá-lo sobre a qualidade das mercadorias.

— Ah, sim, claro. Não pense que vai juntar uns gravetos e chamá-los de arcos. Eles precisam ser perfeitos. Nossas vidas dependerão deles, e não quero mais do que um arco quebrado para cada cinquenta entregues. Tevana, o mesmo vale para as flechas. As hastes precisam ser retas e corretas, com encaixe, emplumadas e com pontas apropriadas, e todas do mesmo tamanho e com o mesmo peso. Não quero diferenças nas flechas que façam meus arqueiros errarem seus alvos.

— Amo, deseja discutir o pagamento agora? — acrescentou Trella.

Maldição, havia esquecido o ouro, sempre o fator mais importante quando se lida com um negociante. Ele desencostou-se da mesa.

— Pagamento. Sim, temos de discutir isso. Rufus, seja qual for seu preço para um arco de alta qualidade, será isso que pagaremos. Mas, para cada vinte arcos que entregar, haverá uma bonificação de 25 moedas de ouro, quando os bárbaros forem expulsos.

Virou-se para Tevana.

— O mesmo para você, Mestre Flecheiro. Para cada 20 flechas, receberá o pagamento por 25. Mas será o único responsável pela sua qualidade, não importa quem as faça. As vidas de meus homens dependerão da exatidão de como elas voarem e do quão duramente golpearem. Se a qualidade de nossas armas não for perfeita, não hesitarei em cortar suas cabeças.

— E a mesma bonificação — acrescentou Tevana lentamente, uma insinuação de sorriso no rosto —, se os bárbaros forem derrotados?

Eskkar entendeu o sorriso. O acordo feito com Tevana era melhor, tendo em vista que era mais fácil fabricar uma flecha do que um arco.

— O mesmo acordo para você, Mestre Flecheiro. Eu apenas quero as armas, e vocês ficarão ricos no processo. E, quando isso acabar, vocês serão os heróis de Orak, os homens que fizeram as armas que salvaram a aldeia.

— Amo, está na hora de irmos, ou chegaremos atrasados.

— Sim — concordou Eskkar —, e podemos dar a boa notícia a Nicar... que já começou a fabricação de nossas armas. — Sorriu para os dois. — E a que hora esses excelentes artesãos voltarão amanhã para discutir seus planos para obter ou fabricar arcos e flechas?

— Uma hora depois do meio-dia, amo — respondeu ela. — Se os planos não estiverem completos, poderemos trabalhar neles em conjunto.

— Ah, tinha esquecido isso. Trella vai trabalhar com vocês dois para garantir que os planos e a programação das entregas sejam eficientes e para que obtenham todos os suprimentos e materiais necessários. Trabalharão com ela como se trabalhassem comigo ou com Nicar. Verão que ela tem uma mente aguçada para detalhes. Portanto, tragam a ajuda de que necessitam e não percam tempo tentando enganá-la. Isso não será bom para a saúde de vocês dois. — Levantou-se, ao perceber que o crepúsculo já chegava. Dentro em pouco, eles estariam de fato atrasados.

— Boa noite, Rufus, Tevana. Estou ansioso para ouvir seus planos. — Ele avistou o guarda de prontidão na porta. O homem ouvira tudo e espalharia a notícia de como Eskkar tratou Rufus. — Guarda, o mestre arqueiro pode ir embora.

Depois que eles se foram, Eskkar colocou o braço em volta do ombro de Trella.

— Penso que agora não terá nenhum problema com eles. Mas, se tiver, me avise. — Sentiu a cabeça dela pousar em seu ombro.

— Haverá problemas, amo. Mas pensei em mais alguém com quem devemos falar. O doqueiro.

— O doqueiro? Por que ele? — O superintendente das docas administrava os seis atracadores de madeira que permitiam que os barcos do rio atracassem e os escravos carregassem e descarregassem as mercadorias. Também providenciava o transporte de mercadorias de e para Orak, ou em outros barcos ou carroças a frete para o interior.

— Você disse para Rufus não ir embora, mas pensou apenas nas estradas. Seria mais fácil para os dois conseguirem uma passagem numa embarcação. Quando nos dermos conta, eles e suas famílias poderão estar longe.

Franzindo a testa, deu-se conta de que ela tinha razão. Sendo um cavaleiro, ele só estivera uma vez num barco e não tinha vontade de repetir a experiência.

— Isso, suponho, também significa colocar guardas nos atracadouros. E, além disso, teremos de falar com todos os capitães de navios. — Tudo de que ele precisava requeria mais homens, mais atenção aos detalhes, mais tempo de que ele não dispunha. Deu um suspiro. — Marque um encontro amanhã com o doqueiro e Bantor.

Eskkar olhou para ela e sentiu-se maravilhosamente feliz.

— Agora vamos lá com Nicar. Imagino quanto Creta ficará contente em vê-la e alimentá-la em sua mesa. Tenho certeza de que vocês duas terão muito o que conversar.

8

Inesperadamente, o jantar de Nicar tornou-se um acontecimento familiar. Seus dois filhos, Lesu e Caldor, tinham retornado naquela tarde de uma viagem comercial de duas semanas.

O mais velho de Nicar, Lesu, supervisionara a pequena caravana. No comando de um comboio formado por matilha de animais treinados com mercadorias à venda, ele acompanhara sete novos escravos que seu pai revenderia, sem dúvida com um lucro gordo. Trella conhecia Lesu e sabia que ele era brilhante e atencioso. Com apenas 19 anos, ele planejava tomar uma esposa dentro de poucas semanas e, em pouco tempo, ser capaz de manter sozinho os negócios do pai.

Caldor, cerca de um ano mais jovem do que Lesu, sentou-se defronte a Trella. Remexeu-se quase o tempo todo, durante a refeição, lembrando a ela que ao filho mais novo de Nicar faltavam a paciência e o autocontrole dos mais velhos. Não que ela precisasse ser lembrada disso. Pelo menos naquela noite ele evitara olhar para seus seios. Ela lembrou o áspero toque das mãos dele em seu corpo e resistiu à ânsia de estremecer.

Nicar devia ter alertado ambos os jovens para não provocarem Eskkar, nem falarem com ela de forma desrespeitosa. Ao jantar na mesma sala onde Eskkar matou duas pessoas, Nicar talvez tivesse querido se assegurar de que não haveria mais *acidentes*. Ninguém cometeu o erro de chamar Eskkar de bárbaro.

Finalmente a refeição terminou, Trella e Eskkar deixaram a casa de Nicar e atravessaram a praça. Assim que chegaram à rua, ela segurou a mão dele e apertou-a com força, aliviada pela atividade noturna ter acabado. Inspirou fundo várias vezes, tentando limpar dos pulmões as lembranças daquela casa. Contudo, resolveu nunca mais voltar lá, se pudesse evitar.

Caminharam rapidamente e Trella não teve problema para acompanhar as largas passadas de Eskkar. Sentia-o apertar sua mão, imaginando a cama quente que os esperava.

— Você esteve muito calada esta noite. Achei que teria mais coisas a dizer a Nicar.

— Não estou em posição de aconselhar Nicar, amo. Nem devem as mulheres, na presença de outros, falar sobre tais coisas para seus homens. À mesa dos nobres, mulheres ficam caladas quando são discutidos assuntos de homens. — Fez uma pausa por um momento. — E não gosto de voltar àquela casa, nem mesmo para comer. Ali, nada de bom aconteceu comigo. Preferiria não ter de voltar lá.

Seguiram a viela que virara bruscamente numa esquina. Uma tocha queimava na entrada do quartel.

— O que há de ruim lá, Trella? Isto é... me fale a respeito.

— Por favor, amo, esta noite não. Eu apenas me sinto grata por estar longe daquele lugar.

— Então não falaremos sobre isso. — Colocou o braço em volta de seu ombro, quando passaram pela cerca instável que marcava a entrada para a área dos soldados. — Talvez possamos falar de outras coisas em nossa cama.

Ela inclinou-se ligeiramente para ele, numa promessa silenciosa. O frio ar da noite tinha por fim expulsado os odores e as lembranças da residência de Nicar. Sentiu uma onda de prazer percorrer seus quadris, o corpo já ansioso pela proximidade do prazer sexual.

Uma vez no interior do quarto, Eskkar pendurou a espada e tomou-a nos braços. Os braços de Trella o envolveram e ela apertou-o com força. Ficaram alguns momentos daquela maneira, e ela começou a se descontrair, aproveitando a sensação de estar segura novamente. O calor aumentou entre eles, e ela sentiu-o endurecer contra seu corpo.

Eskkar afastou-se e despiu a túnica.

— Trella, entre debaixo do cobertor.

Ela ouviu a rouquidão em sua voz, o primeiro sinal de sua paixão.

— Quer que eu acenda uma fogueira?

— Não. Seu fogo me basta. Eu manterei você aquecida, prometo.

Ele cumpriu a promessa e, em pouco tempo, o calor de seus corpos se espalhou debaixo do cobertor. Quando o sexo terminou, ela se descontraiu em seus braços, ao mesmo tempo que ele acariciava seus cabelos. A excitação de fazer amor, ainda tão nova para ela, mantinha viva sua paixão, enquanto sentia o corpo dele contra o seu.

— Amo, eu notei...

— Eskkar... me chame assim, quando estivermos a sós e, em especial, na cama.

Ela se aconchegou para junto dele.

— Eskkar, eu notei que, esta noite, você não bebeu muito vinho. O vinho e a comida não lhe agradaram?

— Nunca provei um vinho melhor em todas as minhas andanças. Mas agora tenho de treinar com os soldados, e muita bebida enfraquece um homem. Se eu tiver de fazer amor todas as noites com você, garota, precisarei de toda a minha força.

— Nicar se preocupava com o fato de você beber muito, que não seria confiável. Ouvi-o dizer isso no dia em que me deu para você.

Ele suspirou.

— Nicar tinha razão. Nos últimos meses, passei muito tempo na cervejaria. Se tivesse mais moedas, teria bebido ainda mais. — Deu uma risada, então sua voz adotou um tom sério. — Na noite em que Ariamus fugiu, desmaiei na taberna e os homens me carregaram para a cama. Eu poderia ter sido morto enquanto dormia. Isso não deve acontecer nunca mais.

— É sensato em manter a cabeça desanuviada, amo... Eskkar. Vai precisar de todo o seu raciocínio, principalmente quando trabalhar com Corio.

— Alegro-me pelas Famílias terem aceitado Corio em sua classe. É um bom homem, acredito.

Durante o jantar, Nicar concordara em elevar Corio à categoria de Nobre, lembrando que os nobres já haviam antes considerado seu nome.

— O jovem Caldor não gostou muito de sua sugestão para que Corio entrasse para as famílias nobres.

— Caldor não passa de um menino, Trella, recém-saído de sua primeira caravana, se é que se pode chamá-la assim. Um pouco menos de 100 quilômetros de ida e volta ao leste. Dois dias de cavalgada para um homem com um bom cavalo. — Beijou-a no alto da cabeça. — Quanto ouro você acha que pegaram na casa de Drigo?

Nicar se recusara a revelar quanto fora encontrado, embora tivesse dito que um quarto fora para a mulher de Drigo. Ela e a filha, junto com os criados e os guardas mais leais, foram embarcados num bote e mandados rio abaixo de volta à aldeia do pai.

— Na casa de Nicar, eu trabalhei com seus escriturários, e eles disseram que Nicar tinha mais de 1.200 moedas de ouro — refletiu Trella. Lembrou-se de seu primeiro dia em Orak. Nicar a interrogara por quase uma hora, testando-a, para se certificar de que ela sabia contar e escrever os símbolos, antes de designá-la para trabalhar com o chefe de seus escriturários. Ela precisou de apenas um único dia para aprender as diferenças entre os símbolos usados em Orak e os de sua aldeia nativa. O escrevente de Nicar logo descobriu que ela era mais útil do que os dois outros escravos que trabalhavam nos registros do livro-caixa. Ela rapidamente descobriu toda a extensão das propriedades de Nicar.

— Os escreventes fofocavam que Drigo era quase tão rico quanto Nicar. Eu faria uma estimativa de que foram encontradas pelo menos mil moedas de ouro, mais do que o suficiente para começar a pagar a defesa de Orak.

— Não admira que Drigo andasse pelas ruas como se fosse dono delas. Tanto ouro e ele procurava conseguir ainda mais. E queria ser a Primeira Família de Orak.

— Meu pai dizia que a ganância é capaz de fazer essas coisas com um homem. Drigo teria colocado Orak abaixo. Você se arrepende de tê-lo matado?

— Se ele fosse um mendigo das ruas, eu o teria matado por insultar você. Ninguém jamais fará isso novamente, eu prometo.

Suas palavras lhe agradaram, e ela virou-se para ele. Compartilharam um longo beijo, sentindo o gosto um do outro. O beijo levou a outras carícias e Trella suspirou contente ao sentir que Eskkar estava de novo excitado.

— Trella, amanhã será um dia especial para você. Depois que eu terminar o treino da manhã, iremos à presença de Nicar e das outras Famílias.

Sobressaltada, ergueu-se apoiada num cotovelo, para encará-lo.

— O quê? Por que precisa vê-los?

— Amanhã eu lhe darei sua liberdade. Conversei com Nicar, quando estivemos juntos, e perguntei-lhe como essa coisa podia ser feita. Ele vai assinar um contrato, tendo outro dos nobres como testemunha.

Suas palavras pegaram Trella de surpresa. Ela ergueu-se na cama.

— Por que faz isso, Eskkar? Não é o momento para tal coisa. Mais tarde, talvez, ou quando os bárbaros se forem. Agora, como sua escrava, tenho seu prestígio e posso falar por você. Como uma mulher livre, serei mais uma companheira de quartel, a mulher de um soldado.

— Pensei que você fosse gostar — Eskkar parecia aturdido. — Além do mais, não quero moleques como Caldor olhando de cima para você. Como uma mulher livre, pode escolher ser minha criada e, ainda assim, falar por mim.

— Qual o motivo para fazer isso? Para não se sentir constrangido por uma escrava que pensa e fala demais?

— Pelos deuses, não! Faço isso porque quero você comigo. — Agarrou-a brutalmente pelos braços. — E quero que você me escolha livremente. Por toda a minha vida, nunca me importei com uma mulher como me importo com você. Se você pedir, amanhã mesmo deixaremos Orak e que a aldeia se arranje sozinha. Orak nada significa para mim. Só você me importa.

Trella ficou calada por um longo tempo. Quando falou, sua voz foi firme.

— Não, devemos ficar aqui, e você deve derrotar os bárbaros. Só então conseguiremos ter poder e segurança. E... — Ela hesitou, agora sem saber o que dizer. — Você disse que me quer... que me quer como sua esposa?

Como ele não respondeu de imediato, Trella cutucou-lhe fortemente nas costelas.

— Bem, no que está pensando? Não consegue se decidir?

Ele gargalhou e esfregou o local onde ela o atingira, antes de voltar a deitar na cama.

— Bem, eu não tinha pensado em tomar uma esposa. Eu pensava naquela nova escrava que Lesu trouxe. Ela me pareceu bem bonita e também cheia de curvas. Ela daria uma boa...

Trella empurrou-o e tentou sair da cama, mas Eskkar agarrou-a e puxou-a de volta. Ela lutou muito para se libertar, mas ele a prendeu com seu peso e segurou-a pelos pulsos, enquanto rolava para cima dela.

— Você é forte demais para uma mulher, Trella. Talvez possamos nos casar no templo de Ishtar, depois que Nicar certificar sua liberdade. Se bem que eu tenha a certeza de que você dará uma péssima esposa e precisarei lhe dar surras muitas vezes.

Curvou-se para beijá-la, mas ela virou a cabeça para o lado, ainda se debatendo. Como ele não encontrou seus lábios, beijou o pescoço e o cabelo, então forçou suas pernas para abri-las, e deixou que sentisse seu desejo contra seu corpo. Afinal ela virou seus lábios para os dele.

— Trella, não sei direito o que as pessoas entendem por amor, mas tenho certeza de que amo você e quero que seja minha esposa. Juro perante todos os deuses do céu e da terra.

Seu corpo a excitara. Trella parou de se debater, abriu ainda mais as pernas, e ele deslizou com facilidade para dentro dela. Seu corpo ainda estava úmido. Soltou um longo suspiro de prazer e suas pernas o envolveram lentamente.

— Acho que posso me casar com você. Precisa de alguém que cuide de você. — Seus braços o envolveram e, subitamente, ela retesou todos os músculos do corpo, apertando-o o máximo possível. Após um momento, relaxou, deixando que Eskkar avançasse mais uma vez contra ela. — E os nossos filhos precisarão do nome do pai deles.

— Filhos? Eu não tinha pensado em filhos. — A mão dele escorregou para baixo do quadril de Trella.

— Sim, amo — respondeu ela, retornando ao seu papel de escrava. — Se fizermos amor deste jeito todas as noites, com certeza os deuses em breve nos enviarão um filho. Ou não tinha pensado nisso?

A ideia de lhe fazer um filho o excitou. Investiu com mais ímpeto ainda contra ela, movendo-se mais e mais depressa até que gritasse com o prazer que ele lhe causava.

Eskkar não respondeu, apenas forçou o corpo contra o dela com toda a força. Trella sentiu o corpo começar a girar fora de controle e ouviu-se gemer. Ele se controlou, esperando por ela, até seus gemidos de prazer aumentarem, e ela se apertar em volta de sua virilidade e gritar seu nome. Sentiu a semente dele escorrer à medida que gritava, e uma maré de prazer ondeou através dela, através de ambos, e foi e voltou até os dois se sentirem exaustos.

Eskkar permaneceu dentro dela, sem se mexer, por um longo tempo, até Trella mal conseguir respirar e ter de pedir que ele saísse de cima dela. Ficaram abraçados por um longo tempo, até seu prazer passar e ela conseguir voltar a pensar.

Trella sentiu que ele começava a cochilar, então falou alto para mantê-lo acordado.

— Você precisa de mim para administrar sua residência, cuidar para que tudo seja feito de modo apropriado. E haverá muitas tarefas para garantir a segurança da aldeia. A casa de Drigo está pronta para nós. Podemos nos mudar amanhã para lá.

Ela ficou em silêncio por alguns momentos.

— Mas você não me libertará nem se casará comigo, embora sua oferta me agrade imensamente. Nos próximos meses, poderei ajudá-lo mais como sua escrava do que como esposa. Eu esperarei. Quando os bárbaros forem expulsos, então poderá me libertar, se ainda desejar.

— Nunca soube de uma escrava rejeitar sua liberdade. E se eu mudar de ideia?

Ela tocou os lábios dele com o dedo.

— Então eu ainda terei a minha moeda, amo. Ou já esqueceu suas palavras?

— Guarde sua moeda de ouro, Trella, ou a devolva para mim em nossa noite de núpcias. Eu nunca voltaria atrás em minhas palavras. Nenhum guerreiro jamais faria isso. — Beijou-a, exausto. — Agora posso dormir um pouco?

— Não serei eu quem o manterá acordado. Em vez de trabalhar para defender a aldeia, você gasta muito do seu dia e da sua noite se dedicando ao prazer. Para quem mais você falou sobre me libertar?

— Apenas para Nicar, e ele não dirá a ninguém. Tomei esse cuidado.

— Ótimo. Então, amanhã, diga a Nicar que, por enquanto, decidiu esperar. Agora durma.

Ele virou-se para seu lado e adormeceu em segundos. Trella encarou a escuridão acima, descontraída mas alerta, o corpo agradavelmente lhe recordando de sua paixão, a mente repassando a espantosa oferta de Eskkar.

Para um soldado que até pouquíssimo tempo atrás era pobre demais para se dar ao luxo de uma túnica decente, ele estava disposto a abrir mão de um valioso presente. Não que ela precisasse da oferta de sua liberdade para saber que ele gostava dela. Podia ver isso em seus olhos, e soubera disso desde a primeira manhã em que estiveram juntos, quando ele lhe deu a moeda de ouro.

De algum modo, aquele presente a mudara, fizera com que o visse de um modo diferente, e agora enxergava nele muitas qualidades admiráveis que contrabalançavam seus modos rudes e hábitos de soldado. Sua inesperada oferta a surpreendera. Ela já tinha decidido que, em algum momento, pediria sua liberdade, certa de que ele a daria.

Por um instante, seus pensamentos retornaram a Drigo e seu filho. Eskkar matara o filho não apenas para provocar o pai, mas porque o rapaz a tinha insultado. Quando o rapaz exigiu seu vinho, os olhos de Eskkar ficaram frios, e, por um breve instante, ela viu o guerreiro impiedoso que ainda habitava seu interior. O sangue corria facilmente entre os bárbaros, pois, em questão de momentos, um insulto poderia levar as espadas à mostra e à morte.

O jovem Drigo e seu pai deviam ter ido embora em silêncio. Se tivessem feito isso, ainda estariam vivos, e os nobres de Orak divididos em duas facções, uma lutando contra a outra e provocando destruição. Agora o ouro de Drigo pagaria a defesa da aldeia e os nobres se manteriam unidos em torno de Nicar.

Nenhum homem a insultaria de novo, pensou ela. Naquela noite, até mesmo Caldor fora educado e mantivera os olhos longe dela, sem dúvida tendo recebido uma boa advertência do pai. Nicar também mostrara cautela, vendo Eskkar como um novo homem, alguém que agora podia lidar facilmente com gente como Corio e Rufus. Nicar teria suas próprias preocupações sobre o futuro, caso os bárbaros fossem derrotados. Mas, antes, a aldeia precisava sobreviver. Assim como Nicar, ela faria todo o esforço para que isso acontecesse.

Aceitar sua liberdade agora seria um erro. Era melhor trabalhar nos bastidores, tanto por Eskkar como para si mesma. Os erros de um escravo podiam ser facilmente ignorados ou apagados, e, em algum momento, os dois talvez viessem a precisar dessa desculpa. Trella era escrava havia três meses, tempo mais do que suficiente para aprender as amargas realidades.

Diferente de alguém que se vende à escravidão por uma ou duas estações e, consequentemente, é tratado mais como um criado, um escravo cativo tornava-se propriedade do amo pelo resto da vida, sem direitos e sem esperanças. Os traficantes de escravos tinham batido nela duas vezes na primeira semana, até ela aprender a obedecer. Um tremor percorreu seu corpo, ao pensar no que eles teriam feito se não quisessem um preço extra pela sua virgindade. Ainda assim, eles a despiram, para se divertirem e em proveito de prováveis compradores, que a examinaram quase do mesmo modo como o fariam com qualquer animal reprodutor.

Até mesmo Nicar observou-a com luxúria nos olhos, percorrendo as mãos pela sua propriedade. Ele enxergou apenas uma jovem a ser usada para lhe dar prazer. Não, a escravidão era amarga demais para ela suportar. Trella vivera muito bem na casa de seu pai e aprendera demais para aceitar tal destino. Com os bárbaros vindo na direção deles, sua posição, ou mesmo a de Nicar, pouco significavam. Eskkar lhe dissera que mesmo o escravo mais maltratado da aldeia levava uma vida melhor do que um prisioneiro nas tendas dos bárbaros.

Trella afastou os pensamentos sombrios. Restava muito trabalho adiante, e o futuro era incerto, sem um caminho claro à sua frente. Ela esperaria pela sua liberdade.

Ocorreram-lhe as palavras de seu pai: "Um bom líder pensa seis meses à frente em prol de seu povo; um grande líder pensa seis anos à frente." Meditou por longo tempo sobre as palavras. Seu amo não parecia acostumado a pensar mais do que poucos dias adiante. Precisava dela para guiá-lo e planejar os anos vindouros. Contudo, ele continuava a surpreendê-la, surgindo com ideias e planos em resposta às suas perguntas. Mas somente em reação aos seus estímulos. Podia perceber que ele tinha inteligência, mas nunca aprendera a usá-la.

Tudo aquilo teria de mudar. Sim, precisava começar agora, se ela e Eskkar quisessem sobreviver. Orak cairia ou se manteria de pé em função do que ela e Eskkar fizessem nos próximos meses, e não pelo que aconteceria quando os bárbaros chegassem à planície diante da aldeia. Seu destino e o de Eskkar dependeriam da sobrevivência de Orak. Tais pensamentos agora a surpreendiam, bem diferente do que acontecia poucos dias atrás. Agora, ela não apenas queria que Eskkar sobrevivesse, mas que assumisse seu lugar como um poderoso nobre nos próximos anos.

Seu pai planejara que ela entrasse para alguma família nobre pelo casamento, e a treinara arduamente para tal papel. Ela aprendera os mistérios do comércio e da permuta, do ouro e da prata, do cultivo, e até mesmo da manufatura do bronze. E, todas as noites, seu pai lhe relatava os acontecimentos do dia e explicava as opções que os governantes enfrentavam e as decisões que tomavam. No período que passou com Nicar, nada viu que não entendesse.

O sonho de seu pai terminara com sua própria morte. Agora a ameaça bárbara surgia sobre ela, proporcionando-lhe grande perigo e uma rara oportunidade. Se a aldeia sobrevivesse, Trella seria a mulher do soldado que salvara Orak. A família de Eskkar, os filhos dela que viriam, precisaria sobreviver e se tornar forte. Eskkar era um homem forte. Haveria muitos bebês de sua semente.

Sentiu a primeira onda de sono se aproximar e seus pensamentos começaram a ficar mais lentos. Sua Casa teria de ser rica e poderosa para protegê-la e a seus filhos. A ideia de filhos fez com que parasse e murmurasse uma oração para Ishtar. *Deusa, dê-me um filho, mas ainda não.* Repetindo a prece, adormeceu, aninhada no abraço de Eskkar.

Na manhã seguinte, Corio enviou um recado, adiando para o meio da tarde o encontro marcado e pedindo a Eskkar que fosse à casa do empreiteiro. Eskkar não se importou. Sentia-se bem, após passar a manhã treinando, depois observando Gatus pôr os soldados à prova. Não havia nada que seu segundo em comando gostasse mais do que fazer homens suarem para se tornarem soldados.

Nenhum dos homens tinha fugido durante a noite, embora, é claro, tivessem muitos meses e muitas oportunidades para fazê-lo. Com os ânimos no alto, eles pareciam se orgulhar do fato de que Eskkar ficaria para lutar ao lado deles. A notícia de que, a partir daquele dia, Eskkar e Nicar começariam a atrair novos homens, para aumentar o efetivo, adicionou boa disposição aos soldados. A maioria desses novos recrutas seriam fazendeiros ou aldeões expulsos de suas casas, ou apenas homens em busca de uma nova vida. Não obstante, também haveria combatentes entre eles.

Dois guardas acompanharam Eskkar, Trella e Sisuthros, ao se dirigirem à casa de Corio. A demonstração de força talvez não fosse necessária, mas ainda restavam alguns seguidores de Drigo na paliçada. E muitos aldeões de Orak estavam descontentes com as ordens de Eskkar que lhes proibiam ir embora.

A casa do empreiteiro ficava do lado nordeste de Orak, o mais distante que se podia ir desde o quartel e da margem do rio, mas ainda no interior da paliçada. A casa tinha dois andares e erguia-se atrás de um muro alto que a protegia da rua movimentada. Uma robusta porta de madeira dava para um pequeno pátio adornado com bem cuidados canteiros de tulipas, rosas, gerânios e outras plantas que davam um perfume agradável ao ar. Partes do jardim eram pavimentadas com pedras planas do rio, incrustadas numa mistura de barro endurecido e palha que resistia a tudo menos às chuvas muito fortes.

Levar junto Sisuthros foi ideia de Trella. Quando perguntou a Eskkar qual de seus subcomandantes era o de mais rápida compreensão, ele citara Sisuthros.

— Escolha um homem de compreensão rápida para trabalhar com Corio, enquanto ele constrói o muro. Você terá outras coisas com que ocupar seu tempo.

O jovem subcomandante não parecia contente com a missão. Sisuthros queria lutar, e não ajudar a construir um muro.

Mandando os guardas esperarem no jardim, Eskkar, Trella e Sisuthros entraram na sala de trabalho de Corio. Dentro, uma grande mesa formada por uma prancha de madeira os esperava, a superfície coberta por um fino pano de algodão. Corio, seus dois filhos e assistentes circundavam a mesa. Dessa vez, Trella ficou à esquerda de Eskkar, uma participante em pé de igualdade.

Corio parecia estar de ótimo humor, sem dúvida por causa de sua reunião mais cedo com Nicar e sua promoção para família nobre. Corio cumprimentou a todos, então apresentou seus filhos e seus aprendizes. Eskkar notou que Corio indicou cada um deles com grande apreciação, até mesmo o mais jovem, honrando todos eles. Seus peitos incharam-se de orgulho quando ele anunciou os nomes.

É desse modo que se constrói lealdade, constatou Eskkar, mostrando respeito por uma pessoa na presença de outras. Talvez ele pudesse aprender com homens como Corio e Nicar. Resolveu lembrar-se dessa prática ao lidar com seus homens.

— Capitão da Guarda — começou Corio, de maneira formal —, eu lhe disse que responderia à sua pergunta sobre a construção de um muro para defender Orak. Meus filhos e eu trabalhamos a noite toda e esta manhã para responder a essa pergunta. — Gesticulou com a cabeça para os assistentes e eles retiraram o pano de cima da mesa.

Trella engoliu em seco, enquanto Sisuthros batia maravilhado no cabo de sua espada. Eskkar apenas olhou. O mapa do dia anterior transformara-se numa maquete de Orak, só que maior, e agora mostrava a aldeia e suas cercanias. Pequenos blocos de madeira representavam fileiras de prédios; a paliçada era feita de gravetos; o rio de pedras verde-claras. Toda a estrutura se estendia cerca de um metro e meio de comprimento por um de largura. Pequenas e finas tiras de madeira pintadas de verde indicavam as terras cultivadas. Corio apontava com sua vara de medição, explicando o que cada miniatura representava.

— Esta é Orak hoje — prosseguiu Corio. — Agora vamos mudá-la. — Como mágicos, seus filhos começaram a mudar coisas de lugar, retirando algumas características, acrescentando outras. Em momentos, tinham mudado o modelo. Os pequenos blocos que representavam casas e fazendas fora da paliçada desapareceram, um pano verde os cobria. Um muro mais alto representado por finas tiras de madeira, colocado na beira, substituía a paliçada original, agora cercada por todos os lados por uma estreita fita de pano, pintada com a cor marrom de terra para representar o fosso que Corio tinha proposto. Os atracadouros tinham sumido, os portões foram transformados em varetas maiores e mais grossas.

— É possível a construção de um muro, Eskkar. — Corio tocou com o apontador a maquete do muro para enfatizar. — O muro terá 5 metros de altura em volta de três lados da aldeia e 5,50 metros de cada lado do portão principal. Inundaremos as áreas pantanosas e, de acordo com nossas necessidades, usando água dos poços de Trella, manteremos molhado e barrento o fosso diante do muro. A distância do fundo do fosso para o topo do muro medirá pelo menos 7 metros.

Um raro elogio de qualquer amo, dar crédito a um escravo, principalmente o escravo de outro.

— Tudo isso pode ser construído em cinco meses?

— Será apertado, Capitão, mas, sim, penso que pode, desde que tudo funcione como você prometeu. Precisamos começar imediatamente, amanhã, a juntar as coisas de que precisamos, tais como madeira do outro lado do rio e das florestas do norte. Somente pés de salgueiro e de álamo crescem em volta de Orak, mas são muito moles e muito pequenos para nossas necessidades. Precisaremos de centenas de toros de todos os tamanhos, inclusive uns bem grandes para o portão principal que meu filho construirá para você. A maioria terá de vir pelo rio, em barcos. Mensageiros e negociantes devem ser enviados imediatamente para comprá-los. E pedras devem ser retiradas do leito do rio. Felizmente, elas estão à mão e são em grande quantidade. Em seguida, teremos de preparar uma área para fazer uma grande quantidade de tijolos de barro secos ao sol. Eles levam semanas para secar de modo adequado, portanto, devemos começar logo a fabricá-los. Precisaremos de cada pá e instrumento de escavação que pudermos encontrar, como também areia das colinas do sul, carradas de areia. E escravos, é claro, para cavar e fazer outros serviços pesados.

— Então começaremos amanhã — disse Eskkar, olhando a miniatura de Orak e examinando onde terminava o muro e começava a área pantanosa.

Parecia incrivelmente igual ao que ele previra de cima da colina apenas alguns dias atrás. — Você precisa mostrar isso a Nicar e às Famílias. Ele ficará contente, tenho certeza.

Eskkar virou-se para Sisuthros e segurou o braço de seu subcomandante.

— Sisuthros, você sabe o que deve ser feito. Será necessária uma mão forte para garantir que a madeira chegue, as pedras sejam retiradas e os tijolos feitos. Escravos e aldeões precisam ser igualmente forçados a trabalhar, assim que Corio estiver pronto, e a continuar trabalhando até caírem de exaustão. Todos precisam fazer sua parte, até mesmo mulheres e crianças. Não pode haver aldeões escondidos em suas cabanas, enquanto outros trabalham. Eu lhe darei dez soldados, para começar. Será uma tarefa difícil, mas tenho certeza de que você conseguirá cumpri-la.

Sisuthros concordou com a cabeça, fascinado pelo modelo e agora ansioso para executar a missão que ele questionara ainda naquela manhã.

— Eu o farei, Capitão. Valerá a pena ver a cara dos bárbaros, quando se defrontarem com o muro de Corio bloqueando seu caminho.

— Venham, há mais coisas. Sigam-me. — Corio saiu ao ar livre, depois ao longo do lado do pátio. Dois aprendizes esperavam ali.

— Esses garotos construíram um modelo do muro, para que vocês possam ter ideia da escala que vão utilizar.

Usando o barro do rio, os garotos haviam construído um muro com cerca de um metro de altura e um e meio de comprimento. Diante dele, a terra fora cavada para representar o fosso. Na parte de trás do muro, uma plataforma de madeira erguia-se quase tão alta quanto o próprio muro.

Corio acocorou-se e apontou para um boneco. A figura, no fosso diante do muro, segurava no alto uma pequenina espada de madeira.

— É essa a altura que terá um homem parado diante do muro. Eles precisarão de escadas compridas para chegar ao topo.

Ele mudou de posição para o outro lado do muro.

— Na parte de dentro, o muro será reforçado a cada 7 metros por um muro de arrimo, que também sustentará o peso da plataforma de combate. Essa plataforma, que chamamos de parapeito, será construída com pranchas em estado bruto e será um metro e meio mais baixa do que o muro e terá 3 metros de extensão. Ela será larga o bastante para permitir que homens estiquem um arco ou manejem uma espada, ou até mesmo para alguns se movimentarem ao longo do muro enquanto outros lutam.

Eskkar juntou-se a Corio, agachando-se a seu lado.

— Que altura terá o parapeito no interior da aldeia? — Eskkar pensava como levaria os homens para cima e para baixo, de modo que pudessem lutar. Outro detalhe em que ele não pensara antes.

Um dos aprendizes deu uma risadinha, aparentemente por causa da ignorância de Eskkar, e recebeu uma violenta pancada no braço da régua de medição que Corio ainda carregava.

— Mantenha a boca parada, garoto.

Corio parecia irritado, visivelmente constrangido por aquela falha na sua apresentação. Toda a equipe de Corio fora alertada para não rir ou dizer algo se algum dos soldados ignorantes, em especial seu capitão bárbaro, não entendesse o que via ou fosse incapaz de fazer uma simples soma de cabeça.

Sisuthros, porém, tinha a mesma pergunta.

— Sim, Mestre Corio, que altura terá? Precisaremos levar homens para cima e para baixo com rapidez, e estarão transportando cargas pesadas. E precisaremos de um espaço desimpedido embaixo para que os homens possam se movimentar velozmente de um ponto para outro.

— O parapeito 3,50 metros. Colocaremos internamente rampas ou degraus de madeira para que seus homens possam subir o muro. Podemos usar varas de suspensão para levar pedras pesadas até o topo, para que vocês as lancem sobre os invasores.

— Nada de rampas de madeira, Corio — comentou Eskkar. — Pelo menos, nada que queime facilmente. Vamos lançar flechas flamejantes por cima do muro. Não quero nada por perto que possa queimar ou mesmo fazer fumaça.

O fogo era sempre um grande risco na aldeia, mesmo nas melhores das ocasiões. As paredes das cabanas podiam ser feitas com o barro do rio, mas seus telhados eram qualquer combinação de pano, madeira ou palha, e a maioria queimava rapidamente. Cozinhar, com frequência, costumava incendiar telhados. Durante o cerco, se os aldeões detectassem fumaça, muitos entrariam em pânico. Os defensores tinham de estar preparados para fogo e fumaça, decidiu Eskkar. Mais um detalhe ainda para pensar a respeito.

— Uma boa questão — reconheceu Corio. — Construiremos tudo utilizando o mínimo de madeira possível.

— Mestre Corio, se me permite — começou Trella —, talvez, no interior do muro, possamos revestir tudo que possa queimar com uma camada de barro. E podemos distribuir mulheres e homens idosos com baldes de água para combater qualquer incêndio que irromper. Mas, além das flechas flamejantes, não haverá muitas flechas disparadas para a aldeia por cima do muro?

— Trella tem razão — concordou Sisuthros. — Flechas estarão chegando de toda parte. Talvez precisemos abrigar parte do terreno no lado de dentro do muro. Seria o local mais seguro sob o muro.

Corio fez que sim pensativamente.

— Nas próximas semanas, haverá muitas coisas desse tipo para se considerar. — Levantou e virou-se para Eskkar. Este se ergueu ao mesmo tempo que ele.

— Começarei a trabalhar amanhã com Sisuthros. — Os olhos de Corio miravam diretamente os de Eskkar. — Nós lhe daremos o seu muro, Capitão. Agora precisa se certificar de que terá os homens para defendê-lo.

9

Cinco dias depois, muita coisa mudara. Eskkar e Trella tinham se transferido para a casa de Drigo. O andar inferior da espaçosa residência continha cinco cômodos de bom tamanho, além de um grande espaço central, que podia ser usado para reuniões ou jantares, e uma área separada para cozinhar. O andar superior, que Eskkar escolheu para si e para Trella, continha dois cômodos enormes, um para dormir e outro para trabalhar.

Com todo esse espaço a mais, Eskkar providenciou aposentos para Bantor e Jalen. Bantor tinha mulher e uma filha com 8 estações. Após conhecer a mulher de Bantor, Trella contratou mãe e filha para ajudá-la a administrar a casa. A família ficou mais do que agradecida por sair de sua pobre cabana, que era tudo com que Bantor podia arcar.

Um escrevente, fornecido por Nobre Nestor e com habilidade na escrita de símbolos, chegou na manhã seguinte após Eskkar e Trella terem se mudado. Esse funcionário mantinha o registro das despesas, mas retornava todas as noites à casa de Nestor, onde, sem dúvida, relatava tudo que era de interesse.

Os dois filhos de Gatus e seus amigos começaram a passar o dia no novo quartel-general e logo se tornaram mensageiros, transmitindo mensagens de acordo com as necessidades de Eskkar ou dos subcomandantes. Nicar contribuiu com uma escrava já idosa como cozinheira. Ele havia planejado colocá-la no palanque de leilões, mas teria alcançado um preço muito baixo. Em vez disso, deu-a de presente a Eskkar. A agradecida escrava assumiu a cozinha e, em pouco tempo, Eskkar e Trella começaram a saborear pão e legumes frescos da feira para acompanhar a eventual galinha.

Para homens acostumados a viver no imundo e apinhado quartel, a casa parecia ampla e luxuosa, mas Eskkar sabia que, em breve, mais comandantes comeriam e dormiriam ali. Enquanto isso, ele mandava cada comandante dormir três noites seguidas nos aposentos de Ariamus. Isso os manteria perto dos soldados, não apenas para ficarem de olho neles, mas também para permanecerem cientes do que pensavam e sentiam.

A casa principal tinha um prédio menor, de um andar, contíguo a ela, onde Drigo mantinha seus guardas e escravos. Possuía cinco cômodos separados, cada qual grande o bastante para quatro ou cinco homens. Eskkar decidiu manter uma tropa de dez soldados perto dele o tempo todo, para o caso de os aldeões ou mesmo as Famílias causarem problemas. De qualquer maneira, tinha de colocar soldados ali, tendo em vista que o antigo quartel podia, no máximo, fornecer leitos para cinquenta homens. Gatus ajudou a escolher os dez soldados e cuidou para que apenas os mais seguros e mais confiáveis se mudassem para o alojamento de Eskkar.

Eskkar e Trella começaram a estabelecer uma rotina. Cada dia, ele treinava com os soldados até a metade da manhã. Após um rápido intervalo para se lavar, ele se reunia com seus quatro subcomandantes e Trella para planejarem o restante do dia. O encontro se dava no que fora a sala de trabalho de Drigo, o maior aposento depois do quarto e refúgio de Eskkar. Se, por um lado, Nicar havia privado a casa da maioria de sua mobília, por outro, ninguém quisera as duas mesas da sala de trabalho. Eskkar as comprara por um bom preço. Usava a menor como mesa particular de trabalho, enquanto a outra acomodava facilmente suas reuniões com seus quatro subcomandantes.

Na primeira sessão, Eskkar havia falado primeiro, de acordo com o costume. Posteriormente, Trella sugeriu que ele deixasse os outros falarem antes dele. Ao fazer isso, ele não seria contestado por fatos ou uma nova informação de que não dispunha ao falar. Ela acrescentou que ele não precisaria impressionar os soldados com sua autoridade. Eskkar percebeu a sabedoria de sua sugestão e, na manhã seguinte, deixou que Gatus começasse.

— A área de treino ao alvo está pronta — anunciou Gatus. — Tendo em vista que Sisuthros queria material de construção e precisávamos de espaço, derrubamos quase todas as cabanas do lado nordeste da paliçada. Preparamos uma área com trezentos passos a partir da margem do rio.

— E o treinamento? — A maioria dos soldados conseguia usar um arco decentemente, mas aqueles homens precisavam treinar outros. Isso requeria mais do que uma habilidade mediana em disparar uma flecha de um arco, além do conhecimento de como ensinar aos outros.

— Eles estão se saindo bem, porém mais lentamente do que eu gostaria. Na melhor das hipóteses, eu só confiaria em deixá-los por conta própria após, no mínimo, mais uma semana.

Gatus passou para o assunto seguinte.

— Nos últimos dias, recebemos quarenta recrutas. Ao atingir esse número, deixei de aceitar novos homens, pelo menos até conseguirmos treinar esses outros.

— Gatus, precisamos de gente o mais rápido possível, portanto, trabalhe com esses o mais depressa que puder — disse Eskkar. — Mas não quero homens maltreinados, portando armas, se exibindo por Orak, ou idiotas se matando ou matando algum aldeão. Quanto tempo até você poder aceitar mais homens?

— Pelo menos duas semanas, talvez mais. — As palavras de Gatus não toleravam discussão. — Depois disso, poderemos aceitar mais quarenta ou cinquenta. Tevana já nos forneceu flechas para disparo em alvo, mas ele exige quatro toneladas de bronze, mais uma nova forja e uma dezena de outras ferramentas para trabalho em metal e madeira. Creio que Mestre Tevana quer se garantir para nunca mais ter de comprar coisa alguma.

Eskkar fez uma careta diante disso, mas nada seria capaz de impedir Tevana ou outro artesão de tirar vantagem da situação. Se Orak sobrevivesse, muitos comerciantes teriam um belo lucro por meio de suas transações com Eskkar e Nicar.

— E, graças a Trella — continuou Gatus com um sorriso —, temos agora arcos suficientes com os quais trabalhar, e muitos bons também. Conte a eles, Trella.

Todos os olhos se voltaram para Trella. Ela se sentava à esquerda de Eskkar e sempre um pouco distante da mesa.

— Quando fui trabalhar com Rufus, em sua casa, eu disse que ignorava o processo de fabricação de arcos e pedi que ele me mostrasse tudo. A princípio, resistiu, mas, finalmente, ele me levou à sala onde os arcos são formados e montados, e as colas são preparadas. Vi as tinas onde encharcam a madeira e as prensas onde as hastes molhadas são curvadas. Nunca vi, porém, qualquer arco terminado.

"Após eu acabar, fui até Gatus. Ele chamou alguns homens e fomos vasculhar a casa. Num pequeno sótão sobre o quarto de dormir do fabricante de arcos, encontramos a sala de secagem e armazenamento. Dentro, havia 22 arcos terminados, prontos para uso. Falei para Gatus pegá-los. Como Rufus havia negado o fato de haver qualquer inventário, eu lhe disse que não haveria pagamento. Ele não ficou nada feliz.

Gatus riu disso.

— Não, nem um pouco. Começou a gritar com Trella. Seus filhos rapidamente o contiveram. O que foi muito bom, também, pois eu teria abatido o velho idiota.

— Cuide para que essa história seja repetida por toda a aldeia — disse Eskkar também às gargalhadas, embora já tivesse ouvido a história. — Isso pode convencer outros a serem mais honestos. E continue treinando o pessoal, Gatus. Primeiro em arco e flecha, depois espada e lança. Se puder, pratique atrás de um muro. Sisuthros, como está o seu muro?

— Capitão, estou preocupado — respondeu Sisuthros sombriamente. Nos últimos cinco dias, Corio e seus ajudantes cavaram pequenos buracos no chão, enfiaram estacas aqui e ali, e misturaram um bocado de barro com palha. Há muitas reuniões com seus aprendizes, nas quais eles falam e falam. Os pedreiros trabalham do amanhecer ao pôr do sol fazendo tijolos, mas Corio até agora só colocou alguns tijolos em cima de outros, embora pareça sempre preocupado. Perguntei quando ele ia começar, mas tudo o que ele disse foi "em breve".

Eskkar franziu a testa.

— O que vocês fizeram para ele?

— Confiscamos madeira e ferramentas e montamos três turmas diferentes de trabalho. Também limpei um pedaço de terreno próximo a onde ficará o novo portão, mas isso foi tudo o que aconteceu até agora.

— Amo, não fique preocupado ainda — pediu Trella. — Já vi fazerem casas, e há muita conversa e preparativos antes de as construções começarem de fato. No começo, é sempre assim, muita confusão e, aparentemente, pouco progresso. É melhor deixá-los terem certeza do que precisam fazer do que começar errado e ter de reiniciar tudo.

— Bem, vamos esperar que sim, para nosso próprio bem. — Eskkar sacudiu a cabeça. — Embora eu gostasse de ter o muro pronto pelo menos dois dias antes de os bárbaros chegarem. — Virou-se para Bantor. — E os guardas nos portões?

A missão de Bantor tornara-se a mais difícil de todas. Muito mais gente entrava e saía da aldeia, e o tráfego na estrada aumentara. Ele já interrompera duas brigas no portão envolvendo pessoas que tentavam ir embora. A segunda briga quase tinha acabado com os guardas do portão. Eskkar teve de designar mais soldados, e agora quatro deles vigiavam o tempo todo ambos os portões.

— Revistamos cada carreta e carroça que deixa Orak — respondeu Bantor. — Não saiu nenhum escravo nem ferramentas de valor, e providenciamos para que nenhum aldeão da lista de Nicar saia sem sua aprovação. — Olhou em volta da mesa. — Capitão, os homens estão ficando cansados de vigiar o portão. Reclamam porque treinam dez ou 12 horas por dia, depois têm de fazer um turno de quatro horas no portão ou patrulhando as ruas.

— Bantor, sei que, no momento, o serviço é duro. Diga aos homens que será apenas por mais algumas semanas até os recrutas estarem treinados. — Não que Eskkar acreditasse nisso. Qualquer ganho de tempo criado pelos novos recrutas seria provavelmente usado em outro lugar. — Você é capaz de convencê-los disso, Bantor. Não trate a si mesmo melhor do que a eles, e seus homens resistirão por sua causa.

Bantor concordou e recostou-se, aliviado por saber que o comandante compreendia seus problemas.

Trella inclinou-se à frente outra vez.

— Bantor, já tentaram subornar seus homens para deixar Orak? Se não tentaram, não demorarão a tentar. Alguns comerciantes ricos lhes oferecerão ouro, e a tentação será grande.

— Quer dizer, como Rufus — disse Gatus com uma risada. — Tenho certeza de que planeja isso agora, enquanto conversamos.

Eskkar não havia considerado essa possibilidade, embora, é claro, devesse ter pensado em algo tão óbvio. Ficou sentado, pensando sobre o que faria se fosse um rico comerciante que quisesse que alguns guardas mal pagos fizessem vista grossa.

— Bantor, diga a seus homens que quem receber uma oferta de suborno deve aceitar. Assim que tiver o pagamento em mãos, ele deverá se apresentar e você dobrará o valor. Não importa quanto for o suborno, nós dobraremos.

— De onde virá esse ouro adicional? — quis saber Sisuthros.

— Ora, da pessoa que ofereceu o suborno — respondeu Eskkar. — Se um homem pode oferecer cinco moedas de prata, então, pelo menos, deve ter outras cinco em algum lugar. Desse modo, quem oferecer um suborno pagará em dobro e ainda continuará em Orak. Bantor, informe a seus homens. Se puderem ficar com os subornos, talvez isso lhes dê um incentivo a mais em seu trabalho. Alguns poderão ganhar um dinheiro extra antes que a notícia se espalhe.

Todos sorriram diante disso. Cada um deles podia imaginar o ar de consternação no rosto de alguns comerciantes, quando descobrissem que levaram um calote. Eskkar dirigiu-se a Jalen e o ouviu, por alguns momentos, informar sobre as condições dos embarcadouros, então ergueu a mão para interrompê-lo.

— Jalen, você não recebeu nenhuma missão importante esta semana porque tenho algo especial para você. Quero que leve quatro homens, bons cavaleiros, e os cinco melhores cavalos da aldeia. Então cavalguem para o norte e procurem os bárbaros. Quero saber onde estão e quando podemos esperar que cheguem a Orak.

"Você é o melhor cavaleiro de Orak", prosseguiu Eskkar, "e já vi os bárbaros em ação. Precisamos saber o máximo possível sobre seus movimentos, quantos Alur Meriki há. Qualquer coisa que você descobrir será útil, mas, acima de tudo, precisamos saber quanto tempo temos".

Todos os olhos voltaram-se para Jalen. O rapaz parecia calmo.

— Sei que é arriscado. Será perigoso porque, se chegar muito perto, acabará morto ou capturado.

— Eu o farei, Capitão — respondeu Jalen —, embora fosse melhor se eu levasse mais homens.

— Somente esses homens. Não quero que lutem. Quero que observem e informem.

Jalen exalou um demorado suspiro, mas não discutiu.

— Quando quer que eu vá?

— Parta pela manhã — respondeu Eskkar. — Use o dia para escolher seus companheiros e para se preparar. Quando eles voltarem, cada um receberá dez moedas de ouro, além do pagamento normal. Você receberá o dobro disso, Jalen. — Por tanto ouro assim, a maioria dos homens arriscaria a vida com prazer.

— Vocês viajarão com pouca coisa e depressa. E você só poderá levar dois soldados experientes. Selecione os outros entre os novos recrutas. Escolha apenas bons cavaleiros que sejam seguros, e eles farão o que você mandar e não ficarão nervosos quando virem os bárbaros. — Eskkar achava que esse conselho valia tanto para Jalen quanto para qualquer outro homem que ele viesse a escolher.

— E os cavalos, leve qualquer um da aldeia, mesmo que pertença às Famílias. Drigo não tinha excelentes montarias? — Eskkar bateu a mão na mesa, irritado, por ter esquecido os cavalos de Drigo, os quais, sem dúvida, já tinham sido apropriados pelas Famílias. Criar e manter um cavalo para montaria consumia bastantes moedas de prata e apenas os mais ricos podiam se dar esse luxo. Os cavalos dos soldados, fornecidos de má vontade pelos nobres, eram, em sua maioria, cavalos inferiores, usados para patrulhas locais ou como animais de carga.

— Aqueles cavalos devem estar em algum lugar. Vamos encontrá-los. Mas lembre-se, Jalen, sua missão é obter informações, e não lutar. Quero você aqui de volta com vida, e não a sua cabeça na lança de algum guerreiro. Se achar adequado, envie de volta dois homens na frente, para me informar. Leve um menino como criado e para cavalgar um cavalo a mais. — Um menino sempre poderia ser abandonado, no caso do cavalo ser necessário.

Trella levantou-se, foi até a outra mesa e retornou com uma pequena bolsa de couro. Tirou dela um pano marrom-claro e o estendeu na mesa.

Todos se inclinaram para olhar, e então arfaram. O pano era um mapa com detalhes cerzidos nele com linhas das cores verde, azul e vermelho. O rio e Orak estavam claramente marcados, assim como a maioria das aldeias do interior nortista.

Colocou sobre a mesa uma fina agulha de madeira e dois pequenos carretéis de linha, um vermelho e outro branco.

— Vocês podem cerzir estes fios no mapa para indicar o que encontraram e onde encontraram. Meu amo obteve isso ontem, para vocês.

Eskkar não se importou em explicar.

— Quando vi o mapa de Corio, isso não saiu de minha cabeça, então o procurei e pedi para que fizesse um para mim. Corio disse-me que obtivera o seu com Nobre Rebba, que tinha um escravo com habilidade para essas coisas. Então fui à casa de Rebba e o convenci de que o escravo trabalhasse nisso.

Fora necessário mais do que uma conversa cortês. Eskkar ameaçara pegar o escravo à força, se o mapa não ficasse pronto naquela manhã.

— Passei uma hora com o escravo. Ele disse que um mapa de pano seria mais fácil de carregar e usar do que um de papiro. Ele lhe explicará certas coisas sobre o mapa e lhe mostrará como julgar as distâncias entre os pontos de referência. Fique com ele, Jalen, até tudo estar claro em sua cabeça.

"Agora, pessoal, vamos voltar ao trabalho", disse Eskkar. "Jalen, junte-se a nós, ao pôr do sol, para jantarmos e podermos discutir os assuntos. Vou visitar Corio e ver como vão indo as coisas." Levantou-se para indicar que a reunião terminara e que começara outro dia de transformação em Orak.

O séquito de Eskkar já se tornara tão habitual que mal era notado pelos aldeões. Ele andava acompanhado de Trella e dois guardas, um calejado veterano e um recruta, de quem esperavam que observasse o colega mais velho e seguisse seu exemplo. Precedidos por Sisuthros, encontraram Corio trabalhando do lado de fora do portão principal, curvado sobre uma mesinha e conversando com um de seus filhos. Meia dúzia de escravos e artesãos os cercavam.

Ninguém parecia desempenhar qualquer atividade. A maioria dos homens apenas permanecia parada ali em volta. Ferramentas jaziam no chão, alguns buracos rasos tinham sido cavados e havia pilhas de madeira espalhadas pelo local. Não havia sequer um tijolo em cima de outro.

— Bom dia. — Corio cumprimentou cada um pelo nome, um largo sorriso no rosto. — Já esperava sua visita, Capitão. Receio que Sisuthros esteja insatisfeito com nosso progresso.

— Nós sabemos que esse tipo de trabalho leva tempo, Corio — retrucou Eskkar, determinado a mostrar ao mestre artesão que entendia alguma coisa da natureza de seu ofício. — Mas queria ver o que está sendo feito e ter alguma ideia de quando o muro deve ficar pronto.

— Na verdade, Eskkar, estamos quase prontos para começar. Venha, vou lhe mostrar. — Foi em direção ao norte e parou diante de um fosso raso.

Eskkar calculou que o buraco tinha mais de um metro de largura e menos de um de profundidade.

— Este é o início do muro. Vamos cavar um pouco mais fundo para nos certificarmos de que a base é sólida, e cobriremos essa base com pedras. Então tijolos feitos de barro e palha e secos ao sol formarão dois muros, e o centro será preenchido com terra, pedras e tijolos em pé para aumentar a resistência. Acrescentaremos a terra lentamente e iremos comprimi-la fortemente com os pés à medida que for despejada. Alguns tijolos serão colocados internamente em ângulos para se opor ao muro e lhe dar uma resistência adicional. Desse modo, ele ficará maciço o bastante, mesmo que tenha apenas tijolos na frente e atrás. Naturalmente, se tivéssemos mais tempo, faríamos o muro mais fundo, mais alto e mais grosso.

Corio falou com o filho, que saiu apressado e voltou um momento depois carregando um pesado tijolo de barro com alguns fiapos de palha projetando-se para fora.

— Esse é o tijolo que vamos usar.

Com cerca de 45 centímetros de comprimento, 15 de largura e 10 de altura, ele parecia bem pesado. Eskkar fez menção de pegá-lo com o rapaz, mas Corio falou primeiro.

— Capitão, se for segurar o tijolo, não o faça pelas extremidades. Isso poderá quebrá-lo ao meio. Segure-o por baixo e sustente seu peso.

Eskkar pegou o tijolo do modo como lhe foi instruído, surpreso com seu peso. Passou-o para Sisuthros, que o avaliou antes de devolvê-lo ao rapaz, que o pegou e, cuidadosamente, colocou-o deitado no fundo do buraco, depois saiu correndo para apanhar um segundo. Quando voltou, colocou o segundo tijolo em linha reta com o primeiro, e deixou entre eles o espaço de um dedo. Saiu correndo para apanhar outro, enquanto Corio continuava sua explicação.

— Os tijolos são colocados desse modo no buraco, depois são cobertos com uma fina camada de barro e areia molhados, depois um terceiro tijolo é colocado em cima do meio dos dois primeiros. Em seguida, acrescentamos mais barro e repetimos o processo. O muro cresce do interior da terra e se torna mais forte à medida que o barro e a areia secam em volta dos tijolos. Depois alisamos a face externa do muro com uma mistura diferente de areia e terra, que também seca muito bem.

— Mestre Corio — começou Sisuthros, cutucando os tijolos com o pé —, isso não parece muito resistente. Não é apenas barro? Isto é, os bárbaros não conseguirão derrubá-lo com um empurrão?

Eskkar pensara a mesma coisa, mas aprendera a não fazer perguntas óbvias. Mesmo assim, sentiu-se aliviado por Sisuthros ter expressado suas dúvidas.

— Sisuthros, o muro será resistente o bastante para proteger seus homens e lhes dar uma plataforma de combate. Não será escalado ou derrubado com facilidade. Mas, se eles trouxerem ferramentas para escavar o muro ou um aríete para tentar perfurá-lo, então o muro não ficará em pé por muito tempo. Para torná-lo resistente a ferramentas ou a um ataque decidido desse tipo, seria necessário mais tempo do que o que temos.

— Mestre Empreiteiro — disse Eskkar —, sua missão é construir o muro; a nossa, defendê-lo. — Virou-se para Sisuthros. — Se permitirmos que os bárbaros fiquem tempo suficiente diante do muro para escavá-lo com pás e machados, estaremos perdidos. Se lhes dermos tanto tempo assim... não, precisamos matar qualquer um que chegar ao fosso ou à base do muro.

Corio pensou um momento nas palavras de Eskkar.

— O muro não cederá facilmente, e a areia socada será difícil de ser retirada. Mas, se uma certa quantidade de homens com as ferramentas certas atacarem o muro, então, em vinte ou trinta minutos de trabalho árduo poderão abrir uma pequena brecha.

Menos tempo do que isso, pensou Eskkar, pois sabia que Corio nunca tinha visto a energia feroz do povo das estepes em guerra.

— Não lhes daremos nem dez minutos, Corio. Cuide apenas para que o muro não caia. — Olhou para Trella, para ver se ela tinha algo a acrescentar.

— Mestre Empreiteiro — começou ela —, se achar que é uma boa ideia, talvez possa construir um pequeno trecho do muro, para que Eskkar e seus homens finjam atacar e vejam quanto tempo levaria para se romper. O que eles aprenderem poderá ajudar seu projeto.

Corio esfregou o queixo como se refletisse sobre suas palavras.

— Uma excelente sugestão, Trella. Eu nunca tentei destruir nada do que construí. Já que estamos mesmo quase prontos para começar, construiremos para você, onde quiser, um trecho de 3 ou 6 metros de muro.

— E quanto tempo levará para termos diante de nós o próprio muro? — perguntou Eskkar. Eles ainda precisavam saber se poderia ser construído a tempo. Essa pergunta, porém, não parecia preocupar muito Corio.

— Volte em dez dias e verá o primeiro trecho do muro pronto — respondeu. — No momento, é mais importante para você providenciar para que sejam entregues todos os suprimentos e homens que pedi.

— Então irei cuidar de minha tarefa. — Eskkar fez uma reverência formal para Corio. — E deixarei você e Sisuthros com as suas.

Eskkar afastou-se com Trella a seu lado, ignorando o costume do escravo caminhar atrás do amo. — Bem, o que você acha?

— Corio tem certeza de que consegue terminar o muro a tempo, a não ser que aconteça algo inesperado. Mas acredito que ele não pensou muito sobre a resistência do muro. Agora vai pensar, e tenho certeza de que fará a base mais forte do que planejava, pelo menos nos lugares onde você diz que os bárbaros atacarão. — Ela lhe deu um sorriso. — Bem, amo, saiu-se bem no dia de hoje. Corio lhe construirá um muro de batalha e não uma parede de casa.

Eskkar deu uma risada, então colocou o braço em volta dela, dando-lhe um caloroso aperto e um tapa no traseiro, ignorando os olhares e sorrisos das pessoas na viela.

— Bem, então esta noite você terá de trabalhar mais arduamente para ter certeza de que seu amo será recompensado por seu raciocínio rápido.

Depois que fizeram amor e Eskkar adormeceu, Trella permaneceu na curva de seu braço. Teve de deixar de lado os pensamentos da paixão ardente de ambos, mas finalmente conseguiu pensar com clareza no seu futuro. Os próximos meses exigiriam longas horas de trabalho árduo. Ela sabia que estivera bastante ocupada em ajudar Eskkar a cuidar dos detalhes da defesa, para ter certeza de que nenhum item-chave fosse esquecido.

Entretanto, toda a coordenação e o planejamento do ataque tinham sido apenas o pano de fundo do verdadeiro trabalho que estava adiante. Seus poucos dias com Eskkar, de algum modo para sua surpresa, a tinham convencido de que seu amo possuía muito boas qualidades e mais inteligência do que muitos lhe davam crédito. Provara ser capaz e desembaraçado. Podia ser inculto e rude, mas tinha um código de honra pessoal que ganhara seu respeito e, depois, seu coração.

Eskkar convencera Nicar, depois os soldados, e por fim o resto dos aldeões, de que era capaz de defender Orak, e agora até mesmo ela acreditava nele. Deem-lhe homens e suprimentos, providenciem para que nada seja omitido e cada detalhe seja bem planejado, e ele terá uma chance igual à dos bárbaros. E, por isso, ela prometeu a si mesma que faria todo o possível para lhe dar essa chance.

Contudo, Trella sabia que mesmo uma defesa bem-sucedida de Orak não seria uma garantia de que Eskkar sobreviveria. Desaparecido o momento da ameaça, os nobres e os comerciantes mais importantes se lembrariam da destruição de Drigo e de quanto ouro Eskkar lhes havia custado. Iriam querer eliminar ou livrar-se do capitão da guarda que surgira repentinamente do nada. Os nobres se consideravam espertos demais, ricos demais e poderosos demais para se submeterem às ordens de um forasteiro como Eskkar. Muito menos iriam querer alguém como ele para dividirem seu governo, uma lembrança constante daquilo que lhe deviam. Portanto, se, por um lado, seu sonho de se juntar aos nobres era possível, por outro, parecia duvidoso que ele, um bárbaro, pudesse sobreviver muito tempo nesse grupo.

Não, eles encontrariam uma maneira de se livrar de Eskkar, e agora isso também a incluía. Lembrariam que ela havia provocado Drigo, que dera a Eskkar a ajuda necessária de que ele precisava para obter sucesso com os mercadores, e, acima de tudo, que ela fora uma escrava. Seu destino estava ligado ao de seu amo e, da mesma forma, selado. Mesmo se sobrevivesse, mesmo se não fosse mantida como uma escrava, ela seria dada em casamento a algum filho insignificante que a manteria em sua residência, um mero brinquedo ou fonte de filhos, afastada de tudo e de todos, e em pouco tempo esquecida.

Assim, Eskkar venceria a batalha, mas perderia a vitória. Portanto, todo o seu verdadeiro empenho deveria ser nesse sentido, toda a sua inteligência e seus expedientes comprometidos para que Eskkar e ela mantivessem os frutos de sua vitória. Isso não apenas se mostraria difícil, como deveria ser feito silenciosamente, tão silenciosamente que ninguém soubesse do que se tratava. Por enquanto, era melhor que até mesmo Eskkar nada soubesse de suas atividades.

O conhecimento seria a chave. Saber tudo o que ocorria em Orak seria seu objetivo, e ela já tivera várias ideias de como iniciar essa tarefa. Naquele dia, enquanto caminhavam de mãos dadas pelas ruas da aldeia, ela vira como as pessoas a olhavam, a escrava que caminhava ao lado do amo, a escrava que por certo lançara um feitiço no soldado alto, a escrava que causara a queda da Casa de Drigo, a escrava que participava das assembleias dos Nobres. Aqueles olhares haviam reforçado sua própria determinação.

No dia seguinte, ela passaria a influenciar as pessoas comuns, a começar pelas mulheres. Assim que as trouxesse para seu lado, ela as usaria para obter informações. Ganharia aliados e amigos entre os aldeões, principalmente os mais novos que, nos próximos meses, chegariam em revoada a Orak, os sem-terra e desamparados que teriam pouca lealdade aos nobres ou aos ricos comerciantes.

Isso deu início a uma nova cadeia de pensamentos, e ela mudou ligeiramente a posição do corpo, o leve movimento fazendo com que Eskkar se virasse sobre o próprio lado mas não acordasse de seu sono. Ela sorriu como se pensasse em si mesma e Eskkar — o soldado bárbaro e a escrava educada. Todos na aldeia pensavam que ela o havia enfeitiçado, usado magia ou poções para torná-lo um líder de homens. Até mesmo Nicar meio que acreditava nisso. Talvez isso pudesse ser um outro aliado. Que todos pensassem que ela tinha o dom do controle sobre os homens.

Sua inteligência era aguçada, ela sabia, aguçada o bastante para perceber rápida e facilmente muitas coisas que outros viam apenas lentamente ou não viam. As pessoas do povo seriam uma das chaves do poder na nova Orak, concluiu, um equilíbrio poderoso contra o poder e o dinheiro dos nobres. Bem, ela encontraria um meio de conquistar os corações da massa. Já despertara o seu interesse, um bom primeiro passo. Sim, esse era o caminho para o poder e a segurança para si mesma e seu amante. Sorriu no escuro e virou-se sobre o seu lado, o braço atravessando o corpo de Eskkar, enquanto se empurrava para perto dele e caía quase que de imediato no sono, sentindo-se segura em seus braços.

10

As quatro semanas seguintes passaram depressa para Eskkar, que todas as manhãs começava a trabalhar antes de o sol nascer e, à noite, ia exausto para a cama. A cada dia surgia uma nova crise ou um revés inesperado. Mas o primeiro grupo de recrutas havia se incorporado às fileiras e outra turma de quarenta já começara a treinar.

Finalmente, Bantor e Gatus tinham soldados suficientes para cuidar dos portões, embarcadouros e vielas, permitindo que Eskkar se desse ao luxo de enviar patrulhas externas. Os relatos que faziam confirmaram que havia homens convergindo para Orak. Alguns à procura de uma chance para combater os bárbaros, outros simplesmente em busca de refúgio ou de um lugar seguro para levar suas famílias. A cada dia chegavam mais, e vinham tantos para ficar quanto os que haviam partido. Os homens de Bantor detinham todos no portão, onde os refugiados que chegavam eram informados de que teriam de lutar e cavar ou ir embora. Apenas mercadores com suas caravanas e mercadorias entravam livremente em Orak.

Patrulhas andavam diariamente pela aldeia, para se assegurar de que cada homem realizava o serviço para o qual fora designado. Indolentes recebiam apenas um aviso. Na segunda transgressão, Eskkar simplesmente ordenava que fossem expulsos da aldeia, forçando-os a deixar para trás tudo que tinham de valor, para ser usado pela defesa.

Um artesão insensato resistira à ordem e puxara uma faca. Bantor matou-o. Sua morte foi menos do que um pedregulho jogado no grande rio, mas os aldeões, ricos e pobres, entenderam o aviso. Desde então, ninguém tentou deixar a aldeia à força. Todos os que ficaram trabalhavam na muralha, acrescentando seu suor e seu sangue à areia, às pedras e ao barro que o continham.

A muralha. Tornou-se o ponto central da vida de todos e o assunto principal das conversas. O assunto central das discussões envolvia o árduo trabalho de homens que pelejavam debaixo de pesadas cargas de terra, tijolos ou pedras. Nicar, Corio e os anciãos da aldeia percorriam todos os dias as áreas em obras, incentivando escravos e homens livres a manterem o ritmo. Os soldados de Sisuthros cuidavam para que todos tivessem sua quota justa de trabalho, adicionando seus próprios músculos ao esforço e usando o chicote apenas para lidar com os preguiçosos. Homens trabalhavam e suavam, e a muralha começava a crescer da terra. Entretanto, crescia lentamente, como se resistisse ao esforço de homens impacientes para erguê-la do pó.

O treinamento dos soldados era o assunto seguinte das discussões. Do mesmo modo duro que os aldeões trabalhavam para construir o muro, os homens de Eskkar também suavam em seu treinamento brutal, amaldiçoando seus instrutores à medida que endureciam seus corpos para depois aprenderem a usar as armas. Treinavam à sombra do novo muro, enquanto testavam sua habilidade de arqueiros em cima de plataformas improvisadas.

O uso do arco era vital no treinamento. Pelo menos três horas por dia era o tempo que cada grupo de soldados dedicava ao arco e flecha. Diariamente, disparavam centenas de flechas até seus dedos ficarem em carne viva e os músculos tremerem de exaustão. Quando terminavam com o arco, aprendiam a lutar com espada, lança e machado, praticando em cima de muros improvisados. O fim do dia não lhes trazia descanso, pois Eskkar ainda precisava que soldados vigiassem os portões e o desembarcadouro, patrulhassem a aldeia e impusessem a disciplina nos grupos de operários. Todos reclamavam, mas sem sucesso, pois os comandantes trabalhavam tão arduamente quanto seus homens.

O terceiro assunto, em geral o mais interessante, era o capitão da guarda e sua escrava. Poucos aldeões conheciam ou notavam Eskkar antes de Nicar nomeá-lo capitão. Os que se lembravam dele daqueles dias admitiam que ele tinha mudado. Do mesmo modo reservado e raramente sorrindo, ele se destacava dos outros homens quando caminhava a passos largos pela aldeia.

Todos se submetiam à sua vontade. Todos viam nele o defensor de Orak e aquele que os salvaria dos bárbaros. A cada dia, todos olhavam cuidadosamente à procura do mais leve sinal de medo ou de dúvida. Ele, porém, não revelava tais sinais. E, a cada dia, a muralha crescia algumas dezenas de centímetros de comprimento, os soldados treinavam um pouco mais arduamente e, aos poucos, os aldeões começavam a acreditar que talvez sobrevivessem.

Se Eskkar tinha uma comunicação pobre, Trella já era outra história. Enquanto ela executava suas tarefas ou acompanhava seu amo, todos encontravam algo para dizer sobre a escrava que enfeitiçara o soldado. Desafiando os costumes, Trella andava ao lado do amo e, com frequência, Eskkar colocava o braço em sua volta, deixando que todos vissem quanto a escrava significava para ele.

As mulheres da aldeia começaram a respeitá-la, e os homens em pouco tempo se tornaram tão impressionados quanto suas esposas. Trella demonstrava sabedoria além do número de suas estações e sua voz impunha atenção nas assembleias. Ela parecia irradiar um poder sobre os homens e, agora, quando passava pela rua, muitos procuravam seus conselhos.

Contudo, a cada final de dia, os cansados aldeões se perguntavam se haveria soldados suficientes para defender Orak, e os soldados se preocupavam se os operários conseguiriam terminar a muralha a tempo.

Eskkar se entregava por inteiro ao esforço, como se, através do trabalho duro, ele pudesse sozinho garantir o sucesso. Seu treinamento diário em pouco tempo tornou-o o espadachim mais capacitado da aldeia, mas, vez por outra, via-se derrubado por algum oponente especialmente habilidoso ou afortunado.

Os homens sempre se divertiam com esse tipo de coisa, e Eskkar aprendeu a dar um gesto de aprovação com a cabeça para seu desafiador, embora isso raramente acontecesse duas vezes. Várias vezes, durante a semana, Eskkar pegava um cavalo e cavalgava pela zona rural em torno de Orak, para examinar a terra enquanto praticava sua habilidade em lidar com montarias. Todos os dias trazia um novo machucado ou arranhão, e todas as noites Trella massageava os músculos enrijecidos de seu amo.

Trella também trabalhava incansavelmente. Encarregava-se de todo o armamento e dos suprimentos necessários aos soldados. Diariamente, encontrava-se com Rufus e Tevana; coordenava suas necessidades e fazia o mesmo para quem fabricava lanças, escudos e machados.

Passou um dia inteiro com Eskkar e Gatus, aprendendo tudo sobre o armamento e as roupas dos soldados. Eles lhe mostraram os coletes, gorros e munhequeiras de couro que queriam para os arqueiros. Visto que os arqueiros de pé atrás do muro ficariam expostos da cintura para cima, armaduras de couro lhes dariam uma boa dose de proteção. Embora não detivesse uma flecha Alur Meriki disparada à queima-roupa, o colete certamente salvaria algumas vidas.

Trella fez o mesmo com as outras armas. Gatus mostrou-lhe o tipo de espada curta, lança e machado que queria, demonstrou como cada arma seria usada e lhe ensinou a avaliar sua qualidade. Ela notou que Eskkar ouvia Gatus atentamente. O velho soldado conhecia suas armas e sabia o que queria.

Em pouco tempo Trella sabia tudo que precisava saber para lidar com mercadores e negociantes. Gatus inspecionava e aceitava cada nova arma, mas a barganha de preços e de prazos de entrega não recaía sobre seus ombros.

Trella cuidava para que todas as armas e suprimentos chegassem a tempo e, do mesmo modo, se mantinha informada sobre o ouro necessário. Ao cuidar da logística, ela permitia que Eskkar se concentrasse no recrutamento, treinamento e organização dos soldados. Isso também lhe dava mais tempo para se reunir com Nicar, Corio e o resto das famílias nobres. Todo fim de semana, ela passava um dia com os escreventes de Nicar, repassando as contas e cuidando para que nenhum comerciante recebesse pagamento por algo não entregue.

Trella levou apenas poucos dias para descobrir quanta prata o Capitão anterior havia roubado, ao comprar o mínimo possível de comida e de baixa qualidade. Acordos honestos com os agricultores, feitos com o representante de Eskkar, garantiram que a um preço razoável alimentos suficientes e saudáveis fossem fornecidos.

Pela primeira vez, os soldados tinham uma comida decente para se alimentar e em quantidade suficiente para sustentá-los por todo o seu extenuante treinamento. Pão fresco e legumes completavam o cordeiro e a galinha que os soldados normalmente comiam. Trella lidava diretamente com os fazendeiros que forneciam a comida, e adicionara uma turma de cozinheiros para preparar a comida. Somente por isso os soldados já a adorariam, mas ela fez ainda mais. Usando o ouro de Eskkar, pagou algumas moedas de cobre para aqueles que se dispusessem a limpar do lado de fora do quartel e o terreno que o cercava. Após alguns dias, até mesmo o quartel fedorento cheirava bem e parecia mais limpo.

Não satisfeita com suas conquistas, Trella procurou outras oportunidades para ampliar sua influência. A primeira que descobriu requeria trabalhar com Nicar e Nestor na questão de moradia.

Por ordem de Nicar, quem deixasse Orak perdia sua casa e qualquer pertence deixado para trás. Essa política forçava qualquer aldeão que pensasse em partir a fazer uma dura escolha. Se a aldeia sobrevivesse e eles voltassem, não teriam mais casas, pois teriam sido dadas a outros. Ou, então, poderiam ficar e lutar.

Muitos, porém, deixaram Orak, e os que permaneceram clamavam até mesmo pela mais humilde casa ou cabana abandonada. No trabalho com os escreventes, Trella inventariou cada cabana e cada casa e recomendava novos proprietários, favorecendo aqueles que melhor podiam ajudar Orak. Argumentava habilidosamente, o que forçava os escreventes a abandonar seus planos de ajudar amigos ou quem estivesse disposto a pagar. Trella concentrava-se naqueles que possuíam habilidades necessárias à defesa da aldeia. Se possuíssem tais habilidades e quisessem ficar, ela defendia sua causa.

Apenas uma vez ela teve de envolver Eskkar. Os escreventes queriam dar uma casa vazia a um mercador de vinhos, enquanto Trella insistia para que a habitação fosse dada a uma família de cinco pessoas, que incluía o pai e dois filhos adultos decididos a combater. Eskkar perdeu a paciência e ameaçou expulsar todos os escreventes da aldeia. Trella teve de implorar a ele para que não recorresse a Nicar. Depois disso, ela não teve mais problemas com os escreventes.

Cada dia que passava, as vidas de Eskkar e Trella ficavam ainda mais entrelaçadas com o destino de Orak — e o destino de Orak dependia da muralha.

Todo mundo que era capaz trabalhava no muro. Lutar, cavar ou ir embora. Não existia outra opção para quem quisesse permanecer em Orak. Eskkar tomou essa decisão, apoiado por Nicar. As espadas dos soldados garantiam que fosse cumprida. Todo mundo trabalhava na defesa de Orak, inclusive os membros das Famílias.

Nenhum trabalho nem qualquer outra coisa eram permitidos, a não ser se aprovados por Nicar e Eskkar. Quem fosse apanhado fazendo algo fora de suas tarefas recebia algum castigo, e Eskkar não fazia exceção para os filhos das Famílias, embora permitisse que lhes fossem dadas tarefas menos pesadas do que cavar ou carregar pedras, desde que cumprissem direito suas obrigações.

Gatus enviou mais gente para patrulhar as estradas e evitar que bandidos e assaltantes atacassem quem levava mercadorias para Orak. Sisuthros agora tinha vinte homens com a tarefa de garantir que quem trabalhasse na muralha desse o duro necessário, enquanto Corio dirigia uma força de trabalho de quatrocentos homens e meninos e, inclusive, de mulheres e idosos. O empreiteiro andava de um lado a outro entre os operários, forçando a si mesmo e a seus aprendizes à mesma rigidez exigida de qualquer operário.

Escravos e aldeões livres trabalhavam do mesmo modo, todos cobertos de poeira e barro, exceto aqueles que apanhavam pedras no rio, e ocasionalmente podiam se lavar. Todas as noites, seu trabalho encerrado, os aldeões iam admirar o muro, que a cada dia crescia mais e mais de comprimento.

O muro agora se estendia 30 metros de cada lado de onde ficaria o portão. Cada lado crescia pelo menos 6 metros por dia, braços que se estendiam para envolver toda Orak.

Alcinor, o filho mais velho de Corio, dirigia a construção do portão principal. Este era feito de pesadas vigas cuidadosamente modeladas e bem unidas pelos carpinteiros, todas elas endurecidas pelo fogo, para resistir a flechas incendiárias, e reforçadas com largas tiras de bronze. No interior do portão, buracos eram revestidos com pedras, para receber os troncos de suporte que reforçariam a estrutura quando ele fosse fechado.

Embaixo do portão, um fosso com cerca de 2 metros de largura e 3 de profundidade já estava sendo cavado. Esse buraco seria totalmente enchido com pedras pesadas e socado com a costumeira mistura de barro e palha, criando um firme alicerce que frustraria qualquer tentativa de se cavar por baixo da estrutura. Em breve, o portão estaria funcionando, embora não totalmente pronto, e envolveria os novos e ampliados limites da aldeia.

Todo dia, chegava mais de uma dúzia de barcos trazendo madeira de todos os tipos e tamanhos. Ferramentas acabadas, armas e objetos de couro vinham por terra e pelo rio. Comida e vinho também desembarcavam, para ajudar a expandir os armazéns de Orak, a fim de resistir ao cerco. A notícia havia se espalhado por toda a zona rural, como também acima e abaixo do grande rio, e outras aldeias mostravam-se ansiosas para ajudar na resistência aos bárbaros ou simplesmente obter um lucro.

Barcos lotados com os valiosos cobre e estanho chegavam com regularidade. Imprescindíveis aos fabricantes de dezenas de itens de cobre, os minérios tinham pouca oferta e eram difíceis de conseguir. As minas ficavam a muitos quilômetros de distância e forneciam apenas uma pequena produção diária de seus poços, já que apenas escravos eram forçados a trabalhar ali. Por algum motivo misterioso, escravos morriam rapidamente nas minas, e poucos duravam mais do que seis meses. Eskkar descobriu por que era necessário muito ouro e prata para comprar bronze e estanho.

Eskkar, porém, exigia armas de bronze e, como apenas esses minérios podiam ser transformados no lustroso metal, o ouro de Nicar continuava fluindo. Os ferreiros de Orak trabalhavam do amanhecer ao anoitecer, transformando minério bruto em reluzentes armas e ferramentas de bronze.

A madeira do norte era tida como a segunda carga mais importante, tendo em vista sua necessidade não apenas para o portão, mas para reforçar os muros e parapeitos, fabricar escudos para os soldados e até mesmo servir de lenha para as forjas. Outras embarcações traziam as primeiras entregas de armas — espadas, lanças, inclusive arcos e flechas, todos com acabamento, que se somariam às feitas em Orak. Os barcos usados pelos marinheiros do rio eram pequenos, impulsionados por poucos remos e talvez uma vela minúscula, e não conseguiam transportar muita carga, porém todo dia chegavam mais e mais, enquanto a notícia sobre as necessidades de Orak continuava a se espalhar pela região. Cada capitão de barco se apressava em descarregar, embarcava mercadorias de escambo ou recebia pagamento, e voltava de onde viera, para outra consignação.

O superintendente das docas não permitia que outras mercadorias, exceto comida e vinho, fossem desembarcadas, embora Eskkar não tivesse dúvidas de que, de algum modo, outros tipos de carga conseguiam ser contrabandeadas para a aldeia.

Um enorme comércio se desenvolvera nos desembarcadouros, onde diariamente comerciantes compravam e vendiam os conteúdos dos navios. As Famílias de Decca e Rebba assumiram essa função, comprando e vendendo, e cuidando para que os preços permanecessem razoáveis.

Eskkar não confiava em nenhuma das Famílias, certo de que, se tivessem a oportunidade, roubariam da aldeia. Para se proteger contra isso, Nicar e seus escreventes também ajudavam — verificavam as contas e cuidavam dos manifestos de carga. Parecia funcionar, pois cada comerciante e capitão de navio reclamava de que estava sendo roubado, enquanto as Famílias se queixavam de que estavam sendo reduzidas à pobreza. O comércio, porém, não parava, e a cada dia mais barcos chegavam e partiam.

Todos os dias, Gatus treinava os homens arduamente. Ele e Eskkar discutiam um dia inteiro antes de este dar sua aprovação às suas novas ideias. O velho soldado queria treinar os soldados a lutarem em unidades de dez. Eskkar nunca tinha ouvido falar nisso, nem qualquer um dos homens. Gatus, porém, lutava duramente por suas ideias, declarando que os arqueiros seriam mais eficientes se lutassem desse modo, e que, assim, soldados de infantaria poderiam apoiar uns aos outros numa batalha. Eskkar acabou concordando, tendo em vista que em breve haveria tantos homens prontos para a luta que seria necessário algum tipo de organização apenas para controlá-los.

Assim que Gatus começou seu novo esquema, Eskkar percebeu os benefícios — o moral dos soldados melhorava juntamente com sua eficiência.

Veteranos tinham quatro horas de treinamento, ao nascer do sol, ou uma hora depois do meio-dia. Quando terminavam o treinamento, trabalhavam para Sisuthros ou Bantor, ou ensinavam os novos recrutas, que treinavam durante o dia todo. O treinamento dos novatos era ainda mais árduo, pois precisavam ficar em forma para lutar bem. Numa troca de golpes de espada, o mais fraco ou quem primeiro se cansava normalmente morria, e Eskkar queria homens capazes de lutar e matar, se necessário, durante horas.

Portanto, Gatus fazia com que corressem levando pesados troncos sobre a cabeça até cambalearem e caírem, depois colocava espadas em suas mãos trêmulas e mandava que golpeassem estacas até suas mãos se encherem de bolhas e sangrarem, antes de ficarem endurecidas por calos. Às vezes, os homens formavam fileiras e marchavam com escudos e lanças, segurando no alto a arma pesada para fortalecer os músculos do braço.

Então, sedentos, trêmulos e exaustos, eles iam para a linha de tiro dos arqueiros e disparavam flechas até cada homem acertar seu alvo cinquenta vezes, não importava quantas flechas fossem necessárias. Gatus e seus soldados cuidavam para que cada homem puxasse a flecha o máximo possível e a mirasse adequadamente. Varas de madeira esperavam aqueles que falhassem. E, a cada dia, os alvos recuavam alguns centímetros, e o resultado de três semanas de treinamento era que mesmo o mais novo dos recrutas, a sessenta passos, conseguia acertar o alvo cinco vezes em seis.

Quando os homens terminavam sua sessão, descansavam recuperando as flechas disparadas no local de tiro e preparando-as para o grupo seguinte. Cordas de arco tinham de ser verificadas e trocadas, se necessário. Uma corda de arco benfeita lançava entre duzentas e trezentas flechas antes de se quebrar ou distender, e requeria o esforço de uma dúzia de mulheres trabalhando diariamente para tecer e trançar o grosso fio de linho e transformá-lo em cordas adequadas.

Eskkar também fazia sua parte, primeiro treinando com soldados de linha, depois trabalhando com os recrutas. Os novos homens sentiam-se orgulhosos, constatando que seu capitão não se achava soberbo demais para suar com eles durante algumas horas por dia. Para os soldados, isso e o incentivo que ele lhes dava tornavam o treinamento mais suportável. "Seus cães miseráveis", gritava-lhes. "Quero que tenham mais medo de Gatus e de mim do que de qualquer bárbaro."

E, a cada dia, alguns aldeões, na maioria senhoras idosas e crianças, iam assistir ao treinamento e incentivar os homens. Eskkar assim permitia para que todos soubessem que os soldados trabalhavam tão arduamente quanto aqueles que se extenuavam com suas cargas de terra e pedras.

Trella constantemente lembrava a Eskkar que ele devia ser amigável com os aldeões, deixá-los a par do que fazia por eles e torná-los seus partidários. "Sua força", lembrava-lhe, "está em fazer com que as pessoas acreditem que as está defendendo, e não apenas aos comerciantes ricos".

Por isso, todos os dias, ele se esforçava para dizer algumas palavras de incentivo ou um simples alô aos aldeões. Sentira-se esquisito ao fazer isso, mas em pouco tempo se acostumou. Eskkar agora confiava totalmente em Trella. Se ela considerava que algo era importante, então ele o fazia, mesmo se não entendesse por quê.

Surpreendentemente, tudo estava funcionando. O ânimo dos soldados e recrutas permanecia positivo, reforçado pelo constante progresso do muro que lentamente se arrastava pela face de Orak. Crescia pelo menos 6 metros por dia, e Corio prometia mais um extra à medida que aumentava a prática dos operários.

O corpo de Eskkar voltara a endurecer e ele fazia questão de ficar junto com os mais fracos dos homens, grunhindo com eles debaixo dos troncos, para desenvolver sua própria força. Se conseguisse manter esse ritmo e os bárbaros não chegassem antes de a muralha estar pronta, o plano todo poderia funcionar.

Ele nunca acreditara que aldeões pudessem ser treinados tão bem, que pudessem derrotar os bárbaros corpo a corpo, mas agora, vendo seu progresso, começava a pensar diferente. Homens foram treinados antes para serem soldados, mas nunca sob a ameaça de uma migração de bárbaros. Gatus e os outros comandantes tornaram-se mais experientes e eficientes em seus métodos de treinamento. Se os aldeões pudessem combater os bárbaros nos termos deles, se os bárbaros fizessem o que Eskkar esperava, se não chegassem antes, se... se... se.

Todas as noites, na cama, Eskkar sussurrava suas dúvidas e preocupações para Trella. Ele, que nunca dividira seus pensamentos com ninguém, falava abertamente com Trella, que o tranquilizava, se pudesse, ou o abraçava bem apertado, quando não podia. Sua atividade sexual se tornara menos frequente, porém mais intensa, como se dividissem uma carga que tentava esmagá-los.

Todos os dias Eskkar aprendia algo novo, olhava para alguém ou para algo de maneira diferente, obtinha uma nova percepção ou cometia alguns erros. Cada dia trazia uma dúzia de decisões diferentes, uma dúzia por situações sobre as quais não tinha qualquer experiência. Não tinha compaixão por seus comandantes, quando eles erravam, e era mais duro ainda consigo mesmo.

Seus piores erros eram aqueles dos quais não se dava conta. Os que Trella ou mais alguém lhe apontava eram um sabor amargo em sua boca. Forçava-se a ouvir as explicações de Trella e, silenciosamente, jurava nunca mais cometer o mesmo erro.

Nada na vida de Eskkar o havia preparado para essa situação, e mais de uma vez ele pensou em deixar tudo para trás, montar num cavalo e simplesmente ir embora. A lembrança de Trella, porém, o mantinha em sua missão.

Ele agora queria o futuro que ela previra. Eskkar também sabia que, lentamente, sutilmente, ele estava mudando, aprendendo a pensar antes de falar, refletir antes de agir e, acima de tudo, ouvir e acatar o conselho de outros. De algum modo, ele sabia que os deuses ligaram seu destino ao dela e que ambos enfrentariam qualquer futuro que os bárbaros levassem a Orak. E, a cada dia, o muro crescia.

Essas mesmas semanas passaram ainda mais depressa para Trella, que se incumbira de uma tarefa ainda mais difícil, que não podia ser executada abertamente. Essa tarefa começara após eles se mudarem para a casa de Drigo. Assim que terminava seus afazeres matinais, passava duas ou três horas andando pela aldeia. Sempre acompanhada de um guarda e vestida com as roupas antigas que usara na casa de Nicar, ela conversava com as mulheres na feira, ajudava-as com sua lavagem de roupas no rio, e até mesmo visitava as mulheres que trabalhavam no campo ou na muralha.

Fazia mais do que visitar. O próprio trabalho que executava no muro era mais extenuante do que o de qualquer homem, embora raramente trabalhasse mais do que poucas horas. Carregava pedras e tijolos, ou cavava fossos juntamente com outras mulheres. Na primeira vez que Corio a notou trabalhando, tentou convencê-la a parar. Ela se recusou, alegando que o que fazia era pouco comparado com outras mulheres.

Ainda naquele primeiro dia, grupos de mulheres curiosas se juntavam aonde quer que ela fosse, ansiosas para lhe falar e também ansiosas para dar opinião. Após a primeira semana, Annok-sur, a mulher de Bantor, passou a acompanhá-la.

Uma mulher simples, prática, algumas estações mais jovem do que Eskkar, Annok-sur mostrou que tinha a habilidade e a experiência necessárias à administração de uma grande residência. Em pouco tempo as duas transformaram a antiga casa de Drigo não apenas em um lar para Eskkar e seus homens, mas num centro de planejamento da defesa de Orak.

Em conjunto, organizaram a criadagem, determinaram as tarefas diárias e estabeleceram uma rotina que passou a funcionar sozinha. Apesar da diferença de idades, elas se tornaram amigas.

Trella estava sentada junto a uma pequena mesa, em seu quarto, enquanto Annok-sur penteava seu cabelo. Nenhuma das duas achava nem um pouco estranho o fato de uma mulher livre pentear o cabelo de uma escrava.

— Patroa Trella — disse Annok-sur, mantendo a voz baixa, por força do hábito, embora elas estivessem sozinhas no segundo andar —, suas caminhadas pelo meio dos aldeões tornaram-se o ponto alto do dia para muitos deles. Param o que estiverem fazendo à espera de sua passagem, e ficam decepcionados se escolhe uma outra rua.

— Eu gosto do contato com as pessoas, Annok-sur. Há muito o que se aprender com elas sobre Orak.

— Talvez você as esteja ensinando mais do que elas imaginam. Muitas pedem seus conselhos ou sua ajuda. E para muitas delas você dá moedas de cobre. Por que é tão generosa com todos?

Trella rebateu com uma outra pergunta.

— Você está casada com Bantor há bastante tempo. É uma vida dura, não é mesmo, ser mulher de soldado?

— Muito dura, patroa. Meus dois primeiros filhos morreram, um de parto e o outro poucos meses depois de nascido. Apenas Ningal, nossa filha, sobreviveu. — Suspirou. — Bantor é um bom homem e trabalha arduamente, mas às vezes é um pouco lento da cabeça. Até Eskkar tê-lo promovido, a gente tinha muito pouco e nenhuma esperança de melhoria. Houve muitas coisas dolorosas que tive de fazer para ajudar Bantor e Ningal a sobreviverem.

Coisas das quais é melhor nem falar, pensou Trella.

— Mas a vida agora melhorou, não?

— Sim, por enquanto. Mas, depois que os bárbaros forem derrotados, receio que voltem os tempos difíceis.

— Você está segura de que iremos derrotá-los?

— Não, claro que não. Eu sei quanto eles são fortes. Mas, se nossos homens fracassarem, então nada mais vai importar. Se não formos todos mortos, você e eu nos tornaremos escravas na tenda de algum guerreiro, tomadas e surradas a seu prazer. Não, o que eu mais temo é envelhecer tendo apenas um pagamento de soldado, sem dote para conseguir um bom marido para Ningal. Desde que Eskkar se tornou capitão, o futuro do meu marido parece abençoado pelos deuses. Bantor é muito leal. Ambos sabemos o que Eskkar fez por ele.

Trella estendeu o braço e tocou a mão de Annok-sur, tirando-lhe o pente e se virando para encará-la.

— Eu, também, sou mulher de soldado. E sinto o mesmo temor que você, Annok-sur, o de que, após os bárbaros serem expulsos, as coisas voltem a ser como nos velhos tempos. Eskkar é poderoso agora, mas quando Orak não estiver mais sob ameaça, então talvez os nobres não precisem de um forte capitão da guarda. Talvez também não precisem de tantos soldados assim, principalmente dos que eles mesmos não criaram.

— Então é por isso que você anda pela aldeia, ama, para obter a amizade do povo? A amizade das pessoas não será suficiente para proteger seu amo.

— Há muito mais coisas que quero dos aldeões. E há muito mais coisas que você pode fazer para me ajudar, se quiser. Essa ajuda não será esquecida no futuro, Annok-sur.

— Eu a ajudarei com prazer, Trella. Você não será escrava por muito tempo. Todos sabem disso. Não, será uma grande senhora de Orak e Eskkar fundará uma importante Casa. E, enquanto ele subir, Bantor subirá.

— Então há muito a fazer para assegurar esse futuro. Precisamos usar o povo para ajudar a proteger Orak após os bárbaros serem derrotados. Os aldeões precisam se juntar a Eskkar e seu futuro, de modo que um não exista sem o outro. Não devemos permitir um retrocesso aos velhos tempos.

— Você imagina um modo de fazer isso acontecer? Os nobres não gostam de ouvir coisas desse tipo.

— Não, não ouvirão. Realmente, seria muito perigoso — disse Trella, sem acrescentar mais nada, e apenas esperou enquanto Annok-sur refletia.

— Não quero voltar aos velhos tempos. Diga-me o que posso fazer para ajudá-la.

Trella revelou seus planos. Ao terminar, a mulher mais velha segurou novamente sua mão e apertou-a.

— Isso é possível, Trella. Nós conseguiremos fazer essas coisas acontecerem. Eu farei tudo o que for necessário.

— Ajude-me, Annok-sur, e, algum dia, você terá uma importante Casa. Prometo.

11

Mais semanas se passaram, com Eskkar ocupado demais para notar as silenciosas manobras de Trella ou se preocupar com elas, se as notava. Em vez disso, preocupava-se com Jalen. Quase três semanas de atraso, e Eskkar temia que não apenas tivesse perdido um comandante competente, como também que carecesse de qualquer informação sobre o progresso ou sobre a localização dos bárbaros.

Um pensamento ainda mais sombrio o perturbava — se tivessem capturado e torturado Jalen, os Alur Meriki saberiam tudo sobre os planos de Eskkar. Ele não queria que os bárbaros enviassem antecipadamente um grupo de ataque, antes de dispor da muralha acabada.

Qualquer que fosse o destino de Jalen, Eskkar precisava enviar outra patrulha, a qual ele mesmo comandaria. Os bárbaros precisavam ser localizados e ele não confiava em mais ninguém para fazer isso. Homens continuavam chegando com histórias de bandos de bárbaros a apenas algumas passadas atrás deles, mas tudo o que avistaram não tinha qualquer valor.

Mais de dois meses tinham se passado desde que Eskkar se tornara capitão da guarda. Todos os dias ele se encontrava com Corio e Sisuthros para falarem sobre o progresso do muro. O trabalho deles seguia sem dificuldades e Eskkar não tinha dúvidas de que a muralha estaria erguida a tempo. Todavia, ele precisava da informação de Jalen. Decidiu esperá-lo mais alguns dias. Então comandaria pessoalmente um segundo grupo de observação.

O treino daquela manhã fora péssimo. As preocupações de Eskkar o distraíram e uma espada brandida por um recruta ansioso atingiu sua cabeça e ele caiu no chão. Se a lâmina fosse de bronze, em vez de madeira, ele teria morrido.

Poucas horas após o sol atingir o seu zênite, um dos mensageiros de Bantor encontrou Eskkar ao lado de Corio, inspecionando o progresso do dia.

— Capitão, Bantor pede que vá ao portão. Há viajantes ali que desejam lhe falar.

— Diga a Bantor que estou a caminho. — Eskkar sorriu para o sorridente jovem, que partiu em disparada para retornar com sua nova mensagem. Eskkar despediu-se de Corio, então seguiu o caminho para o portão principal, onde encontrou Bantor e dois guardas conversando com três estranhos.

Ao se aproximar, Eskkar entendeu por que os viajantes eram diferentes daqueles que vagavam por Orak. Os estranhos deviam vir de uma distante terra do norte, onde homens tinham barba e cabelo negros que contrastavam com sua pele mais clara. Todos eram incomumente altos e musculosos. Até mesmo suas roupas pareciam esquisitas, uma mistura de couro e cores escuras em vez de linho cru ou tons de fibra de linho, preferidos pelos que habitavam a zona rural vizinha.

Cada estranho carregava um arco pesado e um gordo coldre repleto de flechas, mas nenhuma espada ou acha de armas, apenas uma longa adaga em cada lado da cintura. Um pequeno asno, a alguns passos de distância, descansava exausto debaixo de sua carga de fardos, cobertores e utensílios de cozinha, sem dúvida contendo todos os bens materiais dos viajantes.

— Saudações, Bantor. — Eskkar também cumprimentou com a cabeça os guardas que o acompanhavam. Ele tentava se lembrar o máximo possível do nome de seus soldados. Quando não conseguia se lembrar de um nome, mesmo assim fazia ao homem alguma espécie de cumprimento. Tinha prazer em ver que um simples gesto de reconhecimento fazia com que eles se posicionassem um pouco mais eretos.

— Saudações, Capitão — retrucou Bantor. — Esses viajantes pediram para falar com o líder da aldeia e achei que seria melhor você encontrá-los aqui.

Bantor aprendera muito nos últimos meses. Antes, talvez ele os tivesse encaminhado à casa de Eskkar e esquecido do assunto. Agora, manteve-os sob guarda até seu capitão determinar o que fazer com eles.

Eskkar dirigiu-se aos recém-chegados, escolhendo facilmente o mais velho e adivinhando, pela sua idade e sua aparência, que era o pai dos outros dois.

— Saudações. Sou Eskkar, o capitão da guarda.

Eskkar era um dos homens mais altos de Orak, mas se descobriu olhando diretamente nos olhos dos três estranhos, uma sensação incomum para ele.

— Que assunto os traz aqui? — Sabia que não eram mercadores ou agricultores. Até mesmo os rapazes, o mais jovem provavelmente sem mais do que 15 estações, pareciam em boa forma física e capazes.

O mais velho curvou-se ligeiramente para mostrar que se considerava um semelhante.

— Meu nome é Totomes, e estes são meus filhos, Narquil e Mitrac. Viemos para o sul combater os Alur Meriki. Podemos considerar lutar com sua aldeia se, de fato, vocês planejarem lutar. — A voz do homem tinha um sotaque forte e suas palavras saíam lentamente, como se tivesse de traduzir cada pensamento em palavras.

Os olhos de Eskkar se estreitaram. Nem um aldeão em vinte sabia o nome do povo das estepes que vinha avançando. A maioria achava que todos os bárbaros eram iguais e nunca pareceu lhes ocorrer o fato de que um clã em particular podia ter um líder com seu próprio nome. Os Alur Meriki tiraram seu nome de um dos seus antigos líderes, mas Eskkar sabia que o Alur Meriki original estava morto havia pelo menos cem anos.

Parecia improvável que aqueles estranhos conhecessem tal nome, a não ser que tivessem feito alguns contatos com o clã.

— Por que desejam combatê-los?

Em vez de responder, Totomes aproximou-se do rosto de Eskkar, encarando-o duramente nos olhos antes de recuar.

— Você mesmo é das estepes, não é, Capitão? De que clã você veio?

Eskkar sentiu a boca endurecer diante da pergunta inesperada, uma pergunta que poucos ousariam fazer, e sentiu-se tentado a ordenar que os expulsassem da aldeia. Em vez disso, lembrou-se dos alertas de Trella sobre perder a calma.

— Eu vim das estepes há mais de vinte anos, Totomes, e aqui em Orak é insolência estranhos fazerem tantas perguntas. Bem, o que vocês querem aqui?

— Nós queremos matar tantos Alur Meriki quanto possível. É por isso que pergunto... de que clã você veio?

— Se desejam lutar, voltem pelo portão e sigam para o norte. Garanto que encontrarão todos os Alur Meriki que desejarem. — Dirigiu-se aos soldados que estavam atrás dos estranhos, mantendo a voz calma, mas firme. — Acompanhem esses visitantes até fora da aldeia e cuidem para que sigam seu caminho.

O mais jovem colocou a mão no arco que continuava atravessado sobre seu peito.

— Se você tocar novamente nesse arco, rapaz, sairá daqui sem ele. — Enquanto Eskkar falava, os guardas atrás dos estranhos sacaram suas espadas com um ruído estridente e se separaram, e Bantor deu um passo para o lado e colocou a mão sobre a espada.

Totomes falou asperamente com o filho numa língua estranha aos ouvidos de Eskkar, e imediatamente o jovem tirou a mão da haste do arco.

— Meu filho Mitrac ainda tem muito o que aprender sobre comportamento de estranhos. Mas eu o alerto de que aquele que tentar tomar um dos nossos arcos morrerá.

Eskkar manteve a voz calma.

— É melhor seguir seu caminho antes que meus guardas enfiem as espadas em suas costas e eu me arrependa de minha generosidade. Vocês não farão nenhuma matança em Orak.

— Você é o governante de Orak — disse Totomes, seu aborrecimento visível —, capaz de ameaçar os que desejam entrar em sua aldeia, mesmo quem quer combater os bárbaros? — Eskkar encarou Totomes por um momento. Aqueles homens, sem dúvida, tinham a cabeça dura, mas pareciam dispostos a lutar contra os bárbaros ou contra qualquer um que fosse. Eles atravessaram um território repleto de guerreiros, bandidos e ladrões, e, de algum modo, tinham conseguido sobreviver.

O fato de serem estranhos àquelas terras tornava sua viagem ainda mais notável. Viajantes de terras distantes assumiam mais riscos em suas viagens, eram sempre os preferidos pelos assaltantes, pois suas vítimas não tinham parentes para exigir vingança. Mais um motivo por que a maioria dos homens raramente viajava mais do que alguns poucos quilômetros de onde tinham nascido.

Eskkar olhou para o arco que o homem carregava. Era difícil avaliar seu tamanho, estendido na diagonal sobre suas costas, mas parecia ser uns 30 centímetros mais comprido do que aqueles com os quais os seus soldados treinavam, o que poderia torná-lo uma arma extraordinária. Olhou de relance para os arcos dos dois rapazes. Tinham exatamente o mesmo tamanho do de seu pai.

Alguém atrás dele tossiu. Eskkar notou que uma multidão havia se formado, todos congelados no lugar, ignorando o sol quente e olhando fixamente os homens, colhidos pela súbita tensão e à espera de ver sangue ser derramado a qualquer momento. Ele decidiu que homens como aqueles podiam ser úteis, mas palavras duras tinham sido ditas, e agora precisavam ser desditas. Imaginou o que Trella faria. Talvez lhes oferecesse um copo de água. Ou vinho. Bem, por que não? Dirigiu-se a Bantor.

— Mande cuidar do animal deles. — Virou-se novamente para Totomes. — Sigam-me.

Sem esperar uma resposta, Eskkar girou nos calcanhares e passou a refazer seu caminho, andando resolutamente e movimentando-se com boas passadas. Seu guarda pelejava para acompanhá-lo e ele resistiu à vontade de se virar para ver se Totomes e os filhos o seguiam. Após percorrer a rua principal de Orak, dobrou à esquerda numa pequena viela e quase que imediatamente entrou numa pequena taberna, um local que fornecia comida e bebida a viajantes.

Parou um instante, deixando que seus olhos se acostumassem à luz fraca, e sentiu seu guarda-costas trombar nele. Àquela hora, não havia muitos fregueses que frequentavam a cervejaria e a maior mesa do estalajadeiro estava vazia. Eskkar seguiu para lá, chamando, pelo caminho, a moça que servia.

— Cerveja para mim e meus acompanhantes.

Sentou-se de frente para a entrada e viu os estranhos parados logo após o vão da porta, apertando os olhos diante da escuridão. Eskkar gesticulou para seu guarda-costas.

— Sente-se e mantenha a mão longe da espada.

O guarda sorriu com admiração.

— Capitão, pensei que eles iam furar nós dois pelas costas.

Eskkar sorriu sombriamente.

— Poderíamos usar homens como esses. Agora sente-se e fique de bico calado. — Manteve a voz baixa enquanto Totomes se aproximava da mesa e parava hesitante diante dela, olhando em volta do salão sombrio. — Vai ficar parado aí ou se sentar e tomar um pouco de cerveja? Ou será que não está com sede, após sua viagem?

Totomes parecia tão confuso quanto tinha parecido irritado e, antes que ele pudesse responder ou mesmo se sentar, a moça que servia as mesas aproximou-se com cinco canecas de madeira e um enorme balde com cerveja. À medida que os homens se instalavam, ela despejava habilidosamente nos recipientes a bebida marrom.

— Espero, moça, que esta seja uma cerveja decente — observou Eskkar, quando ela terminou. — Não quero que meus amigos se ofendam.

Ela deu uma risadinha, então o olhou com um sorriso provocante.

— A nossa melhor cerveja, Capitão, nas nossas melhores canecas. Qualquer coisa que desejar, qualquer coisa, é só pedir. — Sorriu para ele, fez uma ligeira reverência e se afastou.

Totomes deslizou o arco por cima da cabeça e colocou-o ao comprido na mesa entre ele e Eskkar. Os filhos seguiram seu exemplo e se sentaram um de cada lado do pai. A mesa era apenas um pouco maior do que os arcos.

Eskkar ergueu sua caneca.

— Bem-vindo a Orak, Totomes. — Vasculhou a memória por um instante e acrescentou, "Narquil e Mitrac", feliz por ter repetido os nomes dos rapazes em sua mente quando os escutou, outro truque que aprendera com Trella. — Meu nome é Eskkar e este é o meu preguiçoso guarda-costas do dia de hoje, Hykros.

Totomes ergueu o copo e repetiu o gesto de Eskkar.

— A Orak. — Os cinco homens beberam generosamente, embora Eskkar pousasse sua caneca primeiro, ainda pela metade.

— Se vamos conversar, Totomes, é melhor fazer isso na sombra e com uma bebida na mão. Mas se pensa que terá mais vantagens aqui do que no portão, está enganado. Eu posso expulsá-lo de Orak a qualquer momento. Não há lugar na aldeia onde você possa entrar sem ser encontrado.

Totomes meditou sobre isso um momento, então fez que sim com a cabeça.

— Suponho que tenha razão. — Tomou mais um pouco de cerveja e limpou a boca com as costas da mão. — Nós viemos aqui em busca de uma oportunidade de matar bárbaros. No interior, homens dizem que Orak planeja resistir a eles, embora eu não veja como isso possa ser possível. Mas decidimos vir e ver por nós mesmos.

— Ah, isso é bem verdade. — Eskkar recostou-se sobre a parede áspera. — Embora possamos todos morrer na tentativa. Como deve ter visto ao passar pelo portão, estamos construindo um muro em volta da aldeia. Quando ficar pronto, pretendemos combater os bárbaros a partir dele e matá-los com flechas.

— Precisará de muitos arqueiros para isso, Capitão — observou Totomes. — E habilidosos. Bárbaros não são fáceis de se matar, mesmo com flechas. Nós sabemos disso. Meus filhos e eu matamos muitos nos dois últimos anos.

Eskkar refletiu sobre essas palavras. Se os três andaram combatendo o povo das estepes durante os últimos anos e conseguiram sobreviver, então deviam ser bastante capacitados. Escolheu as palavras com cuidado.

— Não quero ofender, Totomes, mas como conseguiram sobreviver por tanto tempo? A não ser que haja outros de vocês em algum lugar.

Uma expressão de tristeza percorreu o rosto de Totomes.

— O nosso povo vive no distante norte, além das estepes, perto do grande mar do norte, onde o clima é muito mais frio do que aqui. Um terremoto forçou meu clã a se mudar para o sul, e começamos a construir um novo lar, quando o nosso acampamento foi atacado por um grupo de incursão de Alur

Meriki. Eles nos mataram quase todos. Meu irmão, minha mulher e várias crianças, estão todos mortos. — Abaixou o olhar para sua caneca de cerveja.

— Meus filhos e eu, e mais alguns outros, estávamos fora, explorando as montanhas à procura de minérios e madeira. Quando voltamos, avistamos os bárbaros indo embora. Nem todos do nosso clã estavam mortos, quando chegamos. Muitos foram torturados e mutilados e deixados para morrer. Meus filhos assistiram à lenta morte de sua mãe.

Totomes olhou de relance para os filhos.

— Quem restou de nós fez um juramento de sangue que os vingaria, e 14 de nós começamos a seguir os bárbaros. Alguns morreram lutando contra eles e outros retornaram. Mas meus filhos e eu ainda não matamos o suficiente para satisfazer o nosso juramento.

Eskkar concordou compassivamente, embora, para ele, isso fosse uma velha história, uma história repetida uma centena de vezes.

— Bem, Totomes, se vocês desejam matar bárbaros, vieram ao lugar certo, desde que aceitem receber ordens. Preciso do máximo possível de arqueiros que conseguir, e, mais do que isso, preciso de homens que possam ensinar a outros. Agora mesmo, estamos treinando soldados a usar o arco.

Eskkar olhou para os arcos pousados sobre a mesa. Sob a luz fraca, pareciam diferentes de tudo que já havia visto.

— Posso examinar o seu arco? Penso que nunca vi algo parecido.

Isso levou um sorriso aos rostos deles.

— Nem provavelmente verá, Capitão. — Totomes passou-lhe um dos arcos. — Eles são um novo modelo que meu avô criou, feito do cerne de uma árvore especial que cresce apenas em certas partes da estepe. A madeira que fica próxima ao coração da árvore é mais grossa e mais forte do que a madeira da parte externa, portanto, age como se duas partes fossem coladas juntas.

Eskkar examinou o arco cuidadosamente, ciente, pelas suas experiências com Rufus, o fabricante de arcos, de que acabara de descobrir um grande segredo. O arco tinha um peso considerável, mas não era tão pesado quanto ele esperava que fosse. Erguendo o arco em direção à luz, percebeu que, de fato, era feito de um único pedaço de madeira.

Ele sabia que um arco feito de um único pedaço de madeira não podia suportar muita tensão e, certamente, não conseguiria disparar uma flecha pesada a uma grande distância. A parte de madeira do lado de fora do arco tinha que se dobrar muito mais do que a parte do lado de dentro e, desse modo, tendia a se quebrar. Para solucionar esse problema, os fabricantes faziam seus arcos de guerra com vários pedaços de madeira curvados em ângulos diferentes, unidos por uma conexão central e presos com cola.

No arco de Totomes, a madeira de dentro parecia que tinha sido tingida, mas uma inspeção mais de perto revelava que era apenas a coloração normal da textura da madeira. O centro do arco fora envolvido com fios finos e tiras de couro para acrescentar força e também para dar uma melhor empunhadura. Depositando o arco de volta, Eskkar olhou para Totomes. O homem tirou uma flecha de seu coldre e entregou-lhe.

Ele notou que a flecha era quase 8 centímetros mais comprida do que as que seus homens usavam e também ligeiramente mais pesada, mas, fora isso, não parecia diferente.

— A que distância um arco desses consegue disparar uma flecha como essa?

— Com a pressão total da flecha, conseguimos acertar em qualquer coisa em que mirarmos a duzentos passos de distância. O arco pode disparar uma flecha dessas bem além de quinhentos passos. Já atingimos alvos bem mais distantes. — Uma insinuação de orgulho soou em sua voz.

Para Eskkar, isso pareceu bravata, mas ele deixou passar. Acertar qualquer coisa a duzentos passos já era um excelente disparo. Devolveu a flecha a seu dono e ergueu sua caneca de cerveja.

— Bem, quais são seus planos, Totomes? Se quiser ficar e lutar, terá de lutar sob meu comando e cumprir minhas ordens. Caso contrário, poderá ficar alguns dias em Orak, para descansar e comprar o que necessita, antes de ir embora. Não posso deixar combatentes à solta na aldeia. Todos os homens que portam armas em Orak estão sob meu comando.

— Sou o líder do meu clã. Não posso receber ordens de... outros.

— Muito bem — rebateu Eskkar, tomando o resto da cerveja. — Então terão de partir dentro de três dias. Se, depois disso, ainda estiverem aqui, tomarei seus arcos e tudo o mais de valor que tenham e os expulsarei da aldeia.

Ele se levantou. Hykros fez o mesmo.

— Podem dormir aqui, em segurança, e eles não lhes cobrarão muito, pois viram vocês bebendo comigo. Bom dia, Totomes. — Eskkar cumprimentou os dois rapazes com um gesto de cabeça e começou a se afastar.

Totomes também se levantou.

— Capitão, por favor, espere. — Ainda há mais coisas que gostaria de discutir com você.

Eskkar virou-se e encarou Totomes até o homem baixar a vista.

— Você disse que é líder de um clã, Totomes, mas seu clã está morto ou longe daqui, e agora tem apenas esses rapazes que o seguem. Diz que quer lutar, mas aqui em Orak nós combatemos os bárbaros à minha maneira ou de maneira nenhuma.

Eskkar deixou que isso penetrasse, mas continuou antes que Totomes pudesse contestar.

— Se querem ficar, então devem se comprometer comigo até os bárbaros serem derrotados e expulsos, ou até estarmos todos mortos. Vocês me obedecerão em todas as coisas, exatamente como qualquer outro homem que luta sob meu comando, e terão o mesmo pagamento. Se vocês são capazes de usar esses arcos tão bem quanto afirmam, ajudarão a treinar meus arqueiros, e isso evitará que carreguem pedras ou cavem valas, embora venham a fazer isso também, se for necessário. Eu já disse tudo que tinha a dizer. Escolha agora.

Totomes ficou parado, o orgulho brigando com seu desejo de vingança. Narquil, que parecia ser o mais velho dos rapazes, falou com Totomes em sua própria língua. Trocaram palavras, e até mesmo o mais novo teve o que dizer. Totomes virou-se para Eskkar.

— Aceito sua oferta, Capitão. Sente-se, por favor — pediu. — Há muito mais coisas que gostaríamos de saber.

Eskkar curvou-se formalmente, ratificando o acordo, e voltou para seu assento. A serviçal, que ficara parada ali ouvindo cada palavra, apressou-se em trazer mais cerveja e serviu outra rodada.

— Pois bem, estou contente por vocês se juntarem às nossas forças, e há muito mais...

A porta abriu-se com um estrondo que sobressaltou igualmente funcionários e fregueses. A mão de cada um deles alcançou faca ou espada, o sol brilhante iluminando o mesmo mensageiro que chamara Eskkar mais cedo.

— Capitão!... Bantor pediu que vá imediatamente ao portão! — Arfou por um momento, para recuperar o fôlego. — Cavaleiros se aproximam. Ele acha que pode ser Jalen!

Eskkar pôs-se de pé num salto, batendo a cabeça no teto baixo e partindo para a porta, antes de se lembrar de seus novos recrutas.

— Hykros, leve Totomes e seus filhos para Gatus. Diga-lhe que temos novos instrutores para os arqueiros, depois leve-os à minha casa.

Eskkar abaixou-se sob o vão da porta e começou a correr, o mensageiro seguindo à frente pelo caminho de volta ao portão. Quando Eskkar chegou lá, Bantor desceu os últimos degraus da escada de madeira que dava acesso ao topo do muro, um grande sorriso no rosto, que cresceu ainda mais quando viu seu capitão.

— É Jalen? — Eskkar não conseguiu conter a emoção na voz.

— Acho que sim. Pelo menos, parece o cavalo dele.

Caminhando com Bantor para o portão, ele olhou a estrada abaixo e viu um pequeno grupo de cavaleiros cavalgando lentamente na direção deles.

Contou quatro homens, apenas dois a menos do que quando partiram, e, ao chegarem mais perto, ele notou que o jovem servidor sobrevivera, embora, obviamente, dois combatentes não tivessem conseguido. Eskkar estava ao lado do antigo portão de madeira quando um grupo de aldeões o atravessou correndo. Uma mão segurou a sua, e ele olhou e viu que Trella se juntara a ele.

— Como você soube tão depressa? — perguntou ele, colocando o braço em volta dela, apreciando seu toque. Olhou para trás, para se certificar de que o guarda dela estava presente, uma vez que o seu havia partido com os visitantes. Ainda havia na aldeia alguns homens de Drigo, embora a maioria tivesse partido semanas atrás. Ao mesmo tempo que diminuíra o perigo dos seguidores de Drigo, aumentara o número de aldeões que não viam com bons olhos o líder guerreiro de Orak e sua dura disciplina.

— Bantor não sabia ao certo aonde você tinha ido, e mandou um mensageiro até em casa. O menino nos contou sobre os três arqueiros para os quais você virou as costas e convidou para beber, após terem ameaçado matá-lo.

Eskkar deu uma risada.

— Não foi bem assim, Trella. Mas eles são uns sujeitos interessantes.

— Não, tenho certeza de que não foi assim — retrucou ela, aumentando o aperto em sua mão. — Mas queria conhecê-los.

— E vai, esta noite. Acredito que temos lugar suficiente na casa menor para os três.

A conversa cessou quando Jalen trotou através do portão em meio a uma nuvem de pó e vivas e gritos da multidão. Enrijecido pela longa cavalgada, desmontou, deslizando. Eskkar descobriu-se abraçando seu tenente, dando-lhe tapinhas nas costas, enquanto os aldeões gritavam o nome de Jalen.

— Pelos deuses da morte, Jalen! Dias atrás eu o tinha dado como morto! Agora chega cavalgando tranquilamente. Vamos até minha casa. Poderemos conversar lá.

— Pelos deuses, como é bom estar de volta. — Jalen olhou o muro no alto, boquiaberto com a visão. — E muita coisa mudou, desde que parti. — Foi até seu cavalo e desatou da manta uma bolsa de couro, então seguiu Eskkar e Trella em direção à casa. No meio do caminho, encontraram Nicar esperando-os na rua. Este convidou todos à sua casa, avisando que os outros nobres também iriam para lá.

Momentos depois, os convidados de Nicar lotavam sua sala de reuniões, com cada cadeira e banco ocupados. Uma dezena de outros estavam em pé onde conseguiam encontrar um espaço. Todos esperavam por Jalen.

Ele tinha parado para se lavar, embora Eskkar soubesse que demoraria mais do que poucos momentos no poço para remover do corpo e das roupas o cheiro de cavalo. O aposento já parecia quente com a presença de tantos corpos.

Mais uma vez, Eskkar sentou-se à cabeceira da mesa com Trella ali perto a seu lado. Gatus, Sisuthros e Bantor ficaram de pé atrás de seu capitão. Quando Jalen entrou, molhado da lavagem, usava uma das túnicas velhas de Nicar, uma vestimenta grande demais para seu corpo. Sentou-se no último assento vago, ao lado de seu capitão, e bebeu da caneca de vinho que já fora servida à sua frente.

— Nobre Nicar, obrigado pelo vinho e pelo empréstimo da túnica. Receio que a minha não valha a pena guardar.

— O que você quiser, basta pedir — retrucou Nicar. — Mas, vamos logo, estamos ansiosos por notícias. Você encontrou os bárbaros?

O sorriso desapareceu do rosto de Jalen.

— Sim, eu os encontrei, e há muito o que contar. — Apanhou a bolsa de couro que deixara com seu capitão. Retirou o mapa de pano e abriu-o sobre a mesa. Rasgado nas margens e sujo de tanto manuseio, ele obviamente servira muito bem ao seu propósito. Eskkar notou que muitas linhas tinham sido cerzidas nele.

Todas as cabeças se esticaram na direção do pano como se seus segredos pudessem ser claramente visíveis. Olhares preocupados substituíram os sorrisos, enquanto imaginavam quais notícias eles ouviriam. Jalen pousou o vinho e começou sua história.

— Antes do quinto dia de nossa partida, começamos a ouvir notícias sobre os Alur Meriki. Ao seguirmos mais para o norte, encontramos pessoas mudando-se para oeste e tivemos notícias de grupos de incursão que agiam até o nordeste. Para evitá-los, viajamos junto ao rio, e houve pouca atividade por mais uma semana até começarmos a encontrar muita gente seguindo para o sul, na tentativa de ficar adiante do grupo principal. Muitas dessas pessoas conheciam Orak e se dirigiam para cá. Chegou alguém?

— Sim, há cada vez mais gente nas estradas, todos vindo para cá — respondeu Eskkar. — Alguns, se estão dispostos a lutar ou trabalhar, ficam. Outros estão acampados nos arredores e devem se mudar daqui a alguns dias.

Jalen concordou.

— Muitos mais virão. Continuamos a cavalgar em direção ao norte por mais uma semana e começamos a avistar pequenos grupos de observação, com cinco ou seis bárbaros. Sempre que víamos um, fugíamos para o sul. Certa ocasão, eles nos perseguiram durante um dia inteiro até os despistarmos. Graças aos deuses pelos nossos resistentes cavalos. Cada vez, fazíamos novamente a volta para o norte e nos afastávamos do rio.

Eskkar inclinou-se à frente, o olhar firme.

— Não avistou qualquer grupo de incursão, apenas batedores? — Eles deveriam ter encontrado pelo menos um grande bando de guerreiros.

— Sim, apenas batedores. Não conseguimos continuar para o norte, e seguimos para leste. Falamos com muitos viajantes e até mesmo com alguns bandidos. Quanto mais seguíamos para leste, mais as coisas ficavam claras.

Jalen bebeu novamente de sua caneca. Todos os olhares estavam nele.

— Os bárbaros têm um plano. A parte principal da tribo, com pelo menos setecentos ou oitocentos guerreiros, vem lentamente em nossa direção, seguindo mais ou menos o rio. Dois grandes grupos de incursão distanciam-se do corpo principal para o sul e para o leste, matando todos que se encontram pelo caminho ou forçando-os a seguir para oeste. — Colocou o dedo sobre o mapa e todos se levantaram ou deixaram seus lugares para olhar de perto, os nobres aos empurrões, a dignidade esquecida.

Jalen apontou para umas linhas vermelhas.

— É aqui onde se encontrava o acampamento principal cerca de duas semanas atrás. Eles viajam devagar e se mantêm próximos ao rio.

Novamente Jalen apontou para o mapa e indicou duas costuras curvas com linha preta que se entortavam para sudoeste.

— Eles cavalgam grandes distâncias, mas sempre para leste e sul, embora às vezes enviem prisioneiros e saques de volta para o acampamento principal. Fazem isso mais ou menos a cada semana, e talvez troquem de homens, para que todos possam participar das pilhagens.

Eskkar encarava o mapa, assim como os demais, mas já conseguira entender a estratégia. Ficou sentado ali, perdido em pensamentos, até as palavras de Nicar o interromperem.

— Bem, Eskkar, o que depreende disso? Parece que eles poderão passar direto por nós, tendo em vista que estão atacando tão longe assim a leste. Após a curva do rio, o grupo principal poderá continuar em direção a leste. É o caminho que percorreram na última vez que estiveram por estas bandas.

Eskkar olhou de relance para Jalen e percebeu que seu subcomandante entendera com toda a clareza o que os bárbaros tinham em mente. Eskkar curvou-se sobre o mapa e traçou uma linha com o dedo.

— A leva principal segue o rio Tigre e, neste momento, esse grupo viaja praticamente na direção leste. Quando o rio fizer a curva, ele continuará seguindo-o e estará indo para sudoeste. Quando o rio ficar reto, ele seguirá quase em direção ao sul, e nós estaremos bem no seu caminho. Por essa ocasião, os grupos de incursão estarão longe, a sudoeste de Orak, e começarão a vir também em nossa direção, primeiro investindo para o oeste, depois para o norte. Eles se aproximarão de Orak pelo sul, seguindo o rio e empurrando, de volta para nós, qualquer um que procure escapar. — Ergueu a vista para os homens e viu que todos o escutavam atentamente, boquiabertos, ao tentarem alcançar o significado do que ele dizia.

— Desta vez, os bárbaros não estarão apenas passando por perto e não seremos apenas mais uma aldeia em seu caminho. Desta vez, eles seguem direto para Orak. Nós somos seu principal destino. Empurram todo mundo em nossa direção, pois sabem que as multidões de lavradores e aldeões em fuga vão nos sobrecarregar com seu grande número, ao mesmo tempo em que concentram aqui todos os seus bens e seus animais. Esperam arrancar um valioso espólio antes de seguirem em frente.

As palavras de Eskkar silenciaram a todos, um momento antes de Nicar falar.

— Como pode estar certo disso, Eskkar? Eles ainda podem virar para leste e não vir diretamente para cá.

A pergunta de Nicar soou como desespero. Eles ouviram as palavras, mas não o que significavam.

— Diga-lhes, Jalen. Diga-lhes o que você acha.

— Eu acho que é o que Eskkar diz — concordou Jalen. — Eles estão vindo para cá. Caso contrário, o bando principal já teria virado para leste semanas atrás. É por isso que segue tão lentamente. Querem que as pessoas saibam de sua aproximação e venham para cá, achando que ficariam em segurança, até não terem qualquer outro lugar para ir. A aldeia ficará abarrotada com gente da zona rural. Os bárbaros sabem que não há uma travessia fácil no Tigre por mais de 65 quilômetros em ambos os lados de Orak.

Isso colocou outro pensamento na cabeça de Eskkar. Puxando o mapa em sua direção por um instante, olhou-o e resmungou, então o empurrou de volta para o centro da mesa.

— Sim, e acabarão por enviar um bando de guerreiros ao outro lado do rio, para se certificar de que ninguém o atravesse, até mesmo do vau daqui. Isso nos manterá confinados. Não se importarão se Orak vai resistir ou não. Não teremos para onde fugir.

Por um longo momento ninguém pronunciou qualquer palavra, cada homem mergulhado em seus próprios pensamentos sombrios sobre o futuro.

Caldor, o filho mais novo de Nicar, quebrou o silêncio.

— Você fala que bárbaros ignorantes têm uma estratégia só porque perambulam ao longo do rio! Do mesmo modo, eles podem voltar pelo caminho que vieram ou vir para cá.

Nicar girou na direção do filho, a voz quente com irritação.

— Você não deve falar nesta mesa sem permissão. Se é incapaz de obedecer, saia. — As palavras gelaram o ambiente. Todos se lembraram das palavras imprudentes de um outro jovem morto naquela mesma sala. Caldor enrubesceu com a repreensão e recuou de volta em sua cadeira e desviou a vista do grupo. Todos se voltaram para Eskkar, à espera de algum tipo de explosão.

Ele ouviu o banco de Trella se arrastar levemente no chão atrás dele, um lembrete de que ela estava ali perto. Eskkar não contestou diretamente a Caldor, respondendo como se o próprio Nicar tivesse feito a pergunta.

— Se alguém aqui acredita que os líderes Alur Meriki, que já comandaram seu clã em centenas de batalhas e em milhares de acampamentos, não são capazes de planejar sua rota com cuidado e premeditação, está enganado. Se vocês acham que não é necessária inteligência para liderar 3 ou 4 mil pessoas, organizar caçadas e coleta de alimentos, consertar as próprias carroças, fundir seu próprio minério, forjar seu próprio bronze, fazer suas próprias ferramentas e criar seus próprios animais, o tempo todo movendo-se centenas de quilômetros, então estão ainda mais enganados. Se cometermos erros desse tipo, certamente seremos mortos ou capturados.

Ninguém disse nada em resposta, e evitaram olhar para Caldor.

— Jalen — disse Eskkar, quebrando o silêncio. — Você tem alguma ideia do tamanho dessa tribo? Quantos homens, carroças, cavalos?

Jalen segurou a caneca vazia, sem dúvida desejando mais vinho, porém nervoso demais para pedir.

— O grande clã cresceu. Deve ter havido alguma incorporação nos últimos anos. Dizem que a tribo tem mais de 5 mil, sem contar os escravos.

Eskkar pensou, enquanto expressões entrecortadas de espanto percorriam a mesa. Cinco mil era um número inacreditável de pessoas, mais do dobro do povo de Orak. Ele, porém, sabia que não era o número de membros do clã que contava, mas apenas o de guerreiros que podiam ser arremessados contra a muralha. Todos começaram a falar ao mesmo tempo, e Eskkar bateu com sua caneca na mesa.

— Cinco mil é um número grande de pessoas, mas apenas uma em cinco será um guerreiro. O resto são velhos, velhas, mulheres e crianças. No máximo, haverá 1.500, provavelmente menos, talvez uns 1.200. É um grande número de guerreiros, porém teremos mais de trezentos defensores. Será mais difícil, entretanto, ainda é possível.

— Quando concordamos em defender Orak — disse Nestor, a voz tensa com ansiedade ao se debruçar sobre a mesa —, falamos na possibilidade de seiscentos ou setecentos bárbaros. Agora falamos em duas vezes esse número, e você diz que ainda é possível? Estamos malucos em pensar que podemos deter tantos bárbaros assim?

— A muralha é capaz de detê-los. — As palavras de Corio fizeram com que todos se virassem em sua direção. — Ela será suficientemente alta e resistente. Já vi os homens de Eskkar treinando, disparando flechas em alvos a cem passos, sete ou oito por minuto. Eu observei e acredito no que vi.

— Você se comprometeu em construir a muralha — contrapôs Rebba. — Está influenciado pelo seu próprio trabalho. Não importa quanto a muralha seja resistente, não haverá homens suficientes para defendê-la.

— É verdade que acredito na muralha — admitiu Corio. — Mas, se conseguirmos mais homens, poderemos nos defender, tenho certeza.

— E onde conseguirá esses homens a mais? — bradou Nestor, batendo com força o punho na mesa. Virou-se para Eskkar. — Seu plano de recrutar e treinar já se mostra deficiente. A cada dia há menos homens dispostos a lutar. Não é mesmo, Capitão?

Outro silêncio caiu sobre a mesa, quando todos os olhos se voltaram novamente para Eskkar. Ele viu o medo em seus rostos e achou que não tinha palavras. Se os bárbaros investissem todos contra a muralha, de uma só vez, ele não sabia ao certo se poderiam ser detidos. Todos esperaram pela sua resposta.

O som do banco de Trella se arrastando no assoalho de madeira fez todos os olhares se voltarem para ela, inclusive o de Eskkar.

— Perdoem-me, Nobres, por eu falar, mas os bárbaros não estão conduzindo para cá todos os homens que vocês desejam? — Ela manteve a cabeça baixa, enquanto falava, adequadamente submissa, suas palavras mal chegando aos ouvidos de todos.

— Pelos deuses, Trella, você tem razão. Como fui tolo em não ver isso. — A confiança de Eskkar retornou, e ele olhou primeiro para Trella, depois para Jalen, que balançou a cabeça em concordância. — Teremos mais homens do que saberemos o que fazer com eles. E muitos já serão combatentes, vindos para cá de todas as aldeias menores do sul e do leste, à procura de uma chance de reagir. Acrescentaremos facilmente outros cem ou mais homens, e muitos já saberão como manejar a espada.

Empolgado, segurou o braço de Trella.

— Podemos conseguir! Não teremos de nos igualar em número com os bárbaros. Um homem atrás da muralha valerá por quatro ou cinco abaixo dela. Teremos de planejar para conter mais gente dentro da aldeia, mas ainda conseguiremos nos defender.

— Então você acha que Orak pode ser defendida? Que conseguiremos mais homens? — A animação na voz de Nicar traiu suas emoções.

Eskkar virou-se de volta em direção à mesa, no rosto ainda o sorriso que as palavras de Trella tinham provocado.

— Sim, Nobres, tenho certeza de que conseguiremos. Com mais cem combatentes, deveremos... — Ele parou e se virou na direção de sua escrava. — Há mais alguma coisa para a qual devemos nos precaver, Trella?

Ela ergueu a vista por um instante.

— Eu não deveria falar na reunião de vocês.

— Fale, Trella — disparou Corio —, e esqueça esses costumes. Se tem algo a dizer, apenas diga e deixe que decidamos se é digno de consideração.

Mesmo assim, Trella manteve a humildade na voz.

— Nobres, a mim me parece que, em breve, enfrentarão o problema do que fazer com tanta gente. Se acorrerem para Orak bandos de lavradores e aldeões do sul e do leste, eles dominarão a aldeia, enquanto vocês tentam defendê-la. Já há muitos estrangeiros nas ruas. Receio que eles interrompam o trabalho ou causem outros problemas. Talvez devam pensar em fechar os portões para todos, exceto os que lutarão e suas famílias, e mandar o resto para o outro lado do rio.

Isso pareceu sensato a Eskkar e ele estava para concordar, mas conseguiu conter a língua. Deixe que outros falem primeiro, Trella vivia lhe dizendo. Ouça o que têm a dizer, antes de falar, e saberá melhor o que dizer.

A voz de Corio ergueu-se novamente.

— Sim, pelos deuses, já somos atrasados por interrupções e gente vagando de um lado a outro das áreas de trabalho, fazendo perguntas idiotas. E piora a cada dia. É difícil manter os homens trabalhando com recém-chegados parados por ali, olhando embasbacados.

Murmúrios de concordância soaram pela mesa.

— Estamos arriscando tudo que temos — afirmou Nicar — para salvar Orak. Esses estrangeiros não têm obrigações conosco nem com a aldeia. Vamos pegar os que quisermos e mandar os outros embora.

— Lute, trabalhe, ou vá embora — falou Eskkar baixinho. — É isso que temos dito e é essa a opção que daremos a quem quiser nos ajudar. Poderemos montar um acampamento para os recém-chegados mais ao sul, no local da antiga aldeia. Eles poderão ficar lá até se decidirem a ir embora. Isso os manterá fora de Orak.

As primeiras pessoas a se estabelecerem em Orak haviam cavado um poço cerca de 3 quilômetros ao sul e viveram ali por muitos anos antes de mudarem a aldeia para o local atual.

— Serão necessários mais guardas nos portões e no antigo local — sugeriu Jalen. — E precisarão de mais patrulhas pelo interior.

Eskkar sorriu diante disso.

— Já temos mais de 180 homens armados e também bem treinados. Outros sessenta estão em treinamento e estarão prontos dentro de poucas semanas. Agora que temos soldados disponíveis em número suficiente, podemos aumentar o número sob treinamento.

— Tem certeza de que terá homens suficientes? — Nicar expressou a preocupação de todos.

— Sim, Nicar, eu agora tenho certeza disso. Quero dispor de 350 homens prontos para defender Orak, com mais quinhentos aldeões atrás deles para ajudá-los no combate e transportar cargas. Com tantos homens assim, consigo manter Orak desde que a muralha resista e a comida dure. Mas penso que precisaremos de mais cinquenta combatentes para enviar para o outro lado do rio.

Nestor pareceu intrigado.

— Por que enviar homens para o outro lado do rio, quando são necessários aqui?

— Para proteger o seu rebanho, Nobre. Todo o gado, ovelhas e cavalos precisam ser retirados da aldeia e da zona rural. De qualquer modo, não teremos comida nem espaço para mantê-los aqui, e o fedor e a sujeira seriam insuportáveis. Além do mais, os bárbaros vão saber que não temos rebanhos aqui. Isso os deixará menos ansiosos para lutar. Lembre-se de que o ouro não é tão importante assim para eles. Primeiro os cavalos, depois os outros animais e em seguida as mulheres, é assim que eles pensam. Portanto, mandaremos embora todos os nossos animais, para o outro lado do rio a oeste, com cinquenta homens para protegê-los.

Eskkar estendeu a mão e puxou o mapa em sua direção, colocando o dedo no local que indicava o acampamento principal dos bárbaros.

— Jalen, quando você acha que os bárbaros chegarão? Temos tempo suficiente?

— Baseado no que vi e ouvi, acredito que chegarão aqui dentro de mais ou menos dois meses, no mínimo. Grupos de incursão podem ser enviados mais cedo, é claro, mas não acredito que esse seja o plano deles. Avançam lentamente, sem pressa, desfrutando suas conquistas. Não veem necessidade de se apressar.

— E se descobrirem que estamos construindo uma muralha para detê-los? — perguntou Nicar. — Isso não faria com que mudassem seus planos?

Jalen deu de ombros.

— É provável que já tenham sabido sobre nosso muro. No norte, encontramos muitos camponeses que sabiam que planejamos resistir.

Eskkar empurrou o mapa de volta para o centro da mesa.

— Eles não mudarão seus planos — respondeu com firmeza. — Eles não acreditam que um muro seja capaz de detê-los. Ainda assim, não devemos correr riscos para o caso de um grande grupo de incursão chegar antes. — Olhou para Corio. — Quanto tempo até a primeira parte ficar pronta?

Corio já devia esperar a pergunta.

— Em poucos dias, poderemos fechar a entrada principal para Orak. O novo portão estará pronto em mais ou menos uma semana, mas até lá podemos usar homens e carroças para fechar a passagem. — Virou-se para o filho mais velho, sentado a seu lado. — Alcinor, você cuidará para que o portão entre em funcionamento, mesmo que não esteja totalmente reforçado, o mais cedo possível.

Depois que o filho concordou com a cabeça, Corio voltou a dirigir-se a Eskkar e aos outros.

— Já apressamos nosso ritmo na construção da muralha. Os materiais chegam na quantidade necessária e temos um número suficiente de operários, embora possamos usar mais. — Olhou em volta da mesa, ao declarar seu compromisso. — Eu lhes entregarei a muralha pelo menos um mês mais cedo.

— E o fosso? — indagou Nestor. — Ninguém fala em começar as escavações.

— O fosso será a última coisa que faremos — afirmou Corio. — Eskkar e eu já discutimos isso. Com trezentos ou quatrocentos homens, poderemos cavar em uma semana ou dez dias um fosso cercando Orak completamente. Faremos isso no último momento, para que, mesmo que os bárbaros saibam sobre o muro, não pensem que é enorme.

Nicar olhou em volta da mesa.

— Há mais alguma coisa que devemos levar em conta? — Todos olharam em volta, mas ninguém teve nada a acrescentar. Então Nicar viu Trella erguer os olhos para encontrarem os seus. — Trella, você quer dizer alguma coisa?

Mais uma vez, ela se curvou humildemente.

— Nobre Nicar, sei que já discutiram sobre inundar as terras ao lado da aldeia, mas não foi iniciado qualquer trabalho nesse sentido. Talvez devamos nos preparar para fazer isso, no caso de os bárbaros virem mais cedo. Não sei quanto tempo vai demorar nem quanta água será necessária.

Aparentemente, ninguém também sabia, visto que ninguém se manifestou. Nicar virou-se para Rebba, que estava sentado ali afagando a barba, pensativo. Ele tinha duas fazendas enormes ao norte da aldeia e, muitos anos atrás, tivera a iniciativa principal para a drenagem dos pântanos. No que se referia à agricultura, ele decidiu que plantações seriam feitas em Orak, quantas e por quem. Sua família construiu os mais largos canais de irrigação e ele conhecia mais do que ninguém os movimentos da água. Rebba continuou pensativo e Eskkar sentiu que sua paciência estava prestes a se esgotar, quando o homem falou.

— Minha família trabalhará com os homens de Corio para construir uns quebra-mares de madeira. Se os instalarmos adequadamente, poderemos desviar uns 10 ou 12 metros de rio para as fazendas dos arredores. Isso inundará a terra em menos de um dia e será mais do que suficiente para impedir que os bárbaros tentem drenar a água. Após alguns dias, a água penetrará fundo na terra, e a terra voltará a ser um pântano enlameado que levará meses para secar. Construiremos valas adicionais para permitir que a água escorra para onde desejarmos.

— Lamento pelas suas terras terem de ser cobertas de água, Rebba — disse Nicar —, mas sabe que isso precisa ser feito.

— Não lamente, velho amigo — sorriu Rebba resignadamente. — As plantações seriam mesmo destruídas pelos bárbaros. Em vez disso, a água refrescará a terra, que, depois de tudo, será mais fértil do que antes.

Os olhos de Nicar percorreram em volta da mesa e pararam de novo em Trella.

— Mais alguma coisa, Trella? — Seu tom agora era mais calmo e seu olhar a incentivava a falar.

— Nobre Nicar, há mais uma coisa que deveriam considerar. — Fez uma pausa e então prosseguiu. — Quando os animais forem enviados para o outro lado do rio, devem incluir homens da aldeia, talvez de suas próprias famílias. Se acontecer algo com os animais, Orak ficará sem comida e manadas para a próxima estação. Os soldados podem ser leais, mas a tentação será grande. Talvez um número igual de aldeões, sob suas ordens, deveria acompanhá-los, com a promessa de recompensas para a volta em segurança de todos.

Nicar ficou em silêncio por um momento.

— Sim, isso merece consideração. Haverá uma grande riqueza em animais e grãos e, se não for devolvida em segurança, Orak enfrentará a fome.

Conversaremos mais a respeito disso, posteriormente. — Olhou de relance em volta da mesa, mas ninguém parecia ter algo mais a dizer. — Então vamos encerrar a nossa reunião. Novamente, vamos dar graças aos deuses pelo retorno em segurança de Jalen.

E pelas suas informações, Eskkar acrescentou para si mesmo. Deixou a casa, seguido de seus comandantes, e os convidou a jantar com ele.

Bantor, Jalen e Sisuthros tomaram caminhos separados, mas Gatus permaneceu com Eskkar e Trella, embora os dois fossem na direção oposta à casa dele. Quando estavam sozinhos na rua, Gatus esticou a cabeça na direção do guarda-costas de Eskkar para que este ficasse longe do alcance da voz. Então agarrou o braço de Eskkar.

— Capitão — começou, chegando mais perto de Eskkar, depois se virando para incluir Trella. — Não sei se vocês viram a expressão no rosto do jovem Caldor quando Trella falou. Consegui vê-lo apenas de relance sentado atrás do pai. O cachorrinho ficou raivoso quando seu pai o repreendeu.

Gatus coçou a barba.

— Bem, se o olhar pudesse matar, a jovem Trella aqui presente já estaria enterrada. — Ele pareceu preocupado. — É melhor ficar de olho nele, Eskkar. Não duvido nada que ele possa fazer algo de mal a você ou a Trella.

— Obrigada pela sua preocupação, Gatus — disse Trella num tom amável. — E pelo seu alerta. Ficaremos de olho.

— Ótimo. E, se for preciso, posso mandar um dos meus malandros enfiar uma lâmina nas costas dele. É só me avisar. — Gesticulou com a cabeça para Eskkar. — Então, até o jantar — e seguiu seu caminho a passos largos pela rua.

Eskkar olhou preocupado para Trella, depois a envolveu com o braço. Começaram a andar de volta para casa, o guarda caminhando alguns passos atrás. — Patroa Trella — disse ele, repetindo o título honorífico dado à mulher mais importante de uma residência. — Vejo que temos de conversar muito sobre esta tarde. Ao que parece, está havendo muitas coisas das quais sei muito pouco.

— Já que você tem muita coisa a dizer à noite, sei então que estarei dolorida pela manhã. Embora ultimamente você tenha estado ocupado demais e cansado demais para mim.

— Então arranjarei um tempo para você. Talvez deva cuidar para que o jantar desta noite seja breve e nossos convidados partam cedo. Depois disso, teremos muito tempo para... conversar.

— Sim, amo. — Mas ela apanhou sua mão e a manteve segura até entrarem no pátio da antiga casa de Drigo.

12

Não foi preciso muito esforço para que o jantar fosse breve naquela noite. Jalen, exausto da viagem e ansioso para voltar à garota com quem começara a dormir pouco antes de sua missão ao norte, foi o primeiro a deixar a mesa. Gatus e os demais entenderam a insinuação de Annok-sur. As notícias de Jalen interessavam a todos, mas, após sua saída, ninguém queria realmente se demorar ali.

Eskkar encontrou Trella na cozinha, ajudando a cozinheira e Annok-sur na arrumação. Segurou-a pela mão e a conduziu pelo lance de escada que seguia próximo à parede e dava acesso ao segundo andar. No patamar, coberta por uma cortina de linho, havia uma pequena privada contendo um enorme penico. Isso facilitava aos criados esvaziarem seu conteúdo sem perturbarem o amo em seu trabalho.

Um prodígio de edificação, o andar superior da casa de Drigo ostentava muitas características admiráveis que nem mesmo a casa de Nicar possuía. Uma porta robusta levava a um aposento de bom tamanho que Drigo usava como sua sala particular de trabalho. Ela agora continha uma mesa enorme, um armário impressionante, seis cadeiras e uma mesa menor.

Da sala de trabalho, outra porta pesada provia a única entrada para o quarto de dormir. O tamanho do dormitório, cerca de 8 metros de comprimento por 7 de largura, havia impressionado Eskkar. Quatro pequenas aberturas, uniformemente espaçadas e na parte de cima de duas paredes externas, forneciam luz e ar. Nem mesmo uma criança conseguiria rastejar através delas. Um estreito vão na parede, coberto por uma espessa janela e seguro por duas trancas, provia o único meio de fuga no caso de um incêndio. A janela daria mais trabalho de ser forçada do que a porta.

Um rolo de corda forte aguardava num vaso de barro decorativo embaixo da janela para uso em uma emergência, e a abertura podia ser observada e protegida do interior do pátio abaixo. Drigo tomara o cuidado de construir esses aposentos privados para se assegurar de que ninguém pudesse entrar ou bisbilhotar conversas ou atividades ocorridas em seu quarto particular.

Todo esse esforço agora beneficiava Eskkar, enquanto ele passava da sala de trabalho para o quarto, tendo o cuidado de trancar cada porta. Pela primeira vez em sua vida, ele possuía algo mais valioso que ouro — privacidade. Podia falar e ter a certeza de que ninguém conseguiria ouvir.

Tomou-a em seus braços e a abraçou, olhando para seu rosto e sentindo o cheiro de seu cabelo.

— Trella... passei o dia todo querendo abraçar você, para lhe agradecer pelas suas palavras à mesa de Nicar. Você torna tudo possível, e agora até mesmo as Famílias ouvem quando você fala.

As mãos de Trella envolveram o pescoço de Eskkar e ela pressionou o rosto contra seu peito.

— Você disse que queria conversar, amo — provocou-o com o cumprimento de escrava. — Ou me trouxe aqui por outros motivos?

Mais uma vez, ela o excitou com algumas palavras e a pressão de seu corpo.

— Acho... que conversaremos depois. — Tirou seu vestido, puxando-o lentamente por cima da cabeça, desfrutando a visão e a sensação do corpo dela contra o seu. Mais cedo, ela falara a verdade. Três dias já tinham passado desde que ele a tomara, um período de tempo que, de repente, pareceu longo demais.

— Então... vamos nos apressar — sussurrou ela, afrouxando seu cinto e deixando que caísse no chão. Ajudou-o a tirar a túnica, seu desejo em nada menor do que o dele.

Eskkar conduziu-a delicadamente para a cama e percorreu seu corpo com as mãos, dessa vez se forçando a se conter enquanto a excitava, querendo mais o prazer dela do que o seu.

Ele nunca fizera isso antes. Até Trella, não ligava a mínima se qualquer uma de suas mulheres sentisse alguma ou qualquer coisa. Ouvira descrições dessas coisas, e os homens contavam histórias de mulheres que gostavam de copular tanto quanto seus homens, histórias que antes ele descartara como mentiras ou conversa de soldado. Fosse qual fosse a magia que Trella possuía, ela lhe trouxera algo especial, algo que intensificava o ato de amor e o tornava melhor do que simplesmente copular. Resolveu continuar daquele modo.

Depois ele ficou deitado, relaxado, descansando sobre travesseiros limpos e um colchão macio de linho recheado de algodão e penas. Uma pequena lamparina fornecia luz suficiente para se enxergar. Trella deixou o quarto e, quando voltou, carregava uma bandeja com um jarro de água e dois cálices de vidro.

Os dispendiosos recipientes de vidro, raros e difíceis de se fabricar, foram presentes de um dos muitos mercadores em busca de favores. Eskkar bebeu agradecidamente, mas Trella bebeu apenas a metade do seu, depois derramou o resto num pano. Usou-o para passar na testa de Eskkar, depois esfregou seu peito e limpou sua genitália. Virando o pano do outro lado, esfregou-o nos próprios seios e também nas coxas. Quando terminou, se aconchegou contra seu corpo e puxou o cobertor para cima dos dois.

Eskkar adorava o jeito com que ela cuidava dele, quase como se fosse uma criança.

— Sabe, Trella, esta vida é muito boa. Temos uma ótima casa, criados e ouro para pagar por tudo. Para mim é como um sonho. — Seu braço envolveu o ombro dela. — E, acima de tudo, tenho você.

— E se não tivesse a mim, teria outra mulher em sua cama. Homens são sempre iguais. Meu pai, Nicar, os governantes de minha aldeia... uui!

Ele a beliscou para impedir suas palavras.

— Sim, eu teria outra mulher, mas não seria nesta cama. Seria no quartel, com uma dezena de soldados sorrindo enquanto observavam.

Eskkar virou para seu lado, para encará-la, agora com seriedade.

— Eu sei a quem devo esta cama macia. Tudo isso é por sua causa e não esquecerei disso. — Afastou o cabelo do rosto dela e beijou sua face. — Portanto, diga o que deseja, mesmo que você saiba que é incorreto.

— Então você ainda me deseja — sussurrou ela, a voz subitamente igual à de uma garotinha tímida. — Embora eu não seja tão bonita como as mulheres que agora olham para você?

— Sim, mais do que nunca. — Deu-lhe um tapinha de brincadeira na coxa. — Mas precisa me contar, como uma mulher jovem sabe tanto sobre fazer amor? Se todas as garotas de Carnax forem como você, então preciso visitar esse lugar. — Puxou-a para cima de si. — Onde aprendeu a tornar um homem tão feliz?

Trella escondeu o rosto e ele percebeu que ela estava enrubescendo, embora a lamparina mal revelasse seu semblante.

— Certo dia, meu pai me pegou olhando-o satisfazer seu prazer com uma das criadas. Ele decidiu que, como eu era tão curiosa, deveria aprender a como satisfazer um homem, para garantir que seria bem tratada pelo meu futuro marido. Então mandou que uma de suas escravas me instruísse nos mistérios e... eu... tinha permissão de observá-la com o marido.

Ele ficou imaginando o que mais ela teria feito, não que isso importasse.

— Seu pai era um homem sábio. Ele lhe deu um grande presente, um presente que sempre guardarei junto a mim. — Isso o lembrou de algo desagradável. — Agora, fale-me sobre Caldor. O que achou dele?

Ela sentou-se, puxou o cobertor para se cobrir e virou-se para ele. — Percebi, apenas por um instante, o mesmo olhar que Gatus viu. Ele foi humilhado pelo pai na frente de todos. O rapaz tolo devia ter ficado calado. Então, quando eu falei e os nobres ouviram, ele ficou ainda mais enfurecido por eu poder falar e ele ter sido proibido. Ele... — sua voz se perdeu.

Eskkar segurou sua mão, pressionou-a contra os lábios e depois apertou-a.

— Sim, o que mais ele fez?

— Quando eu estava na casa de Nicar, Caldor queria... ele me queria. Disse-me que apenas esperava seu pai me tomar primeiro, e depois eu seria dada a ele. Mas nem mesmo esperou por isso, ele quis que... que... eu ficasse de joelhos diante dele.

Ela parou, as palavras saindo com dificuldade.

— Empurrei-o para longe e fugi. Eu teria fugido da casa, mas Creta me segurou e me fez contar para ela o que tinha acontecido. Ela deve ter falado com Caldor, porque, depois disso, ele apenas olhava para mim e sorria. Eu... tinha medo dele.

Eu o matarei por causa disso, decidiu Eskkar, mas manteve a mão na de Trella, para que ela não notasse o que ele sentia. Amaldiçoou-se por ter sido um tolo, por não lhe ter perguntado nada sobre sua vida na casa de Nicar, como se nada que tivesse acontecido antes interessasse depois que possuiu Trella.

Por outro lado, não podia sair por aí matando todo mundo que quisesse se deitar com ela, tendo em vista que isso agora incluía a maioria dos homens de Orak.

— E depois, o que aconteceu?

— Nada. Poucos dias depois disso, Nicar retornou de suas andanças. Duas semanas se passaram e Caldor e Lesu partiram em viagem. Então você veio jantar e fui entregue a você.

— E você não sabia o que era pior, o bárbaro ou a criança mimada — disse ele divertido, contente por lhe arrancar uma pequena risada. — Você pareceu bastante relutante em vir comigo. Por que não me contou isso antes?

— Porque achava que não importava. Resolvi que qualquer coisa seria melhor do que ser escrava, e planejava fugir. Mas você foi bondoso e me tratou com respeito. Naquela noite, após ouvi-lo falar com a multidão, resolvi ajudá-lo, fazer o que Nicar me pediu, mas por meus próprios motivos.

Ela tocou seu rosto.

— Então, depois que fizemos amor, me senti... diferente, e agora só quero ser sua mulher. Não terei outra vida a não ser com você, Eskkar. Se fracassarmos, então ambos morreremos aqui e nada importará. Se vencermos, então Caldor não terá importância.

A mão de Eskkar apertou-se à menção do nome de Caldor.

— Não pode matá-lo, Eskkar, por mais que eu desejasse que você o fizesse. Se matar outro dos filhos das Famílias, elas nunca o perdoarão. — Revirou-se em seus braços para que sua bochecha pressionasse a dele. — Precisa me escutar. Há mais coisas em jogo do que apenas os bárbaros. Se vencermos, a vitória poderá ser tão mortal para você quanto para os bárbaros. Terá de sobreviver às Famílias, que se lembrarão que você nasceu um bárbaro, se lembrarão da morte de Drigo, se lembrarão dos membros de suas próprias famílias mortos na batalha e se lembrarão de quanto do ouro deles você gastou.

Ele ia falar, mas ela colocou o dedo em seus lábios.

— Até mesmo os soldados podem tentar tirar o seu poder, com a ajuda dos comerciantes e das Famílias. Quando isso acabar, muitas pessoas estarão mortas, muitas delas seus amigos, e você terá feito novos inimigos. Para manter o poder sobre eles, há muito que precisará fazer, a começar de agora.

A respiração de Trella estava contra sua bochecha, e ele queria tomá-la nos braços e esquecer de tudo, menos dela. Malditos sejam os deuses, aquilo não era o suficiente para combater os bárbaros? Agora tinha de se preocupar, ao mesmo tempo, com uma facada nas costas e o plano para o futuro — quando nem mesmo sabia se sobreviveria à batalha próxima.

Que os demônios levassem todos para a fogueira! Era melhor uma dura batalha do que todos aqueles planos e tramas. Podia pegar Trella e deixar Orak para trás, confiar em sua espada e no ouro que já havia ganhado. Parte dele ainda ansiava por viver dia após dia, sem ter de se preocupar com as conspirações dos homens.

Esticou a mão para tocar seu cabelo.

— Trella, não precisamos ficar aqui. Ainda podemos ir embora a qualquer momento. Há outras aldeias, outras terras, e temos ouro suficiente. — Quando ela nada disse, ele prosseguiu: — Não é melhor do que ficar aqui e arriscar tudo, combater os bárbaros e seja lá o que vier depois?

— Você precisa escolher por nós dois. Minha escolha já foi feita, e eu o seguirei enquanto você me quiser.

Eskkar teve um estalo. Trella teria de aceitar uma existência inferior como sua mulher, viajando pelas estradas em busca de uma nova vida, pois era tudo o que ele podia oferecer.

Suspirou.

— Vamos ficar e lutar. Agora me diga o que preciso fazer.

— Observei você de perto, Eskkar, e aprendi muito a seu respeito. Mas agora está na hora de fazer novos planos. Os homens estão treinando bem. A muralha cresce a cada dia e seus comandantes estão ajustados aos seus papéis. Ao observar seu treinamento, vi que você melhorou sua força e suas habilidades. Agora devemos mostrar a Orak um capitão da guarda diferente.

— E como faremos isso, esposa?

— Penso que deve deixar Orak por uns tempos. Tenho pensado muito nisso. — Sentou-se e voltou a encher a taça de água.

— Atualmente, qual de seus comandantes é mais importante para você? — perguntou ela.

— Sisuthros é o mais importante. Tem o entendimento mais rápido e lhe dei mais responsabilidades.

— Não, não vejo assim. Digo que Bantor é o mais importante, pois ele lida diariamente com uma multidão de pessoas e é capaz de falar para elas em seu nome. Também é lento de pensamento e sabe que você tem sido paciente com ele, portanto é o mais leal. Mas você perderá essa lealdade, se não passar mais tempo a seu lado e cuidar para que ele tenha o respeito que merece.

— Pode ser que esteja certa quanto à lealdade dele, mas eu escolheria Gatus como o mais leal.

— Gatus é um bom homem e, para mim, é como um tio, mas agora ele simplesmente treina os homens, e há muitos aqui que poderiam cuidar desse outro assunto. Lembre-se de Jalen, que deseja apenas lutar e será leal a você se o deixar obter suas vitórias.

Eskkar refletiu sobre suas palavras, vendo seus homens sob outro ponto de vista.

— E Sisuthros? O que tem ele?

— É o mais perigoso para você porque será a ele que as Famílias recorrerão quando quiserem destituí-lo. Corio e alguns dos outros já se sentem mais à vontade com ele do que com você. E isso é algo que precisamos mudar. Lembre-se, ele não matou nenhum deles, nem anda por Orak com guardas armados. E lembre-se, também, que a recordação do que aconteceu com Drigo permanece recente em suas mentes. Sisuthros falou com Caldor, pelo menos uma vez que eu saiba. Portanto, quando partir, deve levar Sisuthros junto.

— Como é que sabe tanto sobre Sisuthros e Corio e seus assuntos?

— Durante o último mês, me encontrei todos os dias com dezenas de mulheres, tanto escravas quanto esposas e filhas. Dei moedas de cobre para as necessitadas e fiz amizade com outras. Por sua causa, elas me respeitam, e agora me procuram para conselho, uma ajuda, ou apenas para conversar. As mulheres estão por toda a parte, e homens como Caldor nem mesmo as notam. Para as que me trazem informações, há uma moeda de cobre ou seja lá o que precisem. Muitas de nossas criadas nos dão boas informações ou têm acesso àqueles que falam demais. Essas e outras me ajudam a reunir todos os segredos que os homens pensam que as mulheres não ouvem ou são burras demais para entender. Por intermédio delas, ouço muitas coisas, e em breve haverá pouca coisa acontecendo em Orak que não chegará aos meus ouvidos.

Trella andara gastando o ouro de Eskkar, porém ele tinha mais que suficiente para suas necessidades. E ela disse a verdade. Os homens falavam na frente de mulheres como se elas fossem surdas ou tapadas. Ele mesmo fizera isso numerosas vezes. Bem, não falaria mais sem tomar cuidado, para suas próprias palavras não voltarem para assombrá-lo.

— E essas... mulheres... lhe informam sobre tudo que sabem?

— Sim, o que elas fazem é espionar seus maridos e amantes. Como bem sabe, a maioria dos homens fala livremente quando faz amor.

Espionar. Uma nova palavra para ele lidar, e Eskkar pensou no que ela significava. Juntar informações sobre segredos que outros não querem que você saiba. Tal conhecimento certamente podia ser útil.

— E você continua recebendo essas informações?

— Sim, e muito mais. Porém vou precisar de mais do seu ouro, Eskkar.

Suas vinte moedas de ouro por mês estavam para sumir. Alisou o pescoço dela, pensando que sua atitude em relação ao ouro certamente havia mudado nos últimos meses. Agora era apenas um meio para um fim.

— Pegue o que precisar, Trella. Que mais preciso ouvir antes de poder dormir?

Ainda conversaram muito noite adentro. Quando discordava ou a questionava, ele ouvia cuidadosamente seus motivos até haver um acordo ou pelo menos um entendimento entre os dois.

E assim cochicharam, observando a lua subir e descer, observando a lamparina se consumir nas horas da madrugada, com Trella desafiando não apenas o que ele pensava, mas seu próprio modo de pensar. Uma ideia, porém, ele manteve para si. Quando chegasse a ocasião, o jovem Caldor morreria. Isso levou um sorriso a seus lábios antes de ambos caírem em sono profundo.

Na manhã seguinte, como de hábito, Eskkar treinou com a mais recente leva de recrutas. Sua habilidade natural de combate, acentuada por meses de exercício e boa comida, agora permitia que igualmente ensinasse e treinasse com os recrutas.

Entretanto, frequentemente, recebia tanto quanto dava. Para alguns dos novos soldados, "recruta" significava apenas que eles ainda não tinham sido treinados como Gatus queria, não que não fossem combatentes experientes. Portanto, Eskkar observava vários estilos de manejo de espada e já absorvera várias técnicas novas.

Naquele dia, a sorte o favoreceu. Nenhum novo hematoma machucara seu corpo. Cansado e sujo, juntou-se aos homens que se lavavam, antes de seguir para a parte seguinte do treinamento. Conduziu os recrutas pelas vielas, para fora do portão do rio e até o campo de prova dos arqueiros, do lado norte. Para ele, a parte mais importante do treinamento continuava a ser o arco e flecha — a única arma que poderia dar aos aldeões alguma chance contra os bárbaros.

Com frequência, Eskkar e Gatus discutiam esse treinamento e ambos estavam resolvidos a que, quando os bárbaros chegassem, cada homem fosse um atirador excepcional. Os soldados precisavam não apenas se tornar competentes com um arco, mas dominar as técnicas de disparo que Gatus desenvolvia especificamente para uso no muro.

Quando chegaram, Eskkar e sua turma encontraram uma grande multidão no campo de provas. Soldados formavam a maior parte da turba, mas muitos aldeões ociosos, tanto homens quanto mulheres, tinham se juntado a eles, fazendo com que Eskkar franzisse a testa. Aldeões e soldados deveriam estar cuidando das tarefas para as quais foram designados, e não perdendo tempo olhando os exercícios de arco e flecha.

Sua raiva aumentava à medida que abria caminho por entre a multidão, os recrutas atrás. A multidão bradou quando ele alcançou a linha de disparo, e Eskkar viu Totomes apontando seu arco através do campo. Outro grito. Viu Mitrac, o filho de Totomes, pegar seu arco e disparar uma flecha no alvo mais distante. Os espectadores expressaram sua aprovação com outra aclamação, mesmo antes de o garoto que vigiava os alvos fazer o sinal de um acerto bem no centro.

Eskkar ficou parado ali, tão impressionado quanto qualquer outro, enquanto Narquil disparava seu arco no mesmo alvo. Depois que o rapaz disparou, Totomes e seus filhos recuaram vinte passos e recomeçaram. O mestre arqueiro e seus filhos já tinham passado bastante do limite máximo usado para treino dos arqueiros mais experientes. Gatus, parado na beira da multidão, avistou Eskkar e se juntou a ele.

— Bom dia, Capitão. Devia ter chegado mais cedo. Esse tal de Totomes e seus garotos deram um espetáculo e tanto. Praticamente não erraram o alvo, a qualquer distância do campo de provas. Forno disse que nunca viu nada parecido.

Forno, o mais antigo arqueiro entre os homens de Eskkar, matara o homem de Naxos. Era ele quem dirigia o treinamento dos recrutas.

— Muito bem, são peritos atiradores. Mas serão capazes de ensinar suas habilidades a outros?

Gatus coçou a barba, enquanto a multidão gritava sua aprovação diante de outro disparo.

— Forno acredita que sim. Já recebeu algumas sugestões de Totomes, que até mesmo o deixou usar seu arco, se bem que a curta distância.

Nenhum arqueiro queria quebrar o arco de outro homem, ao tentar atingir um alvo distante. Significava muito para Forno o fato de Totomes ter permitido que ele experimentasse sua arma. Outro conjunto de disparos foi dado e, novamente, a multidão recuou vinte passos. Totomes avistou Eskkar parado ali e cumprimentou-o com a cabeça.

Agora a distância estendia-se além de trezentos passos, e as próprias barreiras atrás dos alvos pareciam pequenas. Apesar da distância, as flechas de Totomes os atingiram com bastante facilidade, com apenas uma ligeira linha curva. Forno aproximou-se para se juntar a seu capitão e a Gatus, incrédulo, que sacudia a cabeça.

— Pelo sangue de Marduk, esse homem sabe usar um arco melhor do que qualquer um que já vi. — Forno virou-se e forçou a vista na direção dos alvos. — E os filhos são quase tão bons quanto ele. Narquil é mais lento no disparo, porém é o mais certeiro, se bem que Mitrac tenha quase o mesmo índice de acerto.

— Eles podem ajudar a treinar os homens? — perguntou Eskkar.

— Capitão, acho que, dentro de alguns dias, eu os ajudarei em seu treinamento — respondeu Forno. — Eu gostaria de vê-los atirar com os nossos arcos, mas tenho certeza de que Totomes treina arqueiros há mais de vinte anos.

Totomes e seus filhos, o mais longe possível dos taludes dos alvos, ainda dispararam flechas para o céu que quase acertaram os alvos. Eskkar tomou uma decisão e dirigiu-se a Gatus.

— Que Totomes comece treinando este grupo de recrutas. E, Gatus, eu treinarei com eles.

Gatus ergueu uma sobrancelha.

Até então Eskkar adiara qualquer treinamento intensivo com o arco, concentrando-se principalmente em seu manejo com a espada. Essa podia ser uma ocasião tão boa quanto qualquer outra para começar.

Sem demora, Eskkar tomou a frente dos recrutas, arco na mão, coldre de flechas preso à cintura, os alvos a meros trinta passos de distância.

Totomes começou as instruções. Colocou de lado sua arma e demonstrou com um dos arcos dos soldados. Se alguém achou estranho o capitão da guarda todo compenetrado ao lado da nova leva de recrutas, ninguém disse nada, quando Totomes foi para seu lado e observou-o encaixar uma flecha, apontar e disparar.

— Novamente — ordenou Totomes, os olhos fixos em seu aluno. Eskkar disparou outra, embora a primeira tivesse atingido o alvo quase no centro. Totomes sacudiu a cabeça. — Desse modo, não importa a distância, não atingirá nenhum alvo. — Voltou-se para os filhos. — Mostrem a ele.

Os dois rapazes postaram-se a cada lado de Eskkar, seguraram seus cotovelos, ajustando sua postura e mudando o peso do corpo para o pé mais atrás.

— Você dispara apoiando-se demais no pé da frente, Capitão — continuou Totomes —, por isso, quando estira o arco, fica desequilibrado e faz movimentos desnecessários. E, quando curva o arco, puxa a flecha do chão para cima. Sempre levante a flecha na direção do céu e traga-a para baixo até a altura do ombro. Desse modo, uma seta disparada antes do tempo pode atingir um alvo na retaguarda, em vez de o chão à sua frente.

Os dois rapazes seguraram Eskkar firmemente, fazendo com que esticasse o arco lentamente, mantendo mais peso no pé mais atrás e ajustando seu cotovelo esquerdo. Ele manteve o arco esticado, enquanto os dois verificavam sua postura e força da mão, demorando bastante tempo até ficarem satisfeitos. O braço esquerdo de Eskkar começou a tremer antes que Totomes ordenasse para disparar. A flecha penetrou na barreira de palha, mas errou o alvo de madeira que pendia em seu centro.

— Parece estranho a princípio, Capitão, mas vai se acostumar. É diferente do modo dos... do modo como aprendeu. Tente novamente. — Totomes passou para o homem seguinte, deixando Narquil de olho em Eskkar.

E de novo e de novo mais outra vez, até o braço esquerdo de Eskkar parecer fraco como água e os dedos da mão direita ficarem inchados e ressecados pela fricção da corda do arco. Seu orgulho, porém, o impelia, e ele se recusava a mostrar fraqueza diante de seus homens. Para cá e para lá da fila, Totomes, Mitrac, Narquil, Forno e até mesmo Gatus observavam cada movimento dos recrutas, cuidando para que seguissem exatamente as instruções de Totomes. Quando terminaram, Eskkar sentiu-se tão exausto quanto qualquer um dos outros soldados e nem mesmo estava atirando tão bem quanto alguns deles.

— Vai melhorar dentro de uns dias, Capitão — disse Totomes com uma risada amistosa, enquanto caminhava com Eskkar em direção ao quartel. — Se quer precisão, terá de desaprender alguns de seus maus hábitos, mas você se sairá bem. Tem olho para a coisa. Se quiser, Mitrac poderá instruí-lo particularmente, se se sentir incomodado com os outros olhando.

Era um pouco tarde demais para aquilo. Ele se oferecera para treinar com aquela leva de arqueiros, e agora sua honra fora desafiada. Estava determinado a se sair tão bem quanto qualquer um dos outros.

— Não, Totomes, mas obrigado pela oferta. Ficarei um tempo com esses homens.

Isso significava quatro horas a mais por dia com o arco, durante pelo menos uma semana, além de suas horas normais de treino matinal com espada, lança e acha de armas. Mas não podia evitar, não se quisesse vivenciar exatamente o modo como Totomes e Forno treinavam os homens. O destino de Orak repousaria nos braços desses arqueiros.

Levou dez dias para que ele se sentisse à vontade com as mudanças em seu estilo de disparo e até que pudesse novamente enfiar com confiança sua seta no alvo. Havia muito tempo que ele admitira que Totomes conhecia seu ofício. Eskkar liderava os recrutas com os melhores rendimentos, até se dar conta de que, de vez em quando, os homens erravam uma ou duas flechas para se certificar de que seu capitão sempre fizesse mais pontos. Mas, a essa altura, ele conseguia acertar um alvo a setenta passos, três vezes em quatro tentativas, e se sentia mais do que satisfeito com isso.

Poucos dias depois, eles praticavam no muro principal, olhando em direção às colinas baixas por onde surgiria o inimigo de verdade. Agora os soldados disparavam com um grupo, mirando não em alvos individuais, mas em uma área específica. Os objetivos tinham mudado de alvos de madeira sobre blocos de palha para varas com figuras plantadas no chão a várias distâncias. Os homens preparavam, miravam e soltavam suas flechas ao mesmo tempo, de acordo com uma ordem, para aprenderem a aferir distâncias e conduzir suas setas do alvo mais distante até o mais próximo.

No primeiro dia no muro, Eskkar notou algo incomum. Os homens viviam rindo, dizendo gracejos ou fazendo todas as coisas normais que soldados e recrutas fazem para afastar o pensamento do próprio desconforto para que o tempo de treinamento passasse logo. Contudo, na primeira vez em que se encontraram dispostos no muro, a gargalhada cessou como se numa concordância unânime. Levados a seus lugares, expostos da cintura para cima, eles perceberam que em breve haveria uma atividade mortal. Portanto, ouviam com um pouco mais de atenção as palavras do instrutor e tomavam um cuidado extra em seu trabalho.

Ao final do primeiro período, Totomes levou Eskkar para um canto.

— Você encerrou seu treinamento, Capitão — disse ele. — Não ficará melhor do que já conseguiu. Mas nunca será um mestre arqueiro. É velho demais para isso. Deixe o treinamento agora antes que muitos dos outros passem à sua frente. Já demonstrou sua habilidade para os seus homens. Há outras tarefas mais importantes para você realizar.

13

Eskkar partiu de Orak seis dias depois, levando Sisuthros, nove cavaleiros, dois meninos e um cavalo de carga consigo. Viajaram para o sul num ritmo constante. Jalen havia explorado o norte para obter informações sobre o acampamento principal dos bárbaros. Eskkar queria observar os grupos guerreiros de longo alcance dos Alur Meriki que tinham sido avistados no sul.

Os homens eram qualificados, severos e estavam prontos para a luta. Seis eram veteranos calejados. Recrutas mais recentes completavam o restante, homens que provaram habilidade tanto para lutar quanto para lidar com cavalos. Quando se está em guerra com os bárbaros, a habilidade com um cavalo é tão importante quanto a de lutar.

Mitrac era a exceção. O filho mais novo de Totomes tinha apenas experiência limitada com cavalos. Contudo, ele praticara arduamente, na semana anterior, sob a tutela de Jalen. Logo que viu a perícia de Totomes, Eskkar quis alguém consigo capaz de disparar uma das armas grandes.

Mesmo assim, acontecera uma discussão entre os quatro, envolvendo Eskkar, Totomes e seus filhos, antes que o pai concordasse, preocupado com a possibilidade de perder Mitrac num ataque menor. Ele só cedeu quando Eskkar prometeu cuidar pessoalmente do rapaz.

Todo dia, cavalgavam para o sul, frequentemente descansando os cavalos. Eskkar passava muito tempo com Sisuthros, Mitrac e o resto, conversando com eles, pedindo seus conselhos, ou apenas os acompanhando numa tosca cantoria. *Fique perto de seus homens, desde o mais inferior dos recrutas aos seus comandantes*, aconselhara Trella. *Primeiro, faça com que eles o respeitem, depois deixe que conheçam você. É assim que se constrói a lealdade.*

Suas palavras combinavam com o que ele vira em Corio e Nicar. Eskkar não sabia onde Trella aprendera tanto sobre liderança de homens, mas suas ideias faziam sentido. Ao perceber a sabedoria no que ela dizia, ele simplesmente se recordava dos erros de seus comandantes anteriores ou mesmo dos seus. Portanto, começou a incutir respeito, depois lealdade, em seus homens.

Somente com lealdade é possível ter o verdadeiro poder. As palavras ecoavam em seus pensamentos. *Se muitos soldados e pessoas acreditarem em você, estará a salvo, pois seus inimigos temerão a ira daqueles que confiam em você.* Por isso, Eskkar cuidava para se manter próximo dos seus homens.

Nisso ele mudara muito nos últimos meses. Ouro, mulheres, cavalos, armas, todas as coisas que anteriormente considerava desejáveis, nada significavam para ele. Agora queria poder, poder para se colocar acima do alcance dos nobres, poder para fundar sua própria Casa, poder para formar um clã que durasse para sempre. Acima de tudo, queria proteger Trella, cuidar para que o futuro dos dois fosse seguro.

Agora, porém, ele precisava se concentrar no presente, então afastou da mente os pensamentos sobre Trella e sobre Orak e concentrou-se em sua missão. No quinto dia, tinham percorrido mais de 150 quilômetros para o sul de Orak, e logo passaram a ouvir histórias sobre um grupo de incursão dos Alur Meriki.

Caminhantes, refugiados e viajantes ficavam pálidos de medo quando Eskkar e seus companheiros se aproximavam. Seus rostos se abriam num sorriso, ao saberem que Eskkar vinha de Orak. Por intermédio desses viajantes, ele juntou vários pedaços do quebra-cabeça sobre os Alur Meriki. Os bárbaros, finalmente, haviam alcançado as ribanceiras do Tigre, a cerca de 300 quilômetros de Orak. Entretanto, ainda não tinham seguido para o norte.

Fariam isso em breve. Ninguém tinha qualquer ideia do tamanho dos grupos de guerra. Estimativas incertas de que haveria centenas de guerreiros cortando caminhos nada significavam. Eskkar dividia por quatro cada relato, sabedor de que medo e inexperiência exageravam os números. Tinha certeza de que existiam dois grupos de incursão separados.

Ele alertava a todos que encontravam que não fossem para Orak, a não ser que quisessem lutar. Caso contrário, deveriam atravessar o rio o mais depressa possível.

Naquela noite, após cuidar dos cavalos, eles se sentaram em volta da pequena fogueira, saboreando carne fresca apenas pela segunda vez desde que deixaram Orak. Tinham encontrado um bezerro moribundo, separado de sua mãe, e o jovem animal não tinha carne em seus ossos para uma farta refeição. Mas a carne quente deu uma folga aos bolos de grãos e pão envelhecido.

Quando a refeição acabou, Eskkar mandou um dos meninos à colina mais próxima para ficar de vigia e reuniu o resto dos homens. Cada noite falava sobre o dia seguinte, para que todos soubessem o que poderiam enfrentar.

— Já penetramos bastante no sul. A qualquer dia, os Alur Meriki podem virar para o norte. Portanto, amanhã seguiremos em direção a leste. Os bárbaros já passaram por aquelas terras.

— Por que não mais ao sul — perguntou Sisuthros —, para vermos quantos homens eles têm?

— Não aprenderemos mais nada indo para o sul. Os bárbaros já alcançaram o rio com pelo menos um grande grupo de incursão. Se os encontrarmos após terem virado para o norte, eles nos perseguirão e, em poucos dias, nos alcançarão, apesar de nossos excelentes cavalos.

— O que encontraremos no leste, Capitão? — Sisuthros ainda não parecia convencido.

— Deveremos encontrar grupos de homens e escravos seguindo para o norte e para o sul no espaço que separa o grupo principal e esses cavaleiros do sul. Não devem esperar que venham homens dali em sua direção, agora que seus guerreiros já varreram toda a terra. Eu gostaria de capturar um ou dois, para descobrir quantos são e o que planejam. Lembrem-se, não estamos à procura de luta, mas de informações. Quero levá-los vivos de volta a Orak.

A maioria dos comandantes daria pouca importância às vidas de seus homens, portanto aquelas palavras os comoveram.

— Então, se encontrarmos bárbaros — perguntou Sisuthros —, vamos fugir?

Os homens estavam se coçando por uma batalha. Jovens e corajosos, tinham treinado duramente por semanas e esse treinamento lhes dera confiança e a ânsia de se testar contra o inimigo.

— Sim, vamos fugir, a não ser que encontremos um grupo pequeno, que seja mais ou menos do nosso tamanho. Então talvez tenhamos uma chance de testarmos nossas lâminas.

Na manhã seguinte, viajaram em ritmo moderado, com dois homens mais avançados e outro na retaguarda. Cavalgaram desse modo durante três dias, vendo menos fazendas e pessoas, e cada vez mais terra abandonada, enquanto os cautelosos cavaleiros penetravam cada vez mais numa região selvagem a leste.

Chegaram ao início de uma região de colinas e cânions, com as grandes montanhas despontando cada vez mais perto. Agora Orak estava no longínquo noroeste.

No nono dia desde a saída de Orak, a manhã exibiu um céu cinzento e carregado de nuvens, anunciando chuva. Eles mantiveram seu ritmo habitual; afastaram-se de cumes e pararam com frequência para descansar os animais.

Uma hora depois da metade do dia, após desmontarem para descansar os cavalos, o homem que vigiava deu um grito e apontou em direção às montanhas. Num instante, Eskkar saltou para seu cavalo, olhando na direção leste. Avistou o seu batedor, que se encontrava mais ao sul, galopar de volta na direção deles. Virando à esquerda, viu que o outro batedor também retornava, porém numa velocidade mais moderada.

O primeiro, um veterano chamado Maldar, deteve-se diante de Eskkar. Todos os homens em volta tinham montado em seus cavalos, preparado suas armas e deixado os olhos vasculharem o horizonte em todas as direções.

— Capitão, há um grande bando de bárbaros cerca de 5 quilômetros adiante. — A voz de Maldar denunciava seu nervosismo. — Ou talvez dois bandos. Não tenho certeza, mas parece que estão lutando, há muita poeira e barulho.

Briga entre os bárbaros! Isso parecia perfeito para Eskkar. Os Alur Meriki tinham sérias punições para brigas entre si, quando estivessem em missões do clã. Em casa, no acampamento principal, em geral as pessoas brigavam individualmente, mas era raro acontecerem conflitos entre grupos de guerreiros. Mesmo se dois clãs se opusessem, todos preferiam deixar que os líderes brigassem para resolver uma disputa. Contudo, com quem mais eles poderiam estar brigando?

— Maldar, troque de cavalo com um dos meninos. — Ele queria Maldar numa montaria descansada. — Sisuthros, pegue o outro batedor e nos siga, mas se mantenham pelo menos um quilômetro atrás.

Eskkar esperou até Maldar transportar seu equipamento para o novo animal. Anteriormente, o medo que Eskkar viu no rosto do menino o teria feito rir, mas agora lhe deu um sorriso de encorajamento.

— Não se preocupe, garoto, não deixaremos você para trás. — Então Eskkar e Maldar saíram a meio-galope. Uma pequena nuvem de pó ergueu-se e logo acompanhou o caminho deles.

Em pouco tempo, os dois alcançaram a base das colinas mais remotas. Dali, suas sucessivas elevações de terra erguiam-se cada vez mais altas até a base dos grandes cumes que bloqueavam o caminho. Eskkar imaginou que ouvia o distante som metálico do choque de armas de bronze e os gritos dos homens em luta, mas, quando parou para ouvir, nada escutou.

— Aqui, Capitão, foi desta elevação que eu os vi. — Uma trilha sinuosa, marcada pelos cascos do cavalo de Maldar, levava até o topo. Eskkar poderia cavalgar até lá em cima, como o fizera Maldar, ou subir a pé a íngreme encosta. Ele decidiu não arriscar os cavalos.

— Venha — ordenou —, vamos subir a pé. — Cavalgaram o último trecho até a base da colina, desmontaram, e amarraram bem os cavalos numa pequena árvore. Eskkar cuidou para que seu nó ficasse bem apertado e Maldar fez o mesmo. Se tivessem de fugir, ele não queria brigar com seu próprio homem por causa de um cavalo, se um dos animais tivesse se soltado.

Iniciaram a longa subida, arrastando-se a maior parte do caminho, de vez em quando escorregando para trás, até chegarem ao topo. Nada de seu recente treinamento o preparara para escalar colinas íngremes, e Eskkar recuperava o fôlego no momento em que chegaram ao cume. Pedras baixas cobriam a estreita cimeira, com trechos de capim crescendo entre elas. Meteu-se por entre duas pedras.

Olhando para os extensos contrafortes, Eskkar descobriu-se num cume de certo modo mais alto do que os que havia à sua frente. Aquele lhe fornecia uma ótima posição vantajosa para observar as placas de pedra vermelho-acinzentadas que se salientavam para baixo das montanhas mais altas e formavam um labirinto de despenhadeiros e barrancos que se contorciam e viravam de volta para si mesmos.

Maldar apontou para nordeste.

— Olhe, ali estão eles. Não, espere, vêm em nossa direção.

Outro espinhaço separava Eskkar da nuvem rodopiante, mas ele conseguia distinguir a poeira de muitos cavaleiros, uma nuvem constantemente agitada que se movimentava e se deslocava enquanto ele observava. Parecia que dois grupos combatiam um ao outro em uma fuga apressada. Enquanto observava, um bando irrompeu do meio do outro e foi na direção de Eskkar, seguindo a fileira de colinas que corria mais ou menos paralelamente ao espinhaço onde ele estava, porém mais de um quilômetro e meio distante.

Em questão de momentos, os outros cavaleiros se reagruparam e iniciaram a perseguição.

— Conte o primeiro grupo, Maldar — ordenou, enquanto tentava avaliar o segundo e maior bando. Os estranhos cavaleiros ainda estavam muito longe e os cavalos surgiam e sumiam, tornando a contagem difícil. Sessenta e cinco ou setenta homens, supôs.

— Quarenta, talvez um pouco mais.

— Por que lutam uns com os outros, Capitão?

Eskkar dirigiu sua atenção à primeira tropa, ficando bem perto para distinguir alguns detalhes. Ou não carregavam estandarte ou o tinham perdido em batalha. Entretanto, nem mesmo a poeira conseguia esconder as fitas amarelas que decoravam muitas lanças e pontas de arcos. Amarelo significava outro clã, pois vermelho indicava a cor predominante dos Alur Meriki. Então uma tribo diferente das estepes tinha se envolvido numa briga com os Alur Meriki.

Eskkar observou o bando que vinha na frente virar na direção deles, à procura de um caminho distante das colinas e cânions que os ameaçava encurralar. O bando perseguidor começou a alcançar sua presa, seus cavalos obviamente mais dispostos, embora todos os animais estivessem cansados da perseguição e da luta. Ele já tinha visto bastante.

— Vamos, Maldar. Não vamos querer estar aqui, quando...

Sua voz morreu ao ver os cavaleiros amarelos galoparem para o interior de um cânion. De seu posto de observação, Eskkar podia ver que o caminho não levava a lugar algum. Em poucos momentos, os cavaleiros amarelos giraram seus cavalos e fizeram o caminho de volta, o espaço entre perseguidos e perseguidores encurtado pela perda de tempo na trilha falsa. Uma breve cavalgada os levou a outra encruzilhada. Um lado conduzia a uma trilha sinuosa e estreita que dava para a planície a céu aberto, onde os homens de Eskkar agora esperavam.

O outro lado, duas vezes mais largo, conduzia a outro cânion, maior, que dava uma guinada e seguia ao longo dos rochedos, mas ele podia ver que terminava num segundo beco sem saída. Para os cavaleiros caçados, porém, não parecia assim. Ele teve um estalo, que o possuiu, e foi quase como se pudesse ver o que aconteceria. Ao mesmo tempo, uma ideia, talvez insensata, o dominou. Seus olhos gravaram os pontos de referência abaixo dele.

— Venha — ordenou, a decisão tomada, e começou a se arrastar para baixo da íngreme colina, agarrando raízes e duras beiradas de pedras que se salientavam do capim ralo.

Embaixo, Eskkar esperou Maldar, que descia aos trombalhões, então segurou seu braço para detê-lo.

— Ande devagar na direção dos cavalos, Maldar. Não os assuste.

Alcançaram os cavalos, que observavam nervosamente, as narinas tremulando e os olhos arregalados diante da inusitada visão de homens e pedras deslizando encosta abaixo. Eskkar cuidou de segurar bem firme o cabresto antes de desatar o nó, observando Maldar para ver se este seguia seu exemplo. Assim que montaram, Eskkar percorreu o caminho de volta a Sisuthros e o resto de seus homens, ocultos da vista por ainda outra pequenina elevação ondulada pontilhada de capim escasso.

— Capitão, temos de nos apressar. — A voz de Maldar denunciava seu nervosismo. — Eles estarão aqui a qualquer momento. Estamos bem no caminho deles.

Eskkar subiu no topo do monte coberto de capim que dava para a planície e avistou o restante de seus homens. Acenou-lhes, pedindo que se aproximassem. Os leves sons dos cavalos dos bárbaros agora podiam ser ouvidos ecoando nas pedras. Os bandos em guerra estavam a menos de um quilômetro de distância.

Maldar começou novamente, mas Eskkar o interrompeu.

— Não, eles pegarão a entrada errada para o cânion e serão capturados em uma armadilha. Não conhecem este terreno, ou não teriam entrado no primeiro cânion sem saída. Por enquanto, nós estamos seguros.

Sisuthros cavalgou à frente dos homens e olhou na direção das colinas. Eskkar viu medo no rosto de cada homem, principalmente nos dos novatos e dos meninos. Todos podiam ouvir os cascos martelantes, amplificados pelas paredes dos rochedos, e todos sabiam que o perigo se encontrava logo depois do cume. Ele esperou até estarem todos agrupados à sua volta.

— Ouçam com atenção. — Eskkar manteve a voz calma e firme. — Há duas tribos de bárbaros envolvidas numa batalha, dentro daquele cânion ali — apontou para a sua esquerda. — O bando maior é de Alur Meriki, e há cerca de cinquenta ou sessenta deles. — Não havia sentido amedrontá-los ainda mais, revelando a exata verdade. — Eles lutam contra outro bando menor de cerca de quarenta bárbaros, os quais não reconheço, mas que claramente são de outro clã. No momento, os Alur Meriki encurralaram o primeiro bando em um cânion sem saída e logo os estarão atacando.

— Então teremos tempo de fugir. — A voz de Sisuthros revelou seu alívio. Os homens concordaram com a cabeça.

— Não, não vamos embora. — Eskkar viu seus rostos ficarem brancos com aquelas palavras, suas bocas se abrindo em surpresa. — Vamos atacar os Alur Meriki pela retaguarda. Temos homens suficientes com cavalos descansados para mudar o equilíbrio da batalha.

— Por que lutar para salvar bárbaros? — indagou Maldar. — Por que não deixá-los se matarem, enquanto escapamos?

Eskkar sacudiu a cabeça.

— Bárbaros têm um ditado: o inimigo do meu inimigo é meu amigo. Se ajudarmos essa outra tribo, ganharemos aliados contra os Alur Meriki, e Orak precisa de toda a ajuda que puder conseguir. Com a nossa ajuda, esses Alur Meriki podem ser derrotados. — Ele viu dúvida e descrença nos rostos deles.

— Vocês disseram que queriam lutar, não disseram? Bem, eis a chance! Ou preferem fugir?

Não lhes deu tempo de responder, ao virar a cabeça de seu cavalo na direção dos cânions.

— Mitrac, venha comigo e prepare esse seu arco grande. Sisuthros, prepare os homens e conduza os cavalos a duzentos passos atrás de nós.

Eskkar partiu sem olhar para trás. Em instantes, Mitrac alcançou-o, pálido mas determinado, os olhos arregalados. Eskkar olhou para o jovem.

— Confie em mim, rapaz, somos capazes disso. Prometo que hoje você matará pelo menos cinco Alur Meriki.

Cavalgou através das depressões da colina, os sons de gritos e cavalos nervosos ficando cada vez mais altos. O primeiro grupo deu-se conta de que caíra numa armadilha, e agora ambos os lados preparavam seus homens para a próxima batalha. Sem dúvida, o primeiro bando tinha cavalgado até o final do cânion sem saída e ali se reagrupara. A batalha, porém, não havia começado, portanto, Eskkar sabia que dispunha de algum tempo.

Verificando os pontos de referência que observara do cume da colina, ele tomou sua posição e desmontou. Amarrou o cavalo no galho retorcido de uma árvore, então atou novamente a montaria de Mitrac.

— Deu um nó muito fraco — observou Eskkar. — Seu cavalo teria se soltado, disparando ao primeiro ruído de encrenca. Sempre cheque seu cavalo. — Deu um tapinha no ombro do rapaz. — Agora prepare sua arma e me siga.

Sem esperar ou olhar para trás, Eskkar avançou silenciosamente os últimos cem passos acima da trilha estreita. Pedras erguiam-se de cada lado, duas vezes a sua altura, até ele chegar à última curva do caminho. Escorregou por entre as pedras e deu uma rápida olhada de cima da trilha.

Os bárbaros tinham deixado dois cavaleiros para vigiar a abertura para a eventualidade de algum oponente romper suas fileiras e escapar. Seus olhares estavam concentrados no cânion. A respiração rápida de Mitrac anunciou sua chegada e Eskkar recuou para trás das pedras.

— Mitrac — disse Eskkar, ao notar que o arco do rapaz estava esticado e havia uma flecha encaixada no cordão. — Há dois guerreiros, ambos com arcos atravessados sobre suas montarias, logo após a curva, cerca de quarenta passos de distância. Nenhum tem ainda uma flecha encaixada. Atire no mais distante primeiro, pois ele está mais perto da entrada do cânion, e não quero que ele fuja. Em seguida, atire no outro. Se errar, continue atirando. Se o guerreiro atacar, cuidarei dele com a minha espada.

Eskkar olhou para o rapaz, que parecia firme o bastante, embora seu lábio tremesse e o arco balançasse ligeiramente na mão.

— Está pronto?

Com dificuldade, Mitrac engoliu em seco, mas conseguiu confirmar com a cabeça.

Eskkar já vira antes os sinais do medo.

— É um disparo fácil, e eles não estão esperando. Apenas faça, e pense no assunto depois. Agora, vamos. Dê três bons passos e dispare. Estarei logo atrás de você.

Tirou a espada da bainha, mais para dar a Mitrac uma sensação de segurança do que por necessidade. Naquele momento, um forte grito de guerra, vindo dos Alur Meriki soou dentro do cânion, misturado com o martelar de cavalos colocados a galope, quando partiram para o ataque.

As mãos de Mitrac tremiam um pouco, apenas o suficiente para denunciar seu nervosismo. Mordeu o lábio, inspirou fundo, expirou a metade do ar e avançou. Três longos passos, então se virou e apoiou o pé esquerdo.

O longo treinamento do rapaz sob a severa tutela do pai valera a pena. O arco curvou-se suavemente e, apenas com um breve instante para mirar, ele fez a seta voar. O primeiro guerreiro deu um berro quando a flecha o atingiu no ombro direito. O segundo homem procurou na direção errada. Quando retornou para a retaguarda, a segunda flecha de Mitrac, que saltara do coldre para a corda, acertou seu alvo em cheio no peito. O Alur Meriki tombou lentamente de seu cavalo.

Eskkar disparou de volta na direção de seus homens, agitando a espada, impelindo-os à frente. Correu de volta a Mitrac e bateu-lhe no ombro para lhe dar confiança.

— Tome posição ali em cima, naquelas pedras. Atire em tudo que estiver vestido de vermelho e vier em sua direção.

Empurrando-o para o caminho, Eskkar correu adiante, juntou os dois cavalos sem cavaleiros e os afastou da entrada do cânion. Ali perto, viu que a abertura entre as paredes do cânion, na entrada, tinha cerca de 12 metros de largura. Levou os dois cavalos a Sisuthros, que montou no dele, espada em uma das mãos, conduzindo o cavalo de Eskkar com a outra.

Eskkar fez sinal para seu subcomandante, em parte aliviado pelo fato de seus homens o terem seguido. Entregou as cordas dos animais capturados a um dos meninos, então pegou o cabresto de sua própria montaria e montou novamente.

— Segure firme esses animais. Talvez precisemos de montarias suplementares. — Virou-se para Sisuthros e os homens. — Sigam-me e, quando entrarmos no cânion, formem uma fila. Eles não esperam um ataque por trás. Quando arremetermos, cavalguem o mais depressa que puderem e matem tudo em seu caminho que estiver de vermelho. Vermelho, não esqueçam! — Falou rapidamente, sem dar tempo aos homens para pensar ou duvidar.

Num momento, Eskkar estava no meio de uma fila de dez homens montados que se estendia de um lado a outro da entrada do cânion. O ruído da batalha fora de vista soava alto em seus ouvidos.

— Mitrac — gritou para o rapaz que estava de pé nas pedras com seu arco, uma flecha no cordão. — Siga-nos, mas permaneça nas pedras. Mate o máximo que puder. Não deixe nenhum escapar.

Eskkar olhou para os homens de ambos os lados.

— Lembrem-se, matem apenas vermelho, ou acabaremos lutando contra a turma toda.

Não lhes deu mais tempo para se preocupar.

— Pensem em todo o ouro que eles carregam! Usem seus cavalos e gritem a plenos pulmões. Quero que eles sintam mais medo da gente do que dos outros bárbaros. Agora, sigam-me e façam como eu!

Impeliu o cavalo adiante e torceu para que seus homens o seguissem. Se não fizessem isso, ele estaria morto em pouco tempo. Seu próprio medo causou um gosto amargo no fundo da garganta, como sempre acontecia no início de uma batalha. A morte podia estar à espera poucos passos adiante, mas ele se recusou a pensar no perigo ou em sua decisão de lutar. Inspirou fundo, contente por ter ultrapassado a ocasião de pensar.

Virando a pequena curva logo após a boca do cânion, a totalidade do som de homens e animais lutando e morrendo os atingiu com toda a sua fúria. Enormes nuvens de pó rodopiavam loucamente, mas Eskkar não fez caso delas, impelindo adiante o melhor cavalo de Nicar com pancadas brutais com os calcanhares, ao mesmo tempo que se segurava fortemente no animal com ambos os joelhos. Chegou à retaguarda da luta no instante em que o primeiro Alur Meriki ouviu os cavalos atrás de si e virou a cabeça.

Eskkar investiu a espada e talhou o ombro do guerreiro quando este tentou girar com o cavalo. Sem diminuir a velocidade, ele arremessou o cavalo diretamente para o homem seguinte, deixando que o ombro de seu animal se chocasse contra o cavalo do guerreiro, desequilibrando-o enquanto desferia outro golpe brutal. O furor aguerrido que o cercava o possuiu por completo. Somente matar era o que importava agora.

Seus próprios homens se aproximaram, gritando a plenos pulmões e desferindo golpes como loucos. Um guerreiro Alur Meriki virou seu cavalo e investiu contra Eskkar, girando a espada bem alto no ar. Antes que pudesse golpear, uma flecha de Mitrac enfiou-se com um ruído surdo no peito do bárbaro e este foi arremessado para trás de sua montaria.

A luta virou uma confusão. Cavalos chocavam-se uns com os outros, relinchando e mordendo. Guerreiros agarravam-se às suas montarias e tentavam lutar ao mesmo tempo. Contudo, os cavalos mais descansados dos homens de Orak pressionavam para trás os animais cansados dos Alur Meriki, e a longa espada de Eskkar erguia-se e baixava de modo contínuo, esguichando sangue igualmente de homem e animal.

Agredidos por trás por uma força desconhecida, eles não faziam ideia de que eram poucos os que os atacavam. Os gritos dos homens de Orak erguiam-se e se misturavam com os dos moribundos e feridos, a algazarra ressoando bem alto no cânion confinado, ecoando pelas paredes e aumentando a confusão.

Eskkar tentou acompanhar o desenrolar da batalha ao mesmo tempo que pelejava para controlar seu cavalo e lutar, mas o caos do combate o dominou por completo, enquanto homens desesperados lutavam um contra o outro. Num momento, Eskkar via-se praticamente cercado por atacantes. No seguinte, as ondas de colisão entre homens o deixavam quase sozinho.

Um bárbaro sem montaria arremeteu contra Sisuthros e puxou-o de seu cavalo. Os dois homens rolaram no chão aos pés de Eskkar. Ele abaixou-se e enfiou a ponta da espada nas costas do bárbaro, no momento em que o guerreiro erguia sua faca para o golpe mortal.

Então Sisuthros foi esquecido, quando outro guerreiro cavalgou na direção de Eskkar, apontando à frente sua lança e dando seu grito de guerra. Eskkar já enfrentara lanças anteriormente e sabia que, para sobreviver, precisava desviar a ponta alguns centímetros. Investiu o cavalo à frente, abraçou o pescoço do animal e manteve o braço rígido e a espada abaixada até a ponta da lança passar acima da ponta da espada. Então empurrou a espada adiante e para cima, acertando a madeira logo atrás da ponta de bronze e sentindo-a queimar através do braço. Seu braço permaneceu apertado e sua lâmina reta, quando os cavalos se chocaram. O cabo de sua arma chocou-se contra o peito do homem, antes de o impacto arrancar a espada de sua mão.

A colisão fez o cavalo de Eskkar baixar o traseiro. Ele foi arremessado para trás e caiu, de cabeça para baixo, ao atingir o solo. Do chão, tudo parecia diferente e mais assustador. Um bárbaro avistou uma vítima fácil e girou o cavalo para ir em sua direção. A uma dúzia de passos de Eskkar, porém, o cavalo subitamente se levantou nas patas traseiras, uma flecha salientando-se de seu pescoço, o cavaleiro subitamente pelejando para controlar o animal moribundo.

Eskkar arrastou-se por cima do guerreiro que acabara de matar para recuperar sua espada. Segurando o cabo com ambas as mãos, Eskkar escorou um pé no corpo e puxou-a com toda a força, soltando a espada igualmente do chão e da carcaça. Uma flecha sibilou sobre sua cabeça, mas ele não sabia quem a disparara nem aonde ela tinha ido.

Seu cavalo, novamente de pé, girou e guinou em pânico, confuso demais para se livrar da escaramuça. Três passos rápidos e Eskkar lançou-se para as costas do animal, quase caindo do outro lado. Pelejando para recuperar o controle da montaria apavorada, ele soltou um grito para que ela reconhecesse sua voz. Levou apenas um momento para mudar de posição e prender os joelhos no cavalo, ao mesmo tempo que se esticava adiante para segurar o cabresto. Outra flecha sibilou um pouco além do pescoço do cavalo e, dessa vez, Eskkar ergueu a vista e viu, a poucos passos dali, outro bárbaro do clã vermelho ser arremessado para trás de seu cavalo.

No instante em que Eskkar segurou o cabresto, o animal se acalmou. Olhando em volta, ele viu os Alur Meriki serem pressionados a recuar, os homens de Orak, como demônios, abrindo caminho a golpes. Esticou o corpo mais acima, numa tentativa de enxergar mais da batalha. Avistou seis ou sete guerreiros ainda pressionando adiante contra os cavaleiros amarelos. O estandarte vermelho aproximou-se de uma pequena aglomeração dos desconhecidos membros de tribo.

— Siga-me, Orak, siga-me — bradou Eskkar ao mesmo tempo que impelia o cavalo adiante, levando o animal diretamente para o estandarte vermelho. — Orak, Orak — gritou, ao chocar o cavalo contra um cavaleiro, derrubar para trás o animal do outro homem e golpear por baixo com sua espada. Em seguida, irrompeu no meio deles, golpeando à esquerda e à direita, gritando para que seus homens o seguissem. O furor aguerrido mais uma vez tomou conta dele. Sem pensar, sem temer, apenas atacar e atacar de novo.

Avançou por entre a fileira de bárbaros que tinha se virado para enfrentar os homens de Orak. Agora ele chegara às costas dos Alur Meriki que combatiam o enfraquecido grupo de cavaleiros amarelos. Enfiou a espada na anca de um dos cavalos, depois deu um golpe na cabeça de outra montaria de expressão insana nos olhos. Os animais feridos e aterrorizados recuaram, açoitando com as patas, seus relinchos juntando-se à algazarra da batalha.

Eskkar então se virou na direção de outro homem e desferiu um golpe, atingindo-o no braço. Seguiram-se uma erupção de sangue e um grito, quando a mão do homem desapareceu, cortada no pulso. Eskkar virou outra vez para a frente.

Ele quase havia rompido as fileiras dos Alur Meriki, mas um dos guerreiros vermelhos girou para enfrentá-lo, os dois cavalos ombro a ombro enquanto as espadas se chocavam. Um corpulento guerreiro, no auge da força de sua virilidade, lançou um golpe para a cabeça de Eskkar. Este bloqueou a batida, mas o homem continuou atacando. Os golpes empurravam a lâmina de Eskkar para trás, não lhe dando chance de um contra-ataque. Eskkar lutou arduamente e tentou superar com força bruta o que não conseguia fazer com habilidade. Mas o Alur Meriki mostrava-se tão forte quanto determinado.

Eskkar deu um puxão no cabresto, na tentativa de se separar, mas seu cavalo estava preso por trás. Ele sentiu o braço da espada enfraquecer cada vez mais e viu o brilho da vitória nos olhos do inimigo.

Aquela luz tremulou e se apagou subitamente, quando uma pesada seta emplumada surgiu como num passe de mágica na base da garganta do homem. O cavalo do moribundo sentiu os joelhos de seu dono relaxarem e cederem à pressão da montaria de Eskkar. Este passou trotando pelo homem, cujos olhos moribundos se voltaram em sua direção, enquanto ele forçava seu avanço. O braço direito de Eskkar tremia de fraqueza, mas investiu seu cavalo à frente e abateu outro homem por trás.

Um guerreiro Alur Meriki apareceu e chocou seu cavalo contra o de Eskkar. Este caiu novamente no chão, mas chegou um cavaleiro de Orak e, quase no mesmo instante, atingiu e derrubou o bárbaro. Eskkar pôs-se de pé e lançou-se na direção dos últimos poucos Alur Meriki que ainda lutavam para alcançar o líder dos cavaleiros amarelos. Eskkar viu que o chefe do clã dos cavaleiros amarelos tinha sido ferido e ficara sem cavalo, com apenas um único guerreiro parado diante dele para lhe dar proteção.

Novamente a espada de Eskkar enfiou-se no quarto de um cavalo, que virou com a dor e derrubou seu cavaleiro e açoitou as patas traseiras, quase atingindo Eskkar no rosto. Uma flecha passou sibilando e atingiu outro cavaleiro marcado de vermelho, ao mesmo tempo que Eskkar erguia sua espada para talhar as pernas do último cavaleiro.

O Alur Meriki percebeu o perigo, virou-se e brandiu a espada para Eskkar. Ele tentou aparar o golpe pesado, mas o braço da espada tremia de exaustão. O impacto enviou sua lâmina para trás e quase arrancou a arma de sua mão. A força do impacto fez Eskkar cair de joelhos e ele pelejou para se defender do golpe mortal do guerreiro.

O golpe final, porém, não veio. O último dos cavaleiros amarelos desferiu um golpe brutal perto do casco do cavalo, aleijando o animal, causando-lhe uma grande agitação antes de mergulhar de joelhos em dor e terror. O cavaleiro Alur Meriki, lutando para manter seu assento, ergueu a espada na direção de Eskkar, em seguida dirigiu o olhar para o último dos cavaleiros amarelos.

O instante de indecisão custou-lhe não apenas a vida, mas também qualquer chance de desferir um golpe.

Eskkar, ainda de joelhos, empurrou sua espada para o agressor, agora ao alcance, dando uma estocada à frente com todo o seu corpo, determinado a desferir mais um golpe, para enfiar a lâmina no corpo do inimigo, mesmo se recebesse em troca um bote mortal. As lâminas de Eskkar e do guerreiro vestido de amarelo atingiram finalmente o guerreiro Alur Meriki em ambos os lados, e o homem grunhiu em agonia antes de morrer, com a espada de Eskkar metida em sua barriga e a do bárbaro enfiada debaixo de sua axila.

O cavalo que se debatia caiu de lado, arrancando a espada da mão de Eskkar. Ele pelejou para voltar a ficar de joelhos e, finalmente, conseguiu. Esticou-se para tentar puxar e soltar sua espada, mas não conseguiu, os músculos fatigados de seu braço trêmulo recusando-se a obedecer, e descobriu-se incapaz de se pôr de pé.

Largando o cabo da espada, desgostoso, Eskkar tateou atrás de sua faca, mas não havia necessidade. Olhando em volta, viu que a luta terminara. Nenhum guerreiro de vermelho sobreviveu. Apenas os homens de Orak e os bárbaros amarelos permaneciam vivos, e, imediatamente, passaram a observar uns aos outros.

Eskkar forçou-se a se levantar, sabedor de que chegara o momento de perigo. Esforçou-se para recuperar o fôlego e suas pernas vibraram de exaustão e nervosismo. Ergueu a voz e gritou para que seus homens desmontassem e baixassem suas armas.

O guerreiro que dividira o último golpe mortal com Eskkar virou-se para ajudar a colocar de pé seu chefe caído. O jovem, que segurava a espada suja de sangue que puxara do Alur Meriki morto, olhou desconfiado para Eskkar. O chefe chamou seus homens, que avançaram com rapidez em sua direção, baixando suas armas à medida que chegavam. Aparentemente, o chefe compartilhava a preocupação de Eskkar sobre mais luta. O jovem guerreiro repetiu as palavras do chefe em voz alta e, dessa vez, elas fizeram algum sentido para Eskkar, que havia algum tempo não ouvia sua língua nativa.

Pelo menos não começariam a se matar uns aos outros, se Eskkar tinha entendido as palavras do chefe. Quando seus homens se reuniram à sua volta, espadas ainda nas mãos, mas apontadas para o chão, Mitrac juntou-se ao grupo, o rosto rubro de entusiasmo.

Eskkar queria manter seus homens à parte, para se certificar de que nada inesperado acontecesse. Tentou falar, mas não conseguiu fazer com que as palavras saíssem. Inspirou fundo e tentou novamente.

— Peguem os cavalos... fiquem ali...

Parou quando Maldar se aproximou dele, segurou seu braço esquerdo e colocou-o sobre seu ombro. Sisuthros foi para seu outro lado e segurou-o pela cintura.

— Você está ferido — disse Sisuthros, olhando para o braço direito de Eskkar coberto de sangue.

— Sim, e não pode continuar tremendo — acrescentou Maldar. — Precisamos enfaixar esse braço, antes que você sangre até a morte, e dar uma olhada nessa perna.

Os dois praticamente o carregaram até um local perto da parede do cânion onde a carnificina deixara um espaço vazio, e o instalaram ali. Não admirava que seu braço direito o tivesse traído, percebeu Eskkar, ao olhar para o sangue que corria do ombro para o pulso. Isso devia ter acontecido quando ele desviara a investida da lança. A ponta da arma havia aberto com um talho metade do braço.

Ele sentia a perna esquerda tremer incontrolavelmente e viu uma enorme contusão já surgindo no meio de sua coxa. A queda do cavalo devia ter provocado aquilo. De repente, ondas de dor percorreram sua perna, fazendo-o arfar. Seus olhos não queriam focalizar.

Praguejou ao se dar conta de que, se o osso de sua coxa tivesse quebrado, ele estaria praticamente morto, incapaz de cavalgar e tão longe de Orak. Seus homens o colocaram apoiado contra um afloramento de rocha e Maldar arrancou a roupa de um dos mortos e cortou-a em tiras. Sisuthros levou uma pele com água aos lábios de Eskkar até ele não conseguir mais engolir, depois despejou um pouco sobre o corte no braço para lavar a maior parte do sangue e limpar o ferimento antes que Maldar, rápida e eficientemente, o amarrasse.

— Quantos mortos? — Eskkar permanecia estoicamente sentado, enquanto cuidavam dele. Sisuthros e Maldar se entreolharam, todos contando em silêncio.

— Faltam quatro. — A voz sombria de Sisuthros removeu os sorrisos de vitória de seus rostos.

— E os cavalos? — Eskkar teve de forçar a saída das palavras. — E os meninos?

Sisuthros virou-se e ordenou que um dos homens voltasse à entrada do cânion e trouxesse os meninos e os cavalos.

— Um menino está morto. — Mitrac estava acocorado no chão perto dos pés de Eskkar. — Eu o vi tombar.

— Eles tiveram ordem de ficar para trás — observou furiosamente Eskkar. — Um menino de aldeia não teria durado um só instante nessa luta. E o outro?

— Não tenho certeza — respondeu Mitrac. — Os dois se juntaram à luta, mas não o vi tombar. É provável que também esteja morto.

— Eu lhe devo minha vida, Mitrac, pelo menos duas vezes, pelo que me lembro. — Virou-se para Maldar, sentado no chão a poucos passos de distância. — E a você também, Maldar.

Eskkar dirigiu-se novamente a Mitrac e viu que seu coldre continha apenas duas flechas.

— É melhor ir recolher suas flechas, antes que os estranhos as usem como lenha para fogueira. — Olhou para Sisuthros, que não parecia ter qualquer ferimento grave. Uma sensação de vertigem o envolveu e ele teve de lutar para evitar que seus pensamentos vagueassem. A perna começou a tremer de novo, e ele segurou o joelho para detê-la.

— Tratem dos ferimentos dos homens. E cuidem dos cavalos. — Eles saíram para cumprir a ordem, e Eskkar recostou-se na pedra quando outra onda de vertigem obscureceu sua vista. Fechou os olhos por um instante.

Deve ter sido um longo momento, pois subitamente se aprumou e olhou em volta, confuso. Pelo sangue de Ishtar, ele devia ter adormecido. Um líder nunca deve dar mostras de tal fraqueza diante de seus homens. Tentou se levantar, mas Maldar o empurrou de volta para baixo e segurou-o pelo seu braço bom.

— Descanse, Capitão. Você desmaiou por um momento. Perdeu muito sangue.

Eskkar reconheceu honesta afeição em sua voz.

— E também temos boas notícias, Capitão. Zantar está vivo. Eles o encontraram debaixo de uma pilha de corpos, sem sentido. Os bárbaros estavam despindo seu corpo, quando ele despertou. Ficaram morrendo de medo.

Maldar deu uma risada diante da cena imaginada.

— E um menino ainda está vivo, aquele patife trapaceiro — acrescentou, referindo-se ao ladrãozinho que havia suplicado e rogado para participar da missão. — Seu braço está bem esmagado, mas talvez ele sobreviva. Mas não vai poder cortar mais as bolsas dos outros.

Eskkar tentou pensar. Se Zantar tinha sobrevivido, então tinham perdido apenas três homens — dois veteranos e um dos novos recrutas. Não fora um mau negócio, para liquidar um grupo de guerra daquele tamanho. Imaginou quais teriam sido as perdas da outra tribo. Observou em volta, eles pareciam ter de pé só um pouco mais de homens do que os que cercavam Eskkar.

Sisuthros voltou e desabou no chão ao lado de Eskkar.

— Quatro mortos, contando com o menino, e perdemos três cavalos, sem contar o seu, o qual um dos bárbaros parece que pretende levar para si. O restante de nós está razoavelmente bem, apenas com pequenos cortes e contusões. Deveríamos voltar para o córrego e nos limpar. Ou pelo menos mandar buscar mais água.

Ninguém sabia por que ferimentos lavados com água limpa saravam mais depressa do que os que não eram lavados.

— Sim, se podem cavalgar, mande-os de volta ao córrego. E tragam água para os outros.

— Eu cuidarei disso, Sisuthros. — Maldar colocou-se de pé. — Você fica aqui, de olho nesses bárbaros. — Em instantes, juntou todos os sacos de água intactos que conseguiu encontrar, e ele e dois outros saíram a cavalo.

Sisuthros inclinou-se para perto de seu capitão e manteve a voz baixa.

— Mandei os homens manterem as armas à mão, para o caso de eles tentarem alguma coisa.

— Cuide apenas para que a gente não comece qualquer encrenca. — Eskkar queria a ajuda deles, e não outra luta.

— Capitão, os bárbaros estão recolhendo dos cadáveres todos os seus valores. Alguns dos nossos tentaram fazer o mesmo, mas os bárbaros colocaram a mão na espada, e então eles recuaram.

— Não se preocupe com a pilhagem — disse Eskkar com uma exausta gargalhada. — Após uma batalha, todas as armas e troféus capturados pertencem ao chefe. Ele os divide de acordo com o valor de cada homem demonstrado na batalha ou de quem é mais necessitado. Diga aos homens que eles receberão sua parte.

Uma voz chamou, vinda dos bárbaros, e Eskkar virou a cabeça na direção do campo de batalha. O chefe do estranho bando veio rumo a ele, acompanhado do mesmo guerreiro que o protegera durante a parte final da batalha.

— Aí vem o líder deles. — Eskkar tentou se levantar, mas a perna o decepcionou e não conseguiu fazê-lo apoiado num braço só. — Ajude-me a levantar, Sisuthros.

Este colocou o braço debaixo do ombro de Eskkar e começou a erguê-lo, porém o guerreiro mais jovem, agora a apenas poucos passos de distância, bradou em língua de comércio, dizendo-lhe para deixar Eskkar no chão. Poucos instantes depois, o comandante dos bárbaros sentou-se cautelosamente diante de Eskkar. O jovem guerreiro permaneceu de pé logo atrás de seu chefe, um ar grave no rosto.

— Saudações, Chefe dos Forasteiros. Eu sou Mesilim, líder dos Ur Nammu. Este é meu filho, Subutai. — Girou a cabeça lentamente, como se sentisse dor, para gesticular em direção ao guerreiro atrás dele. Mesilim tinha uma enorme contusão na testa e cortes em ambos os braços, envoltos com trapos já encharcados de sangue. Falava a língua dos povos das estepes. Fez uma pausa e olhou para os homens de Eskkar sentados ali perto.

Eskkar percebeu seu erro. Quando líderes de clãs falam, apenas a família dos chefes ou seus subcomandantes podiam estar presentes. Todos os demais deviam ficar fora do alcance da voz, para que não ouvissem palavras impróprias para seus ouvidos.

— Sisuthros, afaste aqueles homens. — Sisuthros pareceu apreensivo, mas conduziu os homens para mais vinte passos adiante, praticamente fora do alcance da voz.

Eskkar esperou pela sua volta. Sisuthros seguiu o exemplo do guerreiro e ficou de pé ao lado dele.

— Meu nome é Eskkar, líder guerreiro da aldeia de Orak, e quero honrar o grande líder de clã Mesilim que matou muitos guerreiros neste dia.

Eskkar ergueu a vista para o filho.

— E esse filho forte que abateu todos os Alur Meriki que ousaram enfrentá-lo. — Era melhor elogiar demais do que arriscar ofender a honra de alguém.

— Seus homens lutaram bravamente, Chefe Eskkar — disse Mesilim —, mas eu gostaria de saber por que participou da batalha. Você monta e se veste como pessoas das fazendas, e elas têm pouco apreço pelo povo das estepes.

Uma forma delicada de se expressar. "Povo das fazendas" era o modo mais educado com que um membro de tribo conseguia se referir aos "comedores de terra". Mesmo assim, Mesilim fizera um esforço.

— Meu povo combate os Alur Meriki. Não é meu amigo o inimigo do meu inimigo? Estávamos numa missão de observação, quando vimos seus guerreiros serem atacados. Por que não nos juntarmos a esses bravos combatentes?

A insinuação de um sorriso atravessou o rosto de Mesilim. Eskkar ficou imaginando se tinha exagerado no elogio. De qualquer modo, Mesilim e seus homens estariam agora todos mortos, se não fosse a ajuda de Eskkar, embora, é claro, o chefe jamais o admitisse. Por respeito e educação, Eskkar também não podia dizê-lo.

— É como diz, Chefe Eskkar. O inimigo do meu inimigo é meu amigo. Vocês hoje salvaram muitas vidas, inclusive a minha. Mas pode me dizer por que combatem os Alur Meriki? É um clã de muitos, muitos guerreiros, e as pessoas das fazendas não conseguem resistir a eles.

— Não é nosso desejo ir à guerra contra qualquer povo das estepes, Chefe Mesilim. Mas os Alur Meriki marcham em direção à aldeia com toda a sua potência e decidimos lutar em vez de fugir.

Eskkar percebeu a incredulidade atravessar o rosto de Mesilim e adivinhou o que ele pensava... que nenhum fazendeiro teria qualquer chance contra tal imensa força de guerreiros.

— Minha aldeia tem muitas pessoas, quase tantas quanto na tribo dos Alur Meriki. Construímos uma grande muralha de pedra em volta de nossa aldeia e vamos combater os Alur Meriki dessa muralha, e não de lombo de cavalo.

Mesilim olhou para o chão, educado demais para expressar suas dúvidas ou sua aversão diante daquela estratégia tão antiguerreira. Em vez disso, falou de seu próprio clã.

— Meu povo lutou a primeira vez contra os Alur Meriki há mais de dois anos. Lutamos bravamente e matamos muitos deles, mas nos subjugaram com seu número muito maior. Agora os Ur Nammu estão quase extintos. A maior parte de nossos guerreiros foi morta. Só restamos nós para prosseguir com a luta. Quase todas as nossas mulheres e crianças... foram mortas ou levadas pelos Alur Meriki. — Sua voz não conseguia ocultar a tristeza de seu coração. — Lutamos porque fizemos um juramento a Shan Kar de ir contra eles, embora tivesse sido melhor eu ter sucumbido na batalha de hoje.

Eskkar ergueu a vista para Subutai com um respeito maior ainda. Muitos filhos teriam enfiado uma faca nas costas do pai, em uma noite escura, em vez de continuar numa luta de morte. Pois fora isso que o Shan Kar proclamava, uma luta de morte, e Mesilim condenara seus seguidores a esse destino, tendo em vista que não tinham qualquer chance de vitória. O filho devia ter uma grande lealdade, como também uma grande força para proteger tal pai.

— Grande Chefe, há muita coisa que desejo lhe perguntar com relação aos Alur Meriki. Você tem conhecimento do meu inimigo e gostaria que meu povo aprendesse essas coisas por seu intermédio. Se estiver disposto a compartilhar seu conhecimento comigo.

Mesilim fez que sim com a cabeça.

— Sim, teremos muito o que conversar. Mas, antes, vamos cuidar dos feridos, enterrar os mortos e dividir o espólio. Em breve escurecerá. — Estendeu a mão para o filho, que o ajudou a se pôr de pé, e então o acompanhou de volta até os Ur Nammu.

Os homens correram de volta, depois que Mesilim se afastou, suas perguntas surgindo ligeiras. Quando se reuniram em volta dele, Eskkar explicou sua posição.

— Por enquanto, somos considerados amigos dos Ur Nammu, tendo em vista que lutamos a seu lado. Eles vão recolher dos cadáveres tudo que é de valor e isso será dividido entre todos que lutaram. Por costume, o Chefe Mesilim fará a divisão, pois teve a maioria dos guerreiros no campo de batalha.

Devemos enterrar os nossos mortos e cuidar dos feridos. — Ele viu dúvida em alguns olhos e decidiu dar mais explicações.

— Não se preocupem. Se eles quisessem, poderiam ter nos matado facilmente. — Os Ur Nammu tinham cerca de 25 guerreiros ainda em condições de lutar. — Essas pessoas têm muito conhecimento sobre nosso inimigo. Mais do que isso, eles podem nos ajudar no próprio combate. Portanto, cuidem para não ofender ninguém. Eles são tudo o que restou de um povo orgulhoso, combatendo numa guerra de morte contra os nossos próprios inimigos. Agora, me ajudem a ficar de pé.

Sisuthros e Maldar ajudaram-no a se levantar e ficaram observando enquanto ele experimentava a perna. O inchaço na coxa agora parecia enorme, mas deu alguns passos com a ajuda dos dois e se deu conta, agradecido, que o osso não havia quebrado, ou a perna não teria suportado seu peso. Entretanto, toda vez que tentava pôr peso sobre ela, uma dor aguda percorria seu corpo. Eskkar pediu uma espécie de muleta. Maldar apanhou uma lança quebrada e deu a ele.

Apesar dos ferimentos, Eskkar insistiu em verificar cada um de seus homens. A maioria dos ferimentos não parecia muito grave, havia principalmente talhos e arranhões. Zantar, que fora atingido e ficara inconsciente durante a batalha, permanecia estendido no chão, os olhos fora de foco, ainda zonzo e pouco coerente. Somente Mitrac escapara sem um arranhão.

O cavalariço sobrevivente, de nome Tammuz, tinha o pior ferimento. Parado acima dele, Eskkar viu que o braço esquerdo do menino estava gravemente quebrado, talvez em mais de um lugar. O menor toque ou movimento levava um gemido de agonia aos lábios de Tammuz.

— Bem, Tammuz, vejo que desobedeceu às minhas ordens. Da próxima vez, talvez você aprenda. — Fora o braço, o resto de seus cortes e contusões pareciam sem importância.

— Eu quis lutar, Capitão — respondeu Tammuz, a voz fina enquanto ele continha as lágrimas. Até mesmo o esforço de falar fazia com que se retraísse. — Matei um deles, sim, com o... arco. Mitrac viu, tenho certeza... ele viu.

Eskkar trouxera na expedição dois arcos de montaria, mas eles haviam sido deixados para trás com os outros cavalos. Os meninos insensatos tinham encordoado os arcos e, quando puderam, seguiram atrás dos homens.

— Tenho certeza que matou, Tammuz. Agora descanse.

O braço quebrado estava além da habilidade de Eskkar de enfaixá-lo, e o menino provavelmente morreria dentro de um ou dois dias. Virou-se para Maldar.

— Dê água para Tammuz, depois vinho, muito vinho, para amenizar a dor. — Usando a muleta, Eskkar virou-se e olhou na direção dos Ur Nammu.

Mesilim e seu filho, já praticamente terminando de carregar seus feridos, tinham começado o processo de sepultamento. Enquanto Eskkar observava, vários cavaleiros partiram para algumas incumbências desconhecidas, enquanto outros começavam a desobstruir um espaço para sepultamento diante de uma das paredes do despenhadeiro. Mancando foi até Mesilim, apoiando-se pesadamente na muleta, até alcançar um grupo de guerreiros em torno dele. Eles o olharam com curiosidade, mas abriram caminho para deixá-lo passar. Mesilim ergueu a vista.

— Ilustre Chefe — começou Eskkar —, tenho um menino ferido. Seu braço foi gravemente quebrado e está além de nossas habilidades consertá-lo. Vocês teriam alguém que pudesse cuidar dele?

Mesilim refletiu sobre o pedido.

— Um menino deve ser cuidado por último, após os guerreiros. Temos um curandeiro, embora ele tenha seus próprios ferimentos. Eu o mandarei até você, depois que os guerreiros forem tratados.

Olhou na direção dos homens que desobstruíam o local de sepultamento.

— Enterraremos os nossos mortos o mais depressa possível. Você deseja colocar os seus mortos com eles?

— Sim, será um prazer enterrar os nossos homens com os seus. Obrigado pela honra. Meus homens teriam permissão para ajudar a cavar o monte para o sepultamento?

Uma sepultura coletiva teria de ser cavada na terra montanhosa, bem profunda para manter distante os animais selvagens. Seria necessário o esforço de muitos homens para realizar o serviço.

— Temos uma ferramenta de escavação que talvez facilite o serviço — acrescentou Eskkar.

— Preciso consultar meus homens a esse respeito — respondeu Mesilim.

Qualquer manipulação dos mortos devia ser feita com grande cuidado e os rituais apropriados, para se assegurar de que seus espíritos descansassem em paz para sempre.

Mesilim começou falando com seu filho e dois guerreiros. Cada qual teve algo a dizer, mas todos pareceram concordar. Dirigiu-se de volta a Eskkar.

— Seus homens podem nos ajudar e somos gratos por isso. Seus mortos honrarão os nossos.

Eskkar curvou-se em agradecimento e caminhou até seus homens, apoiando-se pesadamente na vara e trincando os dentes contra a dor.

— Mesilim mandará um curandeiro para ajudar o... Tammuz. — Não se chamava de menino quem tivesse matado um inimigo numa batalha. — Juntem os nossos mortos e os preparem para o sepultamento. Depois, todos que puderem cavar ajudarão os homens de Mesilim a preparar a sepultura. Enterraremos os nossos mortos com os deles, e com essa oferta eles honram os nossos.

— O que eles estão fazendo agora? — perguntou Sisuthros. Mais ou menos uma dúzia de guerreiros havia montado em seus cavalos e partido, a metade levando animais de reserva.

— Eles juntarão os cadáveres de outros campos de batalha. Depois que todos forem enterrados, os cadáveres dos Alur Meriki serão deixados em cima da sepultura para apodrecer e alimentar os carniceiros, e assim todos saberão que muitos morreram aqui. Então, acredito eu, todos nós deixaremos este maldito cânion.

Deixar tudo para trás parecia cada vez melhor com o passar do tempo. Moscas zuniam por toda parte, e abutres e corvos circulavam acima, à espera de uma chance, atraídos pelo sangue e pela morte. Eskkar tentava ignorar o cheiro de cobre vindo do sangue que fazia com que quisesse vomitar. Viu Mitrac matar com um golpe uma mosca.

— Mitrac, já recuperou suas flechas?

O ar culpado no rosto do rapaz respondeu à pergunta.

— Vá procurar suas setas. Talvez precisemos delas novamente, e, enquanto faz isso, conte o número dos que você matou. — Isso daria ao jovem algo que fazer. — Sisuthros, deixe um homem tomando conta de Zantar e do... Tammuz. O resto de vocês, peguem a pá e comecem a cavar.

Cavar seria demais para Eskkar, que descobriu que não seria capaz de colocar um esforço extra sobre a perna. Mas cinco de seus homens começaram a cavar na companhia dos Ur Nammu, e a pequena pá de bronze que tinham trazido se mostrou de grande ajuda. Em pouco tempo, vinte homens cavavam o mais arduamente possível, embora Eskkar soubesse que a escuridão desceria muito antes de terminarem.

Mesilim também planejara isso. Dois homens retornaram trazendo lenha. Fizeram uma fogueira, depois prepararam alguns galhos para servirem de tochas. Tiras de gordura arrancadas dos cavalos mortos ajudariam a mantê-las queimando.

Os homens de Eskkar cavavam tão duramente quanto os tribais, para mostrar que eram tão fortes e resistentes quanto seus novos amigos. Apesar da ajuda deles, foram necessários 25 homens e quase quatro horas para se cavar um buraco bastante comprido e fundo para conter quase cinquenta cadáveres. Isso incluía os Ur Nammu mortos nas lutas anteriores.

Esses corpos foram trazidos para o local de sepultamento amarrados sobre montarias. Quase dois terços do povo de Mesilim tinha morrido naquele dia. Eles lutaram bravamente e, se seu número fosse mais ou menos igual, teriam derrotado sozinhos os Alur Meriki. Agora restavam apenas 25 guerreiros Ur Nammu, muitos deles feridos, para prosseguir com o juramento de vingança feito pelo seu líder.

A escuridão desceu e os homens prepararam uma fogueira e acenderam mais tochas. Uma hora depois, a lua saiu e ajudou a iluminar o trabalho que realizavam. Mesmo assim, o esforço exauriu todos os homens que, finalmente, saíram cambaleantes do buraco.

— Pelos deuses, Capitão. — Sisuthros parecia prestes a desabar no chão. Estava coberto por tanta terra que seus olhos eram um brilho branco à luz das tochas. — Acho que nunca trabalhei tão duro. — Olhou em volta para os igualmente exaustos homens de Orak e sorriu. — Mas mostramos a eles que somos capazes de acompanhá-los.

— Vá tomar um pouco de água, depois traga os nossos mortos para cá.

Um dos Ur Nammu começou a entoar uma canção de morte para consagrar o terreno e prepará-lo para receber os corpos. Eskkar e seus homens pararam e observaram silenciosamente à luz da fogueira até a breve cerimônia terminar.

Mesilim caminhou solenemente, mas sozinho, até Eskkar.

— Podem colocar seus homens nesta extremidade do buraco para significar a direção da qual vocês vieram. Cobriremos seus mortos com os nossos para protegê-los na vida após a morte.

— Obrigado por honrar os nossos mortos — retrucou Eskkar formalmente, então gesticulou com a cabeça para Sisuthros, que começou a colocar os corpos na terra. Os corpos dos Ur Nammu vieram depois, cada qual conduzido do modo mais delicado possível, as pernas esticadas e os braços cruzados sobre o peito. Finalmente, todos os mortos descansavam no fundo do buraco.

Eskkar aproximou-se da ponta da sepultura onde estavam seus homens, completamente cobertos pelos outros corpos. Em voz alta, pronunciou as palavras que honravam os homens, chamou o nome de cada um e narrou seus feitos, para que a deusa Ishtar e o grande Marduk soubessem, a fim de receberem e honrarem verdadeiros guerreiros.

Quando Eskkar recuou, Mesilim caminhou até a outra ponta e fez a mesma coisa, embora suas palavras tivessem demorado mais e incluído mais detalhes dos mais bravos. Finalmente, todos os deuses, demônios e sombras da noite tinham sido satisfeitos. Os homens começaram a tapar o buraco, um processo que durou quase tanto tempo quanto o da escavação, por causa da necessidade de socar a terra o mais compactamente possível.

Preenchida a sepultura, os cavaleiros fizeram seus cavalos caminharem de um lado a outro sobre a terra para comprimi-la ainda mais. Quando terminaram, a meia-noite se aproximava, o que tornava ainda mais perigoso sair do cânion. Os homens de Eskkar encontraram um lugar desobstruído o mais distante possível do campo da matança. Todos desabaram no chão, envoltos nas mantas de seus cavalos, e dormiram o sono dos completamente exaustos, todos cansados demais para comer ou se preocupar com o fato de que alguém pudesse cortar suas gargantas no meio da noite.

14

O sol da manhã acordou Eskkar. Ele sentou-se com um sobressalto, então encolheu-se de dor. Erguendo a mão, protegeu os olhos e examinou em volta do acampamento. Seus homens já se movimentavam por ali, exceto Zantar e Tammuz, que permaneciam sob seus cobertores. O curandeiro de Mesilim fizera o melhor possível pelo braço do garoto, mas seus gritos tinham ecoado pelo acampamento apesar do vinho despejado em seu interior. Ele desmaiara duas vezes durante a provação. Agora o menino dormia, mas febrilmente. Nada mais podia ser feito. Tammuz se recuperaria ou morreria, se a viagem a cavalo não acabasse com ele.

Alguém deixara uma pele de água à mão e Eskkar a esvaziou antes de se colocar de pé, lutando contra a dor na perna. Foi mancando de um lado a outro algumas vezes, os dentes trincados, até a rigidez dos membros diminuir e ele se sentir confiante de que a perna não cederia. Pelo menos não precisaria da muleta.

Checou a bandagem no braço. Não havia sangue recente manchando a grosseira cobertura, embora uma dor acompanhasse qualquer movimento brusco. À luz do dia, viu sangue, terra e até coisa pior cobrir seu corpo. O mau cheiro revirou seu estômago.

— Bom dia, Capitão — disse Maldar, ao se aproximar. — Os bárbaros trouxeram mais lenha. Em breve teremos carne fresca de cavalo.

A bile subiu à garganta de Eskkar ao pensar em comida, e ele teve de engoli-la antes de conseguir falar.

— Quero me lavar no rio. Traga meu cavalo.

— Boa ideia, Capitão. O resto de nós já se lavou.

Os homens tinham ido ao rio e voltado, enquanto ele dormia. Eskkar se maldisse pela sua fraqueza.

Maldar retornou conduzindo um cavalo e o manteve seguro enquanto Eskkar o montava com todo o cuidado. Cavalgou lentamente para fora do vale, ignorando o latejar na coxa e a sensação de tonteira na cabeça.

Na margem do córrego, desmontou, encolhendo-se quando a perna recebeu o peso repentino. Deixou-se cair na água que se movia lentamente, na qual lavou o corpo e as roupas ao mesmo tempo. O esforço o exauriu, e ele deitou de costas na água fria até sumirem o último fedor e o sangue coagulado.

Quando não conseguiu mais aguentar o frio, levantou-se e descansou ao lado do córrego, deixando que os raios de sol o aquecessem enquanto secavam suas roupas. Pensou no que aquele dia lhe traria.

Quando voltou ao cânion, encontrou seus homens parados, à espera. Os cavalos tinham sido alimentados e dados de beber, as armas limpas e os feridos tratados. Os Ur Nammu tinham terminado a sepultura. Uma única lança enterrada na terra, a lâmina voltada para o céu, marcava o local. Uma comprida fita amarela com o símbolo dos Ur Nammu esvoaçava da ponta.

Mais orações foram entoadas para satisfazer os deuses e santificar o solo. Os corpos dos Alur Meriki jaziam num desordenado monte em volta da lança. Tinham sido deixados para os comedores de carniça e, desse modo, todos saberiam que foram vencidos na morte assim como na vida. Quando os Alur Meriki descobrissem aquele lugar, deixariam os corpos intocados e desenterrados. Os mortos sofreriam por sua derrota na vida após a morte.

Um dos guerreiros de Mesilim apresentou-se a ele com uma fatia de carne de cavalo bem passada, o pedaço tostado, quase preto, e quente demais para se segurar. Eskkar engoliu-o com voracidade, surpreso com a própria fome. Foi necessária uma segunda fatia para satisfazê-lo.

Mesilim aproximou-se.

— Chefe Eskkar, estamos prontos para deixar este lugar. Acamparemos do outro lado do córrego. Enviarei batedores, para o caso de terem chegado outros grupos de guerra.

Se chegar algum, morreremos todos. Levou algum tempo para carregar os homens e os animais com as armas, a comida e o espólio capturados. Finalmente, conduziram seus cavalos para fora do cânion, seu ritmo ditado pelos homens e os animais feridos. Ao deixar o cânion, Eskkar olhou para trás em direção ao local onde tantos tinham morrido. Um bando de abutres e de outras aves já brigava pela carne morta. Havia gerações, o povo das estepes vivia e morria daquela maneira. Talvez fosse uma maneira de morrer tão boa quanto outra qualquer, embora ele tivesse a esperança de que, um dia, seus ossos encontrassem a paz debaixo de um pedaço de terra e não em cima dela.

Acamparam no pequeno rio onde Eskkar havia se banhado. Todos estavam contentes por terem saído do labirinto de cânions e de volta aos pastos esparsos onde o ar não cheirava a sangue. Uma árvore morta forneceu lenha e mais carne de cavalo em breve chiava nas chamas.

Eskkar conversou com Zantar. Ele recuperara os sentidos e conseguia falar com coerência. Tinha um hematoma enorme na testa. Estranhamente, o homem não se lembrava de nada da luta, nem sequer das horas que a antecederam, e teve de ser informado em detalhes sobre o que acontecera.

Quanto a Tammuz, continuava agitado. Não havia mais vinho para lhe dar. Eles carregavam o garoto em seu cavalo, durante a curta cavalgada até o córrego, mas ele voltou a desmaiar quando o desceram. O curandeiro de Mesilim examinou seu paciente e voltou a enfaixar, bem apertado, ao lado do corpo do menino, o braço machucado, para evitar mais danos. Agora Tammuz dormia sobre o capim macio, a cabeça pousada numa manta de cavalo à guisa de travesseiro. Debatia-se e murmurava durante o sono.

Três batedores Ur Nammu partiram, enquanto outros vigias assumiam seus postos nas colinas em volta. Finalmente, tinham dado comida e água a todos os animais, os homens comeram uma segunda vez, e chegara o momento de conversar.

Mesilim e seu filho se aproximaram de Eskkar, que manteve Sisuthros consigo, embora este não entendesse a língua. Os quatro encontraram um local tranquilo num montículo coberto de grama a cem passos do córrego, onde podiam conversar em particular.

Eskkar forneceu todas as informações que tinha sobre os Alur Meriki, então ouviu o que Mesilim tinha a dizer. Eskkar fez muitas perguntas a respeito do número e dos movimentos dos Alur Meriki. Enquanto falavam, os líderes desenhavam mapas na terra entre eles, usando gravetos, pedras e facas para representar vários pontos de referência.

— Agora entendo por que marcham daquele modo — observou Mesilim. — Ficamos imaginando o que procuravam com aquela movimentação e por que não cavalgavam para oeste. Não será bom presságio para você e sua aldeia, quando eles o fizerem.

— Mesilim, acredito firmemente que podemos resistir a eles — afirmou Eskkar. — Terei muitos arqueiros para proteger a muralha ou usar uma espada.

Eskkar não esperou educadamente pela opinião deles.

— Mas gostaria de ter a ajuda de seu clã em minha luta. Se nos ajudarem, considero que poderão satisfazer seu Shan Kar sem sacrificar o resto de seus homens.

— O Shan Kar é até a morte — retrucou firmemente Subutai. — Todos nós fizemos o juramento e não podemos nos desviar dele.

Eskkar fez que sim gravemente.

— Claro. Sou estranho a seu clã, Subutai, e ignorante de seus modos. Mas um Shan Kar não pode ser satisfeito por uma grande derrota do inimigo em batalha? Pelo menos foi isso que eu ouvi dizer.

Eles sabiam que Eskkar viera das estepes, provavelmente do clã dos Alur Meriki com os quais tinham acabado de lutar. Mas prevalecia a diplomacia. Nem Mesilim nem seu filho queriam fazer quaisquer perguntas cujas respostas pudessem ofendê-los.

— É verdade — respondeu Mesilim —, mas não somos numerosos o suficiente para lutar uma grande batalha. Os dias de nosso clã estão contados, e não recuperaremos nossa força antes de sermos esmagados. Dentro de poucos dias, outros dez ou 12 guerreiros e um punhado de mulheres se juntarão a nós, e isso é tudo o que resta dos Ur Nammu.

Eskkar não sabia que mais alguns deles tinham sobrevivido, mas recebeu isso como uma boa notícia.

— Orak é suficientemente forte para lutar uma grande batalha. Temos quase tantas pessoas quanto as que existem na tribo, e chegam mais a cada a dia. Será necessário todo o poder dos Alur Meriki para capturar nossa aldeia. Se vocês se juntarem a nós, então poderão lutar uma grande batalha. Se vencermos, seu Shan Kar ficará satisfeito. E, se lutarem a nosso lado, posso ajudar seu povo com armas, cavalos e suprimentos.

Mesilim e Subutai trocaram olhares. Um juramento Shan Kar no calor de uma derrota, dois anos atrás, condenara todos à morte.

— Precisamos satisfazer a nossa honra, Eskkar — disse Mesilim, a cabeça erguida. — Mas, se existe esse modo...

Eskkar deu um silencioso suspiro de alívio, então com a mão rearrumou os gravetos e as pedras no chão.

— Eis o Tigre ao norte — três pequenos gravetos foram dobrados em ângulos para mostrar a grande curva do rio. — E aqui está Orak — uma pequena pedra foi colocada junto aos gravetos. — O grosso dos Alur Meriki está aqui. — Ele colocou uma grande pedra perto do rio. — Os dois grupos de incursão — colocou duas pedras na extremidade inferior do Tigre — vão varrer tudo em seu caminho em direção a Orak, e, em seis ou sete semanas, o clã inteiro estará acampado do lado de fora da muralha da aldeia.

Mesilim concordou.

— Exceto por outro grupo de guerra. — Eskkar apanhou uma pedra e colocou-a do outro lado do Tigre, defronte a Orak. — Esse grupo deterá aqueles que tentarem fugir, depois juntarão o gado e os cavalos que enviamos para o outro lado do rio.

"Será um grupo menor, talvez com setenta ou oitenta guerreiros, o suficiente para vigiar o rio e vasculhar a zona rural. Com sua ajuda, eu emboscaria esse grupo e mataria todos eles."

A faca de Eskkar traçou um sulco em direção ao norte ao longo do Tigre.

— Depois de eles terem sido massacrados, seu povo poderá cavalgar para o norte, cruzar o rio, correnteza acima, depois virar para o sul e, no auge da batalha, atacar por trás o acampamento principal deles. Haverá alguns poucos vigiando a retaguarda, pois sabem que mataram todos que estavam em seu caminho. O acampamento estará pouco defendido. Vocês poderão invadi-lo e capturar quantas mulheres e cavalos precisarem para reconstruir sua tribo.

Sua faca traçou outra linha para nordeste.

— Então poderão retornar para essas montanhas no norte mais distante e reconstruir seu clã. Se permanecerem ao norte do rio Isogi, poderão ajudar a vigiar as fronteiras de Orak. Estabeleceremos um comércio com seu povo e até mesmo lhes daremos proteção, se necessário. — Eskkar plantou a lâmina firmemente na terra.

— Como isso cumprirá a Shan Kar? — A curiosidade de Subutai falou mais alto.— Mesmo se formos vitoriosos, os Alur Meriki continuarão inconquistáveis.

Cuidado, isso tem de ser dito de modo apropriado. Eskkar inspirou fundo.

— Os Alur Meriki planejaram há meses esse ataque contra Orak. Toda a sua movimentação e suas incursões têm sido feitas apenas para pôr toda a sua potência contra a nossa aldeia. Eles sabem que estamos fortificando Orak e construindo uma muralha, mas pensam que não conseguiremos detê-los. Se fracassarem na tentativa de capturar Orak, se forem forçados a seguir para o sul sem tomar a aldeia, então o plano deles terá fracassado. Ao lutar ao nosso lado, vocês ajudarão a derrotar os Alur Meriki numa grande batalha. Isso cumprirá a Shan Kar.

Isso podia estar sujeito a controvérsias, mas apresentava um modo de salvar as aparências e parecia muito melhor do que lutar até a morte sem qualquer chance de sobrevivência. E outra batalha satisfaria a honra. Eskkar pôs as mãos sobre os joelhos e recostou-se. Fizera a melhor oferta possível. Agora Mesilim teria de decidir.

O líder Ur Nammu refletiu por um longo tempo sobre as palavras de Eskkar.

— Os Alur Meriki retornarão em dez ou 15 anos — declarou finalmente. — Mesmo se os expulsar agora, você poderá ser derrotado depois.

Por várias vezes, Eskkar e Trella conversaram sobre essa possibilidade.

— Os tempos estão mudando, Mesilim. Acredito que, quando os Alur Meriki voltarem, toda a zona rural em volta de Orak estará defendida, e os muros da aldeia serão mais altos e mais fortes do que são agora, com muitos defensores mais treinados. Tenho visto o que pode ser feito para nos preparar para o ataque e já aprendemos muito. O futuro é sempre envolto em mistério, mas acredito que Orak sobreviverá, e novamente os Alur Meriki serão expulsos.

— Como alcançaríamos o outro lado do rio? — A pergunta sutil de Subutai não deixou dúvida sobre a opinião do jovem. Suas palavras enviaram a mesma mensagem a seu pai.

— Quando vocês estiverem prontos — prosseguiu Eskkar —, dentro de algumas semanas, atravessem novamente as fronteiras e venham para Orak. Providenciaremos uma barca para seus homens e seus cavalos atravessarem o rio. Observaremos sua chegada e os acompanharemos, para que ninguém os ataque por engano.

— Por que faz tudo isso, Eskkar? — indagou Mesilim. — E por que está tão preocupado com o fato de os guerreiros atravessarem o rio?

— Se eu não conseguir destruir todos os bár... Alur Meriki na margem oeste, aqueles que escaparem alertarão o acampamento principal. Mesmo se alguns poucos sobreviverem, será desastroso para Orak. Uma dúzia de homens poderia incendiar a terra. Não temos proteção contra grupos de guerra naquele lado do Tigre, e não temos homens suficientes para vigiar nossos rebanhos. Os aldeões ficariam desanimados se encontrassem seus rebanhos destruídos ou dispersados. Precisamos desses animais para recompor as manadas depois que os Alur Meriki se forem.

Eskkar olhou nos olhos do chefe.

— Preciso dizer ao meu povo que posso destruir esses Alur Meriki na margem oeste e voltar a Orak a tempo de proteger os muros. Preciso destruí-los completamente e não posso fazer isso em campo aberto. Não tenho cavalos suficientes nem homens que saibam como cavalgá-los. Portanto, preciso de sua ajuda para me certificar de que eles sejam conduzidos a uma armadilha em que poderei matá-los com meus arqueiros, e usar os seus guerreiros para garantir que nenhum escape.

— Discutirei isso com Subutai e os outros líderes — disse Mesilim. — Nós lhe daremos uma resposta ao cair da noite. — Levantou-se e estendeu a mão para ajudar Eskkar a se pôr de pé. — Você é... você nasceu nas estepes. Agora joga sua sorte com lavradores e criadores de bodes e ovelhas, e eles jamais o aceitarão completamente. Às vezes, não deseja voltar à sua vida de guerreiro?

Não foi uma pergunta eventual. Mesilim lhe oferecia uma opção — Eskkar poderia cavalgar com eles, se preferisse.

A oferta o tentou, mas a lembrança de Trella apagou a ideia.

— Muitas vezes, Mesilim. Muitas vezes desejei voltar à vida de guerreiro nas planícies e nas estepes. Mas já vivi tempo demais com os aldeões, e estou mais acostumado ao modo deles do que aos dos nossos pais. E tenho uma mulher, uma mulher que tem o dom, que me chama de volta para seu lado. Mas, se o destino não for bondoso comigo, então me lembrarei de suas palavras.

— Mesmo se vencer, você tem certeza de como será tratado depois? — A preocupação de Mesilim mostrava que ele conhecia bastante sobre os modos dos aldeões.

— É verdade que há muita traição entre os líderes de aldeia. Mas aprendi muito, nos últimos meses, e o meu poder cresce a cada dia. Minha mulher também me dá bons conselhos a esse respeito.

Os bárbaros achavam que uma mulher era bastante igual a outra. Também acreditavam que qualquer guerreiro que ouvisse com muita atenção sua mulher demonstrava fraqueza. Contudo, Eskkar se referira a Trella como "mulher que tem o dom" e talvez Mesilim compreendesse o poder e a força de uma mulher que ocasionalmente demonstrava tal sabedoria e força de caráter para ser aceita nas fogueiras dos conselhos.

Mesilim balançou a cabeça, indicando que compreendia.

— Nós combatemos juntos e nunca mais poderemos romper o elo da gratidão que os Ur Nammu lhe devem. Agora precisamos decidir o nosso próprio futuro. — Virou-se e seu filho o seguiu.

Os homens de Eskkar esperavam, a curiosidade aguçada por terem observado os quatro homens conversarem por quase duas horas. Ele parou diante deles.

— Mesilim nos contou tudo o que sabe sobre os bárbaros. Pedi que ele nos ajudasse em nossa luta. Se aceitar, acredito que pode nos ajudar. Se ele escolher outro caminho, então o nosso será muito mais difícil.

Eskkar virou-se na direção da súbita atividade que irrompera no acampamento. Num instante, ele entendeu a comoção.

— Chega por enquanto. Está na hora de dividir o espólio.

A tarefa levou o resto da manhã e prosseguiu pela tarde numa lentidão enlouquecedora. Eskkar forçou-se a sorrir e permanecer paciente. O produto da pilhagem era dividido equanimemente, com os homens de Eskkar recebendo um pouco mais do que ele considerava que lhes fosse devido, e, portanto, ninguém reclamou. A parte de Eskkar encheu um saco. Trella faria um bom uso do ouro e das joias.

As mortes também tinham de ser contadas, outra tarefa que requeria muita análise de prova sobre quem matou quem, como foi e quem testemunhou. Eskkar recebeu o crédito por oito mortes, embora duvidasse que o número fosse tão alto. Certamente não matara sozinho o último guerreiro, mas ele e Subutai receberam crédito igual por esse corpo. O maior número de mortes foi para Mitrac, cujas flechas foram encontradas em 14 corpos, além de meia dúzia de cavalos. Eskkar agradeceu a quaisquer que fossem os deuses que protegiam os arqueiros por nenhuma dessas flechas ter atingido qualquer Ur Nammu. Mesilim presenteou pessoalmente Mitrac com um anel de ouro e cobre de grande valor, para se somar aos dois punhados de joias e pepitas de ouro que o rapaz merecera como sua parte.

Posteriormente, muitos Ur Nammu tocaram em Mitrac e em seu arco, para dar sorte, e todos quiseram saber se o resto dos aldeões tinha armas igual à sua.

Todos passaram o resto do dia comendo e descansando. Eskkar concordou que seus homens pudessem usar esse tempo para curar seus ferimentos. Subutai convenceu Mitrac a demonstrar sua habilidade de arqueiro e alguns guerreiros se igualaram a ele, disparo por disparo, até a distância ficar grande demais para seus arcos menores. A força de sua arma deixou todos os guerreiros impressionados. Até mesmo um disparo que talvez não fosse fatal derrubaria um homem no chão, incapacitando-o para seguir lutando.

O banquete estendeu-se pela noitinha, ainda sem uma decisão de Mesilim. Eskkar descobriu-se um pouco retraído do círculo de seus homens. Finalmente, levantou-se e caminhou até o córrego para se aliviar. Sisuthros aproximou-se para se juntar a ele.

Quando terminaram, Eskkar virou-se para voltar, mas Sisuthros segurou seu braço, mantendo-o longe do alcance da voz dos homens sentados em volta da fogueira.

— Capitão, queria falar com você. Há algo que preciso dizer.

Virando-se para encarar seu comandante, Eskkar percebeu o nervosismo em sua voz.

— O que foi, Sisuthros? Descontente com a parte que lhe coube? — Mesmo à luz do luar, Eskkar viu confusão no rosto do homem.

— Capitão, eu... há... — Parou e manuseou desajeitadamente o cinturão por um momento, então retirou uma pequena bolsa que entregou a Eskkar. — Isto é ouro, vinte peças, que me foram dadas antes de deixarmos Orak. Ficou combinado que mais dez seriam minhas, se você não voltasse.

Eskkar sentiu o rosto enrubescer de raiva. Por um momento, quis abater Sisuthros com um golpe, matá-lo pelo que ele andara planejando. Mas a raiva passou. Se não tivesse sido Sisuthros, teria sido outro qualquer. Um homem sempre tinha inimigos, e quanto mais Eskkar ficava poderoso, mais crescia o número de inimigos. Além disso, ele precisava de um combatente como Sisuthros, tanto agora quanto, provavelmente, ainda mais no futuro.

Eskkar avaliou o peso da bolsa em sua mão.

— Trinta peças de ouro. É uma grande quantidade de ouro. — Devolveu a bolsa. Não havia muita luz, mas detectou surpresa no rosto do homem.

— Não quer saber quem me deu esse ouro? Nem por quê?

— Eu já sabia, Sisuthros, antes mesmo de deixarmos Orak. Foi por isso que o escolhi para vir comigo. Caldor não é muito cuidadoso com suas palavras. O filhote desprezível de Nicar devia manter a boca fechada.

Os olhos de Sisuthros arregalaram-se apalermados. Eskkar lembrou-se das palavras de Trella: sempre aja como se soubesse mais do que diz.

— Quem mais dos nobres se aproximou de você?

— Nestor. Certa noite, eu estava na taberna e eles trouxeram vinho, depois fomos dar uma caminhada. Disseram que você não era mais necessário, que outros poderiam assumir agora que os preparativos já tinham começado bem. A preocupação dos dois era de que você teria muito poder e se voltaria contra eles depois que os bárbaros se fossem. Isto é, Nestor temia isso. Caldor o odeia por outro motivo. Sua raiva é poderosa, Eskkar.

— É por causa de Trella. Sentiu-se insultado por ela ser mais inteligente do que ele e porque as Famílias a escutam. Ele a desejava, quando ela estava na casa de Nicar. Agora me quer morto para ficar com ela. Não se preocupa em absoluto com o futuro de Orak, e é burro demais para perceber que talvez destruísse alguém que poderia salvar sua vida.

— Trella ajudou minha mulher e cuidou da minha criança. — A voz de Sisuthros endureceu, ao entender o significado das palavras de Eskkar. — Eu não sabia que ele a desejava. Você tem razão, ele é um idiota.

O jovem ficou parado diante dele por um instante.

— E também sou um idiota. Você salvou a minha vida na batalha, Eskkar. Se sabia disso, por que me salvou? Podia ter deixado o bárbaro me matar.

— Salvei sua vida porque é um homem bom e inteligente, e porque preciso de você para ajudar a defender Orak. Mas tem muito a aprender. Eles nunca o deixariam viver, mesmo se eu tivesse sido morto. Não importa o que prometeram, você é jovem demais para comandar tantos homens, e duvido que visse mais ouro. Os nobres não querem um capitão da guarda forte, que tenha opiniões próprias. Por que acha que toleraram Ariamus todos esses anos? Porque ele era ganancioso e sabiam que podiam controlá-lo por meio de sua ganância. Nestor é apenas um velho tolo que não se dá conta de que os bárbaros retornarão, ainda mais fortes do que são agora.

Eskkar deu uma risada.

— Ou talvez eu tenha salvado a sua vida porque não tive tempo para pensar a respeito. Eu teria feito o mesmo por qualquer um dos meus homens, como você também o faria.

— Não tenho certeza do que faria em seu lugar. Eu... aceitei o ouro.

— E o que vai fazer? — A voz de Eskkar endureceu. — Matar-me diante de meus homens? Desafiar-me para uma luta? Ou me assassinar durante o sono? Já teve muitas chances, e ainda há um longo caminho para Orak.

— Não sei o que eu queria! Não queria fazer nada! Queria não ter aceitado o ouro. Mas aceitei. Talvez eu não seja o homem que você imagina.

Ele percebeu a angústia na voz de Sisuthros.

— Então se torne o homem que você deveria ser. — Eskkar apertou o ombro de Sisuthros. — Esqueça o ouro. Veja esses bárbaros. Eles cortariam as gargantas uns dos outros por causa de uma mulher ou de um insulto. Mas, numa batalha, eles morrem por seus companheiros, pois esse é o código do guerreiro. Você é um guerreiro, Sisuthros, mas, se lidar com comerciantes e lojistas nos termos deles, então é isso que vai se tornar.

Sisuthros olhou fixamente para o chão.

— Não sou digno de estar sob seu comando. — Sua voz sufocou com emoção. — Você me tratou com justiça, me promoveu e eu quase o traí. Até mesmo esses bárbaros estranhos respeitam você.

— E o que você quer agora? Que eu o odeie? Não, eu lhe darei mais responsabilidade porque a mereceu, você a mereceu pelo que fez ontem, quando me seguiu no cânion, embora eu visse em seus olhos que achava que cavalgávamos para a nossa morte. Você, porém, merecerá mais honras pelo que fizer daqui por diante. E, quando isso acabar, haverá ainda mais a ser exigido de você, e maiores recompensas a receber.

— Vai me recompensar, depois do que fiz?

— Fez? Você não fez nada, exceto ouvir um jovem idiota e um velho idiota numa taberna. Você não é assassino, Sisuthros. — Aproximou-se dele. — Escute-me. Quando isso acabar, teremos de recompor a zona rural. Você será o governante de uma aldeia sua, e lutaremos juntos contra a próxima onda de bárbaros. Esqueça Caldor e Nestor. Eles não entendem o que está em jogo aqui.

— Então matarei Caldor e Nestor. — A voz de Sisuthros voltou a endurecer. — Jogarei o ouro na cara deles e os matarei.

— Nestor não é nada. Matar Caldor, porém, me dará um grande prazer. Mas ainda não, porque nós... — Um chamado vindo da fogueira o interrompeu, e Eskkar virou-se para a luz e viu Mesilim vir na direção deles.

— Depois conversaremos mais a respeito disso, Sisuthros. Mas lembre: você ontem demonstrou grande coragem e lutamos juntos e em grande desvantagem. Isso é mais importante do que ouro. — Eskkar voltou para o círculo de seus homens em volta da fogueira, para receber o chefe dos Ur Nammu.

— Chefe Eskkar — começou Mesilim formalmente, a voz alta e clara no meio da noite. — Encontrei-me com os anciãos do clã. Concordamos em nos juntar a você em sua luta e ajudar a derrotar os Alur Meriki. Amanhã começaremos os nossos preparativos.

Mesilim estendeu o braço e Eskkar prendeu a mão em volta do antebraço do chefe. Eles selaram o acordo publicamente e segundo o costume. Agora, seus destinos se entrelaçavam, pelo menos pela próxima batalha.

— Preciso contar ao resto de meus guerreiros. — Mesilim afastou-se e voltou ao local de sua própria fogueira.

Brados de alegria misturados com gritos de guerra receberam a notícia, quando os homens de Mesilim souberam que tinham uma chance de viver, como também uma oportunidade de recuperar algo do que tinham perdido.

O Shan Kar seria realizado, pensou Eskkar posteriormente, ao se acomodar para dormir, desejando ter um pouco de vinho para entorpecer a dor que latejava em sua coxa. Consegui um aliado não apenas para a batalha do outro lado do rio, mas talvez para o futuro, se eu tiver necessidade de manter os aldeões sob controle. E Sisuthros será leal, ao menos por enquanto. Trella ficará feliz, pensou, e adormeceu com o rosto dela em seus sonhos.

Dez dias depois, logo após o sol se pôr, Eskkar e seu fatigado bando de cavaleiros alcançaram o topo da última colina e avistaram a aldeia de Orak. Após passarem três dias descansando com os Ur Nammu, todos tinham cavalgado arduamente, formando um círculo ao norte para tirar quaisquer perseguidores de sua trilha. Então os dois grupos tinham se separado, com os Ur Nammu virando na direção das montanhas.

O bem descansado clã dos Ur Nammu viajaria rapidamente e deixaria uma trilha evidente, como homens que já estavam fartos da dura batalha e queriam apenas escapar. Viajariam para o distante leste, esperariam uma semana ou dez dias, então voltariam a monitorar o progresso dos Alur Meriki. Com sorte, atravessariam de volta as fileiras sem serem percebidos antes que os bárbaros se aproximassem deles compactamente perto de Orak.

Enquanto isso, Eskkar e seu bando seguiram de volta para oeste, cavalgando com o maior empenho possível, mas sempre protegendo os cavalos. Durante a viagem, Eskkar conversou muitas vezes com Sisuthros. Eles cavalgaram lado a lado, deixando que os outros permanecessem à frente. Após algumas dessas conversas, Eskkar percebeu que seu subcomandante passara a ter um novo tipo de respeito pelo seu capitão e pelas dificuldades que todos enfrentavam.

Mesmo de longe, Eskkar percebeu que a muralha crescera. O lado oriental, o tal que suportaria o grosso do ataque, estava completo e tinha o grande portão de madeira, já escurecido pelo fogo para endurecê-lo e torná-lo resistente às chamas. De cada lado do portão, erguiam-se torres ainda mais altas para protegerem a entrada.

Quando Eskkar e seus homens se aproximaram, alguém os reconheceu. Mesmo àquela distância, ele pôde ouvir o clamor de boas-vindas que constantemente aumentava de volume. Homens e mulheres começaram a se precipitar portão afora, uns correndo na direção deles, alguns demandando pontos de observação na estrada, enquanto outros se mantinham ombro a ombro no topo do novo muro.

Nos arredores da aldeia, ele virou-se para seus homens.

— Mitrac, você irá na frente, depois eu seguirei todos. E tentem parecer como guerreiros e não como velhas cansadas, para variar.

Os homens gargalharam como ele sabia que o fariam. Agora, podia chamá-los de qualquer coisa. Durante o tempo que passaram com os Ur Nammu, Eskkar pensou no que mais poderia fazer para fortalecer seus laços com eles, e uma ideia lhe ocorrera. Formaria um novo clã. Não um clã de homens aparentados pelo sangue, mas um clã de combate.

Ele conversara a respeito enquanto descansavam com os Ur Nammu, e todos os homens aceitaram avidamente a ideia. A maioria não tinha parentes ou amigos íntimos, e esse novo clã lhes daria uma irmandade para compensar aquilo que lhes faltava. Teriam algo maior do que eles mesmos a que pertencer e compartilhariam um laço de aliança com seus novos irmãos.

Portanto, fizeram um importante juramento de lealdade, primeiro uns em relação aos outros e depois a Eskkar. Em seguida, Zantar trouxe agulha e linha preta e coseu o tosco contorno de um falcão em cada uma de suas túnicas. O falcão representava igualmente força e ferocidade. E assim nasceu o Clã do Falcão de Eskkar, ressuscitando o símbolo do clã de seu pai nos Alur Meriki.

Agora eles retornavam como verdadeiros guerreiros, testados em batalha e unidos em um clã de honra. Cada qual se sentava um pouco mais aprumado em sua montaria, ignorando seus ferimentos e suas dores. Mitrac carregava seu arco em pé, uma fina tira de couro com 14 ossos de polegares pendurados em sua ponta. Eskkar tinha oito ossos pendendo do cinto da espada e o resto levava seus ossos de modo semelhante.

Seguiram devagar os últimos cem passos, incapazes de ir mais depressa por causa da multidão. Cavalgando na traseira, vinha Tammuz. O menino surpreendera a todos por ter sobrevivido aos seus ferimentos. Embora ainda contorcesse o rosto de dor, por causa do braço, vinha orgulhosamente sobre sua montaria, apesar de Maldar segurar o cabresto. Tammuz levava o pequeno arco na mão boa, exibindo seu único troféu.

Os olhos de Eskkar vasculharam a multidão até ele localizar Trella esperando do lado de fora do portão, um sorriso em suas feições normalmente distantes. Seu guarda estava logo atrás e ninguém na multidão ousava se espremer para a frente dela.

Ele viu que ela trazia um sorriso no rosto e, ao cavalgar para atravessar o portão, abaixou-se e puxou-a para que se sentasse, de lado, à sua frente. A multidão riu e aclamou ainda mais alto, quando o braço dela envolveu seu pescoço.

— Bem, garota, voltamos, e eu tenho muito o que contar. — Ela mal conseguia ouvi-lo acima da barulheira. Os aldeões continuaram a chamar seu nome e os cavalos, nervosos, começaram a achatar as orelhas diante da crescente multidão.

Os homens desmontaram e conduziram os cavalos até a casa de Eskkar. A multidão foi atrás, ainda gritando com muito entusiasmo, como se os bárbaros já tivessem sido derrotados. Ao chegar em casa, Eskkar ordenou que Tammuz fosse carregado para dentro. Annok-sur mandou uma das mulheres chamar um curandeiro.

Eskkar foi até o poço e aproveitou a chance dessa primeira oportunidade em mais de três semanas para se lavar adequadamente. Uma criada trouxe roupas limpas, mas Eskkar somente as vestiu após tirar do corpo o máximo possível de cheiro de cavalo.

Maldar permaneceu na casa de Eskkar. Os homens escolheram-no como guardião de seu espólio, que ficaria no quarto de Eskkar até eles o reclamarem. Nenhum deles jamais tinha visto tanto valor, e não sabiam o que fazer com ele. Ninguém se sentia à vontade carregando consigo todo aquele ouro. Aproximaram-se de Eskkar e pediram que este o guardasse para eles.

A ideia de guardar ouro para outros o deixava pouco à vontade, mas concordou que sua casa era o lugar mais seguro para o dinheiro deles, em vez de deixá-lo no quartel. Decidiram que Maldar e outro do Clã do Falcão inspecionariam os objetos de valor uma vez por semana para se certificar de que permaneciam em segurança. Cada homem apanhou apenas o suficiente para alguns dias de vinho, mulheres e jogo.

Sozinhos em seus aposentos, Eskkar segurou Trella pelos braços e deu-lhe um abraço apertado. Alisou seu cabelo e sentiu-se feliz por simplesmente segurá-la. A sensação de seu corpo o excitou e ele a teria tomado, mas já chegara uma convocação por parte de Nicar. Com relutância, ele a largou.

Mais tarde, Eskkar, Trella e Sisuthros sentaram-se à apinhada mesa de Nicar, com todas as Famílias e seus importantes seguidores presentes. Fora proclamado um festim para todos. Aldeões gritavam e cantavam nas ruas, gratos pela volta de Eskkar e por uma chance de festejar.

Nicar serviu seu vinho mais fino, mas Eskkar ingeriu apenas uma taça. Após a metade, completou-a com água. O vinho não mais o tentava. Ele não queria que seu discernimento fosse embotado pelo vinho. Mas comeu, saboreando o pão fresco e a galinha trazidos pelos criados de Nicar.

Quando descreveu a batalha, nenhum som pôde ser ouvido, e teve de repetir a história, acrescentando mais detalhes. Sisuthros contou parte dela, completando a narrativa do modo como a tinha visto e relatando as façanhas de Eskkar.

Seus rostos registraram o choque diante do que ele fizera. Parecia inacreditável o fato de que arriscara a vida para ajudar outra tribo de bárbaros. Contudo, alegraram-se ao saber que, juntos, dizimaram setenta Alur Meriki.

— Os Ur Nammu nos serão muito úteis — declarou Eskkar, ignorando os olhares céticos. — Voltaremos a nos encontrar e eles ficarão de olho para nós no bando principal da migração dos Alur Meriki.

Mais perguntas continuaram surgindo, e Eskkar encorajou Sisuthros a responder várias, enquanto examinava os rostos de Caldor e Nestor. O velho apenas sorria, sem revelar qualquer emoção.

O jovem Caldor, porém, não reprimiu um ocasional lampejo de raiva, mas se manteve em silêncio. Sem dúvida, perguntava-se o que seu ouro havia comprado. *Você morrerá em breve, Caldor, como o filhote de Drigo, e, dessa vez, isso me dará muito mais prazer.* Finalmente, Eskkar tinha uma pergunta a fazer.

— Corio, vejo que o muro leste está completo. Como vai o resto do trabalho? — Os novos muros não tinham sido erguidos estritamente de acordo com o planejado. O lado leste, onde a muralha se erguia mais alta e onde ocorreria o ataque principal, na verdade dava para sudeste, na direção da encruzilhada onde as duas estradas principais se encontravam para formar uma única pista que levava ao portão.

— Você esteve fora três semanas — disse Corio. — Nesse período, fizemos grandes progressos e estamos adiantados no prazo, em grande parte devido ao número de novos homens dispostos a dar duro para afastar os bárbaros. A muralha toda ficará pronta em menos de três semanas, e as eclusas e os canais do rio já foram ampliados e estão prontos para a vazão. Podemos liberar a água e começar a inundar as planícies em menos de uma hora.

Eskkar virou-se na direção de Gatus e de Jalen.

— E os homens? Como vai o treinamento deles?

— Sessenta encerraram o treinamento essa semana, e outros setenta vão começar. — Gatus exibia um largo sorriso no rosto. — O treinamento vai mais depressa, agora que temos tantos veteranos. Quando os bárbaros chegarem, teremos mais de 420 homens bem treinados prontos para defender os muros.

— Então temos muito o que agradecer — disse Eskkar. — E está satisfeito com o nosso progresso, Nicar?

— Eskkar, estou mais do que satisfeito. Até agora continuo esperançoso de que conseguiremos evitar os bárbaros. Quando conversamos pela primeira vez, você me prometeu não mais que uma chance razoável. Agora tenho certeza de que temos pelo menos isso, principalmente agora que você voltou. A aldeia inteira ficou preocupada, enquanto esteve fora. — Cabeças em volta da mesa balançaram em concordância.

— Mas, agora que voltou, a confiança das pessoas voltou. Permita-nos que agradeçamos aos deuses e honremos sua volta com uma comemoração amanhã.

Eskkar ficou surpreso com a cordialidade das palavras de Nicar, mas a visão de Caldor trincando os dentes fez com que se lembrasse do que teria de acontecer.

— Estou agradecido por voltar, Nicar... honrados Nobres. Mas gostaria de voltar para casa e descansar um pouco.

Isso encerrou o jantar. Todos pareciam empolgados com a perspectiva de um festejo. A aldeia não descontraía havia meses e as pessoas precisavam de um motivo para se animar. Na rua do lado de fora da casa de Nicar, poucos ociosos se deixaram ficar para cumprimentar Eskkar e, para sua surpresa, Trella estava lá.

Caminharam juntos de volta à casa, a mão de Trella na sua. Ele fechou a porta dos aposentos particulares do casal, deslizaram a tranca de madeira para o buraco com um suspiro de satisfação.

— Não quer mais alguma coisa de jantar, Eskkar? Não comeu quase nada na casa de Nicar, e temos muito sobre o que conversar.

O sorriso dela parecia o mesmo do qual ele se lembrava.

— Sim, Trella, ainda estou com fome. — Tomou-a nos braços e percorreu seu corpo com as mãos.

Eskkar beijou-a esfomeadamente e ela retribuiu sua paixão, erguendo-se na ponta dos pés para envolver os braços em seu pescoço. Quando, por fim, pararam para respirar, ela ergueu os braços e ele puxou seu vestido por cima da cabeça e o deixou cair no chão. Segurou suas mãos e recuou um passo, deixando que seus olhos se regalassem com a visão de seu corpo nu, à luz bruxuleante da lamparina, antes de levantá-la e carregá-la para a cama.

Duas horas depois, Trella levantou-se e gritou para o andar de baixo para os criados servirem a comida. Sentados à mesa de trabalho de Eskkar, fizeram outra refeição de pão e carne de carneiro fria, engolida com vinho aguado. Como sobremesa, Trella descascou uma maçã, enquanto Eskkar saboreava um punhado de tâmaras frescas. Ela ouvia atentamente enquanto ele descrevia a viagem e o que aprendera. Quando terminou, ela fez que não com a cabeça.

— Você deixou muita coisa de fora. — Colocou a mão sobre a dele. — Quero saber tudo sobre a batalha: o que você pensou, o que viu, por que fez o que fez, até mesmo como seus homens reagiram. Nada sei sobre essas coisas e, se quiser ajudá-lo, preciso saber o quê e como os homens pensam em tais situações.

Diferentemente da maioria dos combatentes, Eskkar achava difícil falar sobre uma batalha. Era algo muito pessoal, intenso demais. Sabia que evitara a morte vezes demais para se vangloriar de suas próprias habilidades, sempre ciente de que a sorte ou o acaso eram tão importantes quanto as façanhas de alguém. O terror de tudo aquilo, os cavalos relinchando, o fedor do medo no ar e nos corpos dos homens, os nós no peito quando se é ferido por uma espada, o tremor nas entranhas, a posterior fraqueza dos membros e da mente.

Recomeçou, dessa vez conduzindo-a da melhor maneira possível por todo o episódio, começando no topo da colina, quando percebeu que os Ur Nammu estavam encurralados. Tentou lhe explicar que pensamentos percorreram sua cabeça e por que decidiu ajudá-los. Lembrou o medo que viu no rosto de Mitrac quando o instigou à batalha, a tensão e as dúvidas de Sisuthros, que nunca estivera envolvido numa batalha corpo a corpo, e até mesmo o empenho daqueles com quem lutou e os quais matou.

Palavras e emoções, que não sabia que possuía, ajudaram-no a descrever algo quase além da descrição. Quando terminou, ela segurou sua mão e levou-o de volta para a cama e, dessa vez, lhe fez amor com tal ternura que o deixou fraco e trêmulo.

Depois, ela o banhou novamente. Eles relaxaram nos braços um do outro, a luz da lamparina quase se apagando, o pavio já queimando sem chama. Trella, porém, tinha mais perguntas.

— Conte-me mais sobre Mesilim e seu filho.

Isso levou à conversa que teve com Sisuthros, à divisão da pilhagem, à formação do Clã do Falcão e, finalmente, ao retorno a Orak. Eskkar, inclusive, repetiu as conversas com Tammuz e Maldar, surpreso com o fato de conseguir recordar tantos detalhes. Quando terminou, a lua já ia alta na noite.

— Você se saiu bem, marido, mais do que bem. Meu pai dizia que poucos homens têm a habilidade de comandar grandes números de combatentes. Você é um desses homens, Eskkar. Viu uma oportunidade e assumiu o risco. A sorte é um favor dos deuses e, às vezes, é melhor ter sorte do que habilidade. Todas as suas decisões foram corretas e você se preparou para o futuro, ao trazer Sisuthros para seu lado e formar o Clã do Falcão. Isso vinculará muitos combatentes a você. Formou a estirpe de um clã da noite para o dia.

— Sete homens e um menino não são um número tão grande — frisou, embora suas palavras o tivessem agradado. — Mas tem razão, tivemos sorte.

— Sim, você teve sorte por não ter sido morto, por não ter perdido todos os seus homens, pelos Ur Nammu não terem se voltado contra vocês, depois da batalha, e matado todos. Mas, diga-me, a quem mais em Orak esses homens teriam seguido em uma batalha contra setenta bárbaros? Não consigo pensar em nenhum homem. E você provou seu valor e de seus homens em combate, e agora milhares o seguirão, tão facilmente quanto dez homens, aonde quiser levá-los.

Ele pensou nisso por alguns momentos. Os homens não teriam seguido um outro qualquer para aquele cânion, certamente ninguém de Orak. Quanto mais ele pensava naquilo, mais parecia inacreditável que eles o tivessem realmente seguido. No entanto, talvez o que ela dissera fosse possível, talvez ele conseguisse comandar quinhentos homens, ou mesmo mil.

Ela interrompeu seus pensamentos.

— Mas não deve arriscar novamente a sua vida. Nunca corra esse tipo de risco. Você demonstrou sua bravura. Disse que planeja levar os soldados contra os bárbaros do outro lado do rio? Vá, se for preciso, mas não lute nas linhas de frente. Você será necessário para defender Orak e para o que virá depois.

— Um combatente precisa combater, Trella, ou os homens perderão o respeito por ele. A batalha do outro lado do rio será mais fácil, mas preciso estar presente para garantir seu sucesso. Depois disso, ficarei na retaguarda. — Deixou os dedos vagarem pelos seus seios, as mãos ainda encantadas com seu corpo. — E agora, talvez você me recompense mais uma vez.

Ela inclinou-se na escuridão e o beijou, então enfiou o cotovelo rispidamente em seu flanco, fazendo com que ele arfasse surpreso.

— Igual a todo homem, só pensa em si mesmo. Não quer saber o que fiz enquanto você esteve fora, ou acha que nada acontece sem você?

Sentiu-se agradecido pela escuridão esconder o ar de culpa que atravessou seu rosto. De fato, ele não pensara muito nela ou em seus planos.

— Não podemos conversar sobre isso amanhã? — arriscou, incapaz de reprimir da voz o tom lamentoso.

— Não, não podemos esperar até amanhã. Há muita coisa que você precisa saber, e já fizemos amor demais por uma noite! Pois bem, não ficaria contente em saber que os aldeões entraram em completo pânico quando pensaram que você tinha sido morto?

— Morto? O que os fez pensar que eu estava morto?

— Eu espalhei o boato de que você tinha sido morto. Isto é, Annok-sur e eu o espalhamos. Toda a Orak ficou sabendo em menos de uma hora, e houve pânico na praça do mercado. Os aldeões ficaram com medo e as pessoas começaram a se preparar para fugir da aldeia. Gente gritava que estávamos perdidos sem você para nos proteger.

— E essas pessoas...

— Mais amigas de Annok-sur. — A voz de Trella mantinha um tom de satisfação. — Nicar teve de falar para a multidão e dizer que era apenas um boato, que ainda não tinha chegado qualquer notícia. Ele falou no momento exato, e até eu fui levada à praça do mercado para mostrar que concordava com ele. Mais algumas horas e metade da aldeia teria se mudado. Muitos já tinham começado a acondicionar seus pertences.

— E você fez isso para...?

— Para me certificar de que Nicar e as outras Famílias soubessem do quanto as pessoas precisam de você, e para que os aldeões também tomassem conhecimento disso. Lembre-se, quando a batalha terminar, precisaremos de muitos amigos para garantir que você seja aceito nas Famílias. Agora todos sabem que você é favorecido pelos deuses.

Então ela andara ocupada. Ele não se preocupou em perguntar o que ela teria feito se realmente tivesse mesmo morrido. Ela devia ter considerado também essa possibilidade.

— O que mais você fez enquanto eu estive fora?

Outra hora se passou enquanto ele ouvia tudo o que ela tinha a dizer, o cansaço já desaparecido de seus olhos. Finalmente, a conversa terminou, ela se enroscou em seus braços e manteve as mãos dele longe de seu corpo até adormecerem.

15

Eskkar estava de pé antes do alvorecer da manhã seguinte. As atividades do dia começaram à mesa do desjejum com seus subcomandantes. Depois, ele e Sisuthros passaram várias horas com Corio, inspecionando a muralha.

Agora os soldados e os operários já tinham entendido seus papéis e o trabalho prosseguia regularmente. Corio precisava de apenas trinta soldados para manter todos executando suas tarefas.

Eskkar levou mais algumas horas inspecionando os soldados ainda em treinamento. Isso requereu que, mais uma vez, ele recontasse a batalha nas colinas. Não se importou. Aqueles homens precisavam saber o máximo possível sobre o inimigo, e quanto mais confiança tivessem em seu líder, melhor. Eskkar respondeu a muitas perguntas sobre as técnicas de combate dos Alur Meriki.

O sol já passara de seu ponto mais alto quando Trella se juntou a ele, usando um lenço para proteger a cabeça do sol. Caminharam pela aldeia, cumprimentando as pessoas e conversando com elas, tranquilizando os aldeões com sua presença. Eskkar, porém, teve de trincar os dentes e forçar um sorriso no rosto quando visitaram o templo de Ishtar e se ajoelharam nas sombras diante da sombria imagem da deusa, Trella a seu lado.

Eskkar agradeceu em voz alta a Ishtar pela sua vitória, repetindo as palavras que Trella sugerira naquela manhã. Ele nunca estivera no templo de Ishtar, ou em qualquer templo de Orak. Desde a morte de sua família, ele não via utilidade para sacerdotes e suas palmas estendidas. Permaneceu ali estoicamente, escondendo a impaciência, enquanto o sacerdote desfiava suas intermináveis preces à divindade pelo seu retorno em segurança.

Finalmente, a cerimônia terminou. Ao voltar à luz do sol, sentiu-se como se tivesse escapado das trevas do submundo do demônio. Seu sorriso voltou quando segurou a mão de Trella e foram em direção à sua casa.

— Amo, esqueceu da nossa visita a Rebba esta tarde? — perguntou ela. — Já estamos atrasados e talvez haja muito para ver antes de o sol se pôr.

A sensação de contentamento de Eskkar sumiu. Esquecera-se do encontro com Rebba. Algo perfeitamente natural, pois ele não queria mesmo passar três ou quatro horas com o nobre responsável pelas fazendas em torno de Orak, ouvi-lo explicar como cultivar trigo ou pastorear cabras. Pensou em adiar o encontro, mas já fizera isso várias vezes antes de partir em sua missão de reconhecimento. Sabia que Trella o considerava importante, importante o suficiente para marcar a visita o mais cedo possível após sua volta.

Sem uma desculpa conveniente, ele forçou outro sorriso e mudou a direção. Juntos, caminharam até o portão do rio, então viraram para o norte, dois guardas os acompanhando.

Uma vez fora da aldeia, apressaram o passo e os músculos de Eskkar logo viram que a caminhada era um bom desafio para as semanas de dura cavalgada. O sol brilhava intensamente e o vento que vinha do rio tinha um cheiro limpo e fresco. No interior de Orak, um ambiente com o cheiro de pessoas e animais vivendo juntos permeava o ar. Após alguns dias, não se notava muito, mas Eskkar andara respirando ar puro durante várias semanas.

Por fim, atravessaram o último dos inúmeros canais de irrigação e entraram no terreno da fazenda de Rebba. Ele nunca estivera ali antes e, ao contrário da maioria das fazendas que tinha visto, aquela possuía cerca de uma dúzia de cabanas espalhadas pelo lugar. A habitação de Rebba não parecia muito maior do que qualquer uma das outras. Locais para armazenamento de grãos, mais elevados do que a cabana normal e reconhecidos pelas suas entradas no alto somente alcançadas por escada, respondiam por várias das estruturas.

Ligados a quase todas as edificações, havia currais contendo cabras, ovelhas ou gado. Eskkar e Trella passaram por alguns porcos que perambulavam por ali, colhendo tudo o que havia no chão e brigando com dezenas de galinhas por qualquer coisa que rastejasse para baixo delas. Perto da casa principal, vários pés de salgueiro forneciam sombra. Ele notou quatro cães de bom tamanho tirando uma soneca debaixo das árvores. Bastante mansos durante o dia, à noite os cachorros protegiam a propriedade contra pequenos ladrões.

O cheiro de animais pairava no ar, e Trella torceu o nariz quando passaram pelos currais, mas, para Eskkar, o odor parecia mais agradável do que o da aldeia.

Rebba recebeu-os na porta. Em casa, ele não se importava com as roupas finas que usava, quando os negócios o chamavam a Orak. Naquele dia, vestia uma túnica tão gasta como a de qualquer trabalhador do campo.

— Bem-vindo a meu lar, Eskkar. — Rebba ofereceu a mão a Eskkar, quando eles chegaram. — Um dia de primavera como este é agradável demais para se ficar dentro de casa.

Sentaram-se em um banco debaixo de um salgueiro, a uma mesa cuja superfície era toda talhada e esburacada, sem dúvida das inúmeras vezes que legumes foram fatiados e picados. Uma menina de 9 ou 10 estações, uma das netas de Rebba, trouxe água fresca para eles tomarem.

Rebba esperou até acabarem de beber, para falar.

— Quero me congratular novamente pela sua vitória, Capitão. Trella me disse que deseja aprender mais a respeito de lavoura. Por onde quer começar?

Eskkar nada sabia sobre agricultura e desejava saber ainda menos. Lavradores eram as pessoas menos importantes de Orak. Aliás, quem lavrava a terra raramente visitava a aldeia, exceto alguns poucos, na maioria esposas, que iam cada manhã vender seus produtos na feira, ou os homens que procuravam o ferreiro para consertar algum utensílio. Entretanto, Trella havia insistido para que ele aprendesse algo sobre cultivo e, portanto, ele pôs outro sorriso no rosto.

— Nobre Rebba, sei muito pouco sobre lavoura. Sei que os lavradores fornecem a maior parte da comida de Orak, mas cresci entre os bárbaros e eles não têm em alta conta o ato de plantar.

— Eles nos consideram comedores de terra, não é mesmo? — rebateu Rebba com um sorriso. — Suponho que seja bem verdade. Mas eles fazem muita lavoura por conta própria, apesar do que pensam de nós. — Notou o ar intrigado no rosto de Eskkar. — Ah, vejo que não está a par do quanto a agricultura é importante até mesmo para os Alur Meriki. — Afagou a barba. — Talvez este seja um bom lugar para começar, como qualquer outro. — Virou-se para Trella, sentada ao lado de Eskkar. — Sei que você foi criada numa aldeia ao sul. Ali você aprendeu os métodos de cultivo?

— Não, Nobre Rebba — respondeu Trella. — Sei muito pouco sobre os mistérios do fazendeiro e do criador de animais.

— Tentarei explicar um pouco para vocês dois. Uma fazenda não é apenas um lugar onde se cultiva trigo e cevada, mas um lugar para manter rebanhos de cabras, ovelhas e outros animais para alimentação. Os bárbaros criam seus próprios rebanhos, assim como nós, só que os levam junto em suas andanças.

— Mas não semeiam — contrapôs Eskkar. — Nunca estão tempo suficiente num lugar para uma safra crescer.

— Ah, mas eles colhem, Eskkar. Só que o fazem de modo diferente. — Rebba sorriu. — Os Alur Meriki colhem safras enquanto viajam, procurando plantios de cevada, trigo, e até mesmo ervilhas e outros vegetais. Essas plantações que encontram pelo caminho são tão importantes para eles quanto para nós. E há muita germinação selvagem por toda parte, como trigo, favas e linho. Eles também colhem isso.

Eskkar aceitou a correção.

— Bem, sim, eu sei que as mulheres apanham tudo o que encontram pelo caminho.

— Exatamente. Nem mesmo guerreiros conseguem viver somente de carne. Precisam de leite e queijo das cabras e das vacas, de lã das ovelhas, como também de legumes e frutas das terras pelas quais eles passam. E, é claro, apanham muito grão e outros frutos dos fazendeiros das terras que ocupam. Tenho certeza de que você sabe que um cavalo cresce mais forte e mais potente se alimentado com uma mistura de grãos, além do que ele come no pasto. Portanto, a lavoura é tão importante para eles quanto para nós.

— Sim, cavalos precisam de grãos — concordou Eskkar. — Sempre que possível, eles são alimentados com uma mistura de grãos, antes de uma intensa cavalgada. — Começou a pensar além do que as palavras de Rebba sugeriam. — E uma quantidade a mais de grãos é levada para alimentar os cavalos durante uma incursão, enquanto as mulheres assam pão para os guerreiros levarem consigo.

Pão era leve o bastante para carregar sobre o dorso do cavalo, além de ser nutritivo, e durava mais tempo sem estragar do que a carne. Os homens de Eskkar tinham feito exatamente o mesmo, quando partiram em sua viagem de reconhecimento. Ele esquecera esses pequenos detalhes da vida das estepes, e agora se dava conta de que eram mais importantes do que imaginara.

— Sim, o pão é importante para todos nós — concordou Rebba. — É o pão que alimenta os nossos soldados. Mais do que isso, o pão paga o soldo de seus soldados. Sem pão, não haveria construtores, ferreiros, tabernas ou tecelões. O pão torna possível o comércio no rio, que lhe traz a madeira e os minérios para o seu muro. Sem pão, não haveria ouro, prata, cavalos, armas. Sem o fazendeiro não haveria a grande aldeia de Orak.

Sem querer, Eskkar tornara-se interessado.

— Estou envergonhado por admitir que não entendo dessas coisas, Rebba. Mas estou disposto a aprender.

— Você aprende muito depressa, Eskkar, como todos nós já notamos. — Rebba sorriu disso, e seus olhos também abrangeram Trella. — Mas tudo isso é para o bem. Como vai defender a aldeia, é preciso que saiba dessas coisas. E não fique constrangido pela sua falta de conhecimento; poucos em Orak entendem dessas coisas. É igual ao mistério de fazer contas. Mas esse é um mistério que vejo que você conhece.

Eskkar nunca considerara fazer contas um mistério. Difícil, certamente, e muitos homens jamais tinham ido além da compreensão do conceito básico dos dez dedos. Mas, como soldado, ele fora forçado a contar muitas coisas.

Como todos, ele começara com os dedos e algumas pedras. A pessoa usava os dedos para contar até dez, depois mudava um pedregulho de uma das mãos para a outra, e começava novamente. Quando terminava, contava os pedregulhos, sabendo que cada um representava dez do que quer que fosse que estivesse contando. Desse modo, contava-se quantos homens se tinha, exatamente como se contava quantos havia com o seu adversário. Contavam-se as flechas, os cavalos, as armas e até mesmo com quantos punhados de grãos se podia alimentar os cavalos.

— Eu não sabia que contar era um mistério, Rebba — disse ele —, embora admita que tenho dificuldade quando a soma vai além de cem.

— Trata-se de um grande mistério, e um mistério que, acredito, foi descoberto quando os homens aprenderam a lavrar. Aprendemos a guardar grãos em alqueires, cestos e sacas, e então contar as sacas para armazenar ou comerciar. Lavradores tinham de aprender a dividir os grãos entre si, e também quantos pães se faziam com cada alqueire. Uma parte especial dessa contagem era aprender a dividir a terra, para que cada lavrador pudesse ter a mesma quantidade para semear. Agora os lavradores sabem contar até milhares e aprendemos a marcar esses números em argila, para termos um registro permanente.

Rebba deu um gole em seu copo antes de prosseguir.

— Sabia que foi algo que você disse meses atrás que me fez apoiar você e seu plano de combater os bárbaros? Foi quando disse que os bárbaros voltariam dentro de cinco ou dez anos. Você está certo em relação às migrações deles. É esse ciclo que precisamos romper, e é por isso que decidi ficar e resistir. Podemos fracassar, mas devemos tentar. Não podemos mais reconstruir tudo que criamos a cada dez anos por causa dos caprichos de cada bando de saqueadores que passar por aqui. As safras são preciosas demais para serem perdidas, mesmo por uma única época de plantio e germinação.

— O que há de tão valioso nas safras? — perguntou Eskkar, sua curiosidade aguçada. — Safras foram queimadas muitas vezes no passado. Elas sempre podem ser replantadas.

— Ah, agora voltamos aos mistérios! — retrucou Rebba, sorrindo novamente. Levantou-se. — Venham. Vamos caminhar pelos campos.

Seguiram até os fundos da casa, dali foram por um estreito caminho de terra que se curvava entre os canais. Ali, toscas pranchas de madeira, que podiam ser facilmente mudadas de lugar, serviam de pontes entre os canais, cada qual larga o suficiente para se atravessar apenas um pequeno carrinho. Em pouco tempo, estavam cercados por plantações — grandes terrenos até a cintura com trigo e cevada, outros menores contendo ervilhas, lentilhas, beterrabas, e inclusive alguns melões. Em outra plantação crescia linho, que até mesmo Eskkar sabia que não era cultivado para se comer, mas por causa de seus talos fibrosos que podiam ser transformados em fio para tecido. Havia outras plantas que Eskkar não reconhecia.

O cheiro de animais havia sumido e agora o ar tinha odores estranhamente agradáveis transmitidos pelas plantas, todas em vários estágios de crescimento. O ocasional pé de fruta ou de jasmim acrescentava seus cheiros ao ar, e a mistura de todas essas coisas em desenvolvimento se combinava para criar um tipo de perfume difícil de ser descrito, mas de certo modo satisfatório.

Rebba conduziu-os por um estreito caminho e logo estavam cercados por trigo, a maior parte ainda se desenvolvendo, mas já acima dos joelhos do fazendeiro.

— Isto é trigo *emmer* — disse ele, indicando o terreno à sua esquerda. — E este é trigo *einkorn.* Essas são as duas plantações mais importantes desta fazenda. Deles tiramos os grãos que trituramos para fazer pão. É o trigo que mais nos fornece comida por cada hectare.

Rebba andou por entre as plantas, observando de perto algumas, olhando outras de relance. Por fim, selecionou um punhado de trigo de um pé e, pouco depois, outro punhado de um pé diferente. Então voltou para perto de seus dois alunos.

— Olhe aqui, Eskkar, observe estas espigas de trigo. — Rebba segurou-as uma em cada mão e as estendeu para Eskkar. — Agora, me diga qual destas plantas você plantaria no próximo ano e de qual faria farinha.

Eskkar encarou as duas espigas, olhando de uma para a outra. — Não vejo diferença entre elas, Rebba — respondeu. — Parecem iguais.

Rebba estendeu as mãos para Trella.

— E você? Qual escolheria?

Trella examinou-as mais detidamente do que Eskkar. Pegou a primeira, depois a outra, com as próprias mãos, levou-as a milímetros dos olhos, observando-as de todos os lados.

— Elas também me parecem iguais, Nobre Rebba. Embora, talvez, os grãos de uma sejam ligeiramente maiores do que os da outra.

— Você tem bons olhos, Patroa Trella — observou Rebba. — Sim, esta planta produz sementes ligeiramente maiores do que a outra. — Deixou cair no chão a espiga menor e ergueu a outra. — Esta planta e outras como ela serão usadas como semente para a próxima safra. Quando estivermos prontos para a colheita, meus lavradores olharão cada planta, selecionando primeiro aquelas que produzem as maiores espigas e os maiores grãos, até terem colhido o suficiente para a semeadura do próximo ano.

Rebba ergueu a espiga até o nariz, depois colocou na boca um dos grãos por um momento.

— Claro que devemos provar cada uma, para nos certificarmos de que a farinha triturada não seja muito dura ou amarga. Não adiantaria uma safra no ano seguinte que desse um pão ruim ou amargo. Se fizéssemos isso, ninguém comeria e ganharíamos menos pelo que venderíamos no rio.

Eskkar sacudiu a cabeça. Para ele, as sementes tinham parecido do mesmo tamanho.

— Quer dizer então que as sementes maiores voltam para a terra, para iniciar a safra seguinte? Por que isso importa?

— Você sabe, Eskkar, quanto de trigo produz um hectare de terra?

Eskkar sacudiu a cabeça.

— Nem mesmo tenho certeza do que é um hectare.

— Ah, eu me adiantei — desculpou-se Rebba. — Um hectare é um lote quadrado de terra com exatos cem passos longos de cada lado. — Esperou até Eskkar fazer que entendia com a cabeça. — Cada hectare de trigo contém cerca de 33 alqueires de grãos. Cada alqueire, após o trigo ser triturado até se tornar farinha, dará para se fazer cerca de setenta pães. Nesta fazenda, há 30 hectares plantados com trigo, portanto, colheremos cerca de mil alqueires. Alguns serão reservados para o próximo plantio, outros irão para alimentar os lavradores e suas famílias, e uma parte se perderá para roedores ou apodrecerá durante o armazenamento ou o transporte. Digamos, 300 alqueires no total. Os 700 alqueires restantes ficam disponíveis para armazenamento ou venda. Com o que vendemos, podemos pagar os ferreiros pelos nossos utensílios, os carpinteiros pelos nossos arados, os empreiteiros pelas nossas casas, e os comerciantes pelos poucos luxos de que precisamos. E não esqueça os rebanhos... cujos animais usamos ou vendemos pela sua carne.

Rebba sorriu para Eskkar.

— Com todo o excesso de comida produzido por esta fazenda e outras iguais a ela, aqueles de nós que possuem a terra em volta de Orak podem até mesmo pagar o luxo mais caro de todos... sustentar soldados e suas insaciáveis exigências por armas e cavalos.

Mil alqueires de trigo! Eskkar ficou atônito. E isso era apenas daquela fazenda. Havia dezenas em torno de Orak, se bem que não tão grandes quanto a de Rebba.

— Eu não sabia que podia ser colhida tal quantidade, Rebba.

— Orak tem muita sorte de ter um solo muito rico e água em abundância. As fazendas a alguns quilômetros do rio produzem muito menos. Quanto mais distante do Tigre, menor a safra; eventualmente, uma fazenda produzirá apenas o suficiente para alimentar os que trabalham nela. Um pouco mais além disso e as terras são secas demais até mesmo para sustentar o mais pobre e mais desesperado dos fazendeiros. É por isso que decidimos arriscar as nossas vidas e permanecer aqui e combater os bárbaros.

Rebba sacudiu a cabeça diante da insensatez dos homens, antes de continuar.

— Portanto, como vê, cada ciclo de cultivo e colheita é importante, e essa é a resposta à sua pergunta, Eskkar. As sementes maiores vão para a terra e, da safra seguinte, selecionaremos novamente as maiores. Desse modo, em dezenas de anos aumentamos ligeiramente a quantidade de trigo produzido por hectare. Assim, em cada estação há um pouquinho mais de comida produzida, porque selecionamos e plantamos com cuidado. — Virou-se para Trella. — Esse é o mistério. O ciclo segue a cada estação... semear, cultivar, colher, selecionar e semear. E a cada ciclo podemos alimentar mais gente. Ou comprar mais armas.

— E é por isso, Eskkar — continuou Rebba —, que não queremos perder sequer uma única safra para os bárbaros. Se as plantações forem destruídas ou a terra danificada, o trabalho de dez ou vinte anos estará perdido, e a safra seguinte terá menos comida. Em vez de uma rica colheita, talvez não tenhamos o suficiente para alimentar o nosso próprio povo. Plantamos mais cedo, nesta estação, por causa da notícia sobre os bárbaros. Colheremos mais cedo e, portanto, a safra deste ano já será menor. E as sementes da safra deste ano serão guardadas em Orak, escondidas em câmaras subterrâneas, para que, mesmo se a aldeia sucumbir, nossas famílias do outro lado do rio possam encontrá-las para o próximo plantio.

— Eskkar não deixará a aldeia sucumbir, Nobre Rebba — afirmou Trella.

Rebba olhou de um para o outro.

— Quando Nicar declarou sua intenção de permanecer e lutar, tive grandes dúvidas sobre nossas chances. Ainda assim, fiquei aqui, mesmo sabendo que meus campos serão incendiados ou inundados. — Sacudiu tristemente a cabeça diante do pensamento. — Vamos voltar para a casa. Ainda há muito mais coisas que preciso lhes mostrar. — Rebba ergueu a vista para o sol e percebeu que quase uma hora se passara. — Você nunca será um fazendeiro, Eskkar, mas, até o sol se pôr, pelo menos saberá o valor de uma fazenda.

Pelo resto da tarde, Rebba falou sobre cada plantio, explicando as diferenças entre os vários tipos de trigo, quanto fio era produzido do linho, e como os animais eram cruzados e criados. A última hora foi dedicada ao estudo das valas de irrigação, os canais que levavam água não só para todas as partes da fazenda, mas prosseguiam até a fazenda seguinte, de propriedade de outro rico aldeão.

Rebba e sua família sabiam tudo sobre movimentação de águas, explicando de que modo os canais ficavam cada vez mais estreitos, enquanto carregavam a quantidade exata de água para as plantações.

— A água precisa seguir com a porção certa de força. Se houver muita força, não poderemos controlar o fluxo. A quantidade de água usada para as plantas também é importante... água demais e elas se afogam, ou enfraquecem. Pouca, e elas morrem de calor. Força demais, e os próprios canais desmoronam. Pouca, e a água seca antes de chegar ao seu destino.

Eskkar sabia desse fato, se bem que por acaso, mas sem entender realmente o quanto era crítico o transporte da água através dos canais de irrigação. A água era também um dos mistérios... uma chave para a outra parte do enigma. Entre os poços e o rio havia água suficiente para todos, incluindo todas as fazendas e rebanhos de animais.

E era uma água boa. Ninguém ficava doente em Orak ou nos arredores por bebê-la, embora Eskkar tivesse adoecido várias vezes em outras terras por causa da água ruim, e vira homens morrerem por terem tomado uma água escura. Ele sabia que em terras secas, distantes do rio, os poços geralmente produziam uma água de gosto amargo capaz de fazer adoecer do estômago até mesmo um homem forte.

Agora Eskkar sabia que a água no rio em si não ajudava os lavradores. O que tornava as fazendas bem-sucedidas eram os canais de irrigação que levavam a água aonde era necessária. O rio simplesmente fornecia a força para movimentar a água, ao passo que Rebba e seu pessoal a canalizavam. Não se dera conta do quanto eram críticas as centenas de canais que cruzavam a terra, ou o quanto eram complicados seu projeto e sua construção.

Quando Eskkar e Trella deixaram a casa de Rebba estava bastante escuro e um dos guardas carregava uma tocha para iluminar o caminho. O cozinheiro guardara o jantar deles e os dois resolveram comer sozinhos no aposento superior. Eskkar falou muito pouco durante a refeição; continuava pensando nas palavras de Rebba. Quando terminaram de comer, ele se descobriu olhando a casca de pão que havia sobrado em seu prato.

— Está calado esta noite, Eskkar — comentou Trella, ao terminar de comer seu pão e seus legumes. — Será que Rebba lhe disse mais do que você queria saber sobre lavoura?

Ele olhou-a do outro lado da mesa.

— Até hoje, eu sempre havia pensado que plantar era para quem era fraco demais para lutar, ou sem qualquer habilidade para aprender um ofício. Agora sei que a agricultura é um dos ofícios mais difíceis, e também um dos mais importantes para a aldeia.

— O importante é que agora você entende como a aldeia funciona. Sabe como os lavradores cultivam suas safras, como os artesãos fazem utensílios, e os empreiteiros criam lares. Você sabe como os ferreiros fazem bronze e como os barqueiros exercem seu ofício. De agora em diante, quando os nobres falarem, você entenderá não apenas o que eles dizem, mas como pensam.

Eskkar não respondeu. Após um momento, Trella levantou-se, recolheu os pratos vazios e levou-os para fora do aposento. Ele mal notou a saída dela. Ficou sentado ali, pensando não apenas nas palavras de Rebba como também nas de Trella.

Ele vivera em aldeias e perto delas a metade de sua vida e nunca havia parado para pensar como funcionavam. Uma aldeia era apenas uma oportunidade de se conseguir comida e vinho, comprar ou consertar armas, negociar cavalos, ou mesmo passar a noite em relativa segurança. Elas forneciam lugares para se visitar, atravessar ou permanecer algum tempo. Algumas eram grandes, outras eram pequenas, mas sempre cercadas por fazendas e manadas, um lugar tão comum que era pouco percebido. Agora, porém, ele sabia que tudo começava com as fazendas. Eram as fazendas que guardavam a verdadeira riqueza.

Durante toda a sua vida, Eskkar procurara obter ouro. Com ouro, podia-se comprar comida, armas, cavalos e mesmo homens. Desde que deixara os Alur Meriki, o ouro, ou a falta dele, sempre fora o elemento mais importante em sua vida, levando-o de um lugar a outro, de batalha a batalha. Agora aprendera que o ouro era menos que nada. Os fazendeiros em suas terras criavam o ouro. Ao produzir grãos e outras quantidades de alimentos, eles davam início à cadeia de eventos que tirava ouro da terra. As fazendas eram o alicerce de todas as atividades de Orak. Sem as fazendas, não haveria a aldeia. Sem a aldeia, não haveria artesãos ou ferreiros, nobres ou soldados. Sem as fazendas, não haveria necessidade da construção de uma muralha para defender a aldeia.

De repente, ele teve um estalo sobre os Alur Meriki. Seus líderes deviam entender esses mesmos mistérios. Por que outro motivo eles sempre queimavam e destruíam as fazendas quando passavam pelas terras? Não bastava simplesmente acabar com as plantações, mas os fazendeiros precisavam ser mortos e a terra devia ficar o mais árida possível. O povo das estepes também entendia a necessidade de manter baixa a produção das plantações, para que não houvesse muitos fazendeiros produzindo comida demais. Isso, algum dia, poderia levar muitos homens a se oporem a eles. Exatamente o que acontecera ali em Orak.

Se a produção agrícola de Orak pudesse ser incrementada ainda mais, então haveria ainda mais homens disponíveis para lutar. Isso levou Eskkar a ter outro estalo. As demais aldeias, rio acima e rio abaixo, tinham seus próprios meios. Mas, se essas aldeias pudessem ficar sob o controle de Orak, nesse caso seus excedentes seriam acrescentados à riqueza e à força de Orak.

Ao explicar de que modo as safras eram semeadas, Rebba havia realmente revelado um dos mistérios da vida. Agora Eskkar aprendera outro, um segredo que Trella, Nicar e os nobres já conheciam. Os aldeões podiam todos confiar nas habilidades uns dos outros para sobreviver, mas todos eles dependiam das fazendas para criar a riqueza que possibilitava que Orak crescesse e prosperasse, e isso possibilitava que o ouro se derramasse pela terra.

Pensar em ouro fez Eskkar sorrir. Lembrou-se de seus sentimentos quando Nicar enviara seu pagamento pelo primeiro mês. Seu prazer diante das vinte moedas de ouro agora parecia ingênuo. A verdadeira riqueza crescia nos campos. As moedas de ouro que passavam de mão em mão eram apenas um meio para um fim, algo de que ele precisava de imediato para pagar pela muralha e para os soldados, mas, de qualquer modo, um instrumento. Trella entendera isso desde o início.

Um som fez com que erguesse a vista da mesa. Viu Trella encostada na porta.

— Você está aí há muito tempo? — Mudou de posição na cadeira e estendeu a mão para ela.

— Você parecia perdido em pensamentos e não quis perturbá-lo. Ainda pensa em Rebba e sua fazenda?

Ele colocou os braços em volta de sua cintura e abraçou-a por um momento, o rosto contra a maciez de seus seios, então a puxou para o colo.

— Não, eu pensava em você. Sabia que é muito inteligente para alguém tão jovem?

Ela envolveu seu pescoço com os braços e deixou-se recostar contra seu corpo.

— Não sou mais tão jovem assim, Eskkar. Algumas garotas da minha idade já pariram duas crianças. Agora sou uma mulher... sua mulher.

— Sim, mulher — respondeu ele, olhando-a nos olhos. — Quanto ouro você acha que vale para mim?

A pergunta estranha a surpreendeu e, por um momento, a dúvida cruzou seus olhos.

— Está querendo me vender?

Ele correu os dedos pelo seu cabelo, usufruindo aquela sensação.

— Hoje, Rebba me explicou muitas coisas. Mas hoje, Trella, aprendi o verdadeiro valor do ouro. — Beijou-a delicadamente. — Agora sei por que você vale mais para mim do que todo o ouro da terra. — Beijou-a novamente, dessa vez mais intensamente, e deixou a mão traçar o contorno de seu corpo. — Acho que está na hora de dormir.

— Sim, amo — respondeu ela, ao colocar os braços em volta dele. Mas seu sorriso e seus olhos prometiam muito, muito mais.

PARTE II

A Muralha de Sargão

16

Thutmose-sin guiava o caminho ao longo da trilha sinuosa, seu cavalo evitando as pedras soltas e o entulho. As patas de muitos cavalos marcavam a passagem deles pelo solo rochoso. Seus homens seguiam atrás. Nenhum deles falava. Ninguém ria; isso desde que chegaram ao local onde ocorreu o primeiro conflito.

Quilômetro e meio atrás deles, uma dúzia de corpos de Alur Meriki, os ossos espalhados já descarnados, revelava onde tinham enfrentado os Ur Nammu. A ausência de corpos de Ur Nammu confirmava o que Thutmose-sin já sabia: um bando de guerreiros derrotara seus homens tão completamente que os vencedores tiveram tempo de juntar e enterrar seus mortos.

A trilha levava mais profundamente aos contrafortes, contornando seu caminho entre paredes de despenhadeiros e detritos aluviais. Ao chegar ao cânion, Thutmose-sin percebeu de imediato onde ocorrera o massacre. Nem mesmo oito dias conseguiram ajeitar os sinais na terra, que formou torrões onde fora pisoteada por uma centena de cavalos.

Urgo esperava por ele, logo ali, do lado de fora da entrada do cânion, com um punhado de homens.

Thutmose-sin parou a seu lado, tentando visualizar o que acontecera. Os Alur Meriki tinham perseguido os Ur Nammu até aquele local. Ou então foram atraídos para ali. Fosse qual fosse o motivo, seus homens cavalgaram para seu interior e nenhum sobrevivera.

— Issogu... Markad... — chamou seus subcomandantes que cavalgavam logo atrás. — Enviem rastreadores ao longo dos paredões do cânion. Procurem rastros, qualquer coisa deixada para trás. — Virou-se para o último de seus subcomandantes. — Behzad, traga dez homens a pé e me sigam. Vasculhem o chão enquanto avançam. O resto de vocês fica aqui.

Tocou os calcanhares no cavalo. O animal ergueu a cabeça e seguiu em frente. Urgo guiou seu cavalo ao lado. A trilha torcia-se quase que imediatamente ao longo do paredão de pedra, e assim que Thutmose-sin entrou na curva os odores e a visão da morte o atingiram.

Na extremidade mais distante do cânion, comedores da carniça, aves, animais e insetos se aglomeravam em volta das carcaças dos Alur Meriki. Até mesmo animais que normalmente brigavam uns com os outros por comida se banqueteavam juntos, tão abundante era a carne humana. Quando Thutmose-sin se aproximou, eles se afastaram com relutância, irritados com a interrupção de seu banquete, correndo encostas acima ou batendo asas até guinarem ruidosamente para o céu.

Uma única lança salientava-se da pilha de ossos destroçados e carne podre, uma suja fita amarela salpicada de fezes de aves pendendo vacilante no ar parado.

Olhando em volta, estudou a cena de morte, examinando as plataformas íngremes que o cercavam. Os paredões praticamente abruptos não tinham um lugar fácil para conter homens, muito menos para escondê-los. Thutmose-sin avistou apenas alguns poucos lugares onde um homem conseguiria ter apoio para os pés o suficiente para disparar um arco.

Abaixo dele, o entulho da batalha espalhava-se pelo chão. Espadas quebradas, lanças partidas e trapos sujos de sangue jaziam entre os ossos humanos e de animais. Flechas, a maioria quebradas, ainda se salientavam de alguns dos corpos humanos. Os olhos de Thutmose-sin vasculhavam o solo, mas ele permanecia sobre seu cavalo; o animal tinha de ser firmemente impelido para se aproximar da pilha dos mortos.

— *Sarrum*, olhe isto. — Um guerreiro, trazendo na mão uma flecha, correu para Thutmose-sin.

Um olhar de relance disse-lhe por que o homem tinha notado aquilo. A ponta da flecha havia sumido e a haste fora quebrada logo atrás da amarração. Mesmo assim, a haste estendia-se mais distante do que qualquer flecha usada pelos seus homens, e quando a tomou em sua mão, sentiu uma espessura extra.

Entregou a haste incomum para Urgo, que a examinou por um momento.

— Ah, vi destas antes, alguns anos atrás, quando atacamos o norte distante. Havia um clã que usava hastes longas como esta. Bons arqueiros. — Coçou a barba por um instante. — Mas não era povo que montava a cavalo. Eles viviam nas altas estepes, em densas florestas.

— Procure mais destas — ordenou Thutmose-sin, pegando a haste com Urgo e devolvendo-a ao guerreiro. — Mostre-a também aos outros.

Seus homens encontraram mais três daquelas hastes, todas quebradas ou danificadas. Sua presença o convenceu de que outros, além dos Ur Nammu, tinham combatido seus homens. Thutmose-sin virou-se para o velho líder de clã.

— Entre com vinte homens. Mande que limpem os corpos do local do enterro. Depois mande cavarem uma sepultura.

A boca de Urgo permaneceu aberta por um momento.

— Mas, Thutmose-sin, os mortos... — Sua voz perdeu-se diante da expressão do rosto de seu líder. — Sim, *Sarrum*. Trarei os homens. — Girou seu cavalo e saiu gritando ordens.

Issogu retornou, correndo para o lado de seu líder.

— Não há rastros ou qualquer pedra mexida nos paredões do cânion, *Sarrum* — disse ele apontando para o lado leste. — Nada.

Thutmose-sin virou para o lado ocidental, onde Markad havia parado para se ajoelhar sobre um afloramento de pedras e observar o solo.

— Ajude-o — ordenou.

Urgo retornou, à frente de vinte homens contrariados. Um olhar para o seu líder os convenceu a não reclamar. Começaram a tirar os ossos do caminho, usando o máximo possível suas lanças e facas, para evitar tocar na carne decomposta. Murmuravam encantos para se precaver contra os espíritos. Em pouco tempo, os corpos apodrecidos foram arrastados e empurrados para longe, a carne às vezes caindo dos esqueletos dos ex-guerreiros de Thutmose-sin. Nuvens de moscas elevavam-se no ar, enquanto os homens suavam para executar suas tarefas.

Markad aproximou-se, o rosto contraído em repugnância por causa do fedor.

— *Sarrum*, há pouca coisa para se ver. Mas alguns homens devem ter seguido pelas pedras daquele lado. Encontrei uma de nossas flechas lá em cima, a ponta quebrada contra o paredão onde talvez estivesse um homem. Talvez houvesse arqueiros ali em cima, disparando flechas contra os nossos homens.

— Quantos?

— No máximo um punhado, *Sarrum*, talvez menos — avaliou Markad, sacudindo a cabeça. — Mais teriam deixado rastros, riscos nas pedras. Mas não havia nada, apenas uma flecha.

Então não foi uma emboscada, a despeito das estranhas flechas.

— Muito bem, Markad. Continue procurando por qualquer outro indício.

Ficou sentado ali, suportando em silêncio o cheiro funesto e as moscas, até seus homens, finalmente, removerem os mortos e começarem a cavar o solo rochoso. Ele sabia que xingavam e o amaldiçoavam baixinho, mas ninguém ousou se recusar. A terra fora socada, para evitar os carniceiros, e a princípio o solo resistiu aos esforços de seus homens. Finalmente, um dos cavadores deu um grito. Poucos momentos depois, seus guerreiros arrastaram o primeiro corpo dos Ur Nammu para fora da sepultura.

Thutmose-sin ordenou que mais vinte homens se juntassem ao trabalho, usando-os para remover a terra e retirar os corpos da sepultura. O calor aumentava a exalação da morte que agora os envolvia como uma névoa. Corpo após corpo foi retirado, mais de quarenta, e ainda continuavam retirando mais Ur Nammu da terra.

Um de seus homens gritou de surpresa, e Thutmose-sin avançou para perto dele. Tinham arrancado mais um corpo, porém esse homem parecia diferente. O que restava de roupas no corpo mostrava a túnica de um comedor de terra. O rosto do homem tinha a aparência larga, achatada, encontrada geralmente naqueles que trabalhavam a terra.

Mais dois corpos foram retirados, com o mesmo aspecto. Um deles parecia ser um menino, mal tendo idade para cavalgar. Depois disso, nada. Tinham exposto inteiramente a sepultura.

Os homens suados ficaram ali parados, cobertos de sujeira e de terra, esperando, enquanto Thutmose-sin refletia sobre o que vira.

Os Ur Nammu tinham enterrado comedores de terra junto com seus próprios guerreiros. Ele nunca ouvira falar de tal coisa, desonrar combatentes enterrando-os ao lado de fazendeiros. Os Ur Nammu, como os Alur Meriki, não viam utilidade para os comedores de terra. Estes eram para serem caçados e mortos. Mas não aqueles homens. Aqueles homens... seus corpos enterrados adequadamente... e pensou nas estranhas flechas, olhando para a que ainda estava em sua mão.

Seus guerreiros não eram tolos. Não tinham sido emboscados, e mataram muitos Ur Nammu e feriram muitos mais, como atestavam os trapos sujos de sangue espalhados por ali. Mas então o curso da batalha mudou, e todos morreram, abatidos por... não havia flechas suficientes, não eram o bastante para serem responsáveis por tantos mortos. Portanto, cavaleiros se juntaram à batalha, ajudados por uns poucos arqueiros ao longo da parede do rochedo. Esses estranhos tinham alterado o curso da batalha, provavelmente atacando os Alur Meriki por trás. Um repentino ataque pela retaguarda, mesmo por um punhado de homens determinados, devia ter mudado o resultado da batalha. Em vez de dizimarem o restante dos Ur Nammu, seus homens se viram encurralados entre duas forças — encurralados e aniquilados.

A haste da flecha quebrou-se em sua mão. Seus guerreiros tinham morrido — a vingança clamava pelo sangue dos responsáveis. Os Ur Nammu tinham de ser destruídos, juntamente com aqueles que os ajudaram.

Thutmose-sin ergueu a vista. Seus homens olhavam-no, esperando suas ordens, o silêncio quebrado apenas pelas moscas zunindo sobre os mortos. O que significava tudo aquilo, ele não tinha certeza. Mas sabia de um meio para descobrir.

— Urgo, voltem a enterrar os Ur Nammu. — Ignorou o choque nos rostos de seus homens. — Enterrem-nos adequadamente, depois caminhem com os cavalos pelo chão. Mande os rezadores oferecerem sacrifícios aos espíritos, para compensar pela perturbação dos mortos.

Sem olhar para trás, saiu cavalgando do cânion. Na entrada, chamou Markad e Issogu. — Sigam a trilha, aonde quer que ela leve. Descubram aonde eles foram. E observem para ver se um bando se separou e cavalgou para oeste. Levem quantos homens precisarem.

Duas horas depois, deu ordem para que acampassem pela noite, no mesmo lugar onde os Ur Nammu tinham parado para cuidar de seus ferimentos. Os anéis da fogueira do acampamento mostravam que homens a haviam usado por vários dias. Urgo encontrou outra das flechas compridas do norte, quebrada numa árvore obviamente usada para treino de tiro ao alvo. Portanto, os arqueiros nortistas e os Ur Nammu tinham se tornado amigos ao ponto de treinarem juntos tiro ao alvo, sem dúvida após festejarem a destruição de seus homens. Uma trilha larga levava ao norte, feita por talvez trinta ou quarenta cavaleiros.

Nos dias subsequentes, Markad e Issogu rastreariam os Ur Nammu. Mas Thutmose-sin podia adivinhar o que descobririam. Os Ur Nammu sobreviventes teriam fugido para leste, e outra trilha mostraria a direção oeste, de volta a Orak.

Um bando de cavaleiros de Orak tinha seguido os Ur Nammu ou, mais provavelmente, seus próprios guerreiros Alur Meriki. Os comedores de terra então se uniram aos Ur Nammu ou simplesmente atacaram os Alur Meriki pela retaguarda. Fosse qual fosse seu método, os cavaleiros de Orak mudaram o rumo da batalha, perdendo apenas poucos homens no processo. Então, os dois bandos de inimigos hereditários acamparam juntos durante vários dias, recuperando-se de seus ferimentos e aproveitando o tempo para afiar suas habilidades de arqueiros.

Era muito tempo juntos... isso significava que, fosse o que fosse o que os Ur Nammu tivessem aprendido, os comedores de terra de Orak agora também sabiam.

Pior ainda, aquilo disse a Thutmose-sin que Orak tinha um líder, alguém que conhecia as peculiaridades da guerra. Significava que, desta vez, os comedores de terra resistiriam, em vez de fugir. Eles tinham derrotado seus homens, e tal vitória lhes daria força. Suas próprias perdas significavam pouco. Pelo menos os Alur Meriki tinham efetivamente liquidado os Ur Nammu, encerrando afinal aquele conflito.

A perda de seus próprios homens não o perturbava. Ele tinha guerreiros até demais. Mas seus homens se entreolhariam, questionando. Uma força Alur Meriki sofrera derrota, aniquilação, algo que não acontecia havia quase uma geração. E isso faria seus homens começarem a duvidar. Olhariam seus líderes de clã de modo diferente. Se guerreiros puderam ser derrotados uma vez, por que não novamente?

Thutmose-sin repassou isso com Urgo, que estava sentado diante dele, em silêncio, incapaz de fazer objeção às conclusões de seu *sarrum*.

— Seu plano, Urgo. Tem certeza de que ainda conseguiremos pegar os comedores de terra?

Urgo mastigava uma folha de grama, ganhando tempo. A perda também o preocupava, tendo em vista que qualquer redução do número de guerreiros limitava o número de combatentes disponíveis.

— Estamos forçando todos na direção da aldeia. Se não houver muitos deles capazes de resistir a nós, tomaremos a aldeia.

Thutmose-sin olhou para seu parente.

— E a muralha que disse que eles estão construindo?

— Uma muralha sem combatentes é inútil, *Sarrum*. — Seus olhares se encontraram. — Seus combatentes são agora iguais aos nossos guerreiros, após uma pequena escaramuça? Uma emboscada, em um terreno favorável, com arqueiros nos paredões?

— Eles agora têm um líder, alguém que sabe lutar, quando lutar, alguém capaz de derrotar nossos homens.

— Talvez, *Sarrum*. Mas, mesmo um bando desses homens, por mais fortes que sejam, não conseguem derrotar todos os Alur Meriki.

— Mesmo assim, quero saber mais sobre o chefe guerreiro que comandou essa força. Descubra quem ele é. Se Orak tem um novo líder, alguém com habilidades nas peculiaridades da guerra, então precisamos saber o que pudermos sobre ele.

17

Pelos dez dias seguintes, Eskkar passou as manhãs com seus comandantes, preparando-se para os diferentes tipos de batalhas que poderiam enfrentar. Depois treinava com os soldados, principalmente para incentivá-los. O Clã do Falcão ajudava a elevar o moral recontando a história de como Eskkar destruiu os invasores Alur Meriki. Os feitos heroicos aumentavam a cada repetição e a confiança dos soldados em seu líder ia às alturas. Com a muralha quase pronta, sua autoconfiança aumentou ainda mais. Eskkar queria que os homens confiassem em suas habilidades e em seus comandantes. Certamente precisariam disso quando a luta começasse.

Os soldados praticavam com espada, lança e acha de armas. O orgulhoso Clã do Falcão tomou a iniciativa e fazia o papel dos agressores, realizando decididos ataques contra a muralha. Os arqueiros principais tomavam distâncias de alguns passos do muro e semienterravam pedras no chão. Pintados com cores diferentes para indicar as distâncias, os marcos permitiam que os arqueiros determinassem a proximidade do inimigo. Os velhos alvos tinham sido destruídos. Os arqueiros só praticavam arco e flecha do muro, para terem a percepção segura de cada disparo. Sob a orientação de Totomes, aprenderam a disparar salvas de flechas a distâncias específicas.

Armas e comida continuavam a fluir para Orak. O tráfego de refugiados nas estradas tinha diminuído com a aproximação dos Alur Meriki, mas continuavam chegando homens, muitos ansiosos para trabalhar ou lutar, querendo apenas que Orak protegesse suas famílias. O comércio no rio aumentou, e todos os dias a barca cobria vezes incontáveis seu percurso de ida e volta. Cada embarcação trazia um carregamento muito necessário. Os mantimentos aumentavam e todos reclamavam da falta de espaço para se sentar ou ficar de pé.

Quando Eskkar andava pelas ruas, os aldeões o aclamavam, gritando seu nome ou desejando-lhe sorte na batalha que se aproximava. Trella era igualmente popular, especialmente entre as mulheres, os pobres, as crianças e os idosos. Diariamente, ela visitava muitas dessas pessoas, assistindo-as, organizando-as e cuidando para que as mulheres conhecessem seu papel na luta vindoura.

Gatus, finalmente, tinha soldados suficientes para treinar as mulheres e os velhos. Seus homens lhes mostravam como combater incêndios e usar espetos curtos na muralha. Homens e mulheres praticavam igualmente o uso de varas aforquilhadas para empurrar escadas para trás.

Centenas de pedras e pedregulhos eram carregados para o parapeito e lançados abaixo pelos aldeões. Quando um grupo terminava, recolhia as pedras para o grupo seguinte, uma tarefa que durava o dia inteiro, até os músculos de todos sentirem dores e as pedras ásperas deixarem suas mãos em carne viva. Muitos milhares de pedras se ajuntavam em grandes pilhas abaixo do parapeito.

O treinamento para soldados e aldeões prosseguia até dominarem cada técnica, instrumento e arma. As mulheres cobriam de barro cada superfície de madeira exposta dentro de Orak, a fim de não deixar alvos de combustível para flechas incendiárias ou tochas lançadas por cima da muralha. A aldeia se preparava para o cerco, mas Eskkar enxergava tanto otimismo quanto medo nos rostos de cada um.

Ele sacudiu a cabeça atônito diante de tudo aquilo. Bateu nas costas de Gatus e o elogiou publicamente pelo seu trabalho.

Ao fim de um longo mas satisfatório dia, Eskkar voltou para casa pouco antes de o sol se pôr. Foi primeiro ao poço nos fundos da casa. O luxo de um poço particular ainda lhe dava prazer. Usufruía da chance de lavar o suor e a poeira do corpo.

Quando terminou, ouviu o portão do pátio se abrir com um estrondo. Um menino maltrapilho deslizou por baixo do braço do guarda surpreso, embora este estivesse ali para evitar exatamente aquele tipo de intromissão.

O garoto correu na direção da casa, a voz num guincho agudo.

— Capitão, Capitão, venha depressa... Lady Trella foi esfaqueada!

O menino desviou-se e passou por um criado que vinha saindo da casa. Bantor surgiu na porta e segurou o garoto, agarrando-o com firmeza. Eskkar correu para lá, ajoelhou-se e encarou o menino.

— Aqui, rapaz, estou aqui. O que aconteceu com Trella? Onde está ela? — Eskkar sentiu um temor crescendo em seu estômago.

— Lady Trella vinha voltando para cá, quando um homem foi por trás dela e puxou uma faca. — A voz aguda do menino precipitava as palavras. — Eu gritei para avisar ela, mas foi tarde demais e ele esfaqueou ela. Aí, ele se virou para correr, mas agarrei a perna dele e segurei até o guarda dela se aproximar. O guarda me mandou aqui atrás de você.

— Onde, menino? Onde está ela?

— Na rua dos Açougueiros, perto da loja do carpinteiro.

— Mantenha-o aqui! — Eskkar empurrou o menino para as mãos de Annok-sur, que se aproximava.

Ele correu de volta através do pátio e saiu pelo portão, seguindo para a rua dos Açougueiros. Antes de dar mais de uma dúzia de passos, uma multidão se aproximou, liderada por um soldado troncudo carregando Trella nos braços. Um braço dela pendia debilmente. O vestido, coberto de sangue e cortado na lateral, se arrastava no chão. Seus olhos estavam revirados na cabeça e Eskkar não sabia dizer se ela ainda estava viva. Reconheceu o guarda, Klexor, designado para proteger Trella naquele dia.

Klexor passou direto por Eskkar, como se não o reconhecesse. Três soldados da vigilância, todos lívidos e com as espadas desembainhadas, seguiam logo atrás.

— Ela está viva? — Eskkar forçou as palavras, a voz rouca.

O guarda levou Trella pelo pátio até o interior da casa. Alguém havia desobstruído a mesa grande e ele a depositou delicadamente nela. Annok-sur empurrou-o para o lado e abriu o vestido de Trella. Alguém rasgara uma tira do tecido e a usara para enfaixar seu ferimento, o pano envolvendo completamente seu corpo logo abaixo dos seios.

Eskkar aproximou-se do pé da mesa. Viu o peito de Trella subir e baixar, portanto, ainda vivia. Mas o rosto estava pálido e escorria sangue de seu lado esquerdo.

— Chamem um curandeiro. — Annok-sur gritou as palavras por cima do ombro, ao colocar um cobertor dobrado sob a cabeça de Trella.

Klexor permanecia aturdido aonde Annok-sur o havia empurrado. Eskkar caminhou até ele e agarrou seu braço.

— O que aconteceu? Quem fez isso?

O homem se virou e encarou Eskkar por um momento.

— Sim, Capitão, ela ainda está viva — respondeu o guarda, como se lembrasse da pergunta anterior de Eskkar. — Um homem a esfaqueou na viela. Mas um curandeiro ia passando e se aproximou quando ouviu os gritos dela. Ele enfaixou o ferimento, depois disse que eu devia trazê-la para cá. — O guarda olhou em volta. — Ele disse que viria... ah, ali está ele.

Um homem idoso, a cabeça calva anelada com cachos de cabelos brancos, passou ofegante pela porta. Carregava uma grande bolsa de couro, que continha seus instrumentos, pendurada no ombro. Eskkar reconheceu Ventor, um curandeiro geralmente usado pelos soldados. Trivial demais para as classes altas, Ventor era melhor no cuidado de ferimentos de guerra do que no tratamento de dores de cabeça ou estômagos nauseados.

— Não fiquem parados aí — ordenou Ventor, enquanto seguia diretamente à mesa —, tragam água fresca e panos limpos. Todas as lâmpadas e as lamparinas, o máximo que conseguirem.

Annok-sur foi para o lado do curandeiro. Ventor abriu sua bolsa e usou uma faca para cortar fora a tosca atadura.

Eskkar permaneceu parado ali, em estado de choque, empurrado para o lado pelas mulheres. Observava impotente, enquanto a mulher de Bantor e outra criada limpavam o sangue do corpo de Trella, ao mesmo tempo que o curandeiro derramava água sobre o ferimento.

A princípio, Eskkar pensou que ela tivesse sido esfaqueada no peito, mas, depois de limpado o sangue, ele viu que o golpe fora dado em seu lado esquerdo, começando um pouco abaixo da axila e descendo na direção do quadril. Do corte longo e denteado ainda saía sangue, mas Ventor o ignorava enquanto limpava o corte, despejando água do cântaro de cima a baixo por toda a extensão da abertura. A água sangrenta entornava no chão.

— Tragam outro cântaro — exigiu Ventor. Pegou uma vela e, lentamente, vasculhou a extensão do corte, mantendo a chama perto do corpo dela. O exame demorou por um longo tempo, até ele se aprumar e largar a vela. — Nada no ferimento.

Pegando agulha e linha da bolsa, cuidadosamente enfiou a linha na agulha, em seguida amarrou com rapidez a ponta com um grande nó. Lavou o ferimento mais uma vez e então, ajudado pelas mulheres que mantinham os lados da pele juntos, começou a fechar o ferimento.

Não era nada que Eskkar não tivesse visto antes. Sofrera o mesmo tratamento, inclusive o observara ao ser feito, mas, dessa vez, precisou virar o rosto. Suas mãos tremiam e forçou-se a pará-las, apertando bem os punhos. A mulher de Bantor juntou-se a Eskkar e seu marido.

— Acho que ela vai viver, Eskkar — cochichou Annok-sur. — O ferimento é longo mas não é fundo, e a lâmina só resvalou nas costelas. Embora eu não tenha dúvidas de que ela teria sangrado até a morte se o curandeiro não estivesse nas proximidades para estancar o sangue.

— Muito obrigado, Annok-sur. Por favor, fique com ela. — Eskkar olhou para Ventor, bem curvado sobre a mesa enquanto terminava de fechar o ferimento. Finalmente, o curandeiro começou a enfaixar sua paciente, usando tecido limpo trazido pelas criadas. — Quando o curandeiro terminar, mantenha-o aqui para ficar de olho nela.

Eskkar encarou Bantor.

— Agora vamos ver quem vai morrer esta noite.

Saiu para o pátio. Encontrou-o repleto de homens armados. Algumas tochas forneciam luz contra a crescente escuridão. Quando viram o rosto sombrio de Eskkar, ergueu-se um lamento.

Bantor gritou rapidamente:

— Não, não, Trella está viva. O curandeiro está com ela.

Ergueu-se uma dissonante aclamação, que ecoou além do muro, e Eskkar se deu conta de que a rua lá fora devia estar apinhada de gente, todos preocupados com Trella. Dois membros da vigilância abriram caminho por entre os soldados, arrastando um homem maltrapilho já coberto de hematomas, as mãos amarradas bem apertadas para trás e uma mordaça na boca. O prisioneiro tremia tanto que teria caído, se os homens não o segurassem com firmeza.

— Foi esse o tal que a atacou, Capitão. — O guarda deu uma estocada nas costelas do prisioneiro. — Klexor o capturou antes que conseguisse fugir.

Gritos de "vamos matar... matar já" partiram dos soldados, mas Eskkar ergueu as mãos pedindo silêncio. Virou-se para Bantor.

— Vigie-o e mantenha-o vivo.

Resistiu ao ímpeto de agredir o homem, aquilo podia esperar. Pense primeiro, depois aja, Trella sempre lhe dizia. Começou a pensar de maneira coerente desde que a trouxeram. Olhou em volta do jardim e localizou Klexor, sentado sozinho no chão, consternado, a cabeça entre as mãos.

— Klexor, venha cá — chamou Eskkar. Depois falou para Bantor: — Esvazie o pátio, mas mantenha vinte homens aqui. Feche os portões e mande o resto dos homens para os muros. Não quero que ninguém escape furtivamente no meio da noite. Mate todos que tentarem. Depois volte para cá. Gatus, Sisuthros, venham comigo.

Klexor levantou-se, tremendo, e quase caiu. Eskkar segurou o homem pelo braço e o conduziu para o interior da casa. Ignorando a multidão em volta de Trella, levou o guarda-costas para o andar de cima e o sentou numa cadeira diante da mesa. Serviu duas taças de vinho, uma pequena para si e uma maior para Klexor.

— Aqui, tome isso. — Eskkar esperou até o soldado esvaziar metade da taça, então a afastou de seus lábios. — Devagar agora. Diga-me o que aconteceu. Leve o tempo que quiser e me conte tudo.

Eskkar foi para o outro lado da mesa e sentou-se. Olhou atentamente para o guarda. Um veterano calejado e um verdadeiro touro, Klexor era poucos centímetros mais baixo do que Eskkar, porém mais largo e corpulento, as mãos iguais a marretas. Não era um dos soldados modelos, mas Eskkar o conhecia bem, e o homem já protegera Trella antes.

Klexor limpou a boca com as costas da mão. — Capitão, não foi culpa minha, eu...

— Eu quero apenas ouvir o que aconteceu, Klexor. Não foi você quem a agrediu. Conte-me exatamente o que ocorreu. Não deixe nada de fora.

Klexor deu outro gole no vinho, então olhou de relance para Sisuthros e Gatus, que estavam encostados à parede.

— Fui designado para proteger hoje Lady Trella, e caminhamos por toda a aldeia, para lá e para cá, visitando pessoas, treinando com as mulheres. Finalmente, partimos de volta para cá, mas algumas mulheres quiseram falar com ela, então paramos e passamos algum tempo com elas.

Sua voz falhou e ele deu outra golada no vinho.

— Naquela altura, já anoitecia. Estávamos na rua dos Açougueiros. A viela ali é estreita, e eu fui na frente, para abrir caminho pela multidão. — Ele parou e correu os dedos trêmulos pelo cabelo.

Vamos com isso, homem, quis gritar Eskkar.

— Estávamos a poucos passos da loja do carpinteiro, sabe, o sujeito grandalhão que faz rodas e...

Eskkar confirmou com a cabeça.

— Era ali que a gente estava quando houve um grito... um menino de rua gritou "...faca, ele tem uma faca". Virei-me e ali estava o tal homem, sua lâmina a atingindo. Trella gritou e caiu.

Klexor esvaziou a taça e a pousou desajeitadamente na mesa.

— Fiquei parado ali, Capitão, por um momento, não conseguia me mexer. Mas o menino, o tal que gritou, agarrou o assassino pela perna, quando ele tentou fugir, e derrubou-o. Ainda bem, caso contrário, ele também teria morrido. Eu vi a faca passar raspando pela cabeça do menino. Por essa ocasião, eu já tinha me recuperado e corri para o homem, assim que ele se levantou. Eu o atingi e ele caiu no chão... eu o atingi mais algumas vezes.

O homem parou, pensando.

— Ouvi Lady Trella dizer "Vivo... mantenha ele vivo", antes de desmaiar. Esse homem, Ventor, acho que é esse seu nome, se aproximou e me empurrou para o lado. Enfaixou o ferimento e falou para eu mandar o menino na frente, para chamá-lo, depois ordenou que eu carregasse Trella para cá.

— E o tal que a esfaqueou, você o conhece? — perguntou Eskkar.

— Não, nunca o vi antes — respondeu Klexor —, se bem que... espere, eu o vi mais cedo, esta tarde. Devia estar com a multidão, na muralha, quando as mulheres foram lá para praticar. Tenho certeza de que o vi lá. As mulheres talvez se lembrem dele.

Klexor começou novamente a tremer, ciente de que poderia ser morto por fracassar em seu dever.

— Você disse que ele tentou esfaquear o menino? Ainda estava com a faca, quando você o atingiu?

O guarda se concentrou no que ocorrera, então respondeu.

— Sim, Capitão, ele ainda tinha a faca. Mas tentava fugir, e não usar a faca.

— Então você o agrediu. Por que não usou a espada?

— Lady Trella disse para mantê-lo vivo... não, isso foi depois. Não sei, só quis derrubá-lo. Não me lembro do que pensei. Esqueci de sacar a espada.

Eskkar tentou visualizar o que o homem vira e fizera.

— Muito obrigado, Klexor. Tenho certeza de que nenhum outro teria feito melhor. Fez bem em manter o assassino vivo. Agora, vá à cozinha e pegue mais vinho, mas só uma taça. Você precisa permanecer sóbrio. Mais tarde, outros vão querer ouvir sua história.

O homem levantou-se, seu alívio evidente.

— Capitão... lamento tudo isso... ela... ela é uma boa mulher... — Sua voz reprimiu-se e ele não conseguiu expressar as palavras.

— Eu sei. Agora vá, e mande aqui para cima o menino que trouxe a notícia. — Virou-se para Gatus e Sisuthros, mas parou quando Bantor voltou, espremendo-se ao passar por Klexor no patamar. — Parece que o homem estava seguindo Trella e que Klexor cumpriu seu dever.

— Os soldados já reclamaram que é impossível para um homem proteger qualquer um de vocês dois — disse Gatus. — Sabe como é, com todas essas aglomerações. Mas Lady Trella não quer mais de um guarda designado. Klexor saiu-se tão bem quanto qualquer outro se sairia.

— Ninguém aceita um bom conselho, Gatus. Ela me disse a mesma coisa. Eu deveria ter...

A porta abriu-se novamente e Annok-sur conduziu o menino ao aposento, um pedaço de pão com manteiga na mão, o queixo engordurado cheio de migalhas. Ele parecia assustado.

Eskkar levantou-se e guiou o menino até o assento que Klexor acabara de deixar vago, mas, dessa vez, Eskkar puxou um banco e sentou-se perto dele. Calculou que o garoto tinha 9 ou 10 estações.

— Não tenha medo, rapaz. Como se chama?

Os olhos do moleque se arregalaram, enquanto olhavam em volta. Sem dúvida, nunca vira um cômodo tão grande em sua vida, nem tão elegantemente mobiliado. Eskkar insistiu.

— Enki, Nobre, eu me chamo Enki.

O nome do deus da água que habitava no rio.

— Um excelente nome, Enki. Você fez hoje um excelente trabalho, e eu lhe sou devedor. Se não fosse você, o agressor de Lady Trella teria fugido. Agora quero que me diga tudo que fez hoje, aonde foi, quando viu Trella pela primeira vez, tudo. Acha que consegue fazer isso? Comece por quando viu Trella hoje pela primeira vez.

— Foi no campo de treinamento, Nobre. Fui lá para ver as mulheres treinarem. Às vezes, elas escorregam e caem, ou o vestido delas fica solto. Quando Lady Trella chegou, muitos de nós correram para cima dela. Semana passada, levei um recado para ela e ela me deu uma moeda de cobre. — Pareceu abatido, ao se lembrar. — Mas, aí, uns garotos maiores tomaram de mim.

— Eu posso dar um jeito nisso. — Eskkar levantou-se e foi até sua mesa, abriu a gaveta e tirou duas moedas de cobre. Entregou-as a Enki, que as agarrou com a mão livre, a outra ainda segurando firmemente o pão. Eskkar sentou--se novamente. — E aí, o que aconteceu?

— Lady Trella observou as mulheres treinarem, depois começou também a treinar. Ela é muito forte para uma mulher, sabe, e consegue manejar sozinha a lança curta ou o forcado. Muitos aplaudiam e riam. Quando encerraram o treinamento do dia, as mulheres se lavaram no poço. Eu gosto de olhar isso.

Muitas das mulheres tiravam a roupa e jogavam água no corpo. Eskkar sorriu brevemente. Ele mesmo já tinha olhado esse tipo de coisa.

— Sim, sempre é divertido se observar. Bem, Enki, enquanto estava lá, lembra-se de ter visto o homem que atacou Trella? Ele estava lá?

Enki franziu a testa enquanto tentava se lembrar.

— Não, lá não. Eu não vi ele lá. Mas depois, quando começamos a caminhar, ele passou por mim e por Trella. Eu ia atrás dela, pois talvez precisasse mandar outro recado ou coisa assim. O homem passou por ela aos empurrões e seguiu na frente. Então voltou e passou a caminhar novamente atrás de nós. Ficava olhando para os lados, disso eu me lembro.

— Muito bem, Enki. O que aconteceu depois?

— Lady Trella parou para conversar com alguém. Alguns dos meninos se aglomeraram em volta dela e o guarda os afastou. Ela e a mulher conversaram por um longo tempo, cochichando uma com a outra, então Lady Trella sorriu e deu uma moeda de cobre a um deles, antes de começar a andar novamente. O guarda teve de afastar as pessoas do caminho para que pudessem passar.

O menino olhou em volta e viu que todos o observavam. Provavelmente, ninguém antes tinha prestado atenção nele, e agora quatro homens crescidos escutavam com atenção cada palavra sua.

— Não tenha medo — Eskkar tranquilizou o garoto. — Continue.

— Eu fui deixado para trás e tentava me aproximar, quando o homem passou novamente por mim aos empurrões. Eu quase caí e xinguei ele. Então vi ele puxar a faca de baixo da túnica. Ele andava muito depressa e seguia na direção de Lady Trella. Eu gritei, ela se assustou e se virou. Então ela viu a faca e levantou o braço, mas ele esfaqueou ela assim mesmo. Eu continuei gritando. Ele se virou e correu, passou por mim correndo, aí eu segurei a perna dele e fiquei agarrado até a gente cair no chão. Ele se levantou, mas o guarda pegou ele e começou a bater.

— Você se lembra do que gritou, Enki? Das palavras exatas? — Eskkar queria todos os detalhes.

— Lembro. Gritei: "Lady Trella, ele tem uma faca. Lady Trella..." Então eu vi o sangue na faca quando o homem passou correndo por mim.

— Como foi que gritou, Enki? Pode me mostrar?

Sem hesitar, o menino berrou as palavras, salpicando o rosto de Eskkar com migalhas de pão, a voz aguda perfurante no aposento fechado. Era alta, certamente, alta o suficiente para fazer alguém parar e se virar. Se Trella não tivesse se virado, teria sido esfaqueada nas costas.

Eskkar fez o garoto repassar a história. Quando nada de novo surgiu, ele ergueu a vista para seus três subcomandantes que permaneciam de pé, calados, encostados na parede.

— Querem perguntar alguma coisa?

Gatus e Bantor sacudiram a cabeça, mas Sisuthros deu um passo à frente e curvou-se para examinar a parte de trás da cabeça do menino, empurrando para a frente e para trás o cabelo rebelde até Enki pular de dor.

Sisuthros puxou os dedos, um pouco de sangue coagulado grudado neles.

— Pensei ter visto sangue. A lâmina não errou por muito, embora duvide que pudesse tê-lo matado.

Os olhos de Enki se arregalaram ao ver o próprio sangue. Sisuthros esfregou a cabeça do menino.

— Apenas um arranhão. Nada que preocupe um homem corajoso.

— Obrigado novamente, Enki — disse Eskkar ao se pôr de pé. — E sua família?

— Não tenho, Nobre. Eu tinha um irmão mais velho, mas ele desapareceu. Durmo nos estábulos ou perto do rio.

O irmão, provavelmente, devia ter sido recolhido das ruas e vendido como escravo.

— Então, daqui por diante, ficará aqui. — Eskkar virou-se para seus homens. — Agora está na hora de falar com o assassino.

Segurando a mão do menino, Eskkar levou-o escada abaixo, onde o entregou à mulher de Bantor, antes de ir dar uma olhada em Trella. O curandeiro estava sentado tranquilamente ao lado dela, seu trabalho encerrado por enquanto. Ventor levantou-se quando Eskkar se aproximou.

Eskkar olhou para o rosto pálido de Trella, o corpo coberto por um cobertor macio e outro dobrado debaixo de sua cabeça. Haviam penteado seu cabelo. Os olhos estavam fechados, mas ela respirava normalmente.

— Como está ela, Ventor? Vai viver? — Eskkar não conseguia evitar que sua voz falhasse.

— Sim, Capitão, acredito que ela vá se recuperar — afirmou Ventor. — A não ser que o ferimento se encha de pus. O golpe atingiu suas costelas e resvalou para baixo. O agressor deve ter dirigido sua lâmina acima, para o coração. As costelas se abrem com um empurrão de baixo para cima, mas um golpe dado para baixo resvala de costela para costela. Não era um assassino habilidoso.

Ventor ergueu o cobertor e olhou o ferimento de Trella.

— Ela é jovem e forte e deve sarar rapidamente. Eu lhe dei um pouco de vinho e mandei que a alimentassem com sopa, assim que conseguir ingerir alguma coisa.

Eskkar deu um suspiro de alívio.

— Obrigado, Ventor. Gostaria que passasse a noite aqui. E depois viesse pelo menos duas vezes por dia para dar uma olhada nela. Será bem pago pelo seu excelente trabalho esta noite.

— Os nobres usam seus próprios curandeiros, Capitão.

— Sim, mas sou apenas um soldado, e você está mais familiarizado com ferimentos de batalha. Além do mais, não quero uma dezena de curandeiros aqui em volta discutindo sobre que poções dar a ela ou para quais deuses orar. Cuide do ferimento dela como faria com o de qualquer soldado.

Eskkar saiu para o pátio. Veio uma ovação por parte dos homens. Apesar de sua ordem, mais de vinte soldados ainda se acotovelavam no pátio, que agora resplandecia com a luz de tochas.

Ele ergueu a mão.

— Trella está sendo tratada pelo curandeiro. Agora temos trabalho a fazer aqui e vocês serão necessários mais tarde. Portanto, deixem o pátio. O Clã do Falcão e os guardas da casa permanecem.

— Tire o resto daqui, Gatus. Bantor, traga o assassino para os fundos da casa.

Eskkar seguiu os guardas, enquanto estes arrastavam o homem para o beco sem saída atrás da casa.

O pequeno jardim continha apenas um banco e duas pequenas árvores um pouco maiores do que um homem. Ele se colocou diante do agressor. Dois homens seguravam o prisioneiro pelos braços. O homem se ajoelhou na terra, os braços presos para trás, a mordaça ainda enfiada na boca.

Eskkar abaixou-se, apoiado em um joelho, o rosto próximo ao do prisioneiro. Seus olhos estavam esbugalhados de terror e emanava dele um cheiro de urina. Eskkar puxou a mordaça da boca do homem, ouviu o rápido arfar quando o sujeito encheu os pulmões de ar. Ele começou a falar.

— Silêncio! — ordenou Eskkar violentamente. — Se ele falar ou gritar, façam com que sofra um pouco.

Ambos os soldados apertaram ainda mais os pulsos do homem, torceram-nos mais para o alto atrás das costas até uivos e saliva saírem de sua boca aberta. Eskkar observou o homem cuidadosamente, mas não o reconheceu. Isso não significava nada. Ele poderia já estar em Orak havia meses ou dias, embora fosse mais provável ser um recém-chegado.

— Algum de vocês conhece esse homem?

Ninguém se manifestou.

— Qual é seu nome? — O homem nada disse, e Eskkar sinalizou com a cabeça para os dois que o seguravam. Estes empurraram os braços do homem um pouco mais para cima, e a dor mais recente soltou sua língua.

— Natram-zar... meu nome é Natram-zar, Nobre. — Falou com a voz rouca e com um traço de sotaque. Eskkar deduziu que era originário do sul, provavelmente da Suméria.

— Por que atacou minha mulher, Natram-zar?

— Eu pretendia roubá-la, ó Nobre. Sou um simples ladrão. Queria apenas roubar sua bolsa. — Ele agora implorava, o medo revelando-se em seus olhos enquanto estes disparavam de um lado a outro.

— Então você é um ladrão muito vagabundo, Natram-zar. A bolsa dela ainda está presa ao pescoço. — Eskkar levantou-se. — Ele carregava alguma coisa?

Bantor se aproximou, segurando uma pequena bolsa de couro, muito gasta e remendada, que continha cinco moedas de cobre, além de outras quinquilharias, como também a faca do homem.

Eskkar segurou-a, mordendo os lábios ao ver o sangue de Trella. Uma boa arma, a lâmina de cobre ajustada perfeitamente no cabo de madeira curvo e entalhado. Pequena e benfeita, não era arma de um soldado, mas perfeita para se esconder debaixo da túnica, para um assassinato silencioso. Uma arma boa demais para um ladrão comum. Claro, ele poderia tê-la roubado de uma vítima rica.

— Nada mais?

— Nada, Capitão. Apenas a bolsa e a faca.

— Coloquem-no de pé e rasguem suas roupas. — O homem começou a reclamar, mas os guardas o levantaram, ignorando seus protestos que rapidamente se tornaram gemidos de dor. Em instantes deixaram-no nu, suas roupas formando um monte à sua volta, inclusive a suja e fedorenta roupa de baixo na qual o homem se urinara de medo.

Usando a faca do sujeito, Eskkar cutucou as roupas. Quase deixou passar um bolsinho, fechado com um cerzido, que acompanhava a extensão da bainha da túnica. Cortou a costura e ouviu o leve tinir de moedas. Cada uma envolta num pedaço de pano para amortecer o som.

Contou dez moedas de ouro, todas brilhando à luz de tochas. Olhou cada disco, mas todos estavam bem manuseados e gastos, com diferentes marcas de vários mercadores e nobres. Checou o resto da roupa, mas nada encontrou. O ouro revelava sua própria história — um assassinato encomendado.

Pondo-se de pé, Eskkar encarou Natram-zar.

— Mentiu para mim uma vez. Não cometa novamente esse erro. Se quiser evitar o fogo, fale a verdade. — Ouviu Gatus chamar seu nome. — O que foi?

— Muitos nobres estão na rua. Nicar e os outros querem entrar, mas mantenho todo mundo do lado de fora, como você ordenou. E, também, os homens que vigiam a muralha ouviram algo no escuro. Quando foram verificar, encontraram um cavalo preso a uma pedra a trezentos passos da muralha. Quem quer que estivesse com ele desapareceu na escuridão. É um excelente animal, carregado com comida e uma pele com água.

Eu devia ter previsto isso. O assassino precisaria escapar rapidamente depois de agir.

Agora os nobres esperavam lá fora. Eskkar não sabia se queria ou não a presença deles, principalmente porque poderia ter sido Nestor quem pagara ao homem. Por outro lado, se nenhum deles estivesse presente quando o sujeito confessasse, talvez não acreditassem no testemunho de Eskkar. Malditos sejam os deuses.

— Bantor, descubra quem conhece o cavalo, quem é seu dono, de onde ele veio. Duvido que esse sujeito imundo tenha mantido um excelente cavalo num estábulo na cidade durante dias, mas, se for o caso, alguém o reconhecerá.

Eskkar olhou em direção a Gatus, que ainda aguardava.

— Permita a entrada apenas dos chefes das Famílias, ninguém mais. Se não quiserem entrar, não os force.

Virou-se de volta para o prisioneiro.

— Preparado para falar, Natram-zar? O tempo das mentiras já passou.

— Ó Nobre, sou apenas um ladrão. — Sua voz soava rouca por causa da secura e da dor.

— Amarrem-no entre as árvores e afastem bem suas pernas. Tragam fogo da casa. E muita lenha.

Natram-zar berrou quando os homens que agarravam seus braços começaram a arrastá-lo. Um dos guardas largou seu braço por um instante, foi para a frente do prisioneiro e esmurrou-o violentamente na barriga, a força do soco fazendo o homem se curvar.

— Calado, cão, ou receberá outro.

Colocaram o prisioneiro entre as duas pequenas árvores, abriram bem seus braços e os amarraram nos galhos maiores. Em seguida, amarraram seus tornozelos, esticando bem suas pernas e amarrando-as na base de cada árvore.

Prenderam cada corda com firmeza. Quando terminaram, Natram-zar ficou pendurado ali, impotente e imóvel, capaz apenas de contrair o corpo.

Enquanto isso acontecia, os chefes das Famílias entraram, parecendo desanimados, a visão do homem nu reforçando sua apreensão.

— Bem a tempo, Nobres — começou Eskkar. — Esse homem tentou matar Trella, mas um menino com rápida presença de espírito e língua comprida salvou sua vida. O cão foi capturado no ato. Seu nome é Natram-zar. Aquelas dez moedas, que estão a seus pés, estavam costuradas em sua túnica e havia um cavalo à sua espera do outro lado do muro. Algum de vocês conhece esse homem?

A visão das moedas reluzindo à luz de tochas mudou tudo. Nenhum ladrão teria tal quantia, e apenas os nobres e alguns poucos mercadores ricos podiam dispor de tal soma para pagar por um assassinato. E nenhum ladrão que carregasse tanto ouro arriscaria a vida em troca da insignificante bolsa de uma escrava, nem mesmo se esta fosse Trella.

Eskkar olhou para Nestor, mas o velho parecia tão chocado quanto o resto. Nicar, Decca, Rebba e Corio, todos olhavam inexpressivos para Eskkar. Nicar foi o primeiro que conseguiu falar.

— Quem pagou a ele para fazer isso? Por que alguém ia querer machucar Trella?

— Todos vocês vão esperar aqui e não dirão nada — ordenou Eskkar, a voz dura. — Nem uma palavra.

Olhou de relance para Gatus, que não gostava nem um pouco dos nobres.

— Gatus, conduza os nobres para o lado da casa onde possam ver e ouvir tudo. Cuide para que não digam nada. — Daquele lugar, o prisioneiro não poderia vê-los.

Àquela altura, Natram-zar já havia recuperado o fôlego e estava com a cabeça levantada. Um grande vaso de argila, cheio de lascas de madeira e alguns pedaços de carvão, foi colocado no chão diante dele. Outro homem veio da casa, carregando três carvões em brasa sobre um caco de louça. Jogou-os dentro do vaso e começou uma fogueira, colocando lascas em cima dos carvões. Em instantes, o fogo começou a arder plenamente.

Eskkar abaixou-se e manteve a mão sobre as chamas baixas. O calor subiu para sua mão e ele a recolheu.

— Vamos esquentá-lo um pouco. — Maldar ajoelhou-se e empurrou o fogo para entre as pernas de Natram-zar. Como este estava com as pernas abertas, a parte superior das chamas chegava a uns 30 centímetros de seus testículos.

Ele berrou assim que a primeira quentura atingiu sua genitália, muito antes de o calor tê-lo afetado. Esforçou-se para afastar o corpo, mas os homens em ambos os lados usaram os joelhos para forçar seu corpo de volta, mantendo-o centralizado em relação às chamas. Maldar jogou mais lascas no fogo. As chamas atingiram uma altura ainda maior.

Eskkar esperava pacientemente, observando as brasas e o homem, enquanto este sacudia o corpo de um lado para o outro, de modo frenético, tentando afastar a entreperna do caminho do calor que crescia abaixo dele, tentando encolher a genitália.

O esforço frenético de Natram-zar, porém, rapidamente o esgotou. Teve de ceder o corpo contra as cordas, o que, outra vez, o colocou diretamente sobre as chamas baixas. Um momento depois, a dor fez com que se esticasse, de novo se contorcendo e sacudindo o corpo, até a exaustão levá-lo de volta às chamas e o processo se repetir.

Eskkar deixou que isso prosseguisse por uns tempos, enquanto Maldar cuidava para que as chamas não diminuíssem. Os gritos agora surgiam sem cessar e Eskkar sabia que o ruído seria ouvido a muitas ruas dali. Da viela, vinha o som de aplausos quando a multidão adivinhou o que estava acontecendo.

Quando o cheiro de carne queimada começou a aumentar, Eskkar sinalizou com a cabeça para Maldar, que empurrou o vaso para diante, removendo grande parte do calor. O prisioneiro desabou flácido das cordas, os pelos das coxas estorricados, a genitália vermelha por causa do calor.

Eskkar aproximou-se.

— Quem o contratou para matar Trella? Fale agora ou voltará para o fogo.

O homem gemia enquanto a dor continuava a percorrer seu corpo. Escorria sangue de sua boca, onde ele mordera o lábio.

— Piedade, Nobre... piedade! Sou apenas um ladrão!

— De volta para o fogo. — Eskkar afastou-se e Maldar recolocou o vaso debaixo do prisioneiro, levando as chamas de volta à sua posição, antes de jogar mais lascas no fogo. A parte de cima das chamas ergueu-se chegando quase a tocar o corpo do homem.

Os gritos do assassino romperam o ar da noite, suficientemente altos para serem ouvidos por toda a Orak. Debatendo-se, seus gritos por piedade ecoavam para longe das paredes que o cercavam. Natram-zar sabia que ia morrer, porém isso já não importava, mas apenas que a dor parasse.

Eskkar fez o sinal para parar.

— Deem-lhe água, depois ouviremos o que ele tem a dizer. — Um soldado trouxe uma concha de água do poço e estendeu para os lábios do homem.

— Agora, confesse, e se mentir voltará para as chamas. E fale alto, para que todos possam ouvir suas palavras.

Natram-zar engoliu ar antes de conseguir falar, então sua voz grasniu de dor e de medo.

— Foi Caldor. Caldor me pagou. Caldor, filho de Nicar. Eu só fiz o que os nobres queriam. — Sua voz esmoreceu e lágrimas escorreram pelas suas faces.

Um murmúrio de incredulidade percorreu os homens que estavam no pátio, ao mesmo tempo que Nicar gritava da parede: — Não! Não pode ser verdade!

Até mesmo Eskkar se surpreendeu. Esperava que o homem mencionasse Nestor como seu contratante. Era uma insensatez. Claro que Nestor não ia querer que Trella fosse morta. Talvez quisesse Eskkar fora do caminho, mas não tinha qualquer rancor de Trella. Ele tinha sido mais do que gentil com ela, todas as vezes que se encontraram. Mas Caldor? Seria ele tão estúpido assim? Uma onda de raiva percorreu seu corpo. A culpa era dele. Devia ter cuidado antes de Caldor.

— Quem mais, Natram-zar, quem mais? — Eskkar agarrou o homem pelos ombros e o sacudiu. — Fale ou eu o coloco de volta no fogo!

As palavras jorravam de Natram-zar. Agora ele faria qualquer coisa para evitar as chamas.

— Ninguém mais... apenas Caldor... e seu criado, Loki. Ele se aproximou de mim, na taberna... perguntou o que eu faria por ouro, uma porção de ouro. Ele me ofereceu... dez moedas de ouro para matá-la. Disse-lhe que precisava de um cavalo... para fugir, e ele me deu também 12 moedas de prata para isso.

— Onde comprou o cavalo? Quem o vendeu a você?

O infeliz murmurou o nome de Zanar, um tratador de animais.

— Mande alguém buscá-lo, Gatus. Mantenha-o na rua lá fora e mande que descreva o homem que comprou o cavalo, quando o comprou e quanto pagou.

Eskkar virou-se para o quase assassino, que tremia incontrolavelmente. O cheiro da carne queimada de Natram-zar pendia no ar.

— Se a história do tratador for diferente da sua, colocarei cada parte do seu corpo nas chamas, pedaço por pedaço. Agora me diga! Por que Caldor queria que Trella fosse morta?

— Ele disse que era para o bem de Orak. Não sei por quê. — Natram-zar percebeu o rosto de Eskkar ficar novamente sombrio e voltou a gritar: — Não sei! Eu perguntei, mas isso foi tudo o que ele me disse. Juro. — O homem começou a soluçar.

Eskkar não teve dúvidas de que ele falava a verdade.

— Quando tudo isso aconteceu? — Ele teve de sacudir o homem para que parasse de soluçar. — Diga-me o dia e a hora!

— Três dias atrás, Nobre... na taberna de Dadaius. Juro. Ele me deu o ouro e me disse para nunca mais falar com ele. Só falei com Loki, quando ele me trouxe a prata para o cavalo.

Eskkar fez mais algumas perguntas. O homem morava em Orak havia menos de dois meses, evitando as turmas de trabalho e vivendo de sua esperteza e de sua faca.

Deixando Natram-zar pendurado ali, Eskkar caminhou até onde estavam os nobres. Estes pareciam lívidos, após terem presenciado a tortura, seu medo claramente visível. Seus guardas permaneciam lá fora, na rua. Os nobres estavam à mercê de Eskkar. Poderia matar a todos e ninguém protestaria.

— Não é agradável olhar isso, não é, Nobres? Um homem torturado para dar informações. É fácil sentar-se numa taberna e pagar alguém para assassinar, mas não para ver a morte levar um homem. E é necessário um tipo especial de covarde para pagar o assassinato de uma mulher.

Eles se retraíam diante de suas palavras, mas ele não ligava mais para o que pensassem dele. Parou diante de Nicar.

— Onde está Caldor, Nicar?

Nicar pareceu incapaz de falar, apenas balançou a cabeça.

Eskkar virou-se para Sisuthros.

— Encontre Caldor. Se ele não estiver lá fora, na rua, deve estar em casa. E o criado dele, Loki. Cuide para vasculhar tudo na casa de Nicar. Pode haver esconderijos dentro das paredes ou assoalhos. Quebre-os, se precisar, mas o encontre.

Nicar tentou protestar, avançando na direção de Eskkar, mas Gatus empurrou-o de volta com tanta força que ele se chocou contra a parede lateral da casa.

— Fique onde está, Nobre. A não ser que queira se juntar ao seu amigo ali.

Eskkar sabia o quanto Gatus gostava de Trella. O velho soldado estaria mais do que disposto a matar quem tentasse machucá-la.

— Bantor, providencie para que ninguém deixe a aldeia e mantenha a noite toda guardas suplementares nos muros. Quero que uma patrulha a cavalo parta, assim que amanhecer, para perseguir quem quer que tenha segurado o cavalo. Conseguiremos seu nome com Natram-zar. Quero que seja apanhado. Envie rastreadores assim que clarear.

— Bem, Nobres — Eskkar voltou a encará-los —, há mais alguém entre vocês que saiba mais alguma coisa sobre isso? — Colocou-se diretamente à frente de Corio. — Respondam!

— Capitão, juro que não sei nada sobre isso. Eu gosto de Trella, você sabe disso. Eu jamais tentaria machucá-la.

Eskkar repetiu a pergunta diante dos outros, recebendo a mesma resposta, até chegar a Nestor.

— Bem, Nobre Nestor, e você? Sabe alguma coisa sobre isso?

Nestor sacudiu a cabeça.

— Capitão, não sei nada sobre isso. Nada, juro pelos deuses. Eu jamais machucaria Trella.

Olhando nos olhos de Nestor e tentando ler seus pensamentos, Eskkar sentiu-se tentado a acreditar nele. O homem nada dissera para negar que seria capaz de subornar um soldado para matar o capitão da guarda, mas Trella era outra história.

Desgostoso com todos eles, Eskkar afastou-se. Queria pensar, e demoraria algum tempo até encontrarem Caldor. Voltou para seus homens.

— Mantenham-nos aqui. Gatus, venha comigo.

Eskkar deixou os nobres parados ali, enquanto entrava na casa, com Gatus logo atrás. Lá dentro, parou e segurou o braço do velho soldado.

— Fique de olho neles, Gatus. Não quero que falem uns com os outros nem que enviem recados para ninguém. Mantenha seus homens o tempo todo com eles.

Gatus fez que sim e voltou para vigiar os nobres.

No interior da casa, Eskkar encontrou a mesa de jantar esvaziada. Os criados tinham acabado de lavá-la e agora, com esfregões, limpavam o sangue do chão. Ergueram a vista quando Eskkar entrou, mas seu rosto sombrio fez com que os olhos de todos voltassem em seguida ao trabalho.

Eskkar subiu correndo a escada para o quarto. Ventor e Annok-sur estavam encarapitados em banquinhos de ambos os lados da cama. Para sua surpresa, Trella tinha recuperado os sentidos. Os olhos dela foram em sua direção.

Seus guardiões se levantaram e saíram do quarto, deixando-o sozinho com Trella.

Eskkar ocupou o lugar de Ventor no banquinho e segurou a mão de Trella, tentando evitar que a sua tremesse.

— Você sente muita dor? — Curvou-se e beijou-a na face.

Ela sorriu. Sua voz soava fraca mas firme.

— Não é tão ruim, marido. Agora sei como se sente um guerreiro ferido. Sua mão treme, Eskkar. Há mais alguma coisa errada?

— Não há nada errado, Trella. Pegamos o homem que fez isso. É apenas um ladrão comum que foi contratado para matar. Caldor lhe pagou dez moedas de ouro, além de um excelente cavalo, para matar você. Eu deveria tê-lo matado, juntamente com Nestor, assim que retornei a Orak.

Sacudiu a cabeça, aborrecido com sua falha.

— Estamos à procura de Caldor e não demoraremos a encontrá-lo. Ninguém ousaria escondê-lo, e a aldeia está cercada.

Os olhos dela se fecharam por um momento e suas palavras seguintes o surpreenderam.

— Pobre Nicar, ter de suportar isso. Ele nada sabia a respeito, tenho certeza. Não machuque Nicar, Eskkar. Você precisa dele.

Eskkar balançou a cabeça.

— Isso causará uma rixa de sangue entre nós. Caldor morrerá esta noite e Nicar jamais perdoará sua morte. É melhor que ele e sua família sigam o caminho de Drigo. Ninguém em Orak vai ligar. Ninguém negará meu direito de vingança.

— Precisamos de homens como Nicar e seu filho Lesu. São homens bons e não devem morrer por causa da insensatez de Caldor. Encontre um meio de evitar a morte de Caldor.

Os olhos de Trella se fecharam antes que ele pudesse protestar, mas Eskkar sabia que ela estava pensando e esperou, segurando sua mão.

Ela abriu os olhos e começou a falar. Ele teve de se aproximar, curvando-se, para ouvir suas palavras. Quando ela terminou, ele encarou-a.

— Talvez não funcione, mas tentarei.

Uma batida na porta fez com que ele erguesse a vista. Ventor estava no vão da porta.

— Deixe-a dormir, Capitão. Ela agora precisa descansar.

Trella tentou falar, mas Eskkar inclinou-se e beijou delicadamente seus lábios.

— Descanse, como manda o curandeiro. Agora está em segurança e logo voltarei para você.

Deixou o quarto, desceu a escada, entrou na cozinha e pediu ao cozinheiro um pouco de vinho e algo para comer. Ficou sentado por um longo tempo num banco diante da mesinha de cortar alimentos, ignorando o vinho e o queijo colocados à sua frente. Todos na casa temiam falar com ele.

Permaneceu ali, imóvel, até gritos vindos do pátio anunciarem que Sisuthros tinha voltado. Levantando-se, encontrou Maldar e Bantor esperando do lado de fora da cozinha, de pé e em silêncio no aposento principal.

— Eles o encontraram? — foi tudo que Eskkar perguntou, quando saíram. À luz de tochas, viu Nicar sentado num banquinho que alguém lhe dera, a cabeça afundada entre as mãos. Corio ergueu a vista, viu Eskkar na porta e sacudiu a cabeça, incrédulo.

Os soldados arrastaram dois homens em sua direção, as mãos amarradas — Caldor e Loki.

O filho mais novo de Nicar tinha sangue no rosto e um corte acima do olho. O rosto de Loki revelava medo. Um mero criado, ele não tinha pai poderoso para protegê-lo. O ódio da multidão apavoraria qualquer um.

Um dos soldados agarrou Caldor e jogou-o no chão, enquanto o outro chutava por baixo as pernas de Loki. Ambos se contorciam na terra, tentando ficar de joelhos.

Sisuthros avançou, um sorriso no rosto.

— Aqui estão eles, Capitão. Caldor estava escondido num quarto secreto no porão. Loki tentou fugir pulando o muro dos fundos. Os guardas de Nicar tentaram evitar que nós entrássemos e eu tive de matar um deles. — Sangue fresco manchava o braço e a túnica de Sisuthros.

Eskkar aproximou-se e olhou para os dois homens, o rosto inexpressivo.

Caldor viu o pai contido por guardas.

— Papai, me ajude! Não deixe que façam isso!

— Bantor, leve Caldor para dentro da casa — ordenou Eskkar. — Mantenha-o calado. Se fizer qualquer ruído, quebre algo.

Os homens de Bantor sorriam enquanto agarravam Caldor e o arrastavam até a casa, um deles com a mão sobre sua boca para mantê-lo calado.

Eskkar voltou sua atenção para Loki, um homem de 30 estações que provavelmente servia Caldor desde sua juventude.

— Levem-no para os fundos.

Soldados arrastaram o aterrorizado criado para os fundos da casa, onde Natram-zar ainda pendia da árvore, inconsciente, sangue escorrendo de sua boca. Um dos soldados provavelmente lhe dera um soco para que parasse de gritar.

Loki viu a genitália do homem estorricada e sentiu o cheiro de carne queimada que ficara no ar.

— Tragam os nobres para mais perto. — Eskkar esperou até os cinco homens se aproximarem, cada qual escoltado por um homem de Gatus. Eskkar agarrou Loki pelo cabelo e torceu-o duramente para que o criado olhasse diretamente para Natram-zar.

— Olhe bem, Loki. É isso que o espera, se não falar a verdade. Nós sabemos o que aconteceu. Natram-zar nos contou tudo. Agora você nos dirá tudo o que sabe sobre o ataque contra Trella. Uma hesitação, uma mentira, e você será colocado no lugar de Natram-zar e sofrerá um destino ainda pior. — Deu-lhe um violento empurrão e Loki caiu no chão.

— Olhe para mim, Loki, e lembre-se. Uma mentira... uma hesitação. Agora, comece do começo e me conte tudo.

A respiração de Loki era rápida, de um homem apavorado que não mais consegue controlar as emoções. Olhou suplicante para Nicar.

— Nobre Nicar, por favor, me ajude. Eu não fiz nada. Apenas...

— Tirem a roupa dele e o amarrem na árvore. Tragam mais lenha para o fogo. — Eskkar não iria perder tempo com o criado, não com Caldor esperando lá dentro. Mas Loki, contorcendo-se, soltou-se dos homens que tentavam colocá-lo de pé e jogou-se aos pés de Eskkar.

— Não, por favor, Nobre! Eu lhe direi tudo, tudo!... Eu sinto muito!... Sinto muito!

Eskkar ignorou seus gritos, enquanto os homens rasgavam fora as roupas de Loki. Outros desamarraram Natram-zar, depois ataram Loki em seu lugar. Este berrou quando um soldado trouxe mais combustível, despejando carvão no fogo.

O soldado abanou as brasas com o caco de louça até as chamas voltarem a se elevar. Em seguida, pegou o vaso e levou-o para baixo das pernas de Loki. Outro homem jogou mais lascas de madeira no fogo, ao mesmo tempo que guardas tomavam posição em ambos os lados do impotente prisioneiro.

Loki berrou, depois começou a urinar incontrolavelmente, enquanto seu corpo se contorcia de um lado para o outro. As chamas chiaram, por causa da urina do homem, mas continuaram queimando. Os olhos de Loki estavam esbugalhados de terror e sua voz era um guincho de pânico, enquanto implorava por piedade.

— Coloquem mais madeira — ordenou Eskkar. — Quero um fogo mais forte.

— Caldor me forçou a fazer isso, Nobre. — A voz de Loki soava frenética. — Foi Caldor. Ele pagou dez peças de ouro a Natram-zar para matá-la. Ele queria que ela morresse... ele queria que ela morresse.

O soldado ergueu a vista para Eskkar.

— Espere.

Numa voz enfraquecida, a história de Loki saiu quase que de imediato. A quantidade de ouro, a prata para o cavalo, os encontros com Natram-zar na taberna, Loki sabia de tudo. Os detalhes combinavam com a história do criminoso. Agora ninguém podia duvidar. Caldor era culpado, e todos os que estavam no pátio souberam disso. Quando Loki terminou, prostrou-se nas cordas, as lágrimas escorrendo pelo rosto.

— Amordacem-no e depois tragam Caldor — ordenou Eskkar. — Está na hora de ouvirmos sua história. — Quando Bantor arrastou Caldor da casa, os soldados soltaram um monte de palavrões aos berros ao mesmo tempo que exigiam sua morte. O som ecoou contra as paredes, levado até aqueles que se apinhavam na rua.

Arrastaram Caldor até Eskkar e novamente o colocaram de joelhos, suas mãos amarradas para trás.

— Silêncio! — rugiu Eskkar, então esperou que todos se calassem. Tudo ficou tão silencioso quanto a morte, e suas palavras percorreram todo o pátio. — Caldor, já falamos com Natram-zar e Loki. Eles nos contaram tudo. Sobre o ouro, o cavalo, o plano. Foi tudo revelado. Agora é sua vez de confessar, ou substituirá Loki na árvore. Diga-me por que quis matar Trella.

Caldor olhou para o pai, mantido em pé por dois guardas, mais para evitar que caísse do que para contê-lo.

— Papai, é... é tudo mentira! Não fiz nada, nada. Diga para eles, papai. — A voz de Caldor soava aguda e estridente como a de uma criança ao perceber, pela primeira vez em sua vida, que nem mesmo seu pai poderia salvá-lo.

Eskkar virou-se para Nicar, que permanecia lívido diante do horror que se apresentava. A multidão e os soldados exigiam a morte de seu filho, e agora Nicar precisava temer o mesmo destino para si mesmo e para sua Casa.

— Diga-lhes, meu filho. — Nicar forçou cada palavra através dos lábios. — Diga-lhes a verdade e livre-se da tortura.

— Eu não fiz nada, papai, deve ter sido Loki quem fez! Ele desejava Trella desde quando ela estava em nossa casa. Loki... foi Loki!

Sons sufocados vinham do amordaçado Loki, ao ouvir seu jovem amo culpá-lo. Loki contorceu-se e debateu-se, mas os soldados e as cordas o mantinham preso.

Eskkar faiscava de raiva em fúria e agarrou Caldor pelo cabelo.

— Onde Loki conseguiu dez moedas de ouro, Caldor? E as 12 de prata pelo cavalo? Loki tinha tanto ouro assim e o gastaria simplesmente para ver uma mulher morrer? Você paga tanto assim a seus criados?

Um som de satisfação percorreu o pátio, quando os soldados perceberam a facilidade com que seu comandante pegara Caldor mentindo.

— Por favor, Eskkar, por favor, poupe meu filho — implorou Nicar, enquanto seu filho continuava ajoelhado na terra, tentando encontrar palavras para responder. — Nós lhe daremos ouro... deixaremos Orak... faremos tudo o que quiser. Por favor, poupe sua vida, Nobre Eskkar.

Nicar nunca tinha usado antes o título honorífico ao se dirigir a ele, mas Eskkar ignorou suas palavras.

— Devo poupar sua vida para que ele possa tentar novamente matar Trella, ou dar mais dinheiro a Sisuthros para me trair?

Uma respiração nervosa percorreu os soldados, todos os olhos se voltaram para Sisuthros.

— Sim, é verdade — prosseguiu Eskkar. — Caldor deu outra bolsa de ouro para Sisuthros e lhe prometeu mais pela minha morte. Mas ele me procurou e me contou tudo. Eu deveria ter matado Caldor, mas achei que o jovem idiota aprenderia uma lição e se comportaria.

Enquanto Eskkar falava, Sisuthros alcançou o cinturão e puxou a pequena bolsa que continha o ouro de Caldor. Abrindo-a, jogou as moedas no chão aos pés de Caldor.

O terror de Caldor agora era total.

— Papai, por favor! Ela é apenas uma escrava! Dê prata para ele, não, dê ouro, para satisfazê-lo!

O filho de Nicar conhecia o costume da aldeia. Se um homem insultasse o escravo de outro, ou mesmo o matasse, a pena de praxe era dez moedas de prata.

— Ele pode comprar dez mulheres melhores do que ela! Não posso morrer por causa de uma escrava! Por favor, papai! Por favor!... — Sua voz esmoreceu.

— Caldor, seu idiota! — Nicar, o rosto vermelho de raiva, ao se contorcer inutilmente nas mãos dos guardas, gritou as palavras para o filho. — Ela não é uma escrava! Eskkar libertou-a, antes de deixar a aldeia, fato testemunhado em segredo por mim e por Corio. O sacerdote os casou no templo de Ishtar. Ela é mulher dele!

Todos olharam para Eskkar, abismados.

— Larguem-no — disse Eskkar para os guardas que seguravam os braços de Nicar.

Este permaneceu ali, oscilante. Então avançou e desferiu um soco no rosto do filho, um golpe tão forte que o derrubou para trás sobre os joelhos.

— Sua criança idiota! Tentou matar uma mulher livre, e não uma escrava. — Nicar pelejava para recuperar o fôlego. Parecia prestes a desmaiar.

— Nicar. — Eskkar aproximou-se dele. Os soldados esperaram pela ordem que mataria Caldor e seu pai. — Nicar, você sempre demonstrou respeito por mim e por Trella. Dei-lhe a minha palavra de que defenderia Orak porque vi quanto a aldeia significa para você. Portanto, pouparei sua vida e até mesmo a de seu filho insensato.

Eskkar olhou em volta para os soldados, que ouviam chocados suas palavras.

— Em vez disso, eu irei embora de Orak. Se as Famílias querem tanto se livrar de mim, eu lhes pouparei esse trabalho. Assim que Trella puder cavalgar, deixaremos Orak. Pode ser que vocês consigam se defender dos bárbaros ou não. Isso nada significará para mim. Se algum de vocês quiser me seguir, será bem-vindo.

Dirigiu-se a Bantor.

— Solte o filho de Nicar — disse com desprezo, depois se voltou novamente para encarar Nicar. — Agora vá. Leve seu ouro e peça aos deuses que eu nunca mais veja seu filho.

Bantor não se mexeu. Ninguém se mexeu. Ninguém disse nada, enquanto o tempo passava. O próprio Nicar ficou paralisado, até a voz de Caldor quebrar o encanto.

— Isso, papai, isso! Me leve para casa. Deixe o bárbaro ir embora! Deixe ele ir!

Gatus escorregou a mão para a espada.

— Por Marduk, eu irei com você! Não lutarei por covardes que esfaqueariam uma mulher pelas costas. Mas, antes, cuidarei desse merdinha. — Sacou a arma da bainha e foi na direção de Caldor.

Eskkar bloqueou Gatus.

— Não. Guarde sua arma.

Bantor falou.

— Eu também irei com você. — Passou por Eskkar e usou o pé para empurrar Caldor de volta para o chão. — E todos os homens que queiram lutar.

Sisuthros juntou-se a eles e sua voz elevou-se sobre todas as outras.

— Iremos todos! Não precisamos de Orak. Podemos construir nossa própria aldeia, a oeste, com Eskkar como nosso líder. É melhor construir e lutar pelo que é nosso do que lutar por covardes e assassinos.

Um clamor de concordância se ergueu, ecoando das paredes do pátio para o céu noturno. Espadas reluziram à luz de tochas. Os homens exclamaram o nome de Eskkar ou o de Trella, outros gritaram "morte a Caldor".

Fora do pátio, homens continuaram com os gritos. Dezenas os tinham ouvido da extremidade do jardim, subindo na parede externa para ver e ouvir o que se passava. Outros, porém, se juntaram a eles, repetindo os gritos que vinham do pátio sem entender completamente o que acontecera.

Eskkar permaneceu parado ali. Mal conseguia acreditar no que ouvia. Nunca presenciara tal emoção, tal lealdade. Nenhum líder, nenhum chefe guerreiro, nenhum aldeão nobre jamais fora aclamado como ele. Naquele instante, os homens o seguiriam a qualquer lugar, fariam qualquer coisa que ele mandasse. Podia liderar uma migração própria. Com cerca de quatrocentos combatentes, eles poderiam ir aonde desejassem e pegar o que quisessem. Isso era poder — deu-se conta de repente —, poder de verdade, e não do tipo que se compra com ouro. E se deu conta de outra coisa — que agora ele governava Orak. Os soldados e os aldeões lhe tinham dado esse poder.

Outra voz se erguera, tentando ser ouvida acima da algazarra. Corio empurrou seu guarda para o lado e o empreiteiro levantou a mão bem alto, pedindo para falar. Eskkar bradou acima da gritaria, exigindo silêncio.

Demorou algum tempo até se fazer silêncio para as palavras de Corio serem ouvidas.

— Soldados! Aldeões! Ouçam, eu imploro! Eskkar não pode ir embora. Vocês não devem ir embora! Não precisam ir! Os costumes de Orak condenam Caldor, e não a mão de Eskkar. Seus atos nocivos o sentenciam à morte por tentar matar uma mulher livre. Não é isso, Nobres?

Corio virou-se firmemente na direção dos chefes das outras Famílias, ainda mantidos juntos, o medo visível em seus rostos.

— Não é isso? — gritou Corio a pergunta com o máximo da força de seus pulmões, a raiva e o medo inserindo força em suas palavras. — Respondam!

Rebba adiantou-se, os olhos disparando nervosamente em volta do pátio. — Morte a Caldor! — A frase foi repetida por Decca, depois por Nestor: — Morte a Caldor.

Apenas Nicar ficou parado, olhando para o filho, até a mão de Corio agarrar seu ombro e o sacudir com força, forçando-o a erguer a vista. Olhou estupidamente para Corio, como se nem mesmo o reconhecesse.

— Morte a Caldor. — As palavras de Nicar mal puderam ser ouvidas.

O pátio explodiu. Espadas reluziram à luz de tochas e todos gritaram repetidamente as palavras: "Morte a Caldor!"

Novamente, Corio ergueu a mão por silêncio.

— Todos concordaram. Levem-no para a praça do mercado e o apedrejem até a morte. Levem todos eles. Conduzam-nos pelas ruas e proclamem sua culpa a todos. Que Lady Trella seja vingada. Que as mulheres os apedrejem.

Um ruído ensurdecedor irrompeu da multidão.

— Esperem. Deixem-me falar. — As palavras de Eskkar detiveram os soldados antes que eles saíssem correndo.

— Vocês querem que eu fique e combata os bárbaros?

Outro clamor irrompeu, repetido pela rua. "Fique!... Fique... Fique!" As palavras foram repetidas sem cessar.

Os soldados agora estavam enlouquecidos. Sua sede de sangue se espalhara para a multidão na rua. Nada os deteria.

Eskkar virou-se e pôs Caldor de pé com um puxão. Ele teve de gritar para se fazer ouvir, o rosto perto do rosto pálido do rapaz.

— Você morrerá lentamente, Caldor, como merece, e, depois que morrer, colocarei sua cabeça aos pés de Trella, bem aqui neste jardim. Você devia ter ouvido seu pai.

Dois soldados do Clã do Falcão tiraram Caldor das mãos de Eskkar. Outros tiraram Natram-zar da árvore e arrastaram um Loki aos berros em direção ao portão.

— Gatus! Cuide para que tudo seja feito de acordo. Depois me traga a cabeça dele. Prometi isso a Trella.

— Não! Piedade! Papai, me ajude!

Gatus empurrou Caldor para as mãos de seus homens, um movimento que desencadeou outro clamor em direção ao céu. Meio empurrado, meio arrastado, levaram Caldor através do pátio. Muitos aproveitaram a oportunidade para bater em sua cabeça ou nos ombros. Outro rugido ergueu-se ao chegarem à rua. A multidão berrava exigindo sua morte.

Em instantes o pátio ficou vazio. Eskkar ouvia o avanço da multidão que começava sua viagem pelas ruas de Orak. As vítimas seriam mostradas a todo mundo. Olhando em volta, Eskkar descobriu-se sozinho. Ninguém ficara para trás. Todos queriam ver os homens morrerem.

Caminhou de volta para casa, mas também a encontrou vazia. Até mesmo os criados tinham se juntado à multidão, gritando por sangue e querendo assistir à execução. Pensou em subir para ver como estava Trella, mas resolveu esperar um pouco. Emocionalmente esgotado, foi à cozinha e desabou exausto no banco. Sentia-se fraco. O vinho e o queijo continuavam sobre a mesa, intocados.

Tomou o vinho e encheu novamente a taça. Forçou-se a ingerir um pedaço de queijo de cabra, que mal conseguiu saborear e engolir.

Saiu-se o melhor possível. Caldor morreria, embora não tão lenta ou dolorosamente quanto Eskkar queria. Talvez houvesse uma chance de fazer as pazes com Nicar.

Eskkar aprendera uma dura lição, que jamais esqueceria. Dali em diante, quem tramasse contra ele morreria rapidamente. Nunca mais daria tal oportunidade a outro homem. Como um idiota, ele pensara que o perigo contra si mesmo tivesse passado, quando retornara a Orak, com os bárbaros distantes a poucas semanas. Em vez disso, Caldor atingira Trella.

Pensou em sua mulher deitada lá em cima. Agora todos sabiam que ela fora libertada, que a tomara por esposa. Apesar de suas objeções, ele insistira em libertá-la e se casar com ela antes de partir. Trella não fingiria mais ser escrava. Ele estava contente por isso.

18

Eskkar encontrou Trella vestida, sentada em seu banquinho e penteando o cabelo. Eram passados apenas sete dias do esfaqueamento, e ela ignorava o conselho de Ventor e de todos os demais da residência. Ele parou na porta do quarto. O rosto de Trella tinha carência de cor, causada pelo ferimento ou pelo confinamento dentro de casa, e ela precisava se movimentar lentamente para não desfazer as bandagens, mas, fora isso, sua aparência era notavelmente boa. A jovem sarava bem rápido. Ela acabara de completar sua 15ª estação.

Ele gostava de observá-la pentear o cabelo. Talvez porque os longos cachos fossem sua mais bela característica, ou porque ela obviamente adorava a incumbência. Trella viu o reflexo de Eskkar em seu pequenino espelho de prata e sorriu, mas o olhar determinado permaneceu em seus olhos. Não voltaria para a cama.

Quando ela tentou trocar de mãos, Eskkar notou um lampejo de dor em seu rosto. Foi para o lado dela e segurou o pente.

— Deixe-me ajudá-la. Não vai querer abrir o ferimento. — Deu-lhe prazer passar sem jeito o pente pelo seu cabelo, usando a outra mão para guiar e endireitar os fios ondulados. Ele nunca havia penteado o cabelo de outra mulher, pois achava indigno de um homem. Agora não se importava mais com o que os outros pensassem.

— Você não dá uma boa criada, Eskkar — disse ela, sorrindo para mostrar sua gratidão. — Pedirei que Annok-sur termine isso.

— Minhas mãos são desajeitadas — concordou, pondo o pente de lado. — Você ainda não devia ter levantado da cama. O curandeiro disse...

— Eu sei o que Ventor disse. Eu estava aqui quando ele disse isso. Mas o ferimento já fechou e não há necessidade de eu ficar na cama como uma velha. Além do mais, tenho um presente para você.

— Um presente? — Presentes eram raros entre os aldeões, e mais raros ainda entre os bárbaros. — Que tipo de presente? — Não conseguia manter o interesse fora de sua voz.

— Um que você vai gostar. Eu ia deixá-lo na mesa, para quando você viesse para casa esta noite, mas agora terá de pegá-lo você mesmo. Está debaixo da cama.

Intrigado, Eskkar inclinou-se ao lado da cama. A princípio, não o viu, as sombras misturando-se com o material escuro. Assim que o tocou, soube o que era, puxou-o de baixo da cama e o desenrolou. Uma magnífica espada de bronze reluziu contra o pano preto.

Ergueu-a na luz, virando-a de todos os lados, maravilhado com a sensação física que lhe provocava e de como parecia se fundir com sua mão. Nunca vira uma lâmina como aquela, forjada tão magnificamente que parecia um único gume da ponta ao botão do punho da espada. O bronze parecia mais escuro do que o normal, exceto no gume, onde a roda de amolar lhe dera um lustro mais brilhante que refletia a luz do sol.

O punho, encaixado em pau-ferro e ziguezagueado com duras tiras de couro para melhorar a pegada, era mais longo e mais largo do que o habitual, para um melhor equilíbrio do peso da lâmina comprida. O botão do punho, uma simples bola grande de bronze, parecia duro o bastante para esmagar um crânio. Seus olhos retornaram à lâmina. Apesar de mais larga e mais grossa do que sua velha espada, o peso era menor, com uma ranhura rasa no centro para canalizar o sangue. O guarda-mão também era diferente, com uma tira de metal ligeiramente curvada para proteger a mão, mas achatada de modo a permitir que a arma fosse carregada confortavelmente atravessada nas costas.

— Pelos deuses, Trella, que arma! Eu nunca tinha visto tal artesanato. De onde veio? Quanto custou? — Eskkar agitou a espada no ar. Uma verdadeira arma de cavaleiro, destinada mais a cortar do que dar estocadas.

Ela sorria para ele, como uma mãe observando o filho brincar com um brinquedo novo.

— Mestre Asmar a fez bem aqui em Orak. Lembra-se de nosso encontro com ele?

Eskkar lembrava-se muito bem. Eles tinham chamado o Mestre Espadeiro Asmar para lhe indagar sobre armas para Orak. Para seu próprio constrangimento, Eskkar descobriu que sabia menos ainda sobre forjar metal do que sobre fabricar arcos. Desconhecia que armas de bronze se originaram de um aperfeiçoamento, de um método de trabalhar com metais que tinha menos de cem anos de idade.

Asmar havia suspirado e depois explicado que, com a descoberta do bronze, a espada se tornara a arma preferida dos guerreiros, em substituição a porrete ou acha de armas. Antes disso, espadas eram feitas de cobre. Armas de cobre, porém, eram moles, não mantinham o gume e tendiam a quebrar, e, portanto, os combatentes continuavam contando com armas mais confiáveis. O bronze mudara tudo aquilo. Um metal mais duro, o bronze mantinha seu gume afiado, e uma lâmina desse metal conseguia cortar uma de cobre.

Adagas e facas, armas que não pretendiam ser usadas contra metal, ainda eram feitas de cobre. Mas, naquela época, espadas de cobre eram raras.

De que modo os minérios eram descobertos, minados e transformados em metal, de que modo esse metal era forjado, malhado e modelado, toda a arte do espadeiro vinha a ser um mistério para Eskkar. Não sabia que o bronze só podia ser formado combinando-se quantidades específicas de cobre e estanho, e que esses elementos requeriam o trabalho de muitos escravos para escavar da terra os veios de metal. Os dois minérios, cada qual mole e flexível separadamente, podiam ser aquecidos e combinados. O metal fundido resultante era despejado em um molde, onde esfriava na forma desejada, endurecendo nesse processo e tornando-se um metal mais resistente do que qualquer um de seus componentes originais.

— Sim, me lembro de Asmar. Lembro que passei um dia inteiro ouvindo-o e o observando trabalhar sua mágica para que, da próxima vez que alguém falasse sobre a arte de um espadeiro, eu soubesse o que estava dizendo. — Depois disso, Eskkar prometera a si mesmo nunca mais achar que o ofício de um artesão era algo fácil. Ele aprendera mais do que o simples Mistério do Bronze.

— Esta espada parece ter sido moldada para a minha mão. Quando Asmar encontrou tempo para fazer uma espada tão superior?

Asmar e sua família trabalhavam o dia todo e ao longo da noite, geralmente sob a luz de suas forjas, para produzir todas as espadas, pontas de lanças, pontas de flechas e achas de armas de que Orak precisava. Todos os dias, a fumaça das fogueiras de Asmar se erguia para o céu, enquanto ele e seus ajudantes fabricavam armas.

Suas achas de armas, mais fáceis e mais baratas de se fazer, continuavam sendo as favoritas de muita gente. Com sua lâmina simples de bronze presa a um cabo de madeira, ela seria muito útil na defesa da muralha. Enquanto se levava meses para dominar o manejo de uma espada, em poucos dias um aldeão podia ser treinado a usar um machado.

— Eu pedi a ele que fizesse uma espada para você — respondeu Trella —, uma espada digna do homem que salvaria Orak. Asmar disse que já havia começado a trabalhar numa arma superior, mas levaria muitos meses e seria muito cara. Regateei o preço e, finalmente, ele diminuiu suas exigências.

Regatear para baixar o preço era mesmo com Trella. Eskkar sopesou a espada de novo, ansiando por testá-la contra as estacas de treinamento. Lembrou-se a tempo de suas boas maneiras.

— Este presente é a coisa mais valiosa que já possuí, e não tenho palavras para expressar o meu agradecimento.

O sorriso dela desapareceu.

— O custo não é nada, se salvar a sua vida. Leve-a consigo quando atravessar o rio. É por isso que lhe dei isso hoje, para que possa testar sua resistência.

"Mas, lembre-se, a espada não é nada, pois outra sempre pode ser feita. Não faça nenhuma insensatez só porque você a possui. É apenas um pedaço de metal. Se a espada ajudá-lo a voltar em segurança, ela terá atingido seu único propósito."

Ele concordou, lembrando-se dos que vira morrer porque ficaram afeiçoados demais a uma ou outra arma.

— Eu a usarei bem, Trella.

Eskkar jogou a arma na cama e tomou Trella em seus braços.

— Agora, como posso lhe agradecer? Talvez você possa voltar para a cama, como o curandeiro ordenou, e eu possa lhe mostrar o quanto apreciei o seu presente.

— Acho que não vou conseguir descansar um pouco, e há muita coisa a fazer. Além do mais, pensei que você ficaria contente em me ver de pé e por aí. — Voltou para sua mesa e sentou-se.

— Prefiro você na cama — disse ele, avançando as mãos para sua nuca e massageando os músculos dali. — Você fala muito menos e me dá mais prazer, embora solte gemidos e grite tão alto que pode acordar os mortos.

Ela recostou-se nele, a cabeça pousada sobre seu quadril.

— Se você quiser, voltarei para a cama, marido. E tentarei ficar em silêncio.

De pé acima dela, ele viu seu seio esquerdo dentro do vestido frouxo, erguido pela atadura que passava por baixo, e a visão ainda assim o excitava. Era a hora do meio-dia e todos faziam suas refeições. Mas ele não queria fazer nada que pudesse retardar a recuperação dela.

— Talvez mais tarde, após você mudar o curativo. — Beijou-a no alto da cabeça. — E não precisa se preocupar em ficar em silêncio.

— Tentarei esperar até de noite. — Endireitou o corpo e voltou-se para o espelho. — Bem, o que foi que o afastou do treinamento?

— Jalen voltou do outro lado do rio. — Eskkar mandara o soldado procurar um local apropriado para emboscar os bárbaros. — Ele ficou surpreso ao saber do que lhe aconteceu. Oferece preces pela sua rápida recuperação. Vai jantar conosco essa noite.

— Ele encontrou um local apropriado? — A missão de Jalen interessava a Trella muito mais do que suas preces.

— Acha que sim. Conversaremos sobre isso essa noite. — Eskkar sentou-se na beira da cama.

— Você acha que os bárbaros chegarão logo? — Ela parecia estar conversando sobre as condições do tempo.

— O bando principal segue bem depressa. Estará aqui em menos de um mês.

— Você precisa mesmo ir para o outro lado do rio? — Agora ela parecia a mulher de um soldado, aflita com o marido, preocupada com o fato de ele arriscar a vida numa pequena escaramuça quando seria necessário para a grande batalha atrás da muralha.

Eles já tinham tido essa conversa antes.

— Sim, pelo que Jalen me contou. — Hesitou. — Esperarei mais alguns dias, para o caso de Mesilim conseguir atravessar.

Ele estava mais preocupado com isso do que admitia. Se estivesse vindo, Mesilim já deveria ter enviado uma mensagem. O cerco começara a se fechar em volta de Orak, e chegava menos gente pedindo abrigo ou transporte para atravessar o rio.

Dentro de mais uma semana, seria mesmo tarde demais para Mesilim vir. Os homens de Eskkar tinham começado a queimar campos e plantações, cavalgando até o mais próximo que ousavam dos bárbaros, então retornando e incendiando tudo o que deixavam para trás. Quando chegassem, os Alur Meriki encontrariam pouca coisa para sustentar homem ou animal. E as vidas dos aldeões, pelo menos até a próxima safra, dependeriam dos grãos e dos animais enviados para o outro lado do rio.

— O que mais o perturba, marido?

Ela podia dizer quando algo o preocupava.

— Nicar quer falar comigo... conosco. Enviou um mensageiro perguntando se podia se encontrar hoje conosco. Ainda não enviei a resposta.

Eskkar não vira nem falara com Nicar desde a morte de Caldor. O pai tinha ficado parado ali, as mãos sobre os olhos, enquanto apedrejavam seu filho até a morte. Gatus tivera de proteger Nicar da fúria da multidão que exigia seu sangue.

— Deve ser uma coisa terrível ver um filho morrer. — Por um instante, Trella pareceu perdida em pensamentos. — O que devemos lhe dizer?

Ele ia fazer essa mesma pergunta a ela. Mas ficou sentado ali, pensando no que seria melhor para Orak, para ele e para Nicar. Após o atentado, ele pensara em banir Nicar e sua família, apesar do conselho de Trella, mas agora sabia que teria sido um erro. Orak precisava de homens como Nicar, homens justos, de mente aberta, que pudessem lidar honestamente com as pessoas.

— Precisamos encontrar um meio de fazer as pazes entre nós, Trella. Mas como conseguir isso, com sangue derramado em ambos os lados? Uma dívida de sangue só pode ser liquidada com sangue.

— Não deve haver mais derramamento de sangue, principalmente das famílias nobres. Além do mais, devemos muito a Nicar. Ele o promoveu a capitão da guarda, ficou do seu lado quando Drigo foi morto, e convenceu as outras Famílias a lhe dar o ouro de que precisava e a se submeterem às suas ordens. Ele me deu a você, para que eu pudesse ajudá-lo. Penso que, na ocasião, estava até mesmo me protegendo de Caldor.

— Talvez temesse que você enfiasse uma faca nas costelas de Caldor, enquanto ele dormia. — Eskkar fez uma careta. Não suportava o pensamento de Trella na cama de Nicar ou de alguém mais. — Tem razão. Devemos muito a ele. Mas como faremos as pazes?

— O que deve passar atualmente pela cabeça de Nicar? O que o preocupa mais?

— Lesu! Deve estar preocupado com seu filho — disse Eskkar. Semanas antes, tinham colocado Lesu como encarregado de todo o gado, grãos e animais domésticos que foram transportados para o outro lado do rio, juntamente com 35 soldados e quarenta aldeões armados para arrebanhar e cuidar dos animais. Tinham montado um acampamento na área de colinas a mais de 150 quilômetros de distância. — Nicar enviou um cavaleiro para o outro lado do rio seis dias atrás, sem dúvida para levar a notícia sobre seu irmão. Talvez Nicar queira pedir pela vida de seu filho.

— Sim, é provável. Mas não deve deixá-lo pedir ou implorar por coisa alguma. Isso destruiria sua dignidade. Precisa tratá-lo com respeito e devemos lhe dar garantias de que ele e seu filho nada sofrerão. — Aproximou-se e segurou a mão dele. — Vamos combinar o que devemos dizer.

O demorado sol de verão ainda ardia no céu da tarde quando Nicar chegou. Eskkar falara com a criadagem e todos saudaram Nicar com todo o respeito, antes de conduzi-lo ao andar de cima. Eskkar e Trella estavam de pé quando ele entrou. Eskkar curvou-se formalmente e lhe ofereceu uma das três cadeiras dispostas em volta da pequena mesa. Travessas de frutas e tâmaras repousavam sobre a mesa, juntamente com um cântaro de vinho.

Eskkar observou Nicar e viu um homem que envelhecera enormemente. Até então, o ódio que ele tinha por Caldor obscurecera qualquer compaixão por Nicar. Vendo-o assim, porém, sentiu uma ponta de tristeza por aquele homem.

O homem que fora o mais poderoso de Orak agora sabia que toda a sua riqueza não traria sua influência de volta. O ato de Caldor enfraquecera a autoridade de seu pai, e a invasão bárbara mudaria os fundamentos da vida da aldeia. A nova Orak seria diferente da velha. Nicar ficou sentado um tanto sem jeito, até Trella falar.

— Nobre Nicar, a perda de seu filho deve ter sido uma grande dor. Se há algo que possamos fazer, por favor, nos diga. Precisaremos de sua ajuda nos dias que virão.

Nicar encarou-a por um momento, depois olhou para Eskkar.

— Trella... Lady Trella, parece quase recuperada. Isso me alegra. Vim implorar o seu perdão pelo que meu filho fez. — Sua cabeça pendeu por um momento. — Foi um ato vergonhoso, de fraqueza, obra de uma criança insensata e mimada pelo seu pai. A culpa foi minha. Não o reprimi... não o ensinei a respeitar os outros...

Trella estendeu a mão e tocou seu braço.

— Nicar, não há necessidade de dizer tais coisas. Nós compreendemos. Sem você, Eskkar e eu não estaríamos aqui hoje. Nós lhe devemos muito mais do que jamais seremos capazes de retribuir. Mas agora precisamos pensar no futuro. Se sobrevivermos à batalha, haverá anos de trabalho à nossa frente e precisamos de sua ajuda.

— Naquela noite, a multidão quis me matar. — Nicar virou-se para Eskkar. — Por que mandou seus homens me protegerem? Teria sido mais fácil para você, comigo morto, minha Casa destruída. Desde então, todos os dias, tenho esperado sua vingança.

— Não vamos falar de vingança, Nicar — rebateu Eskkar, agora enxergando as coisas claramente. — Você tem sido apenas honesto comigo. Não estabeleci nenhuma dívida de sangue entre nós. Eu sei que não teve nada a ver com aquilo. Caldor pagou o preço pelo seu ato e, com isso, terminou tudo.

Era verdade, e Nicar não tivera qualquer conhecimento a respeito. Se tivesse tido, o atentado nunca teria acontecido — ou teria sido melhor planejado e executado.

Contudo, Eskkar não pôde evitar de dizer o que sentia.

— Se Trella tivesse morrido, talvez tivesse sido diferente. — Se ela tivesse morrido, ele teria arrancado cada gota de sangue de Nicar e sua família, depois teria deixado seus corpos apodrecerem ao sol.

Nicar olhou para ambos, quase como se os estivesse vendo pela primeira vez. — Você mudou muito, Eskkar, desde que nos encontramos pela primeira vez. Você se tornou um grande líder. E Trella se tornou uma nobre mulher, com uma sabedoria além de suas estações. Não enxerguei o que o resto dos aldeões viram, meses atrás, quando passaram a tratá-la como uma grande dama. E, agora, encontro a piedade de vocês dois. — Sacudiu a cabeça, como se tudo aquilo estivesse além de sua compreensão.

— Não fale de piedade, Nicar, apenas de amizade — replicou Trella. — Nós precisamos de sua sabedoria. A aldeia mudou muito nos últimos meses. Se os bárbaros forem expulsos, nunca mais conseguiremos voltar aos antigos modos. Orak se tornará uma grande cidade, maior do que qualquer um de nós é capaz de imaginar, e as mãos de cada homem se esticarão para tomá-la como prêmio. Todos ouvirão falar de Orak e virão para cá atrás de proteção. Uma cidade assim precisa ser governada por um líder forte, e esse líder precisará de um conselho de sábios para orientá-lo.

Nicar sorriu amarelo.

— Tenho certeza de que, enquanto Eskkar tiver você a seu lado, Lady Trella, não precisará de muitos outros para orientá-lo.

— Há muita gente em Orak, Nicar — disse Eskkar —, e muitos mais virão nos anos que se seguirem. Certa vez, você me disse que construiu Orak e queria que ela durasse. Por sua vontade, eu fiquei para lutar. Mas, no futuro, serão necessárias muitas mãos para tornar seu sonho realidade, e os costumes e as leis da aldeia terão de ser mais do que os caprichos das Cinco Famílias.

Eskkar tomou fôlego.

— Peço sua ajuda, Nicar, para tornar Orak uma grande cidade para todas as pessoas que irão habitá-la, inclusive a sua própria família.

— Darei com prazer a minha ajuda e a do meu filho, Lesu. Ele é um homem bom e se torna mais sensato a cada dia. Não haverá dívida de sangue entre nossas famílias, juro. — Nicar parou por um momento. — Qual é o meu futuro?

Trella havia preparado Eskkar para essa pergunta.

— Amanhã, nós três caminharemos juntos pelas ruas de Orak. Desse modo, todos poderão ver que não há raiva entre nós, e que você continua uma voz importante na defesa de Orak. Assim que os bárbaros caírem sobre nós, as pessoas terão outras coisas para pensar.

— E, posteriormente — acrescentou Trella —, elas lembrarão apenas as suas boas ações em seu favor.

Nicar pareceu bastante comovido pelas palavras deles. Levantou-se e fez uma reverência.

— Você tem razão, Eskkar. Eu esqueci Orak e seu futuro. Isso é mais importante do que qualquer outra coisa. E agora, Capitão... Lady Trella... agradeço a todos os deuses por vocês dois estarem aqui em Orak.

Depois que Nicar se foi, Eskkar deu a ordem para não serem incomodados e trancou a porta para o aposento externo.

— Quer dizer então que sou o governante forte de Orak. Quando decidiu isso, esposa? — Enquanto pronunciava as palavras, ele a ergueu nos braços e carregou-a para o quarto.

— Eu não queria que sua cabeça inchasse demais — respondeu ela com um sorriso, enquanto ele a ajudava a tirar o vestido. — Nicar tinha de ser informado de qual seria o seu lugar. Ele sentiu-se agradecido e agora lhe dará seu apoio. — Soltou um suspiro de prazer quando Eskkar começou a percorrer seu corpo com as mãos, evitando cuidadosamente as áreas enfaixadas. — E Nestor, apavorado por causa de suas próprias tramas, também o apoiará. Juntamente com Corio, que cresce de importância a cada dia e deve a você tudo o que tem, não deverá haver problemas da parte das Famílias. Pelo menos, por enquanto.

— Então fique calada, garota, e vamos começar a cuidar da Sexta Família.

19

Sob o sol do meio-dia, o suor escorria pelo corpo seminu de Eskkar. Tinham-se formado calos em sua mão, para se adaptar à empunhadura da nova espada, e, em cinco dias, ele já destruíra meia dúzia de estacas. A excelente lâmina mantinha o gume afiado e seu peso agora lhe parecia natural. Os músculos dele encrespavam-se sob a pele bronzeada. Nada restava da vida mole da aldeia. Ele nunca estivera tão forte e tão em forma em sua vida.

Jalen estava do outro lado da estaca de treinamento, ofegante. Cada homem contrapunha os movimentos do outro. Mas, em vez de se atacarem, a grossa viga de madeira recebia o ímpeto das investidas, das estocadas e dos talhos. Qualquer bárbaro que cometesse o erro de ver neles vítimas fáceis não viveria o suficiente para se arrepender do erro.

Um cavalo galopando na direção deles fez com que erguessem a vista. Ninguém correria com um cavalo pelas ruas apinhadas, a não ser por um assunto sério. Quando o cavaleiro desmontou em meio a um redemoinho de poeira, Eskkar viu o emblema do Clã do Falcão em seu peito.

— Capitão, venho de parte de Sisuthros. Ele se encontrou com os Ur Nammu e pede que vá imediatamente.

Eskkar murmurou um agradecimento aos deuses. O tempo se esgotava e, dentro de poucos dias, ele teria de levar uma força para o outro lado do rio, com ou sem os Ur Nammu. Mas, se eles pudessem ajudar...

— Muito bem, Ugarde. Procure outro cavalo para você. Partiremos imediatamente. — Dirigiu-se a Jalen. — Consiga dez homens prontos para cavalgar. — Eles precisariam de homens suplementares. Patrulhas de bárbaros podiam ser encontradas em qualquer lugar.

Eskkar checou sua nova espada, para se certificar de que o gume continuava afiado, então a limpou com um trapo. Por enquanto, não tinham surgido pontos de manchas. Eventualmente, a lâmina ficaria toda ela coberta de manchas, embora Asmar afirmasse que, como resultado, o metal apenas se tornaria mais resistente.

No poço, Eskkar lavou-se antes de beber intensamente. Vestiu a túnica de couro e o capacete apesar do calor. Então despachou um mensageiro para informar a Gatus e a Trella sobre aonde ia.

Saíram a galope de Orak, montados nos últimos cavalos que restavam na aldeia. Quatro horas de cavalgada ininterrupta através da zona rural levaram-nos a muitos quilômetros da aldeia. Agora cavalgando mais devagar, para poupar os cavalos, seus olhos vasculhavam constantemente cumes de colinas e horizontes à procura de nuvens de poeira que talvez indicassem uma patrulha amigável ou um grupo guerreiro hostil.

Em vez disso, encontraram outro cavaleiro do Clã do Falcão vindo na direção deles num tranquilo meio-galope. Ele lhes disse que Sisuthros seguia a apenas uma dezena e meia de quilômetros ali atrás. Continuaram avançando e logo avistaram quatro guerreiros se aproximarem.

Encontraram-se perto de uma faixa de pedra que se erguia acima do capim alto. Um dos cavaleiros era um guerreiro Ur Nammu. O homem parecia perto da exaustão e cada costela era visível em seu peito. Cavalgava um pequeno pônei que parecia mais esgotado do que seu dono.

Eskkar desmontou e estendeu a mão em cumprimento. Lembrava-se daquele membro da tribo do acampamento, mas não havia falado com ele nem se recordava de seu nome.

— Saudações, Eskkar, líder guerreiro de Orak — começou o homem formalmente. — Sou Fashod, enviado por Mesilim, para saber se ainda quer a nossa ajuda.

— Dou as boas-vindas a um irmão guerreiro, assim como dou as boas-vindas aos Ur Nammu. Temos comida e bebida para você, mas, antes, fale-me sobre Mesilim. Ele está bem?

— Sim, mas todos estamos muito cansados e os cavalos ficam mais fracos a cada dia. Assim que escurecer, os Ur Nammu passarão despercebidos pelas últimas patrulhas dos Alur Meriki — fez uma pausa para cuspir no chão à menção desse nome —, para se juntar a você em sua luta. Já mostrei ao líder guerreiro Sisuthros onde eles atravessarão. Agora devo informar a Mesilim que você espera sua chegada.

— Sua notícia é boa, Fashod, mas antes precisa descansar. Temos comida e água.

Sisuthros, Eskkar e Fashod sentaram-se juntos na areia, afastados do resto dos homens, cuja maioria nunca tinha visto um bárbaro tão de perto. Jalen ficou com os soldados e o tempo todo lembrava-lhes que não ficassem olhando. Fashod bebeu sedentamente de uma das peles de água, depois devorou o equivalente a dois dias de quota de pão que cada homem de Eskkar carregava.

— Esse cavalo não parece forte o suficiente para conseguir voltar — comentou Sisuthros. — Ele foi exigido demais por um longo tempo.

Eskkar concordou com a cabeça. Algumas semanas de dura cavalgada podiam liquidar a maioria dos cavalos. Ele também notara o animal e isso o levara a pensar.

— Fashod, troque de cavalo e monte um dos nossos. Talvez precise de um animal forte esta noite.

Fashod olhou para cada homem. Até então ele tinha sido cortês, mas indiferente, cumprindo seu dever, como lhe ordenara o líder de seu clã, e nada mais. A oferta de um cavalo, mesmo como uma troca temporária, era um gesto significativo. Pousou sua comida e limpou a boca com as costas do braço.

— Chefe Eskkar, eu lhe agradeço. Minha montaria é boa e precisa apenas de alguns dias de descanso e capim para se recuperar.

— Termine sua comida e beba — disse Eskkar, ao se pôr de pé, imaginando que o animal precisaria de pelo menos uma semana para se recuperar. — Vou buscar um cavalo.

Indo até onde Jalen esperava, contou-lhe sobre a permuta de cavalos.

— Escolha um pequeno que possa andar e leve o cavalo de Fashod de volta para Orak. Faça com que ele parta imediatamente. Caso contrário, terá de ser deixado para trás, se tivermos de fugir.

Eskkar olhou para trás de relance para Fashod.

— Jalen, quero que volte logo para Orak. Se todos os Ur Nammu estiverem tão ruins como esse homem, precisarão de armas, comida e novos cavalos, se tiverem mesmo de lutar. Diga a Gatus e Trella o que eles precisam.

Jalen concordou e foi escolher um cavalo para a troca.

Eskkar voltou para Fashod.

— Um cavalo logo estará pronto, juntamente com mais comida. Diga a Mesilim que o esperaremos aqui para conduzi-lo a Orak.

— Mesilim ficará contente — disse Fashod.

Jalen aproximou-se, trazendo um cavalo aparelhado apenas com o cabresto. Fashod juntou suas armas e a comida e galopou na direção leste. Poucos momentos depois, Jalen seguiu a meio-galope na direção oposta, passando rapidamente por um de seus homens que começava a conduzir, a pé, o cavalo de Fashod pelo mesmo caminho.

— Mesilim e seus homens podem estar acabados — observou Sisuthros. — Ele deve ter enviado um de seus melhores homens para nos encontrar. Afinal de contas, talvez não sejam de muita utilidade para nós.

Eskkar tivera o mesmo pensamento sombrio.

— Talvez. Veremos o que Mesilim descobriu. Além do mais, pode ajudar ter mais ou menos trinta cavaleiros protegendo a nossa retaguarda. E, cansados ou não, matarão pelo menos o mesmo número deles antes de serem liquidados.

Os Ur Nammu só chegaram muito depois da meia-noite e, mesmo ao luar, pareciam exauridos. Eskkar mandou Mesilim descansar, enquanto os cavaleiros de Orak montavam guarda. Ao amanhecer, começaram a seguir para oeste, embora a passo lento. Alguns cavalos dos Ur Nammu mancavam e seus cavaleiros levavam muito tempo para guiá-los enquanto cavalgavam. Todos não paravam de olhar para trás, achando que poderia aparecer um bando de Alur Meriki.

Eskkar fez um inventário do bando de Mesilim. Contou 38 homens, cinco mulheres e sete crianças de várias idades cavalgando 44 cavalos. Não havia bebês nem crianças pequenas. Teriam ou sido deixados para trás para morrer ou sido mortos pelos pais. Tanto homens quanto animais pareciam prestes a desabar. As crianças exaustas, olhos arregalados de fome, pareciam tão deploráveis quanto os guerreiros. Todos demorariam a chegar a Orak.

Eskkar conduziu seu cavalo para se posicionar entre Mesilim e Subutai. Através de um batedor Alur Meriki capturado, Mesilim descobrira muita coisa e eles tinham visto os grupos de incursão dos Alur Meriki viajando para o sul. Para homens presos em um círculo que cada vez se fechava mais em volta de Orak, qualquer informação era bem-vinda.

Ao cair da noite, tinham viajado para bem longe do perigo e para bastante perto de Orak, e Eskkar começou a descontrair. Acamparam, e os Ur Nammu adormeceram assim que acabaram de comer o que restava da comida dos soldados.

Pela manhã, Eskkar cedeu metade de seus homens para Sisuthros e mandou que ele retornasse às suas patrulhas. Os homens a mais ajudariam o subcomandante a começar os últimos incêndios. Os Alur Meriki chegariam em breve a Orak. Eskkar estava determinado a que eles não encontrassem nada de valor em seu caminho. Safras queimadas em cada plantação. Casas, currais, tudo que podia ser queimado seria atingido pelas tochas. Somente os poços permaneceriam intocados. Com tantos córregos e pequenos canais nas proximidades, de nada adiantaria contaminar os poços jogando animais mortos em seu interior. Ele esperava que os Alur Meriki os deixassem limpos quando fossem embora.

No meio da tarde, escalaram a última das colinas que cercavam as planícies em volta de Orak. Todos deram suspiros de alívio ao avistarem os muros da aldeia. Durante o dia, Eskkar fora duas vezes provocado por patrulhas da aldeia. Os homens de Bantor não arriscariam que um bando de bárbaros se esgueirasse através da neblina.

Os homens e as mulheres que cavalgavam atrás de Eskkar começaram a conversar, ao avistarem Orak, sua muralha erguendo-se da terra. Mesmo a distância, viram turmas de homens trabalhando diante dela, cavando o trecho final do fosso.

Nenhum dos Ur Nammu vira uma aldeia tão grande, nem um muro tão resistente e alto. Ao norte, a inundação dos campos começara. O lado sul seria inundado, assim que os Ur Nammu partissem.

— Descanse esta noite, Mesilim. Amanhã, poderá me contar de que modo você atacaria Orak.

Mesilim e seu filho observaram a aldeia, impressionados igualmente com seu tamanho e com a muralha.

— Com toda essa gente impelida para cá pelos Alur Meriki — comentou Eskkar —, há quase 3 mil pessoas em Orak. Muitas outras atravessaram o rio.

— Até este momento — começou Mesilim —, eu não acreditava que vocês pudessem resistir aos Alur Meriki. Agora vejo que talvez tenham uma chance.

— Mais do que apenas uma chance. — Eskkar sorriu satisfeito. — Há muita coisa para lhe mostrar.

Cavalgaram lentamente na direção do portão e, à medida que se aproximavam da muralha, os operários paravam para olhar o grupo incomum. Logo aldeões curiosos apinhavam os muros. Alguns começaram a aplaudir quando reconheceram Eskkar cavalgando à frente do pequeno bando de aliados. Ele os levou para longe do portão principal e conduziu o povo de Mesilim ao longo do fosso que corria paralelamente ao lado sul da muralha, e foram em frente até chegar ao rio.

Enquanto guiavam seus cavalos ao longo do muro, pessoas lá no alto gritavam e agitavam as mãos em saudação. Os Ur Nammu pareciam abismados com a visão, e Eskkar se deu conta de que eles não faziam a menor ideia de como seriam recebidos pelos aldeões. Quando o pequeno bando chegou ao rio, fez a volta. Eles acamparam junto ao muro, à margem do rio, fora da vista de quem estivesse nos cumes das colinas a leste.

Um espaço aberto os esperava, com dois barris de água, forragem e grãos para os cavalos, uma grande pilha de lenha e dois bois em espetos, já abatidos e prontos para assar. Havia uma pilha de cobertores arrumada ao lado dos barris de água. Um pequeno curral de corda conteria seus cavalos, com forragem em seu interior. Nos últimos meses, os animais careceram bastante de grãos.

Ao desmontar, Eskkar sinalizou que a viagem tinha terminado.

— Acampem aqui, Mesilim. Se houver algo de que precisem, será providenciado. Se forem se banhar no rio, cuidado. A correnteza é forte, exceto na margem. O rio é capaz de derrubar um cavalo e seu cavaleiro, mesmo nesta época do ano. Eu voltarei dentro de algumas horas.

Conduziu seu cavalo através do portão do rio e encontrou Trella à sua espera. Dois soldados agora a protegiam o tempo todo. Ele segurou sua mão e caminharam de volta para casa. Entrando no pátio, Trella foi apanhar roupas limpas, enquanto ele seguia para o poço, para lavar do corpo a poeira e o cheiro de cavalo. Quando terminou, Trella voltou à sua companhia, trazendo roupas de baixo e túnicas limpas.

— Eu olhei do muro — contou ela. — Assim que você foi embora, eles correram para a comida e para a água. Deviam estar quase mortos de fome.

— Estão em péssima forma. Tiveram sorte de passar pelas linhas dos Alur Meriki. Mas já contribuíram com informações. Capturaram um mensageiro Alur Meriki e o torturaram até ele confessar tudo que sabia. O mensageiro revelou que eles planejam enviar uma força através do rio, dentro de quatro ou cinco dias. Isso significa que, em breve, teremos de encontrá-los do outro lado do rio. Por essa ocasião, haverá guerreiros nas colinas que cercam Orak. Poucos dias depois, estarão prontos para atacar.

— Você estará de volta antes disso, espero.

Seu tom de voz sugeria que, se não estivesse de volta, ele teria mais problemas com ela do que com o grupo de incursão dos bárbaros.

— Sim, mesmo se a emboscada fracassar, voltarei direto para cá. Partirei dentro de três dias. Será uma marcha lenta ao norte, para o local da emboscada, e talvez precisemos de tempo para nos preparar. Você fez os preparativos que pedi?

— Nós nos reunimos com os artesãos, e tudo deverá estar pronto ao meio-dia de amanhã. Mas você não me disse que eles tinham mulheres e crianças.

— Eram tão poucos que não achei que fosse importante.

Ela olhou para ele, mas Eskkar ergueu a mão. — Eu sei, tudo é importante. Mas, de verdade, eles não as mencionaram, a não ser de passagem. Elas realmente importam?

— Talvez. Mas agora há outras coisas que preciso fazer. Vamos entrar. O jantar está na mesa.

— Sim, esposa — retrucou ele serviçalmente. As mulheres da aldeia podiam se tornar uma provação para seus maridos. Havia vantagens, afinal de contas, em ser um bárbaro, em especial no que se referia ao trato com as mulheres.

Duas horas depois, Eskkar voltou ao acampamento Ur Nammu, vestido com sua melhor túnica, mas usando a espada curta e acompanhado de Jalen e Gatus, a quem apresentou a Mesilim e Subutai.

Muita coisa acontecera nas últimas horas. Os cavalos tinham sido alimentados, depois levados ao rio para serem lavados e tratados. Os homens e as mulheres tomaram seus banhos, provavelmente o primeiro em muitas semanas. Suas roupas tinham sido molhadas e esfregadas, e agora secavam em seus corpos.

As crianças tinham sido alimentadas e envolvidas em cobertores. As menores dormiam, seus estômagos cheios pela primeira vez em semanas. Para os adultos, a comida era agora o assunto principal. Estavam reunidos em volta das fogueiras, cortando avidamente nacos de carne assada. Tinham sido providenciadas quatro peles de vinho, suficientes para todos tomarem uns tragos, mas não para deixar alguém embriagado.

— Trouxe alguns presentes, Mesilim — começou Eskkar, e ele e seus homens se sentaram um pouco afastados das fogueiras, defronte a Mesilim e Subutai. Eskkar gesticulou para Gatus, que colocou um cobertor no chão entre eles e o desenrolou. Dentro, havia uma lança fina com ponta de bronze, uma flecha, uma corda de arco e uma espada.

Eskkar percebeu a confusão no rosto de Mesilim.

— Seus homens perderam muito equipamento, portanto, amanhã terão sessenta lanças como essa. E também, para cada homem, cinquenta flechas e cordas de arco suplementares, e quantas espadas e facas vocês precisarem.

Cordas de arco pareciam quebrar sempre. Tão importantes como o arco em si, elas eram ainda mais difíceis de se obter no campo de batalha.

Subutai inclinou-se e apanhou a flecha, analisando-a para se certificar de que era do tamanho apropriado para seus arcos curvados.

— Suas flechas são mais longas e mais pesadas. Onde conseguem tantas hastes desse tamanho?

— Nós as fizemos, Subutai. Isto é, elas estarão prontas amanhã à tarde. Os fabricantes de flechas começaram, assim que mandei avisá-los. A mesma coisa com as lanças. Essas são armas para quem luta montado a cavalo, e, embora não usemos esse tipo de armas, agora conseguimos fabricá-las rapidamente.

Isso os deixou impressionados. Eles levariam semanas para fazer tantas flechas assim.

— O que mais vocês... — A voz de Eskkar esmoreceu quando os olhos de Mesilim se desviaram dos dele. Virando-se, Eskkar viu um grupo de sete mulheres se aproximar do acampamento, duas delas carregando tochas agora que começava a escurecer. Cada mulher carregava uma trouxa ou cesto de vários tamanhos e formas. Trella caminhava no meio delas, usando o mais belo vestido que tinha e escoltada pelos seus guardas, ladeada por Annok-sur, carregando uma das tochas.

A procissão à luz de tochas causou um efeito estranho nos membros da tribo. Eles podiam notar que uma mulher importante se aproximava. O belo vestido de Trella e os guardas indicavam esse fato, assim como o respeito demonstrado pelas mulheres que a acompanhavam. A conversa e a ingestão de alimentos cessaram pelo acampamento inteiro. Todos se levantaram em sinal de respeito, um gesto inusitado para aqueles homens.

As mulheres que iam à frente pararam quando alcançaram o grupo de Eskkar, e Trella passou por elas para se colocar ao lado do marido. Uma vez ali, fez uma reverência para os visitantes e então se virou para Eskkar.

Ele sentiu o efeito que ela mesma causava tanto quanto os outros. À luz bruxuleante das tochas, ela parecia tocada pelos deuses. Somente o chiado e os estalidos das tochas quebravam o silêncio.

Eskkar encontrou a própria voz e fez as apresentações.

Novamente, ela se curvou bem baixo, então se aprumou, ereta e orgulhosa.

— Eu lhes dou as boas-vindas a Orak, Líder de Clã Mesilim, e seu bravo filho Subutai.

Eskkar traduziu suas palavras, depois sinalizou com a cabeça para ela continuar.

— Reverenciamos sua luta contra nosso inimigo comum. Meu marido não me disse que tinham mulheres e crianças, por isso não estávamos preparados para elas. Agora nós lhes trouxemos presentes e roupas.

A voz de Trella soava serena e régia. Mesilim talvez não entendesse suas palavras, mas claramente reconhecia sua presença. Olhava-a, do mesmo modo sem palavras como Eskkar ficara há pouco. Subutai olhava-a boquiaberto.

— Digna esposa Trella — começou Mesilim —, você nos honra com sua presença e seus presentes. Nós lhe damos as boas-vindas ao nosso acampamento. Eskkar nos disse que tem "o dom", mas não esperávamos que nos visitasse.

Trella olhou de relance para Eskkar, enquanto este traduzia, e ele leu a pergunta no seu olhar. "O dom?", diria ela à noite, seguindo-se, sem dúvida, o discurso do "tudo é importante".

Curvou-se novamente diante de Mesilim.

— Sua visita nos honra, assim como a sua oferta de nos ajudar em nossa luta. Como eu poderia fazer menos do que isso? Agora, preciso deixá-lo com sua conversa, enquanto cuidamos de suas mulheres, se me dá permissão.

Quando ela se foi, eles voltaram a se sentar. Ninguém falou por um momento. Eskkar viu Gatus pelejar para reprimir um sorriso do rosto. Trella parecia e agia como se tivesse o poder de controlar homens e espíritos. Talvez não fosse apenas superstição. Talvez ela tivesse o dom, e talvez um grupo de bárbaros conseguisse enxergar mais claramente do que Eskkar.

Observaram-na se dirigir às mulheres, mas ela se viu cercada pelos homens de Mesilim. As mulheres Ur Nammu tiveram de empurrar os homens para os lados. Fashod permanecia ao lado de Trella, traduzindo para ela, depois ajudando-a com a distribuição das roupas e outros presentes. A agitação prosseguiu por algum tempo, até as mulheres conduzirem Trella e suas acompanhantes para longe dos homens. Sentaram-se a pouca distância da fogueira, para conversar sobre coisas que interessavam somente às mulheres.

Até mesmo Fashod ficou afastado, deixando que uma das mulheres fizesse a tradução. Trella pediu que os guardas também recuassem. Após observarem por algum tempo, os homens da tribo retornaram à fogueira e à comida, mas seus olhos frequentemente retornavam a Trella e às mulheres, iluminadas agora pelas tochas bruxuleantes que começavam a queimar fracamente.

Mesilim sacudiu a cabeça e se dirigiu a Eskkar e seus homens.

— Eu nunca tinha visto uma mulher agir desse modo, aceitar estranhos em seu meio e estes a reverenciarem. Ela realmente tem o dom, para impressionar tão facilmente o meu povo.

— A sabedoria dela vai além de suas estações — acrescentou Eskkar. — Sua sabedoria me guia e me dá força.

Gatus falou, inesperadamente

— Sua sabedoria guia todos nós, Mesilim. Minha mulher, que tem mais do dobro das estações dela, a acompanha e dá atenção a cada palavra que ela fala.

Eskkar traduziu as palavras de Gatus com outro sorriso.

— Chefe Eskkar, por que esses homens a protegem? — indagou Subutai. — Certamente ninguém faria mal a alguém que tem o dom.

Eskkar sacudiu a cabeça, desgostoso.

— Não sou líder guerreiro de Orak há muito tempo, Subutai. Duas semanas atrás, um dos meus inimigos tentou matá-la. Irritava-se com sua sabedoria e achou que, matando-a, me atacaria. Ela ficou ferida, mas sobreviveu, e agora cuido para que isso não aconteça novamente.

— O clã responsável foi morto? — Mesilim fez mais uma afirmação do que uma pergunta.

— Todos os envolvidos morreram, apedrejados pelo povo — disse Eskkar com todo o cuidado. — Não penso que isso vá acontecer novamente. — Não fazia sentido explicar a política local a membros de tribo cuja tendência era ver tudo ou branco ou preto. Dependendo da transgressão, bárbaros podiam tornar um clã inteiro responsável pelo delito de um de seus membros.

— Não acontecerá — acrescentou Gatus firmemente, após Eskkar explicar a pergunta de Subutai. — Todos foram alertados.

— Proteja-a bem, Eskkar — sugeriu Subutai. — Se os Alur Meriki souberem que você tem alguém como ela, derrubarão seus muros para tomá-la.

Eskkar olhou-o, percebendo, por trás das palavras do homem, os ecos do que o próprio Subutai talvez gostasse de fazer. E surpreendeu-se com sua própria intuição. Mas, no que dizia respeito a Trella, seus olhos já tinham se tornado rápidos para enxergar, e seu discernimento e suas palavras igualmente rápidos.

— Subutai, uma dádiva como essa não pode ser tomada pela força. Tem de ser dada espontaneamente. Um inimigo não consegue capturá-la, e um amigo nunca tentaria.

— Que a sabedoria dela o guie, Eskkar — disse Mesilim, levando a conversa de volta ao assunto em questão. — Precisará de sua ajuda na luta que se aproxima. Agora, vamos falar sobre armas.

Conversaram sobre as armas e repassaram os planos para os dias seguintes. Tinham quase terminado quando uma gargalhada vinda das mulheres fez todas as cabeças se voltarem novamente para elas.

Trella agora estava de pé, segurando as mãos de algumas mulheres da tribo, enquanto todas as outras procuravam tocá-la. Finalmente, elas a soltaram. Trella despediu-se com uma reverência e caminhou novamente em direção aos líderes, passando por entre a maioria dos guerreiros, que pareciam prestar mais atenção a ela do que a seus líderes. Novamente, Mesilim e Subutai se levantaram, assim como Eskkar e seus homens um momento depois.

Trella andou até ficar entre Mesilim e seu filho, e parou com cada um a seu lado.

— Eskkar, algumas das crianças estão cansadas demais para viajar. Eu me ofereci para cuidar delas aqui até a batalha acabar. — Olhou para Mesilim. — Isto é, se o Líder de Clã Mesilim permitir.

— Minhas mulheres sugeriram isso? — indagou Mesilim, surpreso, assim que Eskkar terminou de traduzir.

Eskkar ficou tão atônito quanto Mesilim. Nunca ouvira falar em tal coisa, deixar crianças com não apenas estranhos, mas inimigos hereditários.

— Trella, também há perigo aqui. Talvez elas não entendam o que estão pedindo.

Antes que Trella pudesse responder, uma das mulheres se aproximou do grupo, falando alto enquanto o fazia e retardando o passo até Subutai sinalizar para que ela avançasse. A mulher falou calma, mas rapidamente. O que quer que ela tenha dito demorou bastante e, quando terminou, não foi embora, ainda que o costume mandasse.

Subutai virou-se para Eskkar.

— É como Ilustre Trella diz. Minha mulher quer deixar cinco crianças aqui, alegando que morrerão certamente, se tivermos de viajar novamente. Minha filha está entre elas. — Subutai olhou para o pai. — Teremos de conversar sobre isso.

Mesilim concordou pensativamente com a cabeça, então se virou para Trella.

— Consideraremos sua oferta com grande cuidado. Mas já são seus os nossos agradecimentos.

— Então deixarei vocês, homens, fazerem o seu trabalho. — Tocou no braço de Eskkar e desejou-lhe boa-noite. Quando ela se preparava para sair, um dos membros da tribo gritou algo para Mesilim, depois acrescentou várias frases, e Trella, ao ouvir seu nome, parou e esperou.

Eskkar ouviu o que o homem disse, mas aquilo não fazia sentido.

— Algo sobre "tocar a dotada".

Mesilim virou-se para Eskkar.

— Meus homens solicitam um grande favor, apesar de já terem feito muito por nós... mas, se for permitido, eles gostariam de tocar Trella para lhes dar força e uma bênção dos deuses. — Mesilim parecia um pouco desconfortável com o pedido, mas não o evitou.

Trella voltou para o lado de Eskkar e olhou-o com curiosidade.

— Eles querem tocar você, para dar sorte ou coisa assim — disse ele. — Pode ser um costume de que não me lembro ou algo que nunca vi antes. Mesilim parece constrangido com isso, mas provavelmente acha uma boa ideia.

— O que devo fazer? Como devo tocá-los?

Eskkar pensou por um momento.

— Toque cada homem em seu antebraço direito, para lhe dar força na batalha.

Trella entregou seu cesto vazio a Annok-sur, sempre a seu lado, e aproximou-se de Mesilim. Estendeu a mão, mas não para seu braço. Em vez disso, colocou a palma sobre sua testa.

— Que você tenha a sabedoria para conduzir seu povo na batalha que se aproxima — disse ela, depois tocou seu braço direito, como Eskkar sugeriu. Virou-se para Subutai e colocou a mão sobre sua testa. — Que você tenha a sabedoria de guiar seu povo nos dias futuros, quando muitas coisas mudarão e tudo será posto dolorosamente à prova.

Quando terminou, uma fila havia se formado atrás de Subutai, alguns dos homens se empurrando para obter um lugar mais à frente. Ela percorreu a fila, tocando cada homem em seu braço de luta, transmitindo-lhes forças para a batalha vindoura. Fashod seguia ao lado, traduzindo suas palavras.

As mulheres tinham ido para o fim da fila e, a cada uma delas, Trella apertou a mão. Quando terminou, pegou seu cesto de volta e saiu sem dar uma palavra, seus guardas e as mulheres em formação atrás dela.

Os homens ficaram parados ali, em silêncio, até ela atravessar o portão e sumir de vista. Então Eskkar virou-se para Mesilim.

— Descanse esta noite, Mesilim. Meus homens vão fechar o portão, para evitar os curiosos, e ficarão de guarda pelo muro. Não creio que nenhum vá se aproximar daqui, mas talvez você queira montar sua própria guarda. Nenhum homem da aldeia ficará fora da muralha esta noite. Amanhã, voltarei e conversaremos mais.

Quando estavam fora do alcance da voz, Jalen fez um comentário.

— Foi a coisa mais estranha que já vi. Eles aparentavam e agiam como se Trella fosse uma deusa.

— Não há nada de estranho nisso — rebateu Gatus. — Há, Eskkar?

— De modo algum, Gatus — respondeu Eskkar com uma risada. — De modo algum.

20

Duas noites depois e três horas após o pôr do sol, Eskkar liderou uma centena de homens pelo portão do rio. Levou metade da noite para transportá-los de barca, juntamente com seu equipamento, através do rio. Ao amanhecer, os soldados já marchavam todos pelo interior, fora de vista de qualquer vigia.

Viajavam lentamente. Cada homem carregava 30 quilos de equipamento, além de espada, comida e água. Gatus informou a Eskkar que homens a pé não conseguiriam carregar mais do que 25 quilos numa caminhada constante. Portanto, o primeiro dia de marcha seria o mais difícil. O peso diminuiria a cada dia.

Eskkar caminhava com os homens. Ele levara apenas quatro cavalos para os batedores, além de dois burros para carregar comida e água. Não esperavam ficar fora mais de uma semana; se ficassem, teriam de sobreviver da terra. Daquele lado do Tigre, nada havia sido queimado, e rebanhos de cabras e ovelhas ainda pastavam nas colinas.

Gatus insistiu em ir. Ele treinara os soldados a lutarem juntos e queria ver seu trabalho posto em prática. Sisuthros ficou para trás, para supervisionar as defesas de Orak. Na noite seguinte, Jalen atravessaria com Mesilim e os Ur Nammu, depois os guiaria até os soldados de Eskkar no local combinado.

Durante a marcha, Eskkar pensou em suas conversas com Mesilim e Subutai. No dia seguinte à chegada dos Ur Nammu, Eskkar e seus comandantes levaram Mesilim e o filho para uma volta pelos muros. Eskkar repassou seu plano de batalha, colocando Mesilim no papel do chefe guerreiro Alur Meriki. Cavalgaram de um lado para o outro, olhando a muralha de todos os ângulos, à procura de uma fraqueza.

Depois, levou-o para dentro e lhe mostrou os grandes estoques de armas e os preparativos para a defesa. Os olhos de Mesilim se arregalaram surpresos diante da grande quantidade de flechas e pedras. No final de tudo, ele não viu qualquer falha nas defesas de Eskkar.

— Mas não deve deixar que eles ultrapassem o muro. Uma vez aqui dentro, eles subjugarão seus homens.

Eskkar e Gatus tinham se entreolhado satisfeitos. Desde o primeiro dia, eles enfiaram essa mesma mensagem nas cabeças dos homens. Os bárbaros deveriam ser detidos abaixo do muro.

O tempo se esgotava, tanto para Eskkar quanto para os Alur Meriki. A grande batalha não tardaria a ser travada, e ele precisava proteger sua retaguarda, destruindo os bárbaros enviados contra eles pelo oeste. Os homens, o gado e os suprimentos enviados para o outro lado do rio não podiam se perder, ou Orak passaria fome mesmo se seu povo expulsasse os agressores.

Eskkar pretendia levar mais homens consigo, confiando que seria capaz de voltar antes de os Alur Meriki chegarem. Mas a expressão de pânico entre as famílias o convenceu de não levar muitos soldados para longe de Orak, não nesse estágio tão avançado.

Mesilim e seu pessoal partiriam na noite seguinte, para poderem gozar mais um dia de descanso. Nos quatro dias desde que chegaram a Orak, tinham comido e dormido bastante, e recuperado muito de sua força. Montados em cavalos descansados, alcançariam facilmente Eskkar e seus lentos soldados.

Contando com Mesilim, restavam 37 guerreiros e dois garotos. Um guerreiro fora julgado fraco demais para cavalgar e deixado para trás. Mandaram que ele protegesse as mulheres e as crianças que ficariam em Orak.

Por dois dias, Eskkar forçou o passo o máximo possível, caminhando ao lado dos homens e carregando seu próprio equipamento. Poderia cavalgar, mas os cavalos seriam melhor aproveitados pelos batedores, e aquilo o deixaria mais perto dos homens.

No segundo dia, tinham acabado de acampar quando Mesilim e seus homens chegaram. Eskkar observou-os assim que chegaram. Quatro dias de descanso estavam evidentes em seus rostos. As roupas novas que cada qual usava substituíam as velhas. Muitas de suas armas foram presentes de Orak.

Cada lança levava uma tira de pano amarelo, outro presente de Trella, e de cada arco pendia uma pequena fita amarela. Cada guerreiro usava uma faixa amarela em volta da cintura. As cores eram mais do que simples decoração — numa batalha corpo a corpo, elas ajudavam a identificar amigo e inimigo, algo cada vez mais necessário para aqueles soldados.

As montarias dos Ur Nammu também pareciam mais resistentes, e aquelas que não tinham se recuperado foram substituídas pelos últimos cavalos de Orak. Os guerreiros de Mesilim pareciam confiantes e fortes, uma grande distância do que aparentavam apenas dias antes.

Mesilim desmontou deslizando de seu cavalo e cumprimentou Eskkar, enquanto Subutai conduzia seus cavaleiros para a área de acampamento, a algumas centenas de passos da dos soldados de Eskkar. Seus homens tinham muito pouca experiência com os bárbaros, para se envolverem em alguma discussão ou briga com os Ur Nammu por causa de insulto descuidado ou inesperado. Era melhor mantê-los separados até a hora da batalha, quando nenhum homem rejeitaria um aliado. Nenhum dos líderes queria qualquer incidente.

— Seus homens parecem em forma, Mesilim. — Eskkar estendeu a mão em sinal de amizade. A caminho da guerra, a formalidade desaparecia. — Algum problema em seguir o nosso caminho?

— Não. Descansamos os cavalos muitas vezes, ou teríamos alcançado vocês horas atrás.

Após todos terem comido, os dois líderes ficaram à beira da fogueira e conversaram sobre o que os próximos dias trariam. Muito dependeria do local da emboscada propriamente dita, e só saberiam disso no dia seguinte. Após Mesilim ir embora, Eskkar estendeu seu cobertor no chão duro e adormeceu em momentos.

Pela manhã, ele montou num cavalo pela primeira vez. Com Jalen e Gatus, juntaram-se Mesilim e Subutai, cavalgando adiante dos homens até chegarem ao local escolhido para a emboscada, a poucos quilômetros do rio e bem no interior do acidentado terreno montanhoso. Moitas de capim verde-claro ainda apareciam sobre a terra, mas as colinas não demorariam a ficar marrons por causa do sol impiedoso.

O pequeno vale escolhido para a emboscada corria mais ou menos na direção norte-sul e era cercado por colinas mais íngremes. Na entrada sul, alguns fazendeiros tinham construído meia dúzia de casas de barro, confinado algumas ovelhas, cabras e galinhas, e tentado cultivar a terra. No entanto, como informou Jalen, eram muito poucos para tal tarefa, menos de uma dúzia de homens, e nenhum deles estava acostumado a viver pela espada. Teriam sido vítimas fáceis do primeiro bando de vadios que passasse por ali.

Eles deveriam dar uma boa acolhida a Eskkar e seus homens, mas ficaram emburrados e zangados por terem suas terras tomadas, mesmo temporariamente. Só se acalmaram quando Eskkar lhes disse que uma grande força bárbara estava seguindo naquela direção e que, com certeza, cortariam suas gargantas.

Os colonizadores incluíam várias mulheres. Eskkar não queria nenhuma perto de seus soldados. Mulheres levavam a estupros e brigas. Deu aos colonizadores uma dúzia de moedas de prata, para pagar pela perda de suas casas e currais, e ordenou que seguissem imediatamente para o sul. Quando reclamaram, ele ameaçou tomar de volta as moedas e, se preferissem, transformá-los em escravos. Isso fez com que se mexessem, embarcassem suas posses em três carroças e saíssem tocando seus rebanhos adiante.

O estreito vale seguia praticamente reto, erguendo-se ligeiramente de sul para norte. Na extremidade sul, onde os colonos tinham construído suas casas, a abertura tinha noventa passos de largura. Uma vez passada a entrada, o vale se alargava rapidamente para mais de o dobro disso. A outra extremidade ficava a mais de quilômetro e meio de distância, e essa entrada se abria cerca de 220 passos de lado a lado. Cerca de quinhentos passos, porém, antes da abertura norte, as paredes do rochedo se fechavam, estreitando o vale naquele ponto para aproximadamente 120 passos.

Eskkar aprovou as paredes do vale. Íngremes e rochosas, ofereciam poucos lugares onde cavalo e cavaleiro pudessem, com grande cuidado, escalar para o cume. Na base, o chão era aberto e plano, sem lugares para se esconder ou se defender. Contudo, nem Eskkar nem Mesilim pareceram satisfeitos com a localização.

Jalen notou as testas enrugadas.

— Capitão, este foi o melhor local que consegui achar. Você queria algo perto do rio, para onde eles poderiam ser empurrados. E fica quase na linha de marcha para Orak.

— Estou certo de que é o melhor que conseguiríamos achar — disse Eskkar. — Mas será difícil preparar uma armadilha aqui. Teremos de dividir os homens, e isso significa que os Alur Meriki ficarão em vantagem numérica sobre cada metade. E o comprimento do vale significa uma longa corrida para os homens o bloquearem.

— O cânion aqui é mais largo — acrescentou Mesilim. — Nossas linhas serão estreitas e nosso inimigo poderá concentrar forças em qualquer ponto. — Virou-se para Eskkar. — Lembre-se, você disse que precisamos matar todos, não apenas derrotá-los. Se eles virem o tamanho de nossa força, simplesmente farão a volta e cavalgarão para o sul por outra rota.

Jalen pareceu duvidoso.

— Sem lutar?

— Não lutarão, a não ser que esperem vencer. Eles não veem desonra em fugir, ou disparar flechas contra nós, a distância, durante horas, ou até mesmo dias. — Eskkar sacudiu a cabeça. — Teremos de pensar em algo, primeiro para atraí-los e então impedir sua fuga.

O grupo de comandantes cavalgou lentamente até a extremidade norte e inspecionou o terreno ali. A entrada se mostrou tão larga quanto Eskkar temera, embora as paredes se comprimissem adiante da entrada. Ele concluiu que não tinha escolha. Aquele lugar teria de servir. Os Alur Meriki poderiam chegar a qualquer dia e ele não tinha tempo para procurar um lugar melhor.

Eskkar, Gatus, Jalen, Mesilim e Subutai cavalgaram de volta para o meio do vale, próximo do lado leste, desmontaram e se sentaram no chão, formando um círculo. Durante duas horas, os cinco repassaram suas opções, levando em consideração as aptidões dos arqueiros, dos guerreiros Ur Nammu, do terreno e sobre o que achavam que o inimigo faria. Assim que tomaram suas decisões, levaram ainda mais tempo aperfeiçoando o plano, até cada qual saber onde e como lutaria.

Ao mesmo tempo que isso acontecia, soldados e membros da tribo descansavam e observavam, enquanto seus líderes riscavam linhas na terra e discutiam sobre seus destinos.

Quando os líderes terminaram de planejar, nenhum se sentiu inteiramente satisfeito, mas ninguém foi capaz de oferecer qualquer aperfeiçoamento. Eskkar e seus homens voltaram à extremidade sul, onde os soldados aguardavam, tensos, esperando para saber qual seria seu futuro.

Eskkar olhou para eles, então ergueu a voz.

— Vocês querem lutar, não querem? Pois bem, terão uma luta da qual sempre se lembrarão, isso eu lhes prometo. Essa será uma luta diferente de qualquer outra. Vocês obedecerão às ordens ou se arrependerão de terem nascido. E trabalharão como escravos, se quiserem sobreviver a ela. Lembrem-se disso, se quiserem viver!

Dito isso, o acampamento explodiu em atividade. Subutai pegou os suprimentos de que precisava e reuniu 15 dos melhores e mais saudáveis cavaleiros montados. Ele tinha a missão mais perigosa — a isca para a armadilha. Cavalgaram para o sul, de volta pelo caminho por onde tinham vindo, planejando contornar totalmente o vale para não deixar rastros. Finalmente, seguiriam para o norte e encontrariam os Alur Meriki, deixariam que eles os vissem e atrairiam o inimigo para o interior do vale.

Gatus juntou um grupo de trabalho de trinta e pegou alguns utensílios para escavação na casa de fazenda. Caminharam pelo íngreme lado leste, para evitar deixar rastros no centro do vale. Enquanto isso, Mesilim postou homens como vigias nos pontos altos do vale, para se certificar de que ninguém os surpreendesse. Outro grupo de trabalho pegou os burros e marchou até a entrada sul, a fim de juntar o máximo possível de madeira que pudesse encontrar.

Durante o resto daquele dia e do seguinte, os homens de Eskkar trabalharam e treinaram a movimentação, o arco e flecha e a sinalização. Os arqueiros principais marcaram as distâncias de um lado a outro do vale, de modo que todos os outros sempre conhecessem as distâncias. As laterais íngremes não deixavam passar qualquer vento. Finalmente, tudo estava pronto.

Agora só dependia de Subutai. Ele não apenas precisaria encontrar os Alur Meriki, mas teria de atraí-los para o vale, o mais perto possível atrás dele para o plano funcionar, mas não tão perto para eles descobrirem a armadilha.

Havia tanta coisa que podia dar errado que Eskkar se recusava a pensar a respeito. Em vez disso, reclamava de tudo o que os homens faziam, praguejando ao mesmo tempo que os encorajava a trabalhar mais arduamente. Enquanto suavam, todos mantinham um olho nos horizontes e no alto das colinas, conservando as armas à mão. Quando todos os preparativos tinham sido feitos, finalmente descansaram e cuidaram de suas armas.

A espera começou. Mesilim também parecia tenso, gritando com seus homens por causa de qualquer pequeno aborrecimento. O líder Ur Nammu preocupava-se com seu filho. Jalen caminhava de um lado para o outro, certo de que, se algo desse errado, levaria a culpa pela sua escolha do vale. Apenas Gatus parecia estar acima de tudo isso, calmamente se assegurando de que os homens fizessem direito suas tarefas, cuidassem de suas armas e treinassem em cada minuto de folga.

Na metade da manhã do dia seguinte, uma das sentinelas da extremidade norte deu um grito. Momentos depois, um cavaleiro surgiu à vista, galopando para o vale numa montaria obviamente exausta. Todos os olhos voltaram-se para o cavaleiro solitário. Os flancos de sua montaria estavam cobertos de suor, enquanto ele passava direto pelo centro do vale até alcançar as cabanas da extremidade sul, onde Eskkar e Mesilim aguardavam. Era Fashod, enviado por Subutai, com as notícias.

Desmontando, ele falou rapidamente com Mesilim, já que Eskkar teria problemas para entender. Por fim, Mesilim virou-se para os comandantes à espera.

— Subutai e seus homens encontraram ontem um pequeno grupo de batedores dos Alur Meriki e os emboscaram, deixando que alguns escapassem. Então seguiram para oeste, fingindo esconder seus rastros, antes de virar para o sul. A força principal dos Alur Meriki está indo atrás deles, que cavalgam lentamente, como se seus cavalos estivessem cansados. Fashod acha que há cerca de setenta homens no grupo de guerra. Se tudo sair bem, Subutai estará aqui dentro de uma hora com os Alur Meriki logo atrás dele.

Eskkar sentiu o suor começar a umedecer suas mãos, mas não o enxugou na túnica, um gesto que cada homem veria e entenderia. Qualquer coisa podia dar errado. Os bárbaros poderiam alcançar Subutai antes do esperado; poderiam parar por algum motivo desconhecido; ou simplesmente desviar e voltar na direção do rio. Agora, porém, não era o momento de mostrar temor ou dúvida.

— Então temos tempo. Gatus, assuma o comando aqui. — Eskkar olhou para Mesilim. — Que os deuses hoje nos sorriam.

— Estarei a seu lado, quando a batalha começar — retrucou Mesilim. Virou-se para Fashod. — Fique aqui com Gatus, e cuide para que, quando Subutai chegar, ele saiba onde estamos e o que fazemos. — Com isso, Mesilim foi até seus homens e, em poucos momentos, todos os 22 Ur Nammu remanescentes saíram do vale cavalgando para o sul, deixando apenas Fashod com Gatus e cinquenta soldados na extremidade sul. Mesilim tinha de cavalgar uma hora através das colinas para circundar o vale e surgir na extremidade norte.

Eskkar dirigiu-se a Jalen.

— Comece a movimentar os homens e, pelos deuses, é melhor eles não deixarem nada para trás ou esquecerem o que lhes foi dito.

Eskkar, Jalen e cinquenta arqueiros seguiram para o norte, em fila única, passando rente ao lado leste do vale e caminhando cautelosamente para não deixar qualquer vestígio de sua passagem. Nos últimos dois dias, todos evitaram pisotear o capim do centro do vale. Quando os Alur Meriki entrassem, não deveriam ver qualquer indício dos homens de Eskkar.

Perto da extremidade norte do vale, onde as paredes se apertavam de modo brusco, Eskkar e cada um de seus homens pararam o tempo suficiente para deixar suas armas no fundo do buraco que tinham feito e astutamente ocultado.

Então continuaram avançando, ainda em fila única, saindo pela entrada norte do vale e virando para nordeste. Os dois últimos homens usavam pedaços de arbustos para remover qualquer vestígio ou cheiro indicativo de sua passagem. A trezentos passos da entrada do vale, Eskkar, Jalen e cinquenta homens se aglomeraram num pequeno beco sem saída, sentaram-se no chão, ombro a ombro, e esperaram.

Um homem com boa vista e que sabia contar foi designado como vigia, agachado sobre umas pedras a poucos passos do esconderijo. Eskkar estava agachado na terra com seus homens. O fedor da batalha, aquela conhecida combinação de suor, urina e fezes, logo ocupou o minúsculo espaço, enquanto cinquenta homens desarmados se aglomeravam num espaço um pouco maior do que a sala de trabalho de Eskkar.

Sem armas, exceto algumas facas, uma criança com uma espada talvez conseguisse matar todos eles. Eskkar sabia que essa seria a parte mais perigosa da armadilha. Decidira ficar com os homens mais expostos ao perigo, para mantê-los seguros, ao compartilhar o risco.

— Cavaleiros vêm vindo! — avisou a sentinela em voz baixa.

Eskkar imaginou os homens de Subutai, vindos do norte, cavalgando para o vale. Deviam vir lentamente, deixando que os Alur Meriki os alcançassem. Ele se esforçava para ouvi-los, mas havia muitas encostas no caminho, e não sentia qualquer vibração na terra.

Os homens pareciam nervosos, a respiração rápida, à espera da explosão de energia. Eskkar reprimiu o impulso de se juntar à sentinela, mas não havia muita cobertura, e um homem podia ver tão bem quanto dez. A espera pregava peças em seus sentidos. Num momento, Eskkar nada conseguiu ouvir, então imaginou que podia ouvir o ruído de chamas e os gritos de guerra de Subutai.

— Os bárbaros estão à vista. Estão avançando... pararam! Mantenham silêncio! — A sentinela sussurrou as últimas palavras.

O homem ficou colado ao chão. Os homens apinhados atrás de Eskkar cessaram qualquer movimento. Ninguém falou ou emitiu um som, nenhuma pedra se soltou, e cada qual vigiou seu vizinho mais próximo para evitar uma tosse ou um espirro que poderiam estragar tudo.

Os cavaleiros bárbaros deviam estar a pouco mais de trezentos passos do esconderijo de Eskkar. Os Alur Meriki teriam pressentido que era uma armadilha, ou visto o esconderijo, ou avistado a sentinela? Talvez seus cavalos tivessem sentido o fedor. Eskkar tentou se colocar na cabeça do chefe guerreiro deles.

Os Alur Meriki veriam que os Ur Nammu tinham penetrado num pequenino vale, com um pequeno assentamento na outra extremidade, um assentamento que já lançava labaredas e fumaça para o céu. O chefe guerreiro ouviria homens berrando, outros dando gritos de guerra, e pensaria que os Ur Nammu estavam ocupados demais saqueando e matando para perceber os cavaleiros que gradualmente os alcançavam pela retaguarda.

Engulam a isca, implorou Eskkar. *Vocês podem pegar seus inimigos e saque também. Apenas entrem e peguem.* Ele ouviu o som de cavalos. O bando muito maior de guerreiros Alur Meriki fazia mais barulho do que o grupo bem menor de Subutai. Então os sons começaram a diminuir, e Eskkar teve a certeza de que o inimigo entrara no vale. Ele viu a emoção nos olhos de Jalen.

O último tropel desapareceu. Eskkar permaneceu imóvel até o som de roçado na terra anunciar a sentinela na abertura.

— Eles entraram no vale, Capitão, como disse que entrariam! — O sorriso do homem parecia que ia dividir seu rosto ao meio.

— Todos eles? — perguntou Eskkar. — Quantos eram?

— Contei 73 — sussurrou o homem —, e todos entraram!

Eskkar se pôs de pé.

— Vamos, homens! Mantenham silêncio e corram como nunca correram antes! — Dito isso, começou a correr em direção à entrada do vale, a sentinela passando por ele como um relâmpago e liderando o caminho. Eskkar correu muito e chegou à abertura da garganta bem a tempo de ver os Alur Meriki, mais do que a meio caminho do vale, irrompendo em seu ataque, ao se lançarem contra o que imaginavam ser um bando de insuspeitos Ur Nammu.

Na outra extremidade, labaredas e fumaça negra erguiam-se no alto no céu, à medida que casas e currais queimavam, repletos de madeira e capim seco cuidadosamente colocados embaixo ou dentro deles. Em um momento, Gatus e seus homens se levantariam de seus esconderijos e disparariam a primeira rajada de flechas, mas iam esperar até o último momento para dar a Eskkar o máximo de tempo possível.

Ele corria o máximo que podia, cabeça abaixada, os pés martelando. Eles tinham de percorrer 400 metros para alcançar as armas escondidas e se armar, e tudo isso precisava ser feito antes que os Alur Meriki os avistassem. No treinamento, seus melhores corredores percorreram essa distância no tempo em que um homem consegue contar até 78.

Dessa vez, eles corriam por suas vidas e suas armas, e os homens de Eskkar continuavam passando por ele, Jalen já bem adiante, enquanto os mais jovens e mais velozes facilmente superavam o seu líder. Eskkar praguejou contra si mesmo por ser tão velho e tão lento. Mas, para seus homens, ele tinha escolhido os mais velozes na corrida. Eles tinham de alcançar as armas, se armar, e formar uma linha de batalha através da parte mais estreita do vale, antes que os bárbaros desconfiassem da cilada e fugissem retornando por onde vieram.

Se o plano funcionasse, a armadilha seria consideravelmente menor do que a extensão total do vale, talvez pequena o bastante para permitir que os homens de Eskkar apoiassem uns aos outros, quando os bárbaros arremessassem toda a sua força em um ou mais contingentes, na tentativa de escapar.

Eskkar alcançou o buraco das armas por último e encontrou sua grande espada do lado de fora, encostada numa pedra. Mesmo com sua dianteira, todos os homens tinham passado por ele. A linha já começava a se formar, os homens pelejando com seu equipamento, enquanto se estendiam em direção ao meio do vale. Uma moeda de ouro fora prometida ao primeiro que chegasse àquele posto. Os homens agora se movimentavam mais lentamente. Cada qual tinha de carregar espada, arco e flechas, o escudo de madeira e um grosso bastão para sustentá-lo.

Apanhando sua espada, ele nem se deu o trabalho de embainhá-la. Correu na direção do centro do vale. Avistou o primeiro soldado chegar ao ponto central do vale, plantar seu escudo e encaixar uma flecha no arco. A armadilha estava quase pronta.

Poucos momentos depois, Eskkar alcançou o centro, enquanto Mesilim e seu bando cavalgavam lentamente para o interior, a fim de completar a linha de batalha. Os Ur Nammu formaram duas fileiras. Os cavaleiros, um pouco distantes uns dos outros, arco na mão, lança pendurada às costas, tinham um ar determinado no rosto, preparados para dar o troco aos seus odiados inimigos pela chacina que tinham sofrido.

Os cinquenta homens de Eskkar se estenderam por dois terços do espaço. Mesilim e seus 22 guerreiros completaram a parte restante.

Ofegante, Eskkar parou a poucos passos do cavalo de Mesilim, quando o chefe dos Ur Nammu tomou seu lugar. Eskkar deu a primeira boa olhada no vale.

Os Alur Meriki se movimentavam sem destino, tentando entender o que acontecia. Num momento, investiam na direção de uma dúzia de invasores Ur Nammu desmontados. Então uma linha de homens se erguera da terra como se por mágica e disparara uma rajada de flechas contra eles. No mesmo instante, os Ur Nammu, que saqueavam e incendiavam, tinham saltado para seus cavalos e disparado suas próprias flechas.

Tomados de surpresa, os Alur Meriki tinham girado seus cavalos, galopado de volta e ficado fora de alcance. Eskkar sabia que eles já tinham perdido sua melhor chance de escapar. Se tivessem continuado com o ataque, teriam tido perdas pesadas, mas pelo menos alguns deles teriam irrompido através dos homens de Gatus e de Subutai.

Eskkar distinguiu o líder deles, cercado pelos seus homens enquanto tentava imaginar por que os estranhos não foram no encalço deles, por que ficaram parados ali, gritando e praguejando e sacudindo seus arcos, enquanto os Ur Nammu cavalgavam de um lado para o outro. Eskkar contou 13 cavalos sem cavaleiros espalhados no meio deles, revelando o dano causado pelas flechas dos homens de Gatus.

As flechas tinham voado na direção dos Alur Meriki, até estes terem parado e recuado, e então cessaram subitamente. Os guerreiros de Subutai permaneciam atrás dos arqueiros de Gatus. Esses arqueiros, protegidos dos pés à metade do peito por escudos pesados, estavam aprumados e escorados numa estaca, à espera da próxima investida.

Enquanto Eskkar observava, um guerreiro Alur Meriki, gritando e agitando seu arco, finalmente alcançou seu chefe e apontou em direção ao norte. O chefe olhou para trás, pelo caminho por onde tinham entrado, e viu uma linha de homens estendida através da parte mais estreita da garganta, com mais Ur Nammu do lado deles.

Os Alur Meriki tinham caído numa armadilha, e agora seu líder sabia disso.

Eskkar olhou de relance para trás, para a linha, e viu que ela estava completamente formada. Cada homem se mantinha a dois passos de seu vizinho, atrás do escudo que lhe dava uma proteção parcial das flechas dos Alur Meriki. Cada qual tinha um coldre na cintura, outro pousado sobre o escudo, as flechas meio para fora para serem apanhadas com mais facilidade. A espada de cada um estava enfiada na terra, pronta para uso instantâneo, caso os Alur Meriki sobrevivessem à tempestade de flechas.

Jalen comandava os homens mais próximos à parede, permanecendo atrás da linha, espada em punho, enquanto Hamati, um dos subcomandantes de Gatus, tomava posição no centro dos arqueiros. Ele dirigia as flechas de fogo.

Todos estavam em posição. Tudo saía como fora planejado. Agora Eskkar e seus homens esperavam. Faltava apenas mais uma parte do plano para tornar a armadilha completa.

Hamati, mascando calmamente uma folha de grama e com um grande sorriso no rosto, caminhou até Eskkar. Três peles de água tinham sido guardadas no buraco, e Hamati acabara de entregar a última delas aos soldados. Cada homem teria sua quota de água antes da luta.

— Bem, Capitão, eles já tomaram a água. Agora podem mijar quanto quiserem. — Deu uma olhadela para o vale. — Acho que eles ainda estão ao alcance das flechas dos homens de Gatus e não sabem disso.

— Eles estão mesmo confusos — concordou Eskkar. — Não é assim que estão acostumados a lutar, mas não demorarão a formar um novo plano. Os homens estão prontos? — Uma pergunta idiota, e Eskkar arrependeu-se das palavras assim que as pronunciou.

O veterano Hamati ouvira centenas dessas perguntas de líderes superiores.

— Estão. E lhes disse novamente para visarem os cavalos. — Sorriu diante das preocupações de seu capitão. — Eles agora também estão confiantes, sabendo que Gatus os deteve. Não se preocupe, vamos contê-los.

Houve uma movimentação nas fileiras dos Alur Meriki e seus cavalos começaram a virar na direção de Eskkar, uma tosca linha se formando. Evidentemente, o líder decidira não correr mais riscos com o que poderia estar diante dele. Tentaria escapar pelo caminho por onde viera.

Gatus viu a mesma movimentação e percebeu o que significava. Eskkar não conseguiu ouvir a ordem, mas subitamente flechas percorreram seu caminho, voando na direção dos bárbaros, ainda dentro do alcance dos arcos longos dos soldados. Mitrac, com seu arco mais longo e mais potente, conseguiria alcançá-los facilmente. Eskkar deixara Mitrac com Gatus, achando que, ali, o jovem ficaria mais seguro.

A chuva mortal caiu novamente sobre os Alur Meriki, ferindo homem e animal, causando mais confusão ainda na massa informe. Um cavalo enlouqueceu de dor, dando coices e mordendo até alguém matá-lo.

Os Alur Meriki trotaram para ficar longe do alcance, mas Gatus reagiu quase que imediatamente, avançando cinquenta passos com seus homens antes de pararem para voltar a formar a fileira de escudos. Os guerreiros Ur Nammu vieram logo atrás com seus cavalos.

— Hora de agir, Hamati — disse Eskkar sombriamente. — Eles já imaginaram do que se trata. — Recuou até Mesilim. — O que eles farão a seguir? Seu lado ou o meu?

— Seu lado — respondeu Mesilim, sem afastar os olhos do inimigo, altaneiro em sua manta de sela, tentando enxergar o máximo possível. — Eles tentarão atravessar pelo centro de seus homens, o mais distante possível dos nossos. Agora só pensam em fugir e não acham que os seus arqueiros consigam detê-los. Se seus homens conseguirem segurá-los, nós acabaremos com eles.

Algo na voz de Mesilim causou um arrepio em Eskkar. Ele já ouvira antes aquele mesmo tom, a fúria de batalha que deixa os homens com raiva frenética de seus inimigos. Ele, porém, não tinha tempo para tais pensamentos. Os Alur Meriki começaram a se mover em direção ao lado leste do vale, forçando seus cavalos a galopar, enquanto escalavam a ligeira inclinação.

— Erguer os arcos, alcance total — gritou Hamati, utilizando as mesmas palavras que pronunciara em mil sessões de treinamento, enquanto avaliava a distância para o disparo. — Mirem nos cavalos. Se algum escapar, usem as espadas em suas pernas.

Os arcos foram erguidos, as flechas encaixadas e colocadas em um ângulo de disparo a longa distância.

— Preparar! — A voz de Hamati percorreu toda a fileira. — Disparar! À vontade!

Cinquenta flechas saltaram das cordas dos arcos, sua descida programada para chegar, ao mesmo tempo que os bárbaros, no ponto distante do terreno. As setas assobiaram quando eclodiram no ar. A segunda onda lançada menos de três segundos depois, depois mais outra, a saraivada tornando-se menos uniforme à medida que os homens mais rápidos disparavam com mais velocidade do que os outros.

Homens e cavalos foram ao chão, mas não muitos, e os bárbaros continuaram avançando. Eskkar viu que agora os arcos dos soldados estavam na horizontal, os homens disparando o mais rápido possível. Os gritos de guerra dos Alur Meriki se misturavam com o estrondear dos cascos dos cavalos e a terra tremia com seu impacto.

Os Alur Meriki tinham de percorrer mais de 800 metros para alcançar os homens de Eskkar, o que levaria para eles o tempo que um homem demorava para contar até setenta, e estariam ao alcance de um tiro de arco por quase metade dessa distância. Automaticamente, Eskkar contou as saraivadas. Uma... duas... três. Cada saraivada equivalia a cinquenta flechas, todas miradas para cerca de sessenta guerreiros. Quatro... cinco... seis.

Flechas voavam dos dois lados. Um arqueiro caiu, depois outro, e uma flecha até mesmo passou assobiando pelo ouvido de Eskkar. Sete... oito... nove. Mas as setas pesadas dos soldados continuavam encontrando seus alvos à medida que a distância diminuía. Dez... 11. Cavalos e cavaleiros eram cuspidos para o chão, retardando os que vinham atrás deles. Os arqueiros de Orak tinham virado a tática do disparo rápido dos povos das estepes contra eles próprios, com eficiência e precisão ainda maiores.

Eskkar ouviu Mesilim gritar uma ordem e viu a primeira fileira de cavaleiros Ur Nammu começar a se mexer. Doze...

Com um grito, Mesilim liderou dez homens num movimento de varredura, curvando sua fileira para a esquerda e pretendendo atacar os Alur Meriki a partir do flanco, pouco antes de alcançarem os arqueiros. Os homens de Mesilim disparavam flechas à medida que avançavam. Ao mesmo tempo, a segunda fileira de Ur Nammu virava seus cavalos para trás de Eskkar, a fim de ajudar a outra linha para o caso de algum Alur Meriki rompê-la.

Quando o líder Alur Meriki viu os Ur Nammu movimentando-se atrás dos arqueiros, teve a certeza de que a linha não seria rompida. Treze... 14. Então, a menos de setenta passos dos soldados, os guerreiros Alur Meriki começaram a deter suas montarias, incapazes de continuar em virtude dos disparos fulminantes.

Eskkar viu o líder deles gritar, tentar virar seus homens para a esquerda, a fim de irromper através do espaço aberto onde os Ur Nammu estiveram antes.

Em vez disso, Mesilim e seus dez cavaleiros atiraram-se contra eles numa luta corpo a corpo.

Os Ur Nammu restantes deveriam esperar mais atrás, para impedir que qualquer um tentasse fugir. Mas, ao verem bem à frente seus irmãos em ação, eles ignoraram as ordens e deram com as esporas nos cavalos por entre os arqueiros, derrubando soldados em sua ânsia de alcançar o inimigo.

Essas ações forçaram os arqueiros de Orak a pararem de atirar, pois amigo e inimigo se misturaram.

Os homens e os cavalos de Mesilim estavam descansados e preparados. Sua primeira onda de flechas deteve os inimigos, antes que eles conseguissem tirar vantagem de seu número superior. Então lanças e espadas foram empunhadas. Eskkar viu Mesilim derrubar um cavalo com sua primeira flecha, depois matar um cavaleiro com a segunda, antes que o líder Ur Nammu chocasse seu cavalo com o do animal do líder Alur Meriki. Eskkar viu Mesilim largar o arco e erguer a lança antes de desaparecer de vista na confusão de cavalos, homem e pó.

Amaldiçoando todos os deuses de que conseguiu se lembrar, Eskkar saiu correndo, determinado a deter o máximo possível de fugitivos pela brecha agora aberta à sua direita. Três Alur Meriki conseguiram passar, mas Hamati percebera o perigo e tirara homens da linha, levando-os a deter aquela nova ameaça. Eles dispararam suas flechas e abateram os homens, múltiplas hastes salientando-se de cavalo e cavaleiro, antes que os Alur Meriki conseguissem fugir.

Os atacantes sobreviventes tinham parado, derrotados, e viraram seus cavalos e voltaram para o centro do vale. Eskkar viu Mesilim novamente. O chefe dos Ur Nammu estava agarrado ao pescoço de seu cavalo, incapaz de chamar seus homens de volta. Sangue cobria tanto cavalo quanto cavaleiro, quando Eskkar chegou correndo para segurar o cabresto no instante em que Mesilim começava a cair.

Eskkar agarrou o homem ferido e o desceu da montaria para o chão. O cavalo de Mesilim também tinha levado um corte no pescoço, os olhos esbugalhados e andadura cambaleante. Muitos animais sem cavaleiros andavam sem destino e alguns dos homens de Eskkar começavam a perder tempo tentando pegá-los.

Os Ur Nammu saltaram para fora de seus cavalos, cercando seu líder e, na pressa, empurraram Eskkar para o lado, mas em pouco tempo voltaram para seus cavalos. Um deles se dirigiu a Eskkar.

— Mesilim está morrendo. Mas ele nos mandou obedecer a você, até Subutai ordenar o contrário.

— Verifique cada cavalo. Ninguém deve escapar agarrado à barriga de um cavalo. Mande cinco homens vigiarem a entrada norte e diga-lhes para ficarem lá, haja o que houver. E verifique se todos os Alur Meriki estão mortos. Enfie uma lança em cada corpo.

Voltando sua atenção em direção ao centro do vale, Eskkar viu os bárbaros que recuavam terem outra surpresa. Gatus tinha avançado com seus homens a toda a velocidade assim que o ataque começara, e agora eles estavam formados a duzentos passos de distância. Os bárbaros se viram sob fogo de longa distância de ambos os lados, pois Hamati ordenara que seus homens avançassem cinquenta passos.

Eles não podiam ir mais adiante. Qualquer grande avanço os deixaria na parte mais larga do vale e a linha ficaria muito fina ao se esticar. Contudo, flechas continuaram a voar de ambos os lados do vale. As hastes reluziam alto no céu antes de formarem um arco direto sobre o inimigo.

Eskkar viu de relance o chefe Alur Meriki. Ele sobrevivera ao ataque de Mesilim, mas parecia ferido. Eskkar fez uma conta rápida; apenas cerca de vinte bárbaros continuavam vivos. Gatus movimentou-se novamente, avançando mais cinquenta passos antes de estabelecer uma nova linha.

Os homens e cavalos Alur Meriki, atingidos à longa distância pelas mortíferas flechas com ponta de bronze, continuavam a cair. Seu chefe agora já não tinha homens suficientes para romper qualquer um dos dois lados. Deu outra ordem e seus homens começaram a correr em direção à parede oeste.

Passaram a escalar, subindo com dificuldade os lados íngremes. Os Alur Meriki tiveram de desmontar para conduzir e guiar os cavalos encosta acima. No instante em que foram na direção do rochedo, os Ur Nammu de ambos os lados avançaram, ignorando as flechas dos soldados que ainda caíam sobre suas cabeças, e atacaram os fugitivos.

Eskkar viu cavalos escorregarem e caírem, gritando de dor, homens e animais morrendo quando as setas encontravam seus alvos, mas os Alur Meriki continuavam escalando, pelejando acima da encosta íngreme, enquanto se esforçavam para escapar do vale. Contudo, quando o primeiro homem chegou ao cume, quatro Ur Nammu surgiram na beira do rochedo e começaram a disparar flechas abaixo contra a massa que se esforçava para se livrar.

Eram homens de Subutai, mais dois garotos que tinham vindo com os mais velhos. Ele enviara três homens e um menino ao lado oeste, e dois homens e outro garoto ao lado leste, para o caso de os Alur Meriki tentarem fugir escalando o rochedo. Os homens tinham demorado esse tempo todo para alcançar suas posições, mas chegaram no momento exato para participar da matança.

Os poucos Alur Meriki restantes ainda com vida estavam impotentes. Se largassem os cavalos, os animais imediatamente dariam meia-volta e tentariam descer. E não conseguiam disparar um arco com uma das mãos. Logo estariam todos mortos ou morrendo, de um modo ou de outro, por causa das flechas cuidadosamente miradas e disparadas à queima-roupa pelos homens acima, ou pela tempestade de mísseis que vinha de Subutai e seus homens da parte de baixo. Os Ur Nammu tinham se reunido na base da encosta para terminar a chacina, alguns deles zombando de suas vítimas à medida que acionavam seus arcos.

Um dos homens de Eskkar capturou um cavalo e levou-o ao seu capitão. Eskkar saltou para o dorso do animal com expressão de fúria nos olhos. Assim que teve o domínio da besta descontrolada, cavalgou para o interior do vale e alcançou os Ur Nammu no momento em que o último corpo vinha desabando encosta abaixo, empurrado pelos homens que desciam do cume.

Subutai tinha sangue no lábio e um ar de triunfo no rosto; fora isso, parecia ileso. Seus homens, plenos de alegria, davam seus gritos de guerra. Ele viu Eskkar. Então seus olhos se arregalaram, ao se dar conta de que seu pai não estava com ele.

— Seu pai está morrendo, Subutai. — Eskkar não soube como amenizar a notícia.

Subutai bufou de raiva e frustração, mas nada disse.

Eskkar não podia esperar.

— Subutai, precisamos verificar todos os corpos, ter certeza de que nenhum está se fingindo de morto ou escondido entre as pedras. Precisamos contar os mortos, está entendendo?

Subutai levou algum tempo para responder, seu rosto denunciando a raiva que tentava manter sob controle.

— Leve-me até ele. — Apesar disso, berrou ordens para seus homens, antes de virar o cavalo para se distanciar da encosta.

Os dois cavalgaram de volta até onde os guerreiros Ur Nammu cuidavam de seu chefe. Mesilim estava deitado, morto ou inconsciente, portanto, Eskkar deixou os homens da tribo com sua dor e foi embora, para verificar se Jalen e Hamati tinham fechado o vale e contado os mortos. Depois se virou e galopou de volta a Gatus, que seguira as ordens e recuara para a extremidade sul do vale.

— Gatus, controle a entrada e mantenha os homens vigiando ao longo das paredes do cânion.

Gatus cuidaria dos detalhes, portanto, Eskkar fez meia-volta com o cavalo e retornou para os guerreiros, agora reunidos ao redor do corpo de Mesilim. Desmontando, ele descobriu que ainda carregava a espada, o pensamento de prender a bainha à sua cintura nunca lhe ocorrera, e nada fizera com a pesada lâmina, a não ser carregá-la de um lado a outro.

Dessa vez, percebeu que Mesilim tinha morrido. Ficou ao lado do corpo e fez aos deuses a oração do guerreiro. Ao terminar, cumprimentou Subutai com a cabeça e foi embora, para deixar os Ur Nammu com seus rituais fúnebres. Eskkar tinha muito o que fazer.

Ele começou com os mortos Alur Meriki e levou algum tempo até ficar satisfeito, de fato só depois de contar pessoalmente todos os corpos. Ignorou os números de Jalen e Gatus e exigiu que todos os corpos fossem reunidos em um local para ter certeza de que havia 73 Alur Meriki mortos no chão. A escuridão começou a cair, chegando mais cedo no vale sombreado por colinas, e os homens fizeram uma fogueira. Quando se sentou perto das chamas, Eskkar sentiu-se exausto, como se tivesse passado o dia todo lutando, embora não tivesse erguido sua espada uma só vez.

Alguém lhe trouxe uma pele de vinho roubada de uma das casas de fazenda e ele bebeu agradecido, pela primeira vez não se importando por haver o suficiente apenas para ele, com os homens tendo de passar sem.

Gatus perdera apenas três homens, e tinha mais dois feridos. Os homens com Eskkar tiveram mais perdas, cinco mortos e quatro feridos, mas apenas um ou dois com probabilidade de morrer. Os escudos pesados, que haviam provocado reclamações por parte dos homens por ter de carregá-los durante dias, sem dúvida salvaram vidas e evitaram ferimentos.

Os Ur Nammu perderam quatro homens e tinham dois feridos, todas as perdas acontecendo quando Mesilim levou seus homens contra os bárbaros. Fora uma vitória surpreendente, 73 inimigos mortos, contra apenas 12 do seu lado. Eskkar nunca ouvira falar antes de uma batalha assim, na qual a força maior e mais poderosa fosse derrotada tão facilmente e com tão poucas perdas.

Normalmente, quando os homens combatiam, o lado com maior número vencia, a não ser que o outro lado se mostrasse mais forte, mais bem armado ou mais descansado. Aqui a batalha fora cogitada pela primeira vez semanas antes. Depois, os detalhes da armadilha foram cuidadosamente tramados. Eskkar concluiu que mais vitórias desse tipo podiam ser alcançadas, com a mesma premeditação, como o modo pelo qual planejaram a defesa de Orak. Ele pensaria muito sobre isso depois.

Quando Eskkar largou no chão a pele de vinho vazia, os soldados estavam reunidos em volta da fogueira. Os mais próximos do fogo se sentaram, enquanto o resto permaneceu atrás. Quase nove homens esperavam pacientemente, querendo saber o que ele diria.

Alguns cochichavam com outros, mas a maioria permanecia em silêncio. Todos olhavam com admiração para Eskkar. Demorou um momento para que entendesse. As palavras de Trella lhe voltaram. *Em primeiro lugar os homens, Eskkar, construa sua lealdade. Lembre-se do quanto precisa deles.* Ele precisava dizer alguma coisa para os soldados.

Levantou-se. Instantaneamente, toda a conversa cessou, cada olhar fixado nele. Inspirando fundo, Eskkar ergueu a voz.

— Hoje derrotamos os bárbaros em campo de batalha. Mas esse não foi um confronto normal nas colinas. Tivemos de matar todos eles. Pois bem, vocês mataram 73 bárbaros e perdemos apenas 12 homens. Para vencer, vocês tiveram de seguir exatamente suas ordens e lutar como bravos. Precisaram trabalhar em conjunto para salvar as vidas uns dos outros. Vocês fizeram isso muito bem e, ao mesmo tempo, provaram que os inimigos podiam ser derrotados com o arco. Agora, eles não terão nenhuma força às nossas costas, quando vierem para Orak, e os derrotaremos lá como os derrotamos aqui. Hoje a glória é de vocês. Hoje eu nada fiz, a não ser correr tão devagar que todos os homens me ultrapassaram.

Todos riram disso, e alguns gritaram comentários sobre Eskkar estar ficando velho.

Ele ergueu a mão e apontou na direção da outra fogueira a cinquenta passos dali, onde os Ur Nammu estavam sentados em silêncio, observando Eskkar falar com seus homens.

— Mas nunca esqueçam de que não teríamos tido tanta sorte sem a ajuda deles. Alguns deles morreram hoje, inclusive seu líder, para nos ajudar. Por causa disso, devemos reverenciá-los e nos unir a eles como irmãos.

Olhou em volta do círculo de soldados. Viu alguns olhos brilhando com o marejar.

— Hoje receberemos muitos homens novos para o Clã do Falcão. Gatus, Hamati, Jalen... todos nós observamos muitos homens que lutaram bravamente. Mas cada um de vocês se manteve ao lado do companheiro e cada um de vocês pode falar alto sobre sua coragem. Primeiro, chamo o nome de Phrandar, o corredor mais veloz e o primeiro a chegar à linha de batalha, merecedor da moeda de ouro pela sua velocidade. Ele defendeu a extremidade da linha de batalha. Eu lhes pergunto: ele é do Clã do Falcão?

Um clamor de aprovação respondeu à sua escolha. Homens gritaram outros nomes. Então alguém começou a entoar o nome "Eskkar!... Eskkar!... Eskkar!". Outros continuaram com o grito, até as paredes do vale ecoarem o alarido. Prosseguiu por tanto tempo que ele pensou que os pulmões dos soldados iam estourar. Quando os homens se calaram, continuaram sentados ali, olhando para ele.

Eskkar nunca vira tal honra ser prestada antes. Embora tivesse feito pouca coisa, os soldados lhe deram o crédito da vitória. Os homens acreditavam nele. Mais do que isso, confiavam nele para mantê-los vivos. Trella estava certa. Ele não precisava mais lutar para provar seu valor, para manter o respeito dos soldados. Eles aceitavam sua liderança, assim como confiavam nele para que os liderasse em futuras vitórias. Eskkar obtivera sua lealdade. Agora precisava usá-la como base.

— Soldados de Orak — começou —, o Clã do Falcão aguarda os mais bravos dos bravos. Digam-me seus nomes!

Outro clamor elevou-se na noite. Novamente eles gritaram nomes, até Gatus se levantar e restaurar a ordem. Quando terminaram, mais 18 homens tinham sido qualificados para usar o símbolo do Falcão. E todos juraram seguir Eskkar até as profundezas do inferno, se ele os liderasse.

Finalmente, Eskkar escapuliu e foi até Subutai e seus homens. Em silêncio, eles choravam seu líder, enquanto observavam os soldados comemorarem.

— Subutai — começou Eskkar —, vim apresentar meus agradecimentos a você e a seus homens. Sem a sua ajuda, não teríamos conquistado essa vitória. Também quero apresentar minha dor por Mesilim. Ele foi um grande guerreiro, um homem corajoso que liderou muito bem seu povo.

— Você honra meu pai, e isso é bom. Ele morreu como queria... guerreando. — Subutai mantinha a voz forte e clara para todos ouvirem, a voz de um chefe. — Mas você, também, é um grande líder, e nos levou a uma grande vitória. Por causa disso, declarei cumprido o Shan Kar de meu pai. Ele nos deu o Shan Kar e essa vitória, mas agora ambos chegaram ao fim. Voltaremos ao norte, de onde viemos.

No momento em que Subutai declarou que o Shan Kar acabara, Eskkar percebeu que os Ur Nammu não voltariam a lutar. Mesilim fizera o arranjo para lutar com Eskkar, e não Subutai, e seu filho não estava preso a um juramento ou a um dever para manter. Em seu coração, Eskkar não podia argumentar contra a decisão. Agora muito poucos para ter qualquer influência nas batalhas, os Ur Nammu teriam sorte se continuassem vivos.

— Alegro-me por seu Shan Kar ter se completado. Mas a amizade entre nossos povos não terminou. Nós lhe devemos muito e lembraremos a nossa dívida.

Eskkar expôs seu plano para começar pela manhã a marcha de volta a Orak. Ambos enterrariam seus mortos assim que amanhecesse. Subutai voltaria com Eskkar para apanhar as mulheres e as crianças deixadas para trás.

Horas se passaram antes que todos, finalmente, se acomodassem para dormir. Eskkar sentia-se muito cansado, mais de se preocupar do que de lutar.

Finalmente as sentinelas foram postadas e os turnos estabelecidos. Estava para se enrolar num cobertor, quando ouviu seu nome. Virando-se, viu Subutai caminhando em sua direção através do ajuntamento de soldados. Fez menção de se levantar, mas Subutai sentou-se perto dele, seus rostos bem juntos.

— Eskkar, quero falar com você por um instante. — Ele mantinha a voz baixa e falava em sua língua nativa, embora o homem mais próximo estivesse a dez passos de distância. — Eu sei o que meu pai lhe prometeu, e eu o ajudaria, se pudesse. Meus homens estão exaustos e precisam de tempo para descansar, e temos de recuperar as nossas terras antes que outro as tome. Mas não quero deixá-lo como amigo, pela manhã, e, à noite, nos encontrarmos como inimigos.

Eskkar entendia o problema de Subutai.

— Não há desonra em sua conduta. Deve fazer o que é melhor para seu povo. Quando atravessarem o rio para o norte, a terra ali é de vocês. Ninguém de Orak jamais a reivindicou, e poucos jamais a viram. Ela não serve para o cultivo de trigo ou de legumes, portanto, é de pouca utilidade para nós. Desde que vocês não façam a guerra do outro lado do rio, não seremos inimigos.

— Terá se passado muito tempo até estarmos bastante fortes para cavalgar através do rio.

— Mesmo então, não haverá necessidade. Quando toda essa luta terminar, precisaremos de ajuda para vigiar as nossas fronteiras e nos alertar de novos ataques e de novos inimigos. Poderíamos estabelecer um intercâmbio para suas necessidades, montar um acampamento de comércio. Seu povo se beneficiaria.

— Talvez possa ser como você diz — concedeu Subutai —, comércio em vez de guerra. Mas, antes, preciso reunir meu povo e voltar para as montanhas. Alguns de meus guerreiros ainda são a favor da ideia de atacarmos os Alur Meriki, como você e meu pai discutiram. Veremos o que trarão as próximas semanas. — Estendeu a mão e segurou o ombro de Eskkar. — Partimos como amigos, como meu pai teria feito.

Eskkar retribuiu o aperto.

— Como amigos devemos nos separar. Mas talvez ainda haja mais coisas que eu possa fazer por vocês, antes de irem. Pensarei a respeito e enviarei uma mensagem para Trella.

Quando o chefe Ur Nammu se foi, Eskkar afundou novamente no capim, pensando sobre as palavras de Subutai, "as próximas semanas". O novo líder Ur Nammu acabara de dizer que Eskkar e a aldeia teriam de resistir aos ataques dos Alur Meriki, de qualquer maneira, por pelo menos todo esse tempo. Eskkar fechou a cara ao se enrolar no cobertor.

Trella havia pensado de que modo essas pessoas poderiam ajudar Orak agora e no futuro. Mais importante, ela as observara com benevolência, vendo além dos ornamentos de um guerreiro, assim como deixara de enxergar o bárbaro no homem a quem fora dada.

Bar'rack rastejou até o cume da elevação, ignorando os insetos que lhe davam as boas-vindas ao picarem sua pele. Espreitando por entre uma moita de capim, observou o acesso ao vale. Não conseguia enxergar muita coisa. A entrada ficava a mais de trezentos passos de distância, mas o que viu o mantinha grudado ao chão.

Dois cavaleiros pararam seus cavalos perto da boca do vale. Ambos carregavam lanças encimadas por fitas amarelas e arcos atravessados nas costas. Sua postura relaxada fez Bar'rack apertar os dentes de raiva. Seus irmãos de clã tinham entrado naquele vale horas atrás; ainda podia ver a larga trilha de marcas de cascos que se estendia logo abaixo dele por todo o caminho para a passagem que levava ao que devia ser um vale de bom tamanho.

Outro cavaleiro apareceu ao longo da crista da parede do vale. Esse acenou o arco na direção dos cavaleiros abaixo. Estes acenaram de volta, mas continuaram ali. Após longo momento examinando o terreno abaixo, o terceiro cavaleiro virou-se e sumiu de vista.

Bar'rack xingou as moscas e as pulgas que o picavam, então amaldiçoou seus irmãos de clã por terem-no deixado para trás, se bem que agora começava a pensar que os deuses tinham salvado sua vida. Seu cavalo pisara num buraco, quebrara a perna e jogara seu cavaleiro no chão. Atordoado demais até mesmo para se agarrar atrás de outro cavaleiro, eles o deixaram para trás em sua avidez de alcançar os Ur Nammu. Ele desmaiara e, quando voltou a si, descobriu-se sozinho.

Aborrecido por ter sido deixado para trás, Bar'rack passou a andar, uma atividade que normalmente consistia em se movimentar de sua tenda para seu cavalo. Levara quase duas horas, seguindo a trilha sinuosa deixada pelos seus irmãos de clã, para chegar àquele lugar. Felizmente, os cavaleiros não o viram quando ele se aproximou.

Outra hora se passou, enquanto observava, mas nada aconteceu. O cavaleiro da crista aparecera duas vezes durante esse tempo, seus movimentos dizendo a Bar'rack que os Ur Nammu patrulhavam as alturas do vale como também os acessos a ele. Seus irmãos Alur Meriki não tinham voltado pelo caminho por onde entraram, portanto, ou saíram pela outra extremidade do vale, supondo-se que houvesse uma, ou todos tinham sido mortos. Como isso teria sido possível ele não fazia ideia, mas ouvira a história dos guerreiros presos em uma armadilha dos Ur Nammu, poucas semanas atrás. No pior de seus pesadelos, Bar'rack não podia acreditar que tal coisa pudesse acontecer aos seus irmãos de clã.

Um punhado de guerreiros apareceu na entrada do vale e, por um momento, Bar'rack pensou que seus irmãos de clã tivessem retornado. Esses novos cavaleiros, porém, não tinham qualquer cor, nem carregavam lanças ou arcos. Comedores de terra, concluiu, pelo modo como lidavam com seus cavalos, exceto pelo seu líder. Um guerreiro alto com aparência de cavaleiro falava de igual para igual com os dois Ur Nammu que guardavam a entrada. O modo como eles responderam, mostrando respeito e deferência, surpreendeu Bar'rack. Observou enquanto o cavaleiro alto ouvia a resposta deles. Então ele girou o cavalo e cavalgou de volta para o interior do vale, seus homens seguindo atrás.

Bar'rack já vira o suficiente. Deitou o rosto no chão e tentou pensar. Comedores de terra tinham se juntado com os imundos Ur Nammu. Ou tinham liquidado todos os guerreiros Alur Meriki ou os empurrado para o sul. Em ambos os casos, Bar'rack estaria por sua conta própria. Seu dever para com o clã era claro — tinha de voltar através do Tigre e alertar os líderes dos Alur Meriki.

Um instante de temor tomou seu corpo. Se os Ur Nammu cavalgassem de volta por aquele caminho, talvez vissem suas pegadas cobrindo as da trilha dos cavalos. Eles o caçariam, seguiriam seus rastros aonde quer que ele fosse, até pegá-lo. Bar'rack olhou para o sol. Restavam apenas algumas horas de luz do dia. Não ousaria se mexer até escurecer. Teria de viajar à noite, colocar o máximo de distância possível entre ele e os Ur Nammu, os quais, certamente, enviariam suas patrulhas ao amanhecer.

Escapar, procurar e roubar um cavalo em algum lugar, então voltar para Thutmose-sin: era isso que ele precisava fazer. Rolou de costas e cobriu os olhos com o braço. Ainda tinha sua pele de água e o arco. Descansaria até o anoitecer, então partiria. Com sorte, conseguiria viajar o mais longe possível para escapar das patrulhas dos Ur Nammu.

Debaixo do braço, Bar'rack descobriu que os olhos lacrimejavam. Seu irmão mais novo entrara naquele vale. Agora teria de avisar a mãe de sua morte. Deixou as lágrimas escorrerem, algo que não poderia fazer na presença de guerreiros. Quando, porém, as lágrimas secaram, ele jurou vingança aos deuses, em nome de seu irmão, contra os Ur Nammu e também contra os miseráveis comedores de terra. Os deuses ouviram seu juramento, e Bar'rack sabia que eles o honrariam. Os comedores de terra e os Ur Nammu pagariam pela morte de seu irmão.

21

Assim que clareou, Eskkar despachou um cavaleiro até Orak para avisar sobre a vitória. Ele também queria que Trella soubesse da morte de Mesilim e seu efeito em Subutai.

Os homens passaram a manhã enterrando os mortos e cuidando dos feridos. O sol tinha subido bem alto quando começaram a viagem de volta a Orak, mas os longos dias de verão lhes prometiam horas a mais de luz do dia.

Os feridos que conseguiam montar receberam cavalos, e grupos de homens se revezavam, carregando os três feridos incapazes de cavalgar. Trinta e dois cavalos tinham sido capturados. Eskkar dera trinta deles para os Ur Nammu. O restante das montarias dos Alur Meriki morrera na batalha. Cada homem recebeu seu quinhão de carne de cavalo, e o que restara da casa de fazenda fornecera combustível para cozinhar nas fogueiras.

Acamparam assim que caiu a escuridão e, na manhã seguinte, Eskkar fez com que marchassem assim que o sol surgiu. No início da tarde já tinham percorrido quase três quartos da distância para casa e Eskkar esperava alcançar Orak logo após escurecer. Não forçou o passo e os homens caminhavam agora com menos peso, já que não tinham de carregar os escudos desajeitados e pesados.

Também não carregavam comida. O resto tinha sido consumido no desjejum daquela manhã. Não prejudicaria os homens ficarem sem um jantar.

O sol começara a se pôr quando apareceu um cavaleiro no topo da colina e açoitou um animal obviamente cansado na direção da coluna de soldados.

Subutai cavalgava ao lado de Eskkar, embora apenas dez de seus guerreiros o acompanhassem. Os outros tinham ficado para trás, no vale, vigiando os cavalos e descansando. Eskkar observou o cavaleiro que se aproximava, o cavalo coberto de suor e acabado para aquele dia. Detendo a coluna, Eskkar desmontou e sentou-se no chão, gesticulando para que o cavaleiro fizesse o mesmo. O restante dos homens, ansiosos para ouvirem as notícias mais recentes, se apinharam em volta dele, toda a disciplina acabada naquele momento.

— Capitão, venho de parte de Lady Trella. Ela mandou lhe dizer que os bárbaros foram avistados. — O homem fez uma pausa para recuperar o fôlego. — Uma grande coluna surgiu do sul dois dias atrás. Avistamos mais de cem cavaleiros. Eles agora estão vigiando a aldeia.

— Algum deles tentou atravessar o rio? — A água atualmente corria bem baixa e um bom nadador conseguiria fazer a travessia.

— Não, Capitão. Há água bastante nas fazendas, portanto, eles não precisam do rio.

Nem queriam, ainda, chamar a atenção de ninguém, pensou Eskkar.

— Mais alguma coisa?

— Sim, Capitão. Lady Trella se juntará a vocês dentro de poucas horas. Ela atravessou o rio comigo, juntamente com os bár... as mulheres e as crianças que os guerreiros deixaram para trás. Ela disse que as queria fora de Orak antes que os inimigos as impedissem de partir.

Trella a caminho! Bem, um pequeno grupo de mulheres e crianças atravessando o rio não deveria levantar suspeitas. Não importava. Ele não correria riscos naquele lado do rio.

— Gatus! Mande os homens se mexerem e aumentarem o passo. Não vou querer que Trella fique andando pela zona rural com um bando de mulheres. Vamos continuar avançando até encontrá-la.

— Capitão, ela está com quatro soldados — apressou-se em dizer o mensageiro. — Sisuthros quis enviar mais, mas ela disse que isso atrairia muita atenção.

Quatro ou quarenta não faziam diferença. Eskkar não descansaria enquanto não a visse de volta a Orak em segurança. Montando novamente no cavalo, ele liderou o caminho, seguindo num trote veloz que provocou resmungos nos homens que pelejavam para se movimentar e manter a mesma velocidade.

Subutai cavalgou de novo a seu lado.

— Talvez eu deva ir na frente, Eskkar, para ver se Trella está segura.

Eskkar pareceu pensar nisso por um instante.

— Não, é melhor que fique ao meu lado. Os homens que protegem Trella podem se surpreender se virem guerreiros cavalgando na direção deles.

— Eu estaria disposto a correr esse risco. Poderíamos gritar para eles, dizer quem somos. Nossas mulheres nos reconheceriam.

— Não, prefiro não arriscar. Fique aqui comigo. Vamos nos encontrar com eles em uma hora ou duas, no máximo.

— E se meu cavalo de repente saísse correndo, o que você faria?

Pela primeira vez, Eskkar virou-se para olhar com atenção para o homem a seu lado. Olhou firmemente o novo chefe dos Ur Nammu por alguns momentos e escolheu as palavras antes de responder.

— Na aldeia, Subutai, muitos homens agora lançam olhares para Trella, e tenho certeza de que alguns cortariam a minha garganta se achassem que isso os ajudaria a tê-la. Mas isso nunca poderia acontecer em Orak. A aldeia inteira se levantaria e tentaria castigar quem tentasse tomá-la à força.

Sua voz endureceu.

— Mas aqui, qualquer homem com um cavalo pode fazer uma prisioneira, e lembro-me de um ditado do meu clã: "Não confie em nenhum homem perto da sua mulher, especialmente o seu irmão ou o seu amigo." Agora o guerreiro que há em mim enxerga perigo em toda a parte, e eu não correria riscos com a segurança dela.

Subutai digeriu as palavras de Eskkar.

— Pode sossegar os seus temores. Cavalgarei com você até nos encontrarmos com eles. — Após um momento, acrescentou: — Embora eu ache que você aprendeu muita sabedoria com sua mulher.

— Ela tem tantos ditados, tantos, que às vezes minha cabeça dá voltas. Um deles é para você sempre se colocar no lugar do outro homem, para entendê-lo por dentro. Às vezes, não é uma coisa fácil de se fazer, mas geralmente ajuda a entender um homem.

Virou-se novamente para o chefe dos Ur Nammu:

— Você agora é o líder de seu povo. Mas, se será um grande governante, só o tempo dirá. Isso talvez também se aplique ao seu caso.

Cavalgaram em silêncio por uns cem passos, antes de Subutai falar.

— Pensei nisso, Eskkar. Por um momento, foi uma grande tentação. Mas eu sabia que, antes, teria de matá-lo. Depois de tudo que você tem feito pelo meu povo, me satisfaço em conseguir a sabedoria de sua mulher. Mas lembre-se de seus instintos. Fique sempre de olho nela.

— Essa é uma lição que já aprendi. Agora, vamos falar sobre o futuro.

A lua ainda não tinha subido quando alcançaram o cume de uma pequena colina e viram duas tochas luzindo a distância. Pouco depois, o grupo de Trella os avistou e agitou as tochas.

Os homens gemeram de alívio quando viram o grupo de Trella. Nas últimas três horas, não pararam de avançar. Orak agora estava perto, a um pouco mais do que outras duas ou três horas a passo lento. Trella não tinha ido muito longe, sobrecarregada com as mulheres e as crianças dos Ur Nammu, além da grande quantidade de suprimentos.

Eskkar galopou à frente assim que avistou as tochas. Saltou do cavalo e tomou-a nos braços até ela perder o fôlego.

— Você não devia ter deixado Orak. Aqui é perigoso. Poderia ter sido atacada na estrada. Ainda não se recuperou de seu ferimento.

Ela olhou-o à luz bruxuleante das tochas.

— Orak está a poucos quilômetros atrás de nós. Mas o vau pode ficar bloqueado a qualquer momento. Eu não queria ficar sozinha do outro lado do rio, longe de você.

— Conversaremos sobre isso depois. Agora precisamos lidar com Subutai. Espero que você tenha mais influência sobre ele e suas mulheres do que eu.

Contou-lhe sobre a batalha no vale, a morte de Mesilim e os planos de Subutai. Enquanto falavam, Gatus e os homens chegaram. Os soldados fizeram uma pequena fogueira e formaram um círculo em volta de Eskkar e Trella. Os homens beberam o que restava de sua água e descansaram. Eskkar disse a Trella o que pensava da nova situação, depois ouviu atentamente sua resposta.

Mandaram chamar Subutai. Ele estivera com a mulher e a filha, ouvira o que as mulheres do clã tinham a dizer, examinara os suprimentos e presentes que Trella lhes dera. Os suprimentos fariam uma grande diferença na maneira como os Ur Nammu viveriam nos meses a seguir.

Eskkar recuou seus guardas, e seus homens formaram um círculo amplo, deixando ele mesmo e Trella no centro. Então Subutai e seus homens entraram no anel, levando junto suas mulheres, embora Eskkar soubesse que esse não era o costume deles. Aquela, porém, era uma circunstância incomum. Por haver apenas cinco mulheres para trinta homens, essas esposas teriam uma voz muito mais ativa no futuro do clã.

Eskkar observava Subutai enquanto este olhava para Trella, que estava sentada numa parte de uma árvore caída que um dos soldados arrastara até ela. Como ela conseguia aquilo, Eskkar não sabia, mas Trella parecia magnífica e desejável mesmo com seu rústico vestido de viagem. Talvez fosse a combinação da luz da fogueira em seu rosto com as duas tochas ardendo por trás. Ela tinha uma presença incontestável, coisa da qual tinha consciência e trabalhava arduamente para realçar.

Quando os Ur Nammu se sentaram, as mulheres atrás dos homens, Eskkar começou.

— Nossos dois povos lutaram juntos contra seu inimigo comum, não uma vez, mas duas, e os derrotamos em ambas as vezes. Agora Subutai levará de volta seu povo para suas terras, ao norte do rio Enratus. Quando os Alur Meriki forem derrotados e expulsos de Orak, nosso povo permanecerá no sul. Desse modo, nossos dois povos viverão em paz.

Eskkar gesticulou na direção de Trella.

— Trella e eu nos oferecemos para ajudar o Chefe Subutai de todas as maneiras possíveis. — Virou-se para Subutai, que agora deveria falar.

— Lady Trella — começou Subutai, adotando a expressão usada por Eskkar. — Nós somos gratos pela sua ajuda às nossas mulheres e crianças. Você nos deu muitos presentes em comida e roupas, além de utensílios e medicamentos. Estamos constrangidos por não termos nada para lhe dar em troca. Atualmente, somos muito poucos para lutar contra os Alur Meriki. Contudo, sabemos que é sábia e muitas pessoas recorrem à sua sabedoria.

Para Eskkar, Subutai duvidava que ela tivesse alguma sabedoria que lhe fosse útil. Mas Trella plantara a semente com as mulheres, ainda antes de terem deixado a aldeia, e, sem dúvida, isso fizera parte das conversas tranquilas entre Subutai e seu povo momentos atrás.

— Somos nós que estamos em dívida com você, Chefe Subutai. — A voz suave de Trella flutuava no ar da noite como música de um alaúde, e nenhum som era ouvido em volta do círculo, exceto o crepitar das fogueiras e os sussurros dos tradutores, enquanto todos se esforçavam para captar as palavras dela.

— Sem sua ajuda, a vitória de dois dias atrás não teria acontecido, e os Alur Meriki teriam agora uma força poderosa atrás de Orak. Entretanto, um grande desafio se apresenta à sua frente... a necessidade de retornar à sua terra e a reconstrução de seu povo. Isso é algo que precisa fazer rapidamente, ou cairá vítima de um clã maior. Você precisará de mais esposas para seus homens, para lhes darem muitos filhos, e vocês precisarão de mais utensílios e de mais comida antes de poderem ficar novamente de pé. Pode ser que Eskkar e eu consigamos ajudá-lo nessas questões.

Eskkar sorriu internamente da situação em que Trella colocou Subutai. Ela lhe oferecera um meio para reconstruir seu povo, mas ele tinha de pedi-lo, e isso o deixaria em dívida com ela. Se ele recusasse, alguns de seus homens começariam a duvidar de sua liderança, principalmente se as ideias de Trella tivessem mérito.

Subutai considerou a oferta bem depressa. Ele tinha de pedir e então examinar seriamente as sugestões dela.

— Lady Trella, se tiver qualquer ideia que possa ajudar o meu povo, nós a pedimos.

— Nada é certo, Chefe Subutai — respondeu Trella. — Enfrentamos uma grande batalha contra o nosso próprio inimigo, e pode ser que não sobrevivamos. Mas, se sobrevivermos, e se os Alur Meriki forem expulsos, então as terras por onde eles terão passado estarão tomadas pelo caos e confusão. Haverá muitos homens sem patrão e sem terra que matarão e destruirão o pouco que tiver sobrevivido aos Alur Meriki. Mesmo entre sua espécie, haverá muitos clãs das estepes vagando por estas terras. Lutarão uns com os outros e também com os soldados que Orak enviará à zona rural, para proteger nossos fazendeiros e pastores. Neste momento, vários pequenos bandos de povos das estepes estão na margem oeste do Tigre, seguindo para o norte, evitando os Alur Meriki e, ao mesmo tempo, saqueando tudo o que podem.

Eskkar observava Subutai, enquanto este ouvia as palavras de Trella. Até então ela nada dissera de inesperado.

— Se você desejar — continuou Trella —, podemos conversar com esses pequenos bandos, ou você pode cavalgar para o sul e procurá-los pessoalmente. Reuni-los em um novo clã dentro de sua própria terra, com uma trégua entre seu povo e os homens das aldeias e das fazendas. Com suprimentos e mercadorias de Orak para permuta, a vida nas terras do norte poderá ser mais fácil. Orak lhes dará ouro, e vocês só precisarão vigiar as montanhas e nos avisar sobre qualquer perigo. Poderão trocá-lo por qualquer outra coisa que desejarem. Nosso único pedido seria para não atacarem as terras ao sul do Enratus.

Eskkar percebeu que Subutai meditava a respeito, do mesmo modo como ele próprio fizera quando Trella lhe propusera isso. A destruição causada pelos Alur Meriki tinha criado muitos bandos de desabrigados. Ao absorvê-los, um bando de cada vez, talvez uma nova tribo pudesse ser formada em meses, em vez de anos.

— Nós ainda precisaríamos de mulheres para os nossos homens, Lady Trella. Elas não serão fáceis de encontrar e, sem elas, os verdadeiros Ur Nammu diminuirão.

— Meu marido já lhe falou de um meio de obter muitas mulheres, tomando-as dos Alur Meriki, no auge de seu ataque contra nós. Eles estarão distraídos e vocês poderão capturar quantas desejarem.

— Mesmo se os Alur Meriki forem derrotados diante de seus muros, eles sairão à caça de quem roubou suas mulheres — disse Subutai com determinação. Sem dúvida, ele pensara bastante sobre tal ataque. Seu pai provavelmente estaria disposto a correr esse risco, para levar morte e vergonha aos Alur Meriki, mas Subutai não. — Se ficássemos sobrecarregados de prisioneiros, Lady Trella, eles rapidamente nos superariam e seríamos destruídos.

Eskkar falou.

— Subutai, muito pode ser realizado, se o plano for bom. Já vimos quão facilmente os Alur Meriki podem ser derrotados, se tudo for pensado com antecedência. Agora vocês têm muitos cavalos, mais do que precisarão, talvez mais até do que conseguirão levar de volta para as montanhas. O grupo de incursão poderia capturar as mulheres e jogá-las nos cavalos. Se o ataque fosse planejado cuidadosamente, vocês teriam de ter correias prontas, para prender as mulheres aos cavalos, e tochas preparadas para queimar o acampamento deles o máximo possível. Se seus homens não desperdiçarem tempo ou energia na luta, vocês poderiam desaparecer rapidamente. Assim, os cavalos poderiam correr até ficarem exaustos. Vocês fariam um revezamento para novas montarias, e matariam ou dispersariam as velhas, e os Alur Meriki estariam perseguindo vocês em animais cansados. Matem um segundo grupo de cavalos, e eles ficariam muito para trás, correndo o risco de se separarem do corpo principal da tribo. E teriam de voltar. Os poucos que fossem em frente poderiam facilmente ser emboscados e mortos.

Alguns homens jamais desistiriam da perseguição, aqueles cujas esposas e filhas fossem importantes para eles. A maioria, porém, voltaria quando não percebesse qualquer possibilidade de vingança ou pilhagem. Haveria muitas viúvas no acampamento principal, após a batalha em Orak. Estas seriam mais fáceis de conseguir do que perseguir um pequeno bando de Ur Nammu até o distante norte.

— Uma incursão planejada com todo o cuidado significaria pouco risco e provável sucesso — afirmou Trella. — E um líder sábio trataria essas novas mulheres como esposas, e não escravas. Se fossem mais bem tratadas do que eram pelos Alur Meriki, em pouco tempo enxugariam suas lágrimas e olhariam com admiração seus novos maridos.

Ela dirigiu-se às mulheres. — Para o seu clã sobreviver, vocês terão de aceitar essas novas prisioneiras como iguais, e não como concubinas capturadas, e tratá-las com amizade, e não com o chicote. Desse modo, os filhos delas e os seus crescerão como irmãos.

A fogueira tinha se consumido. Ninguém se importou de colocar mais combustível, portanto, Eskkar juntou ele mesmo um pouco de madeira e jogou-a no fogo, depois rearrumou os novos gravetos. Outros se juntaram a ele e, por um momento, todos se concentraram em realimentar o fogo, dando a Subutai algum tempo para pensar. Quando Eskkar se sentou, o círculo voltou a ficar em silêncio.

— Vocês dois me deram muito o que pensar — disse Subutai cautelosamente. — E, em retribuição à sua ajuda, só nos pedem que ataquemos os Alur Meriki no auge da batalha?

— Sim — respondeu Eskkar, um pouco rápido demais, e então prosseguiu moderado. — Pode ser que sua ajuda não seja necessária para derrotá-los, ou talvez nós sejamos derrotados. Mas, no auge do ataque principal, a distração causada por vocês poderá mudar o rumo da batalha.

Subutai inspirou fundo e seus lábios se juntaram por um momento.

— Eu esperava poder parar de lutar por algum tempo. Agora precisamos decidir se devemos ainda nos arricar em outra batalha.

— Chefe Subutai, nós, também, temos mais uma batalha para lutar — rebateu Eskkar. — Mas sempre haverá mais uma batalha para se travar. Cada estação traz alguma nova ameaça. O importante para se lembrar é que se deve empreender apenas as lutas que façam seu povo crescer, e não aquelas que nada obtêm exceto o ódio duradouro.

As palavras foram de Eskkar, mas a ideia e o pensamento eram de Trella. Eles tinham conversado muitas vezes sobre o futuro, após os Alur Meriki serem derrotados.

Subutai levantou-se e fez uma reverência, e seu povo ficou de pé juntamente com ele.

— Você quer que eu mude os modos do meu povo, e isso não é uma coisa fácil de se fazer. Mas levaremos em conta suas palavras.

Deixou o círculo e voltou para onde seu povo se reunira antes, seguido por seus guerreiros e as mulheres. Pouco depois, acenderam uma fogueira e se sentaram em volta.

— Você acha que ele vai fazer isso? — perguntou Eskkar a Trella num cochicho, colocando o braço em volta dela.

— Ah, vai. Ele não terá escolha. As mulheres cuidarão disso. Elas sabem que a tribo não vai crescer, em pouco tempo todos serão capturados ou morrerão. E querem os produtos que Orak pode fornecer para tornar sua vida mais fácil. — Trella descansou a cabeça em seu ombro.

— Fiquei zangado quando soube que você tinha deixado Orak — murmurou Eskkar. — Mas agora estou contente por você ter vindo. Tentei eu mesmo convencer Subutai, mas não consegui imaginar um meio. Porém consegui que desistisse da ideia de ir à frente e tornar você sua prisioneira.

Ele sorriu do ar de confusão que atravessou o rosto dela.

— Não se preocupe. Eu lhe contarei tudo quando voltarmos a Orak. Agora descanse. Daqui a uma hora, marcharemos para Orak e nossa própria grande batalha.

Duas horas após a meia-noite, Eskkar e Trella saltaram da barca para a margem leste do Tigre. Mal haviam deixado a embarcação de fundo chato, antes da turma de barqueiros, e soldados já acionavam as cordas, enviando a desajeitada chata lentamente de volta para a outra margem, seus grunhidos de esforço parecendo ressoar através do rio, que amplificava o mais leve dos sons.

Eles nada podiam fazer a respeito do ruído, e seriam necessárias mais quatro viagens para levar todos, inclusive os cavalos, de volta a Orak, portanto, os homens estariam se arriscando por mais algumas horas.

Sisuthros os esperava ansiosamente próximo ao desembarcadouro, o rosto cheio de alívio pela volta em segurança dos dois. Já no interior da aldeia, Eskkar, Trella e Sisuthros caminharam, rápidos, para casa. Foram direto para a sala de trabalho de Eskkar, onde Corio e Nicar os esperavam. Havia comida fria, água e vinho sobre a mesa, e duas lamparinas forneciam luz.

— Por Ishtar, estamos contentes em vê-los de volta — começou Sisuthros nervosamente. — Os aldeões ficaram à beira do pânico, com vocês dois fora. Mais um dia, e metade deles tentaria atravessar o rio para se juntar a vocês.

— Os bárbaros chegaram? — perguntou Eskkar, ao apanhar uma coxa de frango fria e dar uma mordida.

— Sim, o grande bando, que andou pilhando no sul, chegou dois dias atrás. Nossos batedores tiverem de correr para o portão. Eles agora estão acampados cerca de 3 quilômetros da fazenda que pertence ao velho Gudea e seus filhos. Ele e a família estão mais irritados que zangões por sua casa ter sido escolhida pelos bárbaros. Do muro, podemos enxergar cerca de cem homens, mas há provavelmente o dobro.

— E o grupo principal? Alguma notícia?

— Nenhuma, nos últimos dias, mas já não devem estar muito longe. Agora estamos presos aqui e, desde que você partiu, não tem havido patrulhas para o norte. É provável que a força principal acampe a poucos quilômetros daqui, dentro de dois ou três dias. — A tensão soava em sua voz. — A sua batalha correu bem?

— Muito bem. Perdemos apenas oito homens durante a batalha e um dos feridos morreu na viagem de volta. Mas todos os 73 bárbaros foram mortos, e seus cavalos, os que sobreviveram, foram dados aos Ur Nammu. Levará pelo menos uma semana, talvez mais, para os Alur Meriki começarem a se perguntar o que aconteceu com aqueles que enviaram através do Tigre.

Eskkar sorriu sombrio ao pensar nisso.

— De qualquer modo, nós agora temos mais noventa homens experimentados que sabem que os bárbaros podem ser derrotados.

— E os Ur Nammu? — perguntou Corio. — Eles vão nos ajudar em nossa luta?

Eskkar deu de ombros.

— Não tenho certeza. O chefe deles foi morto na batalha, seu filho agora decide pela tribo. Mas Trella fez o melhor possível para convencê-lo. Talvez nos deem uma pequena ajuda.

— Não queríamos que Lady Trella fosse — disse Nicar, olhando para ela enquanto falava. — Sabíamos que você se zangaria. Mas ela insistiu, e não houve nada que pudéssemos dizer para impedi-la.

— Isso importa pouco, agora que ambos voltaram em segurança — comentou Corio. — Está na hora de nos prepararmos para o primeiro ataque. Quando você acha que eles atacarão?

— Assim que o líder deles chegar — respondeu Eskkar. — Ele vai querer ver o primeiro ataque, e, provavelmente, conduzirá seus próprios guerreiros à frente do grupo principal. Mas talvez ele não queira deixar o acampamento principal desprotegido e muito distante da retaguarda. Portanto, amanhã ou no dia seguinte, deverá haver o primeiro ataque.

Nicar levantou-se.

— Devemos deixá-los dormir um pouco. Eles estão cansados e precisam de descanso.

Os outros concordaram, deram boa-noite, e partiram para suas próprias camas, para algumas horas de sono. Eskkar os acompanhou ao andar de baixo. Depois que se foram, ele voltou à sala de trabalho e encontrou Trella sentada à mesa. Ela apagara uma das lâmpadas para poupar óleo.

— Não está cansada, Trella? — Sentou-se a seu lado. — Há algo sobre o que queira falar?

— Tudo começa agora. — Sua voz era baixa e os olhos encaravam a mesa. — Isto é, todo o planejamento, a construção e o treinamento... tudo terminou. Agora começa a batalha.

Demorou alguns instantes para ele entender suas palavras.

— Sim, assim é a guerra. Todas as preliminares chegaram ao fim, e a sorte ou os deuses decidem o nosso destino. Nós nos preparamos o melhor possível. Agora, espadas e flechas determinarão se vivemos ou morremos. Todas as nossas decisões e escolhas serão expostas à luz para que todos vejam.

Ela virou-se em sua direção.

— Você não teme o amanhã! Por que estou, de repente, cheia de medo? Eu não sentia medo até este instante.

— Todos os homens temem sua primeira batalha, Trella. Quando esperamos os Alur Meriki, no vale, o medo deles era tão intenso que tenho certeza de que os Alur Meriki eram capazes de senti-lo a trezentos passos de distância. Os dentes dos homens batiam, seus intestinos se soltaram e as mãos tremiam. Mas, assim que a batalha começou, não houve mais tempo para o medo. Essa é a sua primeira batalha. Não se aflija por causa desses pensamentos.

Na noite anterior a uma batalha, cada homem tem de enfrentar seu medo, alguns de serem golpeados por espada, outros por flechas ou lanças, porém o maior medo é em relação à sua própria coragem.

— De qualquer modo, nós não temos para onde fugir.

— E a morte? Ambos poderemos estar mortos amanhã à noite!

Isso era mais provável do que ela se dava conta. Ele puxou-a da cadeira para seu colo, mantendo-a bem próxima, com os braços em volta de seu pescoço, e ela apertou-o com toda a força.

— Todos os homens temem a morte, mas andei lutando a vida toda e deveria ter morrido muitas vezes. Agora, tudo que temo é perder você. — Beijou seu cabelo e pescoço, depois virou a cabeça dela em sua direção.

— Quando se sentou perto da fogueira do lado oposto a Subutai, você parecia e falava como uma deusa descida dos céus. Cada homem no acampamento me invejou quando você se deitou a meu lado, para descansar, e tenho certeza de que muitos desejaram estar em meu lugar, com as mãos em você.

Ele beijou-a novamente e, dessa vez, ela retribuiu o beijo, embora agora as lágrimas tivessem aparecido e seu corpo tremesse com o esforço de contê-las.

— Eu sou apenas uma garota amedrontada, fingindo ser dotada de infinita sabedoria, pois é disso que o povo precisa. Tudo que eu quero agora é que você me leve embora, para um lugar onde 5 mil bárbaros não vão tentar nos matar.

Ele sorriu.

— Não, é tarde demais. Outrora, talvez eu pudesse ter feito isso. Mas não me serve mais. Você é sábia e cuida de muita gente, e merece algo melhor do que a vida dura de esposa de um soldado. Aqui você é... será... uma rainha em Orak, e todos os homens conhecerão sua beleza e sua sabedoria.

Ela se contorceu em seu colo, ao tentar abraçá-lo mais apertado, e, de repente, ele sentiu-se excitado pelo seu contato, ou pelo calor de seu corpo ou, talvez, pelo perigo de morrer pela manhã.

Erguendo-a em seus braços, ele carregou-a para o quarto às escuras.

— Agora eu preciso que você me ame, para me dar forças para os dias vindouros.

Sentou-a na cama e ajudou-a a tirar o vestido, pois ela parecia fraca demais para fazer isso sozinha, e empurrou-a delicadamente para trás. Quando Eskkar deslizou para baixo do cobertor, Trella foi para seus braços, mergulhou o rosto em seu pescoço e ele mal ouviu suas palavras.

— Dê-me sua força, Eskkar, e eu sempre serei forte para você.

22

Eskkar acordou com um sobressalto, sozinho na cama, com o sol da manhã formando padrões de luz no cobertor e no chão. Sentando-se, deu-se conta de que a cama macia fizera com que dormisse pelo menos uma hora além da alvorada. Pedira a Trella que o acordasse uma hora antes do amanhecer. Duas horas desperdiçadas.

A casa parecia estranhamente silenciosa, enquanto ele se vestia apressadamente. A sala de trabalho externa estava vazia, e a porta que levava ao andar de baixo, fechada. Quando ele a abriu, vozes abafadas e o cheiro de carne tostando vieram flutuando da cozinha. Desceu os degraus dois de cada vez. No pé da escada, encontrou Gatus saindo da cozinha, vestido para a batalha, um pedaço de galinha na mão.

— Bom dia, Capitão. Já ia acordá-lo. — Antes que Eskkar pudesse responder, ele continuou. — Resolvemos deixá-lo dormir mais um pouco. Todos os homens estão postados no muro e há apenas poucos bárbaros nos observando dos cumes. — Torceu o nariz. — Talvez você queira se lavar, antes de comer. Está cheirando a cavalo.

— Onde está Trella? — Por que ela não o acordara? Os bárbaros podiam ter atacado ao amanhecer.

— Onde mais ela poderia estar, a não ser com as mulheres? — Gatus deu outra mordida em sua coxa de galinha. — Isso está bom. Acho que era para ser seu desjejum.

Eskkar xingou o soldado sorridente, então passou rápido por ele e entrou na cozinha. A mulher de Bantor estava lá, cuidando do fogo, com seu desjejum pronto. A meio caminho da mesa, decidiu que Gatus tinha razão.

— Segure um pouco a comida, Annok-sur. — Saiu para o poço, despiu a túnica e usou-a para se esfregar. Veio um criado e despejou balde após balde de água em cima dele até se sentir o mais limpo possível sem ter tomado um banho no rio. Envolvendo a túnica molhada na cintura, voltou ao quarto e vestiu-se novamente, dessa vez para a batalha.

Não se apressou; prendeu bem apertada a roupa de baixo em volta dos quadris e vestiu uma túnica limpa de linho. Amarrou as sandálias que Trella comprara naquele primeiro dia, certificando-se de que os nós das largas correias de couro em volta das panturrilhas estavam bem apertados.

O criado entrou no quarto após uma batida, trazendo um grosso colete de couro. Amarrou um protetor de couro no antebraço direito de Eskkar, depois um menor no braço. Eskkar afivelou a grande espada na cintura e enfiou a faca, quase tão comprida quanto a espada curta dos soldados, no cinto. Por último, o criado lhe ofereceu o elmo de bronze, o capacete que protegeria seu crânio, mas ele sacudiu a cabeça.

— Pode deixar. Está muito quente.

Agradeceu ao criado com um gesto da cabeça e voltou à cozinha. Devorou o que restava da galinha, rasgando-a com os dedos e enfiando os pedaços goela abaixo com água e punhados de pão.

— Sal, Annok-sur. — Ela lhe passou uma tigela contendo os cristais brutos.

Homens que lutavam ou trabalhavam no calor se sentiam melhor ingerindo quantidades suplementares de sal, embora ninguém soubesse por quê. Eskkar engoliu um amargo punhado do material arenoso e o empurrou goela abaixo com o resto da água.

— Boa sorte no dia de hoje, Capitão — desejou Annok-sur, quando ele terminou, limpando as mãos num trapo e seguindo-o até a porta.

Naquele dia, ela teria suas próprias tarefas.

— Boa sorte a você e a Bantor.

Eskkar virou-se e parou tão subitamente que ela quase se choca com ele.

— E obrigado a vocês dois pelo que fizeram por Trella. Bantor é um homem de sorte por ter uma esposa tão boa, mas não lhe diga que eu falei isso.

Ela riu e tocou seu ombro.

— Há muitas coisas que não conto para Bantor, Capitão.

Eskkar ficou imaginando que coisas Trella optaria por não lhe contar, quando saiu para a claridade do sol. Seus homens tinham transformado o pátio num posto de comando. Gatus estava sentado à mesa principal, juntamente com Jalen e um punhado de soldados. Uma dúzia de meninos mensageiros se aglomerava num canto do pátio, todos usando faixas vermelhas visíveis em volta dos braços, para que os soldados os reconhecessem e os deixassem passar.

Subalternos se misturavam com subcomandantes que coordenariam as defesas. Nicar e os outros membros das Famílias estavam sentados numa segunda mesa, cada qual com suas próprias tarefas e respectivos serventes. O espaçoso pátio mal conseguia acomodar os responsáveis pela defesa de Orak.

Eskkar dirigiu-se à mesa principal, lembrando a si mesmo de fazer seu descanso naquele dia, onde e quando fosse possível.

— Todos os homens estão em posição, Capitão — disse Gatus formalmente. — Bantor e Sisuthros estão no portão, junto com Corio e seu filho mais velho. Jalen inspeciona o portão traseiro. Maldar comandará os homens pela margem do rio e eu cuidarei do muro norte. Hamati e Alexar controlam os muros leste e oeste. Todos os homens foram alimentados e os baldes de água estão cheios. Cada homem recebeu suas instruções pela centésima vez, embora eu tenha a certeza de que as esquecerão, assim que o primeiro bárbaro partir para o muro.

Em poucas palavras, Gatus forneceu a Eskkar todas as informações de que este precisava e, ao mesmo tempo, comunicou que tudo seguia como devia.

— Pois eu devia ter ficado mais tempo na cama. Você poderia me chamar quando a luta tivesse terminado.

— Eles não atacarão dentro de algumas horas, talvez nem de alguns dias — alegou sensatamente Gatus. — Primeiro, terão de nos amedrontar com sua presença. — Olhou diretamente para seu líder. — Agora é hora de inspecionar os homens e lhes dirigir algumas palavras.

Ou seja, é melhor eu ir trabalhar.

— Então vamos começar. — Com Jalen e Maldar a reboque, saíram para a rua, onde mais mensageiros estavam encostados na parede. Eles se alegraram, ao verem Eskkar, que lhes sorriu. Outra surpresa ainda o esperava. Quatro dos membros do Clã do Falcão, inclusive dois dos mais novos, estavam à espera.

— Essa é sua guarda pessoal de agora em diante — explicou Gatus. — Esses quatro vagabundos são os menos valiosos do Clã do Falcão, portanto foram designados como seus guarda-costas. Se permanecerem sóbrios, talvez sejam de alguma utilidade.

Eskkar era mais alto do que a média, e dois deles tinham menos de 20 estações, mas todos exibiam músculos do peito bem desenvolvidos. Pareciam poder mascar pedra no desjejum, embora todos sorrissem das insinceras palavras elogiosas de Gatus. Cada qual usava o tanto de armadura de couro que conseguia carregar, e todos ostentavam no peito o emblema do Clã do Falcão. Eskkar fez menção de protestar, mas Gatus o impediu.

— Poupe seu fôlego. Eles receberam suas ordens, que são para manter você vivo. Portanto, não se preocupe em mandá-los embora e não ouse qualquer manobra arriscada. Eles não permitirão. — Começou a caminhar, sem esperar por uma argumentação.

Eskkar sacudiu a cabeça e saiu caminhando a passos largos atrás dele. Percebeu que havia poucas pessoas nas vielas normalmente abarrotadas, a maioria delas cumprimentando-o nervosamente. No portão principal, as últimas habitações que havia atrás da estrutura tinham sido derrubadas, deixando um espaço vazio de cerca de cinquenta passos de extensão. Essa abertura se estreitava à medida que seguia o muro em cada direção, mas sempre havia pelo menos vinte passos do muro até o prédio mais próximo, a fim de que homens e equipamentos pudessem se movimentar facilmente de ponto a ponto.

Ele ergueu a vista para o portão. Quatro grandes toras o apoiavam, duas de cada lado, enfiadas em buracos fundos feitos na terra e reforçados com pedras. Em toda a parte de cima, pequenos troncos escavados, já cheios de água, corriam por toda a extensão da entrada. Uma passarela se estendia por baixo deles, para que homens pudessem virar seu conteúdo de cima do portão para apagar incêndios.

Essa plataforma superior também podia suportar uma dúzia de arqueiros capazes de disparar através de ranhuras entalhadas no portão. Outra plataforma, mais larga e robusta, ficava logo abaixo dela, com mais ranhuras para defensores. A estrutura da superfície externa, endurecida a fogo, seria mais lenta para queimar novamente, mas Eskkar sabia que nada havia que se pudesse fazer com a madeira para evitar de pegar fogo. Uma turma de mulheres esperava ali perto, prontas para encher novamente com baldes de água os troncos, durante o dia todo, se necessário.

De cada lado, erguia-se uma torre quadrada, feia em seu péssimo acabamento de pedra e tijolos de barro, mas se elevando acima do muro e do portão, para permitir que os arqueiros disparassem em qualquer um diretamente abaixo.

O filho mais velho de Corio, Alcinor, viu o grupo de Eskkar se aproximar e acenou. Isso desencadeou uma grande gritaria quando aldeões e soldados o reconheceram. A decisão de Eskkar de se aventurar do outro lado do rio devia ter preocupado os habitantes de Orak. Sua volta, somada à notícia de outra vitória, dava à multidão algo para se entusiasmar.

Parecia estranho ser aplaudido apenas por ter sido visto. Ele ainda não sabia o que fazer a respeito.

— Capitão, é bom vê-lo de volta a Orak — disse Alcinor com um sorriso e uma reverência —, e parabéns. Soubemos que matou com grande facilidade todos os bárbaros.

Eskkar fez uma careta para os soldados que não paravam de se vangloriar de sua vitória. Agora todos esperariam uma vitória fácil contra os bárbaros.

— Saudações, Alcinor. — Ele manteve a voz fria e dura. — E não fale sobre conquistas fáceis. Não haverá nenhuma contra os Alur Meriki.

O sorriso de Alcinor sumiu diante do tom de Eskkar, e os olhos do jovem se arregalaram de temor.

— Desculpe... eu não quis ser desrespeitoso... eu...

— Basta, Alcinor. Eu sei o que quis dizer. Tudo aqui está como o planejado? — Malditos sejam os deuses, ele não pretendia meter medo no homem.

Alcinor tentou se recuperar do constrangimento.

— Umm... sim, claro. Preparamos tudo como Sisuthros ordenou. Nós...

— Vocês se saíram muito bem — interrompeu Eskkar, tentando desfazer o efeito de suas palavras ásperas. — O portão de vocês será um dos pontos principais do ataque, portanto, precisam ajudar os soldados na manutenção de sua segurança. Se precisarem de alguma coisa...

Sisuthros chamou do topo da torre esquerda.

— Capitão, há movimento na encosta.

Eskkar e seus guardas tomaram rapidamente a torre, pisando com cautela, no escuro, os degraus estreitos que seguiam os muros, à medida que subiam. Bantor veio da outra torre para se juntar a eles. Os soldados postados ali recuaram para que os líderes pudessem enxergar melhor.

A visão fez Eskkar rosnar aborrecido. Os bárbaros vigiavam a aldeia e suas defesas do mesmo cume de colina, onde, meses antes, ele pensou pela primeira vez na defesa de Orak. Dali, eles podiam ver grande parte da aldeia e as terras de seus arredores, agora alagadas, exceto o local da abordagem principal.

— Até há pouco, só havia dez ou 12 cavaleiros — informou Sisuthros. — Agora vejo estandartes ali.

Eskkar contou o mais depressa que conseguiu, usando os dedos para não se perder, os lábios movimentando-se ligeiramente.

— Pelo menos quarenta agora, e com três chefes de clã. — As lanças extralongas que ostentavam os símbolos dos Alur Meriki também exibiam o emblema de cada líder de clã. A distância era grande demais para se distinguirem detalhes, mas os estandartes se mostravam bem claros. — Outro grupo de incursão se juntou às duas turmas de guerreiros do sul — comentou, mas logo se amaldiçoou por mencionar o óbvio.

— Veio do acampamento principal — perguntou Gatus — ou é apenas mais um grupo de incursão?

— Provavelmente do acampamento principal — supôs Eskkar. — Mas o estandarte do Grande Chefe não está ali, ainda não. Vocês o reconhecerão quando o virem.

O terceiro chefe e seus homens, provavelmente, tinham formado um grupo avançado da força principal, enviado à frente para se encontrar com os outros e começar a planejar o ataque. Isso talvez significasse que o Chefe Guerreiro chegara. Ou talvez quisesse dizer uma outra coisa.

— Malditos sejam meus olhos — exclamou Eskkar. — Não consigo distinguir nenhum detalhe. Enxerga algo dos estandartes, Sisuthros? — Este era mais jovem e, presumivelmente, tinha uma vista melhor.

— Não, nada — respondeu Sisuthros. — Mas eles não demorarão a se aproximar.

— Onde está Mitrac? — perguntou Eskkar. — Esse rapaz tem olhos melhores do que qualquer um em Orak. Mandem chamá-lo.

Gatus despachou um mensageiro para procurar o arqueiro. Levou algum tempo até Mitrac chegar, carregando seu arco e ofegando.

— Ah, Mitrac. — Eskkar segurou o rapaz pelos ombros e o conduziu à beirada da torre. — Está vendo aqueles três estandartes ali? São os símbolos de um chefe guerreiro. Quero que se lembre desses três estandartes, pois um deles talvez seja do chefe guerreiro que será responsável pelo ataque. É esse que eu quero que você procure. Se disparar nele, tome o estandarte, mas somente se achar que tem uma boa chance de acertá-lo.

O rapaz confirmou com a cabeça, protegendo os olhos com a mão enquanto mirava a encosta.

Eskkar tentou imaginar no que o inimigo estaria pensando. Coloque-se no lugar do outro homem. O que eu veria?... O que eu faria? Ignorando o falatório dos homens, ele se dedicou a essa tarefa. Após um momento, virou-se para seu pessoal.

— De onde eles estão, não conseguem enxergar as áreas a céu aberto logo atrás do muro. Talvez pensem que o setor nordeste é o mais distante do centro da aldeia, e que será o mais difícil de nossos homens alcançarem num ataque.

Se eu fosse eles, atacaria no portão, onde nós os esperamos, mas concentraria a verdadeira investida naquele canto.

Olhou para seus homens e esperou, mas ninguém apresentou qualquer argumento contra.

Deu de ombros.

— Planejaremos baseados nisso. Sisuthros, Bantor, fiquem de olho, aqui com Mitrac. Eles não demorarão a se aproximar, e Mitrac conseguirá distinguir quem está no comando. Gatus, vamos checar o resto do muro.

Eskkar desceu da torre e começou a caminhar rapidamente em direção ao canto nordeste. A meio caminho dali, um grande grupo de aldeões começou a bloqueá-lo, fazendo perguntas aterradoras que não tinham resposta.

— Gatus, mantenha essa área livre de aldeões — ordenou Eskkar em voz alta. — Mande embora quem nada tem que fazer aqui.

Parou cerca de cinquenta passos do canto nordeste e subiu os degraus para o parapeito. Ergueu-se uma aclamação, dessa vez por parte dos soldados, assim como dos aldeões. Maldição. Ele teria de dizer alguma coisa. Virou-se e encarou a multidão abaixo. Medo e dúvida mostravam-se claramente em cada rosto levantado.

— Soldados! Aldeões! Dentro de poucas horas, os bárbaros talvez lancem seu primeiro ataque. Tentarão tomar o portão de assalto. Portanto, preparem--se. — Virou-se para Gatus. — Creio que Sisuthros e Bantor podem cuidar do portão. Você e eu comandaremos daqui.

Eskkar olhou de um lado a outro do parapeito. Ele se encontrava a cerca de sessenta passos do canto.

— Este é o local onde eles vão desferir seu ataque, aqui no canto. Acredito que tudo o mais será um ardil. Prepare os homens. Cuide para que aqueles com menor experiência fiquem na frente.

Gatus pareceu surpreso e não demonstrou qualquer inclinação para agir.

— Quero obter o máximo possível de experiência, Gatus. O primeiro ataque será o mais fácil de se conter. Mantenha alguns veteranos reservados na base do muro, prontos para subir, se necessário. Não quero que os bárbaros saibam, ainda, o quanto somos bons. Quero que continuem pensando que, se mandarem muitos homens, poderão tomar o muro. Traga também aqui para cima Maldar e metade de sua reserva.

Isso tiraria homens do portão traseiro, mas Eskkar não achava que os Alur Meriki fossem atacar ali.

Gatus fez um gesto de concordância e partiu rapidamente, despachando mensageiros à medida que saía. Eskkar virou-se para seus guarda-costas.

— Vocês ouviram o plano. Se eu fracassar, vocês continuam. Agora, me ajudem a escolher os homens.

Todos começaram a se movimentar, e a atividade durou algum tempo. Quando Eskkar pensou que estava tudo no lugar, parou para um gole de água de um dos barris, enquanto Totomes e Narquil, seu filho mais velho, chegavam com Mitrac. Jalen os acompanhava e seguiram para a beira do muro, a fim de avaliar a situação.

Eskkar sorriu para os três arqueiros.

— Prazer em revê-lo, Totomes... Narquil. Descobriram alguma coisa lá da torre?

— Sim, mais um estandarte se juntou aos três primeiros — respondeu Totomes. — Eles começam a vir em nossa direção.

Eskkar olhou em direção ao leste. Quatro chefes Alur Meriki e cerca de trinta guerreiros cavalgavam lentamente em ângulo para a aldeia. Em poucos minutos, estariam diante do portão principal, cerca de 800 metros distante, ainda fora do alcance de uma flecha.

Um murmúrio de agitação percorreu o muro.

— Calados, homens — berrou ele. — Lembrem que eles nunca viram um muro como este e estão apenas olhando. Mantenham a cabeça abaixada e não se mostrem.

Os Alur Meriki provavelmente careciam de informações sobre o número de pessoas em Orak. Eskkar queria que pensassem que ele tinha menos combatentes do que realmente dispunha.

Jalen apontou em direção às colinas do norte. Eskkar viu homens e cavalos, os cumes pontilhados com guerreiros curiosos. Sem dúvida, desobedeceram às suas próprias ordens de permanecerem abaixo dos picos.

Enquanto isso, os chefes pararam um pouco além do portão e recomeçaram suas discussões. Atrás de si, Eskkar pôde ouvir os líderes de cada fila de dez xingando seus homens, que continuavam bisbilhotando por cima do muro. Ele nem se deu o trabalho de xingá-los também. No momento em que é dada uma ordem, algum idiota a desobedece. Soldados nunca mudam.

Os Alur Meriki reiniciaram sua inspeção, cavalgando vagarosamente até passarem para o outro lado da posição de Eskkar no muro, e continuaram até alcançar as terras inundadas. Aldeões se acotovelavam uns contra os outros, apesar da ordem de manter o muro desimpedido. Todos queriam ver como eram os bárbaros.

Eskkar viu alguns cavaleiros chapinharem com seus cavalos nos pântanos recém-formados. Os animais faziam espuma com as patas, enquanto pelejavam para se movimentar por entre a lama densa coberta com pelo menos 30 centímetros de água. Ele sorriu, quando os animais começaram a se arrastar. Os bárbaros testaram as terras molhadas em vários lugares, mas sempre com o mesmo resultado. Finalmente, desistiram e voltaram ao solo seco, onde pararam seus cavalos, olhando toda a extensão do muro em direção ao rio.

A terra seca entre o fosso e a poça inundada tinha apenas cerca de trinta passos de extensão, mais ou menos a mesma largura do fosso. As duas distâncias somadas dariam espaço mais do que suficiente para manobrar. Eskkar sabia que eles pensavam que não seria muito difícil cercar a aldeia e atacar de muitos pontos ao mesmo tempo.

Gatus foi até onde Eskkar observava os Alur Meriki.

— Bem, Capitão, o que acha? Devíamos ter inundado o fosso ou não? — Falou seriamente, sem qualquer intenção de prejulgar seu líder.

— Agora é tarde demais, Gatus. Se estou errado, provavelmente você não terá chance de me dizer isso. — Se o inimigo viesse com toda a carga contra várias partes do muro, a aldeia poderia cair. Eskkar voltou a praguejar, preocupado se estaria equivocado sobre o primeiro ataque.

— Parece que há um pequeno desacordo ali fora — comentou Gatus, protegendo os olhos. — Talvez eles já estejam discutindo sobre a pilhagem.

Um chefe parecia um pouco irritado, seu cavalo agitando-se enquanto seu dono gesticulava, em certo momento batendo no peito para enfatizar alguma questão.

Eskkar ficou imaginando: sobre o que poderiam estar discutindo, mesmo antes do primeiro ataque? *Coloque-se no lugar deles.* Sua mente repassou as possibilidades. Uma situação parecia provável — que o quarto estandarte pertencesse ao chefe guerreiro e que ele quisesse esperar antes de atacar. Os guerreiros mais entusiasmados talvez quisessem atacar de imediato. Eskkar não tinha certeza, mas... *se você decidir algo, seja firme a respeito disso. Erros podem ser corrigidos, mas nunca momentos de indecisão.*

— Cadê Mitrac? Mitrac! Venha cá — gritou Eskkar. Em um instante o jovem aproximou-se, pois vinha seguindo as andanças de seu capitão pelo muro. Eskkar apontou para os chefes. — Vê aquele chefe ali, que está discutindo? Consegue enxergar com quem ele discute? Aquele é o líder guerreiro, e é ele o chefe que você perseguirá, quando chegar o momento. Procure sempre por ele, mas não na primeira luta. Não tente ainda matá-lo.

Mitrac estudou os cavaleiros distantes.

— Sim, Capitão, acho que tem razão. Da torre, vimos cada um dos três por sua vez falar com ele. Fala pouco, parece apenas ouvir. São os outros que falam mais. Seu cavalo é aquele baio, o tal com o sinal no ombro.

Eskkar amaldiçoou novamente sua vista. Não conseguia distinguir qualquer sinal no cavalo, mas o chefe parecia usar algo branco em volta do pescoço.

— Ótimo, ótimo. Agora vê aquele que discute o tempo todo? Também não quero que ele seja morto.

Mitrac virou-se para olhar Eskkar nos olhos.

— Mas por que... isto é... por que não atirar em nenhum dos dois?

— Porque o espalhafatoso é provavelmente o chefe guerreiro que vai liderar o primeiro ataque, e ele quer toda a glória de tomar sozinho a aldeia. Acredito que o outro chefe é quem está encarregado e deve ser o mais esperto deles, ao passo que o espalhafatoso é mais impetuoso e ambicioso. Para o primeiro ataque, queremos o impetuoso como encarregado, e não morto por uma flecha casual disparada a longa distância. Depois que o ataque fracassar, aí você poderá matá-lo. E, depois de hoje, você tentará matar o outro homem sempre que tiver chance. Entendeu?

— Ah, sim... sim, entendi. Acho que entendi. — Os olhos de Mitrac tinham se arregalado diante do raciocínio de Eskkar. — Vou dizer isso a meu pai — acrescentou, antecipando a ordem seguinte de Eskkar.

— Ótimo, e cuide para que ele entenda o motivo. Pode ir.

Quando o rapaz saiu a passos rápidos, Gatus aproximou-se, sacudindo a cabeça, mas sorrindo ao mesmo tempo.

— Bem, velho, do que está rindo?

— Quando o sol se puser, a história estará por toda a Orak. De que modo Eskkar distinguiu os chefes guerreiros e deduziu seus planos. — Sorriu novamente e baixou a voz. — Se não o conhecesse bem, eu quase acreditaria que você sabe o que está fazendo.

— Se eu soubesse o que estou fazendo, não estaria parado aqui com você atrás desse muro insignificante. Mas é melhor ter sorte do que esperteza, portanto, vamos torcer para que a nossa sorte continue.

Vozes murmuraram ao longo do muro e Eskkar virou-se para olhar os cavaleiros. Tinham começado a se movimentar, sem voltar pelo caminho por onde tinham vindo, mas seguindo em direção ao norte. Observou-os cavalgar graciosamente em seus cavalos rijos, sentindo-se à vontade enquanto percorriam o restolho queimado do que fora, até poucos dias atrás, uma planície coberta de capim. Ergueu a vista para o sol e viu que o meio-dia se aproximava. Eles tinham observado os cavaleiros por quase duas horas.

— Gatus, faça o que mais precisar para fortalecer este canto do muro. Cuide para que toda a extensão daqui até o rio esteja pronta. Não importa o que o ansioso chefe guerreiro decidir, haverá alguns ataques deste lado.

— Estaremos prontos. Agora vá falar com Trella. Ela o espera lá embaixo.

Eskkar olhou para a aldeia. Localizou a esposa de imediato, cercada por meia dúzia de mulheres e seus dois guarda-costas. Ele reconheceu o troncudo Klexor parado ao lado dela.

Percorrendo o muro até poder descer, Eskkar atravessou o espaço aberto em direção à casa que fornecia sombra para Trella e seu grupo. Saudou a todos, enquanto estes se desviavam do caminho.

— Bom dia, marido. Tenho um pouco de comida e água para você. — Trella carregava um pequeno cesto debaixo do braço.

Parecia serena e confiante, sem qualquer vestígio da garota amedrontada da noite anterior. Vestia sua muda de roupa mais simples, a tal com a qual estava na primeira noite. Trazia consigo a adaga que Eskkar tirara da mão morta de Drigo. Ele ficou contente por ela ter treinado seu uso.

Sentaram-se no chão, as costas contra o muro, enquanto os outros se afastavam para lhes dar alguma privacidade.

— Você parece muito melhor hoje, esposa. Dormiu bem? — Eskkar ignorou os sorrisos que surgiram em alguns dos rostos nas proximidades. Ficou imaginando se sabiam de tudo que acontecia em sua alcova, inclusive com que frequência e de como tão bem ele fazia amor com sua mulher.

— Sim, dormi muito bem. Agora coma e beba. Talvez depois não tenha chance. — Passou-lhe um pedaço de pão. — Eles atacarão hoje?

— Em poucas horas. Esperam o grande chefe e mais homens, para o caso de o primeiro ataque ser bem-sucedido. — Contou-lhe o que vira do muro e o que achava que os bárbaros fariam.

— Você sabe como eles pensam, Eskkar. Mais importante, o resto dos aldeões se sente seguro quando você age com confiança. — Colocou o cesto entre os dois. — Termine de comer enquanto pode.

A concordância dela fez com que ele se sentisse mais seguro de si mesmo e teve prazer nisso. Atacou as fatias de pão com galinha, a carne ainda quente. Embora tivesse feito o desjejum apenas horas atrás, descobriu-se faminto novamente, e o calor do dia já o deixara sedento. Quase esvaziou a pele de água, antes de se lembrar de lhe oferecer um pouco.

Ela terminou a água.

— Dê o resto da galinha para Gatus. Preciso retornar às minhas tarefas. Os velhos ficam nervosos e briguentos se eu não estiver presente para tranquilizá-los.

— Tome cuidado — Eskkar alertou-a. — Não fique onde uma flecha perdida puder encontrá-la. E não...

Ela levantou-se e sorriu para ele.

— Sim, amo, eu obedecerei, e não precisa se repetir uma dezena de vezes. — Ele deve ter parecido abatido, pois ela se abaixou e beijou-lhe a face. — Boa sorte hoje para você, marido. — E partiu, seus seguidores indo atrás, algumas das mulheres olhando para trás, para ele e dando risadinhas.

Eskkar ainda não se habituara àquela nova experiência, os olhares constantes e as risadinhas das mulheres, que agiam como se conhecessem todos os detalhes íntimos de sua vida pessoal. Antes de Trella, nenhuma mulher ousara rir dele. Os costumes bárbaros tinham muito que lhes ensinar, julgou ele novamente.

Foi de volta ao muro, levando o cesto. Encontrou Gatus sob o parapeito, reclamando contra dois de seus homens por causa de alguma infração.

— Trella mandou um pouco de galinha para você almoçar, portanto, acho que terá de comê-la. — Enfiou o cesto em suas mãos. — Descanse um pouco. — Quando Gatus começou a protestar, Eskkar ergueu a mão. — Mais tarde, você não terá tempo. — Virou-se para um dos sempre presentes guarda-costas do Clã do Falcão. — Traga água para Gatus, e vocês também comam e bebam alguma coisa.

Eskkar passou a hora seguinte caminhando pelo muro, cuidando para que todos ficassem de prontidão e que os arqueiros conhecessem seus papéis, seus lugares e suas ordens. Tinha de ter cuidado onde pisava — o topo do parapeito rangia debaixo do peso de pedras empilhadas sobre ele. Mais um pouco e não haveria lugar para seus arqueiros.

Satisfeito com os preparativos, revisou os sinais que permitiriam que ele e seus homens se comunicassem em meio ao caos da batalha. Encontrou até mesmo tempo para conversar com alguns dos aldeões, os que foram preparados para usar lanças curtas, achas e forquilhas.

Três horas após a metade do dia, vieram gritos daqueles que guarneciam o muro. Eskkar subiu correndo facilmente os degraus, indo para a posição que escolhera defender, cerca de cinquenta passos do canto nordeste. Olhou à sua esquerda e viu Gatus parado no canto. Teve de empurrar alguns homens para poder chegar ao muro, mas um olhar lhe disse que o ataque começara.

As colinas estavam cobertas com homens montados, cavalgando lentamente em direção a Orak, a maior parte ainda distante mais de 3 quilômetros. A quantidade parecia interminável, e Eskkar sentiu a dúvida crescer dentro de si.

— Mitrac — gritou, e, dessa vez, o jovem chegou a seu lado em um instante. — Faça um cálculo dos guerreiros deles. — Alguns dos bárbaros carregavam escadas ou postes trepadores, varas com travessas amarradas ou pregadas para escalar. Não parecia haver muito disso, notou ele.

Enquanto Mitrac contava, Eskkar vasculhava os cavaleiros, à procura de estandartes, à medida que os homens conduziam lentamente seus cavalos em direção da aldeia. Três... quatro... cinco... seis... sete. Foi tudo o que conseguiu enxergar, mas em nenhum lugar se via o estandarte gigante do sarrum. Cavaleiros continuavam vindo sobre a crista de colinas distantes, mas menos agora, embora ele tivesse visto um novo estandarte. Eles cavalgavam lentamente ou conduziam seus cavalos, indo na direção da aldeia, quase em silêncio, homens robustos sobre cavalos excelentes, prontos para guerrear, todos ansiosos por glória e pilhagem.

Gatus caminhava a seu lado, quando Jalen subiu os degraus atrás dele.

— Com todos os demônios, eles não acabam nunca? — perguntou Jalen. — Ishtar, eles continuam vindo!

— Penso que veremos hoje cerca de dois terços deles — disse Eskkar. — Vão esperar o chefe do clã, antes de atacar, para que ele testemunhe sua bravura. — Os cavaleiros à frente agora tinham parado, à espera, enquanto seus líderes colocavam lanças ou arcos na horizontal para marcar uma linha tosca a menos de um quilômetro da aldeia.

— Quanto tempo até o grande chefe aparecer? — indagou Gatus. — Não vai mantê-los esperando por muito tempo, vai?

— Menos de uma hora — respondeu Eskkar, olhando para os guerreiros. — Tempo suficiente para nos tornarmos fracos de medo.

— Então, por mim, ele já pode vir — disse Gatus. — Talvez a gente devesse ter ficado do outro lado do rio.

Jalen pareceu chocado, mas Eskkar deu uma risada.

— Você devia ter pensado nisso ontem. — Virou-se para Mitrac. — E então, rapaz, quantos?

Os lábios do jovem se movimentaram sem palavras, enquanto verificava nos dedos.

— Capitão, contei cerca de 1.100, talvez um pouco mais.

Eskkar fizera sua conta da maneira fácil, calculando cem homens para cada estandarte, com alguns homens a mais para o chefe que lideraria o primeiro ataque. A resposta fez com que se sentisse um pouco melhor. Se o primeiro ataque fosse completo, com cada guerreiro participando, haveria ainda mais homens diante dele.

Gritos de guerra ergueram-se dos bárbaros, brados que rapidamente aumentaram para um rugido estrondoso que parecia não parar, ao mesmo tempo que os guerreiros erguiam suas espadas e lanças e as sacudiam em direção ao céu.

No cume da colina surgiu o grande estandarte do chefe de clã dos Alur Meriki. O alto estandarte, carregado por um homem gigantesco sobre um cavalo enorme, agitava-se no vento. O emblema em forma de cruz, drapejado com muitos rabos de boi e fitas, significava todas as batalhas vencidas e clãs absorvidos pela tribo. O líder cavalgava à frente do porta-estandarte, indistinguível por qualquer ornamento visto a distância, com uma aparência bastante comum. Não carregava lança ou arco.

À sua volta corriam vinte ou trinta guerreiros, galopando seus cavalos para a frente e para trás, ao mesmo tempo que emitiam gritos de guerra. Outros trinta ou quarenta cavalgavam mais serenamente atrás dele.

Todos, aldeões e bárbaros, acompanhavam seu progresso, e Eskkar pôde ver o grande chefe virar a cabeça de um lado a outro, enquanto examinava o capim queimado e a paisagem vazia.

— Pelos deuses, eu nunca tinha visto tantos cavalos. — Gatus sacudiu a cabeça. — Quantos eles têm?

— Mais do que vê, Gatus. Cada guerreiro tem pelo menos duas montarias. Muitos devem ter quatro ou cinco. Quando um guerreiro morre, seus cavalos são dados para o resto de seu clã.

— Vamos esperar que esta noite haja muitos cavalos para eles dividirem — retrucou Gatus.

Eskkar afastou da mente o pensamento em cavalos e se dirigiu a Jalen.

— Mande os homens se prepararem, depois vá para a sua posição. Acho que virão logo.

— Jalen defenderia o setor entre Eskkar e o portão.

Jalen concordou com a cabeça, então segurou o braço de Eskkar em cumprimento. — Boa sorte para todos nós, Capitão.

— Bem, ele disse que queria combater os bárbaros — comentou Gatus, enquanto Jalen partia correndo. O velho soldado enfiou o gorro de couro na cabeça e amarrou a tira. — E trouxe isso para você. Não deixe de usá-lo. — Entregou a Eskkar um capacete de cobre, o metal reluzindo sob a luz brilhante do sol. — Trella mandou fazê-lo para você. Por algum motivo, ela não quer sua cabeça arrancada.

Eskkar olhou para o capacete, enquanto o avaliava com a mão. Pesava muito menos que o de bronze que ele se recusara a usar, reclamando que era quente e pesado demais. Detestava ter algo na cabeça. Aquele capacete tinha um desenho mais simples, era um pouco mais do que um gorro. Descia somente até a testa, mas cobria a parte de trás quase até a base do pescoço, com duas tiras curtas de cobre estendendo-se abaixo para cobrir as têmporas. Dentro, uma fina camada de couro funcionava como revestimento.

Experimentou-o. Encaixou-se quase que perfeitamente, ficando apenas um pouco apertado nas têmporas. Tirou-o, dobrou ligeiramente as abas de metal maleável e recolocou-o na cabeça.

— Trella mandou que lhe entregasse um pouco antes da batalha, de modo que você não tivesse qualquer desculpa para perdê-lo. — Gatus virou-se para os guarda-costas. — Se ele tirar, afastem-no do muro, não importa o que diga. Entenderam? — Com um murmúrio, eles concordaram, e Gatus virou de volta para Eskkar. — Use por causa dela, Eskkar. Vai precisar, com todas essas flechas voando por aí. Boa sorte para você.

Um dos guarda-costas ajudou Eskkar com as tiras, quando amarrou o capacete debaixo do queixo. O cobre não era bom como o bronze para deter o golpe de uma espada, mas talvez desviasse uma flecha bárbara, mesmo a curta distância. Tentando mexer a cabeça de lado, ele testou a sensação do capacete. Não pesava sua cabeça, portanto, ele não tinha motivo para reclamar. Voltou-se para o muro.

O líder de todos os Alur Meriki tinha quase chegado diante de seus homens, cavalgando uma leve ladeira acima que lhe permitia uma visão melhor. Os outros chefes já o esperavam ali. Eskkar observou-os trocar saudações, antes de começarem a falar. A discussão prosseguiu por um longo tempo. Todos pareciam calmos, sem palavras ou gestos raivosos, enquanto os chefes apresentavam seus planos de batalha.

A conversa terminou abruptamente. O chefe guerreiro cavalgou de volta para seus homens nas linhas de frente, enquanto dois outros chefes retornavam aos seus próprios clãs. Havia provavelmente trezentos para o ataque, com um número igual pronto para tomar parte, se este fosse bem-sucedido ou parecesse perto do sucesso. Os outros chefes permaneceriam com seu sarrum, para assistir à batalha com ele e indicar quaisquer erros cometidos pelos seus colegas.

— Esses chefes parecem muito calmos — observou Gatus. — Isso é bom?

— Acho que sim. Se o chefe do ataque não tivesse recebido aprovação, ele teria discutido com o chefe do clã; portanto, teremos o nosso ataque. O que é bom, pois eles não têm escadas suficientes para escalar o muro. Esperam que a gente ceda ao medo e abandone o muro e o portão.

Eskkar observava enquanto os Alur Meriki se reuniam, cada décimo homem erguendo lança ou arco para mostrar sua prontidão.

— Então é melhor eu me mexer. — Gatus se foi, caminhando lentamente para sua própria posição, tão despreocupado como se fosse apenas mais um exercício de treino.

Eskkar inspirou fundo e ergueu a voz.

— Arqueiros! Não disparem até eles terem atravessado a segunda marca. E não a primeira! A segunda! Açoitarei qualquer homem que disparar uma flecha antes de eu dar a ordem. — Sua voz percorreu o muro e ele ouviu suas palavras serem repetidas por outros, mesmo longe, no portão e mais além.

— Estão prontos, homens? — Dessa vez, sua voz foi como um estrondo e ergueu-se um clamor de confirmação. Todos estavam cansados de esperar, e até mesmo os que mais sentiam medo agora já o tinham superado e queriam acabar logo com aquilo.

Na planície, o chefe bárbaro encarregado do ataque cavalgava lentamente pela linha de guerreiros, falando para eles enquanto avançava, seguido pelo seu porta-estandarte e seus guardas. Chegou ao final, então cavalgou de volta até o centro. Parou quase que diretamente oposto a Eskkar. O idiota localizara o ponto principal de seu ataque. Agora, começariam a qualquer momento. Eskkar engoliu em seco para umedecer sua boca repentinamente ressequida.

— Lembrem-se, a segunda marca — gritou novamente e, dessa vez, ouviu gargalhadas de seus homens, por causa dessa sua necessidade de repetir a ordem.

A primeira marca indicava o alcance máximo das flechas. Eskkar queria que os bárbaros alcançassem a segunda marca, cem passos mais próximos, antes de começarem a atirar. A terceira marca ficava a 120 passos do muro, e, àquela distância, os arcos quase não precisariam fazer as flechas descreverem uma curva.

O momento para ordens e perguntas passara, e cada soldado no muro mantinha silêncio, enquanto gritos de guerra e desafios dos guerreiros se misturavam com o relinchar dos cavalos agitados. Eskkar viu o estandarte do chefe guerreiro surgir quando o porta-estandarte o ergueu. Em seguida, ele o baixou, e a linha de homens e cavalos irrompeu num galope, os gritos dos cavaleiros subitamente abafados pelo estrondo dos cascos.

Totomes, encarregado dos arqueiros, assumiu o comando. Suas ordens ecoaram pelo muro. "Puxar o arco...", as mesmas palavras e cadência usadas nas mil sessões de treinamento.

"Apontar...", os cavaleiros tinham passado da primeira marca. Ninguém perdera uma flecha, pelo que Eskkar podia ver. Horas de prática incansável impediam qualquer momento de pensamentos ou preocupações.

"Voar!", e 250 flechas foram disparadas contra os homens que se aproximavam rapidamente. "Puxar... apontar... voar." O comando se repetia, várias e várias vezes.

Eskkar observava os cavaleiros que se aproximavam, viu alguns caírem com a chegada da primeira saraivada, mas não tantos quanto ele esperava. A saraivada seguinte foi melhor. A terceira pareceu um tanto desigual, tendo em vista que os arqueiros mais competentes armaram seus arcos um pouco mais depressa, mas foram disparados com os arcos quase nivelados e seu efeito foi devastador. Cavalos e homens caíram por toda a extensão da linha, pois, de certo modo, as fileiras dos Alur Meriki os tornaram mais acessíveis.

A quarta saraivada de flechas atingiu cinquenta passos antes de os cavaleiros alcançarem o fosso. Agora flechas voavam de ambos os lados. Eskkar viu um arqueiro cair, atingido na testa, e ainda ouviu algo sibilar por cima de sua própria cabeça. A maioria das flechas dos Alur Meriki, porém, atingiam o muro, provocando um som surdo de fratura quando batiam na superfície dura. Os bárbaros tinham apenas um único pequeno alvo para mirar, a parte superior dos corpos dos homens no muro, e precisavam achar esse alvo ao mesmo tempo que miravam e disparavam suas setas de cima do lombo de um cavalo em desabalada corrida.

Então o inimigo chegou à vala. Alguns cavaleiros mostraram sua habilidade saltando com seus cavalos os 3 metros de declive. A maioria dos cavalos, entretanto, empacava diante da descida, esticando as pernas ao pararem bem na beira, em meio a espirradas de areia e terra.

Eskkar viu três cavaleiros serem lançados à frente: um deles caiu de cabeça dentro do fosso, e os outros se agarraram no pescoço de seus cavalos. Flechas choviam sobre os cavaleiros, enquanto cada soldado movimentava seu arco o mais depressa possível. Eles agora não precisavam de uma cadência.

Os Alur Meriki manejavam seus próprios arcos, alguns de cima do cavalo, outros desmontados por força ou opção, ajoelhando-se no chão e disparando suas setas nos defensores. Pelo menos uma centena de guerreiros saltaram de seus cavalos, pularam dentro do fosso e correram para o muro.

Eskkar ouviu a batida surda da primeira escada, quando esta se chocou contra o muro, viu sua ponta a poucos passos de onde se encontrava e foi até lá, ao mesmo tempo sacando a espada. Já começara a brandir a lâmina com toda a sua força, quando apareceu uma cabeça. Com facilidade, a arma pesada atravessou o braço do homem e penetrou na cabeça. Girando a lâmina para soltá-la, ele enfiou a ponta na escada de madeira e empurrou com toda a força, mandando de volta para o fosso a escada e também o guerreiro seguinte que subia.

Olhando além da planície, Eskkar avistou outro estandarte Alur Meriki vindo em sua direção, os homens movimentando-se rapidamente para apoiar a primeira onda.

A voz de Totomes elevou-se acima da algazarra, assumindo novamente o controle. Os arqueiros recuaram do muro e encaixaram suas setas no cordão. "Puxar... apontar... voar!" O grito de comando recomeçou, quando as setas dos arqueiros buscavam os que estavam além do fosso. Saraivada seguiu saraivada e os reforços dos Alur Meriki irromperam numa massa confusa de homens e cavalos se acotovelando uns contra os outros. Os arqueiros Alur Meriki foram colhidos pela confusão e, por um momento, poucas flechas voaram em direção ao muro.

Os aldeões faziam seu trabalho, usando forquilhas para empurrar as escadas e brandindo achas de armas contra as cabeças que apareciam. As ordens de Totomes continuavam soando. Saraivada seguia saraivada, disparadas ao mesmo tempo e seguindo ordens, as setas enviadas para a massa apinhada de homens e cavalos, com praticamente cada flecha atingindo um alvo — homem ou animal.

Os homens começaram a dar vivas. Eskkar viu que os arqueiros dos bárbaros estavam acabados, abatidos pelos disparos mortais, seus reforços mandados de volta em meio à confusão. Os arqueiros de Orak continuaram no mesmo ritmo, enquanto os Alur Meriki giravam seus cavalos e cavalgavam de volta para um lugar seguro. Flechas sibilavam acima, mas poucas agora, pois os bárbaros continuavam em retirada, deixando os que estavam no fosso na difícil situação de subir de volta.

Nenhum conseguiu passar por cima do muro. Os bárbaros a cavalo que estavam no fosso acharam ainda mais difícil fazer seu animal subir um barranco de 3 metros do que pular para dentro dele, e todos que tentaram não demoraram a ter flechas nas costas. Os que estavam a pé se viram presos. Viraram alvos, quando arqueiros voltaram para a beira do muro e se arriscaram, ao inclinar o corpo para escolher um alvo e soltar suas flechas.

Em menos de um minuto, todo o movimento no fosso cessou, exceto pelos cavalos sem cavaleiros que trotavam de um lado para o outro, os olhos arregalados e relinchando de medo, à procura de uma saída do fosso e longe do cheiro de sangue.

— Capitão, devo atirar no chefe? Ele ainda está ao alcance.

Eskkar virou-se e encontrou Mitrac a seu lado. Seus olhos seguiram na direção apontada pelo rapaz. Os dois chefes que participaram do ataque conversavam, não, gritavam um com o outro, sem dúvida cada qual acusando o outro de alguma falha. Os olhos de Eskkar caçaram as pedras que serviam de marcas e ele percebeu que os dois chefes pararam entre a primeira e a segunda. Flechas continuavam a aterrissar perto deles, e os dois sairiam de alcance a qualquer momento.

— Sim, atire. — Antes que Eskkar terminasse de falar, os pés do rapaz se fixaram e ele puxou seu arco para trás, dando uma última conferida no vento. Uma fração de segundo para mirar e então o grande arco vibrou. Imediatamente, Mitrac encaixou outra flecha, mirou e disparou. Uma terceira estava no ar antes que a primeira aterrissasse.

O chefe que liderara o ataque foi arremessado à frente quando a flecha comprida bateu com força em suas costas. Três segundos depois, a flecha seguinte, apontada para o outro homem, chegou, mas o cavalo dele se mexeu e a flecha atingiu o animal no pescoço. As três flechas seguintes de Mitrac erraram, pois o animal ferido recuou e escoiceou de dor, jogando seu cavaleiro no chão.

Eskkar amaldiçoou a falta de sorte que fez o cavalo se mexer. Viu o chefe desmontado, aturdido por um momento, pondo-se de pé com dificuldade, então caindo para trás, uma flecha na perna. Mitrac continuou atirando, mas, dessa vez guerreiros cercaram os dois chefes e os levaram embora; no entanto, Mitrac ainda conseguiu derrubar mais um cavaleiro, antes de os guerreiros saírem galopando do raio de ação.

— Excelentes disparos! — exclamou Eskkar, batendo no ombro do rapaz sorridente. Ele voltou para a beira do muro, curvando-se para ver o que acontecera lá embaixo, e depois dirigiu a vista na direção do portão. Os bárbaros já tinham se retirado dali, os cerca de cem guerreiros eram poucos demais para forçar o portão. Eskkar e Gatus enfrentaram mais de trezentos homens, além de uma parte de outro grupo, e ainda faziam seus inimigos fugirem desordenadamente.

Cada voz no muro explodiu em vivas, gritando e agitando os punhos ou os arcos diante dos bárbaros que recuavam. Gatus apareceu, caminhando com todo o cuidado ao longo do muro, agilmente se desviando dos soldados empolgados, sem querer ser derrubado do parapeito. Isso acontecera várias vezes durante o treinamento.

— Bem, Gatus, sobreviveu a outra batalha.

Gatus sorriu.

— Sim, Capitão. E pode guardar a espada. Mas, antes, é melhor limpá-la. Que tal seus golpes?

Eskkar ainda mantinha na mão a espada ensanguentada.

— Suaves. Algum problema do seu lado?

— Nenhum sobre o qual valha a pena falar. O grosso do ataque foi aqui. Vamos checar o portão?

Era uma boa sugestão. Mas, antes, Eskkar ergueu a voz.

— Silêncio! — Precisou dar a ordem três vezes, até os homens se darem conta de quem gritava, e os festejos foram diminuindo.

— Vocês se saíram bem. — Isso provocou mais ovação e, dessa vez, Eskkar exigiu silêncio com a mão. — Mas esse foi apenas um pequeno teste, somente uma investida para ver do que somos feitos. O próximo ataque será pior, muito pior, portanto, vamos parar com essa barulheira e voltar ao trabalho. Onde está a turma do fosso?

Todos olharam em volta, mas ninguém respondeu.

— Mandem eles se mexerem. Vocês sabem o que fazer.

Os homens do fosso, na maioria homens jovens e meninos mais velhos, desceriam por cordas até o buraco para recuperar flechas e armas, e saquear os mortos. Em poucos momentos, apareceram trinta homens e meninos e começaram a deslizar para o fosso, armados apenas de facas longas para liquidar os feridos. Cada qual levava um coldre vazio ou saco para pegar tudo que pudesse ser reutilizado.

Cada seta era preciosa. A maioria das flechas estava quebrada, inutilizada ou simplesmente perdida. Como qualquer pessoa que tivesse usado um arco sabia, nada era capaz de desaparecer diante de seus olhos tão completamente quanto uma flecha que caísse na terra. Você podia marcar o local onde caiu e, mesmo assim, ela se enfiaria debaixo do capim ou da terra e nunca mais seria encontrada. Mas cada ponta era forjada de precioso bronze e não devia ser desperdiçada.

Eskkar e Gatus caminharam rapidamente para o portão, onde encontraram Bantor e Sisuthros, sorridentes, à espera deles. Sisuthros tinha um pequeno corte na face que ainda sangrava.

— É apenas um arranhão, Capitão. Mas nós os detivemos muito fácil mesmo. A maioria dos ataques foi do seu lado.

— Vocês se saíram muito bem, Bantor... Sisuthros. Quantos mataram? Quantos homens perderam?

Os dois trocaram olhares antes de Bantor responder, encabulado.

— Hum... eu não sei, Capitão. A gente ainda não contou.

As ordens de Eskkar tinham sido bastante claras. Imediatamente após o ataque, mandar os homens do fosso recuperar as armas e contar os inimigos mortos.

— Façam isso, então — disse ele baixinho, conseguindo mais ênfase no seu tom do que em suas palavras. — Usem o *shaduf* para trazer os cavalos mortos para dentro. Podemos usar a carne fresca.

O *shaduf* era uma estaca comprida montada sobre uma viga enterrada na terra, usada para erguer objetos pesados ou água do rio. Uma extremidade da estaca era dotada de pedras, para que os operários pudessem adicionar seu peso a elas e usar a estaca como alavanca para suspender objetos pesados. Construtores usavam o *shaduf* quando construíam casas, do mesmo modo que os comerciantes no desembarcadouro, para içar cargas pesadas nos navios.

Eskkar virou-se para Gatus.

— Vamos subir na torre e ver o que está acontecendo.

A torre tornara-se a estrutura mais alta de Orak. De seu topo, Eskkar podia ver claramente os líderes Alur Meriki a pouco mais de um quilômetro, debatendo seriamente. Desmontavam, à medida que defendiam seus pontos de vista.

— Aposto como alguns deles são a favor de tentar novamente.

— Então é melhor que mudem de tática — retrucou Gatus.

— Vamos torcer para que não mudem. — Eskkar sombreava os olhos com a mão, enquanto olhava a planície à frente. Os Alur Meriki tinham atacado Orak como se o muro não estivesse ali, usando sua tática habitual de lançar uma tempestade de flechas seguida por lanças e espadas. Deviam estar esperando que os aldeões fraquejassem e fugissem. Mas o muro desviava suas flechas e os defensores tinham resistido à sua primeira prova de fogo. Enquanto isso, os bárbaros não tinham qualquer proteção.

— Eles não têm mais escadas — expôs seu segundo em comando. — Foram tolos em tentar sem mais escadas.

Eskkar curvou-se sobre a parede da torre, para onde os homens já começavam a se reunir.

— Vocês aí embaixo! Primeiro, recolham todas as escadas e os postes trepadores e joguem tudo por cima do muro. Passem a ordem adiante! — Virou-se para Gatus. — Você tem razão. Eles não tinham escadas suficientes e agora terão de fazer mais, muitas mais. Portanto, não haverá nada mais por hoje, e talvez pelo dia de amanhã.

— Também não há muita madeira na zona rural — observou Gatus. — Eles terão de cavalgar alguns quilômetros para conseguir novos suprimentos.

Cada graveto de madeira que os bárbaros poderiam usar fora arrancado. Não havia cavalos, carroças, currais, nada. Até mesmo os cavalos dos bárbaros teriam de viajar para conseguir forragem. Os Alur Meriki sabiam como sobreviver da terra, mas a região em volta de Orak lhes forneceria muito pouco.

— Bem, Gatus, quando eles vierem novamente, terão grande quantidade de escadas, cordas, rampas, e tudo o mais que se possa imaginar.

Gatus coçou o queixo, raspando a barba no processo.

— Eles também não tentarão competir com nossas flechas, disparando de lombo de cavalo.

— Não, não tentarão isso novamente — concordou Eskkar. — Vão procurar uma solução mais fácil e aguardarão alguns dias, esperando a chegada do grupo de guerra do outro lado do rio. Se eu fosse eles, da próxima vez tentaria incendiar o portão... isso mesmo, atacá-lo com fogo e achas de armas.

— Ou talvez tentem isso à noite.

Era a principal preocupação do velho soldado, embora Eskkar não achasse provável. Lutar à noite não estava no topo da lista de habilidades de um guerreiro. Não se podia usar o arco direito, os cavalos teriam de ser deixados para trás e, mais importante ainda, ninguém podia ver sua bravura, o que, no modo de pensar deles, significava muito.

— É por isso que você fica encarregado durante a noite — disse Eskkar alegremente —, pois sei que manterá os homens em prontidão e vigilantes. Mas acredito que tentarão primeiro o portão. Eles sabem usar o fogo, por isso espero ver muitas flechas incendiárias da próxima vez que vierem.

Gritos fizeram com que olhassem na direção norte, para onde um pequeno grupo de Alur Meriki cavalgara de volta, enfurecidos com a visão de aldeões profanando seus mortos. Algumas rajadas de flechas, porém, disparadas pelos defensores mais próximos, os afugentaram, deixando mais um corpo caído sobre o capim enegrecido.

Eskkar e Gatus desceram da torre e encontraram Bantor, vindo se juntar a eles.

— Capitão, conseguimos ver 69 corpos e pelo menos o mesmo número de cavalos. Tivemos oito mortos e 17 feridos, mas somente dois com gravidade.

Os bárbaros tinham provavelmente mais cinquenta ou sessenta feridos, um terço dos quais deveria morrer, e o mesmo número de cavalos feridos. Portanto, fora uma boa troca, oito para mais de setenta. Quanto aos soldados feridos, se um deles tivesse levado uma flecha no rosto ou no pescoço, podia ser considerado morto ou moribundo. Ferimentos nos braços eram bem menos perigosos, e os coletes e gorros de couro usados pelos homens eram capazes de deter uma flecha, exceto numa colisão frontal ou à queima-roupa. Mas não era a ocasião de os homens se darem tapinhas nas costas.

— Apenas setenta bárbaros! Gatus! Você viu quantas flechas erraram nas primeiras saraivadas? Praticamente nenhum guerreiro foi abatido. Diga aos homens que é bom que eles comecem a mirar melhor, ou serão jogados de cima do muro.

Bantor e Gatus se entreolharam, mas nada disseram.

— Matamos apenas seus guerreiros mais fracos e mais tolos — explicou Eskkar, erguendo a voz para que o máximo possível de gente pudesse ouvir suas palavras. — A próxima turma será mais dura e mais forte e já sabe o que esperar. Portanto, digam aos homens para pararem de se vangloriar e se aprontarem. E, Gatus, assim que os homens do fosso estiverem de volta ao interior dos muros, diga a Corio para começar o bombeamento. Providencie para que os poços e as rodas-d'água fiquem totalmente guarnecidos até o fosso se transformar em lama.

Corio calculava que levaria pelo menos dois dias para amolecer adequadamente a terra em toda a extensão do fosso, e mais tempo ainda na área defronte ao portão, onde o buraco tinha o dobro de sua largura normal.

— Quero o fosso transformado em pântano amanhã. — Aquilo, concluiu Eskkar, daria aos homens algo que fazer além de festejar e bater no próprio peito. Ele foi embora, satisfeito com os resultados do dia, apesar das palavras duras dirigidas aos homens.

Duas horas depois, Eskkar encontrou-se com seus comandantes na mesa do pátio. As sombras de fim de tarde tinham se alongado, fornecendo um pouco de alívio para a mesa parcialmente sombreada.

— Os poços, assim com as rodas-d'água, foram acionados para levar água para o fosso — informou Gatus, quando todos se sentaram. — Trouxemos 13 cavalos mortos para dentro e eles estão assando em fogueiras feitas com as escadas dos bárbaros. — Sorriu da ironia.

— Vamos torcer para termos mais madeira e carne após o próximo ataque — disse Eskkar com um sorriso. — Teremos muitas fogueiras, da próxima vez. Eles trarão galhos e capim embebidos em óleo. Investirão contra os muros ao mesmo tempo, e cada setor estará sob ataque. Muitos deles estarão desmontados para fornecer abrigo aos que investirem contra o muro e o portão. E, dessa vez, enviarão todos os seus guerreiros, e não apenas parte deles.

Dirigiu-se a Corio.

— Agora é sua vez, Mestre Empreiteiro. Eles empilharão lenha diante do muro, tentarão incendiá-lo ou derrubá-lo, ao mesmo tempo que tentarão derrubar nossos homens dos muros e das torres.

Corio, desconfortável, mudou de posição no banco.

— O portão resistirá, Capitão, e não se queimará facilmente. Se os homens resistirem nos muros, o portão se manterá firme.

Olhos se moveram em direção a Sisuthros e depois até Bantor. Os dois tinham trabalhado lado a lado nos últimos dois meses, construindo e protegendo os muros e o portão, treinando os homens.

— Capitão, nós resistiremos no portão — disse Bantor. — Muitos morrerão, mas conseguiremos defendê-lo.

Eskkar meditou sobre aquilo por um momento.

— Acrescentaremos metade do Clã do Falcão às torres e ao portão, exceto por alguns espalhados ao longo do resto do muro. Mantenham de reserva homens experientes para reforço. — Virou-se para Nicar. — Precisaremos também dos melhores aldeões. E de água, pedras, armas, flechas e homens para ajudarem a repelir qualquer um que escalar o muro.

— Foi para isso que treinamos, Capitão — retrucou Nicar calmamente. — Nós sabemos dos riscos.

Olhando em volta da mesa, não lhe parecia haver mais nada a dizer. Meses de preparativos determinaram muitas decisões.

— Bem, sobre o que mais precisamos conversar?

A escuridão tinha caído horas atrás, antes de um exausto Eskkar decidir dormir um pouco. Fizera uma última ronda pelos muros, providenciando que os homens fossem alimentados. A comida seria escassa nos meses seguintes e precisava ser cuidadosamente guardada e racionada. Depois, passou pelos soldados e aldeões que continuavam trabalhando no pátio à luz de tochas. Parando no poço, lavou a sujeira do rosto e do peito.

Desde aquele dia, e até os bárbaros irem embora, os muros seriam fortemente guarnecidos dia e noite, com vigilância extra após escurecer. Fogueiras queimariam a cada noite, com tochas nas proximidades para serem lançadas por cima do muro, enquanto homens com arcos nas mãos vigiavam incessantemente. Gatus dormiria pouco naquela noite, pois planejava inspecionar os homens durante toda a escuridão. Dez chibatadas esperavam qualquer um que não fosse encontrado totalmente desperto.

No andar de cima, encontrou Trella à espera, sentada à grande mesa no aposento externo. Quando ela ergueu a vista, pareceu diferente. Eskkar levou um momento para se dar conta de que parecia cansada, quase exausta, uma aparência que ele nunca tinha visto nela. Um sorriso pálido percorreu seu rosto, ao vê-lo. Ele se aproximou, se inclinou e deu-lhe um beijo.

— Você comeu?

— Não, nada desde a manhã. Eu ia comer, mas o ataque começou e todo mundo saiu correndo de um lado para o outro. — Ergueu a vista para ele. — Eu vi você no muro e, de repente, temi que morresse.

Ele se sentou ao lado dela. Annok-sur chamou da porta, embora esta estivesse aberta, e entrou sem esperar por permissão. Carregava uma bandeja com tiras de carne de cavalo tostada, pão e óleo morno. Colocou a bandeja sobre a mesa grande, então foi até a pequena e encheu duas taças com vinho.

— Você devia estar cuidando de seu marido, Annok-sur — comentou Eskkar, enquanto apanhava agradecidamente as taças de suas mãos. O cheiro de carne tostada lembrou-lhe de que não comia desde antes do ataque.

— Já cuidei — respondeu Annok-sur. — Ele voltou uma hora atrás e já está dormindo. — Olhou-o com um ar severo. — Você deveria se preocupar mais com a sua esposa. Hoje, ela trabalhou duas vezes mais do que qualquer um. Cuide para que ela coma e beba um pouco de vinho. Ela precisará de sua força. — A mão de Annok-sur pousou por um instante no ombro de Trella, antes de ela deixar o aposento.

Trella sorriu novamente, um pouco mais animada dessa vez.

— Anno-ksur é como uma irmã mais velha que nunca tive. Preocupa-se comigo o tempo todo. Mas comerei um pouco.

— Não, você comerá sua porção e também tomará um pouco de vinho — disse Eskkar, enquanto alcançava uma tira de carne. — E eu também, antes que Annok-sur volte e dê uma surra em nós dois. — Comeram em silêncio. Eskkar terminou sua porção e deu um longo trago no vinho. Recostando-se na cadeira, observou Trella até ela terminar. — Bem, o que está perturbando você?

Trella bebeu mais um pouco de seu vinho, embora normalmente se limitasse apenas a bebericar.

— Quando o ataque começou, eu observava dos telhados do outro lado da rua. Vi você parado ali, com flechas passando por cima de sua cabeça. E muitas voaram por cima do muro. — Desviou a vista. — Pensei que veria você morrer, bem diante de meus olhos. Se não hoje, talvez amanhã, ou no dia seguinte. — Seus olhos se encontraram com os dele. — O que será de mim se você morrer, Eskkar? O que será de mim?

A pergunta o pegou de surpresa.

— Se a aldeia cair, Trella...

— Não, não é a isso que me refiro. O que será de mim, se você morrer e os bárbaros forem expulsos?

Sua boca abriu-se num espanto. Então isso agora a apavorava. Não que ela morresse, mas que ela vivesse. Ele não se importara em pensar nas consequências de sua morte. Arriscara a vida muitas vezes para se preocupar muito com isso. Numa batalha, você vive ou morre, e os que passam muito tempo se preocupando com seu destino geralmente acabam morrendo.

Se a aldeia caísse, Trella se tornaria uma escrava na tenda de algum bárbaro, surrada à vontade, trocada repetidamente entre os guerreiros que gostavam de escravas novas, a propriedade de qualquer um a quem seu novo amo a oferecesse, e abusada pelas esposas normais e filhos de seu senhor. Muitas mulheres se matavam em vez de suportar tal existência dura, brutal.

Naquela noite, esse destino não fazia parte de seus pensamentos. Ela, provavelmente, seria uma das que se matariam em vez de suportar o cativeiro. Para Trella, nenhuma tortura seria pior do que não ser capaz de pensar, de usar sua mente, e ter o controle sobre seu destino.

Ele ergueu a taça e a esvaziou. A jarra de vinho o tentou, mas, em vez disso, encheu sua taça com água, usando o tempo para pensar.

Trella esperou pacientemente, como sempre fazia, sem forçá-lo ou apressá-lo, sabendo que ele precisava de mais tempo do que ela para processar as coisas.

— Se eu morrer, você terá a casa e o ouro. Gatus e Bantor a protegerão até... — sua voz emudeceu. Os soldados poderiam ser mortos tão facilmente quanto ele e tinham de pensar em suas próprias esposas. Trella não tinha parentes a quem recorrer. Tendo posses, haveria a pressão para se casar novamente, e as Famílias escolheriam um novo marido para ela, pois era o dever de qualquer viúva sem família.

— Seria encontrado um novo marido para você, ou talvez até pudesse escolher um pessoalmente, pois muitos a conhecem e a respeitam. Você é jovem e há muitos filhos das Famílias...

— Então eu seria vendida novamente — rebateu ela duramente —, dessa vez pelo meu ouro e pela minha reputação, para ser colocada em exibição até meu novo marido se cansar de mim ou se irritar com minhas palavras.

Eskkar tentou pensar no que poderia dizer, subitamente querendo mais vinho e desejando que ela deixasse esse assunto para outra ocasião.

— Não sei lhe dizer o que o futuro trará. Vamos conversar sobre isso amanhã, quando ambos estivermos descansados.

Ela nada disse, apenas ficou sentada ali, os olhos abaixados. Quando o silêncio se arrastou, ele se levantou e foi para o quarto. Tirou a túnica e jogou-se na cama, ansiando por dormir, mas sua mente pensava em Trella. O que piorava tudo era saber que ela não encontraria uma solução boa para seu problema. Caso contrário, já o teria sugerido.

Tentou pensar, mas seu corpo, cansado como só aqueles que combateram numa batalha poderiam estar, o traiu e o jogou num sono profundo. E Eskkar não acordou quando Trella, após uma longa espera, apagou as lâmpadas e deslizou para baixo do cobertor ao lado dele, pôs o braço sobre seu ombro e chorou em silêncio até adormecer.

23

Quatro dias se passaram com pouco sono ou tempo para conversar, todas as atenções voltadas para o espetáculo além dos muros de Orak. A parte principal dos Alur Meriki chegou no fim da tarde do segundo dia após o ataque. Passaram o resto daquele dia e do próximo montando um acampamento semipermanente. Centenas de mulheres e crianças logo encheram os cumes das colinas, para observar Orak e seus muros. Os aldeões, igualmente curiosos, olhavam atrás para os outros moradores, e Eskkar teve de isolar uma parte do muro para que os palermas pudessem ver o acampamento dos bárbaros sem perturbar os soldados.

Até mesmo Eskkar ficou impressionado ao observar a aldeia itinerante ser recriada, algo que era feito quase que diariamente. A maioria do acampamento permanecia oculta atrás das colinas baixas, cerca de 3 quilômetros de Orak, mas ele sabia que uma ampla extensão a céu aberto dividia o acampamento em duas partes. Os guerreiros montariam suas tendas, forjas, currais e tudo o mais necessário à batalha no lado mais próximo a Orak, enquanto as famílias guardariam suas carroças, rebanhos e animais do outro lado. No limite extremo de sua visão, Eskkar avistou pastores cuidando de rebanhos de gado e cabras que forneciam leite, queijo, carne e peles. Os cavalos, pastando próximo ao rio, eram mais de 2 mil, em três bandos separados.

Nicar tinha escribas tentando estimar o número de Alur Meriki. Isso levou o dia inteiro, acompanhado de muita disputa e muitas discussões, até concordarem numa estimativa de mais de 5.700. Nicar sacudiu a cabeça em desespero diante do total, enquanto Eskkar resmungava baixinho.

No quarto dia, Eskkar convidou Trella à torre. Ficaram sentados ali a maior parte do dia, enquanto ele explicava os modos dos Alur Meriki e como tudo funcionava para o bem do clã. Rastros de fumaça de centenas de fogueiras se arrastavam para o céu e, sempre que o vento mudava de direção, eles captavam o cheiro de esterco queimado misturado com lascas de madeira. Observaram turmas de escravos trabalharem à força de chicote para fazerem escadas e postes trepadores. Outro grupo construía um aríete, usando um tronco de madeira arrastado por uma tropa de cavalos. Carroças chegavam e partiam, carregando madeira que seria usada para fazer escudos para seus arqueiros.

— Há muita gente, Eskkar, mas a maioria é de mulheres, crianças e escravos — observou Trella. — E os cavalos. Deve haver mais de mil deles. O que vão comer? Por quanto tempo eles poderão permanecer até o capim se acabar?

— Mais de 2 mil cavalos — corrigiu ele. — E os guerreiros podem comer o gado e, se necessário, os cavalos também. Um guerreiro aguenta ficar muitos dias sem comida.

— Se comerem muitos animais — comentou Trella —, não restará nenhum para procriar. Qualquer um que esperem encontrar do outro lado do rio está fora de alcance, e eles não têm um meio fácil de atravessar o rio. Eles já saquearam as terras por onde passaram. Precisam atacar a aldeia rapidamente, derrotá-la e seguir em frente. Até mesmo a terra adiante deles foi queimada.

Isso correspondia à avaliação de Eskkar sobre a situação. Quanto mais distante a fonte de alimentos, grãos ou animais, mais difícil é trazê-la de volta para o acampamento. Cavaleiros, em alguns dias de cavalgada, consumiriam quase toda a comida que seriam capazes de transportar de volta, portanto, haveria pouco benefício em tentar trazer suprimentos em lombo de cavalo. As carroças desajeitadas andavam lentamente e quebravam com frequência. Uma parelha de bois, em geral, era capaz de percorrer pouco mais de 3 quilômetros por hora, e, por mais que chicoteados, não andariam mais depressa. Nem os animais de rebanho podiam ser conduzidos com muita pressa, pois morreriam. Por isso, o acampamento principal permanecia em movimento e sempre se movimentando na direção de comida fresca e de pasto.

— Os Alur Meriki perderam cerca de sessenta homens na primeira batalha com os Ur Nammu, depois mais setenta do outro lado do rio, e mais setenta aqui, fora os feridos — refletiu ele em voz alta. — Isso dá...

— Cerca de duzentos homens — Trella terminou a conta. — Eles parecem esperar o bando que viria do outro lado do rio.

No dia seguinte à batalha, os Alur Meriki construíram uma fogueira para comunicação no terreno mais alto perto do rio, e, desde então, todo dia uma fumaça verde se erguia. Agora deviam se perguntar o que estaria retardando os cavaleiros, mas Eskkar duvidava que eles pensassem, pelo menos ainda não, que o grupo inteiro tivesse sido abatido. Dentro de mais alguns dias, quando continuassem sem notícias, desconfiariam da verdade. Isso os faria imaginar que força poderosa opôs-se a eles do outro lado do rio, e se valeria a pena arriscar outro grupo de tamanho considerável em uma segunda travessia.

— Quando você acha que eles virão?

Todos faziam a mesma pergunta.

— Amanhã, acho — disse Eskkar. — Estão quase prontos.

— Você conseguirá detê-los?

Eskkar olhou fixamente seus sérios olhos castanhos.

— Não sei, Trella — respondeu, a voz tão baixa que ninguém mais conseguiu ouvir suas palavras. — Simplesmente não sei. Sei que eles pagarão um preço alto, mais do que jamais imaginaram. Teremos de ver. — Beijou-a no alto da cabeça. — Não tema por nenhum de nós dois.

Ela se endireitou, no controle de suas emoções e de sua postura.

— Não deixe de chegar cedo em casa esta noite. Teremos muito o que conversar.

Quando, porém, se viram sozinhos na cama, naquela noite, não houve muito o que dizer, apesar de ele abraçá-la e sentir uma lágrima em sua face.

— Chega de minhas lágrimas. — Sentou-se na cama, a voz firme novamente. — Você defenderá a aldeia, Eskkar. Acredito em você e não temo o futuro. Não precisa se preocupar comigo. Apenas não corra riscos desnecessários.

Ele não conseguia enxergá-la no escuro, mas correu os dedos pelo seu braço e tocou a maciez do seio.

— Eu tomarei cuidado, Trella. — Eskkar ignorou o sussurro em sua mente que sugeria que o dia seguinte poderia ser o da sua morte. Abraçados, vaguearam para um sono tumultuado.

Na manhã seguinte, Eskkar estava no muro e observava o sol se erguer sobre as colinas a leste, o acampamento dos bárbaros já agitado pela atividade. Um olhar confirmou seus temores. O ataque seria naquele dia, talvez entre o meio da manhã e o meio-dia.

Seus homens pareciam prontos, e cada rosto mostrava determinação. Eles lutariam não só pelas suas famílias, como também pelas suas vidas. Alguns procurariam vingança pelo sangue derramado. Fosse qual fosse o motivo, este daria força ao braço de um homem.

— Por volta do meio-dia de hoje — comentou Gatus, erguendo o gorro de couro e enxugando o suor da testa.

— Sim, ou mais cedo — retrucou Eskkar, protegendo os olhos ao tentar avaliar onde cada força seria colocada. — Mas temos uma surpresa para eles, acho eu.

Após o primeiro ataque, as rodas-d'água alimentaram os troncos escarvados que percorriam o muro. Esses troncos podiam ser empurrados por diversas extensões para alimentar o fosso. Dois desses dispositivos tinham sido construídos de ambos os lados do portão principal. Além do mais, aldeões tinham erguido água dos poços de Orak e alimentado um fluxo constante em direção à vala, um trabalho opressivo que exauria os operários após poucas horas.

Ainda naquele instante, curvando-se sobre a beirada, Eskkar podia ver a água escoar para o fosso e transformar a terra em um lamaçal com cerca de 10 centímetros de profundidade. Ele o testara pessoalmente na noite anterior, baixado de uma corda até a base do muro, onde tentou andar. Em vez disso, escorregou e caiu de cara no chão, diante das gargalhadas abafadas dos que estavam acima. Após afundar e cambalear mais algumas vezes, ele foi içado, os pés revestidos de lama.

Agora estava sentado em um banco alto a meio caminho entre o portão e a torre nordeste, que aguentara o ímpeto do último ataque. Mais uma vez, Eskkar supunha que o local suportaria a investida principal. Sentia-se constrangido por estar sentado e descansando, enquanto todos permaneciam de pé. Mas Gatus, que costumava fazer o mesmo, insistia para que ele descansasse sempre que possível.

Na planície, os bárbaros começavam suas manobras. Os líderes guerreiros gritavam e gesticulavam seus arcos, enquanto faziam imensos grupos de homens e cavalos entrarem em posição.

Normalmente, os Alur Meriki achavam uma tarefa simples posicionar um guerreiro em determinado local. Naquele dia, porém, os chefes guerreiros tinham muito mais coisas a fazer. Precisavam destacar homens para atacarem certas partes da aldeia, esse grupo de cinquenta para o portão traseiro, aquele grupo para segui-los até o muro do lado norte e assim por diante. E, dessa vez, cada grupo tinha de levar escadas, cordas e flechas incendiárias, itens que não eram normalmente manuseados pelos guerreiros. Muitos reclamavam ou resistiam à atribuição. Eskkar sorriu quando viu escadas serem passadas de um guerreiro para outro, acompanhadas de muita gritaria e empurrões.

— Guerreiros querem lutar e não carregar escadas — disse ele a Gatus. — Os mais fortes entregam as escadas para os mais fracos. Mas há muito mais homens. E hoje eles têm muitas escadas.

Gatus afastou-se para perguntar a um dos escribas designado para a contagem do inimigo se ele já terminara sua tarefa, resmungou, depois voltou para perto de Eskkar.

— Parece haver 1.400 homens lá fora. Nesse ritmo, chegaremos à metade do dia antes de eles terem terminado — comentou Gatus. — Olhe, estão trazendo um aríete.

Eskkar apertou os olhos contra o sol e viu que um enorme tronco repousava sobre uma carroça empurrada por um grupo de escravos, uma tarefa que em nada agradava aos encarregados. Cerca de vinte cavaleiros os acompanhavam, para garantir que eles fizessem seu trabalho. Os escravos que carregavam vasos com fogo também não estavam nada contentes. Os vasos precisavam ser reabastecidos com combustível, algo que, aparentemente, ninguém se lembrara de levar. Resolver esses problemas tomava tempo, e mais horas se passavam até que todos os homens e suas cargas alcançassem os lugares designados. Outras carroças se movimentaram com dificuldade atrás dos guerreiros, e os cavaleiros avançaram cem passos para permitir que elas se aproximassem.

Aos primeiros sinais de movimentação dos cavaleiros, uma onda sonora percorreu o muro de um lado a outro. Os soldados pensaram que o ataque tinha começado. Quando os cavaleiros pararam, para esperar que as carroças se aproximassem, Eskkar e Gatus sorriram um para o outro. A primeira fila de cavaleiros estacionou justamente dentro do longo alcance dos arqueiros. Os guerreiros da vanguarda estavam parados sobre seis animais, enquanto esperavam as providências finais, acreditando que se encontravam fora do alcance, quando, na verdade, estavam a trinta passos após a primeira marca.

Eskkar virou-se para Totomes, que assumira sua posição atrás dos comandantes. Seu rosto mostrava que estava ansioso para disparar flechas nos confiados cavaleiros.

— Mestre Arqueiro, creio que está na hora de mostrar a esses invasores no que estão se metendo.

Um aldeão preparou seu tambor e esperou a voz de comando. Ele transmitiria as ordens de Totomes. Este inclinou-se para trás e agitou o arco, para sinalizar aos outros arqueiros líderes. Levou apenas alguns momentos para se certificar de que todos estavam prontos, então deu a ordem. Soaram três rápidas batidas, repetidas alguns segundos depois, quando o tocador de tambor repetiu o sinal para toda a extensão do muro.

Duzentos e sessenta arqueiros, em suas fileiras em cima do muro, prepararam suas armas, esticaram ao máximo seus arcos e apontaram para o céu. Totomes deu a ordem e uma única batida de tambor ecoou ao longo do muro.

Uma tempestade de flechas despontou através do céu, seguida por outra e mais outra. Líderes de dez entoavam o bordão, exatamente como o fizeram nos meses de treinamento. Os olhos de Eskkar fixaram-se nos distantes cavaleiros, ainda quando ouvia o som de madeira raspando em madeira, seguido pelos grunhidos dos homens ao soltarem suas setas.

A primeira revoada pousou, muitas flechas caíram antes, mas um bom número atingiu quem estava parado nas primeiras filas, muitos olhando acima para a onda de setas que se aproximava, mais surpresos do que preocupados com algum perigo àquela distância. Isso não durou muito. Quando a segunda nuvem desceu, animais recuaram de dor e homens feridos gritaram ou desceram de suas montarias. Embora quase desperdiçadas a tão longa distância, as pesadas flechas com ponta de bronze ainda conseguiram matar.

Os cavaleiros da linha de frente tentaram recuar, mas os que estavam atrás bloqueavam seu caminho, e nenhum chefe deu qualquer ordem para ir para trás ou avançar. As carroças continuaram sua viagem e se somaram à confusão, assim como os escravos, que suavam sob as chicotadas, e seus amos, que continuavam impelindo homens e animais à frente.

Os Alur Meriki movimentavam-se em meio à confusão, enquanto oito tempestades de flechas precipitavam-se sobre eles. Alguns cavalgaram adiante, tentando se movimentar sob a nuvem de mísseis, enquanto outros forçavam seus animais a recuar. Os que avançavam se tornavam alvos dos arqueiros líderes, que tinham permissão para escolher seus alvos, e logo suas setas voavam para aqueles que seguiam em direção a Orak.

Eskkar viu um desses cavaleiros ser completamente derrubado de seu cavalo. Um outro guerreiro colocou a mão sobre a barriga e curvou-se sobre sua montaria. De repente, toda a multidão, bastante desordenada, se movimentou como uma onda para a retaguarda. Guerreiros talvez fossem capazes de avançar destemidamente através de flechas numa arremetida louca em busca de glória, mas nenhum deles queria ficar parado num lugar para servir de alvo.

Risadas e zombarias ergueram-se dos muros, enquanto os homens a cavalo galopavam de volta, longe do alcance, deixando seus mortos e feridos para trás. Isso os retardaria pelo menos outra hora, sentenciou Eskkar, recostando-se no banco. Totomes aproximou-se, sorrindo.

— Bem, Capitão, foi uma boa lição para eles. Não ficarão tão perto novamente.

— Ótimos disparos, Totomes — disse Eskkar, manifestando sua aprovação. — Quantos acertamos?

Isso requeria uma observação mais atenta. Totomes foi até o muro, seus lábios se mexendo, enquanto observava a atividade na encosta da colina. Havia outros contando também, mas, aparentemente, Totomes confiava apenas em seus olhos.

— Eu diria que matamos mais vinte ou 25 homens e cavalos, e ferimos outros tantos. Melhor do que eu achava que esses homens pudessem fazer, com arcos tão pequenos.

Eskkar sentiu-se muito contente. Meia centena de bárbaros estaria fora do ataque daquele dia, sem qualquer prejuízo para seus homens.

— Eu ainda diria que foram bons disparos, Totomes. Nem todos têm seus olhos e seus braços.

Totomes bufou.

— Bons disparos? Acertar apenas meia centena? Duzentos e cinquenta arqueiros dispararam pelo menos oito flechas cada contra alvos parados... — parou um momento, olhos fechados e lábios se mexendo, enquanto fazia a soma, um feito além da habilidade de Eskkar. — São... cerca de duas mil flechas, ou um acerto em cada quarenta. Não é mesmo um bom resultado.

— A quinhentos passos, Totomes, eu aceito qualquer número de mortes que eles consigam. Temos muitas flechas e retardamos o ataque em pelo menos uma hora. Enquanto isso, eles ficarão sob o sol quente durante a maior parte da manhã.

— Parados sem água — acrescentou Gatus, aproximando-se e participando da última parte da conversa. — Tanto cavalos quanto homens ficarão com sede.

Eskkar olhou para o céu, agradecido pela primeira vez pelo calor que descia do firmamento. Os defensores tinham bastante comida, sal e água, como era evidente pelo fluxo constante de homens usando as latrinas.

Os Alur Meriki levaram mais de uma hora para se reagrupar. Eskkar podia ver a frustração, enquanto eles se preparavam. Um líder de clã golpeou um homem com a espada, derrubando-o do cavalo, e, mais adiante na fila, irrompeu uma briga, fora da posição, com uma dúzia de homens envolvidos.

Finalmente, estava tudo no lugar e o tambor dos Alur Meriki começou a tocar. Com gritos de alívio, a horda começou a se movimentar, conduzindo seus cavalos para além do limite de flechas que se salientavam do chão e marcavam claramente o verdadeiro raio de ação das flechas dos aldeões. Ao se aproximarem dessa marca, Eskkar ouviu Totomes aprontar os homens. Estes encaixaram suas flechas e esticaram os arcos. A espera acabou, concluiu Eskkar. De um modo ou de outro, cinco meses de trabalho seriam decididos na hora que se seguiria.

Ao longo do muro, Totomes, Forno e os outros arqueiros líderes calcularam o alcance com perfeição. No mesmo momento que os Alur Meriki começaram a galopar seus cavalos, a primeira revoada de flechas foi disparada e correu para encontrar os cavaleiros que se aproximavam. Eskkar levantou-se, apanhou o banco e escorregou-o pela borda traseira da plataforma. Entregou o banco a um dos aldeões abaixo. Então foi para perto de Totomes, observar, enquanto este dirigia os arqueiros.

Os bárbaros cavalgavam rapidamente em meio à chuva de flechas. Eskkar viu os arcos baixarem ligeiramente a cada disparo, até os arqueiros os colocarem na horizontal e dispararem diretamente, a altura do muro dando-lhes outra pequena vantagem no raio de ação. As primeiras flechas dos Alur Meriki chegaram com um estrondo, a maioria atingindo o muro, algumas passando acima das cabeças e apenas poucas atingindo os homens.

Àquela distância extrema, muitas das setas já sem força resvalaram nos gibões de couro. Mesmo assim, soaram gritos de dor, quando flechas perfuraram braços e ombros nus. Eskkar viu um homem ser atingido no olho e morrer instantaneamente. Mas o rangido de madeira que se seguia ao zunir do cordão do arco ao ser disparado continuava constante. Os cavaleiros inimigos caíam, mesmo ao alcançarem o fosso. Dessa vez, eles paravam, sem querer cair no buraco. Mas alguns pularam com seus animais, enquanto outros se dividiam para cada lado do muro oriental, seguindo ao longo do estreito caminho para cavalgar para os lados norte e sul.

Os que pularam para dentro do fosso receberam mais do que esperavam. Os cavalos afundaram na lama e, apesar do estrondo, Eskkar ouviu ossos de pernas se quebrando quando eles, homens e animais, colidiram com o chão. Os gritos agudos dos cavalos sofrendo erguiam-se acima dos berros dos guerreiros feridos.

Muitos dos guerreiros, porém, permaneceram em seus cavalos, trocando flechas com seus inimigos no muro, enquanto outros desmontavam e pulavam para o fosso. Os soldados continuavam disparando suas setas no aglomerado de homens e animais, com os bárbaros tão apinhados que quase toda flecha acertava em alguma coisa. Se continuar desse jeito, pensou Eskkar, nós os liquidaremos aqui mesmo.

A voz de Totomes ressoou acima da dos homens, bradando ordens que ecoavam ao longo do muro. A primeira fila de arqueiros curvou-se sobre o muro e começou a matar os que estavam a pé lá embaixo. Poucas saraivadas, e os atacantes abaixo começaram a tentar uma difícil escalada de volta. Enquanto isso, a segunda fila de arqueiros continuava a atirar no inimigo que estava do outro lado do fosso.

Mesmo com apenas um conjunto disparando, eles devastaram os cavaleiros. Os arqueiros mal podiam errar diante de tal alvo amontoado e a pouca distância. Logo o lado mais afastado do fosso estava repleto de homens e animais, alguns se contorcendo de dor, muitos com múltiplas flechas salientando-se de seus corpos. Um tambor começou a soar na retaguarda das fileiras dos bárbaros; os cavaleiros pararam e seguiram para o norte e para o sul, a fim de se livrar da tempestade mortal de flechas. Outros desmontaram para atacar os muros a pé, quando as carroças, finalmente, chegaram à beira do fosso, empurradas para a posição por escravos e guerreiros.

Com as carroças fornecendo alguma proteção, os bárbaros começaram a atirar de volta nos homens no muro. Totomes ordenou que todos os arqueiros mirassem nos homens que manipulavam os arcos atrás das carroças. As flechas se dirigiram para lá, transformando instantaneamente as carroças em uma floresta de setas, quando as dezenas delas as atingiram.

As carroças, porém, fizeram diferença. Um aglomerado de Alur Meriki avançou e entrou no fosso, ao mesmo tempo que os defensores continuavam trocando flechas com os guerreiros protegidos atrás das carroças. Pelo menos trezentos combatentes acionavam seus arcos; portanto, mais que superavam o número de defensores. Contudo, os disparos dos Alur Meriki eram de alcance mais longo, cerca de noventa passos, uma distância tranquila para os experientes arqueiros atrás do muro. Debaixo de seu fogo, os homens que estavam parados perto das carroças caíram primeiro. E, à medida que mais e mais homens se amontoavam atrás das carroças para disparar suas armas, menos chance havia de os alvos menores serem atingidos.

Os homens precisavam de pouca orientação, cada qual disparando o mais rápido possível. Eskkar afastou-se do muro para olhar a aldeia lá embaixo. Os aldeões, homens e mulheres, continuavam realizando seus serviços. Coldres com flechas novas em folha continuavam chegando aos arqueiros, e havia um número suficiente de mortos atrás do muro para fornecer arcos substitutos.

Totomes berrou ordens que levaram aldeões, armados de achas e forcados, ao parapeito. Os arqueiros continuavam a disparar, recuando apenas para que esses novos defensores tomassem suas posições diretamente atrás do muro. A plataforma tinha apenas quatro passos de largura, e três fileiras de homens mal cabiam nela ao mesmo tempo.

Escadas bateram com força no muro, algumas repelidas de imediato pelos aldeões, mas outras permaneceram, quando os atacantes usaram seu peso para mantê-las no lugar. Eskkar olhou para o outro lado do fosso. A artilharia mortal dos defensores continuava a cobrar seu preço. Os arqueiros dos bárbaros, apesar das carroças, pareceram mostrar pouco estômago para se manter em pé de igualdade com os de Orak. Menos da metade de seu número original permanecia de pé. Muitos agora eram montes atrás das carroças, eles mesmos mal visíveis debaixo das centenas de flechas que despontavam de seus corpos.

Os arqueiros de Eskkar continuavam disparando, permanentemente grunhindo por causa do esforço para curvar os duros arcos e lançar as pesadas setas. Semanas de prática tinham endurecido seus músculos, e ele não viu nenhum deixar de levar a flecha até a orelha antes de soltá-la. Uma sensação de orgulho o dominou, de que fossem capazes de suportar aquele castigo e continuar a combater eficazmente.

Diante de si, Eskkar viu um homem e uma mulher pelejando para empurrar uma escada. Ele somou seu peso ao forcado e a escada moveu-se lentamente na vertical, então desabou para trás. Ao se aproximar da beirada, uma flecha resvalou no seu capacete de cobre. Arqueiros bárbaros estavam lá embaixo à espera de atingir qualquer alvo que surgisse sobre os muros. Olhou para o homem e a mulher, seus olhos arregalados de medo, e sorriu para eles.

— Pedras! Pedras!

Por todo o parapeito, ressoou a mesma ordem. Os aldeões largaram achas e forcados e começaram a lançar montes de pedras por cima do muro. As pedras arredondadas do rio, cerca do tamanho de um melão, tornaram-se mísseis mortais. Eram muito pesadas e, com uma queda de 5 metros, desferiam golpes capazes de fraturar um braço ou quebrar uma cabeça. Para os que estavam no fundo do fosso, o que dava a elas mais uns 3 metros de queda, as pedras quebravam cabeças mesmo dentro de capacetes.

A chuva de pedras causou mais um choque aos atacantes, que pelejavam na lama, o que lhes tolhia os movimentos, e agora tinham de se desviar da chuva mortal que vinha lá de cima.

De todos os treinamentos pelos quais passaram os aldeões, o lançamento de pedras foi o que mais exigiu fisicamente. Os homens treinaram lançar as pedras num padrão aleatório, mas sempre tentando deixá-las cair perto da base do muro. Fora um trabalho exaustivo, opressivo, primeiro levar as pedras para cima do muro, jogá-las para baixo, depois apanhá-las e recomeçar todo o processo. Agora o esforço mostrava que valera a pena. No espaço de tempo em que um homem contava até sessenta, mais de mil pedras choveram sobre os Alur Meriki.

Essa nova tática deteve qualquer tentativa de escalada do muro. Enquanto isso, gritos de viva ergueram-se onde estavam Totomes e seus combatentes, quando os arqueiros dos bárbaros começaram a recuar, desacostumados com aquele tipo de reação e surpresos com suas perdas.

A voz de Totomes ressoou, ordenando que os aldeões se afastassem do muro. Mandou que a fileira de trás continuasse a disparar sobre os arqueiros que recuavam e moveu a fileira da frente para a beirada do muro, a fim de que pudesse se inclinar e atirar em qualquer coisa abaixo. Alguns arqueiros foram atingidos por flechas lançadas pelos homens de baixo, mas as pedras tinham desorganizado os atacantes e forçaram os homens a carregar as escadas para longe do muro, empurrando-as por entre os arqueiros ajoelhados atrás deles. Então os homens de Eskkar desferiram uma rajada de flechas, abaixaram-se e desferiram outra. Após a terceira rajada, não se preocuparam em se proteger, pois os bárbaros começaram a fugir. Eskkar foi até a frente e deu uma rápida olhada, mas abaixou imediatamente a cabeça, quando duas flechas passaram voando acima dele.

O capacete de cobre o tornara muito visível. À noite, teria de pintá-lo de marrom. Mas a rápida olhada lhe dissera o que queria saber. A luta continuaria, mas o ataque contra aquela parte do muro tinha fracassado.

Decidiu verificar o portão. Escorregando para fora do muro, pendurou-se na parte de trás da plataforma e deixou-se cair no chão, seus guarda-costas o seguindo. Seu cavalo estava debaixo da plataforma. Um jovem assustado segurava o cabresto, a corda tão apertada em volta de seu punho que levou um momento para soltá-la.

Ao montar, Eskkar agradeceu ao rapaz e saiu trotando em direção ao portão. A curta distância mal valia a pena o trabalho de montar e cavalgar. Mas parecia melhor chegar a cavalo do que aparecer resfolegando por correr de um lugar para outro. No portão, encontrou confusão por toda parte. Flechas incendiárias ainda estavam cravadas nas casas cobertas de barro atrás do portão, algumas hastes ainda queimando inofensivamente. Eskkar precisou apenas de um rápido olhar para perceber que a luta ali fora brutal, com corpos dos mortos caídos abaixo da plataforma, a maioria com flechas no rosto ou no pescoço.

Fumaça e cheiro de madeira queimada flutuavam no ar. Alguns homens, muito menos do que ele esperava, pelejavam com baldes de água ou feixes de flechas, levando suas cargas para quem se encontrava nas torres ou sobre o próprio portão.

Um menino aproximou-se correndo e pegou o cabresto da mão de Eskkar quando este desmontou. Momentos depois, os vinte homens da reserva chegaram, ofegantes, por causa da rápida corrida. Ele dividiu a força reserva e mandou metade para cada torre, mas subiu os degraus que levavam ao topo do portão. Apenas poucos homens permaneciam na plataforma superior, e estes estavam ocupados em jogar água lá de cima, para manter a madeira úmida.

A plataforma inferior, a apenas 3 metros do chão, continha menos de dez homens disparando flechas através das pequenas ranhuras entalhadas nas junções dos troncos dispostos na vertical. O estoque de pedras em ambas as plataformas tinha se acabado e ninguém levara uma reposição. Ele viu que a outra força reserva de soldados já se empenhava. Virou-se e encontrou Nicar e Bantor atrás de si, o braço de seu subcomandante coberto de sangue.

— Onde estão os homens que carregam as pedras? — gritou, antes que eles pudessem falar.

— Fugiram. — Nicar teve de erguer a voz para ser ouvido em meio à algazarra. — Mandei buscar outros, mas ainda não chegaram.

— Consiga homens em qualquer lugar e mande que tragam pedras quando vierem. Depressa! — Dirigiu-se a Bantor. — Está detendo?

— Sim, mas mal... os incêndios começam a aumentar. Precisamos também de mais água. — Enquanto ele falava, ouviram um forte barulho, como se algo se chocasse contra o portão.

— Se os afastarmos da base do portão, os incêndios se apagarão sozinhos. — O portão estremeceu novamente. Eskkar correu escada acima, pendurou-se na plataforma superior e gritou abaixo para que seus guarda-costas pegassem arcos e o seguissem.

— Arqueiros! Vão para a plataforma superior. — Eskkar e seus guardas, mais os homens que ainda lutavam, agora chegavam a 12. Ele os espalhou ao longo da plataforma. Quando estavam todos prontos, Eskkar ordenou: — Comecem pelos que estão depois do fosso. Não tentem contra os que estão diretamente abaixo. Nós os pegaremos de trás para frente... Preparar... atirar.

Os arqueiros ergueram-se acima do muro. Em vez de um ou dois deles serem os alvos de muitos guerreiros, foi uma fila de arqueiros que disparou suas flechas e se abaixou imediatamente atrás da cimeira do portão. O efeito da saraivada pode não ter sido impressionante, mas pelo menos os arqueiros, disparando juntos, sabiam que um não seria escolhido entre os outros como alvo. Isso lhes deu coragem e, sob as ordens de Eskkar, dispararam outra. "Novamente!" A chuva de flechas a tão curta distância revelou-se mortal para os atacantes.

Eskkar olhou de relance para os muros de cada um de seus lados. Os homens das torres e das áreas adjacentes do muro ainda trocavam flechas com os arqueiros bárbaros remanescentes do outro lado do fosso. Se os arqueiros bárbaros que se encontravam diretamente abaixo do portão pudessem ser detidos, então os homens que acionavam o aríete poderiam ser rapidamente mortos. Até então, estava funcionando. Quatro saraivadas disparadas e nenhum homem perdido.

Homens quase sem fôlego chegaram, tiraram pedras das pilhas, formaram uma corrente humana e as levaram muro acima. O portão agora estremecia regularmente, os golpes do aríete começando a fazer efeito. Em pouco tempo surgiriam rachaduras. Os arqueiros continuavam seu trabalho mortal, mas dois já haviam sido abatidos pelas setas inimigas, um deles arremessado para fora da plataforma. Enquanto isso, do outro lado do fosso, os bárbaros miravam nos homens acima do portão, tornando a exposição perigosa.

Eskkar pegou duas pedras quando elas começaram a chegar. "Esperem", gritou para os recém-chegados que agora enchiam a plataforma. Foi para o centro desta e largou uma pedra. Esperou até uma fileira de homens estar abaixada perto dele, todos ajoelhados abaixo da fila de arqueiros. A plataforma rangeu e gemeu sob o peso de pedras e homens.

Quando os arqueiros dispararam sua saraivada, Eskkar levantou-se, segurando uma pedra com ambas as mãos. "Agora!" Olhando rapidamente por cima do portão, ele viu pelo menos trinta bárbaros suarentos manejando o aríete, usando cordas amarradas por baixo do tronco gigantesco para movimentá-lo para a frente e para trás. Ele jogou a pedra para baixo e viu-a atingir o aríete, depois resvalar no ombro de um homem, que gritou quando seus ossos se quebraram. Instantaneamente, Eskkar apanhou a segunda pedra e mandou-a para baixo com o máximo de força possível, dessa vez sem se importar com o efeito que causaria. Enquanto isso, seus arqueiros disparavam outra saraivada. Uma seta dos atacantes passou zunindo próximo à sua orelha.

— Arqueiros! A saraivada seguinte é para o aríete. Mirem nos que carregam o aríete! Preparar... já! — Eles dispararam suas flechas por cima do topo. O arqueiro à direita de Eskkar largou seu arco com um grito, uma flecha atravessada no antebraço. Eskkar apanhou a arma e pegou uma flecha do coldre do homem. Localizou o guerreiro encarregado do aríete, um escudo erguido sobre sua cabeça para protegê-lo. Dessa vez, ele mirou com todo o cuidado, antes de atirar, ignorando as flechas que sibilavam perto de seu rosto, torcendo para que o capacete o protegesse, enquanto mirava no homem que dirigia o arrombamento. Sua flecha reluziu abaixo, bem na barriga do homem, logo abaixo do escudo.

Flechas e pedras choveram nos homens que carregavam o aríete, e o pesado tronco pendeu de lado e caiu. Havia muitos carregadores mortos ou feridos de um dos lados. Isso deteve o arrombamento. Os bárbaros precisariam de um esforço e tanto para erguer o aríete e colocá-lo novamente em ação. Eskkar estava surpreso por eles terem conseguido manejá-lo tanto tempo sobre um piso tão irregular.

Pedras continuaram caindo do portão, e agora os aldeões jogavam-nas com todo o cuidado, mirando-as para caírem diretamente na base do portão. Em poucos momentos, os bárbaros se deram conta de que sua proteção sumira, então viraram e correram, cambaleando na lama, alvos fáceis para os homens na torre e nos muros próximos. Momentos depois, o fosso continha apenas mortos e moribundos.

Eskkar avistou uma formação de cavaleiros do outro lado do fosso e imaginou que seria o reforço dos atacantes. Se ele e seus homens não tivessem conseguido deter o aríete, haveria uma centena de homens novos em folha no portão, mais do que o suficiente para mandar os arqueiros lá de cima para baixo do muro. Os guerreiros hesitaram ao verem seus colegas fugirem e, em pouco tempo, as flechas começaram a atingi-los. Uns tantos seguiram bravamente à frente para ajudar os homens a pé, e alguns pagaram o preço de sua coragem.

Os bárbaros começavam a ceder terreno ao longo de toda a extensão do muro, quando os homens de Totomes, finalmente, eliminaram das carroças os arqueiros inimigos. Novamente, ao recuar, os Alur Meriki tiveram que sofrer o mesmo castigo de flechas.

Gritos de alegria soaram por toda a parte através do muro, enquanto os líderes das turmas de dez xingavam seus homens por usarem suas bocas em vez de seus arcos. Mas os defensores também estavam cansados e observaram com alegria os bárbaros correrem de volta para sua posição original daquela manhã. Eskkar olhou para o sol e notou que menos de uma hora se passara desde o início do ataque. Olhando novamente para o fosso, descobriu que mal conseguia enxergar o chão, lotado que estava com corpos de homens e animais.

Os bárbaros começaram a se reagrupar sob estandartes individuais. Mesmo a mais de meio quilômetro de distância, a postura deles traía derrota e incredulidade. O primeiro ataque, poucos dias atrás, fora uma sondagem, nada mais. Este, porém, tinha sido uma tentativa em grande escala, e eles não estavam acostumados a sofrer uma derrota. Muito pior, tiveram de deixar muitos irmãos de clã caídos no chão. Eskkar pôde ver um grupo de chefes; sua ira e frustração eram visíveis mesmo a mais de meio quilômetro. Eles discutiram por algum tempo, cercados por centenas de homens cansados e abatidos. Finalmente os estandartes foram erguidos. Dirigiram os cavalos para outro lado e seguiram de volta em direção ao acampamento principal. A batalha tinha acabado por aquele dia.

Eskkar, sem fôlego, apoiou-se pesadamente contra o portão, então olhou para Orak às suas costas. Homens e mulheres da aldeia ocupavam o espaço, todos os olhos voltados para cima, esperando em silêncio. Eles tinham vindo porque a luta cessara e sabiam que o inimigo recuava. Agora esperavam para ouvir o resultado.

Enxugando o suor dos olhos, Eskkar aprumou-se. Sabia que tinha de falar, que aquela era uma ocasião na qual palavras eram mais importantes do que espadas. Inspirando fundo, ergueu a voz, internamente se insultando de hipócrita.

— Homens de Orak! Os bárbaros foram expulsos por hoje! — Suas últimas palavras foram afogadas por uma gritaria que alcançou até mesmo o acampamento bárbaro. Ele bradou novamente as palavras, mas a gritaria de entusiasmo prosseguiu, até ele ter de erguer as mãos para silenciá-la.

— Nós vencemos uma batalha, mas a luta ainda não acabou. Eles foram expulsos, mas voltarão! E agora estão cheios de ira e ódio e vão querer vingança por aqueles que massacramos. Enquanto eles estiverem do lado de fora de nossos muros, o perigo crescerá a cada dia. Voltem ao seu trabalho. Ainda há muito o que fazer.

Aquilo serviria para satisfazê-los. Desceu com dificuldade do portão, para encontrar Gatus e Bantor esperando-o. Bantor tinha sangue escorrendo pelo braço e seu olhar parecia vago, enquanto se equilibrava sobre os pés.

— Onde está Maldar? — berrou Eskkar. — Quase perdemos o portão porque os aldeões fugiram com medo!

Furioso, a energia contida e a frustração de Eskkar pelos últimos dias emergiram. O portão podia ter sido arrombado e a aldeia, capturada, por faltarem algumas pedras e homens para carregá-las.

Nem Gatus nem Bantor falaram, então Eskkar continuou berrando ordens, sua raiva aparente para todos.

— Mandem homens descerem o muro para recolher as escadas e as armas. E lenhadores para cortar o aríete e trazê-lo para dentro.

Ele viu Corio abrir caminho por entre a multidão.

— Corio, leve seus homens para o muro e verifiquem o portão. Eu vi homens tentando cavar por baixo e o aríete provocou rachaduras na madeira. Faça os reparos que puder antes do anoitecer. E não esqueçam de recuperar as pedras!

Gatus fez que sim e se afastou, gritando ordens para seus homens. Mas Bantor apoiou-se pesadamente num dos aldeões, e Eskkar deu-se conta de que seu subcomandante estava seriamente ferido. Pingava sangue sem parar de seu pescoço, bem como da atadura esfarrapada em volta do antebraço esquerdo.

Eskkar dirigiu-se a seus guarda-costas.

— Levem Bantor de volta para casa e procurem um curandeiro para ele.

Um cavaleiro forçou caminho por entre a multidão que diminuía. Eskkar viu que era Jalen, vindo do portão dos fundos.

— Capitão, precisa de ajuda aqui? — A voz mostrava sua preocupação.

— Não, não mais. Algum problema no rio?

— Um pequeno grupo de bárbaros atacou o portão, mas os expulsamos sem muito problema. Está tudo seguro por lá.

Eskkar concordou, ainda sem emoção.

— Onde está Sisuthros? E Maldar?

Nervosamente, soldados se aproximaram e a história saiu em pedaços, cada qual contribuindo com o que sabia. Sisuthros fora ferido mais cedo, uma flecha o atingira na boca. O míssil passara direto e saíra na frente da orelha, levando dois de seus dentes. Sangrava muito quando o levaram embora.

Maldar levara uma flechada debaixo do braço direito e desmaiara por causa da perda de sangue, no momento em que seu segundo em comando fora morto. Com seus comandantes feridos, os homens tinham feito o melhor que puderam. No tumulto, ninguém notou quando os aldeões abandonaram suas tarefas e fugiram.

Eskkar foi na direção do último de seus guarda-costas, tão enfurecido que o homem, instintivamente, deu um passo para trás.

— Procure os homens que abandonaram seus postos. Encontre-os e traga-os para mim. Todos eles! Quero todos eles.

Os covardes tinham colocado tudo em risco, embora eles mesmos estivessem enfrentando pouco perigo. Viram homens morrer e fugiram para se esconder em casa ou debaixo de suas camas. Como se isso fosse salvá-los. Eskkar jurou que eles pagariam por sua covardia. Inspirou fundo e tentou se controlar.

— Jalen! Assuma o comando aqui. Providencie para que os defensores estejam prontos para outro ataque. Também recolha os corpos da frente do portão. Leve água e comida para os homens, depois troque alguns deles pelos mais descansados de outros muros. Mande os homens trocarem os cordões de seus arcos, consiga mais flechas e pedras... malditos sejam todos os deuses do inferno, você sabe o que fazer!

Todos atiraram-se ao trabalho, qualquer pensamento de comemoração desaparecido diante da ira do capitão, e todos contentaram-se com qualquer oportunidade de ficar longe dele. Eskkar aproveitou para inspecionar os homens em ambas as torres, mantendo a raiva reprimida e cuidando para que eles soubessem o que fazer e que a ajuda estivesse a caminho. Quando sentiu que o portão estava seguro, chamou Jalen.

— Avise Gatus que vou voltar para casa.

Seu cavalo ainda esperava, as rédeas contidas por um menino com cerca de 12 estações. Eskkar saltou para cima do animal, segurou as rédeas, então abaixou-se para agarrar o braço do menino e puxá-lo para sua frente.

— Venha comigo, rapaz. Você mereceu uma moeda por cumprir hoje a sua tarefa, e não tenho nenhuma comigo. — Enfiou o calcanhar no cavalo e eles trotaram pelas ruas estreitas, as pessoas se afastando diante dele, o rosto sombrio os amedrontando mais do que seu silêncio.

Diante da casa, desmontou, segurando o menino no colo como se fosse um bebê.

— Fique com o cavalo, rapaz, mas lhe dê um pouco de água. Posso precisar dele novamente.

Seguindo caminho pelo pátio, notou que estava bastante tomado por feridos. Nicar estava lá, dirigindo homens e despachando mensageiros. Eskkar foi até a casa, onde encontrou Trella e uma dúzia de mulheres trabalhando com os curandeiros. Ela lhe deu um breve sorriso, mas continuou com seu trabalho. Quatro membros feridos do Clã do Falcão estavam deitados ali, inclusive o inconsciente Maldar. Bandagens sujas de sangue cobriam a parte superior do corpo e debaixo do braço.

Eskkar encontrou Sisuthros sentado no chão, as costas contra a parede e o peito coberto de sangue coagulado. A boca, o queixo e o pescoço tinham sido enrolados firmemente. As faixas, porém, só revelavam poucos vestígios de sangue, e os olhos do homem pareciam suficientemente atentos. Sisuthros não conseguia falar, mas levantou um pouco a mão esquerda, quando Eskkar o viu.

Indo até ele, Eskkar segurou delicadamente o braço bom de Sisuthros.

— Até parece que você foi embrulhado para enterro. — O homem tentou sacudir a cabeça, mas a dor do movimento lhe refletiu nos olhos. — Descanse. Nós os expulsamos, e a batalha acabou por hoje e provavelmente pelos próximos dias. — Eskkar olhou em volta. — Você viu Bantor?

Sisuthros ergueu novamente a mão, apontando para o andar superior. Eskkar subiu correndo a escada para a sala de trabalho. Encontrou Ventor ali, terminando seu trabalho, ajudado por Annok-sur, seus lábios tremendo enquanto ajudava a enfaixar o marido, inconsciente sobre a mesa grande.

Eskkar ficou ali alguns momentos, até o curandeiro se afastar e começar a colocar seus instrumentos na bolsa.

— Como está ele?

— Extraíram uma flecha de seu braço — respondeu lentamente o curandeiro. — Isso deve ter acontecido no início da batalha. Então outra flecha penetrou pelo lado do pescoço. — Olhou para Annok-sur. — Seu marido é um homem de sorte. A flecha errou o grande condutor de sangue. — Dirigiu-se de novo a Eskkar. — Lavei o ferimento e o enfaixei, mas ele perdeu muito sangue e sua vida agora depende dos deuses.

Ventor fez menção de ir embora, mas Eskkar lhe agarrou o braço.

— Faça tudo o que puder por Bantor. Ele lutou bravamente hoje.

— Assim como muitos outros também, como posso ver pelos seus ferimentos — retrucou ele, exausto. — Mas voltarei quando puder. Annok-sur me chamará, se algo acontecer. — Ventor passou por Eskkar a caminho da escada.

— Eu deveria estar ajudando os outros. — A voz de Annok-sur tremulou e seus ombros tremeram com o esforço de conter as lágrimas. — Há feridos por toda a aldeia.

— Fique aqui — ordenou Eskkar — e cuide muito bem dele. Se precisar de alguma coisa, mande avisar. — Ela ficou parada ali, torcendo nas mãos uma atadura. — Ele é forte, Annok-sur. Os deuses certamente o ajudarão a se recuperar.

Não havia mais nada que ele pudesse fazer, então voltou para o andar de baixo, parando a meio caminho para avaliar as consequências, tentando se desligar dos gemidos dos feridos. No campo de batalha, bem longe de água ou curandeiros, a maioria dos homens morria com qualquer tipo de ferimento. Ali, com muitos para serem cuidados, talvez a metade sobrevivesse. As mulheres tinham se preparado o melhor que podiam; fizeram ataduras com trapos limpos, prepararam bancos e mesas para os feridos, e providenciaram para que água e vinho fossem abundantes, tanto para os feridos quanto para os que os ajudavam.

Eskkar saiu para o pátio, seguindo para a mesa, onde encontrou Gatus, Corio, Nicar, Rebba e outros líderes. Gatus escapara sem um arranhão, embora tivesse se exposto várias vezes. Enquanto ouvia seus relatos, Eskkar, com raiva, pressionava cada vez mais os dentes.

O problema eram as torres. Elas atraíam flechas de todos os guerreiros. Ele praguejou silenciosamente, prometendo que, da próxima vez que os Alur Meriki fossem a Orak, encontrariam torres ainda maiores, para que os homens que as defendessem não fossem escolhidos como alvos. E as futuras torres seriam projetadas além do muro, a fim de que os defensores não tivessem de se curvar sobre elas para disparar em quem estivesse na base do portão ou do próprio muro. Xingou a si mesmo por não ter pensado nisso antes, embora ninguém mais também tivesse pensado.

Gatus olhou para seu capitão, despejou um pouco de vinho numa taça e lhe entregou.

— Como estão eles? — Sua cabeça virou na direção dos feridos.

— Sisuthros está bem... só não consegue falar. Maldar está mal, mas talvez sobreviva, se a putrefação não se instalar. Bantor está... ele perdeu muito sangue e o curandeiro não sabe. Ou não quer dizer.

Levou a taça de vinho aos lábios e teve de se concentrar para evitar que a mão tremesse — embora se perguntasse por que deveria se preocupar com isso. Muitos homens corajosos tremiam, após o combate, agradecidos por estarem vivos e longe do estresse da batalha.

— Tragam um banco para o Capitão — ordenou Gatus, e um dos membros do Clã do Falcão empurrou um banquinho até Eskkar. — Os escribas, finalmente, terminaram a contagem de nossos mortos e feridos. — Gatus olhou de viés para o tablete de argila. — Cinquenta e um arqueiros mortos, 62 feridos. Se eles voltarem mais uma vez, teremos de tirar os homens dos muros dos fundos e das laterais.

Eskkar esforçou-se um momento com os números. Um quarto de seus combatentes estava morto ou fora de ação, e a maioria das baixas vinha das torres e do portão. Mais de uma centena de arqueiros preciosos que levaram meses treinando. Agora a defesa se tornaria mais rala.

— Hoje eles não voltarão, tenho certeza. Quantos nós matamos? Você tem a contagem?

— Não, ainda não. O pessoal do fosso ainda realiza seu trabalho. Jalen mandará notícia quando terminarem a contagem.

— As escadas já foram recolhidas e o aríete em breve será transformado em lenha para fogueira, Capitão — acrescentou Corio. — Levará algum tempo até eles conseguirem encontrar madeira para fazer mais escadas. O portão está em boas condições. Os incêndios não demoraram tempo suficiente para provocar qualquer dano, e o aríete causou apenas algumas rachaduras. Estamos pregando madeira nova sobre os locais danificados. Tudo deverá estar pronto antes do anoitecer.

Eskkar concordou satisfeito.

— Ótimo, Corio, o seu portão resistiu bem. — Um cavalo chegou a galope, e um sorridente escriba da equipe de Nicar saltou da montaria do lado de fora do portão e correu até a mesa.

— Capitão, trago notícias de Jalen. Já contamos os bárbaros mortos. — O mensageiro fez uma pausa dramática antes de transmitir sua informação. — Trezentos e trinta e dois mortos, Capitão. Isso inclui os mortos pela manhã — acrescentou, então se lembrou do resto de seu informe. — Jalen está recolhendo armas e flechas e foi além do muro para incendiar as carroças que eles deixaram para trás.

— Por Ishtar! — Gatus bateu o punho contra a mesa. — O tolo poderá ser morto por causa de algumas carroças.

O escriba olhou em volta nervosamente.

— Os arqueiros o estão protegendo e...

— Basta, rapaz — disse Eskkar. Era tarde demais para ordenar que Jalen voltasse para dentro do muro. Quando alguém chegasse ao portão, ele já teria acabado de atear fogo ou estaria morto.

— Mais alguma coisa? — Como nada mais foi apresentado, Eskkar agradeceu ao escriba e mandou que voltasse ao seu trabalho.

— Bem, Gatus, os bárbaros foram tolos em deixar as carroças para trás. Seria bom mesmo queimá-las. De qualquer modo, se contamos mais de trezentos mortos do lado deles, então deve haver mais uma centena de feridos. É uma derrota terrível para eles. Perderam muitos homens, inclusive alguns de seus melhores arqueiros.

— O que acontecerá a seguir? — perguntou Nicar. — Eles virão novamente?

— Ah, sim, mas só depois que tiverem um novo plano. Hoje aprenderam uma lição e não vão mais medir forças com os nossos arcos. De qualquer modo, não será em nada parecido. E hoje aprendemos que não desmaiamos de medo ao vê-los.

Eskkar inspirou fundo.

— Se eles voltarem novamente ao portão, estarão mais bem-preparados. Hoje, se estivessem mais bem-organizados, talvez tivessem tomado o portão. Eles foram lentos em trazer seus reforços.

Até mesmo os poderosos Alur Meriki podiam fazer uma besteira no calor da batalha, concluiu Eskkar. Mas não cometerão esse erro de novo. Seus olhos encontraram novamente os de Nicar.

— Ou talvez venham à noite. — Nicar pareceu pouco à vontade, e isso lembrou-lhe algo.

— Já encontraram os homens que abandonaram seus postos? — Eskkar olhou para Gatus. — Onde eles estão?

Gatus e Nicar trocaram um olhar antes de o velho soldado responder.

— Há trinta homens na rua lá fora — disse Gatus calmamente. — Quatro homens estavam encarregados deles. Três já foram encontrados e também estão lá fora. Ainda procuramos o quarto. — Gatus recostou-se e olhou para Nicar.

— Capitão, eles apenas fizeram o mesmo que seus líderes — explicou Nicar, defensivamente. — A maioria é de bons homens e não deveriam ser castigados pelas falhas de seus líderes.

Um silêncio baixou sobre a mesa, embora continuassem os gemidos dos feridos e as vozes dos que cuidavam deles. Eskkar fez uma pausa momentânea, na tentativa de controlar sua raiva.

— Esses homens deveriam levar pedras para o portão. A força reserva foi chamada. Bantor, Maldar e Sisuthros foram feridos. — Olhou em volta da mesa. — Se a luta no lado norte do muro tivesse durado mais um pouco, o portão teria sido tomado e perderíamos a aldeia. E agora um dos que fugiram se esconde de nós!

Com o punho cerrado, Eskkar deu uma pancadinha na mesa.

— Eu mataria todos, todos os trinta. Talvez Bantor e os outros não estivessem ali feridos se esses aldeões tivessem permanecido em seus postos. — Todos desviaram o olhar. — Eu mataria cada um, se não fosse precisar deles amanhã. — Descerrou o punho.

— Os quatro líderes devem morrer e ter seus bens confiscados, para serem distribuídos junto com qualquer outra pilhagem. Aos outros serão designadas missões de maior perigo. Se vacilarem, os soldados deverão matá-los instantaneamente. O que eles fizeram e o motivo pelo qual estão sendo castigados devem ser explicados a cada pessoa de Orak, para que todos saibam o que acontecerá se houver qualquer outra fuga.

Nicar engoliu em seco nervosamente, mas manteve silêncio. A expressão do rosto de Eskkar era óbvia para todos. Nenhuma súplica o faria mudar de ideia.

Gatus virou-se para Nicar.

— É mais do que eles merecem. Os aldeões precisam ver que seus líderes estão dispostos a lutar por eles. — Olhou de volta para Eskkar. — Não demoraremos a encontrar o quarto homem. Como você quer que eles morram?

Eskkar gostaria que fossem torturados na fogueira, mas sabia que não podia ordenar isso.

— Apenas os mate, Gatus, assim que encontrar o último, apenas os mate e providencie para que todos saibam o motivo. Faça isso na praça do mercado, com um golpe de espada. É um destino melhor do que o que os bárbaros lhes dariam. Nicar e Rebba podem cuidar dos detalhes.

Expulsou da mente todos os pensamentos sobre esses homens.

— Agora vamos nos preparar para o próximo ataque.

A uns 3 quilômetros dali, um desgostoso Thutmose-sin estava sentado em sua tenda, ainda pensando no fracassado ataque que testemunhara mais cedo. Os comedores de terra não tinham se acovardado diante da visão de seus guerreiros. Em vez disso, lutaram bravamente, suas malditas flechas causando destruição entre seus homens. O líder proscrito deles preparara muito bem seus homens, treinando os covardes para lutarem com o arco, escondidos atrás do muro. E cada vez que os Alur Meriki tinham forçado um ataque, esse Eskkar conseguira que seus homens reagissem.

Agora Thutmose-sin tinha de transmitir notícias ainda piores ao conselho. Bar'rack chegara ao acampamento uma hora atrás, perto da exaustão. Insak, o líder de clã de Bar'rack, fora o primeiro a ouvir a história. Ele então se reunira com Altanar, o outro líder de clã que fornecera guerreiros para a incursão ao outro lado do rio, e os três levaram a má notícia a Thutmose-sin.

Novamente, Bar'rack relatou o que acontecera no outro lado do Tigre. O rosto de Thutmose-sin permaneceu impassível, enquanto a história se desenrolava. A notícia não o surpreendeu. Ele já tomara por certo que os cavaleiros tinham morrido ou debandado, caso contrário já teriam dado sinais dias atrás. Uma coisa era estarem um dia ou dois atrasados, mas somente um líder insensato desobedeceria às ordens de seu sarrum por mais de uma semana. Quando Bar'rack terminou, Thutmose-sin mandou que ele ficasse calado sobre a perda e o dispensou.

— Deve ter sido esse Eskkar — disse Thutmose-sin, quando ficaram sozinhos. — Ele se movimenta velozmente. Do outro lado do rio somente alguns dias atrás, e já de volta a Orak para enfrentar o nosso ataque.

— Como ele sabia sobre os guerreiros? — perguntou Insak. — Levaria tempo para reunir homens, preparar a emboscada. Há um espião em nosso acampamento, alguém que...

— Não, não acredito nisso — retrucou Thutmose-sin. — Ele soube através dos Ur Nammu sobre os nossos planos de cercar a aldeia. De posse dessa informação, adivinhou que enviaríamos uma força ao outro lado do rio. Então recrutou os Ur Nammu para lhe fornecer cavaleiros, fez seus preparativos e seguiu em direção ao norte.

— Então ele é um demônio — afirmou Altanar —, um dos nossos que se voltou contra nós. Precisa ser morto, esfolado vivo e queimado na fogueira.

— Nisso concordamos, Altanar — disse Thutmose-sin. — Mas, antes, é preciso capturá-lo. Reúnam o resto do conselho. Eu lhes darei a notícia.

Os dois líderes de clã saíram e Thutmose-sin prosseguiu com seus pensamentos. Orak tornara-se um desastre. O fracasso daquele dia, junto com aquela notícia mais recente, transformaria o conselho numa gentalha raivosa. Do lado de fora de sua tenda, ele podia ouvir os líderes de clã se reunindo, alguns ainda brigando por causa do ataque daquele dia, culpando-se uns aos outros pelo fracasso da captura da aldeia. Suas vozes erguiam-se furiosas e as acusações e recriminações corriam soltas.

— Todos os líderes de clã estão à espera, Sarrum.

Thutmose-sin tranquilizou o pensamento, afivelou a espada em volta da cintura e saiu. O conselho completo dos Alur Meriki, com todos os líderes de clã presentes, virou-se em sua direção. Sua presença deteve as brigas, e todos tomaram seus assentos diante de sua tenda ao ar livre. Somente então Thutmose-sin juntou-se a eles, ocupando o último lugar vazio que completava o círculo. Markad e Issogu ocuparam seus lugares atrás dele. Não era permitida a presença de outros guardas quando se reunia o conselho completo. Thutmose-sin acenou com a cabeça para Insak.

— Um dos meus guerreiros retornou do outro lado do rio — começou Insak. — Ele repetiu a história de Bar'rack, sem pressa e sem deixar de fora detalhe algum. O conselho permaneceu ali, boquiaberto, atordoado e em silêncio, ao ouvir que outra força guerreira dos Alur Meriki deixara de existir.

— Esses comedores de terra — concluiu Insak — precisam ser varridos da terra. Meu clã exige vingança contra esses imundos. São piores do que os Ur Nammu, que envergonham seu clã por se juntar a eles.

Todos passaram a falar, a princípio fazendo mais perguntas, então começando a discussão esperada por Thutmose-sin. Alguns queriam caçar os Ur Nammu, outros atacar as terras do outro lado do rio. Outros ainda queriam atacar novamente a aldeia, o mais rápido possível. Poucos, Thutmose-sin notou, queriam ir embora. Contou-os, aliviado por apenas quatro líderes de clã falarem abertamente em abandonar Orak.

Finalmente, Thutmose-sin ergueu a mão e a conversa foi diminuindo aos poucos.

— Meus irmãos de clã — começou —, precisamos destruir essa aldeia. Para nós, não há escolha.

Olhou para cada líder de clã enquanto seus olhos percorriam o círculo.

— Nós temos um compromisso. Empurramos os comedores de terra até este lugar e destruímos suas fazendas e suas plantações. Os nossos homens do outro lado do rio deviam evitar que eles fugissem, mas eles não tentaram fugir. Os poucos barcos que eles possam ter estão dentro dos muros, sem uso. Essa Orak nos apresenta um desafio a cada dia que resiste. Seu povo está preparado para morrer aqui, e ele precisa morrer. Nós planejamos essa batalha. Nós nos desviamos de nosso caminho. Agora precisamos completar o plano. Se tivéssemos comida suficiente, permaneceríamos aqui até eles morrerem de fome. Mas os campos estão vazios e não podemos ficar muito tempo aqui.

— Mas a perda do grupo de incursão. Não precisaríamos dele...?

— O grupo de incursão era para evitar que os comedores de terra atravessassem o rio. — Thutmose-sin levantou-se. — Nossos homens vigiaram a travessia e nenhum aldeão tentou fugir. Nossos guerreiros do outro lado do rio não nos ajudariam em nada, mesmo se estivessem vivos. E tenho certeza de que os homens de Insak e Altanar mataram muitos comedores de terra antes de morrer. Agora cabe a nós vingar os nossos parentes.

Ninguém falou. Ele fez com que todos se envergonhassem, levando-os ao silêncio, e agora ninguém o encarava.

— Portanto, nada mudou. Os comedores de terra nos detiveram no dia de hoje apenas por sorte. Da próxima vez, será diferente.

Ele deixou sua voz se tornar cada vez mais firme.

— Os Alur Meriki nunca foram derrotados. Lembrem isso a seus guerreiros. Digam-lhes que se preparem para atacar a aldeia novamente. Digam-lhes que, custe o que custar, o próximo ataque será bem-sucedido, ou cada guerreiro Alur Meriki morrerá tentando. E, dessa vez, irmãos de clã, não recuaremos e não fracassaremos.

24

Eskkar voltou para seu quarto bem depois da meia-noite e fechou a porta. Bantor continuava na mesa lá fora, vigiado pela mulher e descansando sobre uma camada de cobertores de linho. Ventor não queria correr o risco de seus ferimentos se abrirem, ao transportá-lo para sua cama. Em vez disso, o curandeiro, junto com seu aprendiz, se arrumaram como puderam para dormir no quarto de Bantor no andar de baixo.

Eskkar encontrou Trella à sua espera, sentada na cama, as pernas cruzadas, uma única lamparina despejando luz fumacenta por todo o quarto. Ele sabia que ela não dormira por sua causa, que Trella ficara acordada porque ele poderia precisar dela.

— Você devia ter dormido — repreendeu-a delicadamente, mas agradecido por ela ter ficado acordada.

Trella levantou-se e foi para seus braços.

— Foi um dia cansativo para você, Eskkar. Achei que talvez precisasse conversar. — Falou baixinho, lembrando-lhe que outras pessoas dormiam no aposento ao lado. Abraçou-o por um momento, depois recuou e ajudou-o a retirar a grande espada de sua cintura. — Eu vi o que fez com os homens do portão. Estava na praça do mercado, quando eles foram mortos.

A maioria dos feridos recebeu tratamento na praça do mercado, e ela tinha ido ali após ter feito o que podia na casa.

Ele abraçou-a por um momento, então sentou esgotado na beira da cama.

— Fiquei furioso. O portão poderia ter sido tomado e todos nós seríamos mortos. Eles mereceram morrer. Eu gostaria de tê-los matado pessoalmente, e torturado.

Trella encheu uma taça com uma mistura de água e vinho e entregou-a a ele.

— Dizem que Nicar pediu clemência para eles.

Ele sorriu e esvaziou a taça.

— Então você "esteve" na reunião, afinal de contas.

Trella pegou a taça de sua mão e colocou-a no chão, depois foi para a cama atrás dele e começou a esfregar seus ombros, os fortes dedos nos músculos de seu pescoço.

— Você fez o que era certo, matou apenas os líderes, e fez isso depressa, antes que alguém pudesse sentir pena deles. Mas Nicar também teve razão em pedir clemência para os outros. Devia lhe agradecer por isso, sabe? — Beijou seu pescoço. — Ele lhe deu um bom conselho, embora você não o tenha pedido.

Eskkar começou a relaxar. A massagem parou por um momento, e ele ouviu o farfalhar de seu vestido, enquanto ela o tirava. Então as mãos dela se estenderam para abraçá-lo e ele pôde sentir os seios macios em suas costas, os mamilos duros.

— Precisa dormir um pouco, Eskkar, antes que amanheça. Deixe-me ajudá-lo a dormir. — Apagou a lamparina com um sopro e empurrou-o para deitá-lo na cama. Sua boca encontrou a dele e beijou-o afetuosamente, as mãos percorrendo-o todo, seu corpo se enroscando no dele.

De repente ele a desejou. Sua fadiga desapareceu e ele sentiu o desejo aumentar dentro de seu corpo. Ele sobrevivera a outra batalha e agora a desejava, tanto quanto desejava provar que continuava a viver por um outro motivo. Puxou-a para seu lado sobre a cama e foi para cima dela, ouviu-a gemer baixinho quando a penetrou e sentiu seus braços envolverem-no. Então ele não pensou em mais nada.

O sol subira bem acima do horizonte antes de ele acordar, os sons da rua finalmente o despertando. Novamente Trella o deixara dormir, mas acordara cedo para realizar suas tarefas. Eskkar sentiu-se aborrecido consigo mesmo. A aldeia estava cercada por milhares de inimigos selvagens e o líder de Orak dormia em sua cama macia até bem depois do amanhecer.

Esfregou os olhos, espantando o sono, e se vestiu; então foi para o aposento externo e parou abruptamente ao ver que havia outras pessoas lá. Para sua surpresa ainda maior, Bantor estava acordado, apoiado em cobertores e sendo alimentado com sopa pela sua mulher. Seu aspecto era de palidez e fraqueza, mas os olhos pareciam atentos.

— Bantor! Que bom vê-lo acordado. — Eskkar olhou para Annok-sur. — O curandeiro... isto é... ele está...

— Ventor disse que ele está indo bem. — Annok-sur não conseguia disfarçar a alegria em sua voz. — Ele não tem permissão para falar. Está muito fraco e não poderá se mexer nem fazer esforço durante vários dias. O curandeiro já mudou as ataduras e disse que o sangramento parou.

— Bem, é uma boa notícia — retrucou Eskkar, um sorriso iluminando seu rosto. — Preciso ir, antes que toda a aldeia pense que vou dormir o dia inteiro. — Os olhos de Bantor estavam repletos de perguntas, mas Eskkar as descartou com um gesto da mão. — Tudo está sob controle, portanto, não tente falar. Annok-sur lhe contará tudo. — Eskkar olhou para ela. — As mulheres por aqui parecem saber de tudo o que está acontecendo.

Seguiu para a mesa de comando, onde soube que os bárbaros se mantinham fora de vista e que nada acontecera durante a noite. Foi até o poço, para se lavar, e bebeu bastante da água fresca antes de jogá-la sobre o corpo. Retornou à casa e entrou na cozinha, onde apanhou pão, figos e tiras recém-assadas de carne de cavalo. Colocou tudo em uma bandeja de madeira, junto com um copo com água, e levou para a mesa de comando lá fora.

Mas então, terminado seu turno, havia chegado um cansado Gatus. Eskkar lembrou-se de que seu segundo em comando estava avançado em estações.

— Percorri os muros, ao amanhecer — informou Gatus. — Está tudo como deveria estar. O trabalho no portão continua e já há uma pilha enorme de pedras por lá. Agora é o turno de Jalen, e Hamati está dando outra volta pelo muro. Corio quer saber o que fazer com os corpos que estão no fosso. Dentro em pouco, o cheiro será insuportável.

Eskkar deu uma mordida na carne de cavalo, empurrando-a para baixo com um gole de água; então mastigou um pedaço de pão e usou esse tempo para pensar. Trella falara várias vezes sobre a necessidade de manter a aldeia o mais limpa possível durante o cerco. Como ele não mostrara muito interesse, ela assumiu a responsabilidade. Ele não entendeu os motivos dela para cuidar das medidas sanitárias, mas isso lhe pareceu bastante inofensivo.

Ela organizara grupos de trabalho para limpar as ruas e cuidara para que, depois disso, os próprios aldeões mantivessem a limpeza. Carroças agora, todo dia, recolhiam os excrementos de homens e animais e os levavam para os estábulos, onde fora cavado um enorme buraco.

Antes de o ataque trancar os portões, as carroças simplesmente jogavam seu conteúdo no rio, deixando quem habitava rio abaixo preocupado com os eventuais presentes flutuantes em sua água. Os corpos mortos no fosso, porém, logo estariam fedendo. Não que ele se importasse com isso, mas eles podiam bloquear o fluxo da água necessária para manter o fosso enlameado. Em poucos dias, haveria trechos secos que os bárbaros poderiam usar para seus ataques.

— Gatus, quero os corpos arrastados até o rio e despejados lá. Não podemos deixar que nada interfira com o fluxo da água. Portanto, vamos usar todos os homens que fugiram ontem. Eu lhes direi que, com essa tarefa, poderão redimir sua honra, se a realizarem bem. Vamos deixar que façam o serviço sujo, mas precisaremos de soldados e de outros para ajudá-los, talvez até mesmo cavalos e algumas carroças. Se prepararmos tudo com antecedência, talvez consigamos retirar os corpos em poucas horas, e é provável que os bárbaros não interfiram.

— É um trabalho sujo, indigno até mesmo de escravos — retrucou Gatus com uma gargalhada. — Eles pensarão duas vezes antes de faltar novamente ao dever. Eu providenciarei tudo e irei com eles.

Eskkar achava que o mais provável era que a visão de seus líderes sendo executados no dia anterior faria com que eles se concentrassem mais em suas tarefas.

— Você prepara tudo, mas eu os vigio — ordenou Eskkar. — Vá descansar um pouco.

Gatus abriu a boca para protestar, mas Eskkar ergueu a mão.

— Se eu fizer isso, todos vão ver quanto é importante, e posso ter uma chance de esticar as pernas. Prometerei algumas moedas para quem trabalhar com mais afinco.

Levantou-se e, levando o copo vazio, foi até o poço para pegar mais água. Um criado estava ali, trazendo água para cima, e logo surgiu um balde recém-tirado, gelado das profundezas. Os homens sempre se esqueciam de beber água suficiente, quando tinham essa chance, e então um longo dia debaixo do calor deixava-os fracos de sede.

Um pouco depois da metade da manhã, abriram o portão dos fundos. Soldados estavam a postos, para o caso de um grupo de bárbaros estar escondido na beira do rio. Nada, porém, os recebeu, exceto os sons de torvelinho do rio. Num ritmo constante, cerca de duzentos homens e mulheres escapuliram, conduzindo alguns cavalos e carregando cordas e pranchas. Todos foram rapidamente para seus locais determinados e suas tarefas.

Não tiveram de ir muito longe para encontrar os primeiros cadáveres. O sol quente e a lama escorregadia tornavam difícil o trabalho, e os corpos de homens e de cavalos já estavam cobertos de moscas que se erguiam numa nuvem quando eram perturbadas. Muitos dos mortos, ao expirar, tinham relaxado os intestinos, acrescentando o fedor dessa excreção aos cheiros de sangue e de carne viva. Eles viram marcas nos corpos, indicando que, durante a noite, muitos pequenos animais tinham se banqueteado.

Os homens chapinharam na lama, arrastando os corpos na direção do outro lado do fosso, onde outros amarravam cordas aos pés dos cadáveres e então forçavam cavalos nervosos e irritados a fazerem o seu serviço. À medida que transportavam os corpos, o cheiro de morte erguia-se forte no ar quente.

Os piores trabalhos foram para aqueles que fugiram do dever. Tinham de pelejar para levar os corpos da lama até a beira do barranco. Os transgressores do dia de ontem, porém, não eram suficientes para mover sozinhos todos os mortos. Em pouco tempo, quase todos estavam na lama, todos eles mais temerosos de serem apanhados do lado de fora do que com a sujeira e o fedor.

Começaram a partir do portão do rio, trabalhando em ambos os lados dos muros. Não demorou muito para desobstruírem a retaguarda, e já trabalhavam nas laterais. A maior parte dos cadáveres, porém, estava na frente do muro leste, e logo os bárbaros notaram a atividade e enviaram cavaleiros para investigar.

Era um grupo pequeno, menos de dez cavaleiros, que manteve distância, mostrando um recém-adquirido respeito pelos arqueiros de prontidão nos muros. Eskkar acompanhava os trabalhadores, gritando palavras de ânimo e gargalhando todas as vezes que um homem ia de cara no chão ou escorregava para trás e caía de bunda. Ele levara seu cavalo para o fosso, conduzindo-o cuidadosamente através da sujeira e depois ajudando-o a subir com dificuldade para o outro lado.

Agora podia cavalgar para lá e para cá o quanto quisesse, mantendo um olho nas coisas e dando instruções. Seus guarda-costas seguiam atrás dele, a pé, sem dúvida amaldiçoando o calor e a ideia que seu comandante fazia de exercício. A maior parte do tempo, porém, ele ficava sentado, observando, deixando que os homens soubessem que estava ali, enquanto Nicar e outros das Famílias dirigiam de fato o trabalho.

Eskkar ouviu chamarem seu nome e ergueu a vista para o muro. Trella acenava para ele, surpresa por vê-lo do outro lado do fosso. Ele acenou de volta, sentindo-se um aprendiz de folga, antes de cavalgar lentamente em direção à frente da aldeia.

No canto sudoeste do muro, ele parou e observou o progresso dos homens. Não que eles ainda parecessem com homens. Ao contrário, pareciam feitos de lama, após tantas quedas.

Ele olhou para leste, em direção ao grupo de bárbaros, agora a menos de um quilômetro de distância, fora do alcance do arco longo. Enquanto observava, mais uns vinte cavaleiros se juntaram ao primeiro grupo. Apontaram seus arcos para Eskkar. Três deles cavalgaram em sua direção, permaneceram fora de alcance e gritaram para desafiá-lo, oferecendo-lhe uma chance de um combate individual.

Ignorando-os, Eskkar virou seu cavalo, passou pelo canto do muro e cavalgou em direção ao portão da frente; seu animal escolheu com todo o cuidado o caminho em volta dos corpos e dos restos das carroças queimadas. O cavalo evitava repetidamente os cadáveres, relinchando e sacudindo a cabeça, incomodado pelo cheiro como qualquer um dos homens. Eskkar mantinha os joelhos pressionados contra as costelas do animal. Ao chegar à área diante do portão principal, inspecionou os danos.

Embora o portão tivesse sido escurecido pelo fogo antes da batalha, ele podia ver onde as chamas dos Alur Meriki causaram danos. As rachaduras provocadas pelo aríete lhe pareceram grandes, mas se Corio se declarara contente com os consertos, então estes deviam ter sido satisfatórios. Ele tinha uma grande equipe a seu serviço, cuidando para que o terreno do portão permanecesse firme e livre de obstáculos. Uma dúzia de cordas pendia de cima, para os homens subirem, no caso de terem de voltar depressa para a aldeia. O portão não seria aberto, enquanto os Alur Meriki não fossem embora.

Um grito vindo do muro fez com que se virasse, e Eskkar viu que o grupo de bárbaros aumentara para mais de sessenta ou setenta guerreiros. Nesse meio-tempo, tinham se dado conta de que ele devia ser alguém importante, talvez pelo modo como os aldeões o festejavam e gritavam quando passava. Continuou em frente, conduzindo o cavalo lentamente em direção ao canto nordeste. Inspecionou o fosso e o muro, tentando se colocar na mente dos inimigos, para adivinhar seu próximo ponto de ataque. Quando chegou ao canto, viu que uma dezena de guerreiros seguia paralelamente à sua trajetória, permanecendo fora de alcance, mas de olho em seus movimentos.

Seus guardas ficaram nervosos, tocando nas espadas e observando constantemente os bárbaros, mas a fila de arqueiros no muro mantinha o inimigo à vista. Ele sabia que os Alur Meriki se sentiam bastante tentados a cavalgar o mais perto possível para disparar uma onda de flechas, mas não pareciam dispostos a correr o risco, já que Eskkar poderia facilmente cavalgar para longe deles.

Os aldeões continuaram a recolher os corpos e, por volta do meio-dia, já tinham percorrido ambos os lados para chegar ao centro. Por sua ordem, os corpos que não estivessem no fosso deviam ser deixados de lado; portanto, uma porção de cadáveres fedorentos permaneceriam ali. Mas Eskkar não estava disposto a arriscar a vida dos aldeões ou a dos soldados, levando-os mais além do fosso. Virou o cavalo e foi lentamente para o lado norte, patinhando um pouco pelo pântano. Sentiu a viscosidade da lama, enquanto o animal afundava quase até os cascos naquele brejo feito pelo homem, tendo de pelejar para se ver livre.

Nos fundos da aldeia, a atividade continuava a toda velocidade. Corpos chegavam constantemente e eram desamarrados dos animais. Homens arrastavam os cadáveres até a beira do rio, onde outros os puxavam para o barranco. Então usavam varas compridas para empurrar os mortos para a corrente. Mais alguns momentos, e o trabalho estava completo. O rio parecia fresco e convidativo. Impulsivamente, Eskkar saltou do cavalo e entregou o cabresto para seus guardas.

— Vou nadar um pouco — anunciou, ao desafivelar a espada e despir a túnica, olhando diante de seus olhares nervosos. — Se alguém quiser se juntar a mim, pode vir. — Nenhum deles se mexeu, e de repente ele mergulhou, cerca de cinquenta passos acima de onde jogavam os corpos. Ali a água corria fresca e limpa e logo ele se sentiu refrescado e tranquilo. Recusou-se a pensar naqueles que beberiam da água rio abaixo nos próximos dias.

Nadou apenas por um ou dois minutos, o suficiente para se sentir limpo, antes de sair. Após secar o corpo com a túnica, segurou o cavalo pelo cabresto e guiou o animal lentamente para o fosso e então através da lama, até ele e seus guardas chegarem em segurança do outro lado.

Parou do lado de fora do portão e observou os aldeões jogarem os últimos corpos no rio. Com o trabalho sujo encerrado, aldeões e soldados seguiram o exemplo de Eskkar, pularam no rio, gargalhando enquanto lavavam a sujeira e o sangue, espirrando água uns nos outros. Pareciam contentes, o serviço terminado.

O último grupo de trabalho continuava, seu serviço também quase terminado. Mais de oitenta aldeões, a maioria mulheres e idosos, usavam ancinhos, pranchas e pás para remexer a lama e deixá-la o mais plana possível. Manejando seus utensílios, eles alisavam a lama e enchiam todos os buracos. Outro serviço árduo, mas que precisava ser feito adequadamente para garantir um fluxo uniforme de água.

Um menino aproximou-se de seu cavalo para levá-lo de volta ao estábulo, mas Eskkar ficou à espera no portão dos fundos, observando, até todos terminarem seu serviço e o último homem e mulher voltarem para dentro. Os guardas empurraram o portão para fechá-lo e o trancaram.

Enquanto os homens passavam, Eskkar falava com eles, agradecendo seu trabalho. Aquilo fora ideia de Trella, que ele cuidasse para que os aldeões soubessem que tinham sido perdoados, e para que todos soubessem que ele reconhecera aquele esforço. Os desgraçados pela covardia agora se sentiam absolvidos, e ele não observava mais qualquer expressão emburrada ou abatida em seus rostos, embora tivesse visto muito de ambas pela manhã, quando os mandou para o fosso. Contudo, sentiu-se surpreso com os olhares que recebeu de volta. Novamente sentiam orgulho e pareciam contentes porque ele tinha reconhecido seu trabalho e o achara suficientemente importante para lhes fazer companhia do lado de fora do muro.

Caminhando de volta para casa, encontrou Trella no andar de cima, ajudando Annok-sur a trocar as bandagens de Bantor. Este parecia melhor ainda do que naquela manhã, embora Eskkar soubesse que ainda era possível que o homem morresse. Às vezes, pessoas feridas, não importava quanto fossem fortes fisicamente, de repente pioravam e morriam, mesmo após parecerem estar se recuperando. Os olhos de Bantor continham muitas perguntas, portanto, Eskkar sentou-se e descreveu o que acontecera, ainda que seu subcomandante talvez já tivesse ouvido grande parte daquilo de Annok-sur.

Naquela noite, jantaram do lado de fora, no pátio, na mesma mesa das reuniões da parte da manhã. Gatus, Jalen, Totomes, Corio, Nicar e Trella sentaram-se à mesa grande, acompanhados por dois membros do Clã do Falcão: Alexar, que assumira as tarefas de Maldar, e Grond, que fora recomendado por Gatus para uma promoção. Alexar, um homem pequeno, com um rijo corpo magro, mencionava ter sido ladrão antes de se juntar aos soldados. Grond era seu oposto, alto, com apenas uma diferença mínima da altura de Eskkar, porém de ombros mais largos. Suas costas exibiam marcas de chicotadas. De acordo com Gatus, Grond fora escravo nas terras distantes do oeste, mas fugira e encontrara o caminho de Orak. Ambos serviram sob as ordens de Gatus na luta do outro lado do rio.

Após o jantar, todos tomaram vinho, descontraindo um pouco. Eskkar expôs as ideias que tivera durante o dia.

— Embora tenham sido terrivelmente castigados no dia de ontem, os bárbaros voltarão — começou — e, dessa vez, estarão mais bem-preparados. Eles perderam muitos homens e não podem arcar com mais perdas. Já atacaram o muro duas vezes, sem sucesso. Portanto, acredito que vão concentrar o próximo ataque no portão. Usarão mais fogo e encontrarão meios de proteger seus homens enquanto atacam. — Fez uma pausa para dar a qualquer um a chance de falar, mas ninguém o fez.

— Esse tipo de ataque levará muitos dias para ser preparado, portanto, eles devem tentar alguma outra coisa antes, talvez um ataque noturno.

Fez outra pausa, mas ninguém falou. Esse silêncio se tornara mais frequente. Após cada vitória, suas palavras eram recebidas cada vez com mais importância. Agora, tudo o que ele dizia era considerado quase como se tivesse vindo dos deuses, e, ultimamente, ele tinha de provocar os outros para que revelassem suas ideias e opiniões.

— Gatus, mantenha o muro bem protegido todas as noites, com homens a cada vinte passos. Eu os quero despertos e alertas. Diminua os turnos, para que eles não fiquem sonolentos, e cuide para que saibam qual será o castigo por não ficarem alertas. Durante o dia, trate para que durmam bastante e não fiquem acordados jogando ou perdendo tempo com suas mulheres.

Pelo menos não teria de se preocupar por eles se embriagarem. A oferta de vinho e de cerveja era pouca, e o preço do que restava tinha subido muito.

A reunião acabou e todos seguiram seu caminho. Na cama, Eskkar tomou Trella nos braços e a manteve abraçada.

— Os próximos dias serão difíceis, Trella. Agora me preocupo muito mais do que antes dos primeiros ataques. Na ocasião, eu tinha certeza de que conseguiríamos surpreendê-los. Mas, depois de dois ataques, eles sabem quanto somos fortes, e serão cautelosos e astutos. Estão zangados, cheios de desejo de vingança por aqueles que matamos.

— Talvez eles desistam. Mesmo que consigam tomar a aldeia, eles sabem que perderão muitos homens mais.

— Nisso é que todo mundo gostaria de acreditar, mas guerreiros não gostam de ser derrotados. No mínimo, eles lutarão mais arduamente. Ficariam envergonhados diante de suas mulheres se apenas batessem em retirada.

— Então nada podemos fazer, a não ser derrotá-los quando vierem.

25

Dez dias se passaram. Todas as manhãs, ao raiar do dia, os homens do muro vasculhavam a planície à sua frente, nada viam e davam um suspiro de alívio. Aquele dia não seria como os outros. Ocasionalmente, bandos de guerreiros passavam cavalgando, mas pouco podia ser visto, com a maior parte do acampamento atrás das colinas. Quanto menos atividade eles exibiam, mais Eskkar se preocupava.

Quase todas as noites havia uma nova ameaça. Para os bárbaros, a noite lhes dava uma oportunidade fácil de pegar os aldeões desprevenidos. Sob a proteção da noite, homens escapuliam até o muro, disparavam algumas flechas contra os sentinelas e desapareciam. Os sentinelas se cobriam com couro, mas, mesmo assim, homens morriam ou eram feridos. Quando eram erguidas tochas sobre o muro, os atacantes sumiam, e raramente os soldados tinham um alvo. Além de custar vidas, esse comportamento deixava a todos ansiosos e sem dormir.

Naquela noite Eskkar tinha pouco o que dizer a Trella. Ele a abraçou até ela adormecer, então se virou e ficou deitado de costas, completamente acordado, pensando nos Alur Meriki. Se ele tivesse homens suficientes na retaguarda dos bárbaros, mesmo cem serviriam, poderia atacar o inimigo e destruir o acampamento, queimar suas carroças, dispersar os cavalos. Mas ele não estava ali; estava preso em Orak sem nenhum meio de sair.

Enquanto isso, os bárbaros continuavam seus preparativos. O pensamento o deixou intranquilo; então ele desceu da cama, enfiou-se numa túnica e deixou o quarto. Movimentando-se em silêncio, desceu para o andar principal e saiu para o pátio. Lá, uma tocha queimava o tempo todo, e os guardas andavam por ali, em alerta mesmo ao final de um longo dia.

Eskkar cumprimentou com a cabeça os que protegiam a mesa de comando, mas caminhou na direção dos fundos da casa. Sentou-se no banco diante da árvore em que Natram-zar fora torturado. Esse momento já parecia distante no passado, uma mera insignificância que não valia a pena levar em conta.

Porém, uma lembrança agradável permanecia. A poucos metros da base da árvore, onde se aproximava mais da casa, a cabeça de Caldor fora enterrada bem fundo na terra. Tanto o jovem Drigo quanto Caldor tinham insultado Trella, e ambos estavam mortos, um fato que toda a Orak conhecia bem. Caldor até mesmo colocara as mãos no corpo de Trella, mas isso não aconteceria novamente. Nenhum homem tocaria nela e continuaria vivo.

Eskkar retornou seus pensamentos aos Alur Meriki. Encarava a escuridão, imaginando o que eles fariam a seguir. Precisava de um espião, decidiu, alguém que se informasse sobre seus conselhos de guerra. Se ao menos tivesse um meio de visitar o acampamento deles, passar um ou dois dias lá, observando e ouvindo. Mas ninguém conseguiria sair de Orak. Os atacantes tinham cercado muito bem as saídas da aldeia.

Uma sombra movimentou-se no chão. Ele ergueu a vista e encontrou Trella à sua frente, uma capa envolvendo seu corpo, embora o ar da noite tivesse pouca friagem.

— Pensei que você achasse sua cama agradável — disse ela baixinho. — Ou planeja dormir no jardim? — Sentou-se, apoiada nele.

Eskkar abraçou-a e inalou o perfume de seu cabelo.

— Não consegui dormir. Comecei a pensar nos bárbaros, imaginando o que planejam, onde atacarão a seguir.

— Você sempre parece saber o que eles pensam. Agora os planos deles são um mistério?

— São. Há muitos líderes de clãs e, neste momento, todos pensam a mesma coisa. Imaginam a melhor maneira de quebrar a noz que Orak se tornou. Como passar pelo fosso e pelo muro, ou através do portão, para que possam matar todos nós? E agora eles têm um novo problema... Como fazer isso sem perder muitíssimos mais guerreiros. Portanto, eles se preparam e, quando estiverem prontos, atacarão.

Suspirou.

— Talvez os deuses sorriam para nós.

— Os deuses já sorriram para nós. Ninguém duvida disso, nem mesmo os sacerdotes. Por que você acha que andam tão quietos nesses últimos meses? Eles sabem que você foi tocado pelos deuses.

A lembrança dos sacerdotes sempre lhe provocava uma carranca. No passado, os sacerdotes irritáveis e seus deuses exigentes tinham causado problemas suficientes para Orak, embora o perigo dos Alur Meriki os tivesse acalmado. Quanto menos tivessem de lidar com eles, melhor.

Trella descansou a cabeça sobre seu ombro, a capa se afrouxando. Ela não usava nada por baixo.

Ele deslizou a mão para dentro da peça de roupa e sentiu o calor de seu corpo. Seu seio pareceu macio e pesado em sua mão. Eskkar recostou-se, deixando-se desfrutar um momento de prazer.

Ela descontraiu com as carícias, fechou os olhos, então ergueu o rosto para o dele.

— Hora de ir para a cama e, dessa vez, providenciarei para que você durma.

Ele sorriu e puxou a capa de cima de seus ombros, para que pudesse fitar seu corpo sob a luz fosca das estrelas e das tochas. Quanto mais olhava para ela, mais forte o desejo de tomá-la ali mesmo no jardim. Os guardas ouviriam o ruído e iriam investigar, não que ele se importasse com o que vissem ou pensassem.

— Então devemos retornar à nossa alcova, esposa. — Cobriu-a de volta com a capa, segurou sua mão e a conduziu de volta para casa, gesticulando com a cabeça para os guardas cujos sorrisos tinham um traço de inveja de seu afortunado comandante.

Agora, de todo acordados, eles voltaram para a cama. Eskkar esqueceu suas preocupações e fez amor com sua mulher, uma tarefa que levou um tempo considerável, tendo em vista a fome de um pelo outro. Trella parecia acesa em chama, seus desejos exigindo satisfação. Mesmo após a paixão dominá-la, isso apenas aguçou seu apetite por ele, e um longo tempo passou até os dois caírem exaustos, um nos braços do outro, molhados de suor, a cama uma bagunça de mantas torcidas.

Nenhum dos dois sabia ou se importava se a agitação e os gritos semiabafados tinham acordado metade da casa e provocado sorrisos nos guardas que faziam a vigilância lá embaixo no pátio. Quando terminaram, Eskkar a manteve abraçada até cair num sono pesado.

O tambor de alerta despertou-o de imediato, as batidas rápidas avisando de um ataque, antes mesmo de os gritos dos soldados penetrarem sua consciência. Eskkar pôs-se de pé num salto, vestiu a roupa de baixo e pegou a espada antes que Trella estivesse completamente acordada. Foi descalço escada abaixo, seguindo os soldados de reserva que corriam pela rua em direção ao muro norte.

À medida que corria, seu medo aumentava, uma vez que iam na direção do local que ele julgara o mais apropriado para um ataque noturno. Eskkar ouviu a colisão de espada, mas, quando chegou ao muro, a luta tinha acabado.

— Abaixe-se, Capitão! — gritou alguém, no mesmo momento que uma flecha sibilava por sua cabeça. Xingando baixinho e curvado, Eskkar seguiu apressado ao longo do muro até encontrar Jalen. Seu subcomandante tinha tudo sob controle. Aldeões empurraram tochas amarradas em varas por cima do muro, para iluminar os alvos dos arqueiros agachados. Como sempre, o ataque noturno favoreceu inicialmente o inimigo, que pôde dispor seus arqueiros no escuro, enquanto os defensores ficavam delineados contra o muro e iluminados por trás. As flechas dos bárbaros tinham matado pelo menos dois homens, pois Eskkar viu os corpos caídos abaixo do parapeito.

A essa altura, porém, o parapeito tinha pelo menos quarenta arqueiros, e saraivadas de flechas voavam pelas trevas. Gradualmente, as setas dos atacantes se tornaram menos frequentes. Mais tochas aumentaram a iluminação, mas agora havia pouco para ser visto.

Jalen, finalmente, teve tempo para fazer seu relatório.

— Um guarda os ouviu chapinhando no fosso e deu o alarme. As flechas que disparavam nos fizeram ficar abaixados, e eles tentaram escalar o muro. Algumas pedras em pouco tempo colocaram um fim nisso, e três que chegaram ao topo foram mortos. — Olhou em volta por um momento. — Este foi um verdadeiro ataque, e não apenas uma incursão. Vi pelo menos uns cem homens lá fora. Será que atacaram também em outro lugar?

— Não sei. Gatus estava na mesa de comando, e eu ouvi apenas um alarme. Você consegue segurar a situação aqui?

— Sim, temos muitas pedras, e os homens agora estão completamente acordados.

— Vou verificar com Gatus. — Eskkar apertou por um momento o ombro de seu subcomandante, então se pendurou para fora do parapeito. Caiu levemente no chão e correu de volta para a casa de comando, agora mais iluminada do que quando saíra. Encontrou Gatus falando com vários soldados, todos parecendo tensos, mas sem demonstrar sinais de pânico.

Gatus respondeu à sua pergunta antes mesmo que a fizesse.

— Nenhum outro ataque, Capitão. Somente no muro norte. Jalen tem tudo de que precisa?

Então o comunicado tinha ido direto à mesa do comando. Eskkar poderia ter ficado ali e descoberto tudo que descobrira, sem ter feito sua corrida maluca. Bem, da próxima vez, ele não cairia nessa e manteria a calma.

— Tem sim, mas mantenha os mensageiros ocupados.

Gatus olhou para ele e Eskkar se deu conta de que dera outra ordem desnecessária. Talvez eu devesse ter ficado na cama, concluiu, tendo em vista que Gatus tinha tudo sob controle.

— Vou pegar um cavalo e verificar pessoalmente o muro, Gatus. — Pelo menos isso lhe daria algo para fazer.

Encontrou um cavalo e pulou na montaria. Na pressa de ir até o local do ataque, Eskkar esquecera de que, por ordem sua, sempre deveria haver um cavalo para ele usar. Em vez disso, ele fora atrás dos homens que tinham saído correndo. Palavrões em voz baixa lhe escapavam sem parar, quando deu um puxão na cabeça do cavalo com mais força do que o necessário e começou a trotar em direção ao portão dos fundos.

Algum dia, jurou, se vivesse o bastante, aprenderia a pensar antes de agir. Fez o circuito dos muros, não uma, mas duas vezes, sem pressa e falando com os soldados, insistindo para que ficassem em silêncio e escutassem os sons produzidos pelos homens que se movimentavam. Três horas depois, voltou para casa, para tentar dormir antes do amanhecer.

No quarto, pendurou a espada, então desabou na cama, como reação à longa noite que já ia alta. Trella deitou-se ao lado e segurou sua mão.

Nesse instante, surgiu uma forte batida na porta do aposento externo. "Lady Trella... Capitão... por favor, abram a porta." Ouviram a voz de Annok-sur.

Eskkar levantou da cama de um pulo, sabendo que algo de importante acontecera, ou não o teriam importunado. Trella chegou primeiro à porta, destrancou-a e encontrou Annok-sur parada ali.

— Jalen pediu que fossem até lá. Um menino escravo fugiu do acampamento inimigo.

Sentado à grande mesa de sua sala de trabalho, Eskkar esperava o estranho menino terminar sua refeição. Simcar afirmava ter 12 estações, mas seu corpo franzino aparentava menos. Trella e Annok-sur tinham insistido em, antes, limpar o menino. Quando Trella o conduziu à sala de trabalho, Eskkar,

Gatus e Sisuthros esperavam, ansiosos para descobrir o que o menino podia lhes dizer.

Mas, novamente, Trella insistiu que ele comesse primeiro. Portanto, os três soldados exaustos, que não tinham dormido naquela noite, observavam Simcar comer e beber. Eskkar teve de admitir que parecia que havia meses que o garoto não fazia uma refeição de verdade. Finalmente, a comilança ficou mais devagar e parou.

— Bem, Simcar, agora nos diga quem é você e o que viu — começou Trella, encorajadora. Esticou-se para limpar a boca do menino com um pedaço de trapo e em seguida pegou sua mão, mantendo-a segura. — Não se apresse e nos conte tudo.

Simcar, observado pelos homens, arregalou os olhos de nervoso. A princípio, teve problemas para falar, a voz aguda e incerta, mas, diante dos sorrisos de Trella, aos poucos foi ganhando confiança.

— Três meses atrás, os Alur Meriki atacaram a fazenda do meu pai. A gente vivia nas terras do norte. Eles mataram meu irmão mais velho, mas quiseram a gente como escravos. Eles batem na gente, e a gente tem de trabalhar duro só para conseguir alguma coisa para comer.

— Você aprendeu a língua deles, Simcar? — Trella sorriu para o menino.

— Ah, sim, a gente teve de aprender depressa. Eles batem na gente quando a gente não entende. Minha mãe me ajudou enquanto ela conseguiu.

— O que aconteceu com a sua família?

— Eles mataram o meu pai algumas semanas atrás. Ele fez alguma coisa ruim... não sei o que foi. Minha mãe é escrava de um dos chefes de clã deles. Não sei o que aconteceu com a minha irmã.

Eskkar viu umidade nos olhos do menino, mas fingiu não notar.

— Sinto muito pela sua família. — Trella deu um tapinha em seu ombro. — Por que você fugiu?

— Minha mãe mandou. Ela disse que eu tinha de fugir para Orak. Ela ouviu histórias sobre as lutas e disse que essa era a melhor chance que eu tinha. Não queria deixar ela, mas... — a voz de Simcar engasgou e ele parou por um momento. — Ela mandou que eu escapulisse através da planície, se o ataque noturno fracassasse, que eles não procurariam por ninguém que tentasse fugir para Orak.

— Você agora está a salvo, Simcar — disse Trella, tranquilizadora. — Sua mãe fez bem em mandá-lo para cá. Mas precisamos lhe fazer algumas perguntas. Nós tentamos descobrir que tipo de ataque os Alur Meriki planejaram. Você pode nos ajudar?

Eskkar e os outros se inclinaram para mais perto, cada qual com uma dúzia de perguntas, mas concordaram em deixar que Trella conduzisse o menino através de sua história. Eskkar forçou um sorriso, para ocultar sua impaciência.

— Você foi muito corajoso em escapulir pelas linhas deles, Simcar. Prossiga.

O garoto ficou irradiante com o elogio, e Trella começou suas perguntas. Havia outros meninos como ele? Havia muitas mulheres no acampamento? Havia comida suficiente para todos os meninos? Qual era a aparência dos animais? Bem alimentados ou magros? O abastecimento de água era abundante? E o de lenha para fogueiras? O que vocês comiam todos os dias? O que os outros meninos diziam sobre Orak? Como pareciam os guerreiros? Irritados ou pacientes? Você viu alguns chefes de clã? Que tal a aparência deles? Você ouviu se alguém falava com raiva deles? Onde estão os cavalos? Quantos são? Há muitos guardas? Os guerreiros discutem entre si? Sobre o quê?

A cada pergunta a resposta de Simcar era mais longa e mais detalhada, como se se orgulhasse do fato de ter notado todas as coisas sobre as quais Trella lhe perguntava.

Eskkar mantinha o sorriso fixo no rosto e, àquela altura, Gatus e Sisuthros tinham entendido a indireta e acenavam com a cabeça para também encorajar o garoto, mascarando o máximo possível sua ansiedade. Eskkar viu Gatus morder o lábio e a mão de Sisuthros agarrar a beira da mesa. Mas Trella continuava sua conversa, mantendo o tom leve e as perguntas curtas, parando de vez em quando para perguntar se Simcar queria mais comida ou mais água.

Aos poucos, a imagem se desenrolou diante de Eskkar, e ele se deu conta de que via o acampamento Alur Meriki através dos olhos do menino. O grande acampamento central ladeado por dois menores. As manadas de cavalos pastando defronte ao rio. Uma outra manada, menor, era mantida ao sul, embora o capim fosse mais mirrado por lá — as terras próximas ao rio já começavam a exibir alguma vegetação rasteira após a queimada. Os carrinhos e as carroças iam de um lado para o outro, mudando de dono à medida que homens morriam na luta e suas esposas e suas posses eram tomadas ou trocadas pelos guerreiros sobreviventes. O caminho que as mulheres e as meninas faziam para apanhar água no rio.

Pela história do menino, Eskkar visualizou a fila de sentinelas escondidas além das colinas baixas que davam vista para quem se aproximasse vindo da aldeia. Um bando com quarenta ou cinquenta guerreiros esperava atrás das sentinelas, em constante prontidão para evitar que alguém tentasse entrar ou sair da aldeia, ou para expulsar quem saísse pelo portão. Eskkar quase podia ouvir as mulheres soluçando no meio da noite e ver o ar emburrado dos meninos cujos pais foram mortos.

À medida que Simcar prosseguia, Eskkar imaginava os rostos furiosos dos guerreiros enquanto andavam pelo acampamento, sem poderem atacar a aldeia, mas sem outro alvo para descarregar sua raiva num raio de 80 quilômetros. Combatentes forçados à ociosidade, com tempo demais à sua disposição, nem sequer a atividade comum de um dia de marcha para ocupá-los. Naturalmente acabavam bebendo e brigando, quando o sol se punha.

Simcar já falava por algum tempo, e as perguntas de Trella se tornavam mais diretas, à medida que ela e o menino começavam a ficar mais à vontade um com o outro. "...pois é, Simcar, você soube de algum plano dos Alur Meriki para atacar Orak?" A pergunta pareceu casual, mas Eskkar percebeu-se inclinando um pouco mais para perto.

— Sim, Lady Trella. Seis noites atrás, o líder deles, Thutmose-sin, reuniu o conselho e resolvi ir escutar o que diziam sobre a batalha. — Àquela altura, as palavras fluíam facilmente de seus lábios. — Rastejei até as fogueiras e encontrei um lugar onde eu e alguns outros garotos pudemos observar e ouvir. Nós ouvimos como planejavam atacar Orak de noite.

Debaixo da mesa, a mão de Eskkar ficou novamente cerrada, e ele teve de se forçar a relaxar. Se o menino tinha ouvido os planos deles...

— E ninguém expulsou vocês? — Trella despejou mais água no copo dele.

Simcar deu vários goles demorados antes de responder.

— Não, os guardas não ligaram, e tinha muitos outros ainda mais perto. Então fui novamente lá, na noite passada, depois da luta. Os chefes voltaram a se reunir, junto com muitos dos guerreiros. Teve muitos gritos e empurrões, e Thutmose-sin ergueu a voz muitas vezes. Dessa vez, os guardas nem notaram a gente, pois tinha muitos guerreiros lá. Eles também queriam ouvir. Eu só conseguia ouvir quando levantavam a voz, mas eles levantaram muitas vezes.

Trella deu um tapinha em seu ombro.

— Conte para nós o que você ouviu. Comece do início.

— Bem, Thutmose-sin começou falando sobre por que o ataque noturno não deu certo. Culpou um dos outros chefes pelo... fracasso. — Simcar teve de parar para pensar na palavra certa. — Lembrou que foi alguma coisa que ele tinha dito a eles que não ia dar certo. Ele estava muito zangado por terem sido derrotados. Teve mais gritaria e xingamentos. Alguns ergueram o punho contra Thutmose-sin. Outros disseram que os Alur Meriki deviam ir embora, que havia pouco a lucrar, mesmo se o ataque incendiário tiver sucesso.

— O que é o "ataque incendiário", Simcar? — perguntou Trella, despreocupadamente, catando alguns fios soltos no vestido, como se fosse apenas mais uma de sua longa lista de perguntas. — É algo especial que eles planejam?

— Ah, sim! Eles juntaram uma porção de carroças, todas elas com pilhas bem altas de lenha e de troncos e tudo que pode queimar, o bastante para incendiar a aldeia toda, disse o meu amo. Eles vão colocar as carroças contra o portão e tocar fogo nelas até que o portão queime todo. Faz mais de uma semana que eles juntam lenha por todo o interior, embebendo ela no óleo negro ou deixando que seque ao sol.

— O que mais eles disseram sobre o ataque incendiário? — A voz de Trella continuava suave, como se o tema não fosse mais importante do que as perguntas sobre a comida do acampamento.

— Bem, mais nada. Thutmose-sin disse que o ataque incendiário teria sucesso, que os outros ataques não passaram de perda de tempo e de homens. Discutiram muito tempo sobre isso, então todos foram embora e voltaram para suas tendas.

Então Thutmose-sin continuava como o grande chefe, pensou Eskkar. Todos aqueles meses, e eles sequer tinham certeza de quem liderava os Alur Meriki. Mas agora o tempo de Thutmose-sin estava se esgotando. O sarrum discutia abertamente com seus chefes e nada menos que uma vitória rápida poderia salvá-lo. Ele fracassara ao tentar capturar Orak, e agora seria duplamente perigoso, pois o desespero forçava seus atos.

— Você sabe quando eles virão com as carroças em chamas, ou como? — prosseguiu Trella. Mais uma vez, segurou a mão de Simcar e sorriu para ele.

— Ah, sim, Lady Trella, será em breve. Eu soube de tudo através do meu amigo. O acampamento todo sabia dos planos. Eles vão usar grandes escudos de madeira para se protegerem das flechas. Então vão empilhar a madeira seca junto do portão. Vão tocar fogo nela e continuar colocando mais até o portão ser destruído. Então vão atravessar o fosso e passar pelo portão.

Trella interrogou o menino por mais um pouco e, finalmente, recostou-se e olhou para Eskkar.

— Bem, Simcar, você foi muito corajoso. Agora acho que Eskkar gostaria de lhe perguntar umas coisinhas. Quer descansar primeiro?

O garoto sacudiu a cabeça.

Eskkar, agora, tinha apenas duas perguntas.

— Simcar — começou, mantendo a voz calma —, onde está essa grande pilha de madeira e carroças, e você sabe se há guardas vigiando?

— Sim, senhor. A madeira está guardada atrás da elevação ao sul. Certa vez, minha mãe e eu tentamos chegar perto, mas os guardas jogaram pedras e nos expulsaram. Eles sabiam que a gente queria roubar lenha para fogueira. Sempre tem um guarda lá, caso contrário as mulheres pegariam toda a madeira e a usariam para fazer fogueira. Acho — parou para pensar — que tem três ou quatro guardas vigiando.

Gatus e Sisuthros tinham outras perguntas, mas ficaram sabendo mais do que queriam. Após alguns instantes, Trella sugeriu que deixassem Simcar descansar um pouco. Conduziu o garoto até a porta e entregou-o a Annok-sur antes de voltar à mesa.

— É melhor deixá-lo dormir por algumas horas, depois repassaremos a história dele. Talvez se lembre de mais alguma coisa importante. — Trella recostou-se em sua cadeira e olhou para os três homens.

— Bem, sabemos que eles virão em breve — disse Gatus, mudando de posição em seu assento e torcendo os ombros. Eles mal tinham se mexido por quase uma hora, sem querer perturbar a história do menino. Sisuthros serviu água para todos.

— E sabemos como e onde — completou Eskkar. — Dessa vez, eles virão com tudo. Thutmose-sin precisa vencer ou perderá o controle. Muitos homens já morreram. Os outros chefes tentarão matá-lo no momento em que o ataque fracassar. Nem mesmo seu próprio clã será capaz de protegê-lo.

— Podemos reforçar o portão — sugeriu Sisuthros num sussurro, as palavras ainda saindo com dificuldade.

— Sim, podemos muito bem fazer isso — concordou Gatus. — Para começar, precisaremos de muito mais água no portão. — Ele, porém, não pareceu confiante, e todos os três homens sabiam que água apenas não deteria o incêndio.

— Eu achava que, se soubéssemos os planos deles — disse Eskkar —, poderíamos fazer algo, como atacar o acampamento, afugentar os cavalos, qualquer coisa... mas nada disso é importante agora e nem mesmo conseguiríamos retardar o ataque deles. E não podemos ir até o estoque de lenha. Fica longe demais dos muros e teríamos de passar pelos sentinelas e pelo bando armado. Quando conseguíssemos atravessar, o acampamento inteiro já estaria alertado.

— E, de qualquer modo, levaria muito tempo para tocar fogo em tudo e para queimar a lenha — concordou Gatus. — E, se levássemos gente suficiente para executar o serviço, eles ouviriam a nossa chegada, assim como ouvimos a deles.

Ninguém disse nada. Trella levantou e foi até o armário. Apanhou o mapa de Orak e seus arredores, uma cópia do que Corio lhes mostrara meses atrás. Desenrolou-o sobre a mesa e alisou com cuidado a superfície.

— Podem me mostrar onde a lenha está guardada? — perguntou, enquanto os homens, instintivamente, chegavam mais para perto. Sisuthros sentou-se à beira da mesa e inclinou-se sobre o ombro de Gatus.

Este apanhou o apontador de madeira que estava enrolado no papiro.

— Aqui. Se o menino está certo, é aqui que estão juntando a madeira. Essas colinas são altas o bastante para evitar que vejamos o que há atrás delas. Podem estar há dias levando coisas para lá sem que percebamos.

Eskkar olhou o mapa. O lugar ficava muito distante dos muros de Orak, um quilômetro e meio, pelo menos, e bem para o sul. Mesmo se um grupo de incursão chegasse lá, ninguém voltaria vivo, nem mesmo à noite.

— E onde eles mantêm os cavalos? — continuou Trella. — Não consegui deduzir o que Simcar disse sobre o rio.

Gatus movimentou o apontador.

— Aqui. Podemos avistar uma manada até mesmo dos muros.

Eskkar pegou o apontador da mão de Gatus.

— Se eu estivesse no comando deles, com tantos cavalos assim, haveria pelo menos três rebanhos, cada qual distante uns cem passos do outro, com currais de cordas para mantê-los separados e protegê-los do rio.

— Isso faz sentido — disse Gatus. — A curva do rio e a elevação do solo tornariam esse o modo mais fácil de controlar grandes manadas como essas. — Olhou para Eskkar. — Quantos em cada manada? Trezentos ou quatrocentos?

Eskkar fechou os olhos e tentou visualizar a terra. Ele já a vira com bastante frequência, até mesmo cavalgara, uma ou duas vezes, durante os preparativos para o sítio. Abrindo os olhos, apontou para o terreno mais próximo de Orak.

— Eu colocaria a manada maior aqui, provavelmente contendo quatrocentos cavalos. E cerca de trezentos em cada um dos outros dois lugares. — Ergueu a vista para Trella e viu que ela continuava encarando o mapa.

— Seria ótimo tocar fogo na madeira que eles estão preparando, não é mesmo? — perguntou Trella, os olhos dirigidos para Eskkar. — Se pudéssemos destruí-la, então eles não seriam capazes de atacar.

— Sim, isso seria um revés considerável, talvez até evitasse o ataque incendiário ou, pelo menos, o enfraqueceria. Para conseguir lenha, eles já devastaram a terra, e não deve ter restado muita coisa, mesmo se conseguissem encontrar o pouco que restou e trazê-lo para cá.

— Mas vocês não podem atacar o depósito de madeira, pois fica muito longe. — Ela apontou para o local onde supunham que era mantida a manada maior. — Mas poderiam atacar os cavalos, não poderiam? Isto é, no local mais perto de nós. O que fariam lá?

Eskkar não respondeu, pois captara o vislumbre da ideia dela e passou a desenvolvê-la. Mudando de lugar na cadeira, ele começou a pensar alto.

— Poderíamos deslocar um pequeno grupo, durante a noite, passar sorrateiramente pelas sentinelas ou matá-las silenciosamente. Em seguida, provocaríamos a debandada dos cavalos e conduziríamos o maior número possível para o rio. Ali, a corrente é veloz e muitos se afogariam, enquanto outros seriam carregados rio abaixo. Haveria um tumulto no acampamento inteiro, e cada guerreiro correria para o rio para cuidar de seus cavalos. Então... — movimentou o apontador de volta para o local da madeira — ...durante a confusão, poderíamos fazer passar, desapercebido pelas tropas, outro grupo para esse lugar onde poderíamos queimar as carroças.

Sisuthros deixou escapar um som que poderia ter sido uma gargalhada, se seu ferimento não estivesse doendo tanto, e Gatus praguejou antes de responder.

— Atacar os cavalos atrairia todos eles para o rio, aposto minha vida nisso. Poderíamos escapulir, queimar as carroças e correr de volta para os muros. Mas levaria tempo para tocar fogo nas carroças.

— E os homens que atacariam os cavalos? — perguntou Trella. — Eles conseguiriam voltar para Orak?

— Não, ficariam presos lá — respondeu Gatus tranquilamente. — Assim que os cavalos começassem a fugir em pânico, os cavaleiros que vigiam as proximidades de Orak os liquidariam. — Silêncio seguiu-se às suas palavras. — Ainda assim, valeria a pena, mesmo se perdêssemos os homens. Como disse Eskkar, se queimarmos a madeira, enfraqueceremos o ataque, mesmo se não conseguirmos impedi-lo. — Seus olhos se voltaram para Eskkar, assim como os de Trella e os de Sisuthros.

O Capitão continuava perdido em pensamentos, os olhos concentrados no mapa. Ninguém queria interrompê-lo. Bateu com o dedo no local dos cavalos, esquecendo a advertência de Corio sobre tocar no papiro.

— Talvez, afinal de contas, haja um meio de trazer os homens de volta. — Ergueu a vista e todos o encaravam.

— As carroças e a lenha devem ser destruídas — disse Eskkar baixinho —, mesmo com a possibilidade de perdermos homens. Mas acho que isso pode ser contornado. — Virou-se para Gatus. — Traga os outros líderes para cá, inclusive Bantor. Temos muito o que planejar, se quisermos atacar esta noite.

— Esta noite? Pelos deuses, mal encerramos uma batalha e você já planeja outra?

— Esta noite. Tem de ser hoje. Se deixarmos passar mais um dia, talvez eles ataquem. — Sorriu para Trella e segurou sua mão. — Como sempre, nos deu boas ideias, esposa. E creio que, de agora em diante, Simcar fará parte de nosso lar. Só para o caso de os deuses serem lentos em seu dever de nos enviar um filho.

26

Eskkar acordou com o cheiro e sentiu o cabelo de Trella em sua face e o roçar dos lábios contra os seus. Por um momento, ficou simplesmente deitado ali, confortado pelo seu toque enquanto acordava. Então olhou para a janela. A escuridão completa da noite cobria o céu. Sentou-se na cama, palavras de irritação lhe escaparam.

— Calma, marido, há tempo de sobra. Gatus me pediu para providenciar que você descansasse um pouco, antes de ir. — Trella baixou a voz. — Se você ainda insiste que deve ir.

Eles tinham discutido sobre isso a maior parte da manhã. Gatus e Trella protestaram contra a ida de Eskkar. Ninguém o queria morto lá fora, nos campos, pois levaria pânico à aldeia.

Eskkar insistiu, determinado a liderar a incursão. A verdade é que ele não confiava em mais ninguém. Sisuthros e Bantor estavam feridos, e Gatus, naquela idade, não teria condições de ser veloz o suficiente. Restava apenas Jalen, e o sangue dele corria quente demais para uma missão como aquela. Eskkar falava a língua, o que poderia ser crucial. Afinal, todos terminaram cedendo.

Decidido isso, ele e seus comandantes passaram o resto do dia planejando os detalhes. Escolheram os homens para atacar os cavalos, decidindo-se por oito para realizar a tarefa, todos tratadores de cavalos que sabiam como lidar com esses animais e, mais importante, como fazê-los fugir em pânico. Jalen os comandaria naquela incursão simples, bem de acordo com suas habilidades. Eskkar repassou os preparativos, então deixou os detalhes por conta de Jalen.

Encontrar voluntários para incendiar as carroças levou menos tempo. Quando os soldados souberam que Eskkar lideraria esse grupo, dezenas se ofereceram para ir, apesar do risco. Para isso, ele precisava apenas de homens sensatos, capazes de seguir ordens e bastante fortes para carregar o necessário. Ele e Gatus selecionaram seis, conversando individualmente com cada um e observando se tinham o temperamento adequado para seguir ordens.

Eskkar, finalmente, por insistência de Trella e de Gatus, foi descansar um pouco, antes de o sol se pôr. Àquela altura, sentia-se tão cansado que concordou em descansar por uma hora.

Em vez disso, Trella deixou que dormisse mais de três horas. Após ele se vestir e se alimentar, faltavam apenas duas horas para a meia-noite, a hora marcada para ambos os grupos partirem. Na verdade, haveria três grupos. O terceiro consistia em um pequeno bando de arqueiros, todos bons caçadores e rastreadores, homens que poderiam se movimentar silenciosamente pelas trevas. Iriam na frente e eliminariam quaisquer sentinelas inimigas que estivessem no caminho.

Antes de Eskkar deixar a casa, Trella pressionou o corpo contra o dele com tanta força, que ele quase perdeu o equilíbrio. Suas palavras foram sopradas em sua face.

— Não se arrisque tolamente. Volte para mim, Eskkar.

No portão do rio, Eskkar reuniu seus homens, imaginando o que trariam as próximas horas. Os guardas tinham removido a maioria dos reforços que mantinham o portão trancado e agora abriram facilmente a pesada estrutura, suas dobradiças umedecidas mais cedo com óleo e água para abafar qualquer som.

Vinte e seis homens escapuliram em fila única e atravessaram o mais silenciosamente possível o fosso. Assim que o último homem passou pelo portão, as sentinelas o fecharam atrás dele.

Do outro lado do fosso, os dois grupos de incursão pararam e se ajoelharam na escuridão, enquanto esperavam os arqueiros removerem as sentinelas inimigas. Liderados por um caçador chamado Myandro, eles desapareceram no escuro, seus arcos envoltos em pano para diminuir qualquer ruído. Todos tinham se dedicado à caça selvagem nas colinas e sabiam como se movimentar com cuidado.

Quase uma hora se passou antes de Myandro retornar, escorregando tão silenciosamente para o lado de Eskkar que este pulou surpreso.

— Capitão, as sentinelas estão mortas — sussurrou Myandro. — Havia apenas três nas primeiras linhas até as colinas. Vocês terão poucas horas até que alguém venha render os guardas. Mas vão depressa. Enviarei Jalen, assim que vocês sumirem.

Eskkar agarrou o ombro do homem.

— Bom trabalho, Myandro. — Jalen e seus homens tinham uma distância bem mais curta para percorrer e se movimentariam mais depressa, tendo em vista que não levavam cargas pesadas. Eskkar virou-se para Grond, seu segundo em comando naquela missão, e manteve a voz baixa. — O caminho está livre. Vamos.

Eskkar esperou, enquanto Grond transmitia o comando fila abaixo, tomando o cuidado para que cada homem entendesse a ordem. Então Eskkar lentamente se levantou, deixando que qualquer rigidez em seus músculos se afrouxasse ao estendê-los. Com todo o cuidado, apanhou os dois cântaros de argila, envoltos em pano grosso para protegê-los e ligados por uma corda pendurada em seu pescoço, permitindo-lhe, desse modo, carregar um cântaro debaixo de cada braço. Sua espada já pendia às costas, nada deixando que fosse capaz de bater os cântaros e fazer um barulho, ou pior, quebrar o recipiente.

A carga era pesada, e ele ouvia a respiração abafada dos homens que traziam nos ombros suas cargas. Somente Grond parecia insensível ao peso.

Myandro assumiu a dianteira. Em fila única, Eskkar e seus homens foram atrás, atravessando o lado norte da aldeia, pisando com cuidado para não tropeçar em algum obstáculo, cair no fosso ou chapinhar numa poça de água do pântano. Essa cautela os retardava, e levou algum tempo até eles passarem do ponto em que o muro fazia uma volta para ficar frente ao leste.

Gratos por estarem longe do fosso e das terras inundadas, eles agora seguiam a céu aberto, expostos a qualquer exame. Gradualmente, viraram para o sul e iniciaram a grande caminhada transversal à face do muro principal, a cada passo afastando-se mais de Orak. A princípio Myandro ficou com eles, liderando-os numa velocidade estável. Então ele desapareceu na escuridão adiante, para se certificar de que o caminho continuava livre.

Finalmente, alcançaram a primeira das colinas baixas, quase em frente ao portão principal, mas a quase 2 quilômetros de distância.

Myandro reapareceu ao lado de Eskkar, colocando a mão sobre o peito do Capitão para deter a coluna. Eskkar ajoelhou-se, agradecido por retirar do pescoço a carga pesada, mesmo por um momento. Por causa do peso dos cântaros e da aspereza da corda, os ombros já pareciam em carne viva.

Seus homens receberam com agrado a pausa. A necessidade de silêncio completo e o esforço para garantir que nenhum passo em falso causasse um tombo esticara cada músculo, e Eskkar sentia a tensão no corpo. Esperaram, enquanto Myandro e dois de seus homens deslizavam à frente através da escuridão.

Olhando para as estrelas, Eskkar calculou que nem duas horas se passaram, desde que deixaram Orak. O percurso teria sido mais curto, se tivessem saído pelo portão principal, mas isso significaria mais sentinelas para serem abatidas, pois os Alur Meriki vigiavam mais de perto o portão principal.

Myandro reapareceu, pálido, colocando o rosto direto no ouvido de Eskkar. — A tropa bárbara está logo depois da colina e distante cerca de cem passos. A maioria dorme, e apenas poucos guardas estão a postos. Há uma sentinela ali, supostamente vigiando a aldeia, se bem que ele passe mais tempo olhando para as fogueiras do acampamento. Eles não desconfiam de nada. Mas estão entre nós e as carroças, portanto, devemos esperar aqui.

Eskkar repetiu a mensagem para Grond, que a sussurrou para cada homem. Eskkar dirigiu-se novamente a Myandro.

— Jalen já devia ter atacado. Está ficando tarde.

Myandro verificou o avanço da lua, antes de responder.

— Nós teríamos ouvido algo, se ele tivesse sido visto ou capturado. Vou voltar à vigília. Do alto da colina, pode-se ver e ouvir mais. Mantenham-se próximos à base da colina e cuidem para que ninguém faça qualquer ruído.

Mais uma vez ele desapareceu, deixando Eskkar invejoso de sua habilidade em se movimentar tão silenciosamente. Mas pensar na tal sentinela o deixava nervoso, e Eskkar percorreu a fila de homens, cochichando com cada um deles e tomando cuidado para que todos ficassem o mais perto possível da encosta.

Mais tempo se passou e a lua parecia correr pelo céu. Quando chegou o momento, eles o sentiram no chão antes de ouvirem o barulho, o estrondo de centenas de cascos martelando. Os cavalos acima da colina também ouviram, e alguns começaram a relinchar nervosamente, os primeiros sons que emitiam.

Eskkar formou na mente a imagem da incursão. Jalen teria colocado seus homens em posição e feito uma pequena fogueira. Cada homem teria acendido o grosso feixe de trapos embebidos em óleo, já amarrados a pontas de cordas. Girando as cordas sobre a cabeça, teriam criado um enorme círculo flamejante que assustaria qualquer cavalo, quanto mais uma manada subitamente despertada para ver oito círculos de fogo correndo em sua direção. Os cavalos teriam disparado diante da visão e, com sorte, diretamente para dentro do rio, se Jalen tivesse posicionado seus homens corretamente.

Outros ruídos chegaram até Eskkar, os relinchos dos cavalos, os alarmes distantes dados pelos homens e, acima de tudo, o trovejar de cascos na noite. Atrás da colina, homens gritavam e xingavam, guerreiros subitamente acordados com um sobressalto, apalpando atrás de suas espadas, cambaleando atrás de seus cavalos, amaldiçoando a escuridão e fosse qual fosse o desastre desconhecido que atingira a manada. Cada guerreiro, provavelmente, tinha uma ou duas montarias naquele bando, e todos estariam muito interessados em saber o que acontecera.

Myandro surgiu da escuridão acima deles.

— Abaixem-se! E não olhem para cima!

Deitados na terra, Eskkar e seus homens gelaram e mal respiravam, todos eles colados à base da colina. Ele ouviu os cavalos subindo pelo outro lado. A princípio, pensou que tinham sido descobertos, mas se deu conta de que alguém, provavelmente o líder e alguns outros, tinha subido a colina para ver se Orak mostrava alguma atividade.

Quando os cavalos pararam de se mexer, Eskkar vislumbrou três ou quatro cavaleiros, a menos de quarenta passos acima de suas cabeças e a mesma distância para a esquerda, olhando os muros da aldeia para além da planície vazia. Se algum deles olhasse para baixo, em direção à base da colina...

Os cavaleiros, porém, examinavam na direção da aldeia, onde nada se mexia. Na base da colina, sombras profundas cobriam os homens imóveis. Eskkar ouviu os cavalos bufarem e um deles relinchar. Os animais, provavelmente, tinham captado o cheiro dos homens abaixo deles. Os guerreiros, contudo, ignoraram esses pequenos sinais, certos de que os animais estavam assustados com o estouro do manada.

Finalmente o líder Alur Meriki gritou uma ordem, os cavalos viraram e começaram a voltar encosta abaixo. Ao fazerem isso, o bando todo irrompeu num galope em direção ao norte.

Eskkar permaneceu enraizado no lugar, à espera, enquanto Myandro subia a colina, à procura de algum guarda deixado para trás. Se houvesse algum, teria de ser morto. O tempo novamente se arrastou até Myandro chamá-los lá de cima.

Instantaneamente, Eskkar e seus homens juntaram os cântaros e começaram a escalar a face da rocha, resmungando silenciosamente contra os desajeitados pesos em volta de seus pescoços que os desequilibravam e os faziam escorregar e tropeçar. No cume, encontraram Myandro e um de seus homens. Colado ao chão, para não formar uma silhueta contra o tímido luar, Eskkar conseguiu avistar o acampamento principal a quase um quilômetro de distância. Apenas algumas fogueiras esparsas brilhavam na escuridão, porém mais eram acesas a cada momento, à medida que o acampamento acordava para descobrir o que acontecera com seus cavalos.

— Ali, Capitão — gesticulou Myandro com o arco para leste. — Está vendo aquela pequena fogueira ali? É onde estão as carroças. — Ele apontava para uma minúscula fogueira cerca de seiscentos passos de onde estavam.

— Devemos ir com vocês?

Eskkar hesitou por um momento, mas concluiu que alguns homens a mais não ajudariam.

— Não, vamos seguir o plano. Fiquem aqui e protejam a nossa volta, se for possível. Se não for, salvem-se.

O homem concordou com a cabeça, sem dizer a Eskkar que Gatus lhe ordenara especificamente para não retornar sem o capitão da guarda.

— Então se apresse, antes que eles voltem e bloqueiem o caminho. E talvez haja mais guardas.

Claro que haveria mais guardas, e bem mais atentos, baseados nos sons vindos do norte. Movimentando-se o mais silenciosamente possível, os homens de Eskkar desceram pelo outro lado da colina, ainda seguindo para sul, a fim de que pudessem se aproximar do posto avançado pela retaguarda, na esperança de encontrar os guardas concentrados na confusão no norte. Não tinham de ir muito longe agora e andavam mais depressa, ajudados pelo breve descanso.

Quando chegou à sua posição, Eskkar deu a ordem de parar. Caiu de joelhos, para deixar que sua carga escorregasse cuidadosamente para o chão, e então puxou a corda por cima da cabeça. Outro movimento liberou a espada presa às costas, e ele a afivelou à cintura. Não levava outra arma.

Escolheu dois homens para acompanhá-lo. Um deles carregava um arco curto e seis flechas, a arma padrão dos bárbaros, um item agora de suprimento abundante, obtido com os guerreiros mortos. O outro levava duas facas.

Os três caminharam abertamente em direção à fogueira. A primeira carroça mostrou-se em seu caminho, e Eskkar tropeçou na lingueta oculta na escuridão a seus pés. Mais adiante, assim que passou da pequena fogueira, avistou, de costas para ele, dois homens olhando para o norte. Eskkar dirigiu-se ao homem com o arco.

— Fique aqui, para o caso de haver mais guardas — cochichou. — Nós cuidaremos daqueles dois. Venha, Tellar — ordenou ao outro —, e me dê uma dessas facas.

Tellar manejava uma faca melhor que a maioria, um dos motivos para levá-lo. Ele entregou a Eskkar uma de suas adagas e este a manteve oculta colada ao braço.

Foi direto para os guardas, sem fazer qualquer esforço para manter silêncio. Entretanto, eles estavam a trinta passos e não o notaram; então Eskkar fingiu escorregar e soltou um palavrão em voz alta. Os guardas se viraram na direção do som, as mãos nas espadas, ao verem dois homens avançando em sua direção.

— Quem são vocês? — bradou o menor dos dois.

— Calma, amigo — respondeu Eskkar na língua dos bárbaros, arrastando as palavras como se estivesse embriagado. Continuou andando lentamente adiante, grato aos Ur Nammu por toda a recente prática linguística. — A gente estava bebendo ali na planície, quando ouviu o barulho. O que está acontecendo? — Deixou as palavras morrerem e tombou um pouco para o lado, como se tivesse dificuldade para andar em linha reta.

O guarda mais alto se manifestou, aparentemente ansioso para falar.

— Algo deve ter assustado os cavalos. Talvez os comedores de terra.

— Não! Como eles puderam fazer isso? — Eskkar parou a alguns passos do homem e se virou para o próprio companheiro. — Ouviu só isso? Tem alguém atrás dos nossos cavalos.

Quando se virou de volta, a faca brilhou em sua mão e ele saltou para o guarda menor, mais alerta, enfiando a lâmina na barriga do homem antes que este conseguisse sacar a espada. No mesmo instante, Tellar se arremessou contra o outro e derrubou-o no chão, onde lutaram um instante antes de Tellar se levantar, a faca suja de sangue numa mão e a espada do homem na outra.

Eskkar não perdeu tempo com os corpos. Subiu na carroça mais próxima para olhar em volta, mas nada viu, não havia outros guardas, nem mesmo cavalos, apenas mais tochas e fogueiras sendo acesas no acampamento principal.

— Tellar, chame Grond e os homens. Não temos muito tempo.

Grond surgiu das trevas quase que instantaneamente, trazendo a carga de Eskkar, além da sua, sem qualquer esforço aparente. Eskkar encontrou tempo para sorrir da força do homem.

— Empurrem o máximo de carroças que puderem. Tellar, abra os cântaros. — Os recipientes empacotados continham o grosso óleo negro que queimava por horas. O conteúdo de apenas um seria suficiente para, em momentos, duas carroças arderem num fogaréu. As facas afiadas de Tellar cortaram facilmente as cordas e o couro que vedava os cântaros.

Eskkar deixou os homens cuidando de suas tarefas e foi adiante para inspecionar uma pilha de madeira diferente. Longas pranchas tinham sido pregadas juntas, talvez para formar escudos para cinco ou dez homens de cada vez. Os bárbaros tinham planejado muito bem o ataque incendiário. Poderiam usar esses escudos enormes para se protegerem das flechas e das pedras, enquanto empilhavam a madeira e as carroças junto ao portão de Orak.

Eskkar não sabia se podia fazer algo em relação àquilo, pois seriam necessários pelo menos quatro homens para levantar um escudo e eles não tinham ferramentas para despedaçá-los. Talvez conseguissem arrastar alguns para as carroças em chamas.

Duas carroças rangeram ruidosamente quando os homens as juntaram. Em poucos momentos, seis carroças estavam quase grudadas umas nas outras. Dois homens já tinham subido nelas e começado a despejar o óleo sobre seus conteúdos.

Os homens trabalhavam depressa, carregando o óleo, despejando-o, em seguida passando para a carroça seguinte. Em poucos momentos, esvaziaram os cântaros. A fogueira dos guardas agora veio a calhar, pois usaram seus pedaços de madeira em chamas para jogar nas carroças. A madeira embebida em óleo pegou fogo rapidamente e as chamas começaram a crescer.

— Grond! Ajude-me com estes escudos. — Homens correram para lá, e quatro deles pegaram o primeiro escudo e o apoiaram na carroça mais próxima, antes de correrem para apanhar outro. Àquela altura, tinham sido acesas pelo menos 28 fogueiras, e esvaziados os 14 cântaros que eles transportaram com todo o cuidado. Um paredão de labaredas irrompeu na escuridão da noite.

Eskkar e Grond ignoravam as ondas de calor na pele. Carregavam os imensos escudos, colocando-os contra a carroça em chamas que estivesse mais próxima para destruí-los. Dez... vinte... Eskkar perdeu a conta de quantos tinham arrastado para as fogueiras, os braços doloridos pelo esforço.

— Capitão! Eles viram o fogo. Eles estão vindo — gritou Tellar, para ser ouvido apesar do crepitar das chamas. — Temos de ir já!

O fogo rugia de modo ensurdecedor, à medida que mais lenha seca irrompia em chamas lançadas para o céu noturno. Eskkar olhou para Grond, que concordou com a cabeça.

— Ajude-me com este último escudo, Grond. — O outro homem se juntou a eles para colocar em posição um dos escudos mais pesados.

— Vamos embora — ordenou Eskkar, ofegando por causa do calor do fogo, seus homens já se misturando à escuridão, ansiosos por voltarem à segurança.

Guerreiros próximos ao acampamento principal tinham avistado as chamas. Homens vieram correndo, mas, até então, nenhum montado a cavalo.

Qualquer guerreiro com um cavalo nas proximidades teria seguido direto para o rio, ansioso para recuperar suas montarias. Eskkar começava a voltar para a aldeia, quando três guerreiros surgiram à luz das fogueiras e se arremessaram contra ele. Tentou correr, mas viu que eles logo o alcançariam, virou-se e tirou a espada da bainha assim que os três avançaram.

Thutmose-sin acordou com um sobressalto, sentindo o chão tremer. Por um momento, pensou que pudesse ser um tremor de terra, mas reconheceu o som de muitos cavalos correndo. As duas esposas que escolhera para aquela noite berravam apavoradas, mas ele ignorou suas perguntas. Homens gritavam do lado de fora de sua tenda e, quando o primeiro guarda empurrou a aba de sua tenda para abri-la, Thutmose-sin já tinha se levantado e afivelado a espada à sua volta.

— Sarrum — arfou o guerreiro esbaforido —, os cavalos desembestaram. Todos eles...

— O que causou isso? Você sabe? — Qualquer coisa poderia agitar cavalos, um cheiro estranho, uma brisa mais forte, até mesmo um desajeitado cavaleiro noturno.

— Não, Sarrum. Ainda não...

— Descubra — ordenou. Ao sair da tenda, Thutmose-sin olhou as estrelas. Ainda havia mais algumas horas antes do amanhecer. Todas as fogueiras tinham se extinguido, exceto por algumas poucas esparsas fogueiras de vigília que ainda brilhavam nos arredores do acampamento.

Em volta dele, guerreiros moviam-se de maneira confusa. Todos tinham cavalos na manada. Os que mantinham montarias nas proximidades logo saíram galopando em direção ao rio. Um jovem guerreiro se aproximou, conduzindo o cavalo de Thutmose-sin. Ele saltou para cima do animal e saiu cavalgando em direção ao cume de colina mais próximo, seus guardas pelejando atrás, a pé. Ao chegar à pequena elevação, olhou primeiro em direção à aldeia. Tudo por lá parecia tranquilo; então voltou sua atenção para o rio. Não conseguia ver os cavalos, mas algumas tochas dançavam por ali, indo em direção à margem.

Um cavaleiro vinha galopando e chamando o nome de Thutmose-sin. Num instante, ele havia conduzido seu cavalo ao cume.

— Sarrum, os comedores de terra desembestaram os cavalos. — O homem precisou parar um momento. — Agitaram fogo na frente deles, conduziram muitos para o Tigre.

— Você os capturou?

— Não, ainda não, Sarrum. Os cavalos bloquearam o caminho, mas a patrulha avançou para abordá-los, e eles estão encurralados ao longo da ribanceira.

Novamente, Thutmose-sin olhou em direção à aldeia. Ainda sem qualquer sinal de movimento. Levou o olhar na direção sul, mas nada viu, apenas as fogueiras de vigília. Mais tranquilo, decidiu cavalgar até a confusão. Então notou as fogueiras bem mais distantes, onde as carroças e a madeira para o ataque estavam guardadas. As fogueiras de vigília ali queimavam com mais luminosidade... brilhantes demais para uma fogueira de acampamento, deu-se conta. E haveria apenas uma fogueira, e não... mesmo enquanto olhava, viu novas fogueiras surgirem, suas chamas cintilantes erguendo-se cada vez mais altas.

— Chamem os homens de volta do rio. Mandem-nos para onde mantemos as carroças. Os comedores de terra estão atacando as carroças. Tragam homens. Detenham-nos.

Olhou em volta. Apenas cerca de meia dúzia de seus guardas permanecia ali; o resto fora ao rio, para ver os cavalos.

— Sigam-me. Depressa, antes que eles queimem tudo.

Os guardas desceram correndo a encosta. Ele seguiu mais lentamente, deixando o cavalo escolher o caminho colina abaixo. Quando chegou, seus homens já se distanciavam, toscamente enfileirados e gritando para outros se juntarem a eles. Thutmose-sin colocou o cavalo a meio-galope, o máximo de velocidade que poderia forçar o animal a seguir no escuro. Em pouco tempo, já passava seus homens. O fogo das carroças queimadas agora iluminava a noite, e ele viu que mais de uma dúzia de carroças estava coberta pelas chamas.

Forçou o cavalo a ir mais depressa. Por um momento, o animal respondeu. Então se protegeu diante das chamas que se aproximavam, endureceu as patas, patinou até parar e se recusou a se mover. Xingando o animal medroso, Thutmose-sin desmontou com um pulo e correu atrás de seus homens. Sombras mais escuras se moviam diante das chamas, e ele pôde ver homens empurrando madeira contra as carroças em chamas.

— Detenham-nos — gritou, sacando a espada. O som de espadas se chocando lhe disse que havia homens lutando logo adiante. Agora as fogueiras tinham ficado tão brilhantes que ele conseguia ver os comedores de terra freneticamente trabalhando, tentando queimar as carroças e a madeira que seus tão aplicados guerreiros juntaram.

Um de seus homens gritou, então cambaleou e caiu, segurando a flecha enfiada no braço. Malditos sejam esses detestáveis arqueiros da aldeia. Logo adiante, ele viu outro de seus homens ser abatido, dessa vez por um guerreiro alto com uma longa espada. Ignorando a flecha que passou assobiando pela sua cabeça, Thutmose-sin ergueu a espada e partiu para cima do guerreiro.

Eskkar enfrentou o primeiro guerreiro com um violento golpe de seu braço, derrubando a lâmina do atacante e atingindo seu peito antes que este pudesse se recuperar. O segundo, pouco mais que um menino, ergueu a espada na direção da cabeça de Eskkar, esperando atingi-lo antes que ele conseguisse soltar sua espada do corpo do outro. Eskkar, porém, abaixou-se e enfiou no ombro do jovem sua espada que se soltou com o movimento. Antes que o guerreiro pudesse atacar novamente, Eskkar girou a espada com toda a força que conseguiu reunir. O adversário, fraco e desequilibrado, fez pouco mais do que retardar a lâmina de Eskkar, enquanto esta talhava a base do pescoço do rapaz.

O terceiro guerreiro alcançou Eskkar com um violento golpe desferido de cima para baixo, e ele soube, por esse primeiro contato, que não enfrentava nenhum jovem desajeitado, mas um guerreiro em sua plenitude, com um reconhecível braço forte. Eskkar aparou o segundo golpe, o terceiro, e o quarto, mas, a cada golpe, precisava ceder terreno. O guerreiro continuava pressionando para a frente, e Eskkar não conseguia armar um contra-ataque, enquanto os golpes violentos retiniam contra sua espada, forçando-o a recuar, à luz das fogueiras, em direção ao calor das chamas.

Eskkar viu uma abertura e investiu contra o homem, o golpe detendo o avanço de seu adversário e lhe dando uma chance de firmar os pés. Agitando a grande espada, ele estocou e açoitou em direção ao oponente, desferindo uma meia dúzia de golpes, até cortar profundamente o braço com que o guerreiro manejava a espada. O homem ferido xingou e cambaleou para trás, sua espada escorregando do punho. Eskkar oscilou a espada para o golpe mortal, mas chegou outra meia dúzia de Alur Meriki, emitindo gritos de guerra, e ele virou para os encarar. Antes que eles pudessem subjugar Eskkar, Tellar, Grond e dois outros surgiram ao lado de seu capitão, formando uma tosca fileira à sua esquerda.

Eskkar mal teve tempo de recuperar o fôlego, quando o primeiro desses novos guerreiros avançou, usando o impulso para desferir um forte golpe na sua cabeça. Ele desviou a pancada, mas sentiu o choque no braço. O impacto diminuiu sua velocidade, ao mesmo tempo que o impulso do guerreiro o jogava de encontro ao peito de Eskkar, levando os dois a caírem no chão.

Eskkar enfiou o braço em volta do pescoço do homem e o jogou para longe, logo depois se colocando de pé com alguma dificuldade. A violência da briga aumentou por todos os lados, contudo, por enquanto, não surgira mais nenhum Alur Meriki. O guerreiro que Eskkar jogara de lado rolou duas vezes e de algum modo conseguiu ficar de pé, mais depressa do que Eskkar pensara ser possível, e novamente a espada veio para a sua cabeça, mudou de direção, no último instante, e apontou para seu ombro. Eskkar bloqueou o golpe e contra-atacou com uma investida que forçou o oponente a torcer o corpo de lado.

O movimento sacudiu o colar que o homem usava, e a luz do fogo reluziu no medalhão de cobre polido, o medalhão que proclamava seu portador como o sarrum dos Alur Meriki.

— Thutmose-sin! — Eskkar cuspiu a palavra sobre o soberano dos clãs.

Então não teve tempo ou fôlego para mais nada. Os dois líderes estavam cara a cara, nenhum deles disposto a recuar, perto demais para usar a espada com eficiência, mas cada qual com estocadas e cortes para compensar a falta de espaço. A raiva de Eskkar explodiu. O pai daquele homem matara sua família. A sede de sangue o dominou e a espada desferiu um golpe violento em direção ao pescoço de Thutmose-sin.

Mas o líder dos Alur Meriki, desde a juventude, afiara sua habilidade, com os músculos endurecidos por horas no dorso de um cavalo, e ele bloqueou cada golpe com a perícia que evidenciava anos de prática. Golpe seguiu-se a golpe, e o oponente de Eskkar se deslocava sem esforço. A raiva de Eskkar começou a desvanecer, à medida que seu braço ficava mais fraco. Forçando-se a ignorar o cansaço do braço, ele se arremessou contra o oponente.

O sarrum dos Alur Meriki girou, ao mesmo tempo que desviava a ponta da espada para o lado, e contra-atacou com um golpe tão violento que fez Eskkar recuar dois passos. Os golpes continuaram martelando-o, sem lhe dar tempo de contra-atacar. O braço de Eskkar começou a tremer, e ele percebeu que seu oponente também sentiu isso. O homem aumentou seus esforços, sua mistura de golpes de estocadas e cortes vinha cada vez mais depressa, sem permitir que Eskkar tivesse tempo de se recuperar.

Ele sentiu seu medo aumentar. A qualquer momento, um golpe o pegaria desprevenido. O calor, agora envolvente, assolava suas costas. Recuou mais um passo, porém a roda de uma carroça queimou seu ombro e ele percebeu que não tinha mais espaço. Já tivera de usar ambas as mãos para aparar os intermináveis golpes que chegavam com a força de um lenhador manejando seu machado.

Grunhindo agora com confiança, Thutmose-sin brandiu sua lâmina em direção à cabeça de Eskkar, mas, no último momento, mirou seu ombro. A reação de Eskkar quase vem tarde demais. Ele mal conseguiu levar sua espada para diante do peito, a ponta chocando-se contra o vagão em chamas. As duas lâminas se encontraram com um estrépito e uma chuva de faíscas; então o impensável aconteceu.

A lâmina de Thutmose-sin despedaçou-se contra a espada nova de Eskkar. O fracasso da arma pegou o guerreiro de surpresa por um único instante. Eskkar pressionou à frente, batendo com o cabo da espada na cabeça de Thutmose-sin, mandando-o para trás, desequilibrado. Seu calcanhar bateu num pedaço de madeira e ele caiu de costas, atordoado, a espada ainda pendendo da mão. Ofegando e com o que lhe restava de força, Eskkar baixou a ponta de sua espada e lançou-se na direção de seu inimigo de sangue, pronto para enfiar selvagemente a lâmina no peito do homem caído.

Antes que pudesse vingar sua família, uma explosão jogou Eskkar no chão, uma onda de calor escaldante passando por cima dele. A carroça que estava logo atrás, empurrada por Eskkar e Grond para as chamas apenas um momento antes, continha mais do que apenas madeira para escudos. Despercebida, meia dúzia de cântaros com óleo estava debaixo da madeira, e o fogo iniciado por Eskkar e seus homens finalmente os tinha atingido. A argila que continha o combustível rachara com o calor, acrescentando um novo fluxo de óleo ao crepitante inferno que transformou a carroça em algo além de sua compreensão.

Uma descarga de fogo foi disparada no alto da noite, ao mesmo tempo que pedaços da carroça voavam em todas as direções. Toda a luta parou num instante, os homens caídos de joelhos ou deitados no chão, esquecendo o inimigo para olharem assombrados as chamas que se contorciam no escuro céu noturno. Ninguém jamais vira ou ouvira antes algo semelhante.

Atordoado pela explosão, Eskkar sentiu Grond ajudá-lo a se pôr de pé. Boquiaberto, ainda mantinha a espada na mão. Uma dúzia de passos adiante, ele viu Thutmose-sin ser arrastado para a segurança na direção oposta.

As chamas da carroça com o óleo tinham desabado das alturas, mas os outros incêndios continuavam, fundindo-se e ficando cada vez mais quentes, com o rugido da combustão aumentando até Eskkar achar que seus ouvidos iam explodir. Tellar, com sua espada sumida e sangue pingando do braço, colocou o braço bom em volta da cintura de Eskkar. Com Grond carregando a maior parte da carga, eles se afastaram cambaleantes da tempestade de fogo.

Outro Alur Meriki surgiu da escuridão e correu para ele, a espada erguida. Eskkar, ainda tonto e incapaz de reagir, viu Grond levantar sua arma, mas subitamente o homem tropeçou e caiu, quase aos pés de Eskkar. Uma flecha salientava-se de seu peito. Eskkar vislumbrou Myandro encaixar outra flecha do outro lado do fogo. Ele ouviu sem compreender o embate de outras espadas à beira do fogaréu. Sentiu as costas chamuscarem. Grond gritou algo, sua lâmina refletindo fogo e sangue das chamas, quando o guarda-costas arrastou Eskkar numa corrida.

Ao mesmo tempo, chegaram mais dois arqueiros de Myandro, soltaram suas setas e então recuaram com o resto do pessoal de Orak, correndo na escuridão e deixando para trás os gritos irados dos guerreiros.

A cabeça de Eskkar começou a clarear, enquanto, vacilante, era arrastado adiante. O ar mais frio, distante do incêndio, ajudou a restaurar sua força. Quando a fraqueza em suas pernas diminuiu, ele empurrou Tellar para o lado, mas a mão de Grond permaneceu firme em seu braço esquerdo. Eskkar seguiu cambaleante, tentando alongar seus passos.

Eles corriam para salvar suas vidas, Grond puxando Eskkar até seu capitão conseguir manter o passo rápido. Correndo mais depressa que conseguiam sobre terreno irregular, eles não tinham fôlego para falar. Ao chegarem ao topo da colina, Eskkar soltou-se com um puxão e parou. Deu uma rápida olhada para trás.

Uma massa ardente iluminava o céu. Gritos de guerreiros irritados se misturavam com o crepitar das chamas que iluminavam dezenas de Alur Meriki que tinham alcançado as carroças. Alguns tentavam afastar carroças e madeiras do inferno, enquanto outros procuravam o bando que realizara o ataque.

Grond deu um puxão no braço de seu capitão, e Eskkar voltou para a escuridão. Orak estava a quase 2 quilômetros de distância. Eles tinham percorrido quase a metade do percurso, quando o temível som de tropel de cavalos deu às suas pernas uma nova explosão de energia. A terrível visão do que acontecia a homens a pé, colhidos por trás por guerreiros montados, passou pela mente de Eskkar.

Continuaram correndo, Grond e Eskkar vindo bem atrás dos outros. O coração de Eskkar batia forte no peito e suas pernas tremiam de exaustão. Sua respiração era desigual. Duas noites com pouco sono e a árdua luta cobraram seu preço. Grond agora foi para trás dele, a mão nas costas do capitão, impelindo-o adiante.

Contra o luar, a silhueta dos muros de Orak crescia de tamanho e o fosso não devia estar a mais de duzentos passos à frente, quando Eskkar viu uma fileira de homens se erguendo em meio às trevas. Ele diminuiu a velocidade, achando que os bárbaros tinham conseguido se colocar adiante. Então ouviu a bem-vinda voz de Gatus chamando por eles. Eskkar abaixou a cabeça e continuou correndo, ignorando a dor perfurante em seu peito a cada respiração.

Alcançaram a fileira de soldados, passando entre homens que permaneciam com os arcos todos esticados para trás. Assim que passaram pela linha de fogo, Gatus gritou: "Disparem!"

Vinte flechas sibilaram na noite.

Eskkar tropeçou e quase caiu, mas Grond, ainda a seu lado, segurou-lhe o braço. O homenzarrão permanecera o tempo todo atrás dele, protegendo sua retaguarda, quando poderia facilmente tê-lo ultrapassado. Agora voltou a segurar o braço de seu capitão para empurrá-lo adiante. Atrás deles, os arqueiros despejaram mais duas revoadas de flechas contra os cavaleiros que se aproximavam, antes que eles, também, dessem meia-volta e fugissem para a segurança dos muros de Orak. Os salvadores logo alcançaram o exausto grupo de Eskkar. Todos chegaram juntos à vala e pularam para a lama, o ruidoso chocar de pés revelando suas posições.

Uma voz alta vinda da torre lembrou aos arqueiros para que disparassem apenas nos homens a cavalo. O fosso tornou-se um terror no escuro, e Eskkar ouvia flechas assobiando acima. Homens caíram de cara na sujeira, xingando e pelejando apenas para se atirar novamente à frente, enquanto o caminhar traiçoeiro e a escuridão os retardavam, tornando seu movimento um pouco mais que um rastejar.

Chegando finalmente na base do muro, Eskkar encostou-se por um momento, incapaz de enxergar qualquer coisa, pois a estrutura bloqueava o mortiço luar.

A seu lado, Grond deslizou a mão sobre a superfície áspera, encontrou uma corda e, com ela, deu duas voltas em seu capitão. Mais um instante para dar um nó, e Grond gritou para quem estava em cima da plataforma.

Eskkar elevou-se como por mágica, a espada bem apertada debaixo do braço, até mãos agarrarem seus ombros e o puxarem para a segurança de Orak. Momentos depois, Grond chegou, pois içara a si mesmo assim que vira seu capitão chegar ao topo. Eskkar estava deitado no parapeito, tentando recuperar o fôlego.

Flechas sibilavam acima ou retiniam no muro. Pelo menos alguns bárbaros os tinham seguido até o fosso. Em pouco tempo, os arqueiros de Orak os expulsaram. As chamas das carroças incendiadas erguiam-se acima da colina baixa e forneciam luz suficiente, mesmo a distância, para revelar quem estivesse montado a cavalo. Quando Eskkar se pôs de pé e olhou acima do muro, os últimos cavaleiros retornavam, já fora de alcance, seguindo em direção às carroças em chamas.

A visão do fogo erguendo-se da colina deixou Eskkar admirado. Em toda a vida, nunca vira um incêndio com tais proporções. As chamas abriam caminho para as alturas, no meio da noite, e era como se o céu estivesse incendiando. O enorme acúmulo de madeiras, secadas ao sol escaldante e incendiadas pelo óleo negro, produzia uma fogueira tão inextinguível quanto inatingível. Os bárbaros talvez tivessem salvado algumas carroças e escudos, mas, pelo menos a metade, talvez mais, de seu precioso estoque de madeira estava sendo consumida.

A incursão valeu a pena, concluiu Eskkar, e se conteve. Antes de começar a exultar de contentamento, era melhor ver quantos homens tinham morrido.

— Uma bela visão, hein, Capitão? — As palavras de Gatus soaram bastante tranquilas.

Ele estava ao seu lado, coberto de lama da cabeça aos pés. A imagem cômica fez Eskkar abrir um sorriso — antes de se lembrar de olhar o próprio corpo. Gatus fora o último a ser puxado para cima do muro. Grond também estava ali, tão enlameado quanto os outros, os dentes brancos reluzindo ao luar. Todos os homens da incursão formaram um círculo em volta de Eskkar.

— Uma visão que devo a Grond, aqui presente. Ele praticamente me arrastou de volta a Orak.

— O Capitão se cansou porque teve de lutar sozinho contra três guerreiros — disse Grond em voz alta para todos escutarem. — Virou-se para atacá-los, para que nossos homens pudessem fugir. Matou todos eles também.

O terror da luta lampejou na mente de Eskkar. Não conseguiu evitar que um tremor o percorresse, ao se lembrar de Thutmose-sin, que o impelira contra a roda de uma carroça. Eskkar já enfrentara muitos perigos, mas nunca sentira tão de perto a certeza da morte.

Afastando o pensamento arrepiante, ouviu os homens contarem seus feitos, gabando-se de quanto seu capitão era forte. Se eles soubessem como o medo quase o dominara.

— Quantos homens perdemos, Gatus? E o que aconteceu com os que foram espantar os cavalos?

Gatus pareceu embaraçado por um momento.

— Pelos deuses! Eu tinha esquecido deles. — Gritou querendo uma contagem das baixas, mas ninguém sabia de nada. — Eu vou descobrir, Capitão.

— Não, fique aqui e mantenha guarda até de manhã. Vou ver o que houve com Jalen.

Eskkar afastou os homens do caminho até poder descer os degraus. Trella estava à sua espera. Apertou-o furiosamente por um momento, mas então tomou sua mão e eles correram em direção aos fundos da aldeia. Grond e os outros os seguiram. Todos queriam saber o que acontecera com os homens que despistaram os bárbaros.

Aldeões aflitos abarrotavam as ruas, caminhando sem destino, querendo saber o que acontecera. Grond formou uma cunha com alguns homens e simplesmente empurrou a multidão para fora do caminho de Eskkar. Parecia ter transcorrido uma eternidade até chegarem ao portão do rio.

O portão estava aberto. Arqueiros estavam prontos, arcos nas mãos, encarando a abertura, agora claramente iluminada por uma fila de tochas que se estendia até a beira do rio e mesmo o interior das águas escuras. Homens alinhavam-se nos muros de cada lado do portão. Eskkar ouviu gritos e até mesmo alguns vivas vindos através da abertura do portão.

Eles seguiram seu caminho por entre os homens e atravessaram o fosso, Grond levando uma tocha para iluminar o caminho. Ao chegarem à ribanceira, um homem encharcado cambaleou até eles e caiu de joelhos, exausto da batalha contra o rio. Outro apareceu, este caindo estatelado no chão ao mesmo tempo que ofegava.

Eskkar passou pelos dois e parou no atracadouro. As tochas faiscantes mostraram uma fila de homens se estendendo pelo Tigre, cada qual agarrado a uma grossa corda de reboque usada para puxar a barca de um lado para o outro.

Enquanto Eskkar observava, eles puxaram mais homens do rio, ofegando e tossindo, até o total de sete. Ele não viu sinal de Jalen. Esperou mais um momento, observou os homens parados contra a corrente, para se certificar de que estavam bem alertas, e olhou com atenção tudo que descera pelo rio.

A encenação funcionara exatamente como Eskkar planejara. Os homens de Jalen tinham impelido os cavalos para o rio e esperado até o último momento possível antes de se jogarem na água, deixando que a corrente os levasse rapidamente em volta da curva da margem e rio abaixo até Orak. Todos eles deveriam ser carregados até aquele ponto. Mas deveriam ter chegado ali havia muito mais tempo, bem antes de Eskkar e seus homens terem retornado em segurança. Algo devia ter saído errado.

De repente, ele voltou a atenção para os dois primeiros homens que chegaram à praia.

— Onde está Jalen? Por que vocês esperaram tanto para voltar?

Um homem ergueu a vista, sem expressão, mas o outro sacudiu a cabeça e inspirou fundo antes de falar.

— Capitão, os cavalos bloquearam o nosso caminho para o rio. Eles ficaram correndo na margem, de um lado para o outro. Não conseguíamos passar... tivemos de nos esconder até o caminho ficar livre.

O homem esforçou-se para se pôr de pé, e Eskkar estendeu a mão para ajudá-lo a se levantar.

— Quando o caminho finalmente ficou livre, os bárbaros nos avistaram. Correram para cima da gente e Jalen ficou ferido na luta. Ele matou um, mas sangrava muito, quando o vi cair na água.

Um grito ergueu-se dos homens que estavam no rio, e as palavras "Jalen está morto" ecoaram pela água. Os homens começaram a vadear de volta para a praia, carregando um corpo.

Amaldiçoando em voz baixa, Eskkar voltou para a margem e chegou quando os homens colocavam o corpo sobre a terra. Sob a luz tremulante da tocha, Eskkar teve de olhar por um momento antes de reconhecer Jalen, uma raiz quebrada firmemente presa em sua mão e um corte do lado em que fora ferido.

— Ele devia estar ferido demais para lutar contra a corrente ou talvez tenha apenas se emaranhado em algumas plantas. — Eskkar pôde adivinhar o que acontecera. Quando Jalen se livrou das plantas, não teve forças para manter a cabeça acima da água. Foi isso ou, então, a perda de sangue do ferimento que o liquidou. Eskkar balançou a cabeça, frustrado, um homem corajoso que dificilmente se daria ao luxo de perder assim.

Àquela altura, o segundo em comando de Jalen já tinha se recuperado para contar a história. Seguindo ordens, ele providenciara para que todos os homens entrassem na água, inclusive Jalen, que foi o último a pular. Ele garantiu a Eskkar que contara todos os que tinham entrado no rio. Contudo, um ou outro não havia conseguido chegar e teria sido carregado rio abaixo, sem que o notassem, provavelmente afogado na corrente, seu corpo despercebido, misturado aos cavalos mortos que flutuavam por ali.

Quando o homem terminou, todos já tinham saído do rio. Em pouco tempo, começaram a voltar através do fosso. Os últimos foram os homens que carregavam o corpo de Jalen.

Eskkar segurou a mão de Trella. Juntos retornaram para a segurança por trás dos muros de Orak. Sisuthros estava do lado de dentro do portão, seu rosto refletindo a dor que sentia.

Eskkar pousou por um instante a mão sobre o ombro dele.

— Consiga a história toda, depois conte para Gatus. — Eskkar sentiu a mão de Trella puxar seu braço e se deu conta de que apertava tanto a mão dela que a estava machucando. Afrouxou então e eles seguiram de volta para casa em silêncio.

No poço, Trella ajudou-o a se despir e ela mesma lavou a lama de seu corpo. Criados puxaram a água do poço e trouxeram panos para ele se enxugar e roupas limpas. À luz de tochas, ela conseguiu enxergar o horrível talho em seu braço esquerdo, após cuidar para que fosse bem lavado. O pelo de seu braço direito tinha queimado quando a carroça explodira. Nas costas, ela encontrou duas marcas de queimaduras e também as lavou, mas as deixou descobertas.

Os criados se retiraram, deixando apenas uma única tocha no pequenino jardim. Trella e Eskkar sentaram-se juntos no banco dos fundos da casa. Ele bebeu seu suprimento de água fresca, seguido por uma taça de vinho quente, que engoliu quase com a mesma facilidade.

Trella examinou seu braço e verificou as ataduras para ver se ainda sangrava. Ela esperou até ele estar pronto para falar.

— Jalen foi azarado — começou —, azarado por ter sido ferido, azarado no rio. Ele deveria estar vivo e eu deveria estar morto. — Apontou para a grande espada que estava apoiada na árvore, já limpa e lubrificada pelos criados. — Sua espada salvou minha vida, Trella. Eu lutei contra Thutmose-sin. Ele é um verdadeiro espadachim e teria me derrotado. Eu soube que estava para morrer. Eu me senti indefeso diante dele, até sua espada se espatifar na que você me deu e eu derrubá-lo com as forças que me restavam. Mais uma estocada e eu teria morrido ali. Ainda assim, eu teria sido morto ou capturado se Grond praticamente não tivesse me carregado de volta para a aldeia.

Olhou para ela.

— Nunca estive tão certo de minha morte, em todas as batalhas, em todos esses anos. Senti medo, o mesmo medo que tenho visto nos olhos dos outros... dos outros homens com quem lutei. — Sacudiu a cabeça como se não acreditasse em suas palavras, envergonhado de admitir seu medo e sua fraqueza, até mesmo para ela.

Quando Trella falou, sua voz estava calma e normal.

— Então a espada serviu a nós dois. Como não posso lutar a seu lado, a espada deve ter tomado o meu lugar e, portanto, o defendeu. Sabe, marido, é verdade que os deuses o favorecem e cuidam de você. Eles o protegeram até mesmo do líder dos Alur Meriki. Nenhum homem é capaz de lutar contra tantos sem se cansar, principalmente após ter transportado uma carga pesada. Mas é muito bom que você admita seu medo.

Eskkar olhou-a, intrigado. Nunca, em sua vida, ele confessara temor para uma mulher, nem ouvira falar que algum guerreiro o tivesse feito. E não o teria feito naquele momento, se não estivesse exausto, e se talvez o vinho quente não tivesse afrouxado sua língua.

— Os deuses ficam zangados quando homens se tornam muito presunçosos, seguros demais de sua própria força e de seu poder — prosseguiu ela, a mão alisando seu braço. — Lembre-se dessa ocasião e dessa sensação, quando se sentir tentado a pensar que é todo-poderoso. Então, lembre-se de Jalen e de seu sacrifício.

Ele permaneceu sentado e silencioso. Sabia o que ela não tinha dito. Ela não lhe lembrara quem colocara a espada em sua mão, quem o guiara durante todos aqueles meses, de quem era a força que lhe dava apoio, à noite, quando ele se preocupava.

— Amanhã, prestaremos homenagem a Jalen. Todos comparecerão a seu funeral. Nós o exaltaremos pelo sucesso da incursão. — Colocou o braço em volta de Trella e a manteve próxima, sentindo sua força, enquanto ela o apertava também. — E você... você me lembrará, se eu ficar orgulhoso demais, ou se algum dia esquecer a lição dessa noite.

— Não será preciso que eu lhe lembre. Você é inteligente demais para esquecer o que aprende.

Ele nunca havia se considerado inteligente, e ficou imaginando se ela dizia isso apenas para reconfortar sua mente.

Ela ergueu o olhar para ele, lendo seus pensamentos.

— Você é um homem inteligente, Eskkar, inteligente a ponto de conhecer suas próprias forças, de aprender com seus erros, e mesmo de aprender com o erro dos outros. — Soltou-se e levantou. — Agora venha para a cama, marido. Precisa descansar, e, pela manhã, haverá muito mais para conversarmos.

Eskkar deu uma olhada para o céu. Em pouco tempo a manhã estaria sobre eles.

— Fico imaginando o que aconteceu com Thutmose-sin — disse ele. — Eu o atingi com o cabo da espada, e ele caiu. — Contou-lhe como a carroça virara uma montanha de fogo e calor e sobre o estranho ruído que derrubara todos eles. — Seus homens o arrastaram para longe, distante do fogo e distante de nós. Talvez até mesmo esteja morto. Eu queria matá-lo, vingar a minha família. Por isso seria digno morrer. Mas ele lutou... era forte demais.

— Chega de falar sobre morrer, marido. E em breve teremos notícia de Thutmose-sin — rebateu ela. — Mas, se ele morreu ou sobreviveu, não mudará o que os próximos dias trarão.

— Suponho que não. — Olhou-a, lembrando-se de como se sentiu durante os primeiros dias que passaram juntos, quando ele começou a descobrir quanto ela era especial. Agora, ela havia dito algumas poucas palavras, e tudo sem importância desapareceu. Trella tinha razão. A batalha prosseguiria, com ou sem Thutmose-sin.

Eskkar tomou-a em seus braços e abraçou-a bem forte por um momento. Esqueceu a dor no braço e nas costas, deixando que a força dela se derramasse sobre ele. Caminharam juntos de volta para o interior da casa, ignorando os criados e soldados que os olhavam com respeito e admiração. Caindo atravessado na cama, ele ainda teve tempo de mais um pensamento, antes de o sono dominá-lo. Inteligência, decidiu, era menos uma questão do que se sabia e mais uma questão de admitir quanto não se sabia.

Thutmose-sin recobrou a consciência em sua tenda, cercado pelas suas mulheres. Os primeiros raios da alvorada brilharam através da abertura, dizendo-lhe que a noite tinha passado. A princípio, seus olhos não focaram, mas suas mulheres o ajudaram a se sentar. Tocando na cabeça, encolheu-se por causa da sensibilidade, quando seus dedos, ainda desajeitados, se chocaram contra o inchaço do machucado logo acima da têmpora. Sua cabeça doía, quando a movimentava, mas ficou parado por um momento e as ondas de dor começaram a diminuir.

A luta retornou à sua lembrança. Lembrou-se de sua espada quebrando. Numa batalha, tudo pode acontecer, e ele já vira antes muitas espadas se despedaçarem, embora nunca uma das suas, e nunca quando se preparava para desferir o golpe mortal. Mais um golpe... a quebra da arma o desequilibrara e o guerreiro alto conseguiu atingi-lo com o botão do punho de sua arma. Thutmose-sin tinha torcido a cabeça, para evitar o golpe, e a bola de bronze resvalara em seu crânio, em vez de atingi-lo em cheio.

Se tivesse atingido, talvez eu estivesse morto.

Sua primeira mulher, Chioti, levou uma pele de água a seus lábios e ele bebeu e bebeu, deixando que a água escorresse para seu peito. Quando, finalmente, a empurrou para o lado, ele olhou para ela.

— O que aconteceu?

— Seus guardas o carregaram de volta para cá, algumas horas atrás. Você estava inconsciente. Eles disseram que os comedores de terra queimaram as carroças. Nós vimos um grande incêndio.

Ele sacudiu a cabeça e logo se arrependeu do movimento.

— Ajude-me a levantar, Chioti.

Algumas esposas murmuraram, dizendo que ele devia descansar, mas Chioti sabia como ele era. Colocou o braço dele sobre seu ombro e o ajudou a ficar de pé.

— Chamem Urgo — ordenou ela, mantendo um braço em volta da cintura do marido. — Urgo queria ser avisado quando você acordasse. — Chioti colocou-se diante dele e olhou em seus olhos. — Fique na tenda, até ter certeza de que está bem. Não vai querer tropeçar e cair.

Ou parecer fraco diante de meus homens. Thutmose-sin sorriu para ela.

— Eu tomarei cuidado, Chioti.

Quando Urgo chegou, Thutmose-sin sentia-se bastante forte para deixar a tenda. Seus guardas olharam para ele. O alívio em seus rostos era misturado com medo; na noite anterior, eles falharam em seu dever de ficar a seu lado, para protegê-lo.

Ele olhou-os friamente quando se reuniram à sua volta; depois ele cuidaria da negligência. O sol da manhã já se erguia bem acima do horizonte. Sua força aumentava a cada vez que inspirava o ar puro, embora sua cabeça provavelmente ainda fosse doer durante dias.

Urgo chegou primeiro, trazendo um arco na mão. Rethnar, Altanar e dois outros líderes de clã vieram logo atrás. Sentaram-se no chão, formando um semicírculo diante de Thutmose-sin.

— Os comedores de terra queimaram as carroças incendiárias, Sarrum — disse Urgo indo direto aos fatos. — Perdemos metade da madeira e um carregamento de óleo. Felizmente, as outras duas carroças carregadas de óleo foram poupadas.

Thutmose-sin evitou sacudir a cabeça, desgostoso.

— E os cavalos? Os comedores de terra que os afugentaram?

— Os homens fugiram, pulando no rio. — Urgo deu de ombros. — Devem ter se afogado. Perdemos cerca de trinta cavalos. O resto está espalhado por toda a planície. Os homens ainda estão recolhendo-os.

— E os que queimaram as carroças?

— Encontramos dois corpos, Sarrum. — Ele viu a pergunta no rosto do líder. — Nós perdemos dez homens. Isso inclui os dois guardas. O resto foi morto na luta. — Urgo entregou o arco a Thutmose-sin. — Um dos mortos carregava isso. Os comedores de terra enviaram seus arqueiros para nos atacar.

— Não foi com nenhum arqueiro que eu lutei — disse Thutmose-sin, examinando a arma com interesse. Eles ainda não tinham apreendido um arco como aquele, e bastava um olhar de relance para reconhecer que se tratava de um arco benfeito, eficiente. — Ele me reconheceu, chamou meu nome. Pode ter pertencido ao nosso clã.

Urgo deu de ombros.

— Um guerreiro renegado... que importância tem isso? Você pode tê-lo ferido. Seus homens tiveram de ajudá-lo a fugir.

— E a madeira? Sobrou o suficiente?

— Já mandei apanhar mais. Temos bastante óleo e, dentro de mais um ou dois dias, teremos madeira suficiente.

— Ele sabia lutar, Urgo.

— Os deuses devem tê-lo salvado para nós o capturarmos depois, Thutmose-sin.

— Ou os deuses devem estar nos enviando outra mensagem, Sarrum. — Altanar falou pela primeira vez. Um dos mais velhos líderes de clã, até então ele falara muito pouco sobre a campanha. — Talvez os deuses estejam dizendo que devemos ir embora, que há pouca coisa aqui que compense a morte de tantos guerreiros.

— Você fugiria dos comedores de terra? — Rethnar despejou as palavras pelo círculo. — Tem medo de lutar com covardes que se escondem atrás de um muro?

— Não, Rethnar, não tenho mais medo deles do que tenho de você. — A mão de Altanar foi para o cabo de sua espada. — Mas muitos guerreiros certamente morrerão antes de tomarmos esse lugar. Escravos tomarão o lugar dos guerreiros perdidos? Os comedores de terra não têm cavalos. Onde conseguiremos novos cavalos, mesmo que seja só para substituir os perdidos na noite de ontem? — Ele deu de ombros. — Se Rethnar quer ficar para trás e capturar a aldeia, que assim seja. Mas afirmo que não há nada aqui para nós.

— Você é um covarde — declarou Rethnar, pondo-se de pé num salto e sacando a espada.

Altanar levantou-se ao mesmo tempo que ele, sua lâmina luzindo ao deixar a bainha.

— Sentem-se! — Thutmose-sin gritou as palavras, mas os dois chefes de clã, mesmo se tivessem ouvido sua ordem, já tinham ido longe demais para parar.

A confusão instalou-se no acampamento. Membros dos clãs de Rethnar e de Altanar levantaram-se rapidamente. Os guardas de Thutmose-sin, bastante alertas, após o fracasso da noite anterior, levantaram seu líder e o levaram para longe do círculo. Formaram uma barreira entre ele e o conflito que explodira diante de seus olhos. Num momento, uma dezena de homens lutavam, e logo outros mais corriam para se juntar a eles. Thutmose-sin sabia que aquilo precisava parar imediatamente.

— Guardas! — gritou, num tom de voz mais alto que o ruído da briga. — Matem todos os que não pararem de brigar, *já*! Matem-nos! — Seus homens avançaram. Facilmente, superavam em número o punhado de combatentes, que perceberam a ameaça no avanço dos guardas. Os dois líderes de clã interromperam seu duelo e os membros de seus clãs seguiram o exemplo com relutância.

— Fiquem entre eles — ordenou Thutmose-sin, a voz chegando a todos, agora que o estrépito de lâminas terminara. — Matem quem não largar a espada! Não vou permitir que se matem uns aos outros por causa dos comedores de terra.

Com um resmungo, Rethnar baixou a espada. Um momento depois, Altanar fez o mesmo. Os dois se olharam furiosos. Thutmose-sin avançou, indo para o centro do espaço.

— Ou será que preferem lutar comigo? — Olhou em volta do círculo. — Chioti, traga a minha espada.

Thutmose-sin esperou, cercado por homens enfurecidos que ainda batiam seus bronzes, até Chioti afastar os guardas e lhe entregar uma espada. Ao pegar a lâmina, ele a sopesou, então a sacudiu violentamente sobre a cabeça, a arma sibilando no ar.

— Você quer me desafiar, Altanar? — Como o líder de clã não reagiu, Thutmose-sin virou-se para Rethnar. — Você quer, Rethnar?

Rethnar não teve pressa em responder, e Thutmose-sin notou que o chefe de clã imaginava quanto a luta da noite anterior devia ter deixado seu sarrum mais lento. Ele foi até Rethnar, a espada apontada para o chão.

— Você está me desafiando? — Thutmose-sin falou baixinho, mas todos perceberam a ameaça em sua voz.

— Não, Sarrum. É que...

— Então você, vocês dois, embainhem as espadas, mandem seus homens embora e sentem-se. Eu tenho algo a dizer.

Esperou até Rethnar e Altanar se acomodarem no chão.

— Altanar tem razão — começou. — Perderemos mais guerreiros ainda, ao tentar tomar essa aldeia. E é verdade que há pouca coisa de valor no interior de Orak para compensar as mortes. — Thutmose-sin virou-se para Rehtnar. — Mas Rethnar também tem razão. Se não derrotarmos esses aldeões miseráveis, cada comedor de terra se mudará para a aldeia mais próxima. Eles vão se unir e resistir a nós. Assim que souberem que fomos expulsos, encontraremos resistência em toda fazenda e cabana que encontrarmos.

Ficou na frente de Altanar.

— Você mudaria a trajetória de nossa migração, Altanar? Se fracassarmos na tomada desse lugar, nunca mais poderemos voltar a essas terras. Se o fizermos, Orak estará duas vezes mais forte, com duas vezes mais combatentes. É isso que você quer que seus filhos e seu clã enfrentem?

Thutmose-sin caminhou em volta do círculo, os olhos desafiando cada chefe de clã e seus subcomandantes.

— Não, meus membros de clãs, nunca mais lutaremos por cavalos ou por pilhagem, nem mesmo por honra. Essa tal de Orak deve ser destruída, ou essas terras se tornarão proibidas para nós. Lutamos para levar a vida que levavam os nossos pais antes de nós.

Voltou para seu lugar e sentou-se, colocando a espada atravessada sobre os joelhos. Quando falou, baixou a voz, para ser ouvido apenas pelos que estavam no círculo.

— Essa aldeia precisa aprender o preço da guerra. Precisamos matar muitos mais deles, do mesmo modo como destruímos suas plantações e queimamos suas casas. Essa batalha deve ser empreendida, não por causa daquilo que poderemos ganhar, mas por causa do que perderemos se simplesmente formos embora.

Ninguém disse nada.

— Então está resolvido — disse Thutmose-sin. — Atacaremos assim que as carroças e a madeira forem repostas. Para esse próximo ataque, não pouparemos nada. Cada homem e menino que puder lutar, marchará contra a aldeia. — Novamente olhou em volta do círculo. — E, quando ela for tomada, quem sobreviver passará pela espada e derrubaremos todos os muros e todas as casas, até nada restar a não ser a lama do rio.

Eskkar teve menos de duas horas de sono, a dor nas costas o enfraquecendo. A janela exibia apenas a mais fraca das luzes no céu escuro para indicar a alvorada que se aproximava. Apesar da falta de sono, seus pensamentos pareciam claros, como se tivesse dormido a noite toda. Mas cada músculo do corpo protestou quando ele começou a se movimentar. A atadura no braço tinha escorregado um pouco. Passou os dedos sobre ela, mas não sentiu qualquer vestígio de sangue fresco.

Deslizando silencioso para fora da cama, para não acordar Trella, vestiu-se rapidamente. Apanhou a espada e foi para a sala de trabalho, onde destrancou a porta externa no momento em que uma bocejante Annok-sur ia bater para acordar sua patroa.

Eskkar levou o dedo aos lábios.

— Bom dia, Annok-sur — sussurrou. — Eu vou acordá-la. Pode trazer o desjejum aqui para cima e mandar Bantor e Gatus subirem, assim que chegarem?

— Capitão, Gatus acabou de dar notícias. Pede que vá ao portão.

Ele ficou olhando-a, mas ela nada mais tinha a acrescentar.

— Então traga desjejum para Trella. Cuide para que ela coma antes de sair. — Eskkar voltou ao quarto e sentou-se na cama. O movimento fez Trella mudar de posição, mas continuou dormindo. Um pouco mais de luz entrava pelas janelas e a iluminava. Ela dormia com a mão atirada acima da cabeça, os negros cabelos longos espalhados sobre o travesseiro.

Quando dormia, ela parecia tão jovem, jovem demais para o fardo que carregava. Assim como ele, sua vida e seu futuro pendiam de um mesmo fio, o fio que ele criara com sua vaidade, quando dissera a Nicar que os bárbaros podiam ser derrotados. Nada deveria magoá-la, decidiu Eskkar. Os bárbaros, os nobres, nada e ninguém deveria magoá-la novamente. Primeiro, ele derrotaria os bárbaros, depois aumentaria seu próprio poder sobre os nobres. Jurou isso por todos os deuses nos quais não acreditava. Eskkar queria beijá-la, mas receava acordá-la. Era melhor deixá-la aproveitar mais alguns momentos de paz.

Quando chegou ao andar de baixo, já tinha deixado todos os pensamentos sobre Trella para trás. Parou na cozinha, onde esvaziou um copo com água e apanhou um pão redondo que foi mastigando ao sair para o início do sol da manhã. Eskkar acenou com a cabeça para seus guardas, conferenciou brevemente com os que estavam na mesa de comando, então montou no sempre presente cavalo. Saiu do pátio cavalgando lentamente, seus guardas correndo atrás dele, o pedaço de pão seguro com firmeza.

Poucos aldeões tinham acordado tão cedo naquela manhã. Muitos tinham ficado até tarde da noite comemorando a vitória sobre os Alur Meriki. Outra vitória. Como ladrões na noite, ele e seus homens tinham rastejado até o acampamento dos bárbaros, afugentado alguns cavalos e incendiado algumas carroças. Então, foi um salve-se quem puder. Naquele dia, toda a aldeia talvez pagasse o preço pela nossa "vitória". Eskkar mantinha só para si esses pensamentos sombrios. Ao chegar ao portão, escorregou desmontando e jogou o cabresto para um menino semiacordado.

Subindo ao topo da torre, encontrou Gatus sentado num banco tão alto que avistava muito mais que se ficasse de pé. Seu segundo em comando tinha vestígios de lama pelo corpo, e Eskkar deduziu que ele permanecera a noite toda no muro.

O sol ascendente brilhou nos olhos de Eskkar, quando ele examinou o leste.

— Bem, Gatus, vejo que perdeu outra noite de sono. O que foi agora? — Cortou a metade do que restava do pão e a entregou a Gatus, que apanhou agradecido o alimento ainda morno.

— Ontem à noite, algumas horas depois que você foi embora, nós vimos algo. — Gatus deu uma mordida no pão e o mastigou rapidamente antes de continuar. — Outro incêndio irrompeu no acampamento deles. Não foi perto de onde vocês queimaram as carroças, mas próximo ao centro da planície. Observamos por alguns instantes e, assim que se apagou, ouvimos sons de luta. Isso durou uns momentos, depois parou. Então, pouco antes do amanhecer, pensamos ter ouvido uma briga novamente.

Colocando o resto do pão na boca, Eskkar protegeu os olhos enquanto vasculhava o horizonte. Finas colunas de fumaça ainda se erguiam de trás da colina baixa em que ele incendiara as carroças, porém não viu qualquer outro sinal de fogo. Muitos homens montados em cavalos se movimentavam pelas colinas baixas, e ele podia ver trilhas de poeira dos que estavam fora de vista. Enquanto observava, uma fila de cavaleiros, cerca de vinte, surgiu no topo da encosta em que ele ficara agachado na noite anterior. Líderes de clã foram verificar os danos à luz do dia e planejar o próximo lance.

— Nós os deixamos muito zangados, imagino. — Eskkar mantinha os olhos nos cavaleiros, enquanto eles se movimentavam pelo cume da colina. — Perderam cavalos e carroças ontem à noite, como também grande parte da madeira que juntaram nas últimas semanas. Acima de tudo, foram humilhados, atacados por comedores de terra. Os guerreiros e os chefes estão muito zangados com seu líder ou em quem tenham decidido colocar a culpa pelo nosso ataque. Podem ter tentado matar Thutmose-sin. Se tiveram sucesso, enfrentaremos um novo chefe, alguém que pode ter ideias completamente diferentes. Ou Thutmose-sin deve ter culpado alguns dos outros chefes e os atacado.

Gatus terminou seu pedaço de pão.

— Bem, quanto mais eles brigarem uns com os outros, melhor. Ou será que já se encheram e irão embora? Acho que nada irá acontecer hoje, você acha que vai?

Eskkar não estava disposto a arriscar.

— Hoje, não. Mas ficarei um pouco por aqui. Mande Sisuthros para cá. Depois vá dormir.

Gatus abriu a boca para argumentar, mas achou melhor não fazê-lo.

— Está bem. Irei à sua casa para dormir. Bantor está bastante bem para cuidar do posto de comando por algumas horas. — Esperou alguns instantes, mas Eskkar nada disse, apenas olhou além da planície. Dando de ombros, Gatus deixou a muralha, depois, porém, de ter dito aos homens onde estaria e quando deveria ser chamado.

Eskkar mal notou sua saída. Parecia haver uma quantidade incomum de atividade no acampamento dos bárbaros. Sem pensar, sentou-se no banco agora vazio. Pequenas nuvens de poeira pairavam por toda parte, significando cavaleiros indo de um lugar a outro, a maioria fora de vista. Tentou se colocar no lugar de Thutmose-sin.

Se sobrevivi a um desafio à minha autoridade, tenho de atacar a aldeia. Para Thutmose-sin, abandonar o sítio agora seria uma admissão de fracasso, e muitos já tinham morrido em muitos dos clãs para permitir isso. A fúria de índoles e ódios teria explodido na noite anterior, e sangue teria corrido para um ajuste de contas. Portanto, se Thutmose-sin permanecia no controle, concluiu Eskkar, poderíamos esperar um ataque completo no dia de hoje, ou mais provavelmente amanhã. Os Alur Meriki tentariam primeiro repor parte da madeira perdida, e talvez precisassem de mais tempo para arrebanhar seus cavalos.

Eskkar tinha certeza de uma coisa. Se... quando o ataque ocorresse, seria desenfreado. Os bárbaros tinham homens mais do que suficientes para um assalto final. Todos os homens investiriam contra as muralhas, e para os Alur Meriki seria vencer ou perder. Pois, se fracassassem, suas fileiras se tornariam tão reduzidas que outras aldeias ou clãs maiores aproveitariam a oportunidade para fazer oposição a eles.

Se, porém, Thutmose-sin tivesse sido derrubado, então talvez... talvez houvesse uma chance de o novo líder ir embora. O novo soberano, fosse quem fosse, poderia colocar toda a culpa em seu antecessor, poderia dizer que a estação já estava avançada para continuarem lutando, poderia alegar que voltariam alguns anos depois para se vingarem, qualquer coisa. Os Alur Meriki tinham muitos motivos para satisfazer quem estivesse disposto a abandonar a luta. O clã partiria, e o novo líder ficaria ocupado, durante os próximos anos, consolidando seu poder. E haveria muitas esposas, concubinas e cavalos para serem distribuídos entre seus partidários — as ex-propriedades dos que foram mortos.

Portanto, a melhor esperança para Orak era a de que Thutmose-sin estivesse morto. Eskkar pensou nisso, desejando, de algum modo, matar o líder dos Alur Meriki, torcendo para que algum membro de clã tivesse solucionado este seu problema com uma faca nas costas de Thutmose-sin.

Ele passou o resto do dia no muro. Nenhum ataque aconteceu, um fato que ele atribuiu completamente à incursão que fizeram. Pelo menos, nenhum ataque à aldeia. No fim da tarde, por alguns momentos, alguns dos que vigiavam a planície alegaram ter ouvido mais sons de luta no acampamento inimigo. Nada, porém, pôde ser visto, e Eskkar nada ouviu.

Contudo, mesmo que não tivesse havido luta de verdade, muitas palavras duras e acusações foram trocadas pelos líderes de clãs descontentes com o desempenho de Thutmose-sin. E guerreiros não lutam bem quando seus líderes brigam, ele sabia, tanto por experiência própria quanto pelos velhos tempos sob o comando de Ariamus.

O sol finalmente se pôs. Os soldados mantiveram sua vigilância por toda a noite, sem querer correr riscos. Gatus, mais uma vez, passou grande parte da noite andando pelas muralhas. Embora a pausa tivesse dado a Eskkar a chance de recuperar o sono, a alvorada o encontrou de novo no muro, observando ansiosamente os cumes das colinas. Mas o sol da manhã nada trouxe de novidade, e aquele dia também passou sem qualquer atividade digna de nota.

Com a chegada da escuridão, entretanto, os homens nas muralhas viram as luzes das fogueiras de acampamentos refletindo na noite, e elas pareceram mais brilhantes e demoradas do que o habitual. Os homens observaram e esperaram por todo o começo da noite.

Finalmente, Eskkar dirigiu-se a Sisuthros e Gatus.

— Penso que a nossa espera acabou. Amanhã... penso que será amanhã. Eles virão com a alvorada.

— Então estaremos prontos — respondeu Sisuthros sombriamente.

27

Uma lamparina na sala de trabalho fornecia mais fumaça do que luz, seu óleo quase acabando. Trella parou e colocou mais, o suficiente para se enxergar. Abriu a porta que dava para seu quarto e ouviu a respiração de Eskkar. No mínimo, ele conseguira algumas horas de sono agitado. Ela deslizou para cima da cama e colocou os braços em volta do marido, deixando que seu corpo o acordasse.

Chegava luz suficiente à cama para ela ver os olhos de Eskkar se abrirem. Por um momento, ele suspirou alegremente. Então tentou se sentar, ao lembrar o que traria aquele dia.

Ela o manteve abraçado.

— Fique um momento. Faltam mais de duas horas para a alvorada. — Enterrou o rosto em seu peito e o apertou com toda a sua força.

Ele a beijou delicadamente, depois virou para seu lado, mantendo um braço em volta dela.

— Preciso ir.

Trella ouviu homens falando e se movimentando no andar de baixo, enquanto se preparavam para a batalha. Ela sabia que os sons o chamavam e que tinha de deixá-lo ir.

— Por quanto tempo dormi? Você disse que...

— Quase três horas. Há três dias que mal dormia. Gatus mandou que eu o deixasse dormir. — Seus braços não o impediram de se sentar.

— Preciso ir, Trella. Os homens precisam me ver antes da batalha.

— Eu sei, marido. Apenas se lembre de tomar cuidado. Não há necessidade de você se arriscar. Deixe que hoje outros mereçam a glória.

Ela se levantou e o observou amarrar as sandálias.

Eskkar não se apressou, dando-lhes nós bem seguros, então se levantou e afivelou a espada. Ele não tinha se despido, antes de se deitar. — Essa é a última batalha. Houve uma preparação de cinco meses, e agora é a nossa vez. Hoje venceremos ou cairemos.

Trella sacudiu a cabeça.

— Não existe uma última batalha. Lembre-se disso e não agirá de maneira imprudente. — Foi para seus braços e pressionou o corpo contra o dele, então envolveu seu pescoço. Ele tentou beijá-la, mas o abraço era tão apertado que tudo o que pôde fazer foi roçar os lábios na testa da mulher.

— Trella, eu... você tem de me deixar ir.

Ela nada disse, mas afrouxou o abraço e recuou, a cabeça baixa.

— Cuide-se bem e lembre-se do que eu lhe disse, para o caso de fracassarmos.

Ele pronunciou as palavras calmamente, mas seu significado levou dor ao coração da moça. Trella ficou ali parada, quando ele se virou e deixou o quarto. Ouviu seus passos descendo a escada.

— Que os deuses estejam com você, marido, em todos os lugares de perigo em que se encontrar hoje. — Disse a prece em voz alta, porém mais para si mesma do que para os deuses. As lágrimas brotaram, mas brevemente. Ela tinha suas próprias tarefas para realizar.

Eskkar foi primeiro ao poço, para saciar a sede e lavar o rosto à luz cintilante de tochas, antes de voltar para a cozinha. Uma única lâmpada revelava Bantor, Alexar, Grond e alguns outros sentados à mesa. Eskkar juntou-se a eles, e beliscaram a carne de ave fria e beberam a cerveja fraca que as mulheres prepararam. Ninguém falava, cada qual com seus pensamentos, de vez em quando olhando para a pequenina janela, para ver se as estrelas estavam se apagando. Cada um, ao acabar de comer e antes de sair, apanhou grossos pedaços de pão e os enfiou nos bolsos. Talvez não houvesse uma outra chance de comerem durante todo aquele longo dia.

No pátio, Eskkar encontrou Sisuthros cuidando para que cada homem soubesse qual era seu dever e seu posto. Ele não dormira durante a noite, pois se oferecera para deixar que os outros dormissem, enquanto patrulhava a muralha e preparava seus defensores. À luz bruxuleante, Eskkar lhe agradeceu pelo trabalho durante a longa noite e apertou seu braço em despedida.

Orak pouco dormiu à noite, porque se espalhou a notícia de que os bárbaros reuniam suas forças e atacariam ao amanhecer. Os comandantes e os líderes da aldeia inspecionaram seus homens e ordenaram que todos estivessem em seus postos antes que amanhecesse. As fogueiras para cozinhar foram acesas mais cedo. Aldeões e soldados fizeram refeições insípidas em silêncio e quase no escuro, depois beberam novamente dos cântaros de água para se prepararem para um longo e árduo dia.

Pais, maridos e amantes deram seu adeus, as vozes baixas, rostos sombrios, seus futuros incertos. A aldeia toda sentia medo e tensão. Quando o sol nascesse, seu destino seria decidido.

As rodas-d'água funcionavam sem parar desde o dia anterior, enchendo o fosso com o máximo de água possível. Corio não se preocupava mais com o enfraquecimento da base da muralha. Homens mais experientes inspecionavam armas, verificavam os estoques de comida e tratavam para que cada homem soubesse qual era o seu lugar. Arqueiros esticavam cordões novos em seus arcos, depois os testavam à luz de tochas. O esfregar das pedras de amolar rangia sem parar, enquanto homens afiavam os fios de espadas e achas de armas para a luta.

Seguido pelos guarda-costas, Eskkar foi até o portão principal. Gatus e os outros comandantes tinham iniciado a última ronda pela aldeia. Providenciavam para que todos os homens estivessem prontos e em seus postos, suas armas, equipamentos e ferramentas à mão.

Eskkar encontrou Corio checando as cordas dos parapeitos que se estendiam de lado a lado do portão, Alcinor a seu lado. A superior, a menor delas, arqueava no meio sob sua carga de pedras. A inferior, mais larga e com melhor apoio, sustentava um peso ainda maior de homens e pedras. Corio parecia prestes a desmaiar de tensão. O medo evidente nos rostos de pai e filho à luz das tochas. Naquele dia, a muralha e o portão do empreiteiro enfrentariam seu maior desafio.

Enquanto Eskkar observava, uma corrente de aldeões passava baldes de água para o topo do portão, onde outros, delicadamente, despejavam-nos num lento fluxo projetado para umedecer sua parte externa. Esse processo continuaria todo o dia, para manter a madeira o mais úmida possível.

— A noite da véspera de uma batalha é sempre longa, Corio — comentou Eskkar, tranquilizador.

— Estamos quase prontos, Capitão — respondeu Corio, a voz mais aguda do que o normal. — Apenas mais algumas tarefas...

— Você tem tempo bastante. — Aqueles homens, mais do que qualquer outra coisa, precisavam se acalmar. — Tentem descansar um pouco, ou serão inúteis quando forem mais necessários. Assim que a batalha começar, estarão ocupados demais para se preocupar com qualquer outra coisa.

Antes que pudessem responder, Eskkar passou por eles e entrou na torre norte. Ao subir os degraus ainda escuros, gritou suas saudações para deixar que os homens soubessem de sua chegada, sentindo, mais do que vendo, o alívio nos rostos. Quando chegou ao topo, as sentinelas abriram um espaço na muralha para ele.

Eskkar passara a maior parte do dia anterior naquele mesmo lugar, observando, atrás de qualquer sinal do plano dos bárbaros. Encarara o acampamento inimigo até meia-noite, quando Gatus exigiu que ele fosse descansar um pouco. Ele deixou o muro, mas só depois de prometerem acordá-lo três horas antes do alvorecer. Não esperava dormir, mas seu corpo o surpreendeu e ele adormeceu logo após se deitar, um braço sobre os olhos, como se para manter a alvorada distante o maior tempo possível.

Agora a hora de dormir já passara. Eskkar olhou em direção ao céu oriental. Pensou ter detectado uma tonalidade mais clara de escuridão. Baixando os olhos, viu a linha de colinas marcada acentuadamente contra o brilho das fogueiras dos Alur Meriki. Nada se mexia no topo daquelas colinas. Diante delas, a escuridão ainda cobria a planície.

Recostado na muralha, Eskkar esperava o primeiro reluzir da alvorada. Fechou os olhos e concentrou-se em ouvir. Embora as colinas ficassem a quase 2 quilômetros de distância, ele conseguiu escutar leves sons de atividade e soube que os preparativos tinham prosseguido durante toda a noite. Reconheceu o ribombar de carroças misturado com um relincho ocasional de um cavalo caprichoso, temeroso de se movimentar no escuro, incerto de suas passadas ou assustado pelas tochas que estalavam e chiavam. Provavelmente existiram fogueiras iluminando os preparativos, mas apenas atrás das colinas, para não dar aos defensores qualquer vislumbre do que se encontrava escondido.

Ouviu, por trás, o ruído de passos nos degraus. Homens se movimentavam, enquanto soldados tomavam suas posições na muralha. Os arqueiros falavam pouco, como se temessem que as palavras apressassem o amanhecer ou perturbassem o inimigo.

— Bem, Capitão da Guarda, parece que os bárbaros estão se movimentando por lá. — Gatus havia retornado, sua voz alta quebrando o encanto. — Acho que hoje eles virão cedo. A noite toda ouvimos movimentação atrás das colinas.

Eskkar virou-se para encarar o seu segundo em comando. À luz de tochas, viu a maioria de seus subcomandantes. Sisuthros, Maldar, Grond, Totomes e até mesmo Myandro e alguns outros. Bantor permaneceu no pátio, muito fraco para fazer mais do que se sentar à mesa e ajudar a coordenar as provisões.

Ao longo da muralha, todos vigiavam e esperavam. Cada um queria ser o primeiro a saber o que o dia lhe tinha reservado. Os soldados permaneceram silenciosos quando a falsa alvorada refletiu no oriente, mas se apertaram à frente quando as estrelas iam desaparecendo.

O ruído que vinha da planície aumentou, mais cavalos se movimentavam por ali, o leve retinir de espada e lança, o intenso gemido de rodas de carroças. Os cumes das colinas pareciam se mexer e ondular em meio ao brilho opaco. O céu começou a se iluminar, com pequeninos dedos de vermelho e dourado alcançando a escuridão acima; então um largo fluxo de luz solar inundou os céus, quando os primeiros raios da verdadeira alvorada varreram o espaço.

A ponta do sol surgiu atrás das colinas e banhou a planície com uma luz suave, avermelhada, que finalmente revelou os movimentos do inimigo. Eskkar viu carroças por toda parte ao longo do cume das colinas, todas se movimentando lenta, mas determinadamente, descendo para a planície, encontrando suas posições e se juntando para a longa jornada em direção aos muros de Orak. Centenas de homens puxavam e empurravam as carroças, determinados a fazer cada uma chegar a seu destino. Guerreiros seguiam a pé ao lado das carroças.

Muitos, nas primeiras filas, não carregavam armas, e Eskkar se deu conta de que escravos e prisioneiros seriam escudos humanos para proteger os guerreiros. Enormes escudos surgiam em toda parte, cada um bastante grande para proteger três ou quatro homens, carregados nas extremidades por guerreiros ou escravos. Não havia muitos em cima de cavalos naquele dia, e os que vinham montados seguiam para as laterais da aldeia, distantes do portão principal.

Eskkar observava espantado o número de homens que vinha na direção deles. Já tinham matado centenas de guerreiros e, mesmo assim, o inimigo ainda enviava muitos deles para uma batalha.

— E assim começa — disse ele, mais para si mesmo do que para os que estavam a seu lado.

Apenas Gatus ouviu o comentário estranho, e o velho soldado virou-se para ele.

— Não ligo para como começa, só para como termina. E saberemos disso muito em breve.

— Hoje eles lutarão a pé — observou Sisuthros. — Não haverá mais investidas furiosas. Eles serão alvos fáceis e nossos arqueiros os farão em pedaços.

— Parece que todas as carroças do acampamento vêm em nossa direção — disse Gatus. — Pretendem trazê-las para o mais perto da beirada do fosso e lutar atrás delas.

— E o sol estará o tempo todo em nossos olhos. — Após todas aquelas semanas, o sotaque de Totomes ainda parecia estranho. — Uma longa manhã para nós, os arqueiros.

— Eles estão vindo direto para o portão. — Sisuthros protegia os olhos com as mãos. — E há fumaça nas carroças. Elas carregam fogo.

Eskkar observava os Alur Meriki enquanto eles dispunham seus homens de um modo lento mas ordenado. Dessa vez, não havia sinais de confusão, nem galopes disparatados de um lado para o outro, nada de cavaleiros se gabando, apenas alguns guerreiros montados a cavalo dirigindo os homens que puxavam ou empurravam suas cargas. Thutmose-sin tinha se preparado bem. Eles tiveram semanas suficientes para se preparar.

Eskkar ficou preocupado com o número de carroças e suas cargas de madeira. Duas noites atrás, ele queimara uma enorme quantidade de madeira, mas, aparentemente, toda ela fora substituída.

— Olhem só o tamanho daqueles escudos — maravilhou-se Gatus. — Eu nunca vi algo semelhante.

Vindo através dos distantes cumes de colinas, surgiram dez ou 12 homens carregando um enorme escudo de madeira, talvez com seis passos de largura e duas vezes isso de comprimento. Pareciam com os que ele e Grond tinham queimado.

Eskkar examinou-os por um momento.

— Acho que são plataformas para colocarem sobre a lama. Planejam atravessar o fosso naquilo. Há mais dessa coisa do que carroças.

Ninguém falou por um momento, enquanto cada comandante meditava sobre o que significariam aqueles objetos estranhos. Aparentemente naquele dia seriam os atacantes que usariam novas táticas.

— Totomes — disse Eskkar —, seus arqueiros têm flechas incendiárias?

— Não, Capitão, não achamos que seriam necessárias.

— É melhor começarem a fazê-las. Uma porção delas.

— Sim, Capitão. — Totomes começou a descer os degraus da torre.

— Boa caçada hoje, Totomes. — Se o homem o ouviu, não se deu o trabalho de responder. Eskkar voltou-se para seus homens.

— Sisuthros, chame Nicar e quem mais encontrar. Mande-os juntar tochas e bastante do óleo que queima, se é que ainda temos algum. Tragam tudo para o portão. Nós mesmos teremos de queimar essas carroças e essas plataformas.

Olhou atentamente para cada homem, atrás de sinais de pânico ou medo, mas encontrou apenas determinação.

— Vão todos para suas posições e digam aos seus homens o que vem aí. Quanto mais souberem o que esperar, haverá menos probabilidade de entrarem em pânico.

Quando começou a descer os degraus, Gatus segurou um dos guarda--costas de Eskkar.

— Trate de fazer com que ele ponha o capacete e use o máximo de couro que puder encontrar, ou eu cortarei pessoalmente sua cabeça.

Eskkar sorriu da preocupação do velho. Era uma perda de tempo argumentar com ele. Virou-se de volta para o muro, protegendo os olhos, e estudou como os bárbaros avançavam diante dele. Cavalos, homens e carroças agora cobriam a planície, todos se movimentando lentamente, a fila da frente a meio caminho de Orak. Não demoraria e os guerreiros mais adiantados estariam ao alcance e, dessa vez, as flechas começariam o mais cedo possível.

Atrás dele, homens começaram a gritar e a se movimentar. Ouviu Totomes dar ordens a seus arqueiros, inclusive aqueles que teriam como alvos apenas os líderes de clãs. Seus dois filhos teriam um pouco mais de alvos. *Bem, Totomes, este é o dia para você se vingar dos Alur Meriki.* Por volta do pôr do sol, não importava como tudo terminaria, o mestre arqueiro e seus filhos teriam abatido inimigos mais do que o suficiente para satisfazer sua rixa de sangue.

Eskkar varreu as planícies. Dois fluxos de cavaleiros, apoiados por arqueiros e homens carregando escadas, seguiam em direção aos muros norte e sul. Tentariam afastar soldados do portão e das torres. O grosso dos Alur Meriki seguia direto para o portão. Pretendiam fazer uma ponte sobre o fosso, empurrando carroças e colocando as plataformas de madeira no lugar até conseguirem atacar o próprio portão. Carroças e escudos forneceriam proteção para seus arqueiros.

Olhando para as colinas, ele viu homens ainda saindo do acampamento, mas poucos deles. Quase todas as fileiras da frente eram formadas por escravos desarmados, muitos deles mulheres. Empurravam as carroças ou carregavam madeira ou potes de fogo.

Os Alur Meriki consideravam escravos dispensáveis, tendo em vista que um novo suprimento poderia ser obtido assim que capturassem a aldeia. Portanto, nada seria poupado naquele dia — todo escravo capaz de andar e todo homem capaz de empunhar uma arma. Eskkar sinalizou para um dos mensageiros ajoelhado contra a parede.

— Procure um escriba e tente fazer uma contagem dos combatentes deles.

Quantos homens restavam a Thutmose-sin? Pelo menos mil, supôs Eskkar. O bando diante da aldeia diminuiu o passo, parando logo após o raio de ação dos arcos, à medida que assumiam seus postos e apanhavam os escudos, preparando-se para enfrentar as esperadas flechas.

Do inimigo vinha somente silêncio. Haveria pouca gritaria ou insultos, e nenhum grito de guerra ansioso. Eles tinham aprendido a lição e sabiam que enfrentavam soldados calejados que não cederiam facilmente. Eles tinham perdido a alegria da batalha, concluiu Eskkar, pois não haveria um rápido massacre de homens a pé, nem façanhas de equitação, apenas seguir avançando debaixo da chuva de flechas.

Eskkar deduziu por que eles não usavam os cavalos. Perderam muitos, mais do que seriam capazes de repor. Sorriu ao pensar nisso. Thutmose-sin devia estar preocupado com o alto preço que pagaria naquele dia, mesmo em caso de vitória. O líder dos Alur Meriki precisava de uma vitória que satisfizesse aqueles que torceram pelo seu fracasso.

Se lhes dermos um motivo para voltar atrás, alguns se aproveitarão disso.

Gritos por silêncio percorreram a muralha de um lado a outro, quando Totomes e seus homens terminaram de testar seus arcos. O mestre arqueiro não tinha mais instruções para seus homens e não precisava de qualquer ordem de Eskkar para lhes dizer quando e no que atirar. Grande suprimento de flechas estava pronto, e os arqueiros começariam a soltar setas assim que pudessem, enquanto conseguissem curvar um arco e até acabar a última flecha.

Eskkar aprovou com um gesto da cabeça. Ele fizera todo o possível, e agora as armas de seus arqueiros determinariam se Orak permaneceria de pé ou cairia.

Sentiu um delicado tapinha no braço e virou-se, surpreso por ver uma das mulheres parada ali. A princípio, não entendeu suas palavras, então viu o cântaro de água em sua mão. A idosa matrona tinha longos cabelos grisalhos que sacudiam à leve brisa em volta dos ombros. O peso do cântaro fazia suas mãos tremerem. Ela levara sua carga primeiro para ele, passando pelos demais que estavam no caminho.

Eskkar apanhou o cântaro e levou-o aos lábios. Ainda não se sentia particularmente sedento, mas o sol já aquecera o muro e a plenitude do calor do dia não demoraria a estar sobre eles. Então deu um gole demorado e devolveu um recipiente muito mais leve para a mulher.

— Obrigado, anciã — disse ele, por não saber seu nome, ao limpar a boca com a mão.

— Boa sorte — retrucou ela sensatamente. — Meus filhos lutam com você nesse dia. Portanto, traga-nos vitória. — Ela não esperou pela sua resposta, seguindo adiante com a água pela muralha, uma tarefa que realizaria durante todo o longo dia ou até uma flecha derrubá-la.

Atrás dela surgiu Grond, recém-promovido a líder da guarda pessoal do Capitão, carregando o capacete de cobre de Eskkar, agora pintado de marrom para parecer semelhante aos de couro. Entregou-o ao seu capitão, como também colete de couro e luvas de ferro para os braços. Eskkar prendeu-os ao corpo, com cuidado para amarrá-los devidamente, deixando Grond ajudá-lo. O outro guarda-costas entregou a Grond um espesso colarinho de couro.

— Não vou usar isso. — Eskkar sacudiu a cabeça. — Coça, e eu me sinto como se estivesse num laço.

— Sinto muito, Capitão, mas Gatus e Lady Trella insistiram. — Grond fitou-o. — Então teremos de carregá-lo para longe do muro. O inimigo terá você como alvo e não queremos que leve uma flechada na garganta.

Eskkar conseguiria intimidar os guardas, que pareciam nervosos. Mas, enquanto Grond permanecesse firme, eles obedeceriam à ordem de levar embora seu capitão. Por um momento, a contrariedade de Eskkar flamejou, mas Grond esperou pacientemente, olhando-o nos olhos, ainda com o colarinho estendido. Eskkar sentiu-se tentado a pegá-lo e jogá-lo por cima do muro, mas isso seria uma infantilidade. Além do mais, Grond seria capaz de descer até o fosso para buscá-lo de volta.

Eskkar trincou os dentes, arrancou com um puxão o colarinho da mão de Grond e o envolveu no pescoço. Imediatamente, sentiu o atrito esquentando-o. Grond avançou para amarrar os cordões.

— Deixe frouxo, seu maldito. Não quero morrer sufocado.

Grond conhecia seu ofício e os cerca de 8 centímetros de couro duro foram colocados em volta da base do pescoço de Eskkar, frouxos, mas capazes de desviar, com sorte, uma flecha. Dever cumprido, Grond gesticulou com a cabeça para os dois guardas e eles foram para a frente de Eskkar, apanhar seus escudos de madeira que descansavam no muro.

Eskkar deveria conseguir esquadrinhar entre e acima deles, mas o grosso escudo de madeira cobria a maior parte de seu corpo. Mais homens seguiram para suas posições, inclusive os dois peritos atiradores designados por Totomes. Esses arqueiros pareciam severos quando olharam para seu capitão. A missão deles era matar quem disparasse contra Eskkar.

Chegou um mensageiro, ofegante, os olhos arregalados ao se dirigir a Eskkar.

— Capitão, Corio diz que há pelo menos 1.100 homens armados vindo em nossa direção, com cerca de quinhentos escravos.

— Avise o posto de comando. — Eskkar falou calmamente, embora xingasse internamente ao saber desse número. Não achava que tivessem sobrado tantos guerreiros. Deviam ter chamado de volta todos os batedores e recrutado à força todos os velhos e meninos. Ou talvez outro grupo de incursão tivesse se juntado a eles. Fosse de onde fosse que tivessem vindo, seria uma porção de homens para se deter.

— Já está feito, Capitão — respondeu o garoto.

Eskkar agradeceu ao garoto, que foi para o lado, e se enfiou para fora do caminho em um espaço vazio perto dos fundos da torre. Na planície, um tambor começou a bater. Todos se viraram na direção do som. Os arqueiros de Orak pareciam nervosos, quase ansiosos para começar a batalha. Seu dia chegara, e eles seriam testados nas próximas horas.

Os cavaleiros bárbaros se movimentaram para os flancos, mantendo-se fora do alcance. Tentariam manter o máximo de pressão possível sobre os outros muros. Sondariam atrás de pontos fracos e tinham homens suficientes para montar uma investida. Sua missão principal, porém, era afastar o maior número possível de defensores do portão principal.

Enquanto isso, a força principal dos Alur Meriki parou, aglomerada, carroças prontas e escudos de madeira levantados. De repente, o tambor mudou seu ritmo. Com alguns gritos, a multidão de escravos, guerreiros, cavaleiros e carroças começou a se movimentar. Eskkar ergueu a vista para o sol, bem acima do horizonte. Uma hora se passara desde a alvorada.

Os homens na muralha ficaram em silêncio. Todos os olhos miravam à frente, enquanto eles adotavam suas posições e encaixavam flechas nos cordões, à espera da ordem de Totomes. O arqueiro alto não tinha pressa. Esperou até o espesso bloco de gente chegar ao raio de ação inclusive do mais fraco de seus arqueiros, antes de dar o comando. Essa ordem ecoou ao longo do resto do muro, enquanto a primeira saraivada de flechas mostrava a todos que a batalha por Orak começava.

O muro principal continha exatos 220 arqueiros, com o resto espalhado esparsamente ao longo dos outros três. Eles enfrentavam pelo menos setecentos guerreiros seguindo direto para o portão, mais a multidão de escravos usados como escudos e animais de carga, além de mais de mil homens.

Flechas matraqueavam no céu, revoada após revoada. Os homens disparavam entre 15 e 18 flechas por minuto. Na planície, bárbaros caíam por terra, mas as carroças continuavam avançando, mais devagar por um instante, quando um ou dois homens desabavam, mas prosseguindo constantemente adiante.

Até então ninguém disparara de volta, mas isso logo mudaria. O inimigo avançava, absorvendo estoicamente as perdas. Agora, gritos de guerra soaram por todos os lados, quando guerreiros correram com seus animais ao longo dos muros norte e sul.

O ritmo do tambor ficou mais apressado. Os bárbaros começaram a correr, empurrando seus escravos à frente com a superfície plana de suas espadas. Em pouco tempo, a fileira da vanguarda dos Alur Meriki ajoelhou-se no chão e plantou seus escudos cerca de cinquenta passos do fosso, enquanto arqueiros corriam para trás das proteções e começavam a devolver os disparos.

Para seus arcos curtos, ainda era uma longa distância, e a vantagem estava com os defensores da aldeia, auxiliados pelos seus arcos mais fortes e a altura do muro. Mais de trezentos guerreiros inimigos, porém, já manipulavam seus arcos e começavam a acertar os alvos, mesmo àquela distância. As carroças ainda avançavam.

Uma flecha passou assobiando pela cabeça de Eskkar. Totomes direcionou seus homens para atirarem nos homens que avançavam com as carroças. Homens caíam e caíam, mas outros tomavam seus lugares.

Eskkar fez uma careta. A maior parte deles eram escravos, nem mesmo guerreiros, forçados a trabalhar até uma flecha os derrubar. Finalmente, a primeira das carroças, com uma pilha alta de pranchas pregadas juntas e exibindo marcas de chamuscados em sua laterais altas, alcançou a beirada do fosso. O ataque agora começaria de verdade.

Uma flecha resvalou no capacete de cobre de Eskkar e, um momento depois, outra roçou seu braço direito, ferindo o couro duro. Grond puxou-o para trás do escudo e ordenou que os arqueiros matassem quem mirasse no seu capitão. Eskkar notou uma súbita agitação de atividade atrás da primeira carroça, já crivada com uma moita de flechas, enquanto os defensores atiravam em qualquer bárbaro em volta dela.

Cerca de vinte guerreiros cobertos de couro correram lado a lado da carroça e apanharam as pranchas mais altas. Ergueram uma parte e a carregaram adiante para o fosso. Muitos foram abatidos pelas flechas, mas um número suficiente permaneceu de pé e conseguiu levar parte da ponte para o fosso e baixá-la, antes de correr de volta para se abrigar atrás da carroça.

Outro grupo tentou repetir a empreitada, mas, dessa vez, os arqueiros de Totomes impediram a segunda tentativa com uma onda de flechas que levaram guerreiros, gritando de dor, a cair de joelhos, antes de chegar à margem do fosso. Isso acabou sendo apenas um revés momentâneo. Mais homens correram para ajudá-los e conseguiram segurar e erguer novamente a plataforma pesada e correr adiante com ela, alguns pulando para dentro da lama, outros caindo sobre a primeira parte da ponte.

Na pressa, deixaram de colocar de modo apropriado a segunda peça. Por um momento, nenhum guerreiro se aventurou a corrigi-la. Em vez disso, trouxeram mais arqueiros da retaguarda e uma chuva de flechas levou os defensores a ficarem por um momento abaixados atrás da muralha. Eskkar conseguiu ver apenas através do espaço estreito entre os dois escudos, quando duas turmas correram adiante, uma para endireitar a segunda parte e a outra para erguer e carregar a terceira.

Agora os arqueiros bárbaros disparavam de trás de uma espécie de proteção, tornando difícil a tarefa de os arqueiros de Orak acertá-los. Seus inimigos precisavam apenas mirar acima do muro para manter os defensores parados e abaixados.

Com a terceira peça da ponte no lugar, os bárbaros já alcançavam mais da metade da largura do fosso, embora ali o buraco fosse duas vezes mais largo. Eskkar virou-se para Gatus.

— Reúna todos os arqueiros que encontrar pela muralha. Eu vou para o portão.

Sem esperar por uma resposta, Eskkar arremessou-se para a frente, Grond e os guarda-costas seguindo-o. Desceu correndo os degraus da torre e abriu caminho por entre o fluxo constante de homens subindo para reforçar ou reabastecer os que já estavam lá. Surgindo à luz do sol, ele deu apenas alguns passos antes de encontrar Corio, que dirigia um punhado de aldeões carregando três pesados cântaros de barro.

— Bom trabalho, Corio — gritou Eskkar. — Isso é o óleo?

— Tudo o que restou. O depósito está vazio.

As terras em volta de Orak continham numerosas poças do óleo que queima, mas não existia qualquer uma no interior de Orak. As incontáveis tochas necessárias a cada noite tinham secado os estoques de óleo mais depressa do que o esperado. A incursão incendiária de Eskkar consumira o resto.

Eskkar fez uma careta, mas ele nada podia fazer a respeito.

— Precisaremos mais do que isso. Procure mais. E mande um cântaro para o topo do portão.

— Capitão, cuidado, podemos incendiar...

Eskkar deixou Corio e subiu os estreitos degraus de madeira que levavam ao parapeito superior. Vários arqueiros que guarneciam as seteiras tinham sido feridos, mas alguns se alegraram ao ver seu capitão. Ele foi até o centro do portão, então empurrou um arqueiro para o lado a fim de olhar através da fresta. Os bárbaros tinham colocado outra peça sobre o fosso e pareciam prontos para transportar outra. Essa completaria a ponte sobre o fosso.

Um aldeão corpulento chocou-se com as costas de Eskkar, resfolegando e carregando o maior dos cântaros com óleo. Eskkar apanhou o recipiente e quase o deixou cair, surpreso com o peso.

— Consiga o máximo de tochas que puder — ordenou. O homem fez que sim, então se pendurou na beirada da plataforma e simplesmente deslizou para o parapeito diretamente abaixo, antes de pular para o chão.

A última peça da ponte tinha a maior distância a percorrer e, novamente, os arqueiros de Totomes esperaram que os Alur Meriki agissem. Uma onda de flechas dos defensores impediu a primeira tentativa, atingindo meia dúzia de guerreiros antes mesmo que conseguissem erguer a carga. Outra tentativa também fracassou, até que cerca de cinquenta homens correram adiante, e seu grande número conseguiu levar a peça até o fosso e colocá-la na posição. Apesar das grandes baixas, um grito de triunfo acompanhou seu sucesso.

Eskkar virou-se para Grond, que permanecia logo atrás dele.

— Vamos lançar isso o mais distante possível do portão. Entendeu? Quando eu contar três!

Juntos, ergueram o pesado cântaro de barro, cada qual com uma mão no fundo e usando a outra para equilibrá-lo. Eskkar inspirou fundo, firmou-se, sinalizou com a cabeça para Grond e contou.

— Um... dois... três!

Com um forte impulso, jogaram o cântaro por cima do portão. O recipiente aterrissou pelo menos a uns 7 metros do portão, espatifando-se em centenas de pedaços e esvaziando seu conteúdo entre a quarta e a quinta peças. Sem sequer olhar, Eskkar apanhou a tocha flamejante que o operário trouxera e atirou-a. Quando ele se aproximou de uma seteira, a tocha já tinha incendiado o óleo e uma lâmina de chamas queimava intensamente por onde quer que o óleo estivesse espalhado. Até mesmo a lama no fosso pegou fogo.

Duas flechas sibilaram através da seteira e Eskkar sentiu o coração pular. Se ele tivesse demorado um pouco mais, olhando através dela... Os arqueiros Alur Meriki abaixo agora aguardavam por qualquer alvo.

— Traga outro cântaro com óleo, Grond. Isso deverá retardá-los.

Homens agora se aglomeravam no portão, cujos parapeitos se curvavam perigosamente, quando mais dez arqueiros acrescentaram seu peso às plataformas. Chegou outro cântaro de óleo, este menor, e Eskkar e Grond o levantaram acima do portão. Dessa vez, ele pousou perto da lama, mas espatifou-se de modo a cobrir novamente a madeira em chamas. Um estranho ruído sibilante e uma onda de calor acompanharam as labaredas que afluíram para o ar. Os poucos guerreiros que tinham se aventurado sobre a plataforma rapidamente recuaram. Por um momento, a conflagração elevou-se ainda mais alto do que o portão.

As duas últimas peças da ponte queimaram ininterruptamente e nada conseguiu apagar o fogo até ele atingir a parte inferior enlameada da madeira. Os bárbaros se detiveram, surpresos ao verem sua tática usada contra eles. A cruel troca de flechas continuava cobrando seu preço em ambos os lados. Grond preparou o último cântaro, mas uma rápida olhada para Eskkar disse-lhe que ainda não era necessário. Inclinou-se sobre a beirada da plataforma e gritou para Corio abaixo. — Corio, precisamos de mais óleo. Mande mulheres colherem cada gota de cada casa.

— Sim, Capitão. Conseguiremos algum.

Eskkar virou-se de volta ao parapeito. Alcinor mantinha seus operários despejando água do topo, nervoso por causa do fogo que seus líderes tinham acendido. Um fogo atrás do portão poderia ser desastroso. Então um grito vindo da torre fez Eskkar dar outra olhada rápida pela seteira. Os bárbaros tinham erguido de uma carroça outra peça de ponte e se reuniam para uma nova investida.

Eskkar entendeu rapidamente o que planejavam. Colocada sobre as incendiadas, a nova peça abafaria as chamas e daria um apoio ainda mais firme. Os guerreiros gritavam em desafio às saraivadas dos arqueiros, enquanto suspendiam a plataforma de ambos os lados e começavam a levá-la na direção do fosso. Eskkar pegou o arco de um arqueiro ferido e encaixou uma flecha.

— Consiga um arco, Grond.

O homenzarrão retornou num instante, enquanto arqueiros se aglomeravam em volta das seteiras. Eskkar olhou-o.

— Eles estão observando as seteiras. Vamos atirar de cima. Tente abater o primeiro homem do seu lado. — Era perigoso. Eles teriam de expor mais seus corpos. Mas Eskkar precisava deter os atacantes naquele momento.

Guerreiros, cambaleando sob o peso da nova peça, mas avançando rapidamente, tinham chegado no meio do caminho até o fosso.

— Já! — gritou Eskkar. Naquele instante, tanto ele quanto Grond se inclinaram sobre a parte de cima do portão, Eskkar disparando ao mesmo tempo que os defensores, e recuaram no momento exato, quando uma multidão de flechas assobiou no local ocupado pelas suas cabeças um instante antes. Uma olhadela através da seteira mostrou a Eskkar que sua flecha atingira o alvo. O guerreiro golpeado caíra sobre o homem atrás dele. A peça inteira caíra dentro do fosso. Os guerreiros tentaram recuperá-la, mas flechas de cada torre e do portão caíram sobre eles e os Alur Meriki recuaram para trás das carroças. Agora, até mesmo as partes que compunham a ponte estavam perfuradas de flechas.

A peça que os Alur Meriki tentaram levar adiante estava metade na lama e metade sobre a ponte. Parecia distante demais para Eskkar alcançar com outro cântaro de óleo. Ou não?

— Espere aqui, Grond — ordenou. Pendurou-se no parapeito mais baixo e desceu para o chão. Gritou por mensageiros no momento em que Corio e Alcinor chegaram correndo a seu lado. — Consigam cântaros pequenos, mais ou menos deste tamanho — separou as mãos cerca de 15 centímetros. — Quero jogar mais óleo na ponte. E tragam mais óleo!

Corio sinalizou com a cabeça para o filho e Alcinor afastou-se correndo.

— Conseguiremos contê-los, Capitão? — O mestre artesão parecia amedrontado.

Uma pergunta sem sentido.

— Só os deuses sabem, mas o inimigo ainda não conseguiu entrar. Apenas mantenha o portão molhado e as nossas tochas longe do óleo. — A apenas alguns passos de onde eles estavam, aldeões bombeavam nervosamente a roda-d'água, enviando um fluxo constante para o fosso.

Eskkar subiu os degraus, ignorando a exaustão de suas pernas, e retornou ao topo. Ajoelhou-se ao lado de Grond, apanhou um escudo e usou-o para se proteger enquanto olhava pela seteira. Viu guerreiros trocando setas com os defensores enquanto outros se preparavam para nova investida.

Alcinor chegou, ofegando e carregando duas pequenas moringas de barro, do tipo usado para vinho nas tabernas. Também trazia vários pedaços compridos de panos de algodão. Mergulhou a moringa de vinho no último cântaro com óleo, até ela ficar quase cheia. Enfiou um dos trapos na boca da bilha. Finalmente, pegou outro trapo e limpou a parte de fora da moringa, esfregando bem para eliminar qualquer vestígio de óleo.

Alcinor notou o ar intrigado no rosto de Eskkar.

— O trapo vai agir como um tampão, como um pavio numa lâmpada — explicou Alcinor. — Acendemos o trapo antes de jogar a moringa. — Para demonstrar, pediu uma tocha e tocou o trapo em sua chama.

Eskkar observou fascinado o fogo brotar do trapo. Este queimou como o pavio de uma vela, sem ser consumido instantaneamente. Eskkar segurou a bilha de vinho flamejante, firmou os pés e jogou-a por cima do muro. A moringa quase foi longe demais, porém aterrissou na nova parte da ponte, estraçalhou-se e irrompeu em chamas. O fogo não queimou tão intensamente quanto antes, mas certamente retardaria os atacantes.

Por alguns minutos retardou. Então um grupo enorme de guerreiros correu para dentro do fosso, onde usaram as mãos em concha na lama úmida e a jogaram nas pranchas em chamas. Isso, ao mesmo tempo, cobriu o óleo e abafou as chamas. Flechas abateram muitos deles, mas outros substituíram os mortos ou feridos, e jogaram mais terra molhada na plataforma. Onde quer que a lama pousasse, o fogo chiava e fumegava, então se extinguia imediatamente.

— Malditos sejam — amaldiçoou Eskkar. Os disparos feitos da muralha pelos arqueiros não eram suficientes para impedi-los. — Precisamos de mais arqueiros — gritou para Grond. — Fique aqui e jogue quantas moringas conseguir. — Eskkar desceu do parapeito, correu de volta para o lado norte, onde encontrou Gatus dirigindo os homens e gritando ordens. — Gatus, precisamos de mais arqueiros. Eles estarão no portão a qualquer momento.

— Eu lhe enviei todos que consegui encontrar. Totomes disse que estão fazendo os arqueiros bárbaros recuarem.

— Isso está levando muito tempo. Eles estão prestes a atacar o portão. Retire todos os arqueiros dos outros muros. Mande aldeões tomarem seus lugares. Mas consiga mais homens para as torres.

Deixando Gatus, Eskkar subiu correndo de volta os degraus até o lado de Grond, que preparava outra moringa cheia de óleo.

Uma flecha sibilou através da seteira no momento em que Eskkar ia dar uma olhada, a seta passando entre os rostos dos dois homens. Eles se entreolharam horrorizados. Mas ele precisava ver, portanto, deu uma olhada rápida. Viu bastante atividade do outro lado do fosso, mas, por enquanto, os Alur Meriki não tinham tentado empurrar outra parte da ponte. Eles o fariam a qualquer momento.

— Capitão, isso é o resto do óleo — informou Gatus. — Mas, se puder me proteger, acho que consigo jogar isso perto da carroça deles.

Eskkar olhou os enormes braços e ombros de Grond. Essa moringa parecia menor do que as outras. Se alguém fosse capaz, esse alguém seria Grond.

Mesmo assim, ele teria de se levantar, firmar os pés e fazer o lançamento. Mas, se conseguisse alcançar a carroça...

— Arqueiros — gritou Eskkar — preparem-se para uma rajada. — Apanhou seu escudo. Os soldados se prepararam. Grond ergueu a bilha e Alcinor tocou a tocha no trapo, que flamejou por um momento antes de começar a queimar firmemente com uma névoa fumegante.

Eskkar olhou de um lado a outro do parapeito. Os arqueiros pareciam sombrios, mas prontos com seus arcos.

— Já! — Eles se levantaram e dispararam uma ligeira revoada, o bastante para distrair por um momento os arqueiros bárbaros mais próximos.

Nesse instante, Eskkar se levantou segurando o escudo para proteger Grond, que agarrou sua extremidade superior com a mão esquerda e lançou a moringa de vinho.

Eskkar puxou Grond de volta com sua mão livre, no momento em que flechas assobiavam sobre sua cabeça. O escudo de Eskkar tinha quatro salientes flechas. Olhando pela seteira, ele viu que o lançamento de Grond tinha sido certeiro. A moringa aterrissou bem na frente da carroça e explodiu em chamas. Espirros de óleo a atingiram e imediatamente começaram a queimar a madeira seca da carroça. Os guerreiros tentaram apagar as chamas, mas os arqueiros de Orak os fizeram recuar.

Cobrindo com o escudo a maior parte da seteira, Eskkar observou enquanto os guerreiros reagiam. A princípio, fizeram pouca coisa. Então um líder guerreiro Alur Meriki reuniu guerreiros com escudos e ordenou que ficassem diante da carroça para proteger os que fossem apagar as chamas.

Dessa vez, os atacantes não só apagaram as chamas, mas jogaram duas peles sobre a dianteira da carroça. Enquanto isso, guerreiros disparavam flechas a grande velocidade, enquanto se preparavam para, mais uma vez, colocar a parte final da ponte. Eskkar e seus homens retardaram o avanço, mas não o impediram.

Com um grito, os bárbaros enxamearam em volta da carroça e ergueram outra parte da ponte. Ignoraram as chamas tremulantes que se demoravam em alguns lugares sob seus pés, assim como as flechas que voavam para suas fileiras. Eskkar ouviu a peça pesada desabar em seu lugar abaixo do portão. Dessa vez, alguns atacantes pararam para jogar lama e terra do fosso para cima da nova plataforma, na tentativa de umedecer a madeira antes que os aldeões pudessem jogar mais óleo incandescente.

Novas reservas de combatentes inimigos, na maioria com arcos, mas muitos com machados, saíram correndo de trás das carroças, emitindo gritos de guerra ao avançar. Correram pela ponte enlameada e fumegante, tropeçando nos corpos dos seus que tinham caído, mortos e moribundos que atulhavam o fosso. Agora duas vezes mais bárbaros se encontravam abaixo do portão, flechas encaixadas e prontas para atirar em qualquer coisa que se mexesse.

Eskkar sentiu a primeira batida surda de um machado no portão.

— Pedras! — berrou ele. Homens largaram seus arcos e começaram a erguer as pedras do rio por cima do portão.

Um segundo e um terceiro machados começaram a atingir o portão, o som ecoando através da aldeia. De algum modo, os escudos protegiam os Alur Meriki das pedras que caíam.

— Pedras! Flechas! Já! — bradou Eskkar. Pedras voaram pelo topo, e até mesmo as de tamanho de melões caíam como chuva.

Alcinor, a voz falhando, gritava para os homens, lembrando-lhes que largassem as pedras em linha reta, pois certamente os homens lá embaixo se mantinham o mais próximo possível da muralha, para evitar os mísseis quebra-ossos.

Em pouco tempo de atividade frenética, os defensores esgotaram todas as pedras do parapeito. Alcinor gritou, pedindo mais pedras, e Eskkar arriscou-se a uma flechada ao olhar pela seteira. Um lado da primeira carroça fora empurrado para dentro do fosso. Os Alur Meriki queriam levá-la o mais perto possível do portão. Tentaram conduzi-la diretamente por cima da ponte, mas um dos lados devia ter seguido mais depressa do que o outro e agora uma das rodas ficara atolada na lama. Mesmo assim, três das rodas continuavam sobre a ponte, e outra carroça, carregando um novo suprimento de madeira e óleo, tomara seu lugar.

Guerreiros agora rastejavam e cambaleavam pelo fosso, ignorando as flechas que voavam para eles, para soltar a primeira carroça e empurrá-la para a frente. Eskkar ouviu-os xingar o desajeitado veículo que se agarrava à lama e resistia aos seus esforços, até que cerca de vinte homens a levantaram e a empurraram livre e completamente sobre a ponte. Enquanto isso, outros bárbaros apanhavam ferramentas e machados e corriam de volta ao portão, ignorando as chamas que ainda queimavam em alguns lugares.

Um novo grupo de guerreiros, desarmados, mas carregando enormes escudos de madeira, avançou para proteger das pedras os homens com os machados que martelavam o portão. Malditos deuses, esses bárbaros pareciam não ter fim.

Eskkar dirigiu-se a Grond.

— Vou tentar conseguir mais moringas incendiárias. A primeira carroça já está ao alcance e eles estão trazendo outra. — O homenzarrão concordou com a cabeça, e Eskkar, pela terceira vez, deslizou do parapeito para o chão. Ali, ele quase derrubou Narquil.

O filho de Totomes acabara de descer da torre da direita. Cambaleou na direção de Eskkar, sangue escorrendo de seu braço direito, duas flechas despontando deste. Eskkar segurou o homem e gritou chamando um mensageiro. Um garoto, olhos arregalados, surgiu de lá debaixo da muralha.

— Leve Narquil até as mulheres para pararem o sangramento.

Narquil, os olhos esbugalhados por causa do choque da dor e da perda de sangue, agarrou o braço de Eskkar com sua mão esquerda.

— Capitão... olhe a flecha.

Ele balbuciou as palavras e, a princípio, Eskkar pensou que Narquil quisesse que ele olhasse o ferimento.

— A flecha, Capitão... é uma das nossas. Eles estão ficando sem flechas.

— É, estou vendo. Agora vá com o garoto. — Dirigindo-se ao mensageiro, Eskkar ordenou que ele fosse logo, então correu para cima da torre em que começara naquela manhã. Saindo para a luz do sol, encontrou sangue e corpos por toda parte. A morte reduzira suas fileiras, mas arqueiros ainda disparavam seus arcos. Encontrou Totomes. O sombrio arqueiro se mantivera em seu posto, mirando calmamente e disparando setas contra seus odiados inimigos, usando a vantagem da torre para matar o máximo possível de líderes de clãs.

— Totomes, seus arqueiros conseguem varrer os guerreiros do fosso? — gritou, quase no ouvido do homem. — Eles estão no portão com machados.

Totomes soltou a flecha de seu cordão de arco antes de se abaixar no muro, puxando Eskkar com ele.

— Ainda não, Capitão. Teríamos de nos inclinar muito sobre a muralha para disparar neles. Estamos matando os arqueiros atrás das barricadas. Os disparos deles estão diminuindo e estão ficando sem flechas. Os homens no fosso terão de esperar.

— Talvez não tenhamos tanto tempo. Eles estão enfraquecendo o portão e em breve o fogo estará sobre nós.

— Farei o que puder, Capitão, mas precisa contê-los um pouco mais. Meus filhos continuam vivos?

— Narquil foi ferido no braço e o enviei para as mulheres. Hoje ele não lutará mais. Eu não vi Mitrac. — Eskkar fez menção de ir embora, mas dirigiu-se novamente ao mestre arqueiro. — Narquil disse a mesma coisa, que eles estão ficando sem flechas. Uma das que o feriram era das nossas. Isso significa alguma coisa?

Totomes entristeceu com a notícia do ferimento do filho.

— Nossas flechas são mais pesadas do que as deles, e mais compridas. Quando as disparam contra nós, arriscam quebrar seus arcos, ou não dispará-las com toda a força. Isso também significa disparos mais lentos. Agora deixe-me voltar ao meu trabalho. Já matei dois líderes de clãs e há outros mais lá fora. — Enquanto falava, encaixou outra flecha no cordão. Então se ergueu, mirou e soltou-a lentamente.

Amaldiçoando os deuses, frustrado, Eskkar voltou a descer os degraus, passando por uma mulher que subia com um saco de flechas para os homens. Pelo menos naquele dia seus soldados não teriam falta de mísseis. Saiu da torre e, de volta ao portão, ouviu machados ressoando contra a estrutura. Olhou acima e viu Grond jogando pedras sobre a parte mais elevada do portão.

Homens subiam com dificuldade os degraus, carregando cestos com pedras, mas os defensores os jogavam com mais rapidez do que conseguiam ser reabastecidos. Homens passavam cestos de mão em mão para se assegurarem de cobrir todas as partes do portão. Eskkar começou a subida dos degraus, então parou, ao ouvir chamarem seu nome. Virou-se e encontrou Gatus correndo em sua direção, sangue na mão e um corte na bochecha.

— Eskkar! Os bárbaros atravessaram o fosso ao sul e estão prestes a escalar a muralha. Bantor foi para lá com os últimos dos aldeões, pois não há mais soldados para dar apoio.

Eskkar nada podia fazer em relação aos outros muros. Os aldeões teriam de manter os atacantes afastados.

— Preciso de mais homens aqui, Gatus, e já. — Apontando para o portão, Eskkar viu apenas alguns homens jogando pedras e disparando flechas. — Caso contrário, eles não demorarão a entrar. — As grandes toras do portão tinham começado a tremer sob os golpes de machado.

Gatus avaliou friamente o portão. Os operários de Alcinor fervilhavam por toda parte, carregando pesadas pranchas para reforçar sua base.

— O portão resistirá um pouco mais. Vou conseguir mais homens para você.

Eskkar xingou mais uma vez e correu para os degraus, parando apenas para tirar um cesto com pedras de uma mulher que mal conseguia levar sua carga. Ele grunhiu sob o peso e passou abaixado pelas seteiras até chegar perto de Grond. O homenzarrão pegou duas pedras, uma em cada mão, e se posicionou diretamente acima do martelar antes de largar seus mísseis por cima da beirada. Eskkar permaneceu de joelhos e passou para Grond as três últimas pedras, uma de cada vez. Quando terminaram, Eskkar jogou o cesto no chão e gritou pedindo mais.

Um arqueiro na seteira ao lado dele soltou um suspiro abafado quando uma flecha perfurou sua garganta. Eskkar tirou o arco das mãos do homem e empurrou o moribundo para fora do parapeito. Encaixando uma flecha, ele foi até a seteira, quando outra flecha a atravessou. Os atacantes tornavam-se mais audaciosos. Tinham descoberto que o lugar mais seguro era diretamente debaixo da muralha, e muitos estavam posicionados ali, setas prontas para serem disparadas em qualquer alvo que se mexesse.

Olhando pela seteira, no ângulo mais fechado que conseguia, Eskkar viu um arqueiro Alur Meriki no fosso e soltou a flecha. Esta enfeitou o peito do homem.

O ato de Eskkar atraiu uma rajada de flechas, e outra sibilou através da seteira, quase o acertando. Contudo, ele tinha o capacete e o colarinho para protegê-lo e precisava deter imediatamente os bárbaros. Enfiou o arco na seteira por um momento e então se abaixou, deixando que outra revoada de flechas viesse até ele. Em seguida, levantou-se enquanto eles encaixavam suas setas e, novamente, enviou uma flecha contra um arqueiro Alur Meriki.

Abaixando-se novamente, ele deu uma rápida olhada na direção do fosso e viu que uma terceira carroça fora empurrada para a beira. Guerreiros agora carregavam feixes de galhos em chamas e tochas para a plataforma. Eles tinham suas próprias moringas com óleo. Enfiaram os galhos em chamas nos buracos produzidos pelos machados, ensoparam tudo com óleo e tentaram incendiar o portão. E os defensores não tinham mais óleo para combatê-los.

Grond reapareceu com outro cesto de pedras. Dois guarda-costas vinham atrás, carregando mais. O portão estremecia continuamente sob os golpes de machado, os sons de madeira lascando superavam os gritos nervosos dos defensores.

— Há um grupo de arqueiros logo abaixo de nós. Vamos alimentá-los com algumas pedras.

Grond concordou e colocou os guarda-costas em posição, um de cada lado dele. Então os três começaram ao mesmo tempo a jogar as pedras pela beirada. Assim que começaram, Eskkar foi até uma seteira e disparou outra flecha, amaldiçoando quando seu alvo pretendido recuou, a flecha desaparecendo inofensivamente na lama. No mesmo instante, avistou outro guerreiro ser atingido no ombro por uma pedra. O homem berrou de dor e deixou cair o escudo que mantinha sobre a cabeça. Apesar disso, mais bárbaros seguiam para o fosso, carregando feixes de lenha e palha, assim como moringas que certamente continham óleo.

Eskkar, Grond e os outros lutavam como demônios, enquanto o combate brutal desencadeava-se por toda a volta. As pedras agora eram a arma principal dos defensores, os arqueiros do portão praticamente inúteis, receosos de se inclinar para fora ou mesmo usar as seteiras. Muitos arqueiros inimigos, arcos esticados, esperavam por qualquer movimento, a maioria protegida por escudos. Os bárbaros ainda talhavam seu caminho através do portão, sofrendo baixas, mas mantendo seu ataque determinado. O contínuo martelar estremecia a estrutura.

Um grito atrás fez Eskkar se virar. Corio e Alcinor tinham retornado com uma multidão de aldeões que carregavam o resto das pedras. Formando filas, eles passavam as pedras para a parte de cima do portão o mais depressa que podiam. Debaixo do parapeito, carpinteiros continuavam reforçando a base da estrutura. De repente, o ressoar de machados cessou. Eskkar arriscou uma olhadela pela seteira.

Os homens dos machados corriam de volta para a segurança atrás das carroças, sua tarefa executada por enquanto. Outros correram adiante para substituí-los. Esses guerreiros carregavam grandes feixes de capim seco que colocaram diante do portão. Os bárbaros tinham talhado e destroçado bastante da parte de baixo do portão e agora enfiavam nas aberturas feixes de capim e de galhos ensopados com óleo. Eskkar viu dezenas de homens com tochas atravessarem a plataforma antes de lançá-las. O portão incendiou numa erupção de chamas.

Os defensores continuaram a jogar pedras e água de cima do portão. Eskkar inclinou-se para trás e deu uma olhada no fosso. Flechas despontavam de todas as carroças, e novas setas continuavam atingindo a multidão de homens apinhados por trás delas, atiradas em qualquer guerreiro exposto. Lentamente, os arqueiros de Orak detinham os combatentes que se encontravam atrás do fosso. Totomes tinha razão. Eles estavam vencendo a batalha dos arqueiros. Se ao menos tivessem tempo suficiente.

Eskkar olhou atrás de si. Na base do portão, uma grossa coluna de fumaça já se formava por baixo, carregando consigo o fedor de óleo queimado.

Todos gritaram pedindo água. Homens e mulheres igualmente passaram baldes para o topo do portão. Cada aldeão disponível, até mesmo crianças, tinha ido para lá, tirando água dos poços, depois passando os baldes de mão em mão até os homens no muro. Outros continuaram a carregar pedras e flechas para os defensores da muralha.

A luta tornara-se uma corrida entre o fogo na base do portão e a água que era despejada de cima dele. Outros jogavam água na parte de baixo do portão, em qualquer lugar que pudesse se queimar para atravessá-lo. Eskkar percebeu Trella entre eles, mantendo os aldeões em ordem e os enviando para onde seriam mais úteis.

Ele fitou ao longo do parapeito.

— Grond, esses homens estão exaustos. Mandarei outros, mais descansados, aqui para cima e você manda esses descerem, ou ficarão cansados demais para combater. — Deslizou novamente para o chão.

Alguém gritou seu nome. Eskkar viu Alexar correndo em sua direção com arqueiros tirados dos outros muros, dez no total. — Substituam os homens no alto do portão. Em breve eles também serão necessários para jogar pedras.

Alexar fez que sim e foi em frente, gritando ordens, e Eskkar seguiu para a base do portão. Colocou a mão sobre a estrutura, mas nada sentiu. O fogo agora rugia mais alto, e ele viu fumaça espessa, oleosa, passando pela parte de cima. As chamas tremeluzentes se mantinham mais altas que o portão.

Grond permanecia no topo, tomando conta para que os homens continuassem jogando pedras, enquanto no parapeito inferior outros se arriscavam a flechadas para jogar água através das seteiras. Contudo, a madeira ensopada de óleo continuava a queimar, e os Alur Meriki levavam mais e mais feixes de capim seco para alimentar o portão em chamas.

Eskkar observava enquanto as chamas consumiam ininterruptamente os suportes do portão. Nenhum aldeão, porém, abandonava seu trabalho, e continuavam chegando mais homens e mulheres, carregando qualquer coisa que pudesse ser usada como arma. Apesar da confusão, todos faziam seu dever.

Ele viu uma lacuna na linha de pessoas que levavam água para o parapeito. Agarrando um balde, levou-o ao parapeito e despejou-o pelo lado em que Grond apontava. Outra voz gritou para chamar sua atenção. Eskkar olhou e avistou Sisuthros parado nos fundos da torre sul.

— Capitão, eles estão reunindo seus guerreiros — berrou Sisuthros, com as mãos em concha sobre a boca para ter certeza do alcance de sua voz. — Estão trazendo um aríete e se preparam para atacar.

Eskkar enxugou o suor da testa e deu uma olhada, mantendo a cabeça recuada de modo que os arqueiros lá embaixo não pudessem vê-lo. Observou os homens tomarem posição. Algo parecia diferente. Ergueu um pouco mais a cabeça e logo teve de abaixá-la, quando uma flecha estalou entre a seteira e resvalou em seu capacete.

— Grond, preciso ver isso. — Eskkar apanhou um escudo, levantou-o sobre o portão e o manteve uns 5 centímetros acima desse, ignorando as flechas que o atingiam com um ruído surdo. Atrás do escudo, ergueu-se em quase toda sua altura.

Os bárbaros se aglomeravam através do fosso, formando com escudos e carroças uma linha em forma de V que se curvava ligeiramente para se afastar do buraco. Os Alur Meriki tinham reunido ali seus combatentes; atraíram dos outros muros a maioria dos guerreiros e concentraram sua atenção no portão. Os atacantes apostavam tudo em abrir caminho por ali.

Sisuthros juntou-se a ele.

— Ordenei a todos que pude para deixarem os outros muros — ofegou — e disse a Maldar e aos outros para fazerem o mesmo.

Eskkar notou que novos soldados chegavam ao parapeito, cada qual carregando, além de seu arco, um cesto com pedras.

— Mantenha toda a força nas torres. Faça com que comecem a matar os guerreiros que estão na base do portão, mesmo que tenham de aprender a fazer isso. Temos de afastá-los do portão!

Erguendo a voz, Eskkar gritou para os defensores.

— Aguentem firme! Mais soldados estão vindo. E os bárbaros estão enfraquecendo!

Alguns deram vivas, porém a maioria apenas olhou para ele, a exaustão e o desespero em seus rostos. Mas nenhum deixou de trabalhar, e então, quando começaram a chegar os arqueiros, eles pareceram acreditar.

Eskkar desceu para o primeiro parapeito, que rangeu e balançou ainda mais terrivelmente, enquanto as cordas continuavam a se esticar. Um grito bem alto veio do lado de fora do portão. Após uma rápida olhada, Eskkar recuou a cabeça. Pela primeira vez, nenhuma flecha voou através da seteira, embora ele tivesse ouvido pelo menos uma golpear o portão ali perto. Os arqueiros de Orak faziam baixas. Mas uma multidão de bárbaros, pelo menos sessenta ou setenta guerreiros, tinha avançado para o fosso, carregando consigo um grande aríete feito com um enorme tronco de árvore. O aríete oscilava sob uma armação de madeira, suspenso por uma porção de cordas. Guerreiros carregando escudos erguidos bem alto protegiam os que conduziam a carga, e o aríete alcançou a base do portão sem cair por terra. Em pouco tempo ele começou a martelar a estrutura onde o fogo causara o maior dano.

A madeira enfraquecida pelo fogo não resistiria a muitos golpes de uma arma daquele tamanho. Uma nova tempestade de flechas dos Alur Meriki voava na direção de qualquer alvo visível, ao mesmo tempo que os atacantes tentavam proteger os guerreiros que transportavam o aríete.

O som de um martelar fez com que ele olhasse para baixo. Pelo menos vinte aldeões trabalhavam ali. Homens com marretas pregavam na posição uma prancha entalhada. Outros, esforçando-se sob o peso de um suporte, movimentavam-se à frente para encaixar o toro no entalhe. Carpinteiros começaram imediatamente a martelá-lo no lugar, prendendo o suporte à prancha. Todos ignoravam a grossa fumaça preta que se enroscava em seus pés, embora muitos começassem a tossir, sufocados pelo fedor do óleo queimado.

De repente, o portão sacudiu, como se um punho possante o tivesse golpeado. Dois homens berraram, ao perderem o equilíbrio e caírem de costas do parapeito superior. Eskkar também teria caído, se não fosse a enorme mão de Grond, coberta de sangue, que se esticou e o segurou. Eskkar mal havia se recuperado quando outro golpe atingiu o portão.

Arriscando outra olhadela pela seteira, ele viu uma parede quase maciça de escudos protegendo os que movimentavam o aríete. Os atacantes podiam sofrer terríveis baixas, mas continuavam lutando. Ele não matara tantos para que perdessem a esperança, desistissem, antes que conseguissem abrir caminho.

O portão vacilou novamente, dessa vez acompanhado pelo som de madeira lascando. Aldeões gritaram uns para os outros que fugissem.

— Faça o que puder aqui, Grond, mas não demore muito. Dê o fora do parapeito antes que ele desabe. Estão forçando o portão. Vou descer para preparar os homens. — Mais uma vez, Eskkar deslizou do parapeito, pendurando-se por um momento até poder cair direto para o chão. Pousou pesadamente, caindo de joelhos.

Pondo-se de pé, olhou para a base do portão. O aríete estava arrombando. O pesado aríete, que apenas momentos atrás martelara o lado esquerdo do portão, já mudara de posição, e sua cabeça destruíra parte das pranchas que o sustentavam. Maldar chegou correndo com mais meia dúzia de homens, arcos a postos.

— Forme uma linha aqui, Maldar — ordenou Eskkar.

O portão estremeceu novamente. Uma parte do parapeito inferior cedeu, fazendo homens se arrastarem acima para evitar o iminente colapso. Eskkar observou o portão, vendo-o vibrar a cada breve momento, à medida que o aríete golpeava mais e mais num ritmo poderoso. A parte mais à esquerda parecia a mais fraca, mas o lado direito permanecia quase todo intacto, seu suporte principal firme na posição.

Corio, os olhos lacrimejando por causa da fumaça, tropeçou na viga caída. Eskkar segurou seu braço e o colocou de pé.

— Corio, prenda o parapeito superior, antes que ele caia também, ou não teremos ninguém equipando as seteiras. Veja se consegue mantê-lo no lugar, mesmo se eles abrirem caminho por baixo. Depressa!

Eskkar não lhe deu tempo para responder, apenas o empurrou para seu caminho. Chegou outra fileira de cinco soldados, e Eskkar chamou-os para si, pedindo escudos aos gritos. Grond desceu cambaleante do parapeito superior com dois dos guarda-costas originais de Eskkar.

Enxugando o suor do rosto, Eskkar dirigiu-se aos seus homens.

— Deem seus arcos para os aldeões e consigam escudos. Precisaremos de espadas e lanças para esse trabalho.

Grond mandou os dois guardas na direção das armas estocadas na casa mais próxima. Retornaram num instante, carregando quatro escudos.

Eskkar olhou de volta para o portão. O lado esquerdo do outrora maciço portão estava horrivelmente lascado. As enormes toras, enfraquecidas por machado e fogo, tremiam e balançavam com os possantes golpes do aríete. Uma olhada para as torres e os muros de cada lado mostrou-lhe que estavam apinhados de arqueiros que tentavam desesperadamente deter os homens do aríete.

Mas era tarde demais. Os Alur Meriki iam abrir uma brecha. Não seria, porém, uma grande abertura, e talvez ela pudesse ser contida. Enquanto ele observava, o lado mais à esquerda do parapeito inferior oscilou com um ranger de pregos e estalar de cordas, acompanhado pelos gritos de homens que pularam ou caíram no chão. Ele desabou lentamente e caiu direto diante da abertura. O mesmo golpe arremessou dois homens da plataforma superior que oscilava, precária, de suas cordas. Essa plataforma ainda resistia, embora sacudisse e chocalhasse a cada batida do aríete.

O aríete chocou-se mais uma vez contra o portão e, dessa vez, sua ponta endurecida a fogo penetrou na estrutura de madeira. Quando a cabeça foi recolhida, alguns arqueiros dispararam pela abertura, e Eskkar ouviu um grito do outro lado.

— Continuem atirando — ordenou, afastando-se da abertura, enquanto os arqueiros soltavam uma saraivada, algumas setas passando pelo estreito buraco irregular. Então o aríete, ligeiramente reposicionado, atingiu o conjunto seguinte de toras verticais. Mais quatro vezes o aríete golpeou, antes de uma tora se dividir em duas.

As pancadas pararam por um momento, enquanto vários guerreiros com machados abriam caminho pelas toras enfraquecidas. Então o aríete voltou a martelar. Com menos de uma dúzia de batidas, outro par de toras cedeu. O estrondo aumentava à medida que mais machados martelavam as toras soltas, ampliando a abertura. Um guerreiro tentou subir pela brecha e foi perfurado com flechas que o derrubaram para trás com a simples força do impacto.

Eskkar pegou seu escudo e sacou a espada; então se virou para Grond e os guarda-costas.

— Temos de detê-los aqui. Não podemos permitir que passem pelo portão! — Segurou o guarda-costas mais próximo e gritou em seu ouvido: — Cuide para que os arqueiros suspendam os disparos quando passarmos pela brecha. Vá!

O homem confirmou com a cabeça e correu de volta para a linha de arqueiros, que permaneciam em sua fileira irregular, ainda soltando suas flechas para a brecha. Os escudos dos Alur Meriki surgiram, pressionados contra a abertura, protegendo os atacantes que se aglomeravam atrás deles. Eskkar e Grond soltaram gritos possantes e correram em direção à fenda.

Os atacantes forçaram seu caminho através da abertura estreita, agachando-se e usando seus escudos para evitar as flechas dos defensores. Correndo adiante, Eskkar não teve tempo de se preocupar em levar uma flechada nas costas dada pelos seus próprios homens. Erguendo o escudo para os olhos, deu quatro passos rápidos e chocou-se contra o escudo do primeiro guerreiro Alur Meriki. Desequilibrado, o homem reagiu lentamente, tropeçando na confusão de vigas e lascas, e Eskkar deu um meio passo para trás e girou a grande espada na cabeça do guerreiro. Novamente baixou o ombro atrás do escudo e deu um impulso com toda a força, empurrando o corpo contra o homem atrás dele.

O furor da batalha dominou todos eles, quando Eskkar, Grond e quatro soldados formaram um semicírculo em volta da abertura e a defenderam com uma ferocidade que surpreendeu os atacantes. Os defensores estavam mais descansados, ao passo que os atacantes estiveram manejando o aríete ou se protegendo de flechas sob o sol quente, sem água, por quase duas horas.

A primeira onda de Alur Meriki recuou, impelida pelos golpes violentos de Eskkar e seus companheiros. Mas, enquanto os defensores exultavam, um segundo bando de atacantes aos gritos, vendo a vitória a seu alcance, lutava para abrir caminho pela abertura, um buraco que aumentava mais e mais enquanto o inimigo lá fora mantinha o ataque com os machados.

Esses atacantes empunhavam lanças e também espadas. Rapidamente ampliaram o semicírculo de guerreiros que conseguiram passar pela abertura. Eskkar atacava e atacava, usando o escudo para evitar suas espadas e suas lanças e atingindo qualquer coisa ao alcance de sua grande espada.

De repente, uma voz alta atrás deles ordenou: "Abaixar!"

Eskkar e seus homens reagiram por hábito, tão bem treinados que estavam, ajoelhando-se e protegendo a cabeça atrás do escudo. Uma onda de flechas passou por cima de suas cabeças. Instantaneamente, Eskkar e outros se levantaram. Eles tinham praticado essa tática com tanta frequência que agora a executavam sem nem mesmo pensar. A saraivada detivera os invasores por um momento. Eskkar e seus homens, atrás de seus escudos e golpeando com as espadas, atacaram os homens hesitantes antes que estes pudessem se recuperar, forçando os guerreiros a recuar. Os sitiadores cederam terreno por um momento, porém outros guerreiros mais voltaram a penetrar em Orak pela abertura cada vez maior.

Eskkar e seus espadachins anteciparam a ordem seguinte e, quando veio novamente o grito de "Abaixar", agacharam-se, deixando que outra revoada de flechas atravessasse por cima deles antes de se levantarem e, novamente, avançarem contra os bárbaros.

Os Alur Meriki hesitaram, surpresos com essa tática estranha, pois não estavam acostumados a lutar ao mesmo tempo contra espadachins e arqueiros. Antes que conseguissem se recuperar, Grond abriu caminho de volta até perto da brecha, carregando um homem morto preso ao seu escudo e jogando o corpo pela abertura.

Girando a espada acima da cabeça, Eskkar baixou-a ruidosamente com toda a força contra o escudo de um guerreiro, cortando-o e também o braço do homem.

Mais defensores o cercaram. Um lanceiro colocou-se à frente de Eskkar, e até mesmo novos espadachins vieram. Vinte espadas bloqueavam agora a abertura. Surpreendentemente, porém, nenhum novo atacante tentou forçar caminho pela brecha; então Eskkar recuou e olhou para cima do portão. O parapeito superior pendia arqueado de seus suportes, mas homens continuavam a jogar pedras para baixo sobre os atacantes. Só que agora gritavam de alegria e trabalhavam com renovada energia. Algo estranho acontecia, mas ele não fazia ideia do quê.

Eskkar dirigiu-se a Grond.

— Mantenha eles aqui. — Precisava ver o que acontecera no fosso. Correndo para o lado direito do portão, precipitou-se degraus acima, quase derrubando dois homens que subiam cestos com pedras para os defensores, e prosseguiu o caminho todo até o parapeito. Ele o sentiu oscilar precariamente sob seu peso e torceu para que aguentasse um pouco mais.

Dessa vez, Eskkar não se preocupou com escudo, simplesmente olhou por cima do portão, permanecendo um pouco recuado para ficar fora da vista de qualquer arqueiro que estivesse embaixo. O que viu o deixou atordoado. Guerreiros retrocediam, afastando-se do fosso e correndo para a retaguarda. Outros recuavam mais lentamente, disparando seus arcos, enquanto batiam retirada. Das laterais da aldeia, cavaleiros galopavam em direção à planície, disparando seus cavalos e ignorando a luta no portão. Para sua surpresa, eles não diminuíram a velocidade de suas montarias, nem mesmo quando ficaram fora do alcance das flechas de Orak. Corriam de volta para seu acampamento, mas Eskkar não entendia por quê.

Semicerrou a vista na direção do sol, enquanto olhava para o cume da colina mais alta, ignorando o suor que escorria para seus olhos. Aquilo também parecia diferente. Mais de uma dúzia de rastros de fumaça erguiam-se do acampamento Alur Meriki para o céu sem nuvens. As fogueiras em si não podiam ser vistas, mas queimavam perto da parte norte do acampamento principal.

Ele avistou movimento por todo o cume da colina. Mais homens desciam as colinas em direção a Orak para se juntar à batalha. Não, pelos deuses, eram mulheres! Mulheres fugindo do acampamento. E dezenas de cavalos sem cavaleiros também galopavam em direção a Orak. Algo havia espantado os animais. Outro movimento, algo diferente, atraiu seus olhos e ele forçou a vista para ver o que era.

No alto de uma das colinas mais altas, havia um cavaleiro solitário, rodopiando o cavalo e agitando bem alto sua lança. Presa à lança pendia uma fita comprida. Mesmo a distância, Eskkar pôde distinguir sua cor amarela, enquanto ela tremulava na brisa. O cavaleiro agitou-a por mais alguns momentos, ignorando os cavaleiros que se aproximavam rapidamente, antes de, bem calmo, dar meia-volta e galopar pelo alto da colina e sumir de vista.

— O que foi isso? — Sisuthros estava a seu lado, respirando com dificuldade, o braço esquerdo coberto de sangue. — O que está acontecendo?

Eskkar tentou dar uma risada, mas a garganta seca não permitiu mais do que um cacarejo. Um aldeão ofegante passou por trás dele com um balde de água destinado ao incêndio lá embaixo. Eskkar o apanhou e o despejou sobre o rosto, enchendo a boca ao mesmo tempo.

— Não está vendo, Sisuthros? — respondeu, após matar a sede. — É Subutai e, pelos deuses, está fazendo uma limpeza no acampamento deles.

— Com certeza, eles vão pegá-lo, não vão? — A voz de Sisuthros mostrava preocupação.

Eskkar dirigiu o olhar para o cume de colina abandonada. Agora, com a garganta refrescada, deu uma gargalhada.

— Subutai não é tão tolo assim. Tenho certeza de que colocou o cavalo a todo galope, assim que deixou a colina. Terá de correr bastante para escapar, mas conseguirá. Deve ter atacado o acampamento, queimado algumas tendas, afugentado os cavalos e providenciado para que os Alur Meriki soubessem que ele estava lá. Isso fez com que abandonassem o ataque, pois sabiam que suas mulheres e crianças corriam perigo. Eles não sabiam que poucos homens atacaram seu acampamento.

Ficaram em silêncio parados ali. Eskkar observou os últimos Alur Meriki saírem com dificuldade do fosso e começarem a correr o mais depressa possível para a retaguarda. Na pressa, muitos largaram espadas e armas, tentando correr mais que as flechas que os perseguiam. Setas derrubaram alguns deles, pois os defensores não mostravam piedade e não perdiam qualquer oportunidade para acertar seus alvos.

Uma larga trilha de corpos, com flechas despontando de suas costas, marcava a fuga dos bárbaros. A visão o entristeceu e ele se sentiu estranhamente satisfeito quando o último fugitivo sumiu de vista. Muitos pararam para sacudir os punhos em direção a Orak — ira e frustração evidentes demais. Outros apenas se ajoelharam na poeira para recuperar o fôlego, já tão cansados, de lutar e correr, até mesmo para rogar pragas contra seus inimigos.

Gritos de satisfação ecoaram ao longo da muralha, dissonantes e roucos, ficando cada vez mais altos à medida que os que estavam longe do portão compreendiam o que acontecia. Eskkar observava a retirada e contava as colunas de fumaça que subiam para o céu quente. As filas de fumaça se misturavam, tornando a contagem difícil; contudo, ele calculou que pelo menos trinta incêndios tinham sido provocados. Não era um número grande, mas o suficiente para enviar muita fumaça para o céu. Subutai não devia ter muitos homens; no entanto, um cavaleiro carregando uma tocha era capaz de fazer muito em pouco tempo. Ele devia ter preparado cuidadosamente seus homens. E aprendera bem a lição.

Eskkar ficou imaginando quantos homens mais Subutai teria perdido e torceu para que o número fosse pequeno. Mesmo se os Alur Meriki não tivessem um grupo de guerreiros protegendo o acampamento, haveria por lá alguns meninos e velhos capazes de manejar um arco. Afinal, os homens de Subutai tinham enfrentado uma longa e dura cavalgada para o norte, com pelo menos uma centena de guerreiros os perseguindo.

— Nós os teríamos detido? Sem o ataque de Subutai? — Escorria sangue da face de Sisuthros. A velha ferida tinha reaberto, provavelmente por causa de toda aquela gritaria.

— Bem, nunca saberemos ao certo, mas penso que talvez a gente conseguisse detê-los. Os disparos dos arqueiros dos bárbaros estavam enfraquecendo. Mesmo assim... — Ele percebeu que os festejos tinham assumido um tom diferente. Os brados de alegria continuavam, mas agora um novo e simples grito começava a se elevar. "Eskkar!... Eskkar!... Eskkar!", rugia a multidão e, num momento, pareceu que toda a aldeia tinha uma única voz.

Ele se virou e olhou para a aldeia. Parecia que cada homem, mulher e criança tinha vindo, apinhando os espaços a céu aberto e as vielas, com mais gente surgindo e outros aparecendo nos telhados das casas ou no muro. Os gritos continuavam sem parar. Ele notou movimento na massa de gente que se aglomerava abaixo. Uma meia dúzia de soldados abriu caminho pela multidão. Trella estava no meio. Eles tiveram de forçar a passagem através da massa compacta, até os aldeões verem quem os soldados escoltavam e os deixaram passar. A cantoria mudou e o nome de Trella também ecoou pelos muros.

Eskkar olhou para Sisuthros e viu que seu subcomandante havia se juntado à comemoração. "Eu nunca vi nada parecido." As palavras de Eskkar não foram ouvidas, sumindo em meio à ondulação de som. Então Trella chegou aos degraus. Mãos ansiosas a guiaram para o parapeito até ela alcançar Eskkar. Ele tomou-a nos braços e apertou-a bem forte, levando a outra explosão de aplausos. Quando ele a soltou, ela chegou bem perto e falou em seu ouvido.

— Fale para eles. Diga-lhes o que querem ouvir.

Ele olhou o rosto da mulher, calmo e sereno, a cabeça ligeiramente erguida. Ela planejara até mesmo aquilo. Eskkar levantou ambas as mãos e pediu silêncio. A princípio, foi ignorado, e os gritos de "Eskkar" e "Trella" continuaram cada vez mais altos. Finalmente, todos se calaram, com a ajuda daqueles que queriam ouvir o que Eskkar teria a dizer. Ele gritou, antes que pudessem recomeçar.

— Aldeões... soldados. Nós expulsamos os bárbaros!

Outro clamor ergueu-se aos céus, todos gritando a plenos pulmões. Eskkar teve de esperar um longo tempo até poder continuar.

— Nós fizemos o que nenhuma aldeia jamais fez. Agora eles terão de ir embora. Vocês hoje lutaram bravamente. Agora precisamos cuidar de nossos feridos e enterrar nossos mortos, pois muitos homens bons lutaram e morreram no dia de hoje. Precisamos reconstruir uma Orak maior e mais forte do que nunca.

Dezenas de aldeões gritaram: "Que Eskkar nos guie... e nos proteja!... Você deve governar Orak." Em pouco tempo, toda pessoa da aldeia exigia a mesma coisa. Soldados agitavam suas espadas ou arcos enquanto gritavam, e aldeões erguiam os braços. Até mesmo Trella afastou-se um pouco e virou-se na direção do marido, erguendo os braços e se juntando ao apelo da multidão.

Eskkar voltou a levantar a mão e, após uma demorada explosão de alegria, o ruído afinal diminuiu. Quando ele falou, imprimiu todo o poder de sua voz, as palavras chegando a todos embaixo.

— Se me querem para guiá-los e protegê-los, eu o farei. Vocês me escolhem para governar Orak?

Dessa vez, o ruído soou como um trovão, os habitantes de Orak se esgoelando roucamente com emoção e alegria, e também aliviados por terem sido salvos dos bárbaros. Eskkar deixou o barulho prosseguir por um momento, então ergueu as mãos e pediu silêncio.

— Pois eu serei seu líder. Há muito trabalho a fazer, mas agora podemos começar.

A multidão vibrou novamente. Eskkar ficou parado ali, mantendo o braço direito erguido em sinal de agradecimento. Demorou algum tempo até as vozes começarem a diminuir.

— Agora, retornem às suas tarefas! — gritou e se afastou da multidão.

Conduziu Trella para baixo do parapeito. Na base do portão, Corio, Bantor e Gatus esperavam. Eskkar deu instruções para protegerem o portão, cuidarem dos feridos e enterrarem os mortos. Ainda não haveria descanso para os aldeões. Tinham de reconstruir o portão e protegê-lo antes do anoitecer. Eskkar mandou que Gatus enviasse arqueiros de volta à muralha, postasse sentinelas e mantivesse os soldados em alerta.

Quando, finalmente, terminou de dar essas ordens e uma dezena de outras, Trella o encarou.

— Agora que tudo está sendo feito de acordo com suas ordens, precisamos caminhar pela aldeia para você falar com o máximo possível de pessoas.

Ele segurou sua mão e sorriu pela primeira vez em dias.

— E o que devo dizer às pessoas?

— Agradeça a cada uma pelo trabalho que realizaram hoje e nos meses passados. Diga-lhes quanto nosso sucesso de hoje dependeu do esforço delas. Diga isso de todas as maneiras diferentes possíveis.

Um grupo de mulheres aproximou-se, trazendo panos umedecidos com água. Lavaram o sangue e a terra do corpo de Eskkar, uma delas ajoelhando-se para limpar seus pés e as sandálias. Então, cercado pelo Clã do Falcão, ele e Trella caminharam por Orak. Percorreram cada viela e pararam praticamente em cada casa. Eskkar recebeu agradecimentos e elogios, ao repetir a mesma mensagem — que Orak devia a todos, que eles eram os verdadeiros vitoriosos, e que agradecia aos deuses pela ajuda do povo. Enquanto caminhavam, mensageiros se aproximavam dele com perguntas ou pedidos de ordens.

Ele respondia a todos, mas Trella se recusou a deixá-lo abandonar a caminhada. — Isso é mais importante — disse-lhe, quando ele se mostrou impaciente. — Agora, enquanto a vitória está fresca em suas mentes, você precisa novamente conquistá-los para seu lado. Nos próximos meses, eles serão o seu verdadeiro poder, até estarmos realmente seguros como governantes de Orak. Eles se lembrarão de suas palavras de elogio e gratidão para sempre.

Eskkar suspirou, mas continuou sorrindo. Trella, que tinha um plano para tudo, também previra e planejara aquele momento, e ele se sentiu preparado para a tarefa. Enquanto seguiam pelas vielas, várias mulheres, entre elas a esposa de Bantor, seguiam à frente, incentivando as pessoas, sugerindo-lhes o que dizer e gritando bênçãos para eles. Mesmo naquele momento de vitória, Trella orientava e dirigia os aldeões, induzindo a gente comum à sua vontade. Ele sacudia a cabeça, admirado, com o sorriso no rosto ao agradecer às pessoas, mantendo apertada a mão de Trella.

28

Ao cair do sol, Eskkar jurava que tinha falado com cada homem e cada mulher no interior dos muros de Orak, uma tarefa que o deixou tão exausto quanto a batalha da manhã. Enquanto ele agradecia aos aldeões, seus homens trabalhavam ou cuidavam dos feridos. Mais tarde, Trella serviu um jantar simples, sem qualquer intenção de ser um festim de comemoração. Muitos tinham morrido e guerreiros raivosos permaneciam acampados além das colinas.

Eskkar queria descansar, mas, apesar do dia longo e extenuante, sentia-se irrequieto. Decidiu dar uma última olhada no acampamento Alur Meriki. Levou Trella pela mão e, acompanhados de quatro guardas, eles caminharam pelas vielas, ignorando a festança.

Quando chegaram à torre, a multidão tinha desaparecido. Subiram os degraus que ainda fediam por causa de todo o sangue derramado. Do alto olharam os campos vazios que emitiam o cheiro forte da morte.

Abaixo deles, os homens de Corio trabalhavam no portão sob a luz que enfraquecia, embora já tivessem sido acesas fogueiras dos escudos dos Alur Meriki. Artesãos martelavam constantemente, acrescentando tanta madeira ao portão que ele parecia duas vezes mais espesso do que antes. Usaram a madeira deixada para trás pelos bárbaros. O econômico mestre artesão trouxera para a aldeia tudo o que era possível ser usado.

Sisuthros limpara o fosso dos inimigos mortos, embora de seu outro lado ainda houvesse corpos no mesmo lugar onde caíram. Essa tarefa levara toda a tarde. Despojaram os corpos de seus valores, armas e roupas antes de jogá-los no rio. O fosso fora alisado, os sulcos e os buracos preenchidos, e os destroços removidos. Também recuperaram pedras e flechas. As armas tinham sido inspecionadas, limpas e deixadas prontas para o próximo ataque, e as pedras novamente empilhadas a postos.

Os mortos de Orak jaziam ordenados em filas perto do portão do rio. No dia seguinte, a barca seria arrastada para fora da aldeia e suas cordas novamente conectadas. A primeira carga seria de mortos de Orak, para serem enterrados em sepulturas coletivas na margem oeste. Mais cedo, Eskkar recebera a contagem dos inimigos mortos — naquele dia, eles abateram mais de 370 guerreiros. Um número maior de Alur Meriki deveria estar sofrendo com ferimentos.

O sol do longo verão mergulhou atrás deles abaixo do horizonte ocidental, mas ainda restava luz suficiente para se enxergar até as colinas. Fogueiras destacavam o perfil das colinas contra o fundo da escuridão que se aproximava. Em seus cumes, uma fileira de bárbaros montados permanecia de guarda, vigiando a aldeia.

— Parece estranho, Trella — disse Eskkar, após apontá-los —, agora são eles que temem a possibilidade de nós os atacarmos.

— Não é tão estranho, marido. Nos últimos meses, você matou quase oitocentos deles e feriu muitos mais.

— Eles aprenderam uma amarga lição. Metade de seus combatentes está morta. Nem mesmo os Alur Meriki podem ignorar tais perdas.

— Tem certeza de que eles não atacarão novamente? Todos já supõem que a batalha terminou.

Ele a envolveu por trás, abraçando-a pela cintura.

— Não, o cerco foi rompido. Eles perderam muitos homens e muito equipamento. Até mesmo seus cavalos foram dispersados novamente. Levariam semanas para se prepararem para um novo ataque e já estão atrasados em sua viagem para o sul. Além disso, os guerreiros perderam a vontade de voltar a atacar. Sem um novo plano, Thutmose-sin, ou quem os estiver liderando, não ousaria propor outra investida, a não ser que pudesse garantir a vitória.

— Eles quase dominam o portão, não é mesmo? Não poderiam tentar novamente? — Ela recuou a cabeça, apoiando-a em seu peito.

Ele a sentiu descontraída contra seu corpo, macia e quente em seus braços, e apreciou a sensação.

— Não. Porque nós os impediríamos de novo, e eles no fundo de seus corações sabem disso. Eles agora nos temem. Da próxima vez, não nos subestimarão. Quando voltarem, daqui a dez ou 15 anos, será diferente. Até lá, eles terão novos planos e novos guerreiros prontos para um novo desafio.

Ele pensou nisso por um momento.

— De certo modo, nós os mudamos tanto quanto eles nos mudaram. Eles terão de aprender novos métodos de combate. O conhecimento sobre o que fizemos aqui se espalhará. Outras aldeias resistirão a eles.

As mãos dela apertaram as dele e mais uma vez sua força o surpreendeu.

— Sim, outras aldeias tentarão, mas fracassarão. Elas não têm ninguém com sua força e sua coragem, Eskkar. Você é um grande líder de soldados e entende como e por que homens combatem. Os Alur Meriki vieram aqui sem esperar qualquer resistência firme. Não fizeram nenhuma preparação de verdade para capturar a aldeia, mesmo sabendo que estávamos construindo uma muralha. Você sempre esteve um passo adiante deles. Antecipou seus planos e eles nunca alcançaram os seus. Nenhum outro homem em Orak teria realizado o que você fez nos últimos meses. Realmente obteve uma grande vitória.

Suas mãos o acariciaram.

— Mais importante do que isso, porém, foi no que você se tornou. Mais do que qualquer um, você se tornou alguém melhor, uma pessoa sensata.

— E, sem você, eu teria fracassado — rebateu Eskkar. — Você fez os aldeões trabalharem, organizou os artesãos, levou as pessoas a me apoiarem e manteve os nobres a distância. Sem você, não teria havido vitória. Cada soldado que combateu hoje sabe disso.

Ela ficou em silêncio por um momento.

— Hoje muitos podem saber disso. Mas, daqui a alguns meses, somente o seu nome será citado como conquistador dos bárbaros. Ao que parece, somente os vitoriosos em batalha são lembrados. Suponho que isso seja uma coisa boa.

Virou-se em seus braços e o encarou. Colocou as mãos sobre seus ombros, olhando-o bem nos olhos.

— Você deseja mesmo governar Orak, marido? Governar a aldeia será diferente de planejar uma defesa. Será ainda muito mais difícil. Uma nova muralha, mais alta e mais resistente, deve ser construída, abarcando duas vezes mais terras. Você passará anos construindo muros, como também treinando homens para defendê-los. Haverá mais batalhas a combater, e não apenas contra bárbaros. Outros, de terras distantes, poderão vir nos atacar. Para proteger Orak e ter certeza de que estaremos seguros, será preciso controlar todas as terras que nos cercam, cada fazenda e cada aldeia, por grandes distâncias e em todas as direções. Será um trabalho árduo, mesmo para um grande líder de homens. Mas, se deseja governar, então teremos de começar amanhã. É uma tarefa que pode durar uma vida inteira.

— O que você pede não será fácil. Uma coisa é lutar atrás de um muro. Outra é levar guerra a lugares distantes e derrotar os nossos inimigos em suas próprias terras.

— Não tenho dúvidas de que você imaginará novos meios de fazer guerra. Mas essas batalhas estão no futuro. Primeiro, precisa decidir se deseja governar aqui.

Ele fitou seus olhos em meio à escuridão que se formava. Ela pedia que ele governasse, mas Eskkar sabia, sem dizer as palavras, que governariam juntos, que Trella decidiria muitas regras e costumes que dirigiriam a vida diária de Orak. Ela selecionaria quem teria e quem não teria poder, e ele teria de atender aos seus conselhos. Muitos de seus soldados e aldeões saberiam a verdade — que ela governava tanto quanto ele. Todos os dias, Eskkar veria isso em seus olhos.

Nada mais importava. Ele já conquistara o bastante. Até mesmo a morte de seu pai fora vingada. Agora ninguém jamais esqueceria seu nome. Além disso, toda a Orak sabia que Trella fora tocada pelos deuses, que ela era de fato uma "dotada". Não seria vergonhoso dividir o poder com ela. Eles realmente governariam juntos.

— Ou — propôs ela, quando o silêncio dele começou a aumentar — podemos deixar Orak em algumas semanas. — Baixou a voz e pousou a cabeça em seu peito. — Podemos levar ouro e homens e ir aonde você quiser.

— Você deixaria a aldeia comigo? Para perambular pelos campos, arriscando a vida diariamente?

Ela deu uma risada e o som alegre ecoou pela torre.

— Há seis meses que arrisco minha vida diariamente. Fui escravizada, vendida, dada, esfaqueada e quase morta. Haveria lá fora mais perigo do que isso?

Ele apertou-a novamente contra seu corpo. Era tarde demais, ele sabia, para tal opção. Além do mais, naquela noite ele continuava encantado por ela tanto quanto na primeira, quando Trella tinha ido para seus braços. Na ocasião, seu destino fora selado, e sua vida giraria em torno dela até o encanto ser quebrado ou até um deles morrer, e talvez nem mesmo assim, se fosse verdadeira a promessa dos deuses de uma vida após a morte.

— Ficaremos, Trella, e vamos... nós dois governar Orak. — Ele se esticou para tocar na muralha à sua frente, a sensação arenosa estranhamente agradável. — Nosso sangue já está nesses muros. Você tem razão. Tem de haver uma nova muralha, maior do que esta.

Trella colocou a mão sobre a dele.

— Esta muralha conterá nossas vozes por uma centena de anos, talvez duas centenas. Enquanto a muralha permanecer cercando Orak, nós seremos lembrados. — Virou a cabeça ligeiramente para olhá-lo. — Eu posso ajudá-lo a governar uma grande aldeia.

— Você me guiará em todas as coisas, e eu a protegerei. — Ele mal ouviu as palavras que Trella disse a seguir, de tão baixo que ela as pronunciou.

— Proteja-nos, Eskkar. Eu carrego seu filho. Agora precisa proteger nós dois.

Ele levantou o queixo dela e olhou-a nos olhos como fizera naquela primeira noite. — Você está com criança? Quando pretendia me contar?

— Se Orak caísse, não haveria necessidade. Não queria lhe dar algo mais com que se preocupar. Ainda faltam muitos meses, mas tenho certeza de que carrego nosso filho. Annok-sur concorda comigo.

Ela virou-se mais uma vez, ainda se mantendo em seus braços, mas agora olhava para os campos. Sombras intensas escondiam os cadáveres espalhados pela planície. Exceto pelo leve brilho atrás da colina, a escuridão era praticamente completa. Menos fogueiras ardiam naquela noite, Eskkar sabia.

— Há muito o que fazer, Eskkar. Você precisa controlar os soldados, assentar postos avançados e aldeias ao longo do rio, dominar quem resistir e planejar para a próxima migração dos bárbaros.

Ela suspirou.

— O gado e os grãos precisam ser trazidos do outro lado do rio. Haverá mais lutas, Eskkar, mas, no futuro, você as comandará, e não lutará pessoalmente, nunca mais. Em todo o tempo em que estivemos juntos, nunca lhe pedi nada para mim, mas isso você terá de me prometer. A grande espada deve permanecer embainhada.

Isso talvez não fosse tão ruim, sentenciou Eskkar, seus pensamentos retornando num lampejo àquela luta terrível no acampamento dos Alur Meriki. Ele estava ficando velho. Mesmo entre o povo das estepes, era melhor que se deixasse a luta violenta para os mais jovens. Afastou esses pensamentos da mente.

— Deixarei a luta para os outros — disse, afinal, incapaz de evitar um vestígio de tristeza em suas palavras —, mas manterei a sua espada a meu lado, para o caso de ser necessária.

Inspirou fundo.

— E você terá de decidir como governar Orak, que comportamentos e leis deverão ser aprovados, que famílias virarão nobres, como conseguiremos ouro para pagar os soldados e para reconstruir Orak e tudo o mais de que precisaremos. Percebo que há tanto trabalho em manter o poder quanto obtê-lo. Sim, há muito para você fazer, Trella.

O sol agora tinha se posto totalmente. A escuridão diante deles se estendia até as colinas. Quando ela falou, a pergunta o surpreendeu.

— Que nome dará ao nosso filho, se o bebê for homem?

Ele pensou por um momento, então deu de ombros.

— Só conheço nomes bárbaros e eles não são adequados ao nosso filho, que governará Orak depois de nós. E nomes de aldeões, para mim, parecem todos iguais. Você tem um nome de sua escolha?

— Eu gostaria de homenagear meu pai, tendo em vista que lhe devo muito. Seu nome era Sargat. Se permitir, poderemos dar o nome dele ao nosso filho.

Eskkar, ainda se acostumando à ideia de ser pai, pensou seriamente na sugestão. Mesmo entre os aldeões, dar nome a um filho era responsabilidade do marido e não era algo do qual se fizesse pouco caso. O nome do pai dele, porém, não transmitia as qualidades de um líder. Tratava-se de um nome comum, usado por muitos.

Eskkar sabia que alguns nomes tinham um poder próprio, assim como certas palavras exerciam uma influência sobre homens. Pessoalmente, não tinha preferência por qualquer nome, mas...

— Sargat... é um bom nome, mas é comum. Nosso filho deve ter um nome que demonstre força e poder. — Pensou novamente. O nome "Sargat" não tinha equivalente em sua língua nativa, mas, se quisesse traduzi-lo...

— Suponha que a gente o chame de Sargão. É um nome que nunca ouvi antes e me parece que transmite força. Isso homenagearia seu pai?

— Sargão — repetiu ela, pronunciando o estranho nome em voz alta, como se fosse para que os deuses o ouvissem e o aprovassem. — Sargão. Sim, é ótimo, é um nome novo e também homenageia meu pai. Ele se chamará Sargão e honrará tanto seu avô quanto seu pai.

— Sargão, que governará a aldeia de Orak — repetiu ele.

— Não, Orak não é mais uma aldeia. Ela cresceu e se tornou algo mais importante. É uma cidade, com uma muralha e homens corajosos para defendê-la, uma cidade que aumentará sua força e terá uma grandeza própria. Pela primeira vez, aldeões e fazendeiros se uniram para resistir aos bárbaros. Quem sabe o que poderão fazer no futuro?

— Então ela deve ter um nome apropriado, um novo nome, como o nome de nosso filho — sugeriu Eskkar. — Talvez possamos pensar também num novo nome para Orak.

— Você consegue escolher um novo nome para Orak? Um nome que fará com que todos esqueçam a antiga aldeia e, em vez disso, lembrem-se de você e de suas vitórias?

Eskkar ficou em silêncio por um longo tempo, pensando em nomes de lugares. Trella, como sempre, deu-lhe tempo.

— Quando eu era menino, a gente passava parte de um verão no distante norte, perto de uma pequena corrente de água que chamávamos de Acádia [Akkad]. Foi ali que vi um leão pela primeira vez. Foi o último período feliz que passei com a minha família. — Sorriu para si mesmo, com a lembrança distante. — Que tal soa "Acádia" como o nome de nossa cidade?

— Acádia... Acádia. Eskkar de Acádia... Sargão de Acádia. Sim, é um nome forte, Eskkar, como o seu. Talvez o espírito do leão o aprove e dê proteção, tanto para Sargão quanto para a cidade de Acádia. Mas não vamos ainda contar aos outros sobre o novo nome que planejamos para Orak. O novo nome surgirá no momento apropriado, quando todos perceberem o que realizamos.

A aldeia, portanto, se tornaria a Cidade de Acádia dentro de alguns meses, ou quando Trella achasse que era o momento. Ele entendia seus motivos. A aldeia sofrera muitas mudanças nos últimos meses, e haveria outras pela frente. Seria sensato deixar que eles se acostumassem aos poucos com as novidades.

Uma brisa fria farfalhou na quietude e, por um momento, o ar teve um cheiro limpo e fresco. Ele ouviu os guarda-costas, à espera lá embaixo, para lhes dar privacidade, mudando o apoio de um pé para outro, talvez impacientes para se juntar à festa.

— Como haverá muito trabalho amanhã, então talvez você consiga tempo essa noite para agradar seu marido. — Suas mãos se movimentaram acima da cintura dela e ele espalmou seus seios e os apertou, apreciando a sensação de seu corpo através do vestido. Isso, também, não mudara desde a primeira noite deles. O corpo dela, o cheiro de seu cabelo, até mesmo seu sorriso ainda o excitavam. — Ou será que já esqueceu seus deveres de esposa?

Ela jogou a cabeça para trás, colocou as mãos sobre as dele e as apertou para seu corpo.

— Não, amo, eu atendo a seu prazer. — Sua voz era suave e o tom tão sedutor quanto naquela primeira noite na cama, só que, agora, ela parecia mais feliz do que ele jamais percebera.

Eskkar balançou a cabeça diante do mistério que era uma mulher.

— Às vezes, garota, eu me pergunto quem é o amo e quem é a escrava.

Sua gargalhada em resposta soou baixa e sedutora, e eles se afastaram do campo de batalha às escuras com seus mortos. Olharam para a aldeia, iluminada por muitas tochas e fogueiras, enquanto os aldeões festejavam sua libertação. Era agora sua aldeia... não... sua cidade. E algum dia, se sua sorte continuasse e os deuses aprovassem, ela seria de seu filho. Mas naquela noite... naquela noite haveria mais mágica, e o amanhã cuidaria de si mesmo.

Epílogo

O tambor de guerra soou, fraco a princípio, então aumentou de intensidade e mudou para um trovejar ondulante, depois que um segundo e um terceiro se juntaram, as batidas rápidas convocando cada soldado e aldeão para seu posto.

A sensação de contentamento de Eskkar sumiu num instante, quando o medo e a dúvida o assaltaram. O banco caiu para trás quando ele se levantou da mesa. Apanhou a espada na parede, desceu correndo a escada e saiu no pátio. Um soldado perspicaz trouxe seu cavalo. Ele montou no animal com um salto e galopou para fora do pátio, correndo pelas vielas, dispersando, ao passar, aldeões aturdidos e temerosos.

No portão principal de Orak, soldados movimentavam-se de maneira confusa, xingando, enquanto apanhavam armas e subiam para seus postos. Eskkar saltou do animal ainda em movimento, disparou para a torre e subiu correndo os degraus. Despontando à luz do sol, encontrou Gatus, esperando.

O velho soldado apontou para leste, e os olhos de Eskkar dominaram a ainda desolada planície. Viu os guerreiros enfileirados nos cumes das colinas a sudoeste. Automaticamente, começou a contá-los, mas Gatus poupou-lhe o trabalho.

— São cerca de sessenta, eu diria. — O velho soldado cuspiu da muralha. — Não é o suficiente para nos atacar, ainda não.

Os guerreiros distantes permaneciam em seus cavalos, olhando em silêncio para Orak e sua muralha, ou talvez para os corpos de seus parentes que ainda infestavam a paisagem. O tempo passava, mas os cavaleiros não se mexiam, apenas aguardavam pacientemente, como se esperassem que algo acontecesse.

Eskkar sentia-se tão confuso quanto seus homens. Quatro dias após terem fracassado na tentativa de capturar o portão, os Alur Meriki levantaram acampamento e se mudaram para o sul. Três dias tinham se passado desde então e ele não entendia por que seus cavaleiros retornariam para incursões nas cercanias de Orak. Eles haviam esgotado o pouco de capim que voltara a crescer e não tinham número suficiente para atacar Orak novamente. Mesmo assim, nenhum habitante de Orak ousou deixar a segurança de seus muros para voltar às suas fazendas. Portanto, um grupo de incursão não fazia sentido.

O centro da fileira de cavaleiros se abriu. O grande estandarte do chefe dos Alur Meriki ergueu-se de trás do cume da colina, precedendo outro punhado de cavaleiros. Os guerreiros se fechavam em volta de seu líder à medida que ele passava. Examinando a cena à sua frente, o Grande Chefe parou com seu cavalo diante do estandarte. O único movimento era a agitação de corvos e abutres que circulavam sobre os corpos de seus guerreiros mortos. Finalmente, ele começou a se movimentar à frente, e toda a fileira de guerreiros o seguiu, todos cavalgando lentamente colina abaixo. No sopé, colocaram seus cavalos a meio-galope e seguiram pelos campos arruinados em direção à aldeia. Pararam um pouco antes do alcance dos arcos.

Enquanto Eskkar observava, o sarrum do clã avançou alguns passos com seu cavalo. Sacou a espada e ergueu-a bem alto sobre a cabeça. A lâmina de bronze reluziu seu dourado ao sol, enquanto o sarrum, sem pressa, levava a espada de um lado a outro, de horizonte a horizonte, três vezes. Então levantou-a novamente para o céu. Ele a manteve ali por alguns segundos, antes de baixar sua arma até a lâmina apontar diretamente para a torre em que Eskkar estava.

As palavras seguiram através do espaço entre eles. Eskkar empinou a cabeça, para ouvi-las, mas as entendeu muito bem.

Ele ignorou o murmúrio que surgiu ao longo da muralha quando cada homem perguntou ao companheiro o que significavam aquelas palavras. Eskkar trepou na face da torre, os pés afastados e equilibrando-se precariamente na beirada estreita. A espessura da parede da torre se estreitava até quase perto do topo e ele mal tinha espaço para colocar os pés. Gatus agarrou por trás o cinturão de seu capitão e segurou firmemente seu líder.

Retirando sua espada da bainha, Eskkar ergueu-a para o céu por um longo momento, girou-a três vezes sobre a cabeça, então a baixou até ela apontar diretamente para o líder Alur Meriki. Eskkar inspirou fundo e berrou sua resposta na língua bárbara, as palavras ásperas ecoando pela planície vazia entre eles.

O Grande Chefe levantou sua espada mais uma vez para o céu, a luz do sol novamente cintilando na lâmina, e então a baixou, enfiou-a na bainha e virou sua montaria. Sem olhar para trás, pôs o cavalo a galope, seus homens girando as montarias para segui-lo, o grande estandarte ondulando na brisa.

Eskkar ficou observando, enquanto eles cavalgavam de volta para a colina, atravessavam o cume e desapareciam. Assim que sumiram de vista, foi como se nunca tivessem existido. Ele embainhou sua espada e pulou facilmente da parede.

— O que ele disse? — Gatus não conseguiu ocultar a curiosidade em sua voz. — O que você disse? Eu ouvi o seu nome.

Homens apinharam o topo da torre, seus comandantes, soldados com suas armas, inclusive alguns aldeões, o medo evidente em seus rostos. Todos o encaravam, boquiabertos.

— Ele disse: "Eu sou Thutmose-sin, líder dos Alur Meriki." — Eskkar sacudiu a cabeça, incrédulo. — De algum modo, Thutmose-sin sobreviveu. Como conseguiu isso... os deuses devem tê-lo favorecido.

Gatus chegou mais perto de seu comandante.

— O que mais ele disse?

Eskkar deu uma última olhada para a colina vazia, antes de responder, erguendo a voz para que todos pudessem ouvir.

— Ele disse: "Vocês lutaram bravamente, mas isso ainda não acabou. Voltaremos outro dia."

Diante da ameaça, cochichos nervosos percorreram a multidão, e Gatus teve de elevar a voz para ser ouvido.

— E a sua resposta?

— Eu lhe disse que era Eskkar, filho de Hogarthak, que eu revidara os Alur Meriki pelo sangue de minha família e que eles nunca mais voltassem a essas terras. — Os soldados por perto se viraram para repetir as palavras de seu capitão, em meio a gritos de aprovação. Um sorriso atravessou o rosto de Eskkar, embora não houvesse cordialidade em seus olhos. Ele baixou a voz, para que apenas Gatus pudesse ouvir suas palavras. — E eu disse que estaria à espera dele.

Fim... do Começo

Nota Histórica

E assim, começou a era das cidades amuralhadas. Outras brotaram pela terra, cada uma fortificada com sua muralha e cercada de fazendas e rebanhos, cada uma um centro de comércio e atividade. Essas cidades disputaram umas com as outras pela supremacia durante muitos milhares de anos, com o poder alternando de uma para outra. Contudo, menos de setecentos anos após a batalha de Orak, aproximadamente em 2500 a.C., exércitos unidos em torno do governante da Cidade de Acádia varreram todas as terras até o sul, ocupadas por aqueles que se chamavam sumérios. Os acadianos derrotaram os sumérios e os governaram por muitos anos. Os acadianos tinham conseguido suas vitórias principalmente através da habilidade e da força de uma infantaria bem-organizada, equipada com arcos potentes e treinada em guerra de sítio. Foi o primeiro registro na história do uso de um exército de soldados a pé com habilidade no uso do arco e flecha.

Essas terras, que os acadianos conquistaram e governaram, ficaram conhecidas pelas nações ocidentais como Mesopotâmia, a terra entre rios. Liderando essa primeira conquista estava o primeiro grande rei registrado pela história. Seu nome era Sargão, e ele construiu o primeiro império do mundo, unindo por conquista não apenas suas próprias terras, mas também as que circundavam a Mesopotâmia. Finalmente, seu filho, também chamado Sargão, estenderia o alcance do império até as margens do mar Mediterrâneo, a oeste, e a Índia, a leste. Desses lugares, a influência das cidades muradas se espalharia para muitas terras novas, inclusive a que viria a se chamar Grécia. Os gregos aprenderiam muito com seus vizinhos orientais e construiriam suas próprias cidades amuralhadas, uma das quais se chamaria Atenas.

No oriente, a grande cidade amuralhada de Acádia resistiria por muitas, muitas gerações, mesmo após o desvio do Tigre dar origem a uma cidade ainda mais formidável chamada Babilônia, cidade que ergueria suas muralhas mais alto do que qualquer outra. Mas isso é outra história.

Agradecimentos

Às vezes, de algum modo, as coisas funcionam. Este livro, iniciado há sete anos, é um exemplo disso. Graças à ajuda e ao apoio de muita gente, ele foi rascunhado, escrito, criticado, reescrito, revisado, aumentado, encurtado, revisado e encurtado novamente. Tudo isso antes de meu editor vê-lo. Depois disso... bem, você já entendeu. Quero agradecer a todos vocês que contribuíram com a leitura e a crítica.

Em primeiro lugar, obrigado à minha agente Dominick Abel, que acreditou na história e me pôs em contato com minha editora na HarperCollins, Sarah Durand. Suas sugestões acrescentaram novo material e praticamente aperfeiçoaram todo o original.

Um reconhecimento especial é registrado para aqueles que ajudaram no início. Vijaya Schartz, uma excelente escritora e ex-presidente da Arizona Authors Association, que, paciente, usou a caneta vermelha nos primeiros esboços, juntamente com outros em seu grupo de avaliadores, por quase um ano. Um obrigado extraordinário ao meu próprio grupo de avaliadores, que estava a postos sempre que eu precisava de ajuda. Sharon Anderson, Martin Cox, Laura Groch (minha sobrinha, editora de jornal), Jim Jasper, Deb Ledford e Sally Mise, todos contribuíram para o esboço final.

Um obrigado a mais a Jim, por acreditar na obra o suficiente para contratar Dominick Abel por sua conta, confiando numa ligação de vinte anos para colocar os primeiros capítulos nas mãos competentes de Dominick.

E, antes que eu esqueça, obrigado a Gracie e Xena, meus felinos escritores, cujas patas me ajudaram a superar muitos bloqueios de escritor.

E por último, mas não menos importante, obrigado ao pai espiritual desta história, um dos meus autores favoritos, J. Michael Straczynski, escritor e produtor da série televisiva *Babylon 5*. Seu e-mail incentivador me manteve firme quando eu estava para desistir. Que o "Great Maker" perdoe a eventual ideia tomada "emprestada" de *B5*.

Sam Barone
Scottsdale, Arizona
Agosto 2006

markgraph

Rua Aguiar Moreira, 386 - Bonsucesso
Tel.: (21) 3868-5802 Fax: (21) 2270-9656
e-mail: markgraph@domain.com.br
Rio de Janeiro - RJ